Mit über fünfundzwanzig internationalen Bestsellern gehört
Victoria Holt zu den populärsten und beliebtesten Romanautorinnen
der Welt. Schon ihr Vater, ein englischer Kaufmann, fühlte sich zu
Büchern stärker hingezogen als zu seinen Geschäften. In ihrem
Domizil hoch über den Dächern von London schrieb sie die
spannenden, geheimnisumwitterten Geschichten aus vergangenen
Zeiten, in denen sich der milde Glanz der Nostalgie, interessante
Charaktere und aufregende Vorgänge aufs glücklichste ergänzen.
Victoria Holt starb am 18. Januar 1993 auf einer Schiffsreise.

Victoria Holt

Fluch
der Seide

Roman

Aus dem Englischen von
Margarete Längsfeld

Dieses Buch wurde auf chlor- und säurefreiem Papier gedruckt.

Vollständige Taschenbuchausgabe 1990, 5. Auflage 1993
© 1989 Droemersche Verlagsanstalt Th. Knaur Nachf., München
Das Werk einschließlich aller seiner Teile ist urheberrechtlich
geschützt. Jede Verwertung außerhalb der engen Grenzen des
Urheberrechtsgesetzes ist ohne Zustimmung des Verlages
unzulässig und strafbar. Das gilt insbesondere für Vervielfältigungen,
Übersetzungen, Mikroverfilmungen und die Einspeicherung
und Verarbeitung in elektronischen Systemen.
Titel der Originalausgabe »The Silk Vendetta«
© 1987 Victoria Holt
Originalverlag William Collins Sons & Co.Ltd., London
Umschlaggestaltung: Agentur Zero, München
Satz: Ventura Publisher im Verlag
Druck und Bindung: Elsnerdruck, Berlin
Printed in Germany
ISBN 3-426-60191-5

2 4 5 3 1

Inhalt

Das Haus der Seide

Erst als ich der Kindheit entwuchs, dämmerte es mir, daß meine Anwesenheit im Haus der Seide ziemlich mysteriöse Gründe hatte. Ich gehörte nicht richtig zum Haushalt, und doch hing ich leidenschaftlich an ihm. Das Haus der Seide war für mich eine Quelle der Verwunderung; ich träumte von den Geschehnissen, die sich dort abgespielt, und den Menschen, die im Laufe der Jahrhunderte dort gelebt haben mochten.

Natürlich hatte sich im Laufe der Jahre einiges verändert. Die Sallongers hatten das Gebäude umgebaut, als ein Vorfahre von Sir Francis es vor über hundert Jahren erwarb. Er hatte es Haus der Seide genannt – ein höchst unpassender, wenngleich begründeter Name. In den alten Urkunden, die Philip Sallonger mir gezeigt hatte, wird das Gebäude als königliche Jagdhütte in Epping Forest aufgeführt.

Stolz stand es da, als seien die Bäume zurückgewichen, um ihm Platz zu machen. Der Garten muß in der Tudorzeit angelegt worden sein; der ummauerte Teil mit den von roten Ziegelsteinen umschlossenen Kräuterbeeten rings um den Teich, an dem die Hermesstatue stand, als wolle sie jeden Augenblick wegfliegen, war typisch für jene Epoche.

Dichter Wald umgab das Anwesen, und von den Fenstern des obersten Stockwerks aus konnte man die majestätischen Bäume sehen, Eichen, Buchen und Kastanien, schön im Frühling, prachtvoll im Sommer, herrlich im Herbst mit den bunten Blättern, die, wenn sie herabfielen, einen Teppich bildeten, durch den wir so gerne geräuschvoll schlurften; aber auch im Winter waren die Bäume schön, wenn sie, ihres Laubes entkleidet, vor dem grauen und oft stürmischen Himmel reizvolle Strukturen bildeten.

Als die Sallongers das geräumige Haus übernahmen, vergrößerten sie es noch. Es diente ihnen als Landsitz. Sie besaßen auch ein Stadthaus, wo Sir Francis sich die meiste Zeit aufhielt; und wenn er nicht dort war, reiste er durch das Land, denn neben dem Hauptwerk in Spitalfields besaß er Fabriken in mehreren Gegenden Englands. Den Sprung in den Adel hatte sein Großvater geschafft, der als einer der größten Seidenfabrikanten des Landes eine Stütze der Gesellschaft darstellte.

Seide war für Sir Francis wichtiger als alles andere, und er hoffte, daß es bei seinen Söhnen Charles und Philip ebenso sein werde, wenn sie ihm einmal bei der Herstellung des schönsten aller Stoffe zur Hand gingen. Wegen dieser Hingabe der Familie an dieses Erzeugnis und in völliger Mißachtung der historischen Zusammenhänge waren die Worte HAUS DER SEIDE in großen Bronzelettern über dem alten Eingangstor angebracht worden.

Ich konnte mich nicht erinnern, daß ein anderer Ort als das Haus der Seide je mein Heim gewesen wäre. Ich befand mich in einer merkwürdigen Situation, und ich wunderte mich über mich selbst, daß mir das nicht früher aufgefallen war. Kinder halten wohl fast alles für selbstverständlich. Sie kennen nichts anderes als ihre unmittelbare Umgebung.

Ich wuchs in der Kinderstube mit Charles, Philip, Julia und Cassandra, gewöhnlich Cassie genannt, auf. Es war mir nicht bewußt, daß ich wie ein Kuckuck im Nest war. Für sie waren Sir Francis und Lady Sallonger Papa und Mama, für mich waren sie Sir Francis und Lady Sallonger. Nanny, die Herrscherin über die Kinderstube, musterte mich oft mit geschürzten Lippen, denen leise Luft entwich, was auf eine kritische Einstellung hindeutete. Ich wurde schlicht Lenore gerufen, nicht Fräulein Lenore. Bei den anderen hieß es stets Fräulein Julia und Fräulein Cassie. Auch die Haltung des Kindermädchens Amy, die mich bei den Mahlzeiten immer zuletzt bediente, brachte diese Einstellung

8

zum Ausdruck. Ich spielte mit den abgelegten Spielsachen von Julia und Cassie, nur dann und wann bekam ich eine eigene Puppe oder dergleichen zu Weihnachten. Miss Everton, die Erzieherin, betrachtete mich zuweilen mit einer Miene, die an Verachtung grenzte, und es schien ihr gegen den Strich zu gehen, daß ich eine schnellere Auffassungsgabe besaß als Julia und Cassie. Ich hätte also gewarnt sein müssen.

Der Butler Clarkson übersah mich, aber die anderen Kinder übersah er genauso. Er war ein sehr bedeutender Herr, der mit Mrs. Dillon, der Köchin, im Parterre regierte. Sie waren die Aristokraten der Dienstbotenquartiere, wo die Klassenunterschiede strikter beachtet wurden als in den oberen Etagen. Alle Bediensteten hatten ihren festen Platz in der Hierarchie, von dem sie nicht abrücken konnten. Clarkson und Miss Dillon wachten so streng über das Protokoll, wie es am Hofe der Königin Viktoria angemessen gewesen wäre. Bei Tisch hatte jeder der Dienstboten seinen bestimmten Platz, Clarkson am oberen Ende, Miss Dillon am unteren. Rechter Hand von Miss Dillon saß der Lakai Henry. Wenn Miss Logan, Lady Sallongers Zofe, in der Küche aß, was sie nicht oft tat, da sie sich ihre Mahlzeiten aufs Zimmer bringen lassen konnte, saß sie an der Seite von Clarkson. Das Stubenmädchen Grace hatte seinen Platz neben Henry. Ferner waren da noch die Dienstmädchen May und Jenny, das Kindermädchen Amy und das Hausmädchen Carrie. Kam Sir Francis ins Haus der Seide, nahm der Kutscher Cobb an den Mahlzeiten des Personals teil, aber die meiste Zeit blieb er in London, wo er über dem an die Stadtresidenz angrenzenden Kutschhaus eine eigene Unterkunft bewohnte. Dann gab es noch etliche Stallburschen, die ihre Quartiere über den Stallungen hatten. Diese waren sehr geräumig, denn außer den Reitpferden beherbergten sie ein Gig und einen Dogcart. Und natürlich wurde dort auch Sir Francis' Kutsche abgestellt, wenn er ins Haus der Seide kam.

Soweit das Parterre. Und im Niemandsland zwischen den oberen und unteren Rängen der Gesellschaft schwebte gleichsam Miss Everton, die Erzieherin. Ich dachte oft, sie müsse sehr einsam sein. Sie nahm die Mahlzeiten, die ihr von mürrischen Mädchen hinaufgebracht wurden, in ihrem Zimmer ein. Nanny aß natürlich in ihrem an die Kinderstube angrenzenden Zimmer; sie hatte dort einen Spirituskocher, auf dem sie sich selbst etwas zubereitete, wenn sie nicht mit dem vorliebnehmen wollte, was in der Küche aufgetischt wurde. Und stets brannte in ihrem Zimmer ein Feuer im Kamin, der einen Vorsprung für den Wasserkessel besaß, aus dem sie sich ihre unzähligen Tassen Tee aufbrühte.

Julia war ein gutes Jahr älter als ich; die Jungen waren uns um etliche Jahre voraus, Charles war der älteste. Sie wirkten über alles erhaben und sehr erwachsen. Philip übersah uns hauptsächlich Charles dagegen drangsalierte uns, wenn ihn die Lust ankam. Julia neigte zur Hochnäsigkeit; sie war von hitzigem Temperament und erging sich dann und wann in unbeherrschten Wutausbrüchen. Ich zankte mich ziemlich oft mit ihr. Dann pflegte Nanny zu sagen: »Also, Fräulein Julia! Also, Lenore! Schluß jetzt! Ihr geht mir auf die Nerven.« Nanny machte viel Aufhebens um ihre Nerven. Man mußte stets Rücksicht auf sie nehmen.

Cassie war etwas Besonderes. Sie war die jüngste von uns allen. Ich hatte munkeln hören, daß sie es bei ihrer Geburt Lady Sallonger »sehr schwergemacht« habe und daß die Lady »keine Kinder mehr« bekommen könne. Das war wohl die Erklärung für Cassies Behinderung. Ich hatte die Dienstboten, wenn sie Cassie erspähten, von »Instrumenten« flüstern hören, was mich an die Folterinstrumente und Daumenschrauben der Inquisition denken ließ. Sie spielten jedoch auf Cassies rechtes Bein an, das kürzer geraten war als das linke, weswegen sie hinkte. Sie war klein und blaß und galt als »zart«. Sie besaß dafür ein sanftes, liebenswürdiges Naturell, und ihre Behinderung hatte sie nicht im geringsten verbittert gemacht. Sie und ich liebten einander innig. Wir lasen gemeinsam und nähten oft gemeinsam, denn wir waren beide geschickt im Umgang mit der Nadel. Ich glaube, mein Geschick hatte ich Grandmère zu verdanken.

Grandmère war die wichtigste Person in meinem Leben. Sie war der einzige Mensch im Hause, zu dem ich wirklich gehörte. Wir waren beide vom übrigen Haushalt abgesondert. Sie sah es gern, wenn ich die Mahlzeiten mit den anderen Kindern einnahm, obwohl ich lieber mit ihr gegessen hätte, und sie sah es gern, wenn ich mit ihnen Reitstunden nahm. Vor allem aber wünschte sie, daß ich mit ihnen lernte. Grandmère war ein Teil meines Geheimnisses. Sie war meine Grandmère und nicht die ihre.

Sie bewohnte das oberste Geschoß des Hauses mit dem großen Raum, den ein Sallonger ausgebaut hatte. Dieser Raum hatte hohe Fenster und ein Glasdach, um das Licht einzulassen. Grandmère brauchte das Licht. Hier hatte sie ihren Webstuhl und ihre Nähmaschine, und hier arbeitete sie tagsüber. Neben der Maschine standen die Schneiderpuppen, die wie Abgüsse lebendiger Menschen aussahen: drei wohlgestaltete Damen unterschiedlicher Größe, oft mit erlesenen Kleidungsstücken angetan. Ich hatte ihnen Namen gegeben: Die kleine hieß Emmelina, die mittlere Lady Ingleby, und die größte war die Herzogin von Malfi. Von Spitalfields wurden Stoffballen angeliefert. Grandmère entwarf zunächst die Kleider, dann machte sie sich an die Fertigung. Den Geruch der Stoffballen werde ich nie vergessen. Ich merkte mir ihre exotischen Namen. Neben feinen Seiden, Satins und Brokaten gab es Lüstrine, Alamode, Paduasoie, Samt und Duchesse. Oft saß ich da, lauschte auf das Surren der Nähmaschine und beobachtete, wie Grandmères kleiner schwarzer Pantoffel den Tritt bediente.

»Reich mir die Schere, *ma petite!*« sagte sie. »Bring mir die Stecknadeln! Ah, was täte ich nur ohne meinen kleinen Lehrling.« Dann war ich glücklich.

11

»Du arbeitest sehr schwer, Grandmère«, sagte ich eines Tages zu ihr.

»Ich hab's gut getroffen«, erwiderte sie. Sie sprach eine Mischung aus Französisch und Englisch. Im Schulzimmer lernten wir ein etwas gekünsteltes Französisch, indem wir uns als Besitzer eines Federhalters, eines Hundes oder einer Katze ausswiesen und uns nach dem Weg zum Postamt erkundigten.

Julia und Cassie hatten es weitaus schwerer dabei als ich, die ich durch die Nähe zu Grandmère die Worte mühelos und mit einem anderen Akzent als Miss Everton aussprechen konnte, was dieser gar nicht behagte.

Grandmère fuhr fort: »Ich bin mit meiner Kleinen in diesem schönen Haus. Ich bin glücklich, sie ist glücklich. Sie wächst zu einer begabten Dame heran. Hier wirst du dir aneignen, was dich in der Welt voranbringt. Wir haben hier ein gutes Leben, *mon amour.*«

Ich liebte es, wie sie *mon amour* sagte. Das bedeutete, daß sie mich herzlich liebte, mehr als irgend jemand sonst.

Sie war nie mit den anderen beisammen. Nur wenn sie Kleider für die Familie schneiderte, kam sie in den Salon zu Lady Sallonger hinunter, weil Lady Sallonger zu gebrechlich war, um zur Anprobe die Treppen hinaufzusteigen.

Jeden Nachmittag machte Grandmère einen Spaziergang im Garten. Dabei leistete ich ihr oft Gesellschaft, und wir setzten uns an den Gartenteich und plauderten. Mit Grandmère gab es immer viel zu bereden. Zum großen Teil drehte sich unsere Unterhaltung um die Stoffe und ihre Webart und für welchen Schnitt sie sich am besten eigneten. Wenn der von zwei Pferden gezogene Lastkarren die fünfundzwanzig Kilometer von Spitalfields nach Epping Forest gefahren kam und die Stoffballen ins oberste Geschoß gebracht wurden, flitzte ich hinauf, um sie sofort mit Grandmère in Augenschein zu nehmen.

Dabei geriet sie ganz außer sich. Sie war sehr leicht erregbar. Sie hielt sich den Stoff an die Wange und seufzte. Dann drapierte sie ihn um mich und klatschte verzückt in die Hände, ihre großen braunen Augen strahlten dabei vor Begeisterung. Wir freuten uns beide jedesmal auf die Ankunft der Stoffballen.

Grandmère war im Hause durchaus eine wichtige Persönlichkeit. Sie stellte ihre eigenen Regeln auf. Ich nehme an, sie hätte die Mahlzeiten mit der Familie einnehmen können, wenn sie gewollt hätte. Aber sie war auf ihre Art so aristokratisch wie Clarkson und Mrs. Dillon.

Die Mahlzeiten wurden ihr ins oberste Stockwerk gebracht, und kein Mädchen wagte es, auch nur eine Spur von Unwillen zu äußern, denn Grandmère strahlte große Würde und Autorität aus. Sie nahm diese Dienste anders entgegen als Miss Everton, die sich stets der ihr gebührenden Ehre versichern mußte. Grandmère dagegen drückte mit ihrem Verhalten aus, daß sie es nicht nötig hatte, auf ihre Wichtigkeit hinzuweisen, da diese ohnehin allen klar war.

Als ich entdeckte, daß ich anders war als die anderen Kinder, war es eine große Erleichterung zu wissen, daß Grandmère und ich zusammengehörten. Bei den seltenen Gelegenheiten, wenn Sir Francis ins Haus der Seide kam, stattete er Grandmère jedesmal einen Besuch ab. Sie unterhielten sich stets über die Stoffe und besprachen alles mögliche. Aus diesem Grunde besaß sie bei den übrigen im Hause ein gewisses Ansehen.

Wir bewohnten das obere Geschoß. Es waren vier Räume: das große, helle Atelier, unsere Schlafzimmer – zwei kleine Kammern mit schmalen Fenstern und einer Verbindungstür – sowie ein kleines Wohnzimmer. Die Kämmerchen gehörten zum alten Teil des Hauses, das Atelier freilich hatte ein Sallonger ausgebaut.

»Dies ist unser Reich«, sagte Grandmère, »unser kleines Königreich. Es gehört dir und mir, hier sind wir Könige in unserem Schlößchen, oder sollte ich lieber Königinnen sagen, hm?«

Sie war eine zierliche Frau. Ihre üppige Haarpracht war einst schwarz, nun aber mit weißen Strähnen durchzogen. Sie trug die Haare hochgesteckt, von einem funkelnden spanischen Kamm gehalten. Sie war sehr stolz auf ihr Haar.

»Die Frisur muß stets *elegant* sein«, sagte sie. »Der feinste Satin und die beste Seide der Welt nützen dir nichts, wenn dein Haar keine Fasson hat.« Ihre großen Augen strahlten vor Freude oder blitzten vor Entrüstung, sie konnten kalt vor Verachtung sein oder vor Liebe aufleuchten. Sie verrieten stets Grandmères jeweilige Stimmung. Augen und Haare machten ihre große Schönheit aus. Sie hatte lange, schlanke Finger, und ich werde mich immer an ihre flinken Bewegungen erinnern, wenn sie auf dem großen Tisch im Atelier die Kleider nach selbstentworfenen Schnittmustern zuschnitt. Sie war so leicht, daß ich zuweilen fürchtete, sie würde davonschweben. Einmal sagte ich es ihr und fügte hinzu: »Was soll ich machen, wenn das passiert?« Gewöhnlich lachte sie über meine Phantastereien, aber diesmal wurde sie sehr ernst. »Dir wird es nicht schlechtgehen … nie, so wie es mir nie schlechtging. Seit meinen Mädchentagen stehe ich fest auf zwei Beinen. Das ist so, weil ich mein Handwerk beherrsche. So muß es auch sein. Wenn du etwas besser kannst als andere, wird in der Welt immer ein Platz für dich sein. Siehst du, ich schaffe mit einem Stoffballen, einer Nähmaschine und einer Schere ein Kunstwerk, aber es ist noch mehr. Den Tritt bedienen können alle, und alle können schneiden und schnippeln. Doch das gewisse Etwas, die Inspiration, ein Hauch von Genie für das Handwerk, das ist es, was zählt. Wenn du das hast, wirst du deinen Platz stets behaupten. Du, meine Kleine, wirst in meine Fußstapfen treten. Ich zeige dir den Weg. Und dann hast du nichts zu befürchten, was auch immer geschieht. Ich werde stets über dich wachen.«

Ja, das wußte ich.

Es fiel mir nicht schwer, von ihr zu lernen. Wenn die Stoffballen kamen, fertigte sie Skizzen an und fragte mich nach meiner Meinung. Als ich einmal einen eigenen Entwurf zeichnete, war sie entzückt. Sie zeigte mir, wo ich etwas falsch gemacht hatte,

14

und fügte geschickt ein paar Striche hinzu; der Entwurf wurde am Ende verwirklicht. »Lenores Kleid« nannte sie das Modell. Es war in einem lieblichen Lavendelton gehalten. Später erzählte mir Grandmère, daß sich Sir Francis sehr zufrieden geäußert habe. Es war das richtige Kleid für diesen Stoff.

Wenn Sir Francis und seine Angestellten die Kleider begutachtet hatten, wurden sie verpackt und fortgebracht, um in einem überaus exklusiven Salon in London verkauft zu werden. Auch dieser gehörte zum Sallongerschen Seidenimperium.

Ich erinnere mich gut an den Tag, als sie mir erzählte, wie es dazu gekommen war, daß wir im Haus der Seide lebten. Ich war nach dem Reiten verstört zu ihr gekommen. Wir hatten jeden Tag Reitunterricht. Ein Stallbursche begleitete uns dabei. Zu Beginn ritten wir immer rund um die Koppel, auf der auch ein Hindernis aufgebaut war. Julia war eine gute Reiterin. Ich war auch nicht schlecht. Nur Cassie kam nicht recht mit. Sie fürchtete sich vor Pferden, obwohl man ihr das frommste Tier im Stall gab. Ich behielt sie stets im Auge, wenn wir um die Koppel galoppierten, und ich glaube, daß sie das beruhigte.

Nach dem Ritt sagte Julia: »Es riecht so gut aus der Küche.« Also gingen wir hinein.

»Habt ihr schmutzige Stiefel?« wollte Mrs. Dillon wissen.

»Nein, Mrs. Dillon«, erwiderte Julia.

»Da bin ich aber froh, denn ich dulde keinen Schmutz in meiner Küche, Fräulein Julia.«

»Die Plätzchen riechen aber gut«, sagte Julia.

»Das will ich meinen, bei all den guten Zutaten.«

Wir setzten uns an den Tisch und sahen flehend Mrs. Dillon an, noch sehnsüchtiger aber auf das Blech mit Plätzchen, das frisch aus dem Ofen gekommen war.

»Na gut«, sagte Mrs. Dillon widerwillig. »Aber Miss Everton wäre das gar nicht recht. Und Nanny auch nicht ... Zwischen den Mahlzeiten essen, na, so was! Ihr solltet bis zum Tee warten.«

»Das dauert ja noch Stunden«, sagte Julia. »Ich will das da.«

»So ein kleiner Nimmersatt«, sagte Mrs. Dillon. »Das ist das größte.«

»Mach Mrs. Dillon ein Kompliment«, ermahnte ich sie.

»Ich brauch' keine Komplimente, danke, Lenore. Ich weiß, wie meine Plätzchen sind. Sie sind gut. Hier! Eins für Fräulein Julia, eins für Fräulein Cassie und eins für dich, Lenore.«

Da fiel es mir auf. *Fräulein* Julia. *Fräulein* Cassie. Und Lenore. Ich sann eine Weile darüber nach, und als ich mit Grandmère am Gartenteich saß, nahm ich die Gelegenheit wahr und fragte sie, warum man mich nie Fräulein nannte, sondern nur einfach beim Vornamen rief wie Grace oder May oder die anderen Bediensteten.

Grandmère schwieg einen Augenblick, dann sagte sie: »Das Personal ist sehr – wie soll ich sagen – genau. Sie achten auf jede Kleinigkeit, etwa wer so oder so genannt wird, wem dieser oder jener Platz zukommt. Du bist meine Enkeltochter. Das ist nicht dasselbe wie die Tochter von Sir Francis und Lady Sallonger. Daher sagen Leute wie Mrs. Dillon eben nicht Fräulein zu dir.«

»Du meinst, ich gehöre zur selben Kategorie wie Grace oder May?«

Sie schürzte die Lippen, hob die Hände und wiegte sich von einer Seite zur anderen. Sie machte in Gesprächen ausgiebig Gebrauch von Händen und Schultern, was sehr ausdrucksvoll war.

»Was kümmern uns die Ansichten von Leuten wie Mrs. Dillon? Wir lächeln und sagen: Ach so ist das, ja? Nun gut. Was bedeutet es schon für mich, daß man mich nicht Fräulein nennt? Was heißt überhaupt Fräulein? Nichts. Du bist ohne Fräulein genausoviel wert.«

»Ja schon, aber *warum,* Grandmère?«

»Ganz einfach. Du bist keine Tochter des Hauses, darum kann Mrs. Dillon dich nicht Fräulein nennen.«

»Wenn die Dallington-Mädchen zum Tee kommen und mit uns

spielen, werden sie auch Fräulein genannt, und sie sind keine Töchter des Hauses. Sind wir hier Dienstboten, Grandmère?«

»Wir dienen … wenn einen das zu Dienstboten macht, dann vielleicht. Aber wir sind zusammen, du und ich, wir haben ein gutes, friedliches Leben. Warum soll uns das kleine Wörtchen Fräulein Kummer machen?«

»Ich will es bloß wissen, Grandmère. Was tun wir in diesem Haus, wenn wir nicht dazugehören?«

Sie zögerte einen Moment, dann schien sie einen Entschluß zu fassen. »Wir kamen hierher, als du acht Monate alt warst. Du warst so ein süßes Baby. Ich dachte, es sei gut für dich. Hier konnten wir zusammensein, Grandmère und ihr Kleines. Ich dachte, wir könnten hier glücklich sein, und man versprach mir, dich wie eine Tochter des Hauses zu erziehen. Aber von ›Fräulein‹ war dabei keine Rede. Und deshalb nennt man dich nicht so. Wer will schon ein Fräulein sein? Du doch nicht! Weißt du, Kleines, das Leben hat mehr zu bieten als das Wörtchen Fräulein.«

»Erzähl mir, wie wir hierhergekommen sind! Warum habe ich keinen Vater und keine Mutter?«

Sie seufzte. »Einmal muß es ja sein«, sagte sie mehr zu sich selbst. »Deine Mutter war das schönste und reizendste Mädchen, das je gelebt hat. Sie hieß Marie Louise. Sie war mein Kind, meine Kleine, *mon amour*. Wir lebten im Dorf Villers-Mûre. Schön war es dort. Wir hatten viel Sonnenschein, und es war warm. In Villers-Mûre ist der Sommer ein richtiger Sommer. Da wacht man auf und weiß, daß die Sonne den ganzen Tag scheinen wird. Nicht wie hier, wo sie hervorlugt und wieder verschwindet und nicht weiß, was sie will.«

»Möchtest du lieber in Villers-Mûre sein?«

Sie schüttelte energisch den Kopf. »Nein, ich gehöre jetzt hierher. Und du auch, *ma petite*. Du wirst hier glücklich sein, und eines Tages wird es dich nicht mehr kümmern, ob man dich Fräulein nennt oder nicht.«

»Es kümmert mich auch jetzt nicht, Grandmère. Ich wollte es bloß wissen.«

»Villers-Mûre ist weit entfernt von hier, am anderen Ende von Frankreich, und du weißt ja, nicht wahr – die brave Miss Everton hat es dir gewiß beigebracht –, daß Frankreich ein großes Land ist, größer als diese kleine Insel. Von Villers-Mûre ist es nicht weit bis zur italienischen Grenze. Die Maulbeeren gedeihen gut, und das bedeutet Seide. Die kleinen Raupen, die für uns die Seide spinnen, lieben die Maulbeerblätter, und wo die gedeihen, gibt es Seide.«

»Dann hast du dich schon immer mit Seide ausgekannt?«

»In Villers-Mûre ist die Seidenraupe zu Hause, und Seide war unser Leben. Ohne Seide gäbe es kein Villers-Mûre. Die Saint Allengères haben immer dort gelebt, und möge es dem lieben Gott gefallen, daß es so bleibt. Die Saint Allengères bewohnen ein herrliches Haus, ähnlich wie dieses, nur gibt es dort keinen Wald, sondern Berge. Es ist ein vornehmes Anwesen und seit Jahrhunderten das Heim der Saint Allengères. Es gibt dort Rasenflächen, Blumen und Bäume, und mitten hindurch fließt ein Flüßchen. Ringsum stehen die kleinen Häuser, in denen die Arbeiter mit ihren Familien wohnen. Das große Fabrikgebäude ist sehr schön, weiß mit Farbtupfern an den Mauern, denn dort gedeihen Oleander und Bougainvillea. Und dann die *mûraies*, die Maulbeerhaine. Sie haben die besten Seidenraupen der Welt. Und die besten Webstühle, besser als alles, was es in Indien oder China gibt, wo die Seide herkommt. Einige der feinsten Seidensorten der Welt werden in Villers-Mûre hergestellt.«

»Und du hast dort gelebt und für die Saint Allengères gearbeitet?«

Sie nickte. »Wir hatten ein hübsches kleines Haus, das schönste von allen. Die Mauern waren mit Blumen überwachsen. Es war herrlich, und meine Tochter, meine Marie Louise, war sehr glücklich. Sie war zum Glücklichsein geschaffen. Sie hatte im-

18

mer etwas zu lachen. Sie war schön. Du hast ihre Augen; sie können tanzen, sie können lachen, aber ihre waren nie so wild, wie deine sein können, meine Kleine. Sie waren tiefblau wie deine, und ihre Haare waren fast schwarz, noch dunkler als deine, weich und wellig. Sie war eine Schönheit. Sie dachte nie an etwas Böses. Sie war arglos … Und dann ist sie gestorben.«

»Wie starb sie?«

»Sie starb bei deiner Geburt. Aber sie ließ mir dich zurück, und das macht mich froh.«

»Und mein Vater?«

Sie schwieg. Schließlich sagte sie: »So etwas kommt zuweilen vor. Später wirst du es verstehen. Manchmal wird ein Kind geboren … und wo ist der Vater?«

»Du meinst, er hat sie verlassen?«

Sie ergriff meine Hand und küßte sie. »Sie war wunderschön«, sagte sie. »Doch was immer geschah, sie ließ mir dich zurück, mein Kind, und das war das schönste Vermächtnis, das sie mir hinterlassen konnte. Statt ihrer hatte ich ihr Kind, und seither warst du meine ganze Freude.«

»Ach, Grandmère, es ist so traurig!«

»Es war Sommer«, sagte sie. »Sie hat zu lange auf der süß duftenden Wiese getändelt. Sie war ganz unschuldig. Vielleicht hätte ich sie warnen sollen.«

»Und mein Vater hat sie im Stich gelassen?«

»Ich weiß nicht. Ich war so besorgt um sie. Ich wußte nicht, daß du unterwegs warst. Ich erfuhr es erst kurz vor der Niederkunft. Dann war es soweit … und sie starb. Ich saß an ihrem Bett und war von Verzweiflung übermannt, bis die Hebamme dich in meine Arme legte. Du warst meine Rettung. Ich hatte meine Tochter verloren, aber dafür hatte ich ihr Kind. Seitdem warst du mein ein und alles.«

»Ich würde gerne wissen, wer mein Vater ist.«

Sie schüttelte den Kopf und hob die Schultern.

»Und so kamst du hierher?« drängte ich weiter.

»Ja, es schien mir das beste. Es ist immer schwierig, wenn solche Dinge sich in einer kleinen Gemeinde abspielen. Es wird geflüstert und geklatscht. Ich wollte nicht, daß du so aufwächst.«

»Du meinst, die Leute hätten mich verachtet, weil meine Eltern nicht verheiratet waren?«

Sie nickte. »Die Saint Allengères sind reich … eine mächtige Familie: Sie sind Villers-Mûre. Alle arbeiten für sie. Sie vertreten *die* große Seidenmarke in Frankreich und auch Italien. Monsieur Saint Allengère, das Oberhaupt, und die Seidenfamilien in aller Welt stehen miteinander – wie sagt man – in Verbindung. Sie kennen sich alle. Sie wetteifern miteinander. Sie sind Konkurrenten. ›Meine Seide ist besser als deine.‹ So ist das bei denen.«

»Ja.« Ich dachte an meine Mutter, den Mann, der sie im Stich ließ, und den Skandal, den es in Villers-Mûre gegeben hätte.

»Sir Francis besucht die Saint Allengères dann und wann. Die zwei Familien demonstrieren Freundschaft, aber ist es wirklich Freundschaft? Jede möchte die beste Seide produzieren. Sie haben Geheimnisse. Sie zeigen hier ein bißchen und dort ein bißchen, aber mehr nicht, nichts von Bedeutung.«

»Ja, Grandmère, aber ich möchte mehr von meiner Mutter hören.«

»Sie ist bestimmt glücklich, wenn sie vom Himmel herabschaut und uns beide zusammen sieht. Sie weiß, was wir einander bedeuten. Sir Francis kam nach Villers-Mûre. Es besteht eine Verbindung zwischen den Familien, mußt du wissen. Sie sollen vor vielen Jahren ein- und dieselbe Familie gewesen sein. Hör mal auf die Namen: abgekürzt St. Allengère. Und auf englisch wurde dann Sallonger daraus.«

»Ja wirklich«, rief ich aufgeregt. »Dann ist die hiesige Familie mit der in Frankreich verwandt?«

Wieder hob sie die Schultern. »Sicher hast du von Miss Everton vom Edikt von Nantes gehört.«

»O ja. Es wurde von Heinrich IV. von Frankreich im Jahre, ich glaube, es war 1598, erlassen.«

»Ja, richtig, und was hatte es damit auf sich? Es gab den Hugenotten Religionsfreiheit.«

»Ja, ich erinnere mich. Der König war damals Hugenotte, und die Pariser wollten keinen protestantischen König, deshalb sagte er: ›Paris ist eine Messe wert‹ und wurde katholisch.«

Grandmère lächelte erfreut. »Ah, es geht doch nichts über eine gute Schulbildung! Aber dann haben sie es geändert.«

»Ludwig XIV. hat das Edikt wieder aufgehoben.«

»Ja, und die Hugenotten wurden zu Tausenden aus Frankreich vertrieben. Ein Zweig der Saint Allongères ließ sich in England nieder. Sie errichteten in verschiedenen Orten Seidenfabriken. Sie brachten das Wissen mit, wie man diese herrlichen Stoffe webt. Sie arbeiteten hart und hatten Erfolg.«

»Das ist ja hochinteressant! Und Sir Francis besucht manchmal seine Verwandten in Frankreich?«

»Sehr selten. Man erinnert sich nicht gern an die Familienverbindungen. Zwischen den Sallongers in England und den Saint Allengères in Frankreich herrscht Rivalität. Wenn Sir Francis nach Frankreich kommt, zeigen sie ihm nur wenig und versuchen herauszubekommen, woran er arbeitet. Sie sind Konkurrenten. So ist das nun mal im Geschäftsleben.«

»Hast du Sir Francis in Frankreich schon gesehen?«

Sie nickte. »Ich habe dort gearbeitet, wie ich es hier tue. Ich hatte meinen Webstuhl. Ich kannte eine Menge Geheimnisse und werde sie immer bewahren. Ich war eine gute Weberin. Alle, die dort lebten, hatten mit der Seidenproduktion zu tun, ich also auch.«

»Und meine Mutter?«

»Sie natürlich auch. Monsieur Saint Allengère ließ mich kommen und fragte mich, ob ich gern nach England gehen würde. Ich sah gleich, daß es das beste für dich war, und was für dich gut war, mußte auch für mich gut sein. Deshalb nahm ich das

21

Angebot an, in dieses Haus zu kommen, am Webstuhl zu arbeiten, wenn etwas Besonderes verlangt wird, und die eleganten Kleider zu machen, die den Verkauf unserer Seide fördern.«

»Du meinst, Sir Francis hat uns hier ein Heim angeboten?«

»Es war zwischen ihm und Monsieur Saint Allengère abgesprochen. Ich sollte meinen Webstuhl und meine Nähmaschine bekommen und hier leben, um für Sir Francis dasselbe zu tun, was ich in Frankreich tat.«

»Und dafür hast du deine Heimat verlassen und die weite Reise in ein Land mit lauter fremden Leuten angetreten?«

»Heimat ist, wo man seine Lieben hat. Ich hatte mein Baby, und solange ich mit dir zusammen war, war ich zufrieden. Du wirst mit den Töchtern des Hauses erzogen, und ich glaube, du kommst in der Schule gut mit, hm? Ist Fräulein Julia nicht ein wenig neidisch, weil du klüger bist als sie? Sir Francis ist ein guter Mensch. Er hält sein Wort, und Lady Sallonger … Sie ist anspruchsvoll, aber nicht unfreundlich. Wir haben viel und müssen dafür auch etwas geben. Ich vergesse niemals, dem lieben Gott dafür zu danken, daß er mir einen Ausweg gewiesen hat.«

Ich schlang meine Arme um ihren Hals und klammerte mich an sie. »Uns kann nichts passieren«, sagte ich. »Solange wir zusammen sind.«

So erfuhr ich etwas über meine Vorgeschichte, aber ich hatte das Gefühl, daß es noch viel mehr zu erfahren gab.

Grandmère hatte recht, das Leben war schön. Ich beruhigte mich, und der geringfügige Unterschied in der Art, wie sie mich behandelten, bekümmerte mich nicht sehr. Ich gehörte eben nicht zu ihnen. Aber sie waren gut zu uns gewesen. Sie hatten uns ermöglicht, das Nest zu verlassen, in dem alle wußten, daß meine Mutter mich geboren hatte, ohne verheiratet zu sein.

Ich dachte viel über meinen Vater nach. Manchmal fand ich es recht romantisch, nicht zu wissen, wer mein Vater war. Man konnte sich ein Wunschbild formen, und ich nahm mir vor, mich eines Tages auf die Suche nach ihm zu machen. Nach dem Gespräch mit Grandmère hatte ich eine Menge imaginärer Väter. Natürlich konnte ich nicht erwarten, wie *Fräulein* Julia oder *Fräulein* Cassie behandelt zu werden, aber wie uninteressant war ihr Leben im Vergleich zu meinem! Sie waren nicht von dem schönsten Mädchen der Welt geboren worden, und sie hatten keinen mysteriösen, anonymen Vater.

Mir war nun klar, daß wir gewissermaßen Bedienstete des Hauses waren. Grandmère stand freilich auf einer höheren Stufe – vielleicht auf derselben wie Clarkson oder zumindest wie Mrs. Dillon; sie war wegen ihrer Tüchtigkeit hochgeschätzt, und ich war ihretwegen hier. Somit akzeptierte ich mein Los.

Es stimmte, Lady Sallonger war anspruchsvoll. Von mir wurde erwartet, daß ich ihr als Zofe diente. Sie mußte in ihrer Jugend sehr schön gewesen sein, Spuren davon waren noch vorhanden. Sie lag auf dem Sofa im Schlafzimmer, stets in ein feines, mit Bändern versehenes Negligé gehüllt, und Miss Logan mußte viel Zeit darauf verwenden, sie zu frisieren und ihr bei der Toilette behilflich zu sein. Dann begab sie sich langsam, schwer auf Clarksons Arm gestützt, vom Schlafzimmer in den Salon, während der Lakai Henry den Beutel mit ihrem Stickzeug trug und sich für weitere Hilfsdienste bereithielt. Sie rief mich oft zu sich, um sich vorlesen zu lassen. Es schien ihr zu gefallen, mich zu beschäftigen. Sie war stets sanft und sprach mit müder Stimme, die einen Vorwurf zu enthalten schien – wohl gegen das Schicksal, das es ihr bei Cassies Geburt so schwergemacht hatte und sie zur Invalidin werden ließ.

Es hieß etwa: »Lenore, bring mir ein Kissen! Oh, so ist es besser. Setz dich hierher, ja, mein Kind? Bitte lege die Decke über meine Füße, sie werden langsam kalt. Läute, daß man noch Kohlen aufs Feuer legt! Bring mir mein Stickzeug! Oje, ich glaube, das ist ein falscher Stich. Du kannst ihn aufmachen. Vielleicht kannst du ihn berichtigen. Aber mach es später! Lies mir jetzt vor ...«

Sie ließ sich, wie mir schien, stundenlang vorlesen. Oft döste sie vor sich hin, und in dem Glauben, sie schlafe, hielt ich mit Lesen inne. Doch sofort wurde ich getadelt und aufgefordert fortzufahren. Lady Sallonger sagte, ich hätte eine beruhigendere Stimme als Miss Logan.

Während ich meine Aufgaben verrichtete, dachte ich die ganze Zeit daran, wieviel Dank wir den Sallongers schuldeten, die es uns ermöglicht hatten, hierherzukommen und der Schande zu entfliehen. Es war genau wie in den Romanen, und ich fand es natürlich aufregend, im Mittelpunkt eines solchen Dramas zu stehen.

Wenn man eine niedere Stellung bekleidet, ist man vielleicht rücksichtsvoller gegen andere. Cassie war immer meine Freundin gewesen; Julia war zu hochnäsig und herablassend, um mir eine richtige Freundin zu sein. Cassie war anders. Sie verließ sich auf meine Hilfe, und für jemanden von meinem Naturell war das sehr angenehm. Es gefiel mir, Autorität auszuüben. Ich kümmerte mich gern um andere Menschen. Ich war mir durchaus im klaren darüber, daß meine Gefühle nicht gänzlich uneigennützig waren. Ich kam mir wichtig vor, wenn ich anderen beistand, deshalb half ich Cassie gern bei den Hausaufgaben. Wenn wir spazierengingen, paßte ich meine Schritte den ihren an, während Julia und Miss Everton vorauseilten. Cassie lohnte mir meine Fürsorge mit stummer Bewunderung, die mir große Befriedigung verschaffte. Noch jemand erregte mein Mitgefühl: Willie. Mrs. Dillon bezeichnete ihn nur als »Minnie Wardles Überbleibsel«. Nach allem, was man so hörte, war Minnie Wardle ein flatterhaftes Ding gewesen. Sie hatte mit Willie ihren »gerechten Lohn« und ihre »wohlverdiente Strafe« empfangen. Das Kind entstammte ihrer Liebschaft mit einem Pferdehändler, der sich in der Nachbarschaft herumgetrieben hatte und, als Minnie schwanger wurde, verschwand. Minnie

Wardle glaubte zu wissen, wie man mit so einer Situation fertig wurde, und suchte die weise alte Frau auf, die in einer Hütte im Wald lebte, gut anderthalb Kilometer von Epping Forest entfernt. Aber diesmal war sie nicht weise genug, denn ihre Hilfe funktionierte nicht, und als Willie geboren wurde, war er, wiederum nach Mrs. Dillons Worten, »nicht ganz richtig im Kopf«. Lady Sallonger hatte das Mädchen nicht hinauswerfen wollen und ließ es mitsamt Willie bleiben. Doch ehe das Kind ein Jahr alt war, tauchte der Pferdehändler wieder auf. Minnie verschwand mit ihm und ließ den Lohn ihrer Sünde zurück, auf daß jemand anders sich damit belade. Das Kind wurde von Mrs. Carter, der Frau des Stallmeisters, aufgezogen. Sie hatte trotz gehöriger Anstrengungen keine eigenen Kinder und nahm gern das fremde an. Doch kaum hatte sie Willie bei sich aufgenommen, setzte bei ihr die Fruchtbarkeit ein, und jetzt nannte sie sechs Kinder ihr eigen und hatte nicht mehr viel für Willie übrig, zumal bei ihm »eine Schraube locker« war.

Armer Willie, er gehörte nirgends richtig hin, niemand machte sich etwas aus ihm. Ich dachte oft, er sei nicht so dumm, wie es den Anschein hatte. Er konnte weder lesen noch schreiben, aber das konnten ja viele nicht. Er hatte einen Mischlingshund, der ihm auf Schritt und Tritt folgte und den Mrs. Dillon »dieser verdammte Köter« nannte. Es freute mich, den Jungen mit einem Geschöpf zu sehen, das ihn liebte und dem er seine Zuneigung schenken konnte. Willie wirkte heiterer, seit er den Hund hatte. Gern saß er, das Tier an seiner Seite, an dem See, der nicht weit vom Haus der Seide entfernt im Wald lag. Zwischen den Bäumen war eine Lichtung, dort stieß man unvermittelt auf das Wasser. Kinder fischten darin. Man sah sie mit ihren Eimerchen und hörte sie freudig kreischen, wenn sie eine Kaulquappe erwischten. Weiden hingen ins Wasser hinab, und der Felberich mit seinen sternförmigen Blüten wuchs zwischen Helmkraut und dem üppig wuchernden Wundkraut. Immer wieder staunte ich über die Wunder des Waldes. Er war voller

Überraschungen. Wenn man zwischen den Bäumen ritt, konnte man plötzlich auf eine Häusergruppe, einen kleinen Weiler oder einen Dorfanger stoßen.

Die Verständigung mit Willie war nicht leicht. Wenn man ihn ansprach, machte er ein Gesicht wie ein verschrecktes Reh; er hielt still, wie zur Flucht bereit. Er traute niemandem.

Merkwürdig, wie es manche Menschen freut, die Schwachen zu quälen. Tun sie es, um ihre eigene Stärke zu demonstrieren? Mrs. Dillon gehörte zu ihnen. Sie war es auch, die darauf hingewiesen hatte, daß ich nicht vom selben Stand war wie meine Gefährtinnen. Und nun wollte mir scheinen, daß sie, statt Willie zu helfen, es auf seine Unzulänglichkeiten abgesehen hatte.

Es wurde natürlich von ihm erwartet, daß er im Haus half. Er holte Wasser vom Brunnen oder fegte den Hof. Diese Aufgaben verrichtete er ganz munter, sie waren ihm zur Gewohnheit geworden. Eines Tages sagte Mrs. Dillon: »Geh in die Vorratskammer, Willie, und hol mir ein Glas Pflaumen! Und sag mir dann, wie viele Gläser noch da sind.«

Sie hoffte natürlich, daß Willie ohne Pflaumen und mit bestürzter Miene zurückkäme, so daß sie Gott oder wer von seinen Engeln auch zuhörte, fragen konnte, was sie verbrochen habe, daß sie mit so einem Idioten geschlagen sei.

Willie war ratlos. Er konnte nicht wissen, wie viele Gläser da waren. Es war nicht einmal sicher, daß er die mit den Pflaumen heraussuchen konnte. Ich witterte eine Chance. Ich winkte ihm und ging mit ihm in die Vorratskammer. Ich holte die Pflaumen und hielt sechs Finger in die Höhe; schließlich erhellte ein Lächeln sein Gesicht.

Er ging wieder in die Küche. Ich glaube, Mrs. Dillon war enttäuscht, weil er das Gewünschte brachte. »So«, fragte sie, »und wie viele sind noch da?« Ich stand in der Tür und hielt hinter Mrs. Dillons Rücken sechs Finger in die Höhe. Willie tat desgleichen. »Sechs«, rief Mrs. Dillon, »so wenig! Meine Güte, was habe ich getan, daß ich mit so einem Idioten geschlagen bin.«

»Es stimmt schon, Mrs. Dillon«, sagte ich. »Ich habe nachgezählt. Sechs sind noch da.«

»Ach du bist es, Lenore. Du mußt deine Nase aber auch überall reinstecken!«

»Aber Mrs. Dillon, ich dachte, Sie wollten es wissen.«

Ich marschierte aus der Küche, würdevoll, wie ich hoffte, und kam an Willies Hund vorbei, der geduldig auf sein Herrchen wartete. Ich versuchte Willie zu helfen, wann immer ich konnte. Oft schaute er mich von der Seite an, wandte aber hastig die Augen ab, wenn ich ihn dabei ertappte.

Ich unterhielt mich mit Cassie über ihn, die sich sehr leicht zu Mitleid rühren ließ, und auch sie bemühte sich, ihm kleine Gefälligkeiten zu erweisen. So zeigte sie ihm etwa, wo die besten Kohlköpfe im Küchengarten zu finden waren, wenn Mrs. Dillon ihm auftrug, ihr einen zu holen.

Ich interessierte mich sehr für menschliches Verhalten und fragte mich, warum Mrs. Dillon, die es doch recht behaglich hatte, soviel daran gelegen war, jemandem wie Willie das Leben noch schwerer zu machen, als es ohnehin schon war. Willie war ein verängstigter Junge. Zu Cassie sagte ich: »Wenn er nur diese Angst vor den Menschen los würde, dann wäre er gleich viel normaler.«

Cassie pflichtete mir bei. Das tat sie immer. Vielleicht war ich deswegen so gern mit ihr zusammen.

Mrs. Dillon war unbarmherzig.

Sie sagte, Willie gehöre »fortgeschafft«, denn es schicke sich nicht, daß sich in einem Anwesen wie dem Haus der Seide Idioten herumtrieben. Wenn Sir Francis komme, wolle sie mit ihm darüber reden. Es sei sinnlos, sich mit Lady Sallonger darüber zu unterhalten, und Mr. Clarkson habe keine Befugnis, Willie fortzuschicken.

Ich glaube, sie hielt den Hund für ein geeignetes Mittel, um Willie zu kränken. Eines Tages behauptete sie, der Hund habe eine Lammkeule vom Tisch gestohlen und sei damit davongerannt. Ich war dabei, als sie deswegen forderte, der Hund müsse getötet werden.

Clarkson war sehr würdevoll. Er saß am Tisch wie ein Richter. »Haben Sie gesehen, wie der Hund das Fleisch nahm, Mrs. Dillon?«

»So gut wie«, erwiderte sie.

»Dann haben Sie es also nicht gesehen?«

»Ich habe den Köter da draußen gesehen. Es ließ die Augen kreisen, was er stehlen könnte, und als ich ihm den Rücken zukehrte, war er drinnen wie der Blitz, stibitzte die Keule vom Tisch und rannte mit ihr weg.«

»Es könnte auch einer von den anderen Hunden gewesen sein«, meinte Clarkson.

Aber davon wollte Mrs. Dillon nichts wissen. »Ich weiß, wer es war. Mir macht man nichts vor. Ich hab' ihn mit meinen eigenen Augen gesehen.«

Ich konnte mir nicht verkneifen zu sagen: »Aber Sie haben nicht gesehen, wie der Hund das Fleisch genommen hat, Mrs. Dillon.«

Sie drehte sich ärgerlich zu mir um. »Was machst du hier? Du mischst dich aber auch überall ein! Man könnte meinen, du gehörst zur Familie ...«

Ich sah sie fest an. Clarkson wurde verlegen. Er sagte: »Das gehört nicht zur Sache. Wenn Sie nicht wirklich *gesehen* haben, wie der Hund das Fleisch nahm, können Sie nicht behaupten, daß er es war.«

»Ich hole einen Holzfäller. Er soll dem Köter mit einem Gewehr den Garaus machen. Ich will nicht, daß er sich hier herumtreibt und das Essen klaut, das ich gekocht habe. Das ist ja nicht zum Aushalten! Das lass' ich mir nicht bieten!«

Die Angelegenheit zog Kreise, und die Leute ergriffen Partei: Der Hund muß erledigt werden; er ist ohnehin bloß ein elender kleiner Köter. Nein, laßt dem armen Kerl doch seinen Hund, er hat sowieso nicht viel vom Leben.

Der arme Willie war verzweifelt. Er lief mit seinem Hund davon. Es war Winter, und alle fragten sich, wie er wohl allein durchkommen würde. Mrs. Carter träumte, daß er irgendwo erfroren im Wald liegt. May sagte, sie vernehme seltsame Geräusche im Haus; sie glaube, einen Hund heulen zu hören. Jenny glaubte sich von jemandem verfolgt, als sie durch den Wald ging. Sie sah sich um und vermeinte, Willie mit seinem Hund zu sehen, zwei geisterhafte Gestalten, die plötzlich verschwanden.

Mrs. Dillon wurde unruhig. Sie war es ja, die Willie drangsaliert hatte. Sie war sich wegen der Lammkeule gar nicht mehr so sicher. Es hätte auch ein anderer Hund sein können. Sie wünschte, sie hätte nicht gesagt, der Mann solle das Tier erschießen. Sie habe es nicht ernst gemeint. Es sei sinnlos, ihr Vorwürfe zu machen, sie habe nur ihre hausfrauliche Pflicht erfüllt.

Die Erleichterung war groß, als Willie zurückkam; zerzaust und halb verhungert. Mrs. Dillon kochte ihm Haferschleim und sagte, er solle nicht mehr solche Dummheiten machen, einfach so davonzulaufen. Niemand werde seinen Hund erschießen. Das habe sie bloß so dahergeredet.

Danach waren alle etwas netter zu Willie. So hatte der Vorfall auch sein Gutes. Willie und sein Hund erholten sich rasch.

Das Leben nahm seinen gewohnten Gang. Julia war manchmal freundlich, doch plötzlich konnte sie hochmütig werden, als falle ihr gerade ein, daß ich nicht richtig zur Familie gehörte. Sie wurde ungeduldig mit Cassie, die rasch ermüdete, war sich jedoch nicht zu schade, im Schulzimmer von mir abzuschreiben und mich nach den Lösungen der Aufgaben zu fragen, die Miss Everton uns stellte. Im großen und ganzen kamen wir recht gut miteinander aus, und ich glaube, sie war im Grunde ganz froh, daß sie mich hatte. Ich war ihr eine bessere Gefährtin als Cassie. Wir übten auf der Koppel springen, und zwischen uns bestand eine gewisse freundschaftliche Rivalität.

Mit Cassie war es anders. Sie mußte sich nachmittags oft hinlegen. Dann zog ich ihr die Stiefel aus, setzte mich zu ihr, und wir unterhielten uns. Wir spielten Ratespiele, und manchmal erzählte ich ihr von den Kümmernissen und Leiden der Frauen in den Romanen. Sie genoß unsere Gespräche und weinte still über die Drangsal dieser unglücklichen Damen.

Die Jungen waren die meiste Zeit im Internat. Wir alle freuten uns, wenn sie in den Ferien nach Hause kamen, aber wenn sie dann da waren, war es nie ganz so, wie wir es uns vorgestellt hatten, und ich fühlte mich oft erleichtert, wenn sie wieder abreisten – vor allem Charles.

Bei Philip war es anders. Er hatte ein ähnlich sanftes Naturell wie Cassie. Ich nahm an, die beiden waren nach Lady Sallonger geraten, die wohl früher so gewesen sein mochte.

Charles war etwa sechs Jahre älter als ich. Er war sehr herrisch und stolzierte durchs Haus, als gehöre es ihm – was auch eines Tages der Fall sein sollte. Er behandelte Bruder und Schwester von oben herab, und da war es kein Wunder, daß er mich verachtete.

In den Ferien verbrachten die Jungen die meiste Zeit beim Reiten, oder sie angelten im Fluß. Sie hatten offenbar viele aufregende Dinge zu tun, von denen wir ausgeschlossen blieben. Ich beneidete sie um ihre Freiheit. Philip ritt jedoch manchmal mit uns aus. Er erkundigte sich bei mir interessiert nach Grandmères Arbeit. Zuweilen besuchte er sie. Sie mochte ihn gern und sagte mir, Philip habe ein echtes Gefühl für Stoffe und wisse eine gute Seide auf Anhieb zu erkennen. »Sein Vater wird mit ihm zufrieden sein, wenn er ins Geschäft einsteigt«, meinte sie.

»Charles dagegen interessiert sich anscheinend überhaupt nicht dafür«, bemerkte ich.

»Das kann noch kommen. Im Augenblick fühlt er sich als der große Herr und macht sich wichtig. Jedenfalls hier vor seinen jüngeren Geschwistern. Vielleicht ist er bei anderen nicht so, wer weiß? Wir werden sehen. Nur gut, daß es Philip gibt, er wird ein Segen für seinen Vater sein.«

Mir fiel auf, daß Charles großes Interesse an dem hübschen Stubenmädchen Grace bekundete. Einmal sah ich sie miteinander plaudern. Grace kicherte und wurde ganz rot, er wiederum war gönnerhaft vergnügt und freundlich. Offensichtlich verachtete er nicht alle weiblichen Wesen.

Als Charles die Ferien bei einem Freund verbrachte, verbrachten wir eine sehr angenehme Zeit mit Philip.

Einmal saß ich mit ihm, Julia und Cassie am See. Er erzählte von der Familie und meinte, wie wunderbar es sich doch gefügt habe, daß die Vorfahren sich vor vielen Jahren hier niedergelassen hatten, als sie aus religiösen Gründen aus ihrer Heimat vertrieben worden waren. »Wir konnten nichts anderes als Seide weben und kamen mit nichts hier an, denn wir mußten alles zurücklassen. Wir begannen hierzulande mit der Seidenproduktion. Findet ihr nicht, daß das eine großartige Tat war?« Ich bejahte begeistert. Er lächelte mich an und fuhr fort: »Binnen weniger Jahre produzierten wir Stoffe, die ebenso gut waren wie die aus Frankreich. Es war ein hartes Stück Arbeit, aber wir wollten ja arbeiten. Wir waren lange Zeit sehr arm, aber dann kam der Erfolg.«

»Da bin ich aber froh«, sagte Julia. »Arm sein wäre mir zuwider.«

»Es ist wirklich eine aufregende Geschichte, findest du nicht, Lenore?«

»O ja«, versicherte ich ihm.

»In ein fremdes Land zu kommen mit nichts als Zuversicht und Hoffnung und dem Willen, Erfolg zu haben.« Sein Gesicht glühte vor Begeisterung. Ich fand Philip sehr nett. Ich bedauerte, daß er bald wieder zur Schule mußte. »Aber es gab endlose Schwierigkeiten«, fuhr er fort. »Als das Land begann, französische Seide zu importieren, waren die Arbeiter von Spitalfields dem Verhungern nahe. Die Leute wollten französische Seide, obwohl unsere genauso gut war. Sie fanden einfach, französische Seide höre sich besser an als Spitalfields-Seide. Unsere Leute waren verbittert. Es kam zu Unruhen. Die Arbeiter zogen durch die

Straßen. Es gab keine Arbeit für ihre Webstühle. Wenn sie eine Frau in einem Kattunkleid sahen, rissen sie es ihr vom Leibe. ›Seide! Seide!‹ brüllten sie. ›Alle sollen Spitalfields-Seide tragen!‹ Sie kämpften um ihr Leben. Sie waren hierhergekommen und hatten alles zurückgelassen, was sie besaßen, sie hatten ihre Webstühle aufgestellt, sie hatten schöne Stoffe produziert, und gerade, als der Erfolg sich einstellte, erlaubte die Regierung den Import französischer Seide. Die törichten Leute glaubten, diese sei besser, und brachten unsere Arbeiter an den Rand des Ruins. Aber so sind die Engländer eben. Sie meinen immer, die Ausländer produzieren bessere Ware als ihre eigenen Landsleute. Jedenfalls war unser Geschäft damals fast am Ende.«

»Warum regst du dich jetzt noch so darüber auf?« fragte ich. »Das ist doch längst vorbei.«

»Ich fühle mit den armen Menschen, weil ich weiß, wie sie gelitten haben. Und es könnte wieder passieren.«

»Die ärmsten«, sagte Cassie. »Es muß furchtbar sein zu hungern. Vor allem für die kleinen Kinder.«

»Sie leiden zuallererst«, sagte Philip. »Es war eine langwierige ungestüme Geschichte. Vor gut hundert Jahren gab es einen großen Aufstand. Die Regierung hatte soeben den Vertrag von Fontainebleau unterzeichnet, der die steuerfreie Einfuhr von französischer Seide erlaubte. Die Arbeiter waren verzweifelt. Als der König auf dem Weg ins Parlament war, beschlossen sie, dem Unterhaus eine Petition vorzulegen. Sie waren der Meinung, der Herzog von Bedford sei von den Franzosen bestochen worden, um dem Vertrag von Fontainebleau zuzustimmen. Nachdem sie zum Parlament marschiert waren und eine Vertagung erzwungen hatten, überfielen sie den Wohnsitz Bedfords. Die Wachen wurden gerufen. Da flohen die Arbeiter, aber viele wurden von Pferden niedergetrampelt. Manche starben. Sie hatten gedacht, in einen sicheren Hafen zu gelangen, als sie ihre Heimat verließen, aber sie mußten sich ihr Fortkommen hart erkämpfen.«

»Und sie haben es geschafft«, sagte ich, »und jetzt ist alles gut.«

Er zuckte mit den Achseln. »Man kann nie wissen, was für Schwierigkeiten auftreten. So ist es nun mal im Leben, Lenore.« Julia gähnte. »Es wird Zeit heimzukehren«, sagte sie.

In diesen Ferien gewann ich Philip recht lieb. Er war ganz anders, wenn Charles nicht dabei war. Philip kam zu Grandmère herauf. Er befühlte kenntnisreich die Stoffballen und sprach über die einzelnen Webarten. Er interessierte sich sehr für Grandmères Webstuhl. »Benutzen Sie ihn oft?« fragte er.

»Nur, wenn Sir Francis einen besonderen Wunsch hat.« Sie erzählte von Villers-Mûre und der Fabrik mit den Bougainvillea-Ranken an den Mauern und der Werkhalle mit den großen Fenstern, die das Licht einließen.

Philip war von dem Thema sichtlich angetan. Er sprach von einer neuen Spinnmethode, mittels der, was bislang Abfall war, zu gutem Material verarbeitet werden konnte. »Ein gewisser Mr. Lister aus Bradford hat hierfür einen Spezialwebstuhl entwickelt«, erklärte er. »Er wird die Branche revolutionieren.«

Ich verstand vieles nicht, was sie besprachen, hörte ihnen aber trotzdem gerne zu. Grandmères Wangen waren gerötet, und Philip erzählte begeistert. Sie verstanden sich gut, und es ist immer sehr erfreulich, wenn Menschen, die man gern hat, sich mögen. Grandmère machte Tee, und wir verließen das Atelier, um ihn in ihrem kleinen Wohnzimmer zu trinken. Philip sagte, er wolle endlich ins Geschäft einsteigen. Das Warten falle ihm schwer. Sobald er mit dem Studium fertig sei, könne er mit der Arbeit beginnen, das habe sein Vater ihm versprochen. Er hätte am liebsten auf die letzten Semester seiner Ausbildung verzichtet, aber in dieser Hinsicht sei sein Vater unnachgiebig.

»Und Ihr Bruder?« fragte Grandmère.

»Ach, der hat nur sein Vergnügen im Sinn. Aber ich nehme an, das gibt sich.«

»Er hat nicht Ihren Enthusiasmus«, bemerkte Grandmère.

»Das kommt noch, Madame Cleremont«, versicherte Philip. »Wenn er erst einmal die Nase in dieses faszinierende Geschäft gesteckt hat, kann es doch gar nicht anders sein, oder?«

Sie lächelte ihn an. »Ich bin froh, daß Sir Francis Sie als Nachfolger hat. Das muß ihm eine große Freude sein.«

»Mein Bruder wird sich wohl auf einem anderen Gebiet des Gewerbes bewähren. Mir hat es die eigentliche Seidenproduktion angetan, der gesamte Vorgang. Die Raupen, die sich von Maulbeerblättern ernähren und ihre Kokons spinnen, um das edelste Material der Welt zu erzeugen …«

Er sprach viel von Vorgängen, die ich nicht begriff. Ich saß dabei und beobachtete zufrieden, wie Grandmère und Philip sich von Minute zu Minute besser verstanden.

Als er fort war, machte sie aus ihrer Freude keinen Hehl. Während ich ihr half, die Tassen wegzuräumen, sang sie leise vor sich hin:

> *En passant par la Lorraine*
> *Avec mes sabots …*

Das sang sie immer, wenn sie glücklich war. Ich hatte sie einmal gefragt, warum sie dieses Lied so gern habe, und sie erzählte mir, daß sie es schon als Kind gesungen und geliebt habe. Das Mädchen, von dem in den Zeilen die Rede sei, würde von allen für dumm gehalten, weil niemand wisse, daß es vom Sohn des Königs geliebt wurde.

»Und heiratete das Mädchen den Königssohn?« fragte ich.

»Wir wissen es nicht. Er hat ihr ein Majoransträußchen geschenkt, und wenn dies blüht, soll sie Königin werden. Aber das Lied hört auf, ehe das erzählt wird, und deshalb habe ich es so gern.« Dann sagte sie lächelnd: »Philip ist einer, der diese Arbeit liebt. Er ist wie sein Vater. Es ist ein Glück für Sir Francis, so einen Sohn zu haben.«

»Du hast ihn sehr gern, nicht wahr, Grandmère?«

Sie nickte und lächelte verschmitzt, und sie hatte ganz verträumte Augen.

Wir wurden langsam erwachsen. Julia war fast siebzehn, ich war über fünfzehn. Julia hatte sich verändert. Sie war ganz versessen darauf, uns zu zeigen, daß sie kein kleines Mädchen mehr war. Sie sollte in die Londoner Gesellschaft eingeführt werden. Lady Sallonger sprach viel davon. Wir pflegten den Tee mit ihr im Salon einzunehmen. Ich war oft schon vorher da und las vor. Ab und zu mußte ich innehalten, um ihr das Seidengarn, das sie zum Sticken benötigte, einzufädeln. Sie nahm meine Zeit immer mehr in Anspruch. Julia und Cassie kamen erst Punkt vier Uhr und verbrachten dann eine Stunde bei ihrer Mutter. Clarkson schob den Teewagen herein, und Grace stand bereit, um uns aufzuwarten; doch oft entließ Lady Sallonger sie, und es war meine Aufgabe, den Tee einzuschenken. »Lenore macht das schon«, sagte sie, und dann hieß es: »Lenore, etwas mehr Sahne bitte! Oh, und bring mir ein Hörnchen!« Sie aß aber nicht, sondern zerkrümelte das Hörnchen nur auf ihrem Teller.

Zu dieser Zeit drehten sich alle Gespräche um Julias bevorstehende Einführung in die Gesellschaft. »Meine Güte, ich sollte dabeisein, aber das ist unmöglich. Lenore, ich habe ganz taube Füße. Zieh mir die Pantoffeln aus, und reibe sie ein bißchen, ja? Ah, so ist es besser. Welche Erleichterung … Wie gesagt, bei meinem Zustand ist das leider unmöglich. Die Kleider, die du brauchst, Julia, wird natürlich Madame Cleremont anfertigen. Sie muß sich Schnittmuster besorgen. Vielleicht kann dein Vater welche aus Paris kommen lassen.«

Julia faltete die Hände und hörte verzückt zu. Sie sehnte sich danach, »eingeführt« zu werden. Sie sprach mit mir und Cassie fast nur noch von Bällen, Banketten, Lustbarkeiten … und ganzen Heerscharen von jungen Männern, die alle um ihre Hand anhalten würden.

Ich hatte die Zofe Miss Logan, die sich in solchen Dingen

auskannte, zu Miss Everton sagen hören: »Kurz und gut, sie sind Geschäftsleute, und das setzt der Sache 'nen Dämpfer auf. Aber sie haben Geld, und Geld spricht für sich.«

Julia sollte also auf den Heiratsmarkt gebracht werden, um ihre Vorzüge zur Schau zu stellen. Sie war jung, zuweilen recht hübsch, wenn sie gut gelaunt war, und konnte es kaum erwarten, einen Ehemann zu finden. Ihr Wert war allerdings vermindert durch das Etikett »Geschäftsleute«, was jedoch durch ein anderes, »Geld«, ausgeglichen wurde.

Lady Sallonger sagte: »Die Gräfin Ballader soll in solchen Angelegenheiten sehr gut sein. Die ärmste, sie braucht das Geld, seit der Graf tot ist. Er hat sie praktisch ohne einen Pfennig zurückgelassen. Spielschulden, heißt es, und Alkohol haben sein ganzes Vermögen verschlungen, und nach seinem Tod kam alles ans Licht. Die arme Gräfin! Allerdings war sie von vornherein nicht ganz … Sie war Schauspielerin oder so etwas. Die dritte Frau des Grafen, und er war schon etwas senil, als er sie heiratete. Und jetzt muß sie sich auf diese Weise ihren Unterhalt aufbessern. Sie ist teuer, aber bei Maria Cranley war sie sehr gut. Ein so unansehnliches kleines Ding, hat aber eine gute Partie gemacht … Allerdings mehr Geld als blaues Blut.«

Ich konnte mir die Bemerkung nicht verkneifen, daß Geld vielleicht nützlicher sei als blaues Blut.

»Das ist wahr, Lenore. Würdest du mir noch ein Kissen hinter den Rücken legen? So ist es besser. Ich bin auf einmal so müde. Und ich habe meinen Fächer fallen lassen. Ah, da ist er ja. Und noch eine Tasse Tee, Lenore! Nimm das Hörnchen fort. Oje, der ganze Boden ist voll Krümel. Ist das Madeirakuchen? Ich nehme ein Stück. Nein, ich versuche lieber ein Obsttörtchen. Und noch Sahne, bitte! Ja, die Gräfin soll ideal sein. Sie kennt sich in der Gesellschaft aus, und sie ist strebsam und praktisch aufgrund ihrer Herkunft. Aber letztere scheint alle Welt vergessen zu haben, und der Name Ballader gilt sehr viel. Julia, es ist sehr traurig, daß ich als deine Mama nicht das Nötige für dich tun kann.« Dann sprach sie von den benötigten Kleidern.

»Ich werde Madame Cleremont zu mir bitten müssen. Es gibt ja so viel zu tun! Ich weiß gar nicht, wie ich das schaffen soll.«

Ich mußte unwillkürlich lächeln. Lady Sallonger würde nämlich sehr wenig zu schaffen haben, das erledigten doch andere für sie. Grandmère war ganz aufgeregt wegen der Kleider, die sie für Julia anfertigen sollte. Sie machte eine Menge Entwürfe. Ich zeichnete auch einen. Grandmère wollte ihn mit den anderen zur Begutachtung vorlegen, aber erst sagen, daß er von mir stammte, nachdem die Wahl getroffen war.

Julia, Cassie und ich ritten fast jeden Nachmittag aus. Wenn wir zu dritt waren, durften wir ohne Begleitung eines Stallburschen reiten, vorausgesetzt, wir entfernten uns nicht weiter als bis zu dem kleinen Weiler Branches Burrow auf der einen und King's Arms auf der anderen Seite. Der Wald war uns im Umkreis von etwa zehn Kilometern um das Haus vertraut, aber jenseits dieser Begrenzung umherzustreifen war gefährlich, denn man konnte sich leicht verirren.

Ich werde diesen entsetzlichen Tag nie vergessen. Wir ritten durch den Wald, alles war so friedlich. Die Sonne schien durch die Blätter und warf ein scheckiges Muster auf den Waldboden, und ein lieblicher Geruch nach feuchter Erde hing in der Luft. Julia redete natürlich von ihrer Einführung in die Gesellschaft. Cassie machte ein nachdenkliches Gesicht, vermutlich fragte sie sich ängstlich, ob auch sie demnächst »eingeführt« würde. Ich hatte solche Sorgen nicht. Ich wußte nicht, ob ich darüber froh oder bekümmert sein sollte. Ich glaube, Grandmère machte sich Hoffnung, daß ich eingeladen würde, auch teilzunehmen, nicht an Julias Einführung, aber an der von Cassie, die, wie ich vermutete, nicht ganz so bombastisch ausfallen würde.

Als wir uns dem See näherten, hörte ich Stimmen und kreischendes Gelächter. »Hier spielen ein paar Buben aus den Dörfern«, meinte Julia. »Sie kommen gern hierher.« Als wir in Sichtweite kamen, bemerkten sie uns. Es waren eigentlich keine Buben mehr; ich schätzte sie auf sechzehn oder siebzehn Jahre. Als wir heranritten, verstummten sie. Ich wollte meinen Augen nicht trauen: Willie war an einen Baum gefesselt.

Ich rief: »Willie, was machst du da?«

Die Jugendlichen, es waren etwa sechs, starrten uns sekundenlang an. Etwas Boshaftes ging von ihnen aus. Ich spürte es, bevor ich gewahr wurde, was sie getan hatten. Einer rief: »Die sind vom Haus!« Darauf rannten alle blitzartig davon.

Ich sprang vom Pferd und lief zu Willie. Er versuchte uns etwas zu sagen, fand aber keine Worte. In seinem Gesicht spiegelte sich blankes Entsetzen. Inzwischen waren auch Julia und Cassie herangekommen.

»Oh, seht!« rief Julia und wies mit dem Finger. Da sah ich es. Der Mischlingshund war an einen anderen Baum gebunden. Sein Fell war blutig, und er lag ganz still.

Ich band Willie los. »Was ist passiert?« rief ich. Er antwortete nicht. Er lief zu dem Hund und nahm ihn in die Arme. Das Tier gab keinen Laut von sich und regte sich nicht, und da wußte ich, daß es tot war. Die Jungen hatten den Hund getötet. Wie konnten sie etwas so Grausames, Sinnloses tun?

»Erzähl uns, was passiert ist!« sagte Julia. Aber Willie konnte noch immer nicht antworten. Er stand da, den Hund an sich gedrückt. Ich sah, daß ein Bein des Tieres gebrochen war.

»Willie«, sagte Cassie sanft, »kannst du uns erzählen, was passiert ist?« Willie schüttelte niedergeschlagen den Kopf.

»Das waren die Jungen«, sagte Julia. »Oh, wie gemein! Willie, warum haben sie das getan?« Aber es hatte keinen Sinn zu versuchen, ihn zum Sprechen zu bringen. Er konnte nur an eins denken: Sein Hund war tot. Niemanden hatte Willie so geliebt wie diesen Hund, und niemand hatte Willie so geliebt wie diese kleine Kreatur. Sie hatten einander gefunden, einander getröstet und füreinander gelebt. Und nun war der Hund mutwillig von herzlosen Buben getötet worden, die sich daran ergötzten, ein hilfloses Tier und einen armen Kerl, den sie für geringer als sich selbst erachteten, zu quälen.

Ich wußte nicht, wie wir Willie trösten sollten. Cassie weinte leise. Ich nehme an, das bewies ihm, daß wir mit ihm fühlten.

»Willie«, bat ich, »wenn du uns erzählen könntest, was passiert ist ...«

Plötzlich fing er an zu sprechen. »Wir sind am See gesessen und ham geguckt. Die sind gekommen und ham uns ausgelacht. Ich hab' sie nicht angeguckt. Dann hat einer gesagt: ›Du magst doch den See so gern, nicht?‹ Und sie ham mich genommen und wollten mich reinschmeißen.« Er sah auf den Hund in seinen Armen und fuhr fort: »Er hat ihn gebissen. Als er mich packte, hat er ihn gebissen.«

»Hoffentlich feste«, sagte ich.

»Dann ham sie das Seil um mich rumgemacht, und ihn ham sie genommen und an den Baum gebunden, und dann ham sie Steine auf ihn geschmissen.«

»Ich werde es Carter melden«, sagte ich. »Sie müssen bestraft werden.«

»Das macht das arme Hündchen auch nicht wieder lebendig«, wandte Julia ein.

»Es wird ihnen zeigen, was mit Rowdys geschieht.« Aber ich wußte, daß Carter keine Gewalt über Jungen hatte, die nicht zu unseren Stallungen gehörten.

»Wir müssen deinen Hund begraben, Willie«, sagte ich.

Willie setzte sich mit dem Hund in den Armen in Bewegung. Wir saßen auf und ritten zum Stall, wo wir Carter, dem Stallmeister, berichteten, was geschehen war.

»Was waren das für Jungen?« fragte er.

»Wir kannten sie nicht. Sie sind weggelaufen, als wir auftauchten.«

»Der Hund war sein ein und alles.«

»Deswegen haben sie es ja getan«, sagte ich. »Ich wünschte, wir könnten sie finden. Sie müssen gehörig bestraft werden.«

»Wenn es welche aus meinem Stall gewesen wären, die bekämen was zu hören. Ich hoffe nur, daß keiner von ihnen so etwas tun würde. Aber jetzt müssen wir den Hund fortschaffen.«

Wir gingen traurig nach Hause. Wir waren alle zutiefst erschüttert, und Julia erwähnte ihre Einführung in die Gesellschaft einen ganzen Tag lang mit keinem Wort.

Ich kannte Willie gut genug und wußte, daß er sich nicht freiwillig von dem Hund trennen würde. Er wollte ihn lieber tot als gar nicht.

Man würde ihn ihm mit Gewalt fortnehmen müssen, daher beschloß ich, etwas zu unternehmen. Mit einer kleinen Pappschachtel und einem Bindfaden machte ich mich auf die Suche nach Willie. Ich rechnete kaum damit, ihn am See zu finden, aber dort war er. Er saß bei dem Baum, an den sie den Hund gebunden hatten, und hielt das Tier in den Armen.

»Willie, wir müssen ihm ein Begräbnis geben«, sagte ich. »Ohne das kann er nicht glücklich werden.«

»Sie wollen ihn mir wegnehmen.«

»Ja«, sagte ich, »aber wenn wir ihm ein anständiges Begräbnis geben, nehmen sie ihn dir nicht weg.« Ich hielt ihm die Schachtel hin. »Er mag ausruhen«, fuhr ich fort. »Er ist müde. Man muß ihn in Frieden schlafen lassen.« Zu meiner Überraschung legte er den Hund in die Schachtel. »Wir begraben ihn und machen ihm ein kleines Kreuz«, sagte ich weiter. »Hier, siehst du diese Stöcke? Wenn ich sie quer übereinanderlege und zusammenbinde, ergeben sie ein Kreuz, und damit bekommt er ein christliches Begräbnis.« Er beobachtete mich genau, und ich rechnete jeden Moment damit, daß er die Schachtel an sich reißen würde. Sanft sagte ich: »Alle müssen irgendwann sterben. Und wenn sie tot sind, muß man sie respektvoll behandeln. Man muß ihnen ein anständiges Grab geben. Sie wollen in Frieden ruhen.« Er hörte mir still verwundert zu, und ich fuhr fort: »Ich weiß, was wir tun. Das Mausoleum ist genau das richtige.« Er sah mich verständnislos an. »Es ist das Haus der Toten. Du kennst es. Es ist nicht weit von hier. Dahin werden die Sallongers gebracht, wenn sie gestorben sind. Ein hübsches Plätzchen. Du hast die Engel dort gesehen. Sie bewachen es. Wir bringen ihn dorthin und begraben ihn, ja?«

Er sah mich immer noch verwundert an. Ich legte meinen Arm um ihn und drückte ihn an mich. Er zitterte. »Es ist das beste«, sagte ich. »Er wird seinen Frieden haben, und du kannst ihn besuchen kommen. Du wirst wissen, daß er dort unter der Erde liegt. Du kannst an seinem Grab sitzen und zu ihm sprechen. Dann ist es, als wäre er dort bei dir, nur daß du ihn nicht sehen kannst.«

Er hielt die Schachtel fest an sich gedrückt. Ich sagte: »Komm mit, Willie! Wir wollen es jetzt gleich tun.« Ich machte mich auf den Weg und rechnete halb damit, daß er mir nicht folgen würde, aber er kam mit, und ich führte ihn zur Familiengruft der Sallongers.

Das Mausoleum hatte mich stets angezogen, seit ich es zum erstenmal sah und Grandmère mir erklärte, was es damit auf sich habe. »Wer von der Familie stirbt, kommt ins Mausoleum. In den Särgen liegen die Gebeine lange verblichener Sallongers«, hatte sie gesagt. »Sie waren im Leben vereint und bleiben es im Tode. Bei großen Familien sind solche Gruften Tradition.« Ich ging des öfteren hin und sah mir das Mausoleum an, und jedesmal suchte ich Julia und Cassie zum Mitkommen zu überreden. Ich war gefesselt von den zwei Engeln mit den Flammenschwertern. Sie glichen denen im Garten Eden, die in meiner Bibel abgebildet waren. Das eiserne Tor war schön geschmiedet, und in die Steinplatten der Mauer waren Figuren eingemeißelt. Als ich kleiner war, bildete ich mir ein, die Gesichter veränderten sich, während ich sie betrachtete. Manchmal träumte ich von der Begräbnisstätte. Ich sah mich dort eingeschlossen und konnte nicht hinaus, die Särge taten sich auf, und die lange verblichenen Sallongers kamen heraus und sahen mich an.

»Hier wollen wir ein Grab schaufeln, Willie«, sagte ich, »an der Mauer der Gruft. Dein kleiner Hund wird nahe bei den Sallongers ruhen. Das wird ihn freuen, denn es ist ein richtiges Grab. Wir setzen ein Kreuz darauf, dann kannst du es leicht finden. Vielleicht pflanzen wir auch Blumen. Alle werden wissen, daß er dort begraben liegt und wie gern wir ihn hatten.«

Willie nickte bedächtig. Ich hatte eine kleine Schaufel mitgebracht. Die gab ich ihm und sagte: »Du gräbst, Willie. Er will bestimmt, daß du ihn beerdigst. Dich hatte er am liebsten.«

So haben wir denn Willies Hund begraben. Willie ging oft zum Grab, setzte sich und redete zu seinem Liebling.

Die Hündinnen in den Stallungen bekamen oft Junge. Ich veranlaßte Julia, um eins zu bitten, damit wir es Willie schenken konnten. Das tat sie gern. Ich wußte, daß wir ihn am Grab treffen würden. »Hallo, Willie«, sagte ich. »Hier ist ein Hündchen. Es möchte bei dir bleiben, wenn du es haben willst.«

Willie starrte das Hündchen unbewegt an. Cassie streichelte es und sagte: »Du möchtest bei Willie bleiben, nicht wahr?« Sie brachte ihr Gesicht nahe an den Welpen und mußte unversehens niesen.

»Einmal Leid, zweimal Freud«, zitierte Julia.

»Dann bekomme ich Freude«, sagte Cassie, denn sie nieste noch einmal. »Du bist wie Pfeffer, Hündchen«, fuhr sie fort. »Du machst mich niesen. Ich werde dich Pepper nennen.«

»Ein hübscher Name für einen Hund«, fand Julia.

Ich nahm den Welpen und hielt ihn Willie mit den Worten hin: »Schau, Pepper, ich glaube, du und Willie, ihr werdet euch verstehen.«

Willie nahm das Hündchen auf den Arm. Es bellte leise und leckte ihm die Hand. Da leuchtete Willies Gesicht plötzlich freudig auf, und ich wußte, daß wir richtig gehandelt hatten.

»Er gehört dir, Willie«, sagte ich. »Er sucht ein Zuhause. Willst du dich um Pepper kümmern?«

Ich bin sicher, daß er danach nicht mehr trauerte.

Sir Francis kam ins Haus der Seide. Wie immer wurde sehr viel Aufwand getrieben, wenn er da war. Seine große Kalesche wurde neben dem Gig und dem Dogcart abgestellt, die nun zur Bedeutungslosigkeit zu schrumpfen schienen. Der Kutscher Cobb bezog über den Stallungen Quartier. Ich glaube, er übte auf die Stallburschen dieselbe Wirkung aus wie Sir Francis auf das Hauswesen. Weil er aus London kam, fühlte Cobb sich dem armen Landvolk haushoch überlegen. Die Mahlzeiten waren nun feierlicher. Lady Sallonger verwandte mehr Sorgfalt auf ihre Toilette denn je, aber gleichzeitig schien sie noch kränker zu werden, und sie lag elegant mit Bändern und Spitzen angetan auf dem Sofa hingestreckt. Sir Francis setzte sich zu ihr und nannte sie »meine Liebe«. Er tätschelte ihre Hand und hörte geduldig zu, wenn sie ihm ihre Leiden schilderte. Clarkson gab sich noch würdevoller als sonst, und Mrs. Dillon rannte in der Küche hin und her, gab und widerrief Anordnungen, bis Grace sagte, sie wisse nicht mehr, wo ihr der Kopf stehe.

Auch mit Grandmère redete Sir Francis eine Zeitlang unter vier Augen.

Nach ein paar Tagen reiste er wieder ab. Als er fort war, sprach Grandmère mit mir über ihn. »Etwas geht ihm im Kopf herum«, sagte sie. »Mir schwant, die Geschäfte gehen nicht so gut.«

»Hat er sich beklagt?«

»Das nicht, aber er machte so ein besorgtes Gesicht. Er sagte, im Absatz sei eine Flaute eingetreten und wir brauchten etwas, das ihn wieder ankurbelt. Das waren seine Worte. Er möchte etwas Neues. Man könne nicht stillstehen. Wir müßten etwas finden und es müsse gut sein. Das Bewährte sei ja gut und schön, aber die Leute wollten etwas Neues. ›Was wir finden müssen, Madame Cleremont‹, sagte er, ›ist eine neue Webart für Seide,

43

etwas Zündendes, das noch niemand hat.‹ Ich habe ihn kaum je in so einer Stimmung gesehen.«

»Meinst du, er ist besorgt wegen Julias Einführung in die Gesellschaft? Das muß sehr kostspielig sein.«

Grandmère lachte. »Das glaube ich nicht, *mon amour.* Das ist bloß eine Nebensache. Sir Francis geht es nur ums Geschäft. Vielleicht hat er dieses Jahr nicht so viel verdient wie letztes Jahr. Er denkt in großen Zahlen. Es wird schon wieder werden. Ihn verlangt bloß nach etwas Neuem. Das wünschen sie sich alle: eine Erfindung, die sie ihren Konkurrenten weit voraus sein läßt.«

»Ist die Konkurrenz denn so groß?«

Sie verdrehte die Augen zur Decke. »*Chérie,* die Konkurrenz schläft nie, und hinzu kommt diese jahrelange Rivalität zwischen den Häusern Saint Allengère und Sallonger. Die einen müssen die anderen übertrumpfen. Die katholischen Saint Allengères und die protestantischen Sallongers. Kannst du dir die Querelen vorstellen, wenn ein Familienzweig eine neue Religion annimmt? Die Religion muß für eine Menge Ärger geradestehen, *ma petite.*«

»Aber sie sind doch befreundet und besuchen sich!«

Sie schürzte die Lippen. »Es ist, wie sagt man, eine bewaffnete Neutralität. Beide Häuser sind von dem Wunsch beseelt, das andere auszustechen. So geht das seit Jahren.«

»Kam Sir Francis oft nach Villers-Mûre, als du dort warst?«

»Äußerst selten.«

»Du bist aber mit ihm hierhergekommen. Das habe ich nie richtig verstanden, und vieles andere auch nicht.«

Sie nahm mein Gesicht zwischen ihre Hände und sah mich zärtlich an. »Es gibt so vieles, was die meisten von uns nicht verstehen, *chérie.*«

Bald ging es im Haus wieder normal zu, und den ganzen Sommer hindurch beherrschte Julias bevorstehende Einführung in die Gesellschaft den Haushalt. Die Ballsaison dauerte von

Ostern bis zum August, daher mußte Julia bis zum Frühjahr gerüstet sein. Die Gräfin Ballader kam für etwa eine Woche, ich vermutete, sie wollte sich vergewissern, daß Julia ihrer Unterweisung würdig sei. Sie war eine hochgewachsene Frau mit einer imponierenden Ausstrahlung, und man war auf Anhieb von ihrer Vitalität beeindruckt. Ihr kastanienbraunes Haar wirkte etwas heller als von der Natur beabsichtigt, ihre strahlenden Augen schimmerten dunkelgrün. Obwohl sie von den Sallongers angeheuert worden war, um Julia auf den Eintritt in die Gesellschaft vorzubereiten, ließ sie durchblicken, daß sie ihnen eine große Gunst erweise. Sie führte mehrere lange Gespräche mit Lady Sallonger. Manchmal waren Julia, Cassie und ich dabei zugegen. Die großen grünen Augen der Gräfin musterten uns prüfend. Anfangs versuchte sie, Lady Sallonger einzuschüchtern. Sie merkte aber bald, daß sie in ihr eine würdige Gegnerin hatte. Lady Sallonger hatte sich lange darin geübt, Verantwortung auf andere abzuwälzen, und lud sie nun sachte auf die Schultern der Gräfin. Sie sprachen von Bällen, Gästelisten und Kleidern. Julia würde lernen müssen, anmutiger zu gehen; ihr Hofknicks bedürfe der Verbesserung. Die Gräfin wollte sichergehen, daß Julias Eintritt in die Gesellschaft von Erfolg gekrönt sein würde, bevor sie es unternahm, sie vorzubereiten.

»Ich hatte mit all meinen Mädchen Erfolg«, verkündete sie.

Lady Sallonger lächelte und meinte, die Gräfin könne sich glücklich schätzen, bei so guter Gesundheit zu sein. Wenn nur sie selbst kräftiger wäre! Sie ließ sich sogar von der Gräfin ein Kissen für ihren Rücken bringen und ihren Fächer aufheben, den sie in bestimmten Momenten gerne fallen ließ.

Ich fand das alles höchst erstaunlich und aufregend, und zu Cassie sagte ich: »In zwei, drei Jahren bist du an der Reihe.«

Cassie schauderte. »Ich dagegen«, fuhr ich fort, »werde mir selbst einen Mann suchen müssen, wenn ich einen haben will.«

»Du hast es gut«, sagte Cassie.

»Bis dahin hast du noch viel Zeit, und wenn es soweit ist, wirst du von Julia alles darüber erfahren haben«, beschwichtigte ich sie. Im Atelier ging es hoch her. Julia war oft zur Anprobe da.

»Sind die Sachen, die du da nähst, nicht nächstes Jahr schon wieder aus der Mode?« fragte ich Grandmère.

»Auf die Mode kommt es mir nicht so sehr an«, antwortete sie. »Ich mache, was ihr steht. Julia braucht Rüschen und Bänder. Ich arbeite für Julia, nicht für die Mode. Wärst doch du diejenige! Welch ein Kleid würde ich dir machen!«

»Ich werde nie diejenige sein. Vergiß nicht: Ich bin nur Lenore, kein Fräulein.« Sogleich wünschte ich, ich hätte das nicht gesagt, denn sie machte ein trauriges und etwas erschrockenes Gesicht, so daß ich den Wunsch hatte, sie zu trösten. Ich legte meinen Arm um sie und drückte sie an mich.

»Es wäre wunderbar, wenn …«, begann sie.

»Wenn was?« fragte ich.

Aber sie wollte nicht weitersprechen. Ich mutmaßte, sie war bekümmert, weil ich nicht in die Gesellschaft eingeführt werden würde, und sie fragte sich, wie ich einen netten, reichen Ehemann finden solle.

In diesem Sommer kam Drake Aldringham ins Haus der Seide. Wir wußten, daß Charles in den Ferien einen Freund mitbringen würde. Philip kam als erster. Er kannte Drake. »Charles kann sich etwas darauf einbilden, daß er Drake bewog hierherzukommen«, sagte er.

»Warum?« wollten wir wissen.

»Warum?« rief Philip beinahe entrüstet. »Es handelt sich immerhin um Drake Aldringham.«

»Was ist so besonders an ihm?« fragte Julia aufgeregt, denn seit von ihrer Einführung in die Gesellschaft die Rede war, interessierte sie sich sehr für junge Männer. Das war wohl ganz natürlich, da sie ja demnächst darauf abgerichtet wurde, einen von ihnen in den Stand der Ehe zu locken.

»Er ist ein Aldringham«, sagte Philip.

»Na und?« fragte Julia.

»Willst du etwa behaupten, du hast noch nie von Admiral Aldringham gehört? Das ist Drakes Vater.«

»Ist er sehr berühmt?« fragte ich.

»Hm ja, einigermaßen.«

Das war eine recht unverbindliche Antwort, und mehr war aus Philip vorerst nicht herauszubekommen.

Nachmittags beim Tee wurde über den Besuch gesprochen. Ich schenkte ein, und Philip reichte seiner Mutter ihre Tasse. »Danke, mein Lieber«, sagte sie. »Etwas mehr Milch, und ich nehme ein Butterbrot. Ist Honig da? Klarer oder fester?« Es war fester. »Oje, laß klaren kommen! Und lege die Decke um mich, sei so gut, Lenore! Draußen scheint die Sonne, aber hier drinnen ist es kühl.« Als der klare Honig gebracht war und sie damit herumgespielt und ich ihre Tasse wieder gefüllt hatte, kam Lady Sallonger auf den bevorstehenden Besuch zu sprechen. »Wann, glaubst du, werden Charles und Drake Aldringham eintreffen, Philip?« fragte sie.

»Das weiß ich nicht genau, Mama. Sie wollten eine Wanderung im Seengebiet machen, aber ich denke, Charles und sein Gast werden bald hier sein.«

»Ich freue mich darauf, seine Bekanntschaft zu machen. Der Sohn des Admirals! Und gibt es nicht auch einen Aldringham im Kabinett?«

»Ja, Mama, das ist Sir James, Drakes Onkel. Die Aldringhams sind eine sehr angesehene Familie.«

»Drake ist ein außergewöhnlicher Name.«

»Er ist nach dem großen Sir Francis Drake benannt.«

»Sich vorzustellen, wie ein großer Held der Vergangenheit zu heißen! Da hätte man ja das Gefühl, man müsse ihm nacheifern.«

»Bloß würde man von dir nicht erwarten, daß du die spanische Armada besiegst«, sagte Philip. »Der Name hat aber noch eine andere Bedeutung. Drakon. Es ist ein altes englisches Wort, und das lateinische ist *draco,* Drache.«

»Wie gebildet du bist!«

»Ich habe nachgesehen.«

»Wegen dieses Drake?«

»Ich fand es interessant.«

»Ich bin gespannt, wie er ist«, sagte Julia.

»Ein großer Kapitän zur See oder ein Drache?« rätselte ich. Cassie meinte: »Er ist wahrscheinlich ganz sanft und bescheiden, kein bißchen wie Sir Francis Drake oder ein Drache. Es kommt oft vor, daß die Menschen ganz anders sind, als ihre Namen vermuten lassen.«

»Laßt euch überraschen«, sagte Philip.

»Lenore, bring mir ein Obsttörtchen!« befahl Lady Sallonger. »Das sind ja Himbeeren! Ich möchte lieber schwarze Johannisbeeren. Ob es wohl Törtchen mit schwarzen Johannisbeeren gibt?« Es war das übliche Spielchen. Ich läutete, Grace erschien und kehrte alsbald mit Johannisbeertörtchen zurück.

Ich lächelte, als Lady Sallonger sich eins nahm, an dem sie bestimmt wieder bloß knabbern würde. Wären es von vornherein schwarze Johannisbeeren gewesen, hätte sie Himbeeren verlangt. Aber in der Küche war man an ihre Marotten gewöhnt. Ich war überzeugt, daß wir von Drake Aldringham enttäuscht sein würden.

Dann kam Charles allein, und alle waren bestürzt. Wir hatten so viel von Drake Aldringham gehört, daß wir ihn ungeduldig erwarteten. Charles sagte, Drake müsse noch für ein paar Tage zu einer alten Tante und werde ins Haus der Seide kommen, sobald er dort fortkönne.

Charles hatte sich verändert. Er war jetzt richtig erwachsen. Er hatte einen wiegenden Gang und sprach ein wenig schleppend. Er spielte den weltgewandten jungen Herrn, was mich amüsierte. Ich sah, wie er Grace wohlgefällig mit den Blicken folgte, und hörte Miss Logan zu Miss Everton sagen, sie möchte wissen, was er im Schilde führe, vielleicht sei es aber besser, es nicht zu wissen.

Miss Everton seufzte und sagte gefühlvoll: »Sie bleiben nicht lange jung.« Ich glaubte, sie spielte darauf an, daß sie im Haus der Seide nun bald nicht mehr gebraucht würde.

Philip war viel ernster als Charles. Ich hatte den Eindruck, daß Charles sich nicht besonders für die Familienfirma interessierte. Dafür interessierte er sich ungeheuer für die Weiblichkeit.

Einmal fühlte ich zu meinem Schrecken seinen Blick auf mir ruhen, als erwäge er … ja, was? Ich hatte keine Ahnung. Aber der durchdringende Blick behagte mir nicht, und mir wurde unwillkürlich ganz heiß dabei.

Eines Tages saß ich allein im Garten und wartete auf Grand-mère, die sich um diese Zeit oft zu mir gesellte. Ich hörte Schritte, und in der Annahme, sie sei es, blickte ich auf. Es war aber ein junger Mann. Hochgewachsen und sehr blond, ein gutaussehender nordländischer Typ. Als er mich sah, lächelte er freundlich.

»Oh, hoffentlich störe ich nicht«, sagte er.

»Nein«, erwiderte ich. »Was wünschen Sie? Suchen Sie jemand?«

»Ja, Charles Sallonger. Es war keine Zeit mehr, ihn zu verständigen. Ich habe mein Gepäck ins Haus gebracht, und weil von der Familie niemand da war, wollte ich mich ein bißchen im Garten umsehen. Ein hübsches Fleckchen ist das hier.«

»Sind Sie zu Besuch? Dann sind Sie …«

»Drake Aldringham«, stellte er sich vor.

»Das habe ich mir fast gedacht.«

»Sind Sie Julia?«

»Nein, ich bin Lenore Cleremont.« Sicher wußte er nichts damit anzufangen, deshalb erklärte ich: »Ich wohne hier. Ich gehöre nicht zur Familie. Meine Großmutter arbeitet hier, und ich bin hier zu Hause.«

»Charles sagte mir, dies ist der Landsitz der Sallongers. Sie haben noch ein Haus in London.«

»Ja, am Grantham Square. Ich war erst ein- oder zweimal dort.

Sir Francis, Charles' Vater, hält sich die meiste Zeit dort auf.«
Ich war von seiner Freundlichkeit sehr angetan, und sein Verhalten hatte sich auch nicht geändert, als er erfuhr, daß ich nicht zur Familie gehörte. »Charles oder Philip werden sicher bald zurück sein«, sagte ich.

»Ich wollte Lady Sallonger meine Aufwartung machen, aber man sagte mir, sie ruhe gerade.«

»Ja, um diese Zeit zieht sie sich immer zurück«, sagte ich. »Wir haben Sie ungeduldig erwartet.«

»Wie nett von Ihnen.«

»Wir haben viel von Ihnen gesprochen … von wegen Sir Francis Drake und so.«

Er verzog das Gesicht. »Sie können sich denken, was ich mit so einem Namen zeit meines Lebens zu hören bekomme.«

»Er ist doch sehr anregend, möchte ich meinen.«

»Eher entmutigend. Man erwartet, daß ich zur See gehe.«

»Und wollen Sie das nicht?«

Er schüttelte den Kopf. »Ich möchte in die Politik.«

»Das ist bestimmt sehr aufregend. Immer ist etwas los, und Sie wirken am Geschick des Landes mit.«

Er lachte. »Wie Sie das sagen, hört es sich nach einer großen Verantwortung an, und das ist es ja auch. Ich wollte immer schon wissen, was vorgeht und wie wir uns in die europäische Politik einfügen. Ich habe mich viel mit meinem Onkel unterhalten. Er kennt meine Interessen.«

»Es muß sehr befriedigend sein zu wissen, was man will. Das befähigt einen, auf sein Ziel hinzuarbeiten. So viele Menschen sind unentschlossen.«

»Oft muß man Widerstände überwinden.«

»Aber das macht es um so spannender. Wie fängt man es an, daß man Politiker wird?«

»Man beginnt auf der Universität. Ich mache alles mögliche, ich bin in einem Debattierverein und in einem politischen Club. Ich suche meinen Onkel häufig auf und verfolge seine Arbeit im

Parlament. So etwas hat man im Blut. Ich lese Zeitungen und bilde mir meine Meinung über das Geschehen. Ich diskutiere darüber mit meinem Onkel, der mich in jeder Weise unterstützt. Ein Glück, daß ich ihn habe. Es ist so spannend, von allen möglichen Ereignissen zu erfahren. Die Menschen neigen dazu, sich in kleinen Kokons abzukapseln. Sie wissen, was in ihrem unmittelbaren Umkreis geschieht, aber von den Vorgängen in Afrika wissen sie eigentlich nichts. Das heißt, sie haben keine Ahnung, warum etwas geschieht. Verzeihen Sie, ich rede zuviel.«

»Nein, das interessiert mich sehr. Sie werden bestimmt ein hervorragender Politiker.«

In diesem Augenblick kam Grandmère in den Garten. »Grandmère«, rief ich ihr zu, »Mr. Drake Aldringham ist da, und er hat niemanden angetroffen.«

Sie kam sehr würdevoll auf uns zugeschritten. Man hätte sie für die Herrin des Hauses halten können. »Wir haben so viel von Ihnen gehört«, sagte sie. »Charles wird bestimmt untröstlich sein, weil er nicht da war, um Sie zu begrüßen.«

»Daran bin ich selbst schuld«, sagte er. »Ich hätte ihm Bescheid geben sollen, aber ich dachte, es geht schneller, wenn ich einfach komme.«

»Und so wurden Sie von meiner Enkeltochter empfangen.«

»Ja, wir haben uns sehr angeregt unterhalten, aber ich fürchte, ich habe zuviel von mir gesprochen.«

»Das zeichnet einen guten Politiker aus«, erwiderte ich, und er lachte.

Wir setzten uns an den Teich, und ich erklärte: »Mr. Aldringham hat mir von seinen Zukunftsplänen erzählt, Grandmère.«

Der Besucher meinte, er sei sehr gespannt auf das Haus der Seide gewesen. Es sei doch ein recht ungewöhnlicher Name.

»Sicher wissen Sie, daß die Sallongers die größten Seidenfabrikanten des Landes sind«, sagte Grandmère. Das wußte er nicht, aber es interessierte ihn, und ich erzählte ihm, wie die hugenottischen Saint Allengères nach England gekommen und Sallongers geworden waren. Darauf meinte er, er werde den Aufenthalt im Haus der Seide, nachdem er nun die faszinierende Geschichte kenne, um so mehr genießen.

Ich merkte Grandmère an, daß er ihr gefiel. Ich sah es an ihrem Blick; sie lächelte und nickte und war sehr gesprächig. Wir hätten uns noch lange munter so weiter unterhalten können, aber dann kam Charles. Bei seiner Rückkehr hatte man ihm sogleich berichtet, daß sein Gast eingetroffen und in den Garten gegangen sei. Charles stand am Gartentor und blickte erstaunt auf Drake Aldringham, der zwischen Grandmère und mir saß und mit uns plauderte wie mit alten Freunden. »Drake, alter Knabe!« rief er. Drake stand auf. »Da bist du ja! Ich hätte dich verständigen sollen, aber ich hielt es für vernünftiger, einfach herzukommen.«

»Schön, dich zu sehen. Tut mir leid, daß ich unterwegs war und du niemanden angetroffen hast.«

»Aber Fräulein Lenore und ihre Großmutter waren ja da. Wir haben sehr unterhaltsam geplaudert.«

Charles lachte. Uns würdigte er kaum eines Blickes. Er nahm Drakes Arm und sagte: »Gehen wir hinein!«

Drake lächelte uns über die Schulter zu. »Bis später!« sagte er. Damit verschwanden sie. Grandmère sah mich an, ihre Augen lächelten. »Der ist ja reizend. Er ist sehr *interessant*. Er gefällt mir. Ein sehr netter junger Mann.«

»Ja, ich finde ihn sehr sympathisch.«

»Gut, daß solche Leute ins Haus kommen«, sagte Grandmère. Sie sah mich mit verträumten Augen an. Da wurde mir klar, wie sehr sie um meine Zukunft besorgt war. Als wir ins Haus zurückkehrten, summte sie *»En passant par la Lorraine«* vor sich hin.

Das ganze Haus war von Drake Aldringham bezaubert. Er hatte ein natürliches Auftreten, war leicht zu begeistern und nett zu jedermann. Sogar Cassie ging aus sich heraus und unterhielt sich ganz zwanglos mit ihm. Lady Sallonger war von ihm entzückt. Sie forderte ihn auf, sich zu ihr zu setzen und mit ihr zu plaudern. »Mein lieber Junge, Sie müssen mir alles von sich erzählen. Ich finde es ja so aufregend! Ich bin gleichsam eine Gefangene, dazu verurteilt, mein Leben hier auf der Couch zu verbringen, und Sie ... Sie haben so wunderbare Pläne. Erzählen Sie mir von Ihrem Onkel, und natürlich von Ihrem Vater! Wann ziehen Sie ins Parlament ein? Sie müssen unser Abgeordneter werden, nicht wahr, Julia? Wir würden ihn alle unterstützen, nicht?«

»O ja«, bestätigte Julia inbrünstig. Sie war auf dem besten Wege, sich in Drake zu verlieben, aber ich glaube, sie hätte sich in jeden jungen Mann vergafft, der damals aufgekreuzt wäre.

Er war überaus charmant. Er konnte auf Lady Sallongers leicht kokette Konversation eingehen und ganz ernst mit Philip reden; ich hörte ihn herzhaft mit Charles lachen; er verkehrte mit allen ganz ungezwungen. Für mich hatte er stets ein extra Lächeln, und im Salon setzte er sich oft neben mich. Ich dachte, weil er mich als erste angetroffen hatte, sei eine besondere Freundschaft zwischen uns entstanden.

Julia war darüber ein wenig verstimmt. Ich konnte das gut verstehen. Sie wünschte sich Drakes ungeteilte Aufmerksamkeit, und es war unverzeihlich, daß ich, die ich nicht einmal zur Familie gehörte, ihn ihr abspenstig machte. Wenn ich mit ihm zusammensaß, gesellte sich Cassie oft zu uns, und es war erstaunlich, wie sie in seiner Gesellschaft ihre Scheu verlor.

Immer öfter fühlte ich Charles' Augen auf mich gerichtet, sein forschender Blick bereitete mir Unbehagen. Ich glaubte, er wolle mir damit bedeuten, ich solle nicht vergessen, wo mein Platz war. Um dem Gast etwas zu bieten, plante Lady Sallonger einen festlichen Abend. Etwa zwanzig Gäste sollten eingeladen und es sollte auch getanzt werden. Der Ballsaal des Hauses wurde kaum genutzt, aber das sollte sich nach Julias Einführung in die Gesellschaft natürlich ändern. Lady Sallonger gedachte, etliche Leute aus der näheren Umgebung einzuladen; die brauchten nicht hier zu übernachten. Und für die wenigen, die aus London kommen und über Nacht bleiben würden, bot das Haus der Seide Platz genug. Lady Sallonger wurde bei der Planung ganz aufgeregt.

Mir wurde aufgetragen, ihr Schreibblock und Federhalter zu bringen. »Nicht den, Lenore, den großen aus meinem Sekretär!« Schließlich hatten wir den richtigen Block und den richtigen Federhalter, und mit der Aufstellung der Liste konnte begonnen werden.

Nicht nur Lady Sallonger, das ganze Haus war in Aufregung. Auch ich sollte an dem Fest teilnehmen. Mir wurden bestimmte Aufgaben zugeteilt. »Du wirst dich um die Barkers kümmern, Lenore«, sagte Lady Salonger. »Ich nehme an, niemand wird sich mit ihnen unterhalten wollen, und die Leute fühlen sich nicht gerne vernachlässigt. Das würde ja dann den Anschein haben, daß das Fest kein Erfolg war. Vielleicht hätte ich sie nicht einladen sollen. Sie sind sehr, sehr reich, aber das ganze Geld kommt aus einem Bauunternehmen. Die Leute könnten das vielleicht vergessen, aber Jack Barker läßt es nicht zu. Die ganze Zeit spricht er von Grundstückserschließungen und dem Niedergang des Gewerbes. Ich habe sie nur eingeladen, um die Zahl komplett zu machen und weil sie so nahe wohnen, daß sie hinterher nach Hause gehen können.«

Als ich Grandmère erzählte, daß ich an dem Fest teilnehmen und die Barkers betreuen sollte, war sie hoch erfreut. »Ich werde dir ein Kleid nähen, *mon enfant,* in dem du alle ausstichst.«

»Das würde aber Julia nicht recht sein«, gab ich zu bedenken.

»Ach, es wird ihr gar nicht auffallen. Sie hat keinen Stil. Sie erkennt nicht, wenn etwas perfekt ist. Sie macht sich zuviel aus Prunk und Flitter, aber das hat nichts mit Stil zu tun, o nein. Das ist nicht *chic* ...«

Sie nähte mir ein Kleid, mein erstes Erwachsenenkleid. Es war aus flammenfarbener Seide, die gut zu meinen Haaren paßte; es hatte ein enganliegendes Mieder und kurze Puffärmel. Der Clou aber war der weite Rock mit den unzähligen Volants. Als ich es anprobierte, hatte Grandmère Tränen in den Augen.

»Du siehst deiner Mutter so ähnlich«, sagte sie. »Ich könnte beinahe glauben …«

Ich umarmte sie und sagte, das Kleid sei herrlich und würde für den Rest meines Lebens mein Lieblingskleid sein.

Der Abend kam, die Gäste trafen ein. Lady Sallonger empfing sie auf ihrer Couch. Sie sah sehr majestätisch aus, als alle herantraten und sich vor ihr verbeugten. Charles und Philip standen bei ihr und natürlich Drake Aldringham. Alles war sehr glanzvoll.

Es sollte ein warmes Buffet geben, im Speisezimmer waren Tische aufgestellt. Die Musikanten spielten schon im Ballsaal, und Lady Sallonger hatte sich, schwer auf Charles' Arm gestützt, dorthin begeben und Platz genommen, um den Tanzenden zuzusehen.

Ich saß natürlich bei den Barkers. Mr. Barker sprach die ganze Zeit von seiner Baufirma. Mrs. Barker sagte sehr wenig; sie saß da, die Arme wie ein chinesischer Buddha über dem mächtigen Bauch verschränkt, und betrachtete ihren Mann, als seien die Worte, die seinem stets offenen Mund entströmten, ein göttliches Evangelium. Dennoch machte es mir Spaß dabeizusein. Ich erfuhr etwas von dem Unterschied zwischen Ziegel- und Steinbauten, von der Schwierigkeit, Arbeiter zu finden, die ihr Handwerk verstanden, und davon, daß bei all dem Gerede von Reformen die Leute nicht mehr so zupackten wie früher. Es gehe bergab, seit Hinz und Kunz mitreden könnten. Ich war nicht sehr aufmerksam, nahm mir jedoch Mrs. Barker zum Vorbild und mimte die respektvolle Zuhörerin, während ich meine Gedanken und meine Blicke unbemerkt schweifen ließ.

Ich sah Drake Aldringham mit Julia. Cassie saß bei ihrer Mutter. Wegen ihres Beines konnte sie nicht tanzen. Arme Cassie, sie hatte wohl nicht viel Freude an solchen Veranstaltungen.

Charles blickte in meine Richtung und kam zu meiner Verwunderung herübergeschlendert. »Guten Abend, Mr. Barker, guten Abend, Mrs. Barker«, sagte er. »Ich hoffe, daß Sie sich gut unterhalten.«

»Glänzend, glänzend«, erwiderte Mr. Barker. »Dieser Raum hat herrliche Proportionen. Damals verstand man noch zu bauen.«

»Wohl wahr«, sagte Charles und warf mir einen verschwörerischen Blick zu. »Leider waren Sie zu jener Zeit noch nicht auf der Welt, Mr. Barker. Sonst wäre er gewiß noch viel prächtiger geworden.«

Mr. Barker machte ein erfreutes Gesicht. »Oh, ich hätte ihn etwas modernisiert. Sehen Sie sich den Kamin an! Der muß ja tonnenweise Kohlen verbrauchen. Müßte flacher sein.«

»Sicher haben Sie recht. Ich werde Ihnen Lenore jetzt entführen. Sie sieht aus, als ob sie unbedingt tanzen wolle.«

Ich sah Mrs. Barker an. Es kam mir seltsam vor, daß Charles um mich besorgt sein sollte.

Mrs. Barker sagte: »Das ist recht. Junge Leute sollen sich amüsieren. Bis später, Miss Cleremont.«

Charles nahm meinen Arm und führte mich zum Tanz. »Ah, ein Walzer«, sagte er. »Ich liebe Walzer, du nicht?« Er legte seinen Arm um meine Taille und zog mich an sich. Mein Herz schlug sehr schnell. Er war mir nicht geheuer. Ich verstand nicht, warum er so leutselig zu mir war, nachdem er mir gegenüber so oft Gleichgültigkeit, wenn nicht Verachtung an den Tag gelegt hatte. »Ich hoffe«, fuhr er fort, »du bist mir dankbar, daß ich dich von den zwei alten Langweilern erlöst habe.«

»So schlimm sind sie gar nicht«, erwiderte ich. »Mr. Barker muß ein hervorragender Bauunternehmer sein.«

»Ich weiß nicht, warum Mama ausgerechnet die beiden einladen mußte. Und dich dann noch dazu verdammen, dich ihrer anzunehmen! Das nenne ich Grausamkeit gegen die Jugend! Lenore, du siehst heute abend ausgesprochen hübsch aus.«

»Danke. Das liegt sicher an dem Kleid.«

56

»Wenn du mich fragst, liegt es eher an dem, was in dem Kleid steckt.«

Seine Finger glitten zu meinem bloßen Hals hinauf, und ein Schauder durchlief mich. Er merkte es. »Du bist sehr jung, Lenore. Eigentlich noch ein kleines Mädchen.«

»Ich werde bald sechzehn.«

»Meine Güte! Welch hohes Alter! Süße sechzehn und noch ungeküßt. Oder etwa nicht?«

Er wirbelte mich mit großer Geschwindigkeit herum. Ich tanzte gern. Ich tanzte immer mit Julia, wenn Miss Logan sie unterrichtete. Tanzen gehörte zu den Fertigkeiten, die man beherrschen mußte, wenn man in die Gesellschaft eingeführt wurde. Ich übernahm bei Julias Tanzstunden die Rolle des Partners, und es machte mir immer großen Spaß. Aber jetzt machte mir das Tanzen überhaupt keinen Spaß. Charles wirkte so verändert, ganz anders als der junge Mann, den ich bislang kannte. Als wir uns einer Tür näherten, umfaßte er meine Taille fester, dann schwenkte er mich aus dem Ballsaal und den ganzen Flur entlang. Ich keuchte: »Was hast du vor? Wo willst du mit mir hin?«

»Abwarten«, trällerte er. Er öffnete eine Tür, und wir befanden uns in der kleinen Kammer, in der die Mädchen täglich die Blumen versorgten. Sie enthielt einen Ausguß und eine Wasserpumpe. Es war kalt und dunkel. Plötzlich fühlte ich Charles' Lippen auf meinem Mund. Selten war ich so entsetzt gewesen.

»Laß mich los!« schrie ich.

»Warum sollte ich? Ich finde dich sehr hübsch, weißt du. Du bist ein Kindskopf, aber Kindsköpfen kann man allerhand beibringen, und ich könnte dich eine Menge lehren.«

»Ich will nichts davon hören. Ich will wieder in den Ballsaal. Ich muß den Barkers etwas zu essen besorgen.«

»Die können sich selbst verpflegen. Komm, Lenore, was ist los? Du weißt doch, daß ich dich gern habe, oder?«

»Ach was, du hast mich immer verachtet.«

»Hübsche Mädchen verachte ich nie.« Er versuchte, seine Finger in den Halsausschnitt meines Kleides zu schieben.

»Wie kannst du es wagen!« rief ich. »Ich gehe jetzt, auf der Stelle.«

Er vertrat mir den Weg. »Na komm schon! So kannst du mich nicht foppen. Ich mag keine Mädchen, die mich zum Narren halten.«

»Und ich mag keine Leute, die sich anderen aufdrängen.«

»Ah, du bist ein hochmütiges Ding, wie?«

»Ich bin ich und suche mir die Leute aus, mit denen ich reden will.«

»Du kleiner Bastard!« sagte er.

Mir stockte der Atem, und er lachte höhnisch.

»Warum so entsetzt? Es stimmt doch. Wieso du bei uns im Haus bist, weiß ich nicht. Spielst dich auf, sperrst dich gegen einen freundschaftlichen Kuß, und das, nachdem du mich verlockt hast.«

Ich war stumm vor Zorn und Entrüstung.

Im Dunkeln konnte er mein Gesicht nicht sehen. Er sagte nun etwas sanfter: »Sei nicht albern, Lenore! Ich mag dich. Das sollte dich freuen. Tut es sicher auch. Wir werden es schön zusammen haben. Wir wollen Freunde sein. Dies ist nur der Anfang. Schade, daß du gleich neben deiner Großmutter schläfst. Meinst du, die alte Dame hört etwas, wenn ich leise hinaufkomme?«

»Ich weiß nicht, warum du so mit mir redest!« rief ich.

»Weil du dich zu einem anziehenden Mädchen mauserst und es Zeit wird, daß du erfährst, welchen Spaß anziehende Mädchen haben können.«

Eiskalte Wut packte mich. Er deutete an, aufgrund meiner alles andere als respektablen Geburt müßten mir die Aufmerksamkeiten des Sohnes des Hauses willkommen sein. Ich hatte ihn nie leiden können. Jetzt haßte ich ihn.

»Ich will auf der Stelle gehen. Ich lasse mir so ein Benehmen nicht länger gefallen!«

»Ah, sie ist hochmütig, wie? Was bildest du dir eigentlich ein, wer du bist? Französischer Abschaum, das bist du. Und weil ich nett zu dir sein und dir zeigen will, was ein Gentleman für dich tun kann, spielst du dich auf.«

»Das dumme ist nur, du bist kein Gentleman.«

Er packte mich grob am Arm. »Hör mich an, Mädchen. Ich will doch bloß ein bißchen Spaß mit dir. Dafür sind Mädchen wie du geschaffen. Du hast in diesem Haus keine Rechte. Daß deine Großmutter für uns arbeitet, bedeutet noch lange nicht, daß du die hochmütige Dame spielen kannst … Es sei denn, du verdienst dir das Recht dazu. Komm schon, Lenore, ich hab' dir doch gesagt, daß ich dich mag! Gib mir einen Kuß!«

Ich hatte panische Angst allein mit ihm in diesem finsteren Kabuff. Ich hob abrupt meine Hand und schlug ihn ins Gesicht. Es traf ihn unerwartet, und ich hörte ihn überrascht stöhnen. Er ließ mich los. Ich verlor keine Zeit. Ich schob mich an ihm vorbei und flitzte in den Flur. Ich hörte nicht auf zu rennen, denn ich fürchtete, er würde mich verfolgen. Ich raste in mein Zimmer und sah mich im Spiegel an. Mein Gesicht war gerötet, meine Frisur zerzaust. Ich wusch mich mit kaltem Wasser und sah erleichtert, daß die roten Flecken auf meinen Armen schon verschwanden. Ich kämmte mich mit zitternden Fingern, doch langsam wurde ich ruhiger.

Vielleicht hatte er zuviel Rotweinbowle getrunken. Ich konnte nicht glauben, daß ich ihm wirklich gefiel. Er empfand für mich dasselbe wie für die Hausmädchen, die kicherten, wenn er zu ihnen hinsah, und verschwörerisch dreinblickten, als bestünde zwischen ihnen ein besonderes Einverständnis. Er wollte mich genauso behandeln, wie er sie behandelte. Ich war ganz verschreckt, aber ich mußte in den Ballsaal zurück, sonst würde man mich vermissen. Die Gesellschaft war nicht so groß, daß jemand unbemerkt lange fehlen konnte. Ich ging hinunter und schlich mich in den Saal. Niemand sah mich erstaunt an. Die Barkers waren noch allein, und ich ging zu ihnen.

»Haben Sie schön getanzt?« fragte Mrs. Barker. Ich lächelte unverbindlich und fragte, ob sie etwas essen wollten. Als ich sie ins Speisezimmer führte, sah ich Charles. Er sprach mit der Tochter unserer nächsten Nachbarn. Er sah durch mich hindurch, als nehme er mich gar nicht wahr.

»Ein schöner Raum«, sagte Mr. Barker soeben. »Da oben scheint Feuchtigkeit einzudringen. Das muß behoben werden.« Philip kam mit Cassie zu uns. Cassie sah etwas müde aus. Sicher war sie froh, wenn der Abend zu Ende ging. Es muß traurig sein, beim Tanzen zusehen zu müssen, ohne teilnehmen zu können. Philip unterhielt sich mit Mr. Barker, vielmehr, er ließ ihn reden und schien sich sehr für das Baugewerbe zu interessieren. Vielleicht war er aber auch nur höflich. Hinterher erzählte er mir, Menschen, die sich mit Leib und Seele ihrem Beruf verschrieben, seien ihm sehr sympathisch. Es sei dasselbe wie bei ihm und der Seide.

Den Rest des Abends erlebte ich wie benommen. Der unangenehme Vorfall mit Charles ging mir nicht aus dem Sinn. Als ich mich schließlich zurückzog, kam Grandmère zu mir herein. In ihrem seidenen Morgenrock, der, da sie ihn selbst genäht hatte, der Inbegriff von Eleganz war, setzte sie sich auf meine Bettkante. »Nun?« fragte sie. »Hast du getanzt?«

»Ein bißchen. Mr. Barker tanzt nicht, und ich mußte mich um ihn und seine Frau kümmern.«

»Hast du mit Mr. Aldringham getanzt?«

»Nein, er war viel mit Julia zusammen.«

Sie machte ein enttäuschtes Gesicht.

»Die Barkers und ich haben zusammen mit Philip und Cassie gegessen, und danach habe ich mit Philip getanzt.«

Grandmère wirkte nicht gerade zufrieden. »Du bist müde«, sagte sie, »du mußt jetzt schlafen.«

Ich wollte eigentlich nicht schlafen, sondern nur allein sein, um über den Abend, und das hieß über den unangenehmen Vorfall mit Charles, nachzudenken.

Grandmère war enttäuscht. Ein junges Mädchen sollte nach seinem ersten Ball ganz hingerissen sein und nahezu platzen von dem Bedürfnis, von dem aufregenden Abend zu erzählen. Ich aber mußte nur an diese gräßlichen Minuten in dieser Kammer denken. Ich konnte einfach nicht anders.

Als ich Charles am nächsten Tag sah, schien er mich nicht zu bemerken. Ich war erleichtert. Er hatte es vergessen. Er hatte mich behandelt wie jedes weibliche Wesen, das er für unter seinem Stande erachtete. Vielleicht war meine Angst übertrieben gewesen. Er war bei mir abgeblitzt und war über den Schlag, den ich ihm versetzt hatte, bestimmt sehr wütend. Er mußte ihn sowohl als körperlichen Schmerz als auch als Kränkung empfunden haben.

Am Morgen darauf war Julia verärgert, weil Charles und Philip mit Drake einen ganztägigen Ausflug unternommen hatten. Nachmittags ging ich mit ihr und Cassie reiten. Julia sprach die ganze Zeit nur von dem Fest. »Es war wirklich sehr vergnüglich«, sagte sie. »Ich kann's gar nicht erwarten, bis ich ›eingeführt‹ werde. Dann gibt es andauernd solche Feste. Drake wird in London sein. Wegen seines Vaters und seines Onkels wird er zu fast allen Festlichkeiten eingeladen. Minister sind bei den Leuten noch angesehener als Admiräle.«

»Das möchte man gar nicht meinen«, sagte ich, »wenn man bedenkt, wie sie von der Presse angegriffen werden.«

»Gerade deswegen interessiert sich das Volk für sie. Seeleute müssen erst in einen Krieg verwickelt werden, damit sie in aller Munde sind. Ich hoffe, daß Drake in die Politik geht. Das wird sehr aufregend.«

Cassie fragte nachdenklich: »Glaubst du, du wirst dabeisein und die Aufregungen mitbekommen?«

Julia wurde rot. »So ein Leben habe ich mir schon immer gewünscht. Diese spannenden Wahlen, und man geht ins Parlament und trifft Leute wie Lord Beaconsfield und Mr. Gladstone.

Mary Anne Wyndham Lewis wurde die spätere Lady Beaconsfield. Es ist schrecklich romantisch. Sie hatte eine Menge Geld. Deswegen hat Lord Beaconsfield sie geheiratet.«

»Sehr romantisch«, sagte ich sarkastisch, »findest du nicht auch, Cassie?«

»Vernunftehen funktionieren oft sehr gut«, fuhr Julia fort. »So war es auch bei ihnen, und sie hat immer gesagt, er habe sie vielleicht wegen ihres Geldes geheiratet, aber nach ihrem jahrelangen Zusammenleben würde er sie aus Liebe geheiratet haben. Drake hat sehr interessant erzählt. Es hätte dir gefallen, Cassie, und dir auch, Lenore. Aber du mußtest dich ja um die langweiligen Barkers kümmern.«

»Philip und Cassie kamen mir zu Hilfe, da war es gar nicht mehr so schlimm.«

»Die Barkers führen eine glückliche Ehe«, sagte Cassie. »Mrs. Barker findet Mr. Barker einfach wunderbar. Es ist ganz reizend zu beobachten, wie sie ihm zuhört und dabei die ganze Zeit nickt. Ich glaube, wenn jemand ein Wort gegen ihn sagen oder versuchen würde, ihm zu widersprechen, den könnte sie glattweg umbringen.«

»Eine Ehe, in der ein Partner dem anderen untertan ist, muß ja gutgehen«, sagte ich. »Ich schätze, darauf haben es alle Männer abgesehen.«

»Ich glaube nicht, daß Drake das möchte. Er liebt Widerspruch, das ist mir aufgefallen.«

»Mir nicht«, sagte Cassie.

»Liebe Cassie, du warst nicht so viel mit ihm zusammen wie ich«, brüstete sich Julia. »Er ist so amüsant. Er hat eine herrliche Geschichte von Lord Beaconsfields Gattin erzählt. Ich glaube, damals hieß er noch schlicht Mr. Benjamin Disraeli. Sie verletzte sich an der Hand, als sie in die Kutsche stieg, um ihn ins Parlament zu begleiten, wo er eine wichtige Rede halten sollte. Sie sagte ihm aber nicht, daß sie sich beim Einsteigen die Hand in der Kutschentür eingeklemmt hatte. Sie muß schreckliche

Schmerzen gehabt haben, aber sie saß lächelnd und plaudernd da, als sei nichts geschehen, aus Angst, er könne sich aufregen und seine Rede verpatzen.«

»Eine hübsche Geschichte«, sagte Cassie, »findest du nicht auch, Lenore?«

»Ja. Aber ich möchte nicht der Schatten meines Mannes sein wie zum Beispiel Mrs. Barker. Ich möchte ich selbst sein. Ich möchte im Leben etwas erreichen, nicht bloß heiraten.«

»Oh, ich möchte auch nicht jemandes Schatten sein«, sagte Julia. »Politikerfrauen haben eben ihren Platz in der Gesellschaft. Disraelis Mary Anne hat alle Vorgänge im Parlament verfolgt, und zu Hause wartete sie auf ihn und hatte immer ein kaltes Abendbrot für ihn bereit, egal, wann er heimkam, und dann erzählte er ihr alles, was im Parlament vorgefallen war. Und Mrs. Gladstone ist in der Gesellschaft wohlbekannt. Sie kümmert sich stets darum, daß für das leibliche Wohl ihres Mannes gesorgt ist. Drake sagte, zu Hause hat *sie* das Sagen. Ihr seht also, es ist ein höchst aufregendes Leben.«

»Wieso interessierst du dich plötzlich so für die Welt der Politik?« fragte Cassie.

Julia errötete leicht. »Ich nehme an, das kommt von meinen Gesprächen mit Drake.«

Cassie und ich wechselten Blicke. Julia war eindeutig verliebt. Das war zu erwarten. Sie war siebzehn, und Drake dürfte etwa vier Jahre älter gewesen sein, damit waren beide im heiratsfähigen Alter.

Auf dem Heimweg trafen wir Drake und Charles. »Hallo«, sagte Drake, »wo kommen Sie denn her?«

»Von unserem Nachmittagsritt«, erklärte Julia.

Er lächelte uns allen auf seine freundliche Art zu. Julia starrte ihn an. Ich fand, sie zeigte ihre Verliebtheit zu deutlich, und ich fragte mich, ob ich es wagen könne, ihr zu raten, ihre Gefühle lieber etwas zurückzuhalten.

»Wolltet ihr gerade nach Hause?« fragte Charles.

Julia bejahte. Ich sagte nichts. Charles hatte mich nicht angesprochen. Er tat, als wäre ich nicht da. Ob er mich von jetzt an stets übersehen würde? Ich hätte nichts dagegen gehabt. Es wäre mir sogar sehr recht gewesen.

Drake ritt nun zwischen Julia und mir. »Das war ein sehr interessanter Abend gestern«, sagte er.

»Ja, nicht wahr«, erwiderte Julia.

»Ich sah, daß Sie sehr beschäftigt waren«, wandte er sich an mich.

»Lenore hatte Anweisungen von Mama«, erklärte Julia. »Mama fürchtete, die Leute würden die Barkers langweilig finden, deshalb mußte Lenore sich um sie kümmern.«

»Das war sehr nobel von Ihnen«, sagte Drake.

»Nicht im mindesten. Es war mir aufgetragen.«

»Ist ja auch egal«, sagte Julia. »Jedenfalls warst du dabei und hast mit Charles und Philip getanzt. Wir haben uns gut amüsiert, nicht wahr, Drake?«

»Ja, sehr«, erwiderte er.

»Und du, Charles?« fragte Julia.

»Oh, für mich war es ein sehr schöner Abend.«

»Hast du dich mit den jungen Damen vergnügt?«

»Und wie.«

Wir waren zum Mausoleum gekommen. »Ein ungewöhnliches Gebäude«, bemerkte Drake.

»Das ist unser Mausoleum«, erklärte Julia.

»Es wurde vor über hundert Jahren erbaut«, ergänzte Charles.

»Ziemlich unheimlich, nicht?«

»Das ist wohl nicht anders zu erwarten«, meinte Drake. »Ist es offen?«

»Du lieber Himmel, nein! Es wird nur ganz selten geöffnet, nur wenn jemand bestattet wird. Stellt euch vor, ich werde eines Tages da drin liegen, und Philip auch. Ihr Mädchen werdet wohl heiraten, und dann seid ihr keine Sallongers mehr und damit der Stätte nicht würdig.«

»Mausoleen haben mich schon immer interessiert«, sagte Drake. Er war abgestiegen. »Ich möchte mir das Gebäude gern ansehen. Das Mauerwerk ist ungewöhnlich. Die viele Arbeit … alles für die Ruhestätte der Toten.«

»Ich nenne es das Totenhaus«, sagte Cassie.

»Das hört sich ziemlich erschreckend an«, meinte Julia.

»Ich möchte nicht nachts hier vorbeigehen«, sagte Cassie. »Du, Lenore?«

»Mir wäre dabei wohl auch etwas mulmig zumute«, gab ich zu.

»Ich möchte wissen, warum man es Mausoleum nennt«, sagte Julia. »Ein passender Name. Man könnte sich kein Fest in einem Mausoleum vorstellen.«

»Ich glaube, das Unheimliche haftet dem Wort nur wegen dem an, was es verkörpert«, sagte Drake.

»Woher mag der Ausdruck wohl stammen?« fragte Cassie.

»Das kann ich Ihnen sagen«, verkündete Drake. »Ich habe eine Zeitlang Archäologie studiert. Wenn ich als Politiker versage, kann ich dieses Studium wiederaufnehmen. Es heißt Mausoleum nach dem Grabmal, das Mausolos, dem König von Karien, um 353 vor Christus in Halikarnassos von seiner Witwe errichtet wurde. Das Denkmal muß groß und prächtig gewesen sein und zählte zu den sieben Weltwundern.«

»Das würde ich gern sehen!« rief ich aus.

Er wandte sich lächelnd an mich. »Das ist ganz unmöglich. Es ist im 13. und 14. Jahrhundert zerfallen, und die Leute haben Teile davon als Baumaterial fortgeschleppt.«

»Die Barkers des 13. und 14. Jahrhunderts«, murmelte ich.

»Aber wenn Sie mal in London sind, Lenore, gehe ich mit Ihnen ins Britische Museum. Die Grabstelle wurde vor gar nicht langer Zeit entdeckt, um 1857, und was zu retten war, wurde nach England gebracht und ist nun im Museum zu besichtigen.«

»Ich möchte es auch gern sehen«, sagte Julia.

»Es wird mir ein großes Vergnügen sein, mit Ihnen beiden hinzugehen.«

»Mit mir auch?« fragte Charles.

»Aber selbstverständlich. Ich sehe, es ist mir gelungen, euer Interesse zu wecken. Ist es möglich, das Innere zu besichtigen?« wandte er sich an Charles.

»Ich denke, schon. Es muß einen Schlüssel geben. Clarkson wird wissen, wo er ist.«

»Geh ihn doch holen, Charles!« schlug Julia vor. »Dann können wir es gleich besichtigen.«

»Gut«, sagte Charles und machte sich auf den Weg.

»Hoffentlich langweile ich Sie nicht mit meiner Begeisterung«, sagte Drake.

»Das ist etwas ganz anderes als Mr. Barkers endloses Gerede«, erwiderte ich.

Er lachte, und Julia mischte sich ein: »Ich finde die Vergangenheit so faszinierend. Es muß Ihnen viel Freude machen, Drake, all diese Dinge zu entdecken.«

»Und ob es faszinierend ist. Ich würde gerne an einer ganz besonderen Entdeckung beteiligt sein, der Ausgrabung einer verschwundenen Stadt, eines Tempels oder Grabmals. So ein Glück hat man natürlich nur einmal im Leben. Das meiste ist mühsame Plackerei, die sich nicht lohnt.«

»Ich sehe schon, die Politik wird siegen«, sagte ich.

Er lächelte wehmütig. »Das scheint mir auch so.«

Wir sprachen eine Weile von alten Grabmälern und dem Fest gestern abend, bis Charles zurückkam und triumphierend den Schlüssel in die Höhe hielt.

»So«, sagte er, »jetzt kann eure makabre Neugierde gestillt werden.«

Wir waren alle abgestiegen und folgten Charles an den Engeln mit dem Flammenschwert vorüber zum Tor. Neben dem Mausoleum bemerkte Drake das Holzkreuz, das aus der Erde ragte.

»Sieht wie ein Miniaturgrab aus«, sagte er.

»Es ist auch eins«, erklärte Julia. »Da liegt ein Hund begraben.«

»Einer von den Ihren?«

»Nein, keiner von den unseren«, sagte Julia.

Ich erklärte ihm, was es mit dem Grab auf sich hatte, und schloß: »Wie Menschen so etwas tun können, ist mir unbegreiflich.« Die Erinnerung an jenen Vorfall ging mir immer noch sehr nahe. Willie besuchte das Grab oft und sprach zu dem Hund. Ich hatte ihn gehört. Er hatte zwar jetzt den kleinen Pepper, aber den Mischlingshund würde er wohl nie ganz vergessen. Ich hatte Tränen in den Augen und schämte mich ein bißchen.

»So eine Gemeinheit«, sagte Drake heftig. »So handeln nur herzlose Idioten.« Er drückte mir mitfühlend den Arm.

»Seid ihr bereit?« fragte Charles. »Jetzt kommt der große Augenblick.« Er steckte den Schlüssel ins Schloß und drehte ihn mühsam herum. »Es geht so schwer, weil es so selten geöffnet wird«, erklärte er, »nur wenn sie einen armen Sallonger zu seinen Vorfahren bringen.«

»Die Luft da drin dürfte nicht gerade gut sein«, meinte Drake.

»Ich glaube, es gibt irgendwo ein Luftloch«, erklärte Charles.

Die Tür war aufgesprungen. Wir standen vor einer steilen Treppe, die in die Finsternis hinabführte. Wir stiegen einer nach dem anderen hinunter, Charles vorneweg.

»Vorsicht«, rief er, »daß ihr nicht ausrutscht! Man weiß nie, was einem hier drin zustoßen kann.«

Tiefer und tiefer stiegen wir. Es müssen mindestens dreißig Stufen gewesen sein. Dann befanden wir uns in der hohen unterirdischen Grabkammer. Wir sahen uns einer großen Statue der heiligen Jungfrau mit dem Jesuskind gegenüber sowie einer weiteren Frauenstatue mit zwei Engeln. Eine Figur neben dieser Gruppe stellte unverkennbar Satan dar. Mit seinem Zepter schien er die Engel anzugreifen. Vermutlich rangen sie um die Seele der verstorbenen Frau. Hier war es wahrlich unheimlich, denn nur ein einziger Lichtstrahl fiel von einem Mauerloch ganz oben herein, das sich draußen zur ebenen Erde befunden haben muß. An den Seiten des Raumes waren Särge aufgereiht.

Es war sehr kalt, und ich schauderte. Mir war, als habe sich die Vergangenheit meiner bemächtigt.

»Beeindruckend«, flüsterte Drake. »Wißt ihr, daß es denselben Grundriß wie Mausolos' Grabmal hat? Ich habe Bilder gesehen, wie es vor langer Zeit gewesen sein muß, bevor es zerfiel.«

»Was würdet ihr davon halten, eine Nacht hier unten zu verbringen?« erkundigte sich Charles. »He, Cassie, wie fändest du das?«

»Ich glaube, ich würde über Nacht weiße Haare kriegen«, sagte Cassie. »Das kann passieren, wenn man einen schlimmen Schock erleidet.«

»Es wäre doch recht spaßig, dich mit weißen Haaren zu sehen«, meinte Charles. »Wollen wir sie hierlassen?«

»Nein!« kreischte Cassie.

»Das würden wir doch niemals tun«, versicherte ihr Drake. »Hier wirkt nur wegen der Dunkelheit und der Gedanken an die Toten alles so gespenstisch. Es ist nichts weiter als ein unterirdisches Grabmal.«

»Ich möchte wissen, was hier nachts vorgeht«, sagte Julia. »Meint ihr, sie steigen aus ihren Särgen und tanzen hier herum?«

»Dürfte nicht gerade schön anzusehen sein, bloß in ihren Totenhemden«, meinte Charles.

Drake ging umher. Er betrachtete die Wände und war von allem fasziniert.

»Wir sollten unser Mausoleum zur Besichtigung freigeben«, sagte Charles.

»Aber es ist so kalt«, wandte Julia ein.

»Ihr seid alle Feiglinge«, sagte Charles. »Aber was kann man von einer Horde Mädchen schon erwarten?«

Die Feuchtigkeit drang in meine Knochen. Ich betrachtete die Särge auf ihren Gestellen und dachte, daß noch für viele weitere Platz war.

Plötzlich fühlte ich mich an den Schultern gepackt.

»Hab' ich dich«, flüsterte eine Stimme in mein Ohr. »Ich bin der

Mausoleumsgeist. Ich behalte dich hier unten als meine Braut.«
Ich drehte mich abrupt um und blickte in Charles' funkelnde
Augen. Sein Gesicht war ganz nahe an meinem, und ein Zittern
befiel mich.

»He, du hast ja Angst«, sagte er lachend.

»Wer würde sich nicht fürchten, wenn er an einer solchen Stätte
überfallen wird«, sagte Drake. »Hör auf mit dem Quatsch!«

»Ich hätte nicht gedacht, daß sie sich so leicht Angst einjagen
läßt«, erwiderte Charles. »Du bist ein furchtsames kleines Ding,
Lenore, auch wenn du noch so mutig tust.«

»Laßt uns gehen!« sagte Julia. »Ich hab' genug. Wir haben es
gesehen, das war's doch, was Sie wollten, Drake.«

»Ja, und es war hochinteressant. Ich würde gerne nochmals
hierherkommen. Nächstes Mal sollten wir aber Kerzen mitbringen.«

»Und warme Mäntel«, fügte Cassie hinzu.

Julia strebte auf die Treppe zu.

»Ich geh' voraus«, verkündete Charles.

»Und ich bilde die Nachhut«, sagte Drake.

»Ich hatte mich schon gefragt, wer als letzter gehen würde«,
sagte Charles. »Die Mädchen hätten ja bloß Angst, daß sie einer
von hinten krallt und zurückzerrt. Ihr habt euch aber auch
richtig schlecht benommen; einfach ungebeten in das Privatge-
mach der Toten einzudringen!«

»Mich kriegen sie nicht«, sagte Drake. »Kommt jetzt, es ist
wirklich kalt hier.«

Schwer atmend nach dem Treppensteigen traten wir blinzelnd
an die frische Luft.

»Na, es hat euch hoffentlich Spaß gemacht«, sagte Charles. »Alle
vollzählig versammelt?« Er sah mich an. »Du machst ein Gesicht, als hättest du ein Gespenst gesehen.«

»Nein«, sagte ich. »Der Überfall war bloß so plötzlich.«

Er verzog das Gesicht. »Ich muß Clarkson den Schlüssel zurückbringen. Bis nachher!« Er ritt davon.

»Das war ja wirklich ein Abenteuer«, sagte Drake und sah dabei mich an.

Es war am Nachmittag des folgenden Tages. Drake war am frühen Morgen mit Charles und Philip zu einem ganztägigen Ausflug aufgebrochen. Julia zeigte sich deswegen schlecht gelaunt. Sie wäre am liebsten die ganze Zeit mit Drake zusammengewesen.

Ich wollte gerade mit einem Buch zum Gartenteich gehen, als ein Stalljunge atemlos zu mir gelaufen kam. »Oh, ich muß Sie unbedingt sprechen.«

»Was gibt's?« fragte ich.

»Willie vermißt seinen Hund.«

»Nein …«

»Doch, Miss. Er ist völlig durcheinander. Er hat ihn den ganzen Tag im Wald gesucht. Ich glaub', ich weiß, wo der Hund ist.«

»So? Wo denn?«

»Er ist in dieser Grabstätte, Miss. Da waren gestern Leute drin. Vielleicht ist er reingelaufen, als die Türe offen war. Ich denk', ich hab' ihn da gehört, durch das Loch in der Mauer.«

»Und hast du es Willie gesagt?«

»Konnt' ihn nicht finden. Ich dachte, weil Sie … Sie meinen es doch gut mit ihm … und ich mag da nicht alleine rein.«

»Dann wollen wir mal nachsehen.«

Er hielt einen Schlüssel in die Höhe. »Den hab' ich von Mr. Clarkson. Ich will da nicht alleine rein, und da dachte ich, daß Sie …«

Es war durchaus möglich, daß Pepper ins Mausoleum geschlüpft war, als die Tür offenstand und wir alle dort unten waren. Er kam ja oft genug mit Willie dorthin. Es behagte mir gar nicht, mich in die unterirdische Stätte zu begeben, aber ich sagte zu dem Jungen: »Komm, sehen wir uns mal um!« Er zögerte. »Na, komm schon«, sagte ich ungeduldig, »ich bin ja bei dir.«

Der Junge schloß die Tür auf und ließ den Schlüssel stecken. Wir stiegen die Treppe hinab, ich voran. Ich ermahnte ihn zur Vorsicht. »Paß auf, die Stufen sind feucht und schlüpfrig!« Er gab keine Antwort. Da merkte ich, daß er mir nicht folgte. Ich hörte Stimmen oben an der Tür. Gottlob, da war noch jemand. »Pepper!« rief ich. »Pepper, wo bist du?«

Ein Schatten war hinter mir. »Er versteckt sich vermutlich«, sagte ich. »Er war sicher ziemlich erschrocken, als er merkte, daß er nicht hinauskonnte.« Ich war am Fuße der Treppe angelangt und drehte mich um.

Ich erstarrte vor Schreck. Charles war hinter mir.

»Charles!« rief ich.

»Höchstpersönlich.«

»Wie bist du hierhergekommen?«

»Auf die übliche Art und Weise – auf meinen zwei Beinen.«

»Wo ist der Junge?«

»Ich hab' ihn weggeschickt. Oh, keine Bange, ich hab' den Schlüssel.« Er hielt ihn lächelnd in die Höhe.

Ich wollte auf keinen Fall zeigen, wie sehr ich mich fürchtete, an so einer Stätte mit Charles allein zu sein. Dabei war es mehr als Furcht. Es war ein Alptraum.

»Pepper!« rief ich wieder. »Wo bist du?«

»Das kleine Ungeheuer versteckt sich vermutlich. Wir werden ihn schon finden … wenn er hier ist. Pepper! Hierher!«

Keine Antwort. An diesem seltsamen Ort klangen unsere Stimmen fremd. »Wenn er nicht hier ist, sollten wir lieber wieder gehen«, sagte ich. »Der Junge meinte, hier drinnen einen Hund gehört zu haben.«

»Ich glaube nicht, daß er hier ist.« Charles sah mich an. »Du hast ja Angst.«

»Hier gefällt es mir nicht.«

»Nicht sehr gemütlich, wie? Und es gefällt dir erst recht nicht, daß du hier mit mir allein bist.«

Konnte ich mich an ihm vorbeidrängen und zur Treppe flitzen?

Konnte ich vor ihm oben sein? Nein, unmöglich. Es war so düster, daß man sich vorsichtig bewegen mußte.

»Du brauchst keine Angst vor mir zu haben«, sagte er mit sanfter Stimme. »Du weißt, ich will dein Freund sein. Aber du läßt mich ja nicht.«

»Auf so eine Art von Freundschaft kann ich verzichten.«

»Oh, ich weiß, du bist eine keusche junge Dame. Schade. Wovor fürchtest du dich?«

»Wir sollten jetzt gehen. Der Hund kann nicht hier sein. Sonst würde er sich rühren, wenn man ihn ruft.«

»Du denkst, daß ich über dich herfallen will, stimmt's? Daß ich dich zwingen werde, dich meinem unsittlichen Begehren zu fügen, hab' ich recht? Gib's zu. Du denkst, ich bin dazu imstande, nicht?«

»Ja.«

Er lachte. »Du bist mir das rechte Frauenzimmer! Laß dir sagen, daß ich es nicht nötig habe, um eine Gunst zu betteln.«

»Davon bin ich überzeugt. Warum nimmst du sie dann nicht von denen, die willens sind und vielleicht sogar darauf brennen, sie zu gewähren?«

»Davon gibt es jede Menge, das kannst du mir glauben. Und deswegen werde ich nicht tun, was mir ein leichtes wäre, denn hier unten, mein stolzer kleiner Bastard, bist du mir auf Gnade und Barmherzigkeit ausgeliefert. Welch eine Stätte für eine Entehrung! Von Toten umringt.«

»Ich gehe jetzt.«

»Nicht so eilig. Du solltest panische Angst haben, daß ich dir deine Unschuld raube ... du bist doch noch unschuldig, oder? Du hast mir eine gehörige Ohrfeige verpaßt, ich spüre sie jetzt noch. Nein, was ich zu bieten habe, schenke ich keiner Schlampe, die es nicht zu schätzen weiß.«

»Das kann ich verstehen. Es tut mir leid, daß ich dich geschlagen habe. Aber nachdem wir uns nun einig sind, können wir den Vorfall vielleicht vergessen.«

»Eine Beleidigung vergesse ich nicht so schnell.«

»Ich denke, ich bin diejenige, die beleidigt wurde.«

»Weil du dir etwas auf deinen Status einbildest, kleine Miss Cleremont?«

»Vielleicht. Aber ich werde dir hoffentlich damit keinen Ärger mehr machen.«

»Dann laß uns gehen!« Er war mir auf der Treppe ein wenig voraus. Plötzlich drehte er sich um und sagte: »Horch! Hast du das gehört?«

Ich blieb still stehen, um zu lauschen. Ich drehte mich um und starrte hinunter in die dunkle Kammer. »Nein, ich kann nichts hören.«

Da lachte er laut. Während ich ihm den Rücken zugekehrt hatte, war er weiter die Treppe hinaufgestiegen. Jetzt rannte er weit voraus. Kurz bevor ich oben ankam, fiel die Tür mit einem Knall zu. Dann hörte ich, wie der Schlüssel herumgedreht wurde.

Schreckliche Angst überkam mich. Ich war allein im Totenhaus eingeschlossen.

Ich hämmerte mit beiden Fäusten an die Tür. »Laß mich raus! Laß mich raus!« schrie ich.

Er muß dicht bei der Tür gewesen sein, denn ich hörte sein Lachen. »Du warst unverschämt zu mir, du kleiner Bastard«, rief er. »Dafür mußt du bestraft werden. Bleib bei den Verblichenen, und denk darüber nach, wie du den Sohn des Hauses behandelt hast, das jahrelang dein Wohltäter war. Du undankbares kleines Miststück. Das soll dir eine Lehre sein!« Das Lachen wurde schwächer. Er war gegangen.

Ich setzte mich auf die Steinstufen und schlug die Hände vors Gesicht. Ich dachte: Es ist nicht wahr. Es ist ein Traum. Bald werde ich aufwachen. Aber es war kein Traum. Charles mußte sich das am Vortag ausgedacht haben, als wir alle hier unten waren. Er hatte mich wohl hierhergelockt. Der Junge hatte auf seine Anweisungen gehandelt. Von einem vermißten Hund konnte keine Rede sein.

»Hilfe! Hilfe!« Der Widerhall meiner Stimme klang schwach durch die unterirdische Kammer. Wenn jemand draußen war, würde man mich vielleicht hören. Aber wer sollte da schon sein? Wie lange mußte ich hier bleiben?

Ich hatte Angst, mich von der Treppe zu entfernen. Ich wollte nicht in die Kammer mit den Särgen hinunter.

Man würde mich bald vermissen. Grandmère würde sich Sorgen machen und darauf drängen, daß man mich suchte. Es konnte nicht lange dauern. Aber auch eine kurze Zeitspanne war an so einem Ort entsetzlich.

Ich starrte in die Finsternis hinab. Stille kann beängstigend sein. Ich spitzte die Ohren, um einen Laut von den Toten zu vernehmen. Gespenstergeschichten, die ich gehört hatte, fielen mir ein. Wenn es irgendwo auf der Welt Gespenster gab, dann an einer Stätte wie dieser.

Ich betete stammelnd: »Bitte, lieber Gott, mach, daß jetzt jemand kommt ... schnell ... jetzt ... jetzt!«

Ich stand auf. Meine Beine waren schon steif. Wieder hämmerte ich an die Tür, bis meine Fäuste schmerzten. Ich wußte, es war vergeblich, trotzdem machte ich weiter. Angenommen, es kam niemand ... erst wenn wieder ein Sallonger starb und man die Tür öffnete, um den Sarg hereinzubringen, und dann würden sie mich finden ... tot.

Nein, sie würden mich suchen. Sie mußten mich finden. Aber wer würde auf die Idee kommen, hier nachzusehen? Der Stalljunge wird es ihnen erzählen. Aber nein, er war von Charles angestiftet worden. Mein Haß auf Charles verdrängte vorübergehend meine Angst. Warum waren die Menschen so ekelhaft? Warum taten sie anderen solche Gemeinheiten an? Die grausamen Buben, die Willies Hund gesteinigt hatten; Charles, der mir das antat, weil ich mich seinen lüsternen Nachstellungen nicht fügen wollte.

Wie lange war ich wohl schon hier? Fünfzehn Minuten? Dreißig? War es wahrscheinlich, daß jemand hier vorbeikam? Wenn es

Abend wurde, bestimmt nicht. Sollte ich eine Nacht hier verbringen müssen? Und wenn sie vorüber war, was dann? Aber sie mußten mich suchen kommen, dafür würde Grandmère schon sorgen. Noch würde sie mich nicht vermissen, erst zur Schlafenszeit. Dann bekäme sie es mit der Angst zu tun.

Wieder hämmerte ich in meiner Not an die Tür. Ich rief um Hilfe, als könne mich jemand hören. Es war so finster hier. Drunten in die unterirdische Kammer fiel wenigstens ein mattes Licht durch das schmale Mauerloch. Ich stieg die Treppe hinab, dann stand ich in der düsteren Grabstätte mit den Särgen auf den Gestellen. In meiner augenblicklichen Stimmung kam es mir vor, als seien die Statuen zum Leben erwacht. Satans Zepter schien sich zu bewegen. Mir war, als ob er mich beobachtete. Ich wandte die Augen ab und starrte auf die Maueröffnung. Wenn ich mich direkt darunterstellte und rief, könnte mich vielleicht jemand hören. Aber was hatte das für einen Sinn? Es war niemand in der Nähe.

Ich konnte es nicht aushalten in der düsteren Kammer, wo der Tod so gegenwärtig war. Doch wenn ich gehört werden wollte, mußte ich bleiben ... wegen der Öffnung über mir. Ich starrte hinauf. Sie schien die einzige Hoffnung auf Verbindung zur Außenwelt zu sein.

Wie lange sollte ich hier bleiben? Charles mußte doch wissen, wie mir zumute war. Er würde bald zurückkommen, wenn er fand, ich sei genug bestraft. Mir fiel ein, was Cassie gesagt hatte. Sie würde über Nacht weiße Haare bekommen. Vorsichtig betastete ich meine Haare. Ich konnte nicht die ganze Nacht hier bleiben. So grausam konnte niemand sein, nicht einmal Charles.

Doch die Menschen waren grausam. Nie würde ich die Buben vergessen, die Willies Hund gesteinigt hatten. Solch sinnlose Gewalt entsprang hirnlosen Köpfen. Aber Charles war nicht so. Er war doch gebildet. Dies war keine hirnlose Grausamkeit, sondern Rache. Ich hatte ihn abgewiesen, und aufgrund meiner niederen Geburt hatte ihn das schrecklich ergrimmt, deshalb wollte er mir eine Lektion erteilen.

Wieder betete ich, diesmal zu der Statue der Jungfrau mit dem Jesuskind. Ich setzte mich auf die unterste Treppenstufe und widerstand dem Drang hinaufzulaufen, um dem Anblick der düsteren Kammer mit den Statuen und den Särgen der Verstorbenen zu entfliehen.

Wasser rann die Mauern herab, ich sah zwei Tropfen, die parallel liefen wie bei einem Wettrennen. Wie konnte man in einer solchen Situation derartige Dinge bemerken?

Soll ich hier unten sterben? dachte ich. Angenommen, sie finden mich nicht. Ich mußte an die Braut denken, die sich an ihrem Hochzeitstag beim Spielen in einer Truhe versteckt hatte. Das Schloß schnappte ein, und sie konnte nicht mehr heraus. Die anderen suchten sie, aber man fand sie nicht. Erst als jemand Jahre später die Truhe öffnete, entdeckte man ihre sterblichen Überreste im Hochzeitskleid.

Die Geschichte hatte mich immer gefesselt. Die arme Braut! Wie war ihr wohl zumute gewesen, als sie sich nicht befreien konnte? Mein Fall war wenigstens nicht ganz so hoffnungslos.

Er wird wiederkommen, redete ich mir ein. Er will mich nur zum Narren halten. Er läßt mich vielleicht eine Stunde hier, dann kommt er die Tür aufschließen und lacht mich aus.

Wieviel Zeit war vergangen? Ich hatte keine Ahnung. In so einem Zustand kommt einem jedes Zeitgefühl abhanden.

Stille, diese entsetzliche Stille. Ich lauschte angestrengt nach einem Laut, einem Anzeichen, daß jemand in der Nähe sei. Ich sehnte mich nach einem Geräusch, irgendeinem.

Nichts.

Ich fühlte mich von einer unsichtbaren geisterhaften Wesenheit beobachtet. Noch fiel Licht durch die Öffnung. Draußen mußte es sonnig sein. Es war also noch nicht Abend.

War es eine Halluzination, oder hörte ich Hundegebell? Ich lauschte angespannt. Ja, ganz entfernt. Es kam von draußen. Ich durchquerte die Kammer und stellte mich direkt unter die Öffnung. »Hilfe! Hilfe!« rief ich. »Ich bin im Mausoleum eingeschlossen!«

Stille.

Dann hörte ich den Hund wieder, diesmal deutlicher, und ich schrie aus Leibeskräften. Ich vermeinte einen Schatten über der Öffnung zu sehen. »Hilfe! Hilfe! Holt mich hier raus!« Der Schatten war verschwunden. Ich blieb noch eine Weile angestrengt lauschend stehen, aber ich konnte nichts mehr hören. Ich war vor lauter Verzweiflung ganz ermattet. War dort wirklich jemand gewesen, oder hatte ich es mir eingebildet? Vielleicht hatte ich in meinem gegenwärtigen Zustand nur gehört, was ich gern hören wollte? Ich schauderte, ob vor Kälte oder vor Angst, wußte ich nicht. Niemand kommt hier vorbei, sagte ich mir. Und wenn, würde man mich nicht hören. Ich würde die Nacht hier verbringen, es sei denn, Charles käme zurück. Er *mußte* kommen.

Die Zeit verging. Mir schwanden die Kräfte. Meine Füße und Hände waren taub. Die Kälte von den Steinen durchdrang meine Kleidung.

Noch konnte Grandmère nichts ahnen. Bestimmt arbeitete sie im Atelier. Da war sie immer ganz vertieft. Sobald sie erfährt, daß man mich vermißt, gerät sie in Panik und drängt darauf, daß man mich überall sucht. Aber wem wird das Mausoleum einfallen?

Plötzlich vernahm ich ein Geräusch. Es war das Schaben des Schlüssels, der im Schloß herumgedreht wurde. Die Treppe kam mir nicht mehr so dunkel vor. Ein Lichtstrahl fiel herab, als die Tür aufgerissen wurde.

Eine Stimme sagte: »Lenore?« Ich hörte einen Hund bellen. Ich stolperte die Treppe hinauf. Jemand fing mich in seinen Armen auf.

»Drake«, murmelte ich, »Drake …«

»Alles ist gut«, sagte Drake. »Mein Gott, Sie sind ja eiskalt!«

Der Hund bellte wieder. Ich wurde ins Freie gebracht. Die frische Luft wirkte berauschend. Mir schwindelte. Ich fürchtete, ohnmächtig zu werden.

»Ist ja gut, ist ja alles gut!« Das war Drakes Stimme. Dann sah ich Willie, und abermals hörte ich den Hund bellen.

»Ich bringe Sie nach Hause«, sagte Drake.

Darauf fühlte ich, wie ich zu Boden sank. Als ich wieder zu mir kam, saß ich auf der Stufe vor dem Tor, und Drake hob meinen Kopf, der mir zwischen die Knie gesunken war. »Es wird schon wieder! Sie armes, armes Kind! Wie ist das passiert? Einerlei. Jetzt ist es ja vorbei.«

»Drake?«

»Ja?«

»Sie haben mich gerettet.«

»Kommen Sie! Ich bringe Sie schleunigst nach Hause. Sie brauchen ein warmes Bett und etwas zur Beruhigung. Können Sie aufstehen?«

Ich erhob mich schwankend. Willie sah mich verwundert an.

»Nicht sehr stabil«, sagte Drake, und dann hob er mich auf.

»Sie können mich nicht …«

»Doch. Sie sind federleicht.« Er trug mich zum Haus.

Ich sagte: »Hat Charles Ihnen gesagt …«

»Charles?«

»Er hat mich eingesperrt.«

Drake erwiderte nichts, sondern trug mich schweigend weiter. Als wir in die Halle traten, sagte er: »Das hast du gut gemacht, Willie, danke!«

»Dann hat es also Willie gesagt?« fragte ich.

»Er hörte Sie rufen und besaß die Geistesgegenwart, hierherzu-kommen. Ich sah ihn, und er erzählte es mir, darauf holte ich den Schlüssel und ging gleich hin.«

Ich konnte vor Erleichterung nicht sprechen.

Und dann war Grandmère da. Sie übernahm sogleich das Kommando. Sie ließ mich in mein Zimmer hinaufbringen. Kurz darauf lag ich gut zugedeckt und mit einer Wärmflasche an den Füßen im Bett. Grandmère saß bei mir.

Ich schlief unruhig. Ich wachte andauernd auf und glaubte, im Mausoleum zu sein. Ich schrie ängstlich auf. Grandmère blieb die ganze Nacht bei mir. Sie verabreichte mir einen beruhigenden Kräutertrank. Und schließlich sank ich in einen friedlichen Schlaf. Ich vertraute darauf, daß sie mich nicht verlassen und mich, sollte ich entsetzt aufwachen, mit ihrer Anwesenheit trösten würde.

Am nächsten Morgen ging es mir besser, doch Grandmère bestand darauf, daß ich im Bett blieb. Ich sei bis auf die Knochen durchfroren gewesen, sagte sie, und habe entsetzliche Angst ausgestanden. Dann erzählte ich ihr alles, angefangen bei dem Vorfall auf dem Fest. »Es war seine Rache, Grandmère«, erklärte ich.

»*Mon Dieu!*« murmelte sie. »Daß er so etwas tun konnte! Vor dem muß man sich in acht nehmen. Aber wenigstens wissen wir jetzt, *ma petite,* mit was für einem Menschen wir es zu tun haben. Ich wünschte, ich könnte dich von hier fortbringen. Philip ist ein lieber, netter Junge, so ganz anders. Dagegen dieser Charles ... Bösartig ist er, jawohl. Aber, *chérie,* es hätte noch schlimmer kommen können. Wenn ich bedenke, daß ihr allein an dieser Stätte wart und was er dir hätte antun können ... Ich wollte dich schon lange über die Gefahren aufklären. Du bist kein kleines Mädchen mehr. Du wirst Blicke auf dich ziehen ... wie die von Charles. Ich danke dem lieben Gott, daß nichts Schlimmeres geschehen ist. O ja, ich weiß, wie du gelitten hast, wie entsetzlich es für dich war. Wie hättest du dich denn nicht ängstigen sollen, eingesperrt in diese Stätte! Aber das ist nun vorbei, ist nur noch ein böser, böser Traum. Doch wenn ich daran denke, was so ein Mann hätte tun können ...

Dann wäre der Teufel los gewesen. Dafür könnte ich ihn umbringen.«

Ich wußte, was sie meinte.

»Gut, daß er bald wieder abreist«, fuhr Grandmère fort. »Dann sind wir ihn los. Ich werde nicht mehr froh, solange er im Haus ist.«

»Er haßt mich, Grandmère.«

»Weil du seine Eitelkeit verletzt und ihn abgewiesen hast. Ja, ein Ausbund an Hinterlist, das ist er. Er hält sich für unwiderstehlich. Vor solchen Männern muß man auf der Hut sein. Wir sind gewarnt. Aber manchmal ist es gut, den Charakter der Menschen zu durchschauen, mit denen wir zusammenleben. So hat auch das Böse sein Gutes. Wir wissen jetzt, womit wir bei diesem Charles rechnen müssen.«

»Und wir sind beisammen, Grandmère.«

»Solange ich gewünscht werde, bin ich da. Wenn du älter bist, wirst du Mann und Kinder haben, und dann ist Grandmère nicht mehr so wichtig. Das ist nur natürlich und recht. Aber vorläufig sind wir noch zusammen, hm? Und solange ich bei dir bin, passe ich auf dich auf, und du sagst mir, wenn du dich fürchtest. Ich weiß, daß du eines Tages glücklich sein wirst. Ich wünsche dir alles, was deiner Mutter versagt war. Sie war so unbekümmert, so fröhlich, aber allzu vertrauensselig … Aber das ist Vergangenheit, und wir leben in der Gegenwart.«

Als ich am nächsten Morgen aufwachte, befiel mich einen Moment entsetzliche Angst, ich könne noch im Mausoleum sein. Dann aber nahmen die vertrauten Gegenstände in meinem Zimmer Formen an. Grandmère trat an mein Bett.

»Du hast aber fest geschlafen«, sagte sie.

»Und du warst die ganze Zeit hier?«

»Ich habe ganz gemütlich im Sessel gedöst. Jetzt hole ich dir was Gutes. Haferbrei, ein Butterbrot. Der Haferbrei war Mrs. Dillons Idee. Sie sagte, er sei beruhigend. Alle sind ganz besorgt

80

und wollen helfen. Clarkson ist ganz aufgebracht, weil Charles den Schlüssel genommen hat, ohne zu fragen.«

Ich verzehrte das Frühstück und wollte aufstehen, doch Grandmère meinte, ich solle eine Weile ruhen. »Du warst bis aufs Mark durchfroren. Ich möchte nicht, daß du dich erkältest.«

Ich fühlte mich noch matt und hatte nichts dagegen, im Bett zu bleiben. Ich sagte Grandmère, sie brauche nicht den ganzen Tag bei mir zu sitzen. Da käme ich mir wie eine Kranke vor; wenn sie im Atelier sei, wisse ich sie ja in meiner Nähe.

Cassie kam mich besuchen. Sie stand an meinem Bett und betrachtete mich mit verwunderter Zärtlichkeit. »Ich kann dir gar nicht sagen, wie mir zumute war, als ich hörte, daß du drei Stunden da drin warst. Ich wäre gestorben!«

»Ich dachte auch, ich würde sterben.«

»Deine Haare haben sich kein bißchen verändert. Nichts Weißes zu sehen.«

»Ich komme schon darüber hinweg, auch wenn ich heute nacht viel davon geträumt habe und beim Aufwachen das entsetzliche Gefühl hatte, noch dort zu sein.«

»Ich kann mir nichts Gräßlicheres vorstellen.«

»Es gibt Schlimmeres.«

»Du bist sehr tapfer, Lenore.«

»Du hättest mich zittern sehen sollen. Ich hab' mir alle möglichen schrecklichen Dinge ausgedacht: Geister, Gespenster … Ich war alles andere als tapfer.«

»Es hat eine Menge Ärger gegeben«, berichtete sie. »Es war furchtbar. Mama ist sehr betrübt. Sie ist in ihrem verdunkelten Zimmer und läßt niemanden außer Miss Logan in ihre Nähe.«

»Was ist denn passiert?«

»Drake und Charles haben sich gestritten. Alles wegen dir. Sie haben gerauft, und Drake hat Charles zu Boden gedrückt, da mußte er ihm genau erzählen, wie er dich ins Mausoleum eingesperrt hat. Charles sagte, es sei seine Angelegenheit und er wolle dir eine Lektion erteilen. Man müsse dir einen Denkzettel verpassen, weil du dir zu viel einbildest. Drake hat ihn angeschrien und gesagt, er sei ein Schuft ... und noch Schlimmeres. Er sagte, Charles habe den Stalljungen zu dir geschickt, er solle dich dorthin locken, damit Charles dich einsperren konnte. Der hat gesagt, das streite er nicht ab und was das Drake überhaupt angehe. Drake sagte, es gehe jeden anständigen Menschen etwas an und weil Charles so viel von Lektionen halte, bekomme er jetzt selbst eine erteilt. Wir waren fassungslos. Drake ist ja größer und stärker als Charles, er konnte ihn hochheben wie einen Hund, und er hat ihn einfach geschüttelt. Am Ende hat er ihn in den See geworfen. Julia hat geheult. Ich war auch nahe dran. So was habe ich noch nie gesehen.«

»Und Charles lag im See?«

»Er ist rausgewatet. Er war ja nicht weit drin. Inzwischen war Drake ins Haus zurückgegangen. Er packte seinen Koffer, ging zu Mama und sagte, er müsse abreisen. Er sei plötzlich abberufen worden. Mama war außer sich. Aber sie mußte Drake natürlich Lebewohl sagen. Dann ging er hinaus und bat einen Stallburschen, ihn zum Bahnhof zu fahren, und dann war er weg.«

»Wie furchtbar! Und Charles?«

»Er reist heute abend ab. Er will nicht sagen, wohin, bloß daß er bei einem Freund wohnen und gleich von dort zur Universität zurückkehren will.«

»Dann sind also beide weg ... und alles wegen mir.«

»Drake konnte nicht in einem Haus bleiben, in dem er sich so furchtbar mit seinem Gastgeber gestritten hat. Und Charles, er schämt sich vielleicht. Philip ist sehr besorgt um dich.«

»Philip war immer nett zu mir.«

»Ich denke, er wird bald hier sein. Er wollte dich schon gestern abend besuchen, aber Madame Cleremont hielt es für besser, dich nicht zu stören.«

»Was für ein schreckliches Ferienende!«

Als Cassie fort war, dachte ich an Drake, wie er ins Mausoleum gekommen war, mich aufgehoben und ins Haus getragen hatte. Ich würde ihn wohl nie wiedersehen. Er würde sicher nicht mehr als Charles' Gast ins Haus der Seide kommen. Bestimmt haßten sie sich jetzt. Mich bewegten gemischte Gefühle. Ich war dankbar, daß Drake mich verteidigt hatte; das war fast wie ein Turnierkampf oder ein Duell. Ich kam mir richtig bedeutend vor, und nach der mir von Charles zugefügten Demütigung hatte ich das nötig. Aber ich bedauerte, daß ich Drake nie wiedersehen sollte.

Da kam Philip mich besuchen. »Meine liebe Lenore«, sagte er, »das ist ja furchtbar! Es muß entsetzlich für dich gewesen sein!«

»Es ist lieb von dir, mich zu besuchen«, erwiderte ich. »Dabei wäre es dir nicht zu verdenken gewesen, wenn du keine Lust dazu gehabt hättest, nach all dem Ärger.«

»Dann weißt du das mit Drake schon?«

»Cassie hat es mir erzählt.«

»Ich schäme mich so für meinen Bruder, Lenore. Er ist im Augenblick in einer arroganten Phase. Er meint immer, er muß sich alles selbst beweisen. Ich bin sicher, das vergeht wieder. Im Grunde ist er kein schlechter Kerl.«

Ich lächelte. Philip gehörte zu den Menschen, die es mit der ganzen Welt gut meinen und glauben, alle anderen sind wie sie.

»Wie fühlst du dich jetzt?«

»Grandmère verhätschelt mich, und alle sind so lieb. Sogar Mrs. Dillon hat gesagt, ich solle Haferbrei essen.«

»Du mußt ja auch rasch gesund werden.«

»Ich bin nicht krank ... bloß mitgenommen.«

»In ein, zwei Tagen bist du wieder auf dem Damm. Cassie und ich haben beschlossen, daß wir uns um dich kümmern. Mein Vater kommt bald nach Hause. Er möchte ernsthaft mit uns über die Firma reden. Natürlich auch mit Charles.«

»Aber Charles reist doch ab.«

»Ich glaube, Charles macht sich nicht viel aus der Firma. Er ist zufällig der ältere, aber die wichtigen Dinge möchte Vater mit mir besprechen. Ich will ihn überreden, daß er mir erlaubt, mein Studium abzubrechen. Ich möchte sofort ins Geschäft eintreten.«

»Meinst du, er ist einverstanden?«

»Schon möglich. Er ist so froh, daß ich mich für die Firma interessiere. Charles hat überhaupt kein Interesse, und das bekümmert Vater. Aber wenigstens ist einer von uns interessiert.«

Es war schön, mit ihm zu reden. Sein Enthusiasmus und seine Liebenswürdigkeit gefielen mir. Er hatte so etwas Natürliches. Als er mich verließ, ging es mir merklich besser. Ich war froh, daß Charles abends abreisen und ich ihn voraussichtlich eine ganze Weile nicht mehr sehen würde.

Ich hatte nicht mit Julia gerechnet. Als Philip fort war, kam sie in mein Zimmer. Sie sah verweint aus und war sehr wütend. Sie stellte sich ans Fußende meines Bettes und sah mich mit funkelnden Augen an. »Es ist deine Schuld«, sagte sie. »Ich fürchtete schon, Drake würde Charles umbringen.«

»Ich hab's gehört. Es tut mir leid, daß das passiert ist.«

»Du hast damit angefangen.«

»Ich? Ich habe nicht darum gebeten, im Mausoleum eingesperrt zu werden.«

»Du hast Drake dumme Geschichten erzählt. Ich hab' dich beobachtet. Dauernd hast du versucht, seine Aufmerksamkeit zu erregen, und du hast gedacht, dies wäre eine gute Methode, zu erreichen, daß er dich beachtet.«

»Julia, was redest du da! Glaubst du, ich habe mich freiwillig in dieses gräßliche Loch einsperren lassen? Ich bin vor Angst fast wahnsinnig geworden. Es war schrecklich mit all den Särgen.«

»Aber Drake kam und hat dich errettet, oder? Das wolltest du doch.«

»Er kam, weil Willie mich gehört hatte und jemanden holen wollte. Zufällig traf er Drake an.«

»Jetzt ist er weg, und ich werde ihn vermutlich nie wiedersehen.« Ihre Lippen zitterten. »Wir haben uns so gut verstanden, und du mußtest alles verderben.«

»Julia«, sagte ich fest, »es war nicht meine Schuld. Es war Charles ...«

Sie sah mich nur eisig an und lief, den Tränen nahe, aus dem Zimmer. Ich wußte natürlich, was sie für Drake empfand, und nun gab sie mir die Schuld daran, daß sie ihn verloren hatte.

Verlobung

Wenn ich auch nie am Mausoleum vorbeigehen konnte, ohne mich an mein Entsetzen, als ich dort eingesperrt war, zu erinnern, so geisterte doch die unterirdische Kammer mit den Sargreihen und lebensechten Statuen nicht mehr durch meine Träume.

Charles blieb lange Zeit fort. Er verbrachte sogar das Weihnachtsfest bei einem Freund und kam nur am zweiten Feiertag seine Familie besuchen, blieb jedoch nicht einmal über Nacht. Unsere erste Begegnung war etwas peinlich, aber er war offenbar gewillt, so zu tun, als habe jenes unerfreuliche Vorkommnis nicht stattgefunden, und das war mir nur recht. Er gab sich distanziert, kühl, aber nicht unfreundlich, und so war es auch am besten.

Julia hatte ihre Enttäuschung überwunden, denn Ostern sollte sie bei Hofe vorgestellt werden, und dieses bevorstehende Ereignis nahm sie ganz gefangen. Da blieb ihr kaum viel Zeit, an Drake zu denken, von dem nie wieder gesprochen wurde.

Nur einmal meinte Lady Sallonger: »Wie hieß doch gleich der charmante junge Mann, der mal hier zu Besuch war? War sein Name nicht Nelson oder so ähnlich?«

»So ähnlich, Lady Sallonger«, sagte ich.

»Lies mir jetzt vor, Lenore! Dabei kann ich gut einschlafen. Ich hatte eine ziemlich schlechte Nacht. Ich möchte noch ein Kissen – nicht das grüne, das blaue ist weicher.«

Somit schien Drake Aldringham von unserem Horizont verschwunden zu sein.

Julia sollte unter der Obhut der Gräfin Ballader eine Woche in

London verbringen. Sie hatte noch viel zu lernen, und sie mußte in jeder Hinsicht auf das große Ereignis vorbereitet sein.

Grandmère sollte sie begleiten, um die augenblickliche Mode zu studieren, denn wenn sie auch erstklassig arbeitete und über das verfügte, was die Franzosen *je ne sais quoi* nennen, bestand dennoch die Möglichkeit, daß sie mit der neuesten Mode nicht ganz vertraut war. Auch konnte sie dort andere Stoffe erstehen als die, die sie aus Spitalfields bekam. Miss Logan, die sich in diesen Dingen auskannte, weil sie einst in einer sehr aristokratischen Familie gedient hatte, versicherte Lady Sallonger, dies sei unumgänglich.

Ich war gerade bei Lady Sallonger, als Grandmère zu ihr kam. Grandmères Würde überwältigte mich jedesmal. Sie war so sehr ein Teil von ihr und flößte einem unwillkürlich Respekt ein.

»Verzeihen Sie die Störung, Lady Sallonger«, sagte sie, »aber ich muß Sie in einer sehr wichtigen Angelegenheit sprechen.«

»Oje«, seufzte Lady Sallonger, der wichtige Angelegenheiten zuwider waren, weil sie fürchtete, womöglich eine Entscheidung treffen zu müssen.

»Es geht um folgendes: Ich soll nach London. Ja, es ist notwendig für Fräulein Julia. Wir müssen sehen, was man zur Zeit trägt und was wir tun können, damit sie die erlesensten Toiletten der Saison bekommt. Ja, ja. Das alles freut mich, aber ich könnte nicht ohne meine Enkeltochter gehen, es ist genauso notwendig, daß ich sie mitnehme.«

Lady Sallonger riß die Augen ganz weit auf. »Lenore?« rief sie. »Aber *ich* brauche sie doch hier. Wer wird mir sonst vorlesen und sich um mich kümmern?«

»Ich weiß, daß Lenore Ihnen gute Dienste leistet, Lady Sallonger, aber ich kann nicht ordentlich arbeiten, wenn sie nicht bei mir ist. Es dauert ja nur eine Woche, vielleicht ein, zwei Tage länger. Miss Logan und Miss Everton sind doch auch noch da, um Ihnen aufzuwarten.«

»Das ist ganz unmöglich.«

Die beiden sahen sich fest an: zwei unbeugsame Frauen, eine jede gewöhnt, ihren Willen durchzusetzen. Es war Grandmères Charakter und vielleicht auch ihrer ungewöhnlichen Stellung im Hause zu verdanken, daß sie die Oberhand gewann. Bei aller Egozentrik sah Lady Sallonger durchaus ein, wie wichtig es war, Julia in die Gesellschaft einzuführen. Grandmère mußte nach London, und es war klar, daß sie ohne mich nicht gehen würde. Am Ende verzog Lady Sallonger den Mund zu einem Flunsch und sagte: »Ich muß sie wohl ziehen lassen, aber es kommt mir gar nicht gelegen.«

Grandmère triumphierte. »Es wird Zeit, daß du einmal ein wenig Ruhe von ihr hast«, sagte sie, als wir allein waren. »Sie beansprucht dich immer mehr. Ich sehe dich schon als ihre Sklavin, wenn nicht bald etwas geschieht. Das ist nicht gerade das, was ich mir für dich wünsche.«

Die Aussicht, nach London zu reisen, machte mich ganz aufgeregt. Cassie war betrübt, weil sie uns nicht begleiten durfte. Wir hatten vorgeschlagen, sie mitzunehmen, doch Lady Sallonger beharrte darauf, sie zu brauchen, damit sie sich mit Miss Logan in meine Aufgaben teile.

»Es ist ja bloß für eine Woche«, sagte ich zu Cassie, »und wenn ich zurückkomme, erzähle ich dir alles.«

An einem windigen Märztag brachen Julia und ich mit Grandmère auf. Wir fuhren mit der Eisenbahn, das war viel bequemer als mit der Kutsche. Cobb holte uns in London am Bahnhof ab und brachte uns zum Haus am Grantham Square.

Die Fahrt durch die Straßen von London war sehr aufregend. Alle schienen es sehr eilig zu haben, überall herrschte reges Treiben. Droschken und Kaleschen rasten mit solcher Geschwindigkeit durch die Straßen, daß ich fürchtete, sie würden in der Eile Menschen überfahren. Aber niemand schien die Hast ungewöhnlich zu finden, also mußte sie wohl gang und gäbe sein.

Als wir in die Regent Street kamen, war Grandmère ganz gebannt. Sie sprach die Namen der Geschäfte laut vor sich hin: Peter Robinson's, Dickens and Jones, Jay's. Mir gelang es hie und da, einen Blick auf prachtvolle Schaufensterauslagen zu werfen, und Grandmère schnurrte wie eine zufriedene Katze. Der Grantham Square lag in einem vornehmen Wohnviertel von London. Das große Haus war im eleganten georgianischen Stil gebaut. Treppen führten zu einem Säulengang, auf jeder Seite stand eine von spärlich bekleideten Nymphen gehaltene Vase, in der Tulpen prunkten. Cobb setzte uns vor dem Haus ab und brachte die Kutsche zum Stall auf der Rückseite.

Es gab einen Butler, einen Lakai und etliche Bedienstete – einige mehr als im Haus der Seide. Sir Francis war nicht zu Hause. Die Wirtschafterin zeigte uns unsere Zimmer und bat uns, sie es wissen zu lassen, falls wir etwas benötigten. Sie war eine gebieterisch aussehende Dame und wirkte recht beeindruckend in ihrem schwarzen Seidenkleid, das beim Gehen raschelte. Ihr Name war Mrs. Camden.

Grandmère und ich teilten uns im obersten Stockwerk ein großes, luftiges Zimmer mit zwei Betten und einem kleinen Alkoven, in dem die Waschschüssel und der Wasserkrug untergebracht waren. Grandmère meinte: »Hier werden wir es gemütlich haben. Jedenfalls sind wir zusammen.«

Ich lächelte sie an, wußte ich doch, daß sie mich keinesfalls allein im Haus der Seide zurückgelassen hätte, wo die Möglichkeit bestand, daß Charles auftauchte.

Sir Francis kam am späteren Abend. Er war sehr höflich zu Grandmère. Er sagte, er sei aufgehalten worden und hoffe, daß wir gut untergebracht worden seien. Die Gräfin Ballader werde am nächsten Tag kommen und sich sogleich mit Julia an die Arbeit machen.

Er wollte mit Grandmère nach Spitalfields in die Fabrik, um ihr die neuen Webstühle und die moderne Webmethode zu zeigen, die den Arbeitern einigen Kummer bereite; denn immer, wenn es etwas Neues gebe, fürchteten sie um ihre Arbeitsplätze.

»Dauernd gibt es Ärger«, sagte er.

Grandmère erklärte ihm, welch eine Hilfe ich ihr sei und daß ich ein Gespür dafür habe, welche Machart zu welchem Stoff passe.

»Sie wird eine zweite Madame Cleremont«, sagte Sir Francis und sah mich anerkennend an.

»Das ist sehr gut möglich«, erwiderte Grandmère liebevoll.

Ich war an dem Abend so müde, daß ich gleich einschlief, sobald ich im Bett lag.

Es wurden interessante Tage. Am nächsten Morgen kam die Gräfin Ballader und nahm Julia unter ihre Fittiche. Die Gräfin sollte während unseres Hierseins bei uns im Haus wohnen. Wenn ich Julia zu Gesicht bekam – und ich hatte nicht oft Gelegenheit dazu, denn sie wurde fast ständig von der unermüdlichen Gräfin geschult –, erfuhr ich, daß sie an dem großen Tag das Haar so frisiert haben müsse, daß drei Federn darin Halt fanden, und daß sie einen Schleier tragen müsse. Ihr Hofknicks scheine die Gräfin nie zufriedenzustellen, dabei wisse Julia gar nicht, was daran falsch sei. Und überhaupt, was sei schon ein Knicks? Wieso sollte der so schwer zu lernen sein? Und ihre Taille sei nicht schmal genug, man müsse ihr neue Korsetts anpassen und die würden sie so schmerzlich zusammenpressen, daß sie ganz rot im Gesicht würde, und das sei auch wieder nicht recht.

Arme Julia! Die Einführung in die Gesellschaft schien eher eine gehörige Strapaze als ein freudiges Ereignis zu sein. Doch das tat ihrer Aufregung keinen Abbruch, wenngleich sie zugab, sie befürchte, daß ihr erster Ball zum Fiasko geraten könne und niemand sie zum Tanzen auffordern werde.

Ich hatte es besser. Gemeinsam erkundeten Grandmère und ich die große Stadt. Wir betrachteten Schaufenster und schlenderten durch die Kaufhäuser. Grandmère achtete auf die neueste Mode, nicht nur in den Geschäften, auch bei den Damen auf der Straße. Es mangele ihnen an *chic,* klagte sie. Sie habe es gar nicht nötig, denen etwas abzuschauen.

Sie kaufte einige Stoffe und besprach mit mir die Verarbeitung. Mit Sir Francis fuhr sie nach Spitalfields. Bei ihrer Rückkehr kam sie mir recht nachdenklich vor.

Es war schön, das Zimmer mit ihr zu teilen, denn vor dem Einschlafen lagen wir einige Zeit wach im Bett und unterhielten uns.

Sie sagte: »Dieser ganze Rummel um ein junges Mädchen! Das scheint mir ein merkwürdiger Brauch, findest du nicht? Ein Mädchen kann nicht an Gesellschaften teilnehmen und Leute ihrer Klasse kennenlernen, bevor sie nicht bei Hofe Anklang findet. Und wie sieht so eine Vorstellung aus? Ein Kniefall, und dann … die nächste bitte! Sie steht da, im Galagewand, mit Federn und Schleier, nach monatelanger Vorbereitung. Wie findest du das? Kommt es dir nicht auch lächerlich vor?«

»Ich finde, es hat etwas Obszönes.«

»Obszön? Inwiefern?«

»Ich meine, wie sie vorgeführt wird, um herzuzeigen, was sie hat, in der Hoffnung, daß ein Mann sie für würdig befindet, seine Frau zu werden.«

»Ach so! Du meinst, es ist – wie soll ich sagen – entwürdigend für unser Geschlecht?«

»Ist es das etwa nicht?«

Grandmère wurde nachdenklich. Schließlich sagte sie: »Es will mir scheinen, *ma petite,* daß wir uns unseren Platz in der Welt schwer erkämpfen müssen. Um einem Mann ebenbürtig zu sein, muß man so viel besser, so viel klüger sein. Das war mir immer bewußt. Sieh mich an! Ich habe ein Gespür für Stoffe und Mode, und deswegen bin ich im Hause von Sir Francis Sallonger beinahe so etwas wie ein Gast. Er behandelt mich stets mit Respekt. Er ist schließlich ein Gentleman. Aber wir haben gesehen, wie unsere Stellung durch den abscheulichen Monsieur Charles gefährdet werden kann. Davor müssen wir auf der Hut sein. Ja, es ist in gewisser Weise entwürdigend, wie Mademoiselle Julia sozusagen zur Versteigerung angeboten wird, dennoch, *chérie,* wünsche ich, dies alles fände deinetwegen statt, denn wenn du in die Gesellschaft eingeführt wärst, hättest du die Chance, Menschen kennenzulernen, denen du sonst nie begegnest. Das ist meine große Sorge. Ich muß oft daran denken. Noch bist du geborgen. Ich bin da, um dich zu beschützen. Aber ich bin nicht mehr jung, und der Tag wird kommen …«

»Nein!« rief ich unwillkürlich. Der Gedanke an ein Leben ohne Grandmère war mir unerträglich.

»Aber ich bin gesund und kräftig und habe noch viele Jahre vor mir. Doch bevor sie vorbei sind, ist mein liebster Traum, dich versorgt zu sehen. Ich wünsche dir einen Mann, der nicht unbedingt reich sein muß, aber … gut. Gut muß er sein. Und ich möchte dich mit Kindern sehen. Denn glaube mir, sie sind der größte Trost, den eine Frau finden kann. Ich fand diesen Trost bei meiner Marie Louise. Dein Großvater war ein guter Mensch. Er ist früh gestorben, und ich war mit meiner Tochter allein. Als sie starb, dachte ich, ich sei auch tot, denn das Leben schien mir nichts mehr bieten zu können, bis sie mir dich in die Arme legten. Und seitdem trotzen wir beide der Welt.«

»Ach, Grandmère«, bat ich, »sprich nie wieder davon, daß du von mir gehst!«

»Ich werde nicht gehen, solange ich dich nicht gut versorgt weiß.«

»Ich kann selbst für mich sorgen.«

»Ja, das kannst du bestimmt. Das sage ich mir auch immer. Ich habe auch für mich selbst gesorgt, als ich allein war.«

Wir schwiegen eine Weile, dann fuhr sie fort: »Die Besichtigung mit Sir Francis war sehr interessant. Sie haben heutzutage hervorragende Webstühle. Er ist sehr stolz darauf, aber …«

Ich wartete, doch sie schwieg.

»Du wolltest etwas sagen, Grandmère«, drängte ich.

»O ja. Sir Francis ist ein wenig – wie soll ich sagen – besorgt.«

»Weswegen sollte er besorgt sein?«

»Ich glaube, die Geschäfte gehen nicht mehr so gut wie ehedem.«

»Aber er ist sehr reich. Er hat das Haus der Seide, dieses Haus hier und dann die vielen Dienstboten.«

»Das muß alles unterhalten werden. Die Häuser, das Personal, die Töchter und Lady Sallonger. Er hat viele Verpflichtungen.«

»Er muß sehr reich sein, Grandmère.«

»Wer viel hat, kann um so mehr verlieren.«

»Glaubst du wirklich, daß er Geldsorgen hat?«

»Ich nehme an, wenn morgen etwas mit dem Geschäft passieren würde, wäre er immer noch ziemlich wohlhabend. Er verfügt über Grundbesitz und viele Vermögenswerte. Aber er macht sich Sorgen ums Geschäft. Er hat angedeutet, daß große Mengen Seide ins Land kommen. Das Edikt von Fontainebleau wirkt immer noch nach. Weißt du, die Franzosen hatten von jeher einen guten Ruf, und allein die Tatsache, daß eine Ware aus Frankreich kommt, verschafft ihr einen Vorteil vor hiesigen Erzeugnissen.«

»Hat er dir gesagt, daß er sich Sorgen macht?«

»Nein, aber er sagte, er brauche unbedingt etwas Neues, etwas, das die Öffentlichkeit im Sturm erobert. Und es darf nicht zu teuer sein, damit es sich viele Leute leisten können, nicht nur die *élite*. Es muß etwas sein, das wir in verschiedenen Versionen auf den Markt bringen können, für die einen sehr exklusiv und teuer und dann noch eine preiswerte Variation, die sich jeder leisten kann.«

»Und das will Sir Francis auf den Markt bringen?«

»Meine liebe Lenore, zuerst muß dieses Wundermaterial erfunden werden. Er glaubt, daß in Frankreich daran gearbeitet wird. Seine Leute arbeiten ebenfalls daran. Vielleicht ist es eine Art Wettlauf. Wer zuerst kommt, macht das Rennen.«

»Und deswegen hat er Sorgen?«

»Das Geschäft braucht unbedingt einen Aufschwung. Er muß Verluste aufholen. Ich fand, er sah erschöpft aus. Er war rot im

Gesicht und kurzatmig, und er sprach viel erregter als sonst. *Mon Dieu!* Hast du gehört? Die Glocke schlägt Mitternacht. Unsere nächtlichen Plaudereien sind fein, aber wir dürfen sie nicht bis zum nächsten Tag ausdehnen. Gute Nacht, mein Herzchen!«

Bald darauf war ich fest eingeschlafen.

Zwei Tage später trat ein, was Grandmère vorausgeahnt zu haben schien. Sir Francis erlitt einen leichten Schlaganfall. Verhängnisvoll aber war, daß er sich nicht am Grantham Square befand, als es passierte. Er war bei einer gewissen Mrs. Darcy in St. John's Wood. Mrs. Darcy bekam einen gehörigen Schrekken und holte sogleich einen Arzt. Er hielt es für ratsam, Sir Francis vorerst nicht zu transportieren, weswegen er mehrere Tage in Mrs. Darcys Haus bleiben mußte. Sein Hausarzt besuchte ihn dort. Man schickte nach Charles und Philip. Wenn es im Haus am Grantham Square passiert wäre, wäre alles viel einfacher gewesen; das Fatale war jedoch, daß der Schlag ihn um zwei Uhr nachts ereilte.

Charles übernahm mit großem Geschick das Kommando. Er hielt es für dringend geboten, seinen Vater unverzüglich an den Grantham Square zu holen. So geschah es dann auch, und alle atmeten freier, zumal sicher war, daß Sir Francis genesen würde.

Die Gräfin Ballader ließ sich bei Grandmère recht wortreich über das Thema aus. Sie hatten Freundschaft geschlossen, in die auch ich einbezogen schien. Sie besprachen sich häufig darüber, was Julia alles brauchte, und da die Gräfin erkannte, daß Grandmères Kreationen auffallender und zugleich eleganter waren als die aller anderen ihr bekannten Schneiderinnen, waren sich die beiden auf Anhieb zugetan.

Die Gräfin meinte, sie würde mich gerne in die Gesellschaft einführen; ich besäße mehr »Originalität« als Julia. Julia sei übereifrig. »Sie bemüht sich zu sehr und läßt es sich anmerken.

Es ist ein gesellschaftlicher Fauxpas, seinen Eifer zu zeigen«, erklärte sie. »Natürlich darf man keine Gelegenheit verpassen. Man muß wachsam sein, aber trotzdem Gleichgültigkeit vortäuschen. Es ist nicht leicht, die richtige Haltung zu finden, aber sie ist der Weg zum Erfolg.« Und das, meinte sie, könne mir besser gelingen als Julia.

Während unserer Gespräche ging sie sehr aus sich heraus, und sie bediente sich einer lockeren Ausdrucksweise, die man von einer Gräfin eigentlich nicht erwartete.

»Ich bin nicht adelig geboren«, sagte sie, wenn sie in mitteilsamer Stimmung war. »Ich war schlicht und einfach Dulcie Dorman. Ich hatte etwas, das den Männern anscheinend gefiel, besonders den alten. Manche ziehen die jungen an, manche die mittelalten, aber bei mir warn's die alten. Ich ging zum Theater. Es war das einzige, was ein Mädchen wie ich tun konnte, das gut aussah und Grips hatte. Der Graf hat mich gesehen. Er war 'n richtiger Schatz, wenn auch 'n bißchen tatterig – volle fünfunddreißig Jahre älter als ich. Aber er hat mich angebetet, und angebetet werden, das war's, was mir gefiel. Drum hab' ich ihn geheiratet, und ich hab' mich zehn Jahre um ihn gekümmert. Ich hatte ihn ganz gern. Und so lebte ich, die Gräfin, mit meinem alten Grafen in einem Haus so groß wie der Paddington-Bahnhof und genauso zugig. Nicht gerade behaglich, aber es gefiel mir, eine Lady zu sein. Dann starb er, und was blieb mir? Schulden über Schulden. Und dann tauchte auch noch ein entfernter Cousin auf und übernahm das Haus. Also, ich war ziemlich am Ende, und so sah ich mich um, was ich tun könnte. Immerhin war ich die Gräfin Ballader, und das hieß eine ganze Menge. Da hab' ich eben angefangen, mich der jungen Mädchen anzunehmen. Ich hatte bald eine sehr gute Kundschaft. Ich hatte meine Höhen und Tiefen, und ich bin froh darüber. Ich war die schlichte Dulcie Dorman, die sich abrackern konnte, und ich war die Lady des Grafen. Ich hab' das Leben sozusagen von beiden Seiten kennengelernt. Das hilft einem, die Schwierigkeiten anderer zu verstehen. Eins hab' ich gelernt: nie zu richten oder zu verurteilen, weil man ja immer nur die halbe Geschichte kennt. Nehmen wir Sir Francis.« Sie lächelte uns gütig zu. »Ich mag ihn gern. Ich wußte, wie die Dinge standen. Ein Glück, daß es einigermaßen gut ausgegangen ist. Wenn er im Bett der Lady gestorben wäre, dann wäre der Teufel los gewesen. Julias Vorstellung bei Hofe hätte abgeblasen werden müssen. Wenn er im Bett seiner Geliebten gestorben wäre, wie hätten wir eine solch prickelnde Nachricht vor der Presse geheimhalten können? Ja, das wäre das Ende für Julias Debüt gewesen.«

»Besteht diese Beziehung schon lange?« fragte Grandmère.

»Oh, seit Jahren. Es ist ein festes Verhältnis. Sir Francis hält nichts von wechselnden Beziehungen. Die arme Mrs. Darcy, sie ist ganz außer sich.«

Infolge Sir Francis' Unfall verlängerte sich unser Aufenthalt in London um mindestens eine Woche. Bei einer unserer nächtlichen Plaudereien sprach Grandmère mit mir über Sir Francis.

»Wie die Gräfin sagt, man darf ihn nicht verurteilen«, meinte sie. »Er ist ein guter Mensch. Er und Mrs. Darcy haben sich geliebt. Es war wie eine Ehe.«

»Aber was ist mit Lady Sallonger?«

»Die Lady ist mit ihren Wehwehchen verheiratet. Du kennst das ja. Nach Cassies Geburt wollte sie keine Kinder mehr. Ein Mann hat Bedürfnisse, und wenn er seine Befriedigung nicht findet, wo er sie erwarten kann, sucht er sie woanders.«

»Und Sir Francis suchte sie bei Mrs. Dracy?«

»Scheint so«, sagte sie. »Man darf es ihm nicht verdenken. Er sorgt gut für Lady Sallonger. Er gibt allen ihren Marotten nach. Er ist nicht lieblos – und Lieblosigkeit ist die wahre Sünde.«

Die Erinnerung an Charles, der lachend die Treppe hinauflief und in der beängstigenden Finsternis zu mir herabrief, blitzte in mir auf; und ich dachte an die Buben, die Willies Hund getötet hatten. Grandmère hatte recht: Lieblosigkeit war die wahre Sünde.

Charles war nun im Haus am Grantham Square, aber ich hatte nichts mehr von ihm zu befürchten. Er behandelte mich kühl, womit er mir zu verstehen gab, daß er nicht an mir interessiert war und keinen Groll mehr hegte. Philip dagegen freute sich immer, wenn er mich sah.

Die beiden Brüder waren sehr viel bei ihrem Vater, der zwar voraussichtlich für mindestens einen Monat ans Bett gefesselt, aber dennoch wohlauf genug war, um Besucher zu empfangen. Da ihm so sehr daran gelegen war, mit seinen Söhnen zu sprechen, kam der Arzt zu dem Schluß, daß der Versuch, dies zu verhindern, Sir Francis allzusehr zusetzen würde.

Mir entging nicht, daß es sehr viel zu besprechen gab. Grandmère sagte, es würden Entscheidungen getroffen. Philip war sehr ernst, aber zu mir war er besonders nett. Als ich eines Morgens ins Frühstückszimmer herunterkam, war er dort allein. Sein Gesicht hellte sich auf, als er mich sah.

»Ich bin froh, daß du hier bist, Lenore«, sagte er. »Es geht soviel vor.«

»Du meinst, wegen deinem Vater?«

Er nickte. Dann schenkte er mir sein liebes Lächeln. »Ich unterhalte mich immer gern mit dir. Du bist stets so verständnisvoll. Es wird sich vieles verändern. Für Charles und mich hat es mit dem Studieren jetzt ein Ende. Das wurde aber auch Zeit. Ich wollte schon längst aufhören. Charles und ich steigen sofort ins Geschäft ein.«

»Ja, das habe ich mir schon gedacht.«

»Vater erholt sich zwar, aber er wird nie mehr ganz der alte sein. Der Arzt sagt, er muß sich schonen. Also sind wir von jetzt an mit im Geschäft. Natürlich wäre es mir lieber gewesen, wenn dies aus einem anderen Anlaß geschehen wäre. Wie dem auch sei, ich möchte mich gerne mal mit dir unterhalten.« Er sah sich um. »Hier ist es nicht einfach. Vielleicht können wir irgendwohin essen gehen.«

»Wohin?« fragte ich.

»Vielleicht nach Greenwich hinüber. Ich liebe den Fluß. Ich kenne dort ein Gasthaus, das ›Krone und Zepter‹. Da soll es die besten Sprotten von ganz London geben.« Er verzog das Gesicht. »Am liebsten wäre mir, wir könnten allein dorthin gehen. Aber das steht wohl außer Frage.«

Ich antwortete nicht.

»Wir brauchen eine Anstandsdame«, fuhr er fort, »sonst wäre es unschicklich. Wir nehmen deine Großmutter mit. Sie wird verstehen, wovon ich spreche.«

»Das wäre nett.«

Julia kam ins Frühstückszimmer.

»Hallo«, sagte Philip, »machst du dich bereit zum Gefecht?«

Julia bediente sich an der Anrichte. »Die Gräfin ist ein ziemlicher Drachen«, sagte sie. »Ich komme kaum zur Ruhe.«

»Alles für einen guten Zweck«, neckte Philip sie.

»Du hast es gut«, sagte Julia zu mir. »Du brauchst so was nicht durchzumachen. Ich werde nie abnehmen, und diese Korsetts bringen mich um.«

»Ich an deiner Stelle würde nicht soviel Speck essen«, riet ihr Philip.

»Ich muß bei Kräften bleiben. Den lavendelfarbenen Brokat, den deine Großmutter gekauft hat, finde ich fabelhaft.«

»Ja, er ist schön«, bestätigte ich, »und hast du schon den Schnitt gesehen?«

»O nein, sie halten es nicht für nötig, mich zu Rate zu ziehen. Deine Großmutter und die Gräfin sind wie zwei alte Hexen. Sie tun dies und das, und mir sagen sie nichts.«

»Meine Großmutter wird dir bestimmt alle Schnittmuster zeigen, wenn du sie sehen willst.«

»Manchmal hab' ich das Ganze bis obenhin satt und will einfach nach Hause. Dann aber kommen die vielen Bälle und alles …«

»Es wird dir gefallen«, sagte ich. »Das hast du dir doch immer gewünscht.«

»Das dachte ich … bis jetzt.« Sie seufzte und nahm sich noch eine Portion Speck.

»Die Gräfin wird keine junge Dame in die Gesellschaft einführen müssen, sondern einen Elefanten«, sagte Philip mit geschwisterlicher Offenheit, denn daß sie zunahm, war unverkennbar. Ich glaube, sie aß vor lauter Nervosität mehr als sonst.

Ich ließ die beiden am Tisch sitzen, aber Philip holte mich ein. »Vielleicht heute?« fragte er. »Am Spätnachmittag? Dann sind wir gegen halb sieben dort. Es wird dir gefallen. Frag deine Großmutter!«

Grandmère zeigte sich sehr erfreut. »Ich mag ihn gern«, sagte sie. »Er ist der beste von dieser *bagage.*« Weil sie so vergnügt war, konnte ich dem Abend mit um so größerer Freude entgegensehen. Philip war ein ausgezeichneter Ruderer. Er sagte, er rudere gern und habe an der Universität regelmäßig trainiert, daher könnten wir uns ihm getrost anvertrauen.

»Ich werde jetzt sehr oft in London sein«, eröffnete er uns. »Heute morgen war ich in Spitalfields. Es gibt so viel zu lernen.«

»Ihr Bruder teilt wohl Ihre Begeisterung nicht«, sagte Grandmère.

»Stimmt«, pflichtete Philip ihr bei. »Eigentlich ist es mir ganz recht. Ich denke, das läßt mir mehr freie Hand. Eine Einmischung wäre mir zuwider.«

»Er wird wohl so eine Art stiller Teilhaber sein«, sagte ich.

»Selbst das blühendste Geschäft kann keinen untätigen Teilhaber brauchen«, befand Grandmère. »Alle müssen ihre Aufgaben erfüllen.«

»Ich glaube, er hat wenig Gefühl für Seide und fürs Geschäftliche. Charles sollte ins Parlament gehen oder eine juristische Laufbahn einschlagen oder dergleichen.«

»*Du* wirst bestimmt erfolgreich«, sagte ich zu Philip.

Seine Stirn umwölkte sich etwas. »Weißt du«, sagte er, »ich glaube, den Schlaganfall meines Vaters haben Sorgen ausgelöst.«

»Das halte ich für sehr wahrscheinlich«, bestätigte Grandmère.
»Glaubst du, er hat sich Sorgen um die Firma gemacht?« fragte ich.

Philip nickte. »Es läuft nicht so, wie es sollte. Ich würde das niemand anderem erzählen, aber du hattest immer Verständnis, Lenore, und Sie, Madame Cleremont, gehören zur Firma. Nein, es läuft durchaus nicht, wie es sollte.«

»Das hörte ich neulich von Ihrem Vater«, sagte Grandmère.

»Es liegt an diesen Auslandsimporten«, erklärte Philip. »Der Absatz unserer Seide ist zurückgegangen und wird noch weiter zurückgehen.«

»Meinst du, man sollte Zölle auf ausländische Waren erheben?« fragte ich.

Er wurde nachdenklich. »Das wäre natürlich hilfreich. Wir müßten unsere Stoffe nicht so billig verkaufen, und der Wettbewerb wäre nicht so hart. Aber soll man nun für den Freihandel sein oder nicht? Man muß sich fragen, ob er nicht bei anderen Artikeln wünschenswert ist. Es wäre nicht gerecht, Zölle nur dort zu verlangen, wo es uns paßt. Vielleicht wünschen wir einen Zoll auf Seide nur, weil unsere Geschäfte schleppend gehen.«

»Was wir brauchen«, warf Grandmère ein, »ist eine neue Webart, die ein schönes Material gibt, ein in jeder Hinsicht besseres als alles, was es bislang gibt.«

»Eine geheime Methode«, schlug ich vor.

»Genau!« rief Philip, und seine Augen leuchteten. »Ein Geheimverfahren, mit dem etwas nie Dagewesenes produziert wird, und niemand weiß, wie es zustande kommt.«

»Würden die anderen nicht bald dahinterkommen?« fragte ich.

»Schon, aber sie dürften das Verfahren nicht anwenden. Dafür gibt es das Patent. Es verhindert, daß jemand die Erfindung eines anderen stehlen kann.«

»Wie gut!«

»Aber zuerst brauchen wir die Erfindung«, sagte Philip bekümmert. »Ah, wir sind da!«

100

Wir vertäuten das Boot und stiegen die Stufen zu dem Fußpfad hinauf.

»Greenwich hat mich immer angezogen«, sagte Philip, »weil es ein Hauptquartier der hugenottischen Flüchtlinge war. Ich frage mich oft, ob meine Vorfahren hierherkamen, bevor sie nach Spitalfields zogen. Die Hugenotten hatten hier sogar ihre eigene Kapelle. Aber die existiert wohl nicht mehr. Und hier ist das ›Krone und Zepter‹.«

Das Gasthaus hatte große Bogenfenster, um einen schönen Blick auf den Fluß zu bieten.

»Das Haus ist berühmt für seine Sprotten«, sagte Philip, »deshalb müssen wir sie unbedingt bestellen. Mögen Sie Sprotten, Madame Cleremont?«

»Kommt drauf an«, sagte Grandmère, »sie müssen frisch gefangen sein.«

»Darauf können Sie sich hier verlassen.«

Die Wirtin kam, um mit uns zu plaudern. Sie kannte Philip, offensichtlich kehrte er öfter hier ein. Er malte sich dabei wohl aus, wie seine Vorfahren vor langer Zeit hierhergekommen waren.

»Ich habe den Damen versichert, daß Ihre Sprotten frisch sind«, sagte er.

»Allerdings, Verehrtester«, sagte die Frau, »die sind heute früh noch in der See herumgeschwommen.«

»Und Sie kennen das Geheimnis der richtigen Zubereitung.«

»Ach, das ist kein Geheimnis. Meiner Meinung nach ist es die einzige Art, Sprotten zu servieren. Meine Mutter hat sie in eine auf ein Tuch gestreute Lage Mehl geworfen und dann geschüttelt, damit sie auch ja ganz bedeckt waren. Dann wirft man sie in einen Kessel mit siedendem Fett, nur für etwa eine Minute, läßt sie abtropfen, und schon können sie verzehrt werden. Und man muß sich sputen, weil sie sonst ihre Knusprigkeit verlieren. Mit einem Spritzer Zitrone und einem Hauch Cayennepfeffer sind sie ein regelrechtes Festmahl. Und man muß sie mit dem richtigen Getränk runterspülen, sagen wir mit Punsch oder eisgekühltem Champagner.«

»Was soll es sein?« fragte Philip. Wir entschieden uns für eisgekühlten Champagner. Während wir uns daran gütlich taten, sagte Philip: »Mein Bruder und ich reisen in Kürze nach Frankreich. Vater hofft, daß unsere Geschäftspartner in Villers-Mûre es uns ermöglichen, für kurze Zeit dort zu arbeiten. Er findet, wir haben noch eine Menge zu lernen. Wir müssen sehen, wie andere vorgehen, und neue Ideen fürs Geschäft heimbringen.« Er sah Grandmère an. »Es ist Ihre alte Heimat. Was meinen Sie? Halten Sie es für eine gute Idee?«

»Es ist immer nützlich zu sehen, wie die Dinge in anderen Ländern gehandhabt werden«, sagte Grandmère.

»Ich wünschte, wir könnten alles von Anfang an selbst produzieren. Ich habe oft an eine Niederlassung in Indien oder China gedacht, das wäre die richtige Umgebung. In manchen Gegenden Chinas wird die Seidenraupe im Freien gezüchtet. Damit erhält man die besten Ergebnisse. So aber müssen wir das Rohmaterial importieren.«

»Selbst in Villers-Mûre wird für die Maulbeeren künstliche Wärme benötigt«, sagte Grandmère. »Es ist billiger, das Material einzuführen und sich auf das Weben zu beschränken.«

»Sie haben natürlich recht«, sagte Philip, und zu mir: »Langweilen wir dich mit unserer Fachsimpelei, Lenore?«

»Nicht im mindesten.«

»Lenore interessiert sich für Seide, und ich glaube, sie hat ein besonderes Gespür für das fertige Erzeugnis«, sagte Grandmère.

»Ich nehme an, Sie werden jetzt ziemlich häufig in der Stadt sein.«

»Wieso?« fragte Grandmère.

»Nun, weil Julia hier sein wird.«

»Sie wird uns nicht brauchen«, sagte ich. »Sie geht in ihren Geselligkeiten auf.«

»Für die Lenore nicht geeignet ist«, ergänzte Grandmère.

»Ja, Lenore ist noch zu jung.«

»Ich werde bald sechzehn«, sagte ich.

»Aber du wirkst älter, stimmt's, Madame Cleremont? Viel vernünftiger als Julia.«

»Das macht meine Erziehung«, sagte Grandmère. »Lenore ist Julia nicht ebenbürtig. Für sie wird es keine Einführung in die Gesellschaft geben.«

»Ich bin froh darüber«, sagte Philip ernst. »Es würde nicht zu Lenore passen, auf diese Art vorgeführt zu werden.«

»Sie meinen, sie gehört nicht zur Familie, und deshalb …«

»Ich bin froh, daß sie nicht zur Familie gehört.«

Er nahm meine Hand und drückte sie, und ich sah Grandmères Augen aufleuchten. »Ich glaube«, sagte sie, »Sie und ich sind der Meinung, daß meine Enkelin etwas – wie soll ich sagen? – etwas Besonderes hat.«

»Sie und ich scheinen in fast allem übereinzustimmen, Madame Cleremont.«

Grandmère lehnte sich zurück und hob ihr Glas. »Auf die Zukunft«, sagte sie. Und ich hatte das Gefühl, als hätten die zwei einen Pakt besiegelt.

Auf dem Heimweg waren wir alle sehr nachdenklich, und abends im Bett sagte Grandmère: »Philip ist ja so ein reizender junger Mann geworden.«

»Er war schon immer nett und liebenswürdig.«

»Ganz anders als sein Bruder. Komisch, wie verschieden Menschen sein können. Manche sagen, es liegt an der Erziehung, aber die zwei Jungen sind zusammen aufgewachsen, und sieh nur, welch ein Unterschied!«

»Ja«, sagte ich und mußte an Charles im Mausoleum denken.

»Ich glaube, er hat dich gern. Ich meine, ich weiß, daß er dich gern hat. Was er heute abend gesagt hat …«

»Was hat er denn gesagt … bloß, daß er sich freut, weil ich nicht zur Familie gehöre.«

»Du weißt, was er gemeint hat. Er ist in dich verliebt. Er sagt es nur noch nicht, weil du so jung bist. Vielleicht in einem Jahr … dann wirst du siebzehn, und …«

Ich lachte. »Ach, Grandmère, du phantasierst! Willst du mich denn unbedingt loswerden?«

»Mehr als alles auf der Welt wünsche ich, daß du glücklich wirst. Ich wünsche, daß du behütet und geliebt wirst. Das ist mein Wunsch, bevor ich scheide.«

»Und ich wünsche, du würdest nicht von Scheiden sprechen.«

»Das habe ich noch lange nicht vor, aber man muß vernünftig denken. Sieh dir Sir Francis an: Heute noch gesund und munter, und morgen trifft ihn der Schlag. Es würde mich so glücklich machen, wenn ich dich gut versorgt sähe. Philip hatte dich immer gern. Ich wußte von vornherein, daß er der Richtige ist. Er besitzt die großartige Begeisterung für sein Geschäft. Er würde sich ganz fest seiner Arbeit, seiner Frau und seiner Familie widmen.«

»Grandmère, ich habe das Gefühl, du legst da eine Situation nach deinen Wünschen aus.«

Sie schüttelte den Kopf. »Heute abend hat er seine Gefühle deutlich gezeigt. Es war fast ein Heiratsantrag.«

»So habe ich das nicht gesehen. Ich glaube, er wollte nur nett sein, weil er dachte, ich fühle mich bei diesem Debütantenrummel übergangen.«

»Nein, nein! Ich bin heute abend ein glücklicher Mensch. Ich sehe, wie es kommen wird.«

»Fein, Grandmère, es freut mich, daß du glücklich bist.«

»Gute Nacht, mein Kind, und möge der liebe Gott dich segnen.«

Ich lag wach und dachte über ihre Worte nach. Ich versuchte, mir jeden Augenblick des Besuchs im »Krone und Zepter« zu vergegenwärtigen. Was hatte Philip denn Aufschlußreiches gesagt? Ich wußte, daß er mich gern hatte. Er war immer nett und freundlich gewesen, und ich habe stets ihn und Cassie als meine besten Freunde betrachtet.

War an dem Gespräch wirklich etwas Bedeutsames gewesen, oder hatte Grandmère versucht, es ihren Wunschträumen gemäß auszulegen? Ich hatte hin und wieder den Verdacht, daß sie etwas so deutete, wie es ihren Wünschen entsprach.

Und ich – mit Philip verheiratet? Die meisten Mädchen denken ans Heiraten, wenn sie in dieses Alter kommen. Sie träumen von romantischen Rittern und Helden. St. Georg – nein, wer wollte schon einen Heiligen. Sir Lancelot war schon begehrenswerter. Er war ein Sünder, aber ein großer Liebhaber. Verwegen zu lieben war reizvoller, als Drachen zu töten. Menschen wie Nelson, Drake …

Drake, natürlich. Er hatte etwas Aufregendes gehabt. Julia hatte es gespürt. Was wäre geschehen, wenn Drake gesagt hätte, was Philip am Tisch im »Krone und Zepter« gesagt hatte? Wie wäre mir dann jetzt zumute?

Ich wäre sicher recht aufgeregt. Nun, das war ich trotzdem, denn es war aufregend, geliebt zu werden, falls es das war, was Philip mit seinen rätselhaften Worten gemeint hatte.

Die Tage vergingen im Nu. Charles und Philip reisten nach Frankreich ab, denn Sir Francis hatte sich so weit erholt, daß er sein normales Leben wieder aufnehmen konnte. Und Grandmère, Julia und ich kehrten ins Haus der Seide zurück.

Lady Sallonger begrüßte mich recht mürrisch und sagte, es sei ihr sehr schlecht gegangen. Miss Logans Stimme ermüde rasch und Cassie lege nicht denselben Ausdruck in die Worte wie ich. Wir seien länger fortgeblieben als geplant. Sie habe sich furchtbar um Sir Francis gesorgt.

»Wenn ich nach London gehen und mich um ihn kümmern könnte, ich würde es mit Freuden tun«, sagte sie. »Aber ich bin eine arme Leidende, nicht fähig, mich von meiner Couch zu rühren, und alle lassen mich im Stich. Anscheinend ist keinem klar, daß ich mich nicht bewegen kann. Mich fröstelt. Läute, damit man mehr Kohle ins Feuer legt! Und ist das Fenster auf?

Bitte schließe es, und bringe mir meine rote Decke, ich kann die blaue nicht ertragen … Ah, das Feuer, Henry. Die rote Decke, Lenore, die blaue ist so kratzig, ich habe eine so empfindliche Haut. Sieh zu, ob du etwas findest, das du mir vorlesen kannst!« So ging es weiter. Grandmère hatte recht, Lady Sallonger war anspruchsvoller denn je. Sie verlangte, daß ich zur Verfügung stand, wann immer ich nicht im Schulzimmer war.

Es gelang mir dennoch, mich ab und an zu Grandmère hinaufzustehlen. Lady Sallonger erzählte ich, ich werde dort gebraucht, um bei der Fertigung von Julias Kleidern zur Hand zu gehen. Die Lady war selbst einst in die Gesellschaft eingeführt worden, sie kannte sich da aus, aber natürlich seien zu jener Zeit, als der königliche Prinzgemahl noch lebte, die Ansprüche viel höher gewesen. Damals sei es weitaus würdevoller zugegangen. Sie war die Erfolgreichste der Saison gewesen. Was sie für Anträge bekommen hatte!

Ich fand die Beschreibung der Londoner Szenerie zu ihrer Zeit unterhaltsamer als ihre ewigen Befehle, daher ermunterte ich sie, davon zu erzählen. Ich erfuhr, was es damals hieß, ein junges Mädchen zu sein, und sie lebte bei der Erinnerung sichtlich auf. »Es gab Nachmittagsgesellschaften, zu denen alle in Abendkleidung erschienen. Salons nannte man sie. Die königliche Familie hatte die gräßlichen kleinen Quartiere im St.-James-Palast verlassen, und die Salons wurden im Thronsaal des Buckingham-Palastes abgehalten. Wir wurden damals mit der allergrößten Sorgfalt ausgewählt. Das waren Zeiten – knicksen und rückwärts gehen mußten wir lernen. Es war ein Alptraum, besonders mit einer drei, vier Meter langen Schleppe. Diese Federn und Schleier! Und in Korsetts eingezwängt! Für manche Mädchen war es eine Qual. Ich hatte natürlich von Natur aus eine schmale Taille. Und das alles für die paar Minuten, da man Ihrer Majestät vorgestellt wurde. Du meine Güte, war das eine Zeit! Und Sir Francis führte mich schleunigst zum Traualtar, ehe ich die Chance hatte, einen anderen zu nehmen. Ich hätte bestimmt einen Herzog geheiratet, wenn ich nicht so schnell geschnappt worden wäre. Wie wir damals getanzt haben! Ach, mein Fuß schläft ein. Massiere ihn mir, Lenore!«

Damit waren wir wieder beim alten Thema, und die Träume vom vergangenen Glanz verblaßten.

Doch es gelang mir, geraume Zeit bei Grandmère zu verbringen. Die Schneiderpuppe Emmelina war ständig in äußerst kostbare Roben gehüllt. Cassie, die oft mit uns zusammen war, hing sehr an Emmelina. Sie ersann Geschichten und war überzeugt, daß die drei Puppen, wenn es dunkel wurde, zum Leben erwachten und von den Triumphen sprachen, die sie gefeiert hatten, ehe eine böse Hexe sie in Puppen verwandelte. Gewiß lächelte Emmelina innerlich, wenn sie in blaue Seide gekleidet wurde.

Seit Julia wieder daheim war, wirkte sie zufriedener. Sie genoß die Tanzstunden, bei denen ich immer den Herrn spielen mußte, was mir ebenfalls viel Spaß machte. Cassie saß dabei, sie sah uns zu und applaudierte. Am liebsten aber löste ich Grandmère im Nähzimmer an der Maschine ab und befühlte die weichen Seidenstoffe; dabei wünschte ich mir immer wieder, sie würden für mich geschneidert.

Julia wurde immer fülliger. Es lag wohl an der Spannung und Aufregung, daß sie noch mehr aß als sonst. Was würde die Gräfin sagen, wenn sie sähe, wieviel Julia zunahm. Grandmère fürchtete, die Kleider könnten nicht mehr passen, wenn die Zeit käme, sie zu tragen.

Bald schon war Ostern. Julia wurde von Miss Everton den Händen der Gräfin übergeben, und jetzt wurde es richtig ernst. In der Werkstatt war es sehr still geworden. Cassie sagte, Emmelina sei beleidigt. Grandmère schneiderte aus dem Stoff, der von Julias Bedarf übriggeblieben war, zwei Kleider, eins für Cassie und eins für mich. Wir nannten sie unsere Einführungskleider.

Es wurde August, und die Ballsaison ging ihrem Ende entgegen. Kein Herzog, Graf, Baron, ja nicht einmal ein schlichter Ritter hatte um Julias Hand angehalten. Sie sollte sich nach der anstrengenden Zeit ein paar Wochen daheim in Epping Forest erholen, danach wollte sie wieder nach London, um unter der exzellenten Führung der Gräfin Ballader einen erneuten Angriff auf die Londoner Gesellschaft zu unternehmen.

Philip und Charles waren aus Frankreich zurückgekehrt. Philip kam gelegentlich ins Haus der Seide. Er verbrachte sehr viel Zeit in dem Atelier. Ich war oft mit Cassie dort, und er schilderte begeistert, was er in Frankreich gesehen hatte.

Der Gesundheitszustand seines Vaters machte ihm Sorgen. Sir Francis beharre darauf, sich weiterhin in Spitalfields zu betätigen, doch ermüde er so schnell. Philip meinte, er solle sich mehr Ruhe gönnen, aber davon wollte Sir Francis nichts wissen.

In London herrschte große Aufregung, denn Charles hatte mit etlichen phantastischen Ideen aufgewartet, die für diejenigen, die nach neuen Methoden suchten, von großem Wert waren.

»Ausgerechnet Charles«, staunte Philip. »Wer hätte gedacht, daß er sich dermaßen dafür interessiert? Er hat eine Formel gefunden. Er sagt, er arbeitet schon seit einiger Zeit daran. So was Komisches! Er hat sich nichts anmerken lassen. Wer hätte gedacht, daß er so ein Heimlichtuer ist. Daß er so etwas für sich behält! Anfangs war ich skeptisch, aber es scheint, es ist genau die Lösung, an der unsere Leute seit Jahren arbeiten. Ich lasse zur Zeit einen Spezialwebstuhl anfertigen, Madame Cleremont, und ich werde ihn zu Ihnen heraufbringen. Aber es muß geheim bleiben, bis die Produktion anläuft. Ich möchte nicht, daß die Konkurrenz Wind davon bekommt. Der Stuhl ermöglicht eine Webart, die einen noch nie gesehenen Glanz hervorbringt. Ich glaube, er wird eine Ware produzieren, die anders ist als alles, was wir je gemacht haben. Und wenn man bedenkt, daß der Schlüssel zu dieser Perfektion von Charles kommt!«

Der neue Webstuhl kam, und jeden Abend, wenn wir allein waren, sprach Grandmère mit mir darüber.

»Philip ist ganz aufgeregt«, sagte sie. »Ich denke, wir werden die

Methode bald vervollkommnet haben. Wer hätte das von Charles gedacht! Und das komische ist, nachdem er uns nun den Schlüssel geliefert hat, scheint er das Interesse schon wieder verloren zu haben. Philip ist völlig außer sich. Ich glaube, in ein paar Tagen sind wir soweit. Wir müssen aber sichergehen, daß die Methode bei den Sallongers bleibt.«

»Mit Hilfe eines Patents, wie es Philip im ›Krone und Zepter‹ erwähnte?«

»Richtig.«

Philip war nahezu zwei Wochen im Haus der Seide gewesen. Er befand sich in heller Aufregung. »Es könnte etwas ganz Einmaliges sein«, erklärte er unentwegt.

Dann kam der große Tag. Philip nahm das Stück Seide entgegen, das Grandmère ihm reichte, und sie sahen sich mit leuchtenden Augen an.

»Heureka, ich hab's!« rief Philip. Er umarmte Grandmère, dann hob er mich hoch und schwenkte mich herum. Er küßte mich herzhaft auf den Mund.

»Jetzt kommt der Umschwung«, sagte er. »Das muß gefeiert werden.«

»Im ›Krone und Zepter‹«, meinte Grandmère, »bei Sprotten und Champagner.«

Cassie kam herein und starrte uns verwundert an.

»Ein großes Ereignis, Cassie«, rief ich. »Das Gesuchte ist gefunden! Cassie muß mit uns feiern«, fügte ich hinzu.

Philip nahm den Stoff und küßte ihn ehrfürchtig. »Dies wird den Sallongers Erfolg bringen«, sagte er.

»Vergiß das Patent nicht!« erinnerte ich ihn.

»Kluges Mädchen«, rief er. »Das erledige ich noch heute. Wir brauchen einen Namen dafür.«

Grandmère sagte: »Warum nicht Lenorenseide? Lenore war auch beteiligt.«

»Nein, nein«, rief ich, »das wäre lächerlich. Es ist Charles' Verdienst und deiner, Philip, und auch Grandmères. Ich hab' doch bloß Zuträgerdienste geleistet. Nennen wir den Stoff Sallonseide. Das ist ein Teil des Familiennamens, und durch die Alliteration bekommt er einen künstlerischen Beigeschmack.« Nach einigem Überlegen wurde der Name für gut befunden. Und am Abend fuhren wir nach Greenwich und feierten, wie Grandmère vorgeschlagen hatte, bei Sprotten und Champagner.

Wir sprachen eine Zeitlang fast ausschließlich von der Sallonseide. Sie wurde sogleich ein Erfolg, und in den Zeitungen erschienen Artikel über den neuen Stoff. Die Sallongers sahen sich für ihren Unternehmergeist und den Wohlstand, den sie ins Land brachten, gepriesen. »Keine Seide kann sich mit der überragenden Qualität der Sallonseide messen«, schrieben die Moderedakteure. »Keine Ware aus China oder Indien, Italien oder Frankreich läßt sich mit ihr vergleichen. Sallon ist einmalig, und wir können stolz darauf sein, daß sie von einem britischen Unternehmen entwickelt wurde.«

Wir unterhielten uns in Grandmères Werkstatt über die Sallonseide. Philip war oft dort und sprach über neue Wege zur Nutzbarmachung der Erfindung. Vorerst war das Material noch sehr kostspielig, und ein Kleid aus Sallonseide war ein unumgänglicher Bestandteil jeder teuren Garderobe. Philip aber wollte mit der Methode billigere Stoffe produzieren, um weit mehr Frauen den Besitz eines Kleides aus Sallonseide zu ermöglichen.

Der Stoff wurde inzwischen in den Fabriken hergestellt. Zu diesem Zweck waren neue Webstühle aufgestellt worden, und Grandmère experimentierte fleißig an der Herstellung einer billigeren Abart. Sie, Cassie und ich waren mit dem Vorhaben befaßt. Julia hielt sich in London auf, die Gräfin war in das Haus am Grantham Square gezogen und begleitete Julia als Anstandsdame zu den Gesellschaften.

Ein neues Jahr war angebrochen. Ich würde bald siebzehn sein.

Grandmère hatte mir immer zu verstehen gegeben, daß sich in diesem Alter wunderbare Dinge ereigneten.

Dann schlug das Schicksal zu. Sir Francis hatte wieder einen Schlaganfall, und diesmal war er tödlich.

An einem windigen Januartag brachte man seinen Leichnam nach Epping Forest, auf daß er dort begraben werde. Der Sarg stand zwei Tage im Haus, bevor er ins Mausoleum überführt wurde. In der nahe gelegenen Kirche fand ein Gottesdienst statt, und anschließend wurde Sir Francis zu seiner letzten Ruhestätte geleitet. Die ganze Familie hatte sich im Haus versammelt. Lady Sallonger zeigte tiefe Trauer, die meinem Gefühl nach nicht echt sein konnte, denn sie hatte ihren Mann so selten gesehen und schien ihn nie vermißt zu haben. Sie bestand darauf, zum Gottesdienst zu gehen, um dem »lieben Francis« das letzte Geleit zu geben. Sie wurde bis zur Kutsche hinuntergetragen. Sie sah zerbrechlich aus in der schwarzen Kleidung und dem Hut mit den ausladenden schwarzen Straußenfedern. Sie hielt sich ein weißes Taschentuch an die Augen, und sie verlangte, von Charles auf der einen und von Philip auf der anderen Seite gestützt zu werden.

Es war kalt in der Kirche. Der Sarg stand während des Gottesdienstes auf einem schwarz drapierten Gestell, dann wurde er auf die Kutsche geladen, und wir machten uns auf den langsamen, feierlichen Weg zum Mausoleum.

Als ich dort im eisigen Wind stand, suchten mich Erinnerungen heim. Etliche Dienstboten waren zugegen, und ich sah auch Willie mit dem Hund auf dem Arm. Am Rande der Menge stand eine Fremde. Sie war schwarz gekleidet und trug einen Schleier vor dem Gesicht: eine tragische Erscheinung. Ich wußte sogleich, wer sie war, und ich sah, daß auch Grandmère es wußte.

»Die Ärmste!« flüsterte sie.

Es war Mrs. Darcy.

Es war Sommer geworden. Philip hielt sich oft im Haus der Seide auf. Grandmère errötete jedesmal vor Freude, wenn sie seine Stimme hörte. Er sprach mit uns übers Geschäft.

»Es besteht kein Zweifel«, sagte er, »daß die Erfindung der Sallonseide uns vor dem Ruin bewahrt hat. Ja«, fuhr er fort, »es stand sehr schlecht um unser Geschäft. Kein Wunder, daß Vater vor Sorgen krank wurde. Die Franzosen liefen uns zunehmend den Rang ab. Sie konnten viel billiger produzieren, und ich vermute, daß sie die Preise senkten, um uns vom Markt zu verdrängen. Aber wir haben es ihnen heimgezahlt. Die Sallonseide hat uns gerettet.«

»Charles ist bestimmt sehr stolz.«

»Er ist nicht viel im Kontor. Er sagt, er kommt wieder, wenn er eine neue Erfindung gemacht hat, die die Seidenindustrie revolutionieren wird.«

»Merkwürdig«, sagte ich, »daß er, der sich eigentlich gar nicht dafür zu interessieren scheint, diese wunderbare Erfindung gemacht hat.«

»Wirklich seltsam. Allmählich glaube ich, daß er doch ein gutes Gespür für Seide hat. Jetzt macht er sich ein schönes Leben, wie er es ausdrückt. Ich muß sagen, er hat es verdient, und solange er bereit ist, sich beizeiten zu mäßigen, wollen wir ihn gewähren lassen.«

Nun, da sich mein siebzehnter Geburtstag näherte, fand ich es an der Zeit, dem Schulzimmer ade zu sagen. Ich hätte lieber öfter mit Grandmère zusammengearbeitet. Ich war mehr und mehr von der neuen Erfindung begeistert, und es machte mir Spaß, Kleider zu entwerfen, die den glänzenden Stoff am besten zur Geltung brachten. Es gab unterdessen mehrere Seidenarten, die auf der Erfindung basierten, und Philip führte neue Farben ein, die den Effekt am vorteilhaftesten betonten. Er konferierte ständig mit den Färbern und untersuchte, wo aufgrund der Wasserqualität die besten Ergebnisse erzielt werden konnten. Ich freute mich auf die Tage, an denen er kam und wir uns in

Grandmères Zimmer unterhielten. Cassie saß oft dabei und lauschte still, meistens auf einem Hocker, die angezogenen Knie mit den Händen umfassend. Es machte sie sehr glücklich, an all der Aufregung teilzuhaben.

Mein Geburtstag war im November. Keine gute Zeit für einen Geburtstag, hatte Julia immer gesagt, zu nahe an Weihnachten. Die beste Zeit für einen Geburtstag sei die Jahresmitte. Sie mochte ja recht haben, aber ich freute mich sehr auf meinen siebzehnten Geburtstag, das Signal, daß ich die Mädchenzeit hinter mir hatte und nun eine junge Frau war.

Wäre ich eine Tochter des Hauses gewesen, so wäre für mich eine Ballsaison veranstaltet worden, aber für ein Mädchen meines Standes kam so etwas natürlich nicht in Frage.

Für Julia schien die Saison bislang kein großer Erfolg gewesen zu sein. Sie war, wie Grandmère zynisch bemerkte, »noch zu haben«. Sie war sehr unzufrieden und wohl auch etwas enttäuscht, weil ihr noch keiner einen Heiratsantrag gemacht hatte. Ich sagte zu Grandmère, das müsse ein Mädchen doch entmutigen.

Für mich begann nun ein neuer Lebensabschnitt. Lady Sallonger war darüber nicht wenig erfreut. Sie ersann neue Aufgaben für mich. »Lächerlich, ein Mädchen in deinem Alter, das täglich ins Schulzimmer geht! Ich bezweifle nicht, daß du inzwischen Miss Everton einiges beibringen könntest. Sieh dir doch mal meinen Gobelin an! Ich glaube, mit dem Muster stimmt etwas nicht.« Das hieß, ihre Stiche waren falsch, sie aber gab dem Muster die Schuld, nicht sich selbst. »Wenn du mit dem Schulzimmer fertig bist, kannst du vormittags zu mir kommen. Ich bin so einsam, wenn ich mein Glas Sherry zu mir nehme. Ich möchte, daß du mit mir plauderst.«

Ich sagte zu Grandmère: »Lady Sallonger denkt sich neue Möglichkeiten aus, meine Zeit zu beanspruchen, wenn ich nicht mehr zum Unterricht gehe.«

»Wir müssen versuchen, uns ihr zu widersetzen«, erwiderte sie.

Mein siebzehnter Geburtstag mußte gefeiert werden. Grand-mère wollte in ihren Räumen eine ganz kleine Gesellschaft geben – mit Cassie, ihr selbst und mir. Sie wollte es Philip gegenüber erwähnen, vielleicht wäre er gern mit von der Partie. Der Tag kam, einer von den typischen Novembertagen, wie ich sie stets mit meinem Geburtstag verband. Nebel hing in der Luft, und der Wald draußen vor meinem Fenster wirkte geheimnis-umwittert.

Lady Sallonger hatte mir einen alten Schal von sich geschenkt. »Wir hätten deinen Geburtstag ja gern gefeiert, Lenore«, sagte sie, »wenn wir nicht um Sir Francis trauerten.«

»Ich verstehe. Ich möchte eigentlich gar keine Feier. Ich freue mich bloß, daß ich siebzehn bin.« Ich versicherte ihr, der Schal sei wunderschön. Das stimmte. Er war handbemalt, mit blauen und rosa Schmetterlingen auf grünen Blättern. Aber allmählich hatte ich das Gefühl, es sei gar nicht so wunderbar, siebzehn zu sein, wenn man zu weiteren Pflichten gezwungen wurde.

Am Nachmittag bekam Lady Sallonger eine echte Migräne, und das bedeutete, daß sie in ihrem verdunkelten Zimmer liegen mußte. Miss Logan und ich brachten sie zu Bett und ließen sie allein.

Als ich aus ihrem Zimmer kam, sah ich Philip auf der Treppe. Er war soeben angekommen.

»O Philip«, rief ich, »wie schön, daß du zu meinem Geburtstag gekommen bist!«

»Das war doch selbstverständlich. Wo ist meine Mutter?«

»Sie ist zu Bett gegangen, sie hat Migräne.«

»Dann bist du ja frei. Ich möchte mit dir reden.« Er öffnete die Tür zum Salon seiner Mutter. »Hier können wir uns ungestört unterhalten.« Wir traten ein, er schloß die Tür, dann nahm er mich in die Arme und küßte mich. »Herzlichen Glückwunsch!« sagte er.

»Danke, Philip.«

»Endlich ist es soweit!«

114

»Ja, ich bin siebzehn. Es schien mir eine Ewigkeit zu dauern, bis es soweit war.«

Er nahm mein Gesicht in seine Hände. »Ich hatte mir gelobt, so lange zu warten.«

»Womit?«

»Ich habe etwas für dich.« Er fummelte in seiner Tasche und brachte ein samtbezogenes Döschen zum Vorschein.

»Was ist das?« fragte ich.

»Für dich. Hoffentlich gefällt er dir. Wenn er nicht paßt, kann man ihn ändern.«

Ich öffnete das Döschen. Es enthielt einen prachtvollen Ring mit einem von Diamanten eingefaßten Smaragd.

»Ich dachte, das Grün würde dir stehen«, sagte Philip. »Deine Augen haben manchmal einen grünlichen Schimmer.«

»Der ist wirklich für mich, Philip?«

»Er hat etwas zu bedeuten: ein Verlobungsring.«

Er steckte ihn mir an den Ringfinger der linken Hand, dann drückte er einen Kuß darauf. »Das war seit langem mein Wunsch, Lenore.«

Ich war ganz durcheinander. Grandmère hatte zwar diesbezügliche Andeutungen gemacht, aber ich hatte sie nie richtig ernst genommen. Ich dachte, das sei alles ihr Wunschdenken.

»Lenore«, fuhr Philip fort, »ich liebe dich schon lange, und die ganzen Aufregungen der letzten Zeit haben uns einander noch nähergebracht. Fühlst du das auch?«

»Hm … ja.«

»Dann …«

»Aber Philip, das habe ich nicht erwartet. Ich komme mir so … ich weiß nicht, ich komme mir so albern vor, so unsicher, weil ich keine Ahnung hatte.«

»Du hast nicht gewußt, daß ich auf diesen Tag gewartet habe?«

»Nein.«

»Und ich dachte, es wäre so offensichtlich gewesen. Du siehst etwas erschrocken aus. Das ist nur die Überraschung, nicht wahr? Ich meine, hast du mich gern?«

»Natürlich hab' ich dich gern. Du warst immer so gut und lieb zu mir. Es ist bloß, ich glaube, ich bin einfach noch nicht soweit.« Ich zog den Ring vom Finger. »Philip … können wir nicht noch etwas warten?«

Er schüttelte den Kopf. »Ich habe lange genug gewartet, ich will dich jetzt. Ich möchte, daß wir heiraten. Ich möchte alles mit dir teilen. Wir haben dieselben Interessen, du, deine Großmutter und ich. Ich kann dir gar nicht sagen, was das für mich bedeutet.«

Ich steckte den Ring in das Samtdöschen zurück und gab es ihm. »Nur eine kleine Weile, bitte, Philip!«

Er lächelte wehmütig. »Aber nicht lange«, sagte er. »Versprich es mir!«

»Nein«, sagte ich, »es wird nicht lange sein.«

Er ging in sein Zimmer, nun nicht mehr so überschwenglich wie bei seinem Eintritt ins Haus, und ich stieg die Treppe hinauf. Grandmère kam zu mir. »War das Philip? Nanu, was ist? Wie siehst du denn aus? Du bist ja ganz außer dir.«

»Philip hat mich gebeten, ihn zu heiraten.«

Ihr Gesicht strahlte vor Freude, ihre Augen leuchteten, und die Röte auf ihren Wangen ließ sie wie eine junge Frau aussehen. »Ich bin so glücklich«, sagte sie. »Das ist es, was ich erträumt habe. Jetzt bin ich die glücklichste Frau auf der Welt.«

»Ich habe nicht ja gesagt, Grandmère.«

Sie fuhr zurück und starrte mich verwundert an. »Was?«

»Es kam so unerwartet. Ich …«

»Du meinst, du hast ihn abgewiesen?«

»Nein, das nicht gerade.«

Sie schien unendlich erleichtert.

»Ich war bloß so überrascht.«

»Mich überrascht es gar nicht. Ihr seid füreinander bestimmt.«

»Aber ich bin erst siebzehn, Grandmère! Mir ist, als hätte ich noch nicht lange genug gelebt.«

»Das Gefühl kenne ich. Er ist ein guter junger Mann. Er wird ein guter Ehemann sein. Er hat ein Lebensziel. Ich habe jeden Abend zu Gott und den Heiligen darum gebetet. Was hast du zu ihm gesagt?«

»Er wollte mir einen Ring schenken ...«

Sie verschränkte lächelnd die Finger.

»Er hat ihn mir an den Finger gesteckt, aber ich konnte ihn nicht ... Es ist zu früh.«

»Nein, nein, es ist der richtige Zeitpunkt. Dein Geburtstag! Was könnte romantischer sein? Ach, Lenore, du wirst doch nicht töricht sein, nicht wahr? Wenn du ihn abweist, wirst du es dein Leben lang bereuen.«

»Ich bin einfach nicht sicher ...«

»Aber ich, und ich weiß, was das beste für dich ist. Lenore, ich bitte dich, mach keine Dummheit! Einen so guten, so wertvollen Menschen findest du nie wieder. Ich weiß es, ich habe viel von der Welt gesehen.«

»Komm, hören wir damit auf! Er und Cassie werden bald hier sein.«

Der Abend bleibt mir unvergeßlich. Wir waren nur zu viert: ich, Grandmère, Cassie und Philip. Und das genügte.

Was haben wir alles geredet! Ich dachte hinterher darüber nach und rief mir ins Gedächtnis zurück, wie Philips Augen ständig meinen Blick suchten und wie er so liebend und zärtlich dreinsah. Ich fühlte mich geborgen und glücklich im Kreise derer, die mich innig liebten.

Philip erzählte zu Grandmères großem Vergnügen viel von Villers-Mûre. Er war von dem Ort tief beeindruckt, und nicht nur von der dortigen Seidenproduktion. Grandmère hörte aufmerksam zu und warf dann und wann ein Wörtchen ein. Ich merkte, daß sie sich in ihre Kindheit zurückversetzt fühlte. Cassie saß still dabei; die Knie mit den Händen umschlungen, sah sie von einem zum anderen und warf ab und zu den Schneiderpuppen einen Blick zu, als glaube sie wirklich, daß sie mit uns feierten. Cassie war ein phantasievolles Mädchen und sehr froh, zu unserem kleinen Kreis zu gehören.

Philip meinte, Villers-Mûre sei mehr italienisch als französisch. »Das findet man oft bei Grenzorten«, sagte Grandmère. »Dort waren tatsächlich viele Italiener. Es gab zwangsläufig auch italienisches Blut unter uns.«

»Die Leute dort haben sehr viel für Musik übrig«, fuhr Philip fort, »und ich glaube, das kommt aus Italien. Man hörte sie auf den Feldern singen, und einige hatten prachtvolle Stimmen. Oft war es wie in der italienischen Oper. Einmal blieb ich gebannt stehen und hörte zu, wie *La donna è mobile* zum besten gegeben wurde, ein andermal hörte ich zwei ein Duett aus dem ›Troubadour‹ singen.« Dann sang er selbst *Ai nostri monti ritorneremo*. Wir applaudierten, und er sagte: »Das hättet ihr im Freien hören sollen, wie ich es gehört habe.«

»O ja«, sagte Grandmère, »sie lieben Musik. Sie singen und tanzen gern.«

»Das meine ich ja«, sagte Philip. »Sie sind fröhlich und unbekümmert, aber sie geraten auch rasch wegen einer Kleinigkeit in Rage. Sie können ausgesprochen rachsüchtig sein. Und daneben das französische Element: Realisten gegen Romantiker. Ich kann Ihnen gar nicht sagen, wie mich das fasziniert hat, von den Fabrikationsmethoden ganz zu schweigen.«

»War Monsieur Saint Allengère offen zu Ihnen?« fragte Grandmère.

Philip lachte. »Bis zu einem gewissen Grade. Natürlich sind sie nicht gewillt, Geheimnisse preiszugeben. Ich wüßte gern, was sie jetzt denken, nachdem wir die Sallonseide erfunden haben.«

»Wissen sie denn davon?« fragte ich.

»Ob sie davon wissen? Die ganze Welt weiß davon. Es ist ein wichtiger Durchbruch in der Seidenindustrie. Ich schätze, sie knirschen wütend mit den Zähnen, weil ihnen das Verfahren nicht zuerst eingefallen ist.«

»Wie gut, daß du es hast patentieren lassen«, sagte ich.

»Irgendwann werden sie auch soweit sein, daran besteht kein Zweifel«, sagte Grandmère. »Aber wir waren die ersten, und darin liegt der große Vorteil.«

Philip wurde nachdenklich. »Das erstaunlichste ist, daß es von Charles kam.«

»Er verfügt zweifellos über verborgene Talente«, sagte ich.

»Er hat sie vorher nie gezeigt. Selbst in Frankreich schien er vollkommen gleichgültig zu sein.«

»Da sieht man, wie man sich irren kann.«

»Ich würde gerne wieder hinfahren«, sagte Philip. »Ich möchte auch einige italienische Städte besichtigen. Ein paar habe ich kurz besucht: Rom, Venedig, Florenz. Florenz hat es mir angetan. Es war wunderbar, von der Anhöhe von Fiesole aus auf die Stadt zu blicken. Eines Tages werde ich dorthin zurückkehren.« Er lächelte mich an. »Es würde dir auch gefallen, Lenore«, fügte er hinzu.

Ich war glücklich. Er sah mich so liebevoll an, und nie hatte ich Grandmère so zufrieden strahlen gesehen. Das hatte Philips Wunsch, mich zu heiraten, bewirkt.

Ein Zauber lag über dem Abend, wie wir da beisammensaßen, Grandmère mit verträumten Augen und Cassie, die einen so gelösten Eindruck machte. Grandmère und Philip wechselten Blicke, als bestehe eine köstliche Verschwörung zwischen ihnen. Ich wünschte, der Abend könne ewig währen. Es war herrlich, siebzehn und kein Kind mehr zu sein. Philip drückte meine Hand. Eine Frage stand in seinen Augen.

Grandmère wartete mit angehaltenem Atem, sie bewegte die Lippen, wie ich es sie in stillem Gebet hatte tun sehen.

»Lenore«, fragte Philip, »du willst, nicht wahr?«

Und ich sagte: »Ja.«

Welch ein Jubel herrschte da! Philip steckte mir den Ring an den

Finger, und Grandmère weinte ein wenig – vor lauter Glück, wie sie uns versicherte.

»Mein schönster Traum ist wahr geworden«, sagte sie.

Cassie umarmte mich. »Jetzt bist du meine richtige Schwester«, versicherte sie.

Grandmère schenkte Champagner ein, Philip legte seine Arme um mich und hielt mich umschlungen, während Grandmère und Cassie ihre Gläser auf uns erhoben.

»Möge der liebe Gott euch segnen!« sagte Grandmère. »Jetzt und für alle Zeit.«

Abenteuer in Florenz

Die Bekanntmachung unserer Verlobung wurde im Hause unterschiedlich aufgenommen. Lady Sallonger zeigte sich zunächst schockiert. Ich wußte genau, was in ihr vorging. Ihre erste Reaktion war, daß Philip sich in höheren Kreisen hätte umsehen sollen. Es ziemte sich nicht, daß seine Wahl auf ein Mädchen fiel, das in ihren Augen kaum mehr als eine bessere Dienstmagd war. Sicher, Madame Cleremont bekleidete eine Sonderstellung und hatte bei ihrem Eintritt ins Haus gewisse Forderungen gestellt, die erfüllt wurden, dennoch war sie nur eine Untergebene. Lady Sallonger war verstimmt. Es war zu viel für sie, mit einer solchen Situation konfrontiert zu werden, nachdem der arme Sir Francis verstorben war und sie mit einer schweren Verantwortung auf den Schultern zurückgelassen hatte. Sie fühlte sich zu geschwächt, um mit einer solchen Sache fertig zu werden. Die Leute sollten mehr Rücksicht nehmen. Doch allmählich änderte sie ihre Einstellung. Ich durfte ihre Schwiegertochter werden. Ich hätte allen Grund, dankbar zu sein, weil ich zu einem solchen Rang im Hause aufgestiegen sei. Sie konnte, so gesehen, meine Gesellschaft noch mehr beanspruchen, ich war ihr nützlich. Daher war die Verlobung alles in allem vielleicht gar nicht so schlecht. Zumindest gebe es einen Ausgleich – und bei Philip handelte es sich ja ohnehin nur um den jüngeren Sohn.

Julia war verärgert. Es war bitter, wenn man bedachte, was sie alles auf sich genommen hatte, ohne einen einzigen Heiratsantrag zu bekommen, während ich mich bar jeder Anstrengung an meinem siebzehnten Geburtstag verlobt hatte. Jeder würde sagen, daß es für mich in meiner Position die bestmögliche Partie war. Ich hatte es gut getroffen und Julia ausgestochen.

Die Bediensteten waren entrüstet. Es paßte ihnen nicht, daß eine, die eine niedere Stellung im Hause bekleidet hatte, zu einem hohen Rang aufrückte, wie er der Ehefrau eines Sohnes der Familie selbstverständlich zukam. Es war, als würde die Erzieherin den Herrn des Hauses heiraten, was bekanntlich hin und wieder geschah. »Das ist nicht recht«, sagte Mrs. Dillon. »Es verstößt gegen die Naturgesetze.«

Cassie war natürlich begeistert.

Als Julia übers Wochenende nach Hause kam, um ihre Mutter zu besuchen, wurde sie von der Gräfin Ballader begleitet. Die Gräfin nahm mich beiseite. Sie schien ehrlich erfreut zu sein. »Gut gemacht«, sagte sie anerkennend, so daß man hätte meinen können, der einzige Daseinszweck eines Mädchens bestehe darin, sich einen Mann zu angeln. »Ich habe von Anfang an gesagt, daß ich es lieber mit Ihnen zu tun gehabt hätte.« Julia behandelte mich an diesem Wochenende kühl, und ich war froh, als sie und die Gräfin wieder abreisten.

Und Charles? Seit Drake Aldringham ihm seine Verachtung gezeigt hatte, verhielt er sich betont gleichgültig. Es war fast, als nehme er mich nicht wahr. Als er von unserer Verlobung erfuhr, lächelte er amüsiert wie über einen Witz.

Philip war wegen der Hochzeit genauso aufgeregt, wie er es über die Sallonseide gewesen war. Als zielstrebiger Mensch machte er sich, wenn er sich etwas vorgenommen hatte, voll Begeisterung an die Verwirklichung. Das gefiel mir an ihm. Mir gefiel überhaupt sehr viel an Philip. Ich glaubte, ihn zu lieben, war aber nicht sicher. Ich verbrachte die Zeit gern mit ihm zusammen, ich unterhielt mich gern mit ihm, vor allem aber gefiel mir, wie er mich behandelte – als sei ich etwas sehr Kostbares, das er sein Leben lang hüten wolle.

Im April sollte unsere Hochzeit sein. Damit blieben uns fünf Monate für die Vorbereitungen.

Grandmère führte lange Gespräche mit Philip. Sie ließ sich ausführlich über »Vorsorgemaßnahmen« aus. Ich war bestürzt, als ich begriff, was sie damit meinte. »Soll das etwa heißen, daß Philip eine Zahlung leisten soll?« fragte ich ungläubig.

»Das ist in Frankreich so üblich. Dort sehen die Leute den Tatsachen ins Auge. Am Tage eurer Hochzeit wird Philip dir eine bestimmte Summe aussetzen. Das Geld gehört dir für den Fall, daß ihm etwas zustoßen sollte.«

»Zustoßen?«

»Ah, *mon enfant,* man kann nie wissen. Man kann nicht vorsichtig genug sein. Ein Unfall – und was fängt eine arme Witwe dann an? Soll sie der Familie ihres Mannes auf Gnade und Barmherzigkeit ausgeliefert sein?«

»Es ist so kleinlich.«

»Man muß diese Dinge praktisch angehen. Du wirst nicht damit befaßt sein. Es wird zwischen den Anwälten, Philip und mir geregelt – wozu bin ich denn dein Vormund?«

»Ach, Grandmère«, sagte ich, »mir wäre lieber, du würdest das nicht tun. Ich möchte nicht, daß Philip bezahlen muß.«

»Es ist lediglich eine Vorsorge, weiter nichts. Es bedeutet, daß du, sobald ihr verheiratet seid, abgesichert bist …«

»Aber deswegen heirate ich ihn nicht!«

»*Du* nicht … aber wir müssen auf die Wahrung deiner Rechte achten. Hier empfiehlt es sich, praktisch zu denken, und dies ist Sache deines Vormunds und nicht deine.«

Als ich mit Philip allein war, brachte ich die Angelegenheit zur Sprache.

Er sagte: »Deine Großmutter ist eine kluge Geschäftsfrau. Sie weiß, wovon sie spricht. Sie will dein Bestes, und da ich das auch will, sind wir uns einig.«

»Aber dieses ganze Versorgungsgerede ist so kleinkariert!«

»Es scheint so, aber es ist genau das richtige. Mach dir deswegen keine Gedanken. Deine Großmutter soll haben, was sie sich für dich wünscht. Für unsere Hochzeitsreise wollte ich dir Italien

vorschlagen. In Florenz habe ich oft an dich gedacht und mir
ständig gesagt: ›Das muß ich Lenore zeigen.‹ Und das will ich
nun tun. Also sag, daß du mit Florenz einverstanden bist.«

»Du bist so gut zu mir, Philip«, sagte ich gerührt.

»Das ist meine Absicht, für alle Zeit, und du wirst gut zu mir sein.
Wir werden eine vollkommene Ehe führen.«

»Hoffentlich enttäusche ich dich nicht.«

»Unsinn! Als ob du das könntest! Also ist es abgemacht, wir
fahren nach Florenz. Es ist eine so schöne Stadt, die Heimat der
größten Künstler der Welt. Man spürt es, wenn man durch die
Straßen wandert. Wir werden die Oper besuchen. Das wird ein
glanzvolles Ereignis. Du wirst ein schönes Kleid aus Sallonseide
tragen. Deine Großmutter muß es nähen, extra für die Oper.«

Ich sagte lachend: »Und du bekommst einen langen schwarzen
Abendmantel und einen Zylinderhut, so einen, den man zusam-
menklappen und aufspringen lassen kann und der so blendend
aussieht.«

»Und wir schlendern durch die Straßen zu unserem *albergo*. Wir
werden ein Zimmer mit Balkon haben, der vielleicht auf einen
Platz hinausgeht, und wir werden der großen Florentiner gedenken, die in dieser einmaligen Stadt gearbeitet und der Welt ihre
größten Kunstwerke beschert haben.«

»Es wird wundervoll«, sagte ich.

Die Wochen vergingen im Nu. Ich war so glücklich. Grandmère
hatte recht, dies war das Beste, was mir widerfahren konnte.
Philip hielt sich sehr viel in London auf. Er wollte sich für unsere
Hochzeitsreise drei Wochen freinehmen, mehr Zeit konnte er
nicht erübrigen. Anschließend wollten wir für eine Weile ins
Haus der Seide zurückkehren und sodann nach London über-
siedeln. Das Stadthaus wurde von Charles und Philip gemeinsam bewohnt. Philip meinte, wir müßten später ein eigenes
Domizil haben. Dieser Meinung war ich auch. Der Gedanke,
unser Heim mit Charles zu teilen, war mir zuwider. Ich traute

ihm nicht; denn schien er auch jenen Vorfall im Mausoleum vergessen zu wollen, mir konnte es nicht ganz gelingen.

Grandmère schneiderte selig Kleider für mich. Mein Brautkleid aus weißem Satin und Honitonspitze war viel zu aufwendig für die geplante schlichte Hochzeit, aber Grandmère bestand darauf, es nach ihrer Vorstellung zu entwerfen. Dann galt es, meine Brautausstattung zu fertigen. Grandmère hatte gehört, wie wir von unserer Hochzeitsreise sprachen und daß wir vorhatten, in die Oper zu gehen. Sie schneiderte mir ein Kleid aus blauer Sallonseide, dazu einen schwarzen Samtumhang. Als Philip aus London kam, wollte ich es ihm vorführen. Er kam zu uns herauf und trug etwas unter dem Arm, und als ich in meinem Sallonseidenkleid vor ihm stand, entfaltete er einen schwarzen Abendmantel und zog ihn an. Dann brachte er den Klappzylinder zum Vorschein.

Lachend stolzierten wir Arm in Arm durch Grandmères Atelier und sangen Arien aus »La Traviata«. Cassie klatschte vergnügt in die Hände, und Grandmère sah uns zu, glücklicher, als ich sie je erlebt hatte. Sie hielt sich wohl vor Augen, wie anders mein Geschick verlief als das meiner Mutter.

Es sollte eine schlichte Hochzeit werden. Das war unser beider Wunsch. Nur ganz wenig Gäste, und bald nach der Trauung wollten wir unsere Hochzeitsreise antreten.

Lady Sallonger hatte sich allmählich mit der Wahl ihres Sohnes abgefunden, wenngleich sie immer noch etwas verstimmt war. »Drei Wochen auf Hochzeitsreise«, sagte sie. »So eine lange Zeit! Wir müssen ›Die Frau in Weiß‹ beenden, bevor du abfährst.«

»Miss Logan kann es Ihnen vorlesen«, gab ich ihr zu verstehen. »Sie wird immer so schnell heiser, und sie liest ohne Gefühl.«

»Cassie …«

»Nein, Cassie ist noch schlimmer. Sie hat keine Ausdruckskraft; bei ihr weiß man nie, ob gerade die Heldin oder der Schurke spricht. Oje, ich weiß nicht, was die Menschen an Hochzeitsreisen finden! Das kann so strapaziös sein.«

»Es schmeichelt mir, daß Sie mich so vermissen«, sagte ich.

»Ich bin ja jetzt so hilflos, und seit Sir Francis tot ist, kümmert sich niemand um mich.«

»Wir alle kümmern uns um Sie wie immer«, widersprach ich. Ich war jetzt in einer anderen Position, nicht mehr bloß die Enkelin einer Untergebenen, sondern die zukünftige Schwiegertochter. Das verschaffte mir einen bestimmten Status, und den gedachte ich auszunutzen.

Glücklich vergingen die Wochen, bis der Tag meiner Hochzeit kam. Es war ein strahlender Apriltag. Der Arzt, der ein Freund der Familie war, führte mich zum Altar, und Charles war Trauzeuge. Als ich mit Philip dort stand, fiel ein Sonnenstrahl durch die Glasfenster auf die Gedenktafel, die jenem Sallonger gewidmet war, der das Anwesen erworben und in Haus der Seide umgetauft hatte. Philip nahm meine Hand und steckte mir den Ring an den Finger, und wir gelobten, einander zu ehren und zu lieben, bis daß der Tod uns scheide. Wir schritten zu den Klängen von Mendelssohn-Bartholdys »Hochzeitsmarsch« durch den Mittelgang, und im Vorbeigehen warf ich einen Blick auf Grandmères strahlendes Gesicht. Anschließend gab es im Haus der Seide einen kleinen Empfang für die Gäste. Man gratulierte uns und wünschte uns alles Gute, und bald darauf war es Zeit für unseren Aufbruch.

Grandmère half mir in meinem Zimmer aus dem prachtvollen Brautkleid in das dunkelblaue Alpakakostüm, welches sie als ideale Reisekleidung erachtete. Als ich fertig war, strahlte sie vor Stolz und Freude. »Schön siehst du aus«, sagte sie. »Dies ist der glücklichste Augenblick meines Lebens.«

Dann machten Philip und ich uns auf den Weg nach Florenz.

Von diesen Tagen sollte ich ewig zehren. Ich war glücklich. Ich zweifelte nun nicht mehr, daß Grandmère recht gehabt hatte, als sie mich drängte, Philip zu heiraten. Wir waren jetzt ein richtiges Liebespaar. Ich hatte ein neues Glück entdeckt, das für mich einer Offenbarung gleichkam. Diese vertraute Nähe zu einem anderen Menschen war erregend, berauschend, wundervoll. Einsam bin ich zuvor nie gewesen. Grandmère war immer da, der Mittelpunkt meines Lebens, aber jetzt hatte ich Philip, und mit ihm verband mich diese besondere Beziehung. Philip war so gut zu mir, so erpicht, mich glücklich zu machen. Er war nicht nur ein zärtlicher, aber dennoch leidenschaftlicher Liebhaber, sondern er besaß auch profunde Kenntnisse über so vieles. Daß er sich lebhaft für die Seidenproduktion interessierte, hatte ich immer gewußt, und ich hatte erfahren, daß für Philip, wenn er sich für etwas begeisterte, die geringste Kleinigkeit von Bedeutung war. Aber er war auch von einer großen Liebe zur Musik erfüllt. Auch ich war von Musik stets gefesselt gewesen, und durch ihn gewann ich ein tieferes Verständnis für sie. Er liebte die Kunst. Er wußte über die Maler von Florenz Bescheid; von einigen, etwa Cimabue und Masaccio, hatte ich noch nie gehört. Er interessierte sich für Geschichte und konnte so lebhaft von der Vergangenheit der Stadt erzählen, daß ich die Ereignisse sich beinahe vor meinen Augen abspielen sah. Im April waren nicht viele Fremde in Florenz. Unser Hotel hatte nur wenige Gäste, deswegen wurde uns die volle Aufmerksamkeit des Personals zuteil. Die Räume waren hell und hoch, unser Schlafzimmer hatte Wände aus blauen und malvenfarbenen Mosaiksteinen. Die Fenstertüren öffneten sich auf einen Balkon, von dem aus wir auf die Straße hinabschauen konnten. Das Hotel »Reggia« war ein sehr großes Gebäude und muß wohl einst ein Palast gewesen sein, denn es besaß eine gewisse, etwas ramponierte Pracht.

Es waren himmlische Tage. Durch Philips Augen sah alles aufregend und amüsant aus. Die Anhänglichkeit an sein Gewerbe verließ ihn auch hier nicht. Wir schlenderten durch die Straßen und betrachteten Schaufenster mit Seidenstoffen. Er konnte ihnen nie widerstehen, und manchmal trat er in ein Geschäft und erkundigte sich nach den Preisen, befühlte die Schwere des Materials und strich zärtlich mit den Fingern darüber. Ich lachte ihn deswegen aus und meinte, die Ladenbesitzer müßten böse auf ihn sein, weil er nie etwas kaufte. »Das hieße ja Eulen nach Athen tragen«, sagte er darauf.

Ich liebte die kleinen Geschäfte auf dem Ponte Vecchio. Wir bewunderten die Schmuckstücke, und manchmal kauften wir einen Stein, ein Armband oder ein emailliertes Döschen.

Ein lebhafter Italiener nahm sich unser an. Ich weiß nicht, was er im Hotel tat, wenn es voll belegt war, aber da gerade so wenig Gäste da waren, diente er sich uns als eine Art Faktotum an. Morgens brachte er uns das Frühstück aufs Zimmer. Er zog die Vorhänge auf und betrachtete uns sodann mit nachsichtigem Lächeln. Wenn wir Kleidungsstücke herumliegen ließen, hängte er sie auf. Unsere Kleidung interessierte ihn über die Maßen, vor allem Philips. Er sprach ein mit viel Italienisch durchsetztes Englisch und praktizierte es offensichtlich gern mit uns. Wir fanden ihn äußerst amüsant und ermutigten ihn zum Sprechen. Er war ungefähr so groß wie Philip und hatte dunkelbraune Haare und große, dunkle, gefühlvolle Augen. Rasch hatte er entdeckt, daß wir Hochzeitsreisende waren.

»Wie haben Sie das erraten?« fragte ich.

Er hob die Schultern und richtete den Blick auf die bemalte Decke. »Das merkt man eben.« Er sprach in einem gänzlich unenglischen Singsang. »Serr schön«, sagte er, »serr schön«, und schien das Ganze für einen großen Spaß zu halten. Er betrachtete uns als seine Schützlinge. Wenn wir im Restaurant speisten, stand er neben dem Kellner und sah uns beim Essen zu. Wenn wir einem Gericht nicht zusprachen, schüttelte er den Kopf und fragte besorgt: »Nicht gutt?« in dem Tonfall, der uns so amüsierte.

Er war eine sehr forsche Erscheinung. Ständig sah man ihn mit einer Miene vollkommener Zufriedenheit sein Spiegelbild betrachten. Sein Name war Lorenzo, und Philip taufte ihn Lorenzo der Prächtige. Mit der Zeit wurde er immer redseliger. Alles schien unglaublich belustigend, und wir hatten viel zu lachen; es war jene Form des Lachens, die mehr auf Glück denn auf Amüsement beruht. Philip und ich freuten uns beide unseres Lebens. Lorenzo spürte das, und es war, als wolle er daran teilhaben. Er wollte uns zeigen, was für ein toller Bursche er war, ein Frauenheld. In der Tat, bekannte er uns, verdrieße es ihn, daß er die Damen zuweilen abschütteln müsse. Mit seinen ausdrucksvollen Händen machte er Gebärden, als ob er lästige Fliegen verscheuchen wolle. Während seiner Schilderungen hielt er sich stets in unmittelbarer Nähe eines Spiegels auf, so daß er sich selbst ab und zu einen Blick zuwerfen konnte, wobei er wohlgefällig über seine Locken strich. Doch trotz dieser extremen Eitelkeit hatte er etwas Liebenswertes, und wir vermochten beide nicht, einem Plausch mit ihm zu widerstehen.

Wie gesagt, interessierte er sich sehr für Philips Kleider. Einmal kamen wir in unser Zimmer, als er gerade Philips Zylinder aufprobierte. »Serr schön«, sagte er, nicht im mindesten verlegen, weil wir ihn ertappt hatten. Wir bemühten uns, unsere Überraschung zu verbergen, aber eigentlich überraschte uns ja nichts, was Lorenzo tat.

»Steht Ihnen gut«, sagte ich.

»Damit macht Lorenzo den großen Fang, ha?«

»Bestimmt. Sie würden nicht mehr imstande sein, die Frauen zu verscheuchen. Sie müßten die Flucht ergreifen.«

Ehrfürchtig nahm er den Hut, klappte ihn mit nahezu kindlichem Vergnügen zusammen und legte ihn zögernd in die Schachtel.

Er pflegte uns zu empfehlen, wohin wir gehen sollten, und erkundigte sich bei der Rückkehr, wie es uns gefallen habe. Wir lachten darüber, wie er sich mit Philips Hut herausstaffiert hatte.

»Hast du je einen so eitlen Fratz gesehen?« fragte ich.

Philip meinte, Lorenzo sei vermutlich nicht eitler als andere, nur verberge er es nicht. »Er sieht sich als großer Frauenheld«, fuhr er fort. »Warum auch nicht? Es macht ihn glücklich, daran besteht kein Zweifel.«

Und bestimmt war es so.

Manchmal saßen wir in einem der zur Straße offenen Lokale und tranken Kaffee oder einen Aperitif. Wir sprachen darüber, wo wir tagsüber gewesen waren und was wir am nächsten Tag unternehmen könnten. Dabei versäumten wir es nie, uns über Lorenzos neueste Großtaten zu unterhalten.

Es waren zauberhafte Tage in einer zauberhaften Stadt. Wenn ich an Florenz denke, dann denke ich an die Hügel von Fiesole; ich denke an Häuser über weinbewachsenen Hängen, an Gärten und schöne Villen; ich denke an die strengen florentinischen Gebäude, die den Straßen eine etwas finstere Größe verleihen; ich erinnere mich vor allem an den Dom sowie die Kirche San Lorenzo mit dem wunderbaren Marmor und den Verzierungen aus Lapislazuli, Chalzedon und Achat. Ich hatte eine Statue von Lorenzo de Medici entdeckt – Lorenzo dem Prächtigen. Ich hätte schwören können, daß er unserem Lorenzo ähnelte, und wir fragten uns, ob letzterer wohl hierherkomme, um seinen berühmten Namensvetter zu betrachten.

Es gab so viel zu besichtigen – ein Überfluß an Reichtümern. Man hätte ein Jahr hier leben und sich nach und nach mit allem vertraut machen sollen, den vielen Palästen, dem Bargello, der ein ehemaliges Gefängnis war; dem Palazzo Vecchio, den Uffizien und dem Palazzo Pitti. Wir verweilten gern auf der Piazza della Signoria mit ihrer Statuensammlung und der Loggia dei Lanzi, unter deren Portico sich einige der aufregendsten Skulpturen befanden, die ich je gesehen hatte.

Das Wetter war recht warm, aber nicht heiß. Der blaue Himmel unterstrich noch die Schönheit der imposanten Gebäude. Als wir die Skulpturen auf der Piazza della Signoria betrachteten, bemerkte ich neben uns einen Herrn, der meinen Blick auffing und lächelte.

»Eine wunderbare Sammlung«, sagte er auf englisch mit starkem italienischem Akzent.

»Herrlich«, erwiderte ich.

»Wo kann man dergleichen außerhalb Italiens finden?« ergänzte Philip.

»Ich würde sagen, nirgends«, entgegnete der Herr. »Machen Sie hier Ferien?«

»Ja«, antwortete Philip.

»Ihr erster Besuch?«

»Für mich nicht, aber für meine Frau.«

»Sie sprechen englisch«, bemerkte ich. »Woher wissen Sie, daß wir Engländer sind?«

Er lächelte. »So etwas merkt man eben. Aus welcher Gegend kommen Sie? Ich war auch schon mal in England.«

»Wir sind in Epping Forest zu Hause«, erklärte Philip. »Sie werden es kaum kennen.«

»O doch. Es ist schön, und so nahe bei der Hauptstadt, nicht wahr?«

»Sie kennen sich aber gut aus!«

»Bleiben Sie lange hier?«

»Noch die ganze nächste Woche.«

Der Herr lüftete seinen Hut und verbeugte sich. »Dann wünsche ich Ihnen noch einen angenehmen Aufenthalt.«

Als er fort war, sagte ich: »Der war sehr liebenswürdig.«

»Er mochte uns, weil wir die Sehenswürdigkeiten seiner Heimat bewundert haben.«

»Meinst du, das war alles? Er schien sehr an uns interessiert zu sein. Er hat sich doch erkundigt, woher wir kommen und wie lange wir bleiben.«

»Das war nur müßige Konversation«, meinte Philip.

Er nahm meinen Arm, und wir begaben uns auf die Suche nach einem Restaurant, von dem aus wir beim Essen das Treiben auf der Straße beobachten konnten.

Wir gingen in die Oper. Ich trug mein blaues Sallonseidenkleid und Philip seinen schwarzen Mantel und den Hut, den Lorenzo so glühend bewundert hatte. Gerade als wir gehen wollten, kam Lorenzo unter einem Vorwand in unser Zimmer, und ich wußte, daß er sich insgeheim selbst in Philips Hut und Mantel sah. Er klatschte in die Hände und murmelte: »*Magnifico! Magnifico!*«

Es wurde ein wunderbarer Abend – der letzte wunderbare Abend. Im Rückblick scheint es unglaublich, daß man so ahnungslos sein kann, wenn das Unheil so nahe ist.

In der Oper wurde »Rigoletto« gegeben. Die Sänger waren hervorragend, das Publikum begeistert. Ich war ganz bezaubert von den herrlichen Stimmen des Herzogs und seines tragischen Narren. Ich erschauerte bei Gildas *Caro nome* und dem Quartett mit dem untreuen, auf Abenteuer mit Frauen versessenen Herzog, der es auf das Mädchen von der Taverne abgesehen hat. Ich muß Grandmère davon erzählen, dachte ich. In der Pause sah ich zu den Logen hoch und entdeckte dort den Herrn, der uns auf der Piazza angesprochen hatte. Als er mich erkannte, neigte er grüßend den Kopf.

»Schau, da ist der Herr!« sagte ich zu Philip. Philip machte ein verständnisloses Gesicht. »Erinnerst du dich, wir haben ihn auf der Piazza getroffen.«

Philip nickte geistesabwesend.

Draußen auf der Straße sah ich den Mann wieder. Er stand da, als wartete er auf jemanden. Wir nickten uns abermals grüßend zu.

»Vielleicht wartet er auf seinen Wagen«, sagte ich.

Wir beschlossen, zu Fuß zum »Reggia« zu gehen.

Es war ein bezaubernder Abend. Ich wünschte, er würde nie enden. Wir standen eine Weile nebeneinander auf unserem Balkon und blickten auf die Straße hinunter. »Wenn die Straßen menschenleer sind, sehen sie finster aus«, sagte ich. »Dann fragt man sich, welche Gewalttaten sich einst in ihnen abgespielt haben mögen.«

132

»Das trifft auf jeden Ort zu«, sagte der nüchterner veranlagte Philip.

»Aber ich finde, hier spürt man es besonders.«

»Du hast zu viel Phantasie, mein Liebling«, sagte Philip und zog mich ins Zimmer.

Wir waren einen ganzen Tag lang herumgelaufen, und nach dem Abendessen waren wir ziemlich ermattet. Lorenzo hatte uns Gesellschaft geleistet, während wir in dem fast leeren Speisesaal aßen. »Gehen Sie heute abend nicht in die Oper?« fragte er.

»Nein, wir waren erst gestern abend dort«, erklärte Philip.

»Es war herrlich«, fügte ich hinzu.

»Serr schön. ›Rigoletto‹, hm?«

»Ja. Die Sänger waren hervorragend.«

»Und heute abend gehen Sie nicht wieder hin?«

»O nein«, sagte Philip. »Heute ziehen wir uns früh zurück. Wir müssen ein paar Briefe schreiben. Wir sind ziemlich müde und werden zeitig schlafen gehen.«

»Das ist gutt …«

Wir gingen in unser Zimmer und schrieben unsere Briefe, ich einen ausführlichen an Grandmère, worin ich ihr die wunderbaren Sehenswürdigkeiten von Florenz sowie den Opernbesuch schilderte. Philip hatte Neuigkeiten aus der Firma erhalten und war in sein Antwortschreiben vertieft. Danach setzten wir uns eine Weile auf den Balkon und gingen früh zu Bett.

Am nächsten Morgen kam das Frühstück verspätet aufs Zimmer, und es wurde nicht von Lorenzo, sondern von einem anderen Hoteldiener gebracht.

»Wo steckt Lorenzo?« fragte ich.

»Lorenzo ist weg.«

»Weg? Wo ist er hin?«

Er stellte das Tablett ab und hob in einer hilflosen Geste die Hände.

133

Als er fort war, sprachen wir von Lorenzo. Was war nur geschehen? Er konnte doch nicht mir nichts, dir nichts verschwunden sein.

»Er würde es uns bestimmt gesagt haben, wenn er sich einen Tag freigenommen hätte«, meinte Philip.

»Es ist komisch«, pflichtete ich ihm bei. »Aber Lorenzo ist ja immer komisch. Sicher werden wir bald von ihm hören.«

Doch als wir hinunterkamen, wußte niemand etwas über seinen Verbleib, und alle anderen waren über sein Verschwinden ebenso überrascht wie wir.

»Er wird wohl auf Freiersfüßen wandeln«, sagte Philip.

Wir machten einen Spaziergang durch die Straßen der Stadt. Als wir am Palazzo Medici vorüberkamen, sprachen wir im Hinblick auf unseren Lorenzo von jenem anderen Lorenzo, dem Abkömmling der berühmten Familie, die im 15. Jahrhundert in Florenz zu Macht und Einfluß gelangte. »Lorenzo il Magnifico«, sagte Philip. »Er muß ein sehr großer Mann gewesen sein. Er war wahrhaft prächtig. Mit seinem Reichtum unterstützte er Kunst und Literatur und machte Florenz zum Zentrum der Wissenschaft. Er vermachte der von ihm gegründeten Bibliothek wertvolle Schätze; er umgab sich mit den berühmtesten Bildhauern und Malern, die die Welt je gekannt hat. Das ist wahrlich prächtig. Ich glaube, am Ende wurde er allzu einflußreich, und das tut keinem Menschen gut. Als er in Florenz starb, hatte er einiges an Macht eingebüßt. Die Söhne großer Männer reichen oft nicht an ihre Väter heran, und in Florenz brachen unruhige Zeiten an.«

Ich mußte unentwegt an unseren Lorenzo denken. »Hoffentlich bekommt er keinen Ärger, wenn er wiederauftaucht«, sagte ich.

»Ich könnte mir denken, daß sie nicht gerade erfreut sind … Geht einfach fort, ohne zu sagen, wohin.«

Wir machten Einkäufe auf dem Ponte Vecchio und spazierten am Arno entlang, wo, wie Philip sagte, Dante und Beatrice sich zum erstenmal begegnet waren. Ich war froh, als wir ins »Reggia« zurückkehrten, denn Lorenzo wollte mir nicht aus dem Sinn gehen.

Dort wartete ein Schock auf uns. Sobald wir das Hotel betraten, wußte ich, daß etwas nicht stimmte. Ein Kellner eilte mit zwei Zimmermädchen auf uns zu. Wir hatten Schwierigkeiten, sie zu verstehen, denn sie sprachen alle zugleich auf italienisch mit ein paar Brocken Englisch. Wir wollten nicht glauben, daß wir richtig gehört hatten. Lorenzo war tot.

Wie es schien, war er am Vorabend kurz nach Verlassen des Hotels überfallen worden. Seine Leiche hatte in einem Gäßchen hinter dem Hotel gelegen und war erst heute morgen von einem Mann auf dem Weg zur Arbeit entdeckt worden.

Der Geschäftsführer trat zu uns. »Gut, daß Sie da sind«, sagte er. »Die *polizia* wünscht Sie zu sprechen, ich muß Bescheid sagen, daß Sie zurück sind.«

Wir fragten uns verwundert, was die Polizei von uns wollte. Zwei Polizisten kamen, um sich mit uns zu unterhalten. Der eine sprach recht gut Englisch. Er sagte, man habe Lorenzo zunächst nicht identifizieren können, weil er einen Mantel mit dem Etikett eines englischen Schneiders getragen hatte. Man habe gedacht, das Opfer des Überfalls sei fremd in Florenz. Aber da Lorenzo in der Stadt kein Unbekannter war, habe man den Leichnam bald erkannt. Es handle sich wohl um einen Raubüberfall, aber es sei schwer zu sagen, ob etwas gestohlen wurde.

Wir standen vor einem Rätsel. Dann fiel mir ein, wie Lorenzo sich mit Philips Hut bewundert hatte. Ich ging in unser Zimmer. Die Hutschachtel war leer, und auch der Mantel hing nicht an der Garderobe. Ich eilte wieder hinunter, um es mitzuteilen. Darauf nahm man uns mit und zeigte uns den blutbefleckten Mantel. Kein Zweifel, es war der von Philip. Unterdessen hatte man auch den Hut gefunden. Als ich ihn sah, erriet ich, was geschehen war.

Wir waren fassungslos; denn es machte uns sehr betroffen. Wir hatten so viel Spaß mit Lorenzo gehabt. Mir fiel ein, daß er sich eingehend erkundigt hatte, ob wir an dem Abend ausgehen würden. Als wir verneinten, hatte er Philips Mantel und Hut genommen. So war er für einen wohlhabenden Fremden gehalten worden und hatte den Tod gefunden.

Es war so tragisch, und wir waren tief erschüttert, zumal Lorenzo in Philips Kleidern ermordet worden war. Ich mußte unentwegt an ihn denken, wie er einherstolzierte in dem Bewußtsein, ein überaus gut aussehender, für Frauen unwiderstehlicher Bursche zu sein. Seine Eitelkeit hatte ihm den Tod gebracht, dabei war es eine so harmlose, liebenswerte Eitelkeit gewesen.

Armer Lorenzo! So voller Leben und dafür geschaffen, es zu genießen, und dann, wegen einer einzigen törichten Tat: alles vorbei.

Das war das Ende unserer Hochzeitsreise. Wir konnten in Florenz nicht mehr glücklich sein. Die Stadt hatte ein neues Gesicht bekommen. Die Straßen mit den schönen Bauten, voller Schatten einer glorreichen Vergangenheit, waren wahrlich bedrohlich.

Überall sah ich Lorenzo vor mir, wie er umherschlenderte, zufrieden mit sich und dem Leben, und plötzlich hatte das Messer des Mörders zugestoßen.

»Ich glaube«, sagte Philip, »es ist besser, wenn wir heimfahren.«

Tragödie im Wald

Wie anders war doch unsere Heimkehr im Vergleich zu unserem Aufbruch. Lorenzo ging uns nicht aus dem Sinn. Er hatte unser Leben nur kurze Zeit begleitet, aber wir würden ihn nie vergessen, zumal er in Philips Mantel und Hut den Tod gefunden hatte.

Es war ein brutaler Überfall gewesen. Man hatte mehrmals auf ihn eingestochen, aber merkwürdigerweise nichts gestohlen. Vielleicht war es gar kein Raubüberfall, vielleicht handelte es sich um eine alte Fehde; vielleicht stimmten die Geschichten von seinen Eroberungen, und es gab einen eifersüchtigen Rivalen. Nein. Ausschlaggebend waren der Mantel und der Hut gewesen. Man hatte Lorenzo für einen Fremden gehalten.

Mir kam der Gedanke, wie leicht es hätte Philip treffen können, und das erschreckte mich. Ich erzählte ihm von meinen Befürchtungen und klammerte mich an ihn, als hätte ich Angst, ihn loszulassen.

Zu Hause erwartete uns Grandmère. Mit gefalteten Händen und gespanntem Blick musterte sie mich. Alsbald lächelte sie: Nichts vermochte die Zufriedenheit in meinem Gesicht zu überdecken.

»Ich bin ja so glücklich«, sagte sie. »Ein Traum ist wahr geworden. Ach, wie selten geschieht so etwas im Leben! Man plant, man hofft, und dann erfüllt es sich meistens nicht. Aber diesmal wurde es wahr. Du bist glücklich, *mon amour.* Er ist ein guter Mensch, dein Mann, nicht wahr? Gute Männer sind selten, und die sie finden, können sich glücklich schätzen.«

»Es war wunderbar. Ich muß dir von Florenz erzählen. Von den schönen Bauten, den Gemälden, den Skulpturen, den herrlichen

Brücken mit den kleinen Geschäften, den Straßen ...« Ich verstummte. Die dunklen, engen Straßen, auf die ein Mann unbekümmert, fröhlich hinaustreten konnte, in sich und das Leben verliebt ... um dann dem Tod zu begegnen.

»Was ist?« fragte Grandmère besorgt.

Ich erzählte ihr von Lorenzo. Sie hörte aufmerksam zu. »Und er hatte Philips Hut und Mantel an?«

»Ja. Man muß ihn für einen reichen Fremden gehalten haben, und deswegen wurde er ...«

»*Mon Dieu,* es hätte Phi ...«

Ich nickte. »Dasselbe habe ich auch gedacht. Deshalb sind wir früher heimgekehrt als beabsichtigt.«

»Gottlob, du bist in Sicherheit. Gottlob, du bist glücklich. So muß es bleiben. Du hast mir gefehlt. Ich hab' die ganze Zeit an dich gedacht und mich gefragt, wie es dir wohl geht. Die Ehe bedeutet viel im Leben einer Frau. Manche finden kein Glück darin, aber ich sehe, du hast es gefunden, und das macht mich froh.«

Doch was Lorenzo widerfahren war, hatte selbst auf Grandmères Freude einen Schatten geworfen. Sie konnte nicht vergessen, was Philip hätte zustoßen können.

Lady Sallonger freute sich, daß ich wieder da war. »Du warst so lange fort«, sagte sie. »Nun hoffe ich, daß du nicht wieder verschwindest. Das wäre sehr rücksichtslos von dir.«

Ich war nicht mehr unterwürfig. Ich war eine Tochter des Hauses, mit einem der Söhne verheiratet: Mrs. Philip Sallonger, nicht mehr schlicht Lenore Cleremont. »Philip möchte ein Haus in London suchen«, sagte ich. »Er wird sich die meiste Zeit dort aufhalten, und ich werde natürlich bei ihm sein.«

»Er kann hierherkommen, wann immer es ihm gefällt«, wandte sie ein. »Es ist sein Heim.«

»Schon, aber wir möchten unser eigenes Haus haben.«

»Wie unerfreulich«, sagte Lady Sallonger. »Nun, es wird noch eine Weile dauern, bis das alles geregelt ist. Ich habe ›Der Monddiamant‹ von Collins bekommen. Der Roman soll sehr spannend sein. Ich dachte, wir könnten heute nachmittag damit anfangen.« Sie wollte mich also wieder einspannen, wenngleich ich sagen muß, daß das Vorlesen eine meiner angenehmsten Aufgaben war. Doch Lady Sallonger würde einsehen müssen, daß das Leben sich verändert hatte.

Cassie umarmte mich herzlich. »Es war so fade hier, Lenore«, sagte sie. »Ich habe mich nach deiner Rückkehr gesehnt. Deine Großmutter und ich haben die Tage gezählt. Ich habe sie im Kalender ausgestrichen. Wir sind so froh, daß ihr vorzeitig heimkamt.«

Sie machte große Augen, als ich ihr von Florenz erzählte und berichtete, was Lorenzo Furchtbares zugestoßen war.

»Wenn er den Mantel nicht genommen hätte, wäre es nicht passiert«, sagte sie fassungslos.

»Wir wissen es nicht. Es könnte sich auch um eine alte Fehde gehandelt haben. Er sprach fortwährend von seinen Eroberungen, und die Italiener sind ein heißblütiges Volk. Bei ihnen gibt es noch Vendetta und Blutrache.«

»Romeo und Julia und so weiter. Es muß schlimm für euch gewesen sein. Es hätte auch Philip zustoßen können.«

»Sprich nicht davon!«

»Du liebst ihn wirklich, nicht wahr? Ich bin so froh. Ich liebe meinen Bruder auch. Jetzt gehörst du richtig zur Familie.«

Julia kam in Begleitung der Gräfin ins Haus der Seide. Letztere begrüßte mich herzlich, Julia weniger freundlich. Sie betrachtete mich mit widerwilliger Bewunderung. Wirklich, dachte ich, dieses Angeln nach einem Ehemann wird bei dem Mädchen zur Manie, weil so viel Aufhebens von ihrer Einführung in die Gesellschaft gemacht wird. Ein Glück für mich, daß ich nichts damit zu tun hatte. Mein Eintritt in die Welt mochte gegen die Konventionen verstoßen haben, aber er hatte mir Grandmère beschert und mich mit Philip zusammengebracht. Ich mußte mich von dem Schatten befreien, den Lorenzos Tod auf mich geworfen hatte, und mich meines Glückes freuen.

Auch Charles kam ins Haus der Seide. Er zog sich lange Zeit mit Philip zurück und informierte ihn, was sich während seiner Abwesenheit zugetragen hatte. Ein Geschäftsführer brachte eine Mappe mit Papieren, und Philip beschloß, so lange im Haus der Seide zu bleiben, bis er sich durchgearbeitet hatte.

Wir waren erst drei Tage daheim, als Maddalena de Pucci gänzlich unerwartet ins Haus geschneit kam. Wir saßen gerade beim Abendessen. Mit Julia, der Gräfin und Charles war unsere Runde größer als gewöhnlich. An ihren sogenannten »guten Tagen« speiste Lady Sallonger mit uns, und sie wurde im Rollstuhl ins Speisezimmer geschoben. Heute war so ein Tag.

Wir hatten die Mahlzeit zur Hälfte beendet, als ein Diener hereinkam und meldete, es habe einen Unfall gegeben. Eine Kutsche sei unmittelbar vor dem Haus umgestürzt. Die Insassen seien Ausländer und nicht leicht zu verstehen, doch scheine es, daß sie um Hilfe bäten.

Lady Sallonger machte ein erschrockenes Gesicht. »Oje, wie unerfreulich!« murmelte sie. Charles meinte, wir sollten lieber hinausgehen und nachsehen.

In der Halle stand ein dunkelhäutiger Mann. Er war sichtlich aufgebracht. Er redete sehr schnell, und zwar italienisch. Wir entnahmen seinen Worten, daß die Kutsche, die er gefahren hatte, umgestürzt sei. Seine Herrin, die ihre Zofe bei sich habe, sei verletzt. Sie seien auf dem Weg nach London.

Draußen lag die Kutsche auf der Seite. Die Pferde waren jedoch unverletzt und standen geduldig neben dem Gefährt. Am Straßenrand saß eine junge Frau. Sie war dunkelhaarig und außergewöhnlich schön. Sie hielt sich den Fußknöchel und schien Schmerzen zu haben. Neben ihr saß händeringend eine Frau mittleren Alters, welche die jüngere zu beruhigen suchte, obgleich diese ruhiger wirkte als sie selbst.

Charles trat zu der jungen Frau. »Haben Sie Schmerzen?« fragte er.

»Si, si.« Sie hob die schönen Augen flehend zu ihm auf.

»Sie müssen ins Haus kommen«, sagte Charles. Er war von ihrer Schönheit sichtlich beeindruckt. »Lassen Sie uns sehen, ob Sie stehen können!« fuhr er fort. »Wenn ja, ist anzunehmen, daß Sie sich nichts gebrochen haben.«

Philip sagte: »Ich hole ein paar Stallburschen, sie sollen nach der Kutsche sehen.«

Die Zofe plapperte unaufhörlich auf italienisch, und die junge Frau erhob sich. Sie kippte Charles entgegen, der sie auffing.

»Ich finde, unser Arzt sollte den Knöchel untersuchen«, sagte ich.

»Gute Idee«, bestätigte Charles. »Schick einen Diener hin! Er soll ihm erklären, was passiert ist.« Er widmete sich wieder der jungen Frau. »Unterdessen müssen Sie ins Haus kommen.«

Sie stützte sich schwer auf Charles. Er führte sie ins Haus, die Zofe lief, unentwegt redend, hinterdrein.

Inzwischen nahmen ein paar Männer die Kutsche in Augenschein. Philip blieb bei ihnen, während ich mit Charles und den Frauen hineinging.

»Hat man schon nach dem Doktor geschickt?« fragte Charles.

»Jim ist ihn holen gegangen«, erklärte Cassie.

»Sie sind sehr gütig«, sagte das italienische Mädchen.

»Es wird alles gut.« Charles sprach besänftigend und liebevoll.

Lady Sallonger, die man im Speisezimmer allein gelassen hatte, fragte nörgelnd, was denn los sei. Sie rief nach mir, und ich berichtete es ihr. »Und was wird nun?« wollte sie wissen.

»Ich weiß nicht. Man hat nach dem Doktor geschickt. Sie hat sich am Knöchel verletzt.«

Der Arzt war alsbald bei uns. Er untersuchte den Knöchel und versicherte, daß nichts gebrochen sei. Es könne eine Stauchung sein, meinte er. Er müsse den Fuß verbinden und nach ein paar Tagen Ruhe sei es wieder gut.

Unterdessen fand Philip heraus, woher die kleine Gesellschaft gekommen war. Es waren Italiener – das wußten wir schon –, die in England Verwandte besuchten. Die junge Dame hieß

Maddalena de Pucci. Sie war bei Freunden gewesen und befand sich auf dem Rückweg zu ihrem Bruder, der in London wohnte. Sie wollte in Kürze nach Italien zurückkehren.

Charles bestand darauf, daß sie bei uns blieb, bis ihr Knöchel wieder heil sei. Sie protestierte matt, aber Charles blieb beharrlich. Sie und Maria, so hieß die Zofe, sollten im Haus wohnen. Der Kutsche fehlte nicht viel, das konnten die Männer auf der Stelle reparieren. Der Kutscher sollte den Wagen nach London bringen und dem Bruder berichten, was geschehen war, und in wenigen Tagen würden Signorina Maddalena und ihre Zofe nach London zurückkehren.

Diesem Plan wurde schließlich zugestimmt, und für Maddalena und ihre Zofe wurden zwei nebeneinanderliegende Zimmer hergerichtet. Maddalena war uns unendlich dankbar und sprach unaufhörlich von unserer Güte.

Die aufregende Abwechslung gefiel den Dienstboten, die alles taten, damit die Neuankömmlinge sich wohl fühlten. Und auch wir übrigen bemühten uns um die Gäste, insbesondere Charles, der vom Charme der Signorina sichtlich eingenommen war.

Nur Lady Sallonger verdroß es, eine konkurrierende Kranke im Haus zu haben, aber da es nur für ein paar Tage sein sollte, schickte sie sich drein, und bald fand sie die Anwesenheit der Fremden sogar vergnüglich. Sie erzählte Maddalena gern von ihren Leiden, welche, so versicherte sie der jungen Dame, weitaus schlimmer seien als alles, was diese sich vorstellen könne. Und Maddalena, die nicht die Hälfte von dem verstand, was Lady Sallonger berichtete, war zu höflich, um etwas anderes zu zeigen als inniges Interesse und tiefes Mitgefühl.

Ich glaube, wir alle genossen ihren Aufenthalt. Da ihr Knöchel nicht ernsthaft verletzt war, konnte sie zum Eßtisch sowie zu und von ihrem Zimmer humpeln, und im Salon stützte sie das Bein auf einen Schemel, oder sie legte sich zuweilen auch auf ein Sofa. Sie war anmutig, elegant und offensichtlich sehr gebildet.

Die Zofe Maria war nicht so glücklich dran. Sie schien still und abweisend, und die Dienstboten mißtrauten ihr. Schon daß sie eine Ausländerin war, die kein Englisch verstand, genügte, das Mißfallen der Dienerschaft zu erregen. Zudem machte sie einen verdrießlichen Eindruck, und selbst Freundlichkeiten begegnete sie beinahe feindselig. Sie schien den Wald zu lieben und unternahm allein ausgedehnte Spaziergänge. Im Haus bewegte sie sich leise, manchmal konnte man aufblicken und sie plötzlich vor sich sehen, obwohl niemand ihr Kommen bemerkt hatte. Maddalena erzählte uns, Maria sei zum erstenmal von Italien fort; sie sei recht verstört und dieser Unfall habe sie vollends aus der Fassung gebracht.

Mrs. Dillon sagte, Maria sei ihr unheimlich.

Aufgrund unseres Italienbesuches interessierten wir uns ganz besonders für Maddalena. Sie wollte unbedingt hören, was wir von Florenz hielten, und ihre Augen leuchteten vor Freude, als wir die Schönheit der Stadt rühmten und erzählten, wie faszinierend das alles für uns gewesen sei. Einmal war ich drauf und dran, von Lorenzo zu erzählen, verzichtete dann aber darauf. Die Erinnerung an ihn stimmte mich stets traurig. Zudem dachte ich, Maddalena könnte es vielleicht als Kritik an ihrer Heimat auffassen, wenn man schilderte, daß gesetzestreue Bürger auf die Straße hinaustraten und erstochen wurden.

Sie schien sich mehr zu mir als zu Cassie oder Julia hingezogen zu fühlen. Ich schrieb dies dem Umstand zu, daß ich erst kürzlich in ihrer Heimat war. Sie wollte Grandmère kennenlernen, und ich nahm sie mit hinauf ins Atelier. Sie interessierte sich sehr für die Nähmaschine und den Webstuhl, für die Schneiderpuppen und die Stoffballen. Grandmère erzählte ihr von ihrer Arbeit. Maddalena befingerte vorsichtig den Stoff.

»Eine herrliche Seide«, sagte sie.

»Das ist Sallonseide«, erklärte ich ihr.

»Sallonseide? Was heißt das, Sallonseide?« fragte sie.

»Es ist die neueste Webart«, erklärte ich ihr. »Sehen Sie den schönen Glanz? Wir sind sehr stolz darauf. Wir haben sie als erste auf den Markt gebracht. Es ist wirklich eine großartige Erfindung. Mein Mann sagt, sie hat die Seidenindustrie revolutioniert. Das macht ihn sehr stolz.«

»Dazu hat er auch allen Grund«, sagte Maddalena. »Es ist … sehr interessant … all das in einem Privathaus vorzufinden.«

»Ja, nicht wahr? Meine Großmutter ist seit Jahren bei dieser Familie. Ich bin mein ganzes Leben hier gewesen.«

»Und nun sind Sie Mrs. Sallonger.«

»Ja, Philip und ich haben vor sechs Wochen geheiratet.«

»Das ist sehr *romantico*.«

»Das will ich meinen.«

»Ich hoffe«, sagte sie zu Grandmère, »Sie werden mir gestatten wiederzukommen.«

Grandmère sagte, sie sei entzückt.

Charles war immer in Maddalenas Nähe. Im Salon setzte er sich neben sie, er sprach mit ihr in einem grotesken, mit englischen Brocken durchsetzten Italienisch, das sie zum Lachen brachte. Aber sie fand sichtlich Gefallen an seinen Aufmerksamkeiten.

Als wir abends allein waren, fragte ich Philip, ob er glaube, daß Charles im Begriff sei, sich in Maddalena zu verlieben.

»Charles' Gefühle sind flüchtig«, sagte er, »aber er findet Maddalena zweifellos sehr attraktiv.«

»Es ist so romantisch«, sagte ich. »Ihr Unfall ereignete sich direkt vor der Haustür. Er hätte auch ein paar Kilometer weiter passieren können, und dann hätte er sie nie gesehen. Es scheint wie eine Fügung des Schicksals.«

Philip lachte. »Unfälle können überall passieren. Das Zaumzeug war morsch.«

»Ich denke lieber, daß es Schicksal war.«

Ich hätte Charles gern verheiratet gesehen, denn er bereitete mir nach wie vor Unbehagen, und ich fragte mich oft, ob er sich wohl noch daran erinnerte, wie Drake Aldringham ihn in den See geworfen hatte.

144

Maddalena war vier Tage bei uns, als der Geschäftsführer der Werke in Spitalfields eines Abends in heller Aufregung ins Haus der Seide kam. Anscheinend gab es in der Fabrik Schwierigkeiten, welche Charles' und Philips Anwesenheit dringend erforderlich machten.

Charles war verärgert. Normalerweise verließ er das Haus der Seide nach kurzem Aufenthalt nur zu gern, aber weil Maddalena nun da war, wäre er lieber geblieben. Doch seine Anwesenheit schien erforderlich, und er ließ sich schließlich überzeugen, daß ihm nichts anderes übrigblieb, als zu fahren.

Ich hörte ihn zu Maddalena sagen: »Ich bin überzeugt, die kämen sehr gut ohne mich zurecht. Aber es ist ja nur für einen Tag. Ich bin bald zurück.«

»Ich freue mich darauf«, sagte Maddalena, und das schien ihn zu versöhnen. Am nächsten Morgen brach er in aller Frühe mit Philip und dem Geschäftsführer auf.

Kurz darauf saß ich an meinem Fenster und sah Maria mit raschen, entschlossenen Schritten, als hätte sie es sehr eilig, dem Wald zustreben. Ich blickte ihr nach, bis sie zwischen den Bäumen verschwand. Maria tat mir leid. Die Verständigung mit den Dienstboten fiel ihr schwer, und sie waren betont unfreundlich zu ihr.

Am späten Vormittag fuhr die Kutsche der Italiener vor. Cassie und ich kamen gerade von einem Ritt in den Wald zurück, als wir den Wagen sahen. Ich erkannte ihn sogleich, ebenso den Kutscher. Er stieg vom Bock und verbeugte sich vor mir. Dann gab er mir zu verstehen, daß er die Signorina sofort sprechen müsse.

»Kommen Sie herein!« sagte ich. »Es geht ihr viel besser.«

Er murmelte etwas von Gott und den Heiligen. Ich nahm an, daß er ein Dankgebet zum Himmel schickte.

Maddalena war im Salon. Ihr Bein ruhte auf einem Schemel. Lady Sallonger trank ihr Glas Sherry, das sie um diese Zeit immer zu sich nahm. Sie befand sich mitten in einem ihrer

Monologe, in denen sie ihr gegenwärtiges Leiden mit vergangenem Glanz verglich.

Als ich mit dem Kutscher eintrat, stieß Maddalena einen Schrei aus und sprang unvermittelt auf. Darauf wimmerte sie und setzte sich wieder. Sie sprach sehr schnell italienisch, worauf der Mann antwortete. Dann wandte sie sich an uns. »Ich muß sofort abreisen. Ich habe eine Nachricht von meinem Bruder. Ich muß zu ihm nach London. Wir brechen morgen nach Italien auf. Es muß sein. Mein Onkel liegt im Sterben, und er verlangt nach mir. Hoffentlich komme ich noch rechtzeitig. Es tut mir so leid, daß ich so überstürzt abreise, aber ...«

»Meine Liebe«, sagte Lady Sallonger, »wir haben volles Verständnis. Es ist sehr bedauerlich. Sie müssen wiederkommen ... Wenn dann Ihr Knöchel ganz geheilt ist, können wir Ihnen alles zeigen, nicht wahr, Lenore?«

»Ja, allerdings«, stimmte ich zu. »Kann ich Ihnen beim Packen behilflich sein? Wollen Sie sofort aufbrechen?«

»Wir essen gleich zu Mittag«, sagte Lady Sallonger. »So lange müssen Sie noch bleiben.«

»Ich glaube nicht, daß ...«, sagte Maddalena. »Mein Bruder läßt mir ausrichten, daß wir morgen in aller Frühe aufbrechen. Wir müssen schnellstens nach Italien. Vielleicht fahren wir schon heute nacht. Nein, es darf keinen Aufschub geben. Lady Sallonger, wie kann ich Ihnen und Ihrer Familie für Ihre Güte danken?«

Lady Sallonger erwiderte: »Oh, es war uns ein Vergnügen, Sie bei uns zu haben, meine Liebe. Es hat überhaupt keine Umstände gemacht.«

»Ich verständige Maria«, sagte ich. »Ich sah sie vorhin von ihrem Spaziergang zurückkommen.«

Maddalena wollte protestieren, aber ich kam ihr zuvor. Ich lief zu dem Zimmer hinauf, klopfte an und ging hinein. Maria erschrak bei meinem Eintritt. Sie hatte die Reisetasche auf dem Bett und packte.

»Oh … ich wollte ihnen Bescheid sagen, daß der Wagen da ist. Ihr Kutscher ist unten. Signorina de Pucci möchte unverzüglich abreisen.«

Sie starrte mich an. Natürlich verstand sie nicht, was ich sagte. Ich merkte, daß sie bestürzt war. Sie hatte ihre Herrin erwartet, nicht mich. Das komische daran war, daß sie packte, als hätte sie gewußt, daß die Abreise bevorstand. Sie kam mir ein wenig unheimlich vor. Wieso packte sie? Woher wußte sie von der Nachricht? Ja, Maria hatte wirklich etwas Seltsames an sich.

Maddalena kam herein. »Maria!« rief sie, dann sagte sie sehr schnell etwas auf italienisch. Maria fuchtelte mit den Händen. Verwirrt ließ ich die beiden allein.

Binnen einer Stunde waren sie reisefertig. Cassie, Julia, die Gräfin und ich gingen hinunter und winkten ihnen zum Abschied. Maddalena brachte abermals ihre Dankbarkeit zum Ausdruck. »Ich werde schreiben«, versprach sie. Dann waren sie fort.

Als Charles und Philip am Abend zurückkehrten und Charles hörte, was geschehen war, wurde er bleich vor Wut. Er funkelte Philip böse an. »Es war wirklich nicht nötig, daß ich mit nach Spitalfields fuhr«, sagte er. »Du wärst auch ohne mich mit allem fertig geworden.«

»Mein Lieber, deine Anwesenheit war notwendig. Vergiß nicht, wir sind Partner. Wir benötigten auch deine Unterschrift.«

»Wo sind sie hin?« wollte Charles wissen.

Julia sagte: »Ihr Onkel ist krank. Sie müssen zurück nach Italien. Ihr Bruder hat den Kutscher mit dem Wagen geschickt.«

»Wohin sind sie gefahren?«

»Nach London natürlich, für eine Nacht, vielleicht nicht mal für die«, erklärte ich ihm. »Sie sagte, sie müßten womöglich noch heute nacht nach Italien aufbrechen. Sie hatten es sehr eilig.«

Charles machte auf dem Absatz kehrt und ging hinaus.

Später am Abend sagte ich zu Philip: »Ich glaube, er hatte sie wirklich gern.«

147

Philip war skeptisch und meinte: »Er ist bloß wütend, weil die Jagd zu Ende ging, bevor die Beute erlegt war. In ein paar Wochen wird er sich kaum noch erinnern, wie sie aussah. Er ist kein treuer Ein-Frauen-Typ wie sein Bruder.«

»Ich bin froh, daß du das bist, Philip«, sagte ich inbrünstig. »Du warst vom Zauber der Sirene nicht im mindesten überwältigt.«

»Für mich gibt es nur eine; heute, morgen und immerdar.«

In meinem Glück konnte ich Charles bemitleiden.

Drei Tage nach Maddalenas Abreise kamen zwei Briefe, der eine für Charles, der andere für Lady Sallonger.

Lady Sallonger konnte ihre Brille nicht finden, daher wurde ich herbeizitiert, um ihr den Brief vorzulesen. Es war ein kurzes konventionelles Schreiben des Inhalts, Maddalena werde nie vergessen, wie gütig sie aufgenommen und wie wundervoll sie umsorgt worden sei. Sie habe keine Worte für ihre Dankbarkeit. Als Absender war ein Hotel in London angegeben.

Charles fuhr am nächsten Tag in die Hauptstadt und sprach in dem Hotel vor, aber unterdessen waren die Italiener natürlich abgereist.

»Die kleine Episode ist zu Ende«, sagte Philip.

Als Philip nach London ging, begleitete ich ihn. Grandmère ließ mich wohl ein wenig traurig ziehen, doch ihre Freude über mein Wohlergehen überwog alles.

Das Haus am Grantham Square machte jetzt einen anderen Eindruck auf mich. Vorher war es mir recht fremd gewesen – die vornehme Stadtresidenz der Sallongers. Das Haus gehörte, jedenfalls zum Teil, meinem Mann, und deshalb war es nun auch mein Heim. Die elegante georgianische Architektur wirkte nicht mehr so bedrohlich; die fast nackten Nymphen, welche die Vasen zu beiden Seiten des Eingangs stützten, schienen mir einen Willkommensgruß zuzulächeln: Seien Sie gegrüßt, Mrs. Sallonger! Der Butler setzte eine nahezu wohlwollende Miene auf. Gewahrte ich bei Mrs. Camden im raschelnden Seidenkleid

148

tatsächlich eine gewisse Achtung? »Guten Abend, Madam.« Der goldene Ring an meinem Finger wies mich als eine Sallonger aus.

»Guten Abend, Evans. Guten Abend, Mrs. Camden«, sagte Philip. »Wir gehen zuerst in unser Zimmer. Bitte lassen Sie heißes Wasser hinaufbringen. Wir müssen den Reisestaub abwaschen.« Er nahm meinen Arm. »Komm, Liebling. Wenn es dir so geht wie mir, dann bist du halb verhungert.«

Es war schön, mit Philip in London zu sein. Er war von allem begeistert. Er plauderte unaufhörlich, meistens übers Geschäft. Ich mußte kein Interesse heucheln. Er versprach, mich zu den Werken in Spitalfields mitzunehmen. »Es ist wunderbar, eine Frau zu haben, die dieselben Interessen hat wie ich«, sagte er.

Ich gelobte, noch mehr zu lernen. Ich wollte ihm in jeder Hinsicht Freude machen, und ich war so froh, daß Grandmère mir so viel beigebracht hatte.

Mein vollkommenes Wohlbehagen wurde jedoch durch Charles' Anwesenheit getrübt. Er schien immer noch beleidigt, weil Maddalena so mir nichts, dir nichts verschwunden war. Philip erzählte mir, Charles sei mehrmals in dem Hotel gewesen, das als Absender auf ihrem Brief angegeben war, habe jedoch ihre Adresse in Italien nicht in Erfahrung bringen können.

Manchmal ruhten Charles' Augen forschend auf mir mit einem Ausdruck, den ich nicht zu ergründen vermochte, doch familiäre Liebe war es ganz gewiß nicht.

Ich war froh, als Julia und die Gräfin Ballader ins Stadthaus kamen. Nach einer kleinen Verschnaufpause begab sich Julia nun abermals auf die Suche nach einem Ehemann.

Ich freundete mich mit der Gräfin an. Sie sagte mir, wie sehr sie Grandmère bewundere, die ihren Platz behauptet und ihre Würde bewahrt habe; und nun habe ihre Enkeltochter in die Familie eingeheiratet. Die Gräfin hielt dies für eine überaus glückliche Fügung.

Die Gräfin und Julia gingen sehr viel aus. Ständig wurde über

Julias Kleider palavert. Oft erbat die Gräfin meinen Rat. »Sie haben ein feines Gespür«, sagte sie, nicht ohne zu betonen, daß auch sie darüber verfüge.

Ich mochte sie sehr, und eines Morgens, als Julia noch im Bett lag – sie schlief nach gesellschaftlichen Veranstaltungen immer sehr lange –, unterhielten die Gräfin und ich uns ausführlich. Sie war sehr offen. Sie halte ihre Arbeit für ziemlich nutzlos, sagte sie. Sie würde lieber etwas Sinnvolles tun. Sie sprach von Grand-mère. »Was für eine Schneiderin! Keine bei Hofe kann sich mit ihr messen. Ich wünschte, ich könnte etwas tun, was mehr nach meinem Geschmack wäre.«

»Haben Sie eine bestimmte Vorstellung?«

»Irgend etwas mit Kleidern. Ich hätte gern ein Geschäft … nur allerbeste Ware. Ich würde die Sachen in der ganzen Stadt bekannt machen.«

Ich mußte oft an diese morgendliche Unterhaltung denken.

Doch damals wurde meine meiste Zeit von Philip beansprucht. Er gab mir ein Buch zu lesen, das, wie er sagte, mein Interesse für die Seide vertiefen und mir etwas über ihren Ursprung vermitteln würde. Fasziniert las ich, daß dreitausend Jahre vor Christi Geburt die Königin von Hwang-te erstmals Seidenraupen gezüchtet und den Herrscher überredet hat, aus den Gespinsten Kleiderstoffe weben zu lassen. So wurde die Kunst der Seidenweberei zur Zeit von Fu-hi bekannt, der hundert Jahre vor der Sintflut lebte. Doch dies geschah in fernen Gefilden, und erst im sechsten Jahrhundert vor Christus brachten zwei persische Mönche das Wissen um die Seidenherstellung in die westliche Welt.

Philip sprach begeistert von den Anfängen der Produktion und wie wichtig es sei, daß die Raupen mit der richtigen Maulbeersorte ernährt würden. Er bedauerte sehr, daß es nicht möglich war, sie hierzulande erfolgreich zu züchten, weswegen das Rohmaterial leider importiert werden mußte.

Er nahm mich mit in die Fabrik, und ich erfuhr etwas über die einzelnen Produktionsstufen, welche das Material durchlief. Ich lernte die großen Rollen kennen, die man Haspeln nennt, und beobachtete die Leute bei der Arbeit. Ich sah, wie die Garne zu Docken gedreht wurden, und Philip war über mein wachsendes Interesse entzückt.

Er nahm mich mit ins Geschäft. Nach normalen Maßstäben war es kaum ein Geschäft zu nennen. Es war eher ein Salon, diskret mit Vorhängen versehen, geführt von einer gewissen Miss Dalloway, die der Inbegriff von Eleganz und im ganzen Hause als Madam bekannt war. Hier sah ich etliche Kleider ausgestellt, die Grandmère angefertigt hatte. Sie dünkten mich wie alte Freunde und wirkten viel vornehmer als im Atelier an Emmelina, Lady Ingleby und der Herzogin von Malfi. Der Salon faszinierte mich noch weit mehr als die Fabrik, und ich stellte Miss Dalloway eine Menge Fragen. Seit der Einführung der Sallonseide hatte das Geschäft einen starken Aufschwung genommen. Das Haus hatte einen Namen, und der Name war enorm wichtig, wenn es um Kleider ging. Das eingenähte Etikett war ein Vermögen wert. Ein Kleid gefiel den Leuten oft nur, weil es aus dem Hause Sallonger stammte. Dasselbe Kleid ohne das magische Etikett wäre nur die Hälfte wert gewesen.

Ich disputierte mit Miss Dalloway darüber und meinte, wenn beide Kleider gleich seien, müßten sie auch gleichviel wert sein. Sie lächelte mich auf ihre weltkluge Art an. »Die Mehrzahl der Menschen braucht andere, die für sie denken«, erklärte sie. »Man sagt ihnen, etwas ist wunderbar, und sie glauben es. Wenn Sie in unserem Metier wären, würden Sie gleich verstehen, was ich meine.«

Hinterher sprach ich mit Philip darüber, und er gab Miss Dalloway recht. »Wenn man im Leben erfolgreich sein will«, sagte er, »muß man die Menschen und ihre Denkweise verstehen lernen.«

O ja, es waren glückliche Tage; doch wegen Charles war mir nach wie vor etwas unbehaglich zumute. Er war stets höflich, doch wenn seine Blicke auf mir ruhten, war mir nicht wohl. Er wird immer dasein, dachte ich. Es ist sein Haus so gut wie unseres. Durch seine Gegenwart war mein Wohlbefinden in London wahrlich beeinträchtigt.

Philip merkte, was in mir vorging. Er hatte nicht vergessen, daß Drake Aldringham sich wegen dem, was Charles mir angetan, mit ihm gestritten und ihn in den See geworfen hatte. »Wir müssen uns unverzüglich ein eigenes Haus suchen«, sagte er.

»O ja, das wäre großartig.«

»Laß uns gleich anfangen! Häuser sind gar nicht so leicht zu finden, und es kann eine Weile dauern. Ich habe ein, zwei Anwesen im Sinn, die wir uns ansehen könnten.«

Wie ich diese Tage genoß! Wir besichtigten mehrere Häuser, aber keins war so recht nach unserem Geschmack.

»Wir müssen eins finden, das genau unseren Wünschen entspricht«, sagte Philip. »Und es muß irgendwo hier in der Nähe sein.«

Eine Spur Traurigkeit befiel mich allerdings, während wir uns Häuser ansahen. Unser Heim – ich mußte dabei an Grandmère denken, die weiterhin im Haus der Seide leben würde. Ich wußte, daß sie mich schrecklich vermissen würde, wir waren ja mein Leben lang zusammen gewesen. Sie hatte es jedoch nie erwähnt, auch hatte sie sich bei der Aussicht auf unsere Trennung ihren Kummer nicht anmerken lassen; ihre Liebe war vollkommen selbstlos. Sie glaubte, daß meine Ehe mit Philip das Beste war, was mir widerfahren konnte, und deswegen war sie zufrieden.

Philip war für meine Stimmungen sehr empfänglich. Er wußte, daß es mir mißfiel, mit Charles unter einem Dach zu wohnen, und er verstand mich, obwohl ich ihm nie von dem Vorfall erzählt hatte, welcher der Episode mit Drake vorausgegangen war.

Häuser übten eine große Faszination auf mich aus. Ich wanderte durch die leeren Räume, stellte mir die Menschen vor, die hier gelebt hatten, fragte mich, was aus ihnen geworden sein mochte und wo sie jetzt waren. Wir fanden ein Haus nicht weit vom Fluß; es hatte acht Zimmer, zwei auf jeder Etage, denn es war ziemlich schmal im Verhältnis zu seiner Höhe. Das obere Geschoß war aufgestockt worden und hatte ein Glasdach und große Fenster. Man sagte uns, das Haus habe einem Künstler gehört und dies sei sein Atelier gewesen.

»Welch ein herrlicher Raum!« rief ich aus. »Er erinnert mich an Grandmères Atelier im Haus der Seide.«

»Es wäre ein ideales Arbeitszimmer«, sagte Philip. »Wie geschaffen für sie. Und siehst du, der Raum nebenan könnte als ihr Schlafzimmer dienen.«

Ich sah ihn an. »Du meinst, Grandmère soll bei uns wohnen?«

»Nun ja, das ist doch dein Wunsch, oder?«

»O Philip«, rief ich, »du machst mich so glücklich!«

»Das ist auch mein Wunsch.«

Darauf erzählte ich ihm, wie ich mich um sie gesorgt hatte. Sie wäre ohne mich im Haus der Seide unglücklich geworden.

»Ich kenne dich genau«, erwiderte er, »und wußte, was dir im Kopf herumging.«

»Du bist so gut zu mir.«

»Es ist doch ganz vernünftig«, sagte er. »Sie kann hier arbeiten. Das ist viel bequemer als im Haus der Seide.«

»Ich muß es ihr sagen. O Philip, ich will gleich zu ihr, ich kann's nicht erwarten, es ihr zu erzählen.«

Welch eine glückliche Heimkehr! Deswegen war, was später geschah, wohl um so schwerer zu ertragen.

Ich lief sogleich zu Grandmère hinauf. Sie war im Atelier und hatte unsere Ankunft nicht gehört. »Grandmère«, rief ich, »wo bist du?« Und dann lagen wir uns in den Armen.

Sie betrachtete prüfend mein Gesicht und sah mein Glück. »O Grandmère«, sagte ich, »wir waren auf der Suche nach einem Haus und haben genau das richtige gefunden.«

153

Warum hält man gute Neuigkeiten so gerne zurück? Warum bin ich nicht damit herausgeplatzt? Vielleicht meint man, mit dem Zögern die Wirkung zu erhöhen; vielleicht möchte man den anderen auf das vollkommene Glück vorbereiten?

Jetzt konnte ich es nicht länger für mich behalten. »Was den Ausschlag für unsere Entscheidung gab, war der Raum im obersten Geschoß. Er ist ähnlich wie der hier. Das Licht ist wunderbar, es kommt von Norden. Der Raum wurde von einem Künstler als Atelier benutzt. Das erste, was Philip sagte, war: ›Genau das richtige für Grandmère.‹«

Sie sah mich verständnislos an.

»Freust du dich?« fragte ich.

Sie stammelte: »Aber ... du und Philip ... ihr wollt doch nicht, daß ...«

»Und ob wir es wollen! Fern von dir könnte ich nie vollkommen glücklich sein.«

»Mein Kind, *mon amour* ... Aber ihr sollt nicht solche Opfer bringen!«

»Opfer? Was soll das heißen? Wenn es ums Geschäft geht, ist Philip der praktischste Mensch, den man sich denken kann. Er redet fast die ganze Zeit vom Geschäft. Er denkt kaum an etwas anderes. Und ich werde schon genauso. Er sagt, es wird einfacher, wenn du in London bist. Es war immer ziemlich umständlich, die Stoffballen zum Haus der Seide zu transportieren. Du bleibst nach wie vor in den Händen deiner Sklaventreiber, und du wirst arbeiten und nochmals arbeiten müssen ... in diesem Raum mit dem herrlichen Nordlicht.«

»Ach, Lenore«, murmelte sie, dann fing sie an zu weinen.

Ich sah sie bestürzt an.

»Das ist eine schöne Heimkehr! Jetzt bist du in Tränen aufgelöst!«

»Freudentränen, Liebes«, sagte sie. »Freudentränen.«

Wir waren seit drei Tagen wieder im Haus der Seide. Das Geschehen ist in meinem Gedächtnis eingegraben, wie sich hoffentlich nie wieder etwas meiner Erinnerung einprägen wird. Philip und ich waren vormittags ausgeritten. Der Wald war so schön im Mai. Es war die Zeit der Glockenblumen, und ständig stießen wir auf die blauen Büschel unter den Bäumen.

Unterwegs sprachen wir aufgeregt von dem Londoner Haus und wie wir es einrichten wollten und daß wir hofften, ein neues Material zu entdecken, das so erfolgreich sein würde wie die Sallonseide.

»Es ist wundervoll, mit dir über das alles reden zu können, Lenore«, sagte Philip. »Die meisten Frauen würden kein Wort davon verstehen.«

»Ich bin schließlich die Enkelin von Andrée Cleremont.«

»Wenn ich bedenke, was ich für ein Glückspilz bin …«

»Ich aber auch.«

»Wir müssen die glücklichsten Menschen auf Erden sein.«

Welch ein fröhlicher Morgen war das! Um so unbegreiflicher war, was danach geschah.

Lady Sallonger leistete uns beim Mittagessen Gesellschaft. Wir waren übereingekommen, ihr noch nichts von dem Haus zu sagen. Sie würde mich nicht gehen lassen wollen. Sie schien vielmehr anzunehmen, da ich nun ihre Schwiegertochter war, hätte sie erst recht Anspruch auf meine Dienste. Sie war etwas gereizt, weil sie Kopfweh hatte. Ich schlug ihr vor, sich in ihr Zimmer zu begeben, statt sich im Salon auf dem Sofa auszuruhen, und erbot mich, ihr einen mit Eau de Cologne getränkten Wattebausch auf die Stirn zu legen. Ihre Miene hellte sich merklich auf, und als sie sich in ihr Zimmer begab, begleitete ich sie. Ich war ziemlich lange bei ihr; denn als ich ihr Kopfweh verarztet hatte, wollte sie, daß ich blieb, bis sie eingeschlafen sei. Es muß fast eine Stunde später gewesen sein, als ich auf Zehenspitzen hinausschlich.

Es war ganz still im Haus. In dem Glauben, Philip werde mich dort ungeduldig erwarten, ging ich in unser Zimmer. Er war nicht da.

Das wunderte mich, denn er hatte etwas von einem gemeinsamen Waldspaziergang gesagt, sobald ich mich von seiner Mutter freimachen könne.

Es klopfte an die Tür. Es war Cassie. »Ah, du bist allein«, sagte sie. »Das ist gut. Ich wollte mit dir sprechen. Ich sehe dich ja kaum noch. Bald ziehst du ganz nach London. Dort wird dein Zuhause sein … nicht hier.«

»Cassie, du kannst kommen und bei uns wohnen, wann immer du willst.«

»Da würde Mama aber protestieren. Wenn du nicht da bist, ist sie besonders anspruchsvoll.«

»Das ist sie auch, wenn ich da bin.«

»Ich bin so froh, daß du mit Philip verheiratet bist, denn das macht dich zu meiner Schwester. Aber gleichzeitig nimmt er dich mir fort.«

»Eine Frau gehört zu ihrem Mann.«

»Ich weiß. Ich kann mir nicht vorstellen, wie es sein wird, wenn du die ganze Zeit in London bist. Was soll ich anfangen? Sie versuchen bestimmt nicht, einen Mann für mich zu finden. Sie können ja nicht mal einen für Julia auftreiben. Welche Chance hätte ich da wohl?«

»Man weiß nie, was einen erwartet.«

»Ich weiß, was mich erwartet. Mama von vorne bis hinten bedienen, bis ich alt bin und ihr gleiche.«

»Dazu wird es nicht kommen, denn du wirst nie sein wie sie.«

»Weißt du noch, wie wir alle oben bei deiner Großmutter davon sprachen, gemeinsam ein Geschäft zu haben … wundervolle Kleider zu nähen und zu verkaufen? Wäre es nicht herrlich, wenn wir Emmelina, Lady Ingleby und die Herzogin nehmen und alle zusammen fortgehen könnten? Ich habe immer davon geträumt, aber da du nun mit Philip verheiratet bist, ist es aus mit dem Traum.«

»Cassie, Grandmère kommt mit uns nach London.«

Sie sah mich entgeistert an.

»Und wie gesagt, du kannst jederzeit bei uns wohnen«, fuhr ich fort.

»Das tu' ich!« rief sie. »Egal, was Mama sagt.«

Ich erzählte ihr von dem Haus mit dem großen Raum im Dachgeschoß, den ein Künstler gestaltet hatte. Sie hörte gebannt zu, und weil ich ihr nachdrücklich versicherte, ihr Besuch sei uns jederzeit willkommen, stimmte der Gedanke an unsere Abreise sie nicht mehr ganz so traurig.

Ich erwartete Philip jeden Moment, aber er kam nicht. Ich hatte keine Ahnung, wo er sein konnte. Wenn er fortgegangen wäre, würde er es mir bestimmt gesagt haben.

Zum Abendessen war er noch nicht da. Das Mahl wurde um eine halbe Stunde verschoben, und er war immer noch nicht zurückgekehrt. Wir aßen unruhig, denn allmählich machten wir uns Sorgen.

Der Abend schleppte sich hin. Wir saßen im Salon und lauschten angestrengt auf Geräusche, die seine Ankunft verkündet hätten. Grandmère gesellte sich zu uns. Wir waren sehr beunruhigt. Wir fragten die Dienstboten, ob jemand ihn habe fortgehen sehen. Nein, niemand. Wo war er? Was konnte geschehen sein?

Während der Abend sich hinzog, wuchs unsere Besorgnis. Ich zitterte vor Anspannung. Grandmère legte ihren Arm um mich. »Wir müssen etwas tun«, sagte ich. Grandmère nickte.

Clarkson meinte, Philip könne im Wald verunglückt sein, sich ein Bein gebrochen haben oder dergleichen und hilflos irgendwo liegen. Er wolle ein paar Männer zusammenrufen und einen Suchtrupp zusammenstellen.

Ich war wie betäubt. Im Grunde meines Herzens wußte ich, daß etwas Furchtbares geschehen sein mußte.

Kurz vor Mitternacht fanden sie ihn gar nicht weit vom Haus im Wald.

Er war tot … Kopfschuß. Das Gewehr stammte aus der Waffenkammer des Hauses der Seide.

Noch nach so vielen Jahren kann ich es nicht ertragen, bei der
Erinnerung an jene Zeit zu verweilen. Ich war vor Kummer wie
gelähmt. Die unglaublichste Tragödie war über mich hereinge-
brochen. Warum? fragte ich mich immer wieder.
Kaum Ehefrau, war ich schon Witwe.
Die Tage und Nächte schienen miteinander zu verschmelzen.
Grandmère war ständig bei mir. Ich blieb die meiste Zeit im Bett.
Sie kannte sich gut mit Kräutern und dergleichen aus und
bereitete mir ein Schlafmittel. So schlief ich denn, und wenn ich
aufwachte, war mir, als gerate ich in einen Alptraum, aus dem
ich mich sehnsüchtig in neuerlichen Schlaf flüchtete.
Es fand eine Untersuchung statt, bei der meine Anwesenheit
erforderlich war. Ich ging mit Grandmère und Charles hin.
Charles war eiligst aus London gekommen, als er die Nachricht
vernahm. Ich begriff nicht, was sie sagten. Mit den Gedanken
war ich weit fort, im Wald bei den Glockenblumen … Philip war
so glücklich gewesen; er hatte gesagt, wir seien die glücklichsten Menschen auf Erden, und nun … Was war geschehen? So
viele Fragen, auf die es keine Antwort gab. Aber das Untersu-
chungsergebnis lautete, daß Philip offenbar ein Gewehr aus der
Waffenkammer genommen, in den Wald gegangen war und sich
erschossen hatte, denn die Beweisaufnahme erbrachte, daß es
sich um einen selbst zugefügten Einschuß handelte.
Es ist unmöglich … unmöglich, sagte ich mir immer wieder. Wir
waren so glücklich. Alles war in schönster Ordnung. Wir wollten
das Haus kaufen. Wie konnte er so etwas tun? Wenn er in
Schwierigkeiten gewesen wäre, hätte er es mir gesagt. Nein, er
war glücklich, der glücklichste Mann auf Erden.
Das Ergebnis der Untersuchung lautete »Selbstmord im Zustand geistiger Verwirrung«.
Das wollte ich nicht hinnehmen. Es konnte nicht wahr sein. Ich

wollte im Gerichtssaal aufstehen und das Unrecht hinausrufen. Grandmère hielt mich jedoch zurück.

Ich ließ mich nach Hause bringen. Grandmère kümmerte sich um mich. Sie zog mich aus, brachte mich zu Bett und legte sich neben mich.

»Es ist nicht wahr«, sagte ich immer wieder.

Sie sagte nichts, hielt mich nur fest.

Die Tage vergingen ... graue Tage. Lady Sallonger weinte echte Tränen und fragte, was sie getan habe, daß Gott sie so strafe. Charles erledigte hilfsbereit alle Formalitäten, die so ein Vorfall erforderte. »Wir müßten dankbar sein, daß er da ist«, versuchte Cassie mich zu trösten. Das arme Kind war verzweifelt. Philip war ihr Lieblingsbruder gewesen. »Warum hat er es getan?« fragte sie. Niemand von uns wußte eine Antwort.

»Er war so glücklich«, sagte ich.

»Charles sagt, es war ein Anfall von geistiger Verwirrung. In so einem Zustand handeln die Menschen unberechenbar.«

»Philip war der ausgeglichenste Mensch, den ich kannte.«

»Auch bei ausgeglichenen Menschen können solche Anfälle vorkommen.«

»Es müßte einen Grund gegeben haben«, sagte ich. »Aber was für einen? Kann er wirklich so unglücklich gewesen sein, daß er sich das Leben nahm?«

Ich mochte es nicht glauben. Es war abwegig. Wie unglücklich muß ein Mensch sein, wie lebensmüde, um einen solchen Schritt zu tun?

Die Leute tuschelten über den Vorfall. Da müsse doch etwas gewesen sein. So jung verheiratet! Sie sahen mich fragend an. *Etwas* mußte vorgefallen sein.

Die Menschen stochern gern in Geheimnissen, und wenn sie keine Lösung finden können, konstruieren sie eine. Ich hatte Philip doch am nächsten gestanden. Ich war seine frisch angetraute Ehefrau. Ich wußte bestimmt etwas. Hatte es mit mir zu tun? Er hatte mich leidenschaftlich geliebt. Warum hätte er mich verlassen wollen, es sei denn …

Ich verfiel auf den Gedanken, daß alle insgeheim mir die Schuld gaben. Lady Sallonger, Clarkson, Mrs. Dillon. Ich konnte mir vorstellen, was in den Dienstbotenquartieren geredet wurde.

»Vielleicht hatte er etwas über sie herausgefunden? Wer ist sie überhaupt? So eine hat kein Recht, in die Familie einzuheiraten, für die ihre Großmutter arbeitet.«

Eine Zeitlang war es mir einerlei, was sie redeten. Sie klatschten ja unentwegt. Philip war tot, ich hatte ihn für immer verloren. Alles andere zählte nicht. Ich ließ mich lethargisch dahintreiben. So konnte es nicht weitergehen mit mir. Etwas mußte sich ändern. Eines Nachts wachte ich erschrocken auf. Ich war schweißnaß, dennoch fröstelte ich. Ich hatte einen Traum. Ich war in Florenz und ging eine Straße entlang. Vor mir sah ich einen Mann mit Zylinderhut und Abendmantel. Ich sah den Mörder an den Mann heranschleichen. Als der sich zu seinem Angreifer umdrehte, war es Philip. Ich sah das erhobene Messer des Mörders. Dann war das Opfer Lorenzo, und im Fallen verwandelte er sich wieder in Philip. Es dauerte einige Sekunden, ehe mir bewußt wurde, daß dies ein Alptraum war. Alles hatte so realistisch gewirkt. Ich blieb eine Zeitlang liegen. Dann zog ich Morgenrock und Pantoffeln an und ging in Grandmères Zimmer. Sie fuhr im Bett hoch. »Lenore, was gibt es?«

»Ich hatte einen Traum.«

Sie sprang aus dem Bett und nahm meine Hände. »Du zitterst ja«, sagte sie.

»Ich hätte dich nicht stören sollen, aber ich muß unbedingt mit dir darüber sprechen.«

»Selbstverständlich. Leg dich in mein Bett!«

Ich gehorchte, und sie legte sich zu mir und hielt mich fest.

»Ich hab' dir doch von dem Italiener Lorenzo erzählt, der Philips Hut und Mantel anhatte, als er ermordet wurde. Plötzlich wird mir alles klar. Er war ungefähr so groß wie Philip … von hinten dürfte er genau wie Philip ausgesehen haben. Es war kein Raubüberfall, denn es wurde nichts gestohlen. Jemand muß hinter ihm hergeschlichen sein und ihn von hinten erstochen haben. Vielleicht wurde ihm erst später klar, daß er den Falschen getötet hatte.«

»Den Falschen? Was meinst du damit?«

»Philip hätte niemals Selbstmord begangen. Ich bin sicher, jemand hat ihn umgebracht.«

»Aber das Gewehr …«

»Ist es so schwer, einen Selbstmord vorzutäuschen? Ich bin überzeugt, daß Lorenzo an Philips Statt getötet wurde. Und ich bin mir jetzt ganz sicher, daß Philip ermordet wurde. Ich kannte ihn so gut.«

»Niemand von uns kann die geheimsten Seelenwinkel anderer Menschen kennen.«

»Du glaubst immer noch, daß Philip eine Seite hatte, die ich nicht kannte.«

»Vielleicht. Aber es ist geschehen. Es kann zu nichts Gutem führen, wenn wir dies alles immer wieder durchgehen. Du solltest jetzt lieber schlafen.«

»Dieser Traum, dieser Alptraum, Grandmère, das war eine Offenbarung. Ich bin mir ganz sicher. Jemand wollte Philip in Florenz ermorden. Statt seiner wurde Lorenzo getötet. Und jetzt haben sie es geschafft, ihn im Wald umzubringen.«

»Wer würde einen solchen Menschen töten wollen?«

»Ich weiß es nicht. Aber jemand hat es getan.«

Sie strich mir übers Haar. »Ich mache dir jetzt einen Kräutertrank zur Beruhigung. Du brauchst Schlaf.«

Ich gab keine Antwort. Es war unmöglich, sie von dem zu überzeugen, dessen ich mir nun so sicher war.

Gehorsam trank ich aus dem Becher, den sie mir reichte. »Ich bringe dich jetzt wieder in dein Zimmer. Dort schläfst du bequemer. Und stehe morgen früh nicht auf, bevor ich dich rufe!«

Ich ging wieder in mein Bett.

Der Trank tat seine Wirkung, und ich schlief kurz darauf ein, aber als ich am Morgen erwachte, war ich immer noch der Überzeugung, daß Lorenzos Ermordung auf mysteriöse Weise mit Philips Tod zusammenhing. Seltsamerweise half mir der Gedanke. Ich brauchte nicht mehr anzunehmen, daß Philip Selbstmord begangen hatte, weil ihm das Leben mit mir unerträglich war.

Ich wollte den Mord unbedingt aufklären. Aber wie? Ich ging im Geiste alles durch. Zuerst den Abend in Florenz. Wie wir im Hotel geblieben waren. Es war herzzerreißend, sich zu erinnern, wie glücklich wir gewesen waren. Lorenzo hatte sich die Situation zunutze gemacht und war in Philips Mantel und Hut ausgegangen. Jemand lauerte in der Nähe des Hotels, folgte ihm durch die Straßen, dann stieß er mit dem Messer zu. Er muß zu spät erkannt haben, daß er das falsche Opfer erwischt hatte. Hatte er darauf den Mann verfolgt, den er töten wollte? War Philip deswegen im Wald gestorben ... und durch das Gewehr aus der Waffenkammer? Wie war das möglich?

Meine Theorie schien kaum auf Vernunft gegründet. Wie ich es auch drehte und wendete, ich kam nicht weiter. Mit wem hätte ich über meinen Verdacht sprechen können? Mit Grandmère? Cassie? Es lief immer auf dasselbe hinaus: Philip mußte ein Gewehr aus der Waffenkammer des Hauses der Seide genommen haben. Wie hätte ein fremder Mörder das tun können? Er war mit der Absicht in den Wald gegangen, sich zu erschießen.

Es gab nur diese eine Erklärung, aber ich sträubte mich beharrlich gegen sie. Ich grübelte darüber nach. Nachts wachte ich auf und glaubte, die Lösung zu haben; doch dann, bei Tageslicht, erwies sie sich als Unsinn.

Ich ließ mich treiben. So konnte es mit mir nicht weitergehen. Grandmère war sehr besorgt um mich. »Etwas muß sich ändern«, sagte sie.

Und so geschah es auch. Ich hatte eine Ahnung. Zunächst wagte ich es kaum zu glauben. Dann aber wurde es Gewißheit: Ich erwartete ein Kind.

Anfangs war es wie ein Lichtschimmer in meiner dunklen Welt. Es schien, als hätte ich Philip nicht ganz verloren. Er konnte in unserem Kind weiterleben.

Als ich es Grandmère erzählte, war sie zunächst von Freude, dann von Besorgnis ergriffen. »Jetzt müssen wir besonders gut auf dich aufpassen«, sagte sie.

Cassie war begeistert. »Ein Baby!« rief sie. »Ein süßes kleines Baby! Oh, ist das nicht wundervoll!«

Ja, das war es. Es veränderte mich. Es half mir vergessen. Die Tage vergingen zum großen Teil mit Plänen für das Baby, mit Gesprächen über Babys. Grandmère erinnerte sich an die Geburt meiner Mutter. Das Verhalten der Dienstboten änderte sich sogar. Sie freuten sich darauf, ein süßes Baby im Haus zu haben.

Die Heiterkeit der Schwangerschaft nahm von mir Besitz. Meine Gedanken beschäftigten sich jetzt mit Babyausstattungen und der Wiege, die ich brauchen würde. Das alles nahm mich ganz gefangen. Ich sollte Mutter werden.

Lady Sallonger war etwas verstimmt. Die Umstellung im Haushalt behagte ihr nicht, doch immerhin hatte sie nun Gelegenheit, sich der schrecklichen Zeit bei Cassies Geburt zu erinnern, wenn es auch vielleicht nicht gerade taktvoll war, sich mit einer werdenden Mutter über dieses Thema zu unterhalten.

So verging der Sommer, und es wurde Herbst.

Julia hatte endlich einen Mann gefunden. Er war dreißig Jahre älter als sie und trank sehr viel, aber zum Ausgleich dafür war er reich. Die Gräfin schien außer sich vor Freude. Endlich war ihre Aufgabe erfüllt, und sie konnte sich der nächsten Kundin widmen.

Ich war schwerfällig geworden. Wenn die Witterung es zuließ, saß ich mit Grandmère oder Cassie im Garten, und alle unsere Gespräche drehten sich um das Baby.

Ich sei bei guter Gesundheit, sagte der Arzt, und dazu kräftig. Alles werde gutgehen. Eine Hebamme wurde angeheuert, sie sollte bis zur Niederkunft im Hause bleiben. Jetzt zählte ich die Tage. Ich hatte das Gefühl, daß alles anders sein würde, wenn mein Baby geboren war.

An einem rauhen Februartag erblickte Katherine das Licht der Welt. Sie war kaum eine Schönheit zu nennen, sie hatte ein schrumpeliges, brummiges Gesicht, spärliche Stachelhaare und eine Stupsnase. Ich aber fand sie vollkommen, und mit jedem Tag veränderte sie sich, bis sie nach einer Woche wirklich hübsch war. Selten hatte ich Grandmère so glücklich gesehen. Cassie betrachtete es als große Ehre, Katherine halten zu dürfen. Lady Sallonger sagte, ich brauche eine Kinderfrau, um mehr Zeit für mich zu haben, was natürlich hieß: mehr Zeit für sie. Aber ich wollte mich selbst um mein Baby kümmern.

»Unsinn«, sagte Lady Sallonger, »das tun nur Dienstboten und ihresgleichen.«

Aber ich blieb beharrlich. Es war mein Kind. Mein Trost und ganz mir gehörig.

Es gab so viel zu lernen, daß meine Zeit voll ausgefüllt war. Ich war froh darüber. Wir nannten das Baby Katie – Katherine klang zu erhaben für so ein winziges Geschöpf. Und wenn ich sie in meinen Armen hielt und beobachtete, wie sie sich mit jedem Tag veränderte, oder als ich ihr erstes Lächeln sah und merkte, daß sie mich erkannte und sich in meiner Nähe wohl und geborgen fühlte, war das meine Entschädigung. Mit Katie konnte ich meiner Trauer entwachsen. Sie war mehr als mein geliebtes Kind, sie war mein Grund zum Weiterleben.

Der Salon

Als Katie ein Jahr alt war, kam ich zu der Einsicht, daß ich nicht mehr im Haus der Seide leben konnte. Ich hatte von jeher das Gefühl gehabt, dort nur geduldet zu sein. Lady Sallonger konnte nicht vergessen, daß ich die Enkelin einer Frau war, die für die Familie arbeitete. Grandmère war jetzt doppelt fleißig, denn sie nähte auf ihrer Maschine fortwährend auch Kleidchen für Katie. Von mir erwartete Lady Sallonger die Erfüllung bestimmter Pflichten. Ich las ihr immer noch vor, holte ihr dies und jenes und hatte für ihre Bequemlichkeit zu sorgen. Zwar wurde Cassie genauso behandelt, doch obschon ich jetzt Lady Sallongers Schwiegertochter war, vermittelte sie mir nach wie vor das Gefühl, nur eine arme Verwandte zu sein.

Sie mißgönnte mir auch die Zeit, die ich mit meiner Tochter verbrachte. Wenn Katie mich während der Vorlesestunden brauchte, löste Cassie mich ab, was Lady Sallonger gar nicht paßte. Ich fühlte mich schon sehr unwohl, bevor es zu dem Zusammenstoß mit Charles kam.

Ich ahnte, daß Charles nachtragend war. Er hatte nicht vergessen, daß Drake ihn in den See geworfen hatte, und gab mir die Schuld daran. Er sah mich oft prüfend an, und dabei war mir sehr unbehaglich zumute.

Obwohl Katie mich ausfüllte, dachte ich viel über Philips Tod nach, und je mehr ich grübelte, um so mehr erinnerte ich mich an Lorenzo. Ich war nun der festen Überzeugung, daß das Messer des Mörders Philip gegolten hatte.

Ich hatte es mir zur Gewohnheit gemacht, zu der Stelle im Wald zu wandern, wo man seinen Leichnam gefunden hatte. Die

Bäume standen dort sehr dicht. Ich fragte mich, ob er wirklich hier gestorben war oder ob der Mörder seine Leiche hierhergeschleppt hatte.

Alles hatte auf Selbstmord gedeutet, die Lage des Gewehrs sowie die Tatsache, daß es sich um eine hauseigene Waffe handelte. Doch trotz dieser Beweise weigerte ich mich zu glauben, daß Philip sich umgebracht hatte. Ich wußte, daß meine Theorien dem Licht der Vernunft nicht standhalten würden. Selbst Grandmère glaubte an ein dunkles Geheimnis in Philips Leben, dessen Enthüllung er nicht ertragen wollte, und sie tat Lorenzos Tod als Zufall ab. »Du mußt das Leben sehen, wie es ist«, sagte sie, »nicht, wie du es haben willst. Das ist der einzige Weg, um sich aufzuraffen und weiterzumachen.«

So behielt ich denn meine Gedanken für mich. Eines Tages würde ich Mittel und Wege finden, um die Tat aufzuklären. Wie? Wann? fragte darauf mein gesunder Menschenverstand. Doch ich weigerte mich, auf die Vernunft zu hören. Eines Tages würde ich die Antwort finden.

Ich wußte nicht, warum ich stets glaubte, die Lösung an jener Stelle finden zu können, wo man Philips Leichnam gefunden hatte. Jetzt ruhte er bei seinen Vorfahren im Mausoleum. Aber mein Gang in den Wald war jedesmal wie der Besuch eines Grabes. Ich dachte, wenn diese Bäume sprechen könnten, so könnten sie mir die Wahrheit sagen. Ich blickte zu ihren belaubten Wipfeln empor. »Wie ist es geschehen?« flüsterte ich. »Ihr müßt es beobachtet haben.«

Und dort traf ich dann Charles. »Hallo, Lenore«, sagte er. »Du kommst oft hierher, nicht wahr?«

»Ja.«

»Warum? Ist es eine Art Wallfahrt?«

Ich schüttelte den Kopf und wandte mich ab; mir war unbehaglich wie stets in seiner Gegenwart.

Er nahm meinen Arm. »Geh nicht!« sagte er. »Ich möchte mit dir reden.«

»So?«

»Du mußt sehr einsam sein.«

»Ich habe meine Tochter. Und meine Großmutter.«

»Aber Philip fehlt dir?«

»Natürlich.«

»Ich habe ihn immer beneidet.«

»Beneidet? Wieso?«

»Um dich.«

»Ich muß jetzt gehen.«

»Noch nicht. Lenore, warum bist du so abweisend?« Er zog mich an sich und hielt mich fest.

»Ich will nach Hause«, sagte ich.

»Noch nicht.« Er lächelte und küßte mich. »Immer noch der kleine Wildfang, wie?«

Ich riß mich los. »Charles, ich werde nicht dulden ...«

»Du mußt einsam sein. Ich könnte das ändern.«

»Ich habe dir vor langer Zeit gesagt, was ich davon halte. Du weißt, was dann geschah.«

Seine Miene verfinsterte sich. Er erinnerte sich an Drake Aldringham, den vornehmen Freund, den er voller Stolz mit nach Hause gebracht und der dann seinen Besuch abgebrochen hatte. »Du spielst dich auf«, sagte er. »Wer bist du überhaupt?«

»Ich bin Lenore Sallonger, die Witwe deines Bruders.«

»Du hast es geschafft, ihn dir zu angeln. Er war eine leichte Beute, wie?«

»Wie kannst du es wagen, so etwas zu sagen!«

»Oh?« Er sah sich um. »Glaubst du, ich fürchte mich vor Gespenstern? Hier haben sie ihn gefunden. Warum hat er es getan, Lenore? Was hat er über dich herausgefunden? Warum? Wenn einer etwas weiß, dann bist du es.«

Ich wandte mich zum Gehen, doch er packte mich wieder am Arm. »Ich hatte immer eine Schwäche für dich«, sagte er. »Du hast etwas tief in deinem Innern. Das möchte ich ergründen. Ich möchte wissen, was in Philip gefahren ist und weshalb er sich das Leben nahm. Ich weiß, es war deinetwegen.«

»Nein, das ist nicht wahr!« rief ich.

Es kam zu einem Handgemenge. Er zerrte an meiner Bluse. Meine Wut wich mit einemmal blankem Entsetzen. Er war geistesgestört. Er wollte mich hier haben, hier, wo man Philips Leichnam gefunden hatte. Es war makaber, aber es entsprach seinen verzerrten Vorstellungen. Ich wehrte mich heftig. Er war stärker als ich. Ich betete im stillen: O Gott, rette mich! Hilf mir, diesem schlechten Menschen zu entkommen!

»Du entwischst mir jetzt nicht«, sagte er. »Warum solltest du auch? Kommst in unser Haus, lebst im Luxus … das mußt du dir verdienen, Madam Lenore! Stell dich nicht dumm! Du und ich, wir sind füreinander geschaffen. Wir sind vom selben Schlag.«

Mir schwanden die Kräfte. Er hatte mich auf die Erde geworfen und wollte sich auf mich stürzen.

»Lenore!«

Die Stimme drang wie ein Zeichen vom Himmel in meine Schreckensangst. Es war Cassie. Sie war auf der Suche nach mir. Gott segne Cassie! dachte ich.

Charles fuhr verlegen und wütend zurück. Ich rappelte mich auf und versuchte, meine zerrissenen Kleider in Ordnung zu bringen. Cassie kam in Sicht. »Ich dachte mir, daß du hier bist. Na, so was, Lenore … Charles …«

»Cassie«, sagte ich, »Gott sei Dank, daß du gekommen bist. Ich gehe jetzt nach Hause. Komm mit!«

Gemeinsam gingen wir durch den Wald zurück. Charles stand da und starrte uns nach.

Cassie war entsetzt. »Er … er hat dich überfallen?«

»Cassie, ich werde dir ewig dankbar sein, weil du im richtigen Augenblick gekommen bist.«

»Ich bin so froh. Es war furchtbar. Charles …«

»Ich glaube, Charles hat mich auf verquere Art immer gehaßt. Ich kann nicht darüber sprechen.«

Wir waren beim Haus angelangt. »Ich muß sofort zu Grandmère«, sagte ich. »Du mußt mitkommen.«

Grandmère war im Atelier. Als sie mich sah, stieß sie einen leisen Schreckensschrei aus. Ich sank in ihre Arme. Ich war fast hysterisch. Ich stammelte: »Es war Charles … Cassie kam rechtzeitig. Ich glaube, sonst hätte er mich … Er war abscheulich. Es war an der Stelle, wo man Philip gefunden hat. Ich glaube, es verschaffte ihm eine teuflische Befriedigung, daß es ausgerechnet dort war.«

»Er hat dir das angetan? Er hat dir die Kleider zerrissen?«

Ich nickte.

»Erzähl mir alles!«

»Cassie hat mich gerettet«, sagte ich.

»Ich war auf der Suche nach Lenore«, sagte Cassie. »Ich wußte, daß sie oft dorthin geht. Und da sah ich …«

Grandmère füllte einen selbstgebrauten Trank in drei Gläser. Dann sagte sie: »Das war für uns alle ein schwerer Schock. Jetzt müssen wir uns überlegen, was wir unternehmen werden.«

Cassie sah von einer zur anderen.

»Ich kann nicht mehr in diesem Haus bleiben«, sagte ich. »Es ist sein Haus. Ich würde mich hier nie wieder sicher fühlen.«

Grandmère nickte vor sich hin. »Ich denke schon geraume Zeit darüber nach«, sagte sie. »Ich habe immer gewußt, daß wir nicht bleiben können. Katie ist jetzt ein Jahr, und wir können wegziehen.«

Ich sah sie erwartungsvoll an und war den Tränen nahe. Sie war immer dagewesen, um meine Probleme zu lösen. Im stillen dankte ich Gott für sie, wie ich ihm erst kurz zuvor für Cassie gedankt hatte.

»Du hast dein Vermächtnis«, fuhr Grandmère fort, »jenes Geld, das Philip für dich ausgesetzt hat. Es ist eine erkleckliche Summe. Und ich habe etwas gespart. Vielleicht reicht es.«

»Was hast du vor, Grandmère?«

»Wir gründen unseren eigenen Modesalon. Wir gehen nach London und suchen die geeigneten Räumlichkeiten. Wir können zusammenarbeiten. Das habe ich mir immer gewünscht: Unabhängigkeit. Keiner kann sagen, ich hätte keine Erfahrung.«

»O Grandmère«, rief ich, »können wir das schaffen?«

»Wir *werden* es schaffen, *mon amour.* Wir werden es schaffen.«

Cassie beobachtete uns gebannt. Plötzlich sagte sie: »Ich möchte mitkommen.«

»Mein liebes Kind«, sagte Grandmère, »das Ganze wird ein Wagnis. Wir müssen mit Risiken rechnen.«

»Ich glaube daran!« rief Cassie. »Ich habe mein kleines Einkommen. Ich kann sehr gut nähen, das haben Sie gesagt, Madame Cleremont. Sie brauchen mir nichts zu bezahlen. Ich möchte bloß dabeisein.«

»Wir werden sehen«, sagte Grandmère.

Cassie stand auf und lief zu den Schneiderpuppen. Sie umarmte Emmelina. »Sie haben es gehört«, sagte sie, »und sind sehr froh darüber.«

Auf einmal konnten wir alle drei lachen. Und ich dachte bei mir: So will ich es haben. Ich kann hier nicht länger bleiben als unbedingt nötig. Ich muß so schnell wie möglich fort.

Das Leben, das seit Katies Geburt in immer gleichen Bahnen verlaufen war, gestaltete sich nun voller Abwechslung. Als erstes mußten wir die Anwälte wegen des Vermächtnisses aufsuchen. Dort bestätigte man uns, daß es ganz in Ordnung sei, wenn ich das Geld in ein Geschäft investierte. Das war der erste Schritt.

Charles reiste zum Glück noch am Tag unserer Begegnung im Wald ab. Das war typisch für ihn. Vielleicht schämte er sich. Ich war froh, daß er fort war. Ich wußte nicht, wie ich mich ihm gegenüber hätte verhalten sollen, und der Gedanke, in seinem Haus leben zu müssen, bedrückte mich.

Als zweites mußten wir geeignete Räumlichkeiten finden. Wir hatten beschlossen, Lady Sallonger nichts zu sagen, bis es soweit war, denn von ihrer Seite war gewiß Widerstand zu erwarten.

Grandmère und ich fuhren nach London und übertrugen Cassie die Verantwortung für Katie. Cassie war recht tüchtig und hatte Anweisung, falls nötig, sich mit mir in »Cherry's Hotel«, wo wir für zwei Nächte absteigen wollten, in Verbindung zu setzen.

Wir fanden ein Ladenlokal ganz in der Nähe der Bond Street. Es war kleiner, als wir es uns vorgestellt hatten, aber es hatte einen ziemlich großen Nebenraum, der als Atelier dienen konnte, und einen Vorführraum. Vor allem jedoch gehörte eine kleine, aber ausreichende Wohnung zu dem Laden. Die Miete erschien uns astronomisch, aber nachdem wir uns umgesehen hatten, wurde uns klar, daß wir viel für einen Salon berappen mußten, wenn er in Londons elegantem Viertel liegen sollte, was Grandmère zufolge – und ich stimmte mit ihr überein – lebenswichtig war.

Die Räumlichkeiten hatten wir also. Wir kauften etliche Stoffe, doch Grandmère besaß zahllose Reste, Überbleibsel von den Ballen, die sie stets als Vergütung hatte behalten dürfen. Sie hatte sie im Hinblick auf ein solches Unterfangen seit Jahren gehortet. So verfügten wir zu Beginn über einige Ware auf Vorrat.

Wir kehrten ins Haus der Seide zurück, wo Cassie gespannt auf das Resultat unserer Reise wartete. Katie hatte sich tadellos benommen, es waren keinerlei Probleme aufgetreten.

Am folgenden Nachmittag beschloß ich, Lady Sallonger unsere Pläne mitzuteilen. Cassie war bei mir. »Lady Sallonger«, sagte ich, »ich habe Neuigkeiten. Meine Großmutter und ich werden ein Geschäft eröffnen.«

»Was?« schrie sie.

Ich erklärte es ihr.

»Lächerlich!« fauchte sie. »Damen eröffnen keine Geschäfte.«

»Aber ich dachte immer, Sie verwehrten mir einen Anspruch auf diese Bezeichnung«, sagte ich.

»Schlag dir ein solches Vorhaben lieber gleich aus dem Kopf!«

»Wir haben unser Ladenlokal schon.«

Sie war ehrlich verstört. Es war irgendwie befriedigend zu sehen, wie sehr es ihr widerstrebte, mich zu verlieren. Aber das hatte natürlich nichts mit meiner Person zu tun. Es ging nur um meine Funktion. Ihr erster Gedanke, nachdem sie erkannte, daß wir es ernst meinten, war: »Aber was soll *ich* anfangen?«

Grandmère mußte der Firma Sallonger ihre Mitarbeit aufkündigen. Das rief große Bestürzung hervor. Sie erhielt einen Brief von einem Geschäftsführer, der sie fragte, ob sie wirklich bedacht habe, was das bedeute. Sie waren ihrer so sicher gewesen, und weil sie im Haus der Seide wohnte, hatten sie ihre Dienste für selbstverständlich gehalten. Sie war ihnen von großem Nutzen gewesen, und sie suchten sie zu überreden, es sich noch einmal zu überlegen.

Aber unser Entschluß stand fest. Charles hatte unser Bleiben unmöglich gemacht, zudem wußten wir beide genau, was wir wollten. Das Haus der Seide barg zu viele Erinnerungen an Philip, und es war das beste für mich, einen klaren Bruch zu vollziehen.

Es folgten aufregende Zeiten. Wir bezogen unser neues Quartier mit den ziemlich kleinen Wohnräumen, dem großen Atelier und dem Laden. Cassie hatte geweint und ihre Mutter angefleht, aber Lady Sallonger war unerbittlich. Cassie mußte bleiben. Wenn Grandmère und ich so undankbar waren und einfach gingen, nach allem, was sie für uns getan hatte, so sollte wenigstens ihrer eigenen Tochter der Weggang nicht gestattet werden.

So mußten wir der bekümmerten Cassie Lebewohl sagen und ihr versichern, daß sie jederzeit bei uns willkommen sei.

Grandmère war wie eine junge Frau. »Das war immer mein

Traum«, sagte sie. »Ich hätte nie gedacht, daß ich einmal imstande sein würde, ihn zu verwirklichen.«

Im Rückblick sehe ich ein, wie naiv wir waren. Früher hatte Grandmère Kleider gemacht, die bei Hofe verkauft wurden; aber sie hatten das eingenähte Sallonger-Etikett. Ohne diesen Namen war es etwas anderes. Es war ihr Vorschlag gewesen, den Salon »Lenore« zu nennen. »Es ist dein Geschäft«, sagte sie. »Für deine Zukunft.« Aber Lenore war eben nicht Sallonger.

Wir hatten die Kleider, aber das Geschäft kam schleppend in Gang. Wir stellten eine Hilfe ein, ein mageres kleines Cockney-Mädchen namens Maisie. Sie war fleißig und willig und ganz in Katie vernarrt; sie war bereit, schwer zu arbeiten. Aber wir brauchten weitere Hilfe.

Binnen sechs Monaten war uns klargeworden, daß wir uns auf etwas eingelassen hatten, für das wir zu wenig Erfahrung mitbrachten. Grandmère suchte sich strahlend und zuversichtlich zu geben, aber ich merkte, daß sie sich Sorgen machte. Eines Tages sagte sie zu mir: »Lenore, ich finde, wir sollten uns einen Überblick über unsere Finanzen verschaffen.« Ich wußte, was sie meinte, und stimmte zu.

Wir hatten einen großen Teil des Kapitals verbraucht, und unsere Ausgaben überstiegen unsere Einnahmen. »Vielleicht«, sagte ich, »zeichnen wir unsere Kleider zu niedrig aus.«

»Würden wir sie verkaufen, wenn wir sie teurer auszeichneten?« fragte Grandmère. »Wir müssen den Tatsachen ins Auge sehen. Wir sind hier im eleganten Viertel von London, aber wir bekommen nicht die erstklassige Kundschaft, die früher meine Kleider kaufte. Vielleicht sollten wir es mit etwas Schlichterem versuchen.«

Ich sah ein, daß wir überstürzt, ohne gründliche Überlegung gehandelt hatten. Grandmère konnte die Kleider nähen, aber wir benötigten eine Hilfskraft. Ich mußte mich, von Maisie unterstützt, um Katie kümmern. Wir hatten uns mehr aufgeladen, als wir bewältigen konnten. Es gab so vieles, was wir nicht bedacht hatten, und das Schlimmste von allem war der Gedanke an unser rasch schrumpfendes Kapital. »Wir können nicht so weitermachen, bis alles verplempert ist«, sagte Grandmère. »Was sollen wir tun?«

»Ins Haus der Seide werden wir jedenfalls nicht zurückkehren.«

»Niemals!« bekräftigte ich.

»Vielleicht könnte ich bei Sallongers anfragen, ob ich hier für sie arbeiten soll wie früher im Haus der Seide.«

»In diesen teuren Räumen?«

»Wir finden vielleicht irgendwo ein Häuschen … womöglich mit einem kleinen Atelier.«

Die Lage wurde immer deprimierender, bis wir eines Tages Besuch bekamen. Ich ging in der Hoffnung auf Kundschaft nach vorne und sah zu meinem Erstaunen die Gräfin Ballader. Sie umarmte mich herzlich.

»Wie schön, Sie zu sehen«, sagte ich.

Sie wies mit den Händen ringsum. »Alle Achtung!« sagte sie. »Ich sah den Namen Lenore, und ich hatte von Julia gehört, daß Sie sich selbständig gemacht haben. Und dies ist nun Ihr Reich, hm?«

»Treten Sie näher! Grandmère wird sich freuen.«

Die beiden begrüßten sich überschwenglich, und ich erkundigte mich, was die Gräfin zur Zeit mache.

»Diesmal habe ich eine Schönheit«, erklärte sie. »Die Tochter eines Multimillionärs. Sie hat alles … Gesicht, Figur, Geld, aber leider kein blaues Blut. Meine Aufgabe ist es, dafür zu sorgen, daß sie es bekommt. Ich habe einen Grafen im Sinn, aber eigentlich bin ich auf der Suche nach einem Herzog.«

Sie plauderte eine Weile und erzählte uns, wie satt sie die Tour durch die Gesellschaft habe und daß sie ihren Beruf am liebsten aufgeben möchte. Dann sah sie uns eindringlich an. »Es läuft nicht gut, nicht?« fragte sie.

Grandmère und ich wechselten einen Blick.

»Nein«, sagte ich.

»Das überrascht mich nicht«, sagte die Gräfin.

»Aber die Kleider … Sie sind genau dieselben, genau so gut …«

»Es ist nicht die Qualität, meine Liebe, die sich verkauft. Das Flair ist es. Das fehlt Ihnen. Ohne das werden Sie es nie zu etwas bringen.« Wir müssen wohl so verzagt dreingeschaut haben, wie uns zumute war, denn sie fuhr fort: »Aber, aber, Kopf hoch! Das ist nicht das Ende der Welt. Sie müssen bloß alles richtig anpacken.«

»Wir verkaufen einfach nichts, es ist hoffnungslos.«

Sie sah sich mit einem Ausdruck um, der an Widerwillen grenzte, dann sagte sie: »Hören Sie. Wenn Sie es in der Geschäftswelt zu etwas bringen wollen, müssen Sie die Menschen kennen. Die Leute können nicht selbst entscheiden. Man muß ihnen sagen: Dies ist gut, etwas Besonderes. Wenn man es ihnen oft genug und im richtigen Ton vorsagt, werden sie es glauben. Ihre Kleider waren bei Sallongers ein Erfolg, nicht wahr? Jedes Mädchen, das bei Hofe vorgestellt wurde, mußte ein Kleid aus Sallonseide haben.«

»Wir haben Sallonseide hier, aber keiner will sie. Grandmère hat etliche schöne Kleider genäht. Sie hängen immer noch hier.«

Die Gräfin sah uns nachsichtig an. »Ich glaube«, sagte sie langsam, »daß ich Ihnen aus Ihren Schwierigkeiten helfen kann. Lassen Sie mal sehen, was Sie haben!«

Wir führten sie herum, und sie begutachtete ausführlich unsere Ware. »Fein«, sagte sie, »morgen komme ich mit Debbie zu Ihnen.«

»Wer ist Debbie?«

»Mein Schützling. Ein reizendes Geschöpf. Sie werden sie mögen. Sie ist eine der besten, die ich je hatte. Ein wenig blaues Blut, und sie wäre vollkommen gewesen. Aber man kann nicht alles haben.«

»Glauben Sie, sie kauft ein Kleid bei uns?«

Die Gräfin lächelte. »Das halte ich für sehr wahrscheinlich.

Überlassen Sie das mir! Sie haben ein, zwei Stücke hier, die ihr passen dürften. Mal sehen, was sich machen läßt.«

Am nächsten Tag erschien die Gräfin wie versprochen mit ihrem Schützling. Sie hatte recht. Debbie war schön. Sie hatte große, grünliche Augen mit schweren dunklen Wimpern und braune, lockige Haare. Aber am anziehendsten war ihr Gesichtsausdruck. Das Mädchen hatte etwas entzückend Unschuldiges an sich.

Sie kamen in einer Kalesche mit einem prachtvoll livrierten Kutscher und einem kleinen Pagen hintendrauf, der herabspringen und die Türen aufhalten mußte. Die Gräfin konnte gelegentlich sehr majestätisch sein, und dies war so eine Gelegenheit.

»Miss Deborah Mellor«, stellte sie ihren Schützling vor. »Deborah, Madame Cleremont und Madame Lenore.«

Deborah neigte anmutig den Kopf.

»Ich konnte Madame Lenore überreden, Ihr Ballkleid anzufertigen, falls sie es einrichten kann.«

»Das ist sehr freundlich von Ihnen«, sagte Deborah.

»Aber zuerst wollen wir uns etwas umsehen. Vielleicht finden wir eine Kleinigkeit, die uns gefällt.«

»Gerne.«

»Wie Sie wissen, sind Madame Lenore, Madame Cleremont und ich alte Freundinnen. Deswegen haben sich die beiden bereit erklärt, sich ihrer anzunehmen.«

Ich hätte am liebsten gelacht, aber die Gräfin war ganz ernst.

»Ob Sie wohl die Güte hätten, uns einige Ihrer Modelle zu zeigen?« fuhr sie fort.

»Mit Vergnügen«, sagte ich. »Kommen Sie mit, Miss Mellor!«

»Oh, sehen Sie sich das an!« rief die Gräfin aus. »So einen Rüschenbesatz habe ich noch nie gesehen. Sie, Deborah?«

»Nein, Gräfin.«

»Das muß sehr kleidsam sein. Wir müssen das Kleid anprobieren. Und das rosarote auch.«

Das war ein Vormittag! Ich werde ihn nie vergessen. Es war

unsere Schicksalswende, und das hatten wir alles der Gräfin zu verdanken. Deborah Mellor kaufte die zwei Kleider, und wir bekamen den Auftrag, ihr ein Kleid für einen ganz besonderen Hofball zu schneidern. Für Grandmère war das natürlich ein Kinderspiel. Sie war in ihrem Element.

Später am selben Tag besuchte uns die Gräfin mit einer Flasche Champagner. »Holt Gläser!« befahl sie. »Wir feiern. Der Anfang ist gemacht. Ach, Sie Unschuldslämmer! Ich mache gerissene Geschäftsfrauen aus ihnen. Debbie ist entzückt. Sie ist mir so dankbar, daß ich sie zu Ihnen gebracht habe. Sie sagt, Ihre Kleider sind hinreißend. Daß ihre Räumlichkeiten so klein sind, habe ich damit erklärt, daß Sie auf Exklusivität bestehen. Sie arbeiten nur für die vornehmste Kundschaft, die Leute der besten Kreise. Mit anderen geben Sie sich nicht ab. Sie werden sehen, das spricht sich herum. Von nun an, meine Lieben, müssen Sie sich bereithalten. Sie brauchen Hilfskräfte. Sie müssen eine tüchtige Schneiderin einstellen, am besten zwei. Es gibt Tausende in London, die Arbeit suchen. Debbie wird von Ihnen erzählen. Ich natürlich auch. Und die Leute, die ich zu Ihnen bringe, werden dies für eine besondere Gefälligkeit halten.«

»Ich kann nicht glauben, daß es so einfach ist«, sagte Grandmère.

»Alles ist einfach, wenn man weiß, wie man es anstellt. Sehen Sie sich doch um! Etwas ist hauptsächlich deswegen gut, weil die Leute es für gut halten. Sicher, man muß etwas haben, auf dem man aufbauen kann. Mit Plunder ist das nicht zu machen. Aber wenn Sie zwei gleichwertige Artikel nebeneinander haben und um ein Urteil bitten, so werden Sie feststellen, daß derjenige mit dem richtigen Flair – obwohl er in jeder anderen Hinsicht haargenau der gleiche ist wie der andere – gelobt und der andere übergangen wird. So ist es nun mal auf der Welt. Man muß den Leuten sagen, daß etwas gut ist, und dann *ist* es gut. Doch wenn man es ihnen nicht sagt, werden sie es nie würdigen. Ihre Modelle sind gut ... damit haben wir einen ausgezeichneten

Ausgangspunkt. Wir werden den Salon Lenore zum gefragtesten Schneideratelier Londons machen.«

Wir mußten unwillkürlich lachen, und unsere Stimmung besserte sich angesichts der Einnahmen, die sie uns verschafft hatte, wenngleich wir ihr zu diesem Zeitpunkt noch nicht so recht glaubten. Doch sie sollte recht behalten. Debbies Ballkleid wurde ein durchschlagender Erfolg: Der besagte Herzog machte ihr einen Heiratsantrag. »Es war ein Glückskleid«, sagte sie.

»Sie sah hinreißend aus«, erklärte die Gräfin hinterher. »Alle wollten wissen, wo sie arbeiten läßt. Ich sagte: ›Das verrate ich nicht. Wir wollen das Atelier nicht mit anderen teilen.‹ Aber ich ließ es mir selbstverständlich entschlüpfen. Jetzt bitten mich die Leute, sie hier einzuführen.«

Und von da an gedieh unser Geschäft. Wir konnten Näherinnen einstellen, und wir bezogen die Räumlichkeiten nebenan, die uns größeren Wohnkomfort boten. Das Etikett LENORE in einem Kleidungsstück war gleichbedeutend mit eleganter Mode erster Güte.

Wir fertigten Deborahs Brautkleid. Sie sah wunderschön aus, und wir wünschten ihr von Herzen Glück mit ihrem Herzog. Sie war unsere Retterin gewesen. Nein, das war die Gräfin, und sie führte uns im Laufe des Jahres weitere Kundinnen zu.

Eines Tages kam sie und verkündete: »Ich habe von Papa Mellor eine hübsche Vergütung erhalten, weil ich seine Tochter so perfekt unter die Haube gebracht habe. Aber diese Art, meinen Lebensunterhalt zu verdienen, hat mir nie so recht gefallen. Ich würde lieber Kleider verkaufen – in einem Salon wie diesem.«

»Möchten Sie sich uns anschließen?« rief ich.

»Tja, was würden Sie davon halten?«

»Wir können Ihnen gar nicht dankbar genug sein, nicht wahr, Grandmère?« Und Grandmère pflichtete mir bei.

»Ich würde Mellors Vergütung ins Geschäft stecken. Damit könnte ich Teilhaberin werden, und Sie hätten mehr Zeit für Katie.«

So wurde die Gräfin unsere Partnerin.

Nicht lange danach starb Lady Sallonger. Sie verschied ruhig im Schlaf. Ich war traurig, denn trotz ihrer Ansprüche hatte ich sie irgendwie gern gehabt. Grandmère und ich fuhren zur Beerdigung zum Haus der Seide.

Nichts konnte Cassie jetzt mehr von uns fernhalten, und sie zog schnellstens zu uns. Sie lebte sich mühelos ein, und Grandmère und ich waren beide froh über ihre und der Gräfin Unterstützung. Fünf Jahre nach der Geschäftseröffnung waren wir fest etabliert. Ich dachte oft an Philip und unsere gemeinsamen glücklichen Tage. Katie war ihm sehr ähnlich – eine ständige Erinnerung. Aber allmählich entwuchs ich dem Unglücklichsein. Ich hatte meine Tochter, Grandmère und liebe Freundinnen; überdies entpuppte ich mich als eine gute Geschäftsfrau. Ich hatte ein Gespür für gute Entwürfe und wußte den richtigen Stoff zu wählen; auch konnte ich vorausschauen und gut planen. Die Gräfin hatte uns den Weg gewiesen, und der Salon Lenore wurde eine der führenden Hofschneidereien.

Je erfolgreicher wir wurden, um so häufiger besuchte Julia unsere Vorführräume. Sie hatte sich sehr verändert. Nur die Neigung zum Dickwerden war ihr geblieben, und sie war, was man als »füllig« zu bezeichnen pflegte. Ihr Teint war gerötet, und Grandmère mutmaßte, sie habe die Gewohnheit ihres Mannes angenommen, viel zu trinken. Unser Erfolg amüsierte sie sehr. »Ich mochte es nicht glauben«, sagte sie, »alles sprach von Lenores herrlichen Modellen und Hüten ...« Auf Vorschlag der Gräfin führten wir neuerdings auch Hüte, nicht viele, nur ein paar, die zu den Kostümen paßten. »... und dabei warst es du!« Sie ließ viel Geld bei uns, denn ihr Mann war wohlhabend. Ich mußte oft an früher denken, als sie so verstimmt war über ihr Unvermögen, sich nach ihrer Einführung in die Gesellschaft einen Mann zu angeln. Die Gräfin fand, sie habe es gut getroffen. »John Grantley hat immerhin Geld, und er hält sie nicht kurz.«

Ich hätte glauben mögen, daß Julia mit dem Leben zufrieden war. Dann starb ihr Mann, und sie war eine reiche Witwe. Sie genoß ihre Freiheit offensichtlich. In ihrem eleganten Haus in der Nähe des Piccadilly gab sie Soireen. Ihre Gäste waren zumeist Politiker, unter die sich einige Bohemiens mischten: Künstler, Musiker, Schriftsteller und dergleichen. Ich war gelegentlich auch eingeladen. Zu ihren musikalischen Abenden engagierte sie bekannte Geiger oder Klavierspieler, außerdem veranstaltete sie Kartenabende und festliche Diners. Julia wurde alsbald eine der führenden Gastgeberinnen und gab weit mehr Einladungen als zu Lebzeiten ihres Mannes.

Cassie fühlte sich wohl in London. Sie arbeitete fleißig, und Grandmère sagte, sie sei ein großer Gewinn für uns. Eine Zeitlang versuchte Julia, einen Mann für Cassie zu finden – ein Vorhaben, das diese entsetzte, und da Julia immer rasch aufgab, wenn ihre Pläne nicht gleich Erfolg hatten, stellte sie ihre Bemühungen bald wieder ein.

Ich spielte nicht Karten und machte mir nichts aus einer Menge von Julias Freunden – es waren viele Spieler und Trinker unter ihnen –, aber die musikalischen Abende genoß ich. Julia merkte es und lud mich fortan nur zu solchen Veranstaltungen ein.

Katie war nun sieben Jahre alt, ein Kind mit einem sonnigen Gemüt, nicht gerade hübsch, aber mit viel Charme. Sie liebte die ganze Welt und glaubte sich von der ganzen Welt geliebt. Ich war sehr stolz auf sie. Ich las ihr jeden Abend vor dem Einschlafen vor, und danach sang ich ein Kirchenlied mit ihr, denn sie liebte Kirchenlieder. Ich legte mich neben sie, ihre Hand in der meinen.

Ich glaube, damals war ich wieder richtig glücklich, und ich dachte: Wenn es so weitergeht, kann ich zufrieden sein.

Julia hatte wieder eine Einladung zu einem musikalischen Abend geschickt. Ich zögerte, ob ich hingehen sollte, aber Grandmère meinte: »Es macht dir doch Freude! Ich an deiner

Stelle würde gehen. Und Cassie begleitet dich so gerne.« Also ging ich mit Cassie hin.

Ich werde mich immer an diesen Abend erinnern: an den eleganten Raum mit den Palmen in der Ecke, an den Flügel auf dem Podium und an Julia, die anmutige Gastgeberin in einem violetten, mit Ekrüspitze verzierten Samtkleid, das Grandmère für sie genäht hatte.

Julia hatte einem Herrn mittleren Alters aufgetragen, sich Cassies anzunehmen, die aber gern auf seine Fürsorge verzichtet hätte. Der Pianist spielte Chopin und wurde mit großem Beifall bedacht. Ich hatte seinen Vortrag sehr genossen, und als der Beifall verebbte, sah ich einen Herrn auf mich zukommen. Er war groß, sah außergewöhnlich gut aus und kam mir irgendwie bekannt vor. »Wir sind uns schon einmal begegnet«, sagte er. Da erkannte ich ihn.

»Ja«, fuhr er fort, »ich bin's, Drake Aldringham. Und Sie sind Lenore. Ich hätte Sie überall wiedererkannt, obwohl Sie sich verändert haben. Ich bin entzückt, Sie wiederzusehen.« Er nahm meine Hand und hielt sie fest. »Ich bin damals ziemlich überstürzt abgereist, erinnern Sie sich? Es blieb keine Zeit, um Lebewohl zu sagen.«

»Ich erinnere mich gut.«

Er lachte. »Es ist lange her.« Dann wurde er ernst. »Julia hat mir von Ihnen und Philip erzählt. Es tut mir so leid.«

»Und was haben Sie so getrieben?« fragte ich.

»Ich war bis vor etwa einem Jahr im Ausland. Mein Vater besitzt Beteiligungen an der Goldküste. Aber jetzt möchte ich für immer hierbleiben. In einer Nachwahl wurde ich kürzlich Parlamentsabgeordneter für Swaddingham.«

»Wie interessant.«

»Ja, und es macht mir Freude. Das habe ich mir immer gewünscht, aber meine Angehörigen meinten, ich solle zuerst ein wenig auf Reisen gehen und etwas von der Welt sehen. Vielleicht hatten sie recht. Nun ja, jetzt bin ich wieder hier.«

181

»Leben Sie in Swaddingham?«

»Ich habe ein Haus dort in meinem Wahlkreis. Ich habe aber auch eine Stadtwohnung, nicht weit von hier. Für einen Parlamentsabgeordneten sind zwei Wohnsitze erforderlich, einer bei denen, die ihn gewählt haben, und einer nahe dem Parlament. Wie ich höre, führen Sie ein erfolgreiches Modehaus.«

»Zusammen mit meiner Großmutter, Cassie – Sie erinnern sich doch an Cassie? – und der Gräfin Ballader.«

»Dann sind Sie ja jetzt tatsächlich eine bedeutende Geschäftsfrau. So etwas gibt es selten.«

»Frauen haben es immer schwer. Sie müssen doppelt so hart arbeiten wie die Männer, um gleich weit zu kommen.«

»Ungerecht, aber sicher wahr. Ich habe oft an Sie gedacht.«

»Wirklich?«

»Ja. Sie waren ja damals eigentlich die Ursache der Scherereien. Ich habe mich abscheulich benommen, einfach so abzuhauen. Ich hätte beherzt sein und dableiben sollen.«

»Wie wäre Ihnen das möglich gewesen? Sie waren Charles' Gast.«

»Es war gemein, was er getan hat. Es bringt mein Blut sogar jetzt noch in Wallung.«

»Es war fabelhaft von Ihnen, für mich einzutreten.«

»Es hat wenig genützt … nachdem die Tat begangen war.«

»Trotzdem schönen Dank!«

»Ich würde mir Ihren Salon gern einmal ansehen. Ist das erlaubt?«

»Gewiß. Wir haben öfter Herrenbesuch, allerdings meist in Gesellschaft von Damen.«

»Vielleicht könnte Julia mich mitnehmen.«

»Eine ausgezeichnete Idee.«

»Julia sagt, Sie haben eine kleine Tochter.«

»Sie ist schon sieben Jahre alt. Sie ist entzückend.« Ich merkte, wie ich strahlte – wie immer, wenn ich von Katie sprach.

»Das hätte ich von ihr auch erwartet«, sagte er und lächelte.

Julia war hinzugekommen. »Ah, Drake! Sie haben Lenore getroffen.«

»Ja, wir haben uns an frühere Zeiten erinnert.«

»Das sind uralte Kamellen.«

»So alt nun auch wieder nicht.«

»Aber Drake, damals waren wir Kinder! Kommen Sie, unterhalten Sie sich mit Roskoff. Er spielt göttlich, aber er ist nicht sehr gesellig. Bis nachher, Lenore!«

Drake lächelte mir zu und ging mit Julia davon.

Ich war richtig aufgeregt. Ich hatte aber keine Möglichkeit, ihn noch einmal zu sprechen. Cassie wollte gehen, und da wir nach Beendigung der musikalischen Darbietungen nie lange blieben, ging ich mit ihr.

»Hast du Drake Aldringham gesehen?« fragte ich sie.

»Drake Aldringham? War das nicht …«

»Ja, der, den Charles damals mit nach Hause gebracht hat. Es gab Ärger, und Drake hat ihn in den See geworfen.«

»Ich erinnere mich. Er tat es, weil Charles dich ins Mausoleum eingeschlossen hatte. Und er war heute abend da?«

»Ja. Offenbar ist er ein Freund von Julia.«

»Julia kennt so viele Leute. Früher oder später muß sie einfach jedem begegnen.«

Zu Hause erzählte ich Grandmère von der Begegnung. Sie hörte immer gerne, wie der Abend verlaufen war. »Ich war so erstaunt, ihn zu sehen«, sagte ich.

»Hast du ihn denn erkannt?«

»O ja! Er gehört zu den Leuten, die man immer erkennt. Er hat so etwas Gewisses. Weißt du noch, wie stolz Charles war, weil Drake sich herabließ, die Ferien im Haus der Seide zu verbringen? Deswegen war ja, was folgte, so schlimm.«

»Ich bin gespannt, ob du ihn wiedertriffst«, sagte Grandmère und sah mich eindringlich an.

»Er hat gesagt, er wolle vorbeikommen. Mit Julia.«

Er kam tatsächlich vorbei. Mit Julia. Grandmère und Cassie begrüßten ihn, und ich machte ihn mit der Gräfin bekannt.

»Ist es nicht komisch, Lenore hier so zu sehen?« meinte Julia. »Wer hätte das damals vor vielen Jahren gedacht?«

»Wir alle haben uns seitdem verändert«, hielt ich ihr entgegen.

»Möchten Sie Kaffee?« wandte ich mich an Drake. »Wir trinken ihn oft morgens um diese Zeit.«

»Ja bitte, und ich möchte mir gern alles ansehen.«

»Aber Drake!« rief Julia. »Sie interessieren sich doch gar nicht für Mode!«

»Aber für den Salon Lenore«, sagte er.

»Es ist wirklich fabelhaft«, bemerkte Julia, »wie sie das alles aufgebaut haben.«

»Sehr geschickt«, sagte Drake und lächelte mich an.

»Gräfin Ballader hat mich auf die Einführung in die Gesellschaft vorbereitet«, erzählte Julia.

»Die Tätigkeit habe ich jetzt aufgegeben«, erklärte ihm die Gräfin. »Das hier ist mehr nach meinem Geschmack.«

Cassie ging den Kaffee kochen.

Wir setzten uns in den Empfangsraum mit den roten Teppichen und weißen Möbeln. Die hatte die Gräfin ausgesucht. Sie meinte, der Salon benötige ein luxuriöses Ambiente.

Ich fand Drakes Blick auf mich gerichtet. Ich vermutete, daß er mich mit dem ängstlichen Mädchen verglich, das ins Mausoleum eingesperrt worden war.

»Und wie geht das Geschäft?« erkundigte sich Julia.

»Glänzend«, erwiderte die Gräfin.

»Eure Kleider sind das absolut Größte«, bemerkte Julia. »Erst gestern sprach ich mit Lady Bronson. Sie hat sich ein neues Kleid gekauft, irrtümlicherweise *kein* Lenore-Modell. Meine Güte, sie hat bald gemerkt, daß das ein Fehler war.«

»Hoffen wir«, warf die Gräfin ein, »daß sie klug genug ist, diese Torheit nicht zu wiederholen.«

»Ich möchte einen neuen Morgenrock«, sagte Julia. »Ich sehe mich nachher mal um.«

Wir unterhielten uns zwanglos. Drake erzählte uns von seinem Wohnsitz auf dem Land. »Es ist ein recht bescheidenes Landhaus. Es hat meiner Tante gehört, sie ist vor kurzem gestorben, und es ist wegen seiner Lage ideal für mich.«

»Ein Glück, daß es in Ihrem Wahlkreis liegt«, sagte ich.

»Ich hätte es nicht besser treffen können. Meine Stadtwohnung ist sehr klein. Wenn ich irgend kann, bin ich auf dem Land.«

»Es muß faszinierend sein, aktiv in der Politik tätig zu sein«, sagte ich. »Wir lesen nur in den Zeitungen darüber, während Sie an Ort und Stelle sind.«

»Ja, es hat mich immer schon fasziniert. Es war eine gute Portion Glück dabei. Ich war zufällig zur rechten Zeit am rechten Ort.«

»Zur rechten Zeit am rechten Ort sein, das ist das Geheimnis des Erfolges«, ergänzte Grandmère.

»Wann möchten Sie Ihren Morgenrock aussuchen?« fragte die Gräfin Julia.

»Warum nicht jetzt?« meinte Julia.

»Kommen Sie! Ich zeige Ihnen alles.«

Julia ging mit der Gräfin hinaus; ohne sie war mir wohler. Etwas an ihrer Haltung Drake gegenüber störte mich. Ich hatte den Eindruck, daß sie ihn und mich beobachtete, wenn wir uns unterhielten.

»Sie sind ein Liberaler«, sagte ich, als sie draußen war, »somit momentan nicht an der Macht.«

»Das werden wir bei der nächsten Wahl ändern.«

»Und dann kehrt Gladstone ins Amt zurück. Es ist das dritte Mal, nicht wahr?«

»Das vierte Mal.«

»Er ist schon ziemlich alt, nicht?«

»Aber er ist der größte Politiker unseres Jahrhunderts.«

»Die Meinung eines getreuen Anhängers! Ich glaube, jemand an höchster Stelle würde Ihnen da nicht zustimmen.«

»Meinen Sie Ihre Majestät die Königin?«

»Hab' ich nicht recht?«

»Sie ist eine Frau mit festen Vorstellungen, aber auch Vorurteilen. Leider hegt sie letztere gegen Gladstone.«

»Würde das seine Stellung als Premierminister nicht beeinträchtigen?«

»Natürlich. Ich kann nicht verstehen, warum sie so sehr gegen ihn ist.«

»Ich vermute, wir alle werden von manchen Menschen angezogen und von manchen abgestoßen.«

»Meinen Sie?«

»Ich mag die meisten Menschen, aber einige konnte ich nie ausstehen.« Ich dachte an Charles. Er war mir schon vor dem Vorfall im Mausoleum unsympathisch gewesen.

»Gladstone ist kein Höfling in dem Sinne, wie Lord Melbourne einer war. In ihrer Mädchenzeit war ihm die Königin absolut ergeben.«

»Wie später Disraeli«, fügte ich hinzu.

»Das konnte ich nie verstehen. Aber er ist sehr wortgewandt.«

»Gladstone etwa nicht?«

»Als Redner schon, als Schmeichler nicht. Gladstone ist ein großer Mann. Er würde seine politische Zukunft für das, was er für richtig hält, aufs Spiel setzen. Solche Männer sind selten.«

Seine Augen leuchteten vor Begeisterung. Sein Eifer gefiel mir. Es war ein sehr interessanter Vormittag für mich.

Grandmère bat uns, sie zu entschuldigen, sie habe etwas Wichtiges zu tun. Zu Cassie sagte sie: »Ich brauche dich.« Und so blieb ich mit Drake allein.

Wir unterhielten uns natürlich und ungezwungen. Ich erzählte ihm vom Geschäft und daß ich nicht mehr im Haus der Seide hatte bleiben wollen – eine Witwe, die ein Kind zu versorgen hat. Daß ich mich nach Unabhängigkeit gesehnt hatte und die Zeit dafür reif gewesen sei, als der Auszug ratsam schien. »Deshalb steckte ich mein Vermögen in das Unternehmen.«

Er hörte aufmerksam zu. Er stellte keine Fragen zu Philips Tod, und ich war ihm dankbar dafür. Ich erzählte ihm, wie schwer wir es am Anfang hatten und wie wir schon beinahe aufgeben wollten, als zu unserer Rettung die Gräfin erschien.

»Das Geschäft bedeutet Ihnen sehr viel, nicht wahr?« fragte er.

»Es ist unser Lebensunterhalt.«

»Aber ich denke mir, es ist mehr als das. Es verkörpert Freiheit und etwas, das Sie immer beweisen wollten.«

»Und das wäre?«

»Daß eine Frau es ebenso schaffen kann wie ein Mann.«

»Daran hatte ich nicht gedacht, aber ich schätze, Sie haben recht.«

»Ich weiß, Sie hassen Ungerechtigkeit. Sie suchen die Wahrheit. Sie wünschen sich die Vorherrschaft der strengen Logik.«

»Das ist durchaus möglich.«

»Ich teile Ihre Ansicht. Deswegen bin ich im Parlament. Ich will Gerechtigkeit für jedermann. Ich übernehme keinen Standpunkt, nur weil er allgemein anerkannt ist. Ich setze mich ein für das, was ich für richtig halte. Gladstone ist genauso. Er hat sich sehr unbeliebt gemacht, weil er sich für die irische Autonomie eingesetzt hat. Deswegen hat Salisbury bei den letzten Wahlen für die Konservativen kandidiert.«

»Ich finde das alles faszinierend«, sagte ich.

»Wir müssen uns irgendwann ausführlicher unterhalten, meinen Sie nicht auch?«

»Ja, gerne.«

»Dann ist es abgemacht.«

Julia kam wieder zu uns. »Der Morgenrock ist wahrhaft göttlich«, sagte sie. »Blaßlila mit Bändern in einem dunkleren Farbton, nicht direkt violett, eher lavendel.«

»Er steht Ihnen fabelhaft«, sagte die Gräfin. »Ich lasse ihn Ihnen zuschicken.«

»Ihr macht so ernste Gesichter«, sagte Julia, von Drake zu mir blickend. Sie schien überrascht, uns allein anzutreffen, und ich fühlte mich zu einer Erklärung bemüßigt.

»Meine Großmutter hat eine dringende Arbeit zu erledigen, und Cassie muß ihr helfen.«

»Wir hatten ein interessantes Gespräch«, sagte Drake zu ihr. »Über Politik«, fügte er hinzu.

Julia verzog das Gesicht. »Das brauchen Sie mir nicht zu sagen, ich hätte es mir denken können. Ihr Lieblingsthema, Drake. Sie reden kaum von etwas anderem.«

»Ich schätze, Sie haben recht.« Er sah mich an. »Hoffentlich habe ich Sie nicht gelangweilt.«

»Keineswegs.«

»Lenore ist immer so höflich«, sagte Julia.

»Ich bin nicht höflich, sondern ehrlich«, widersprach ich.

»Drake ist seinem Parteiführer sehr ergeben, nicht wahr, Drake?« fragte Julia.

»Aus gutem Grund«, ergänzte Drake.

»Es ist nur bedauerlich, daß manche Leute Ihre Ergebenheit nicht teilen«, meinte Julia.

»Aber viele tun es«, gab Drake zurück.

»Ich glaube, eine Menge Leute wundern sich über seine nächtlichen Abenteuer«, sagte Julia verschmitzt.

Drake wandte sich an mich: »Julia meint Gladstones Kreuzzug für die Errettung gefallener Frauen.«

»Ja«, bestätigte Julia. »Er ist nachts auf der Suche nach leichten Mädchen herumgeschlichen.«

»Um sie zu retten«, setzte Drake rasch hinzu. »Er ist ein sehr guter Mensch. Jetzt wird er allerdings langsam alt, aber vierzig Jahre lang ging er einmal wöchentlich von Piccadilly nach Soho und zum Themseufer, wo solche Frauen anzutreffen waren. Er erbot sich, sie mit zu sich nach Hause zu nehmen, er gab ihnen zu essen und ein Bett, und am nächsten Morgen sprachen er und Mrs. Gladstone mit ihnen über ihre Lebensweise und versuchten, sie zu überreden und ihnen zu helfen, ihr zu entsagen.«

»Es war eine sehr gefährliche Form von Menschenliebe«, sagte Julia. »Es gab zwangsläufig welche, die seine Motive bezweifelten.«

»Was sein Handeln nur um so nobler macht, finden Sie nicht?« wandte sich Drake an mich.

»Ja. Die Menschen sind nur allzugern bereit, andere zu verdächtigen und Ereignissen die schlimmsten Auslegungen unterzuschieben.« Ich dachte an die Blicke, die mir nach Philips mysteriösem Tod zuteil wurden.

»Lenore ist entschlossen, Sie zu unterstützen«, sagte Julia.

»Ich sage, was ich für richtig finde.«

»Nun, Drake, *ich* finde es für richtig, daß wir jetzt gehen.«

Er stand auf und reichte mir die Hand. »Es war ein interessanter Vormittag.« Er hielt meine Hand fest. *»Au revoir!«*

»Wo sind die anderen?« erkundigte sich Julia. »Wir müssen uns von ihnen verabschieden.«

Ich rief nach ihnen, sie kamen, und wir gingen mit vor die Tür, wo Julias Kutsche wartete. Während wir ihnen nachsahen, kam mir der Gedanke, daß Julia Drake gegenüber fast so etwas wie Besitzerstolz bekundet hatte. Und sie schienen sich sehr gut zu kennen. Mir fiel ein, was sie vor Jahren für ihn empfunden hatte und wie wütend sie auf mich, den Grund für seine Abreise, gewesen war. Ich dachte bei mir: Ich glaube, sie ist in ihn verliebt. Sie wirkt sanfter, verändert. Sie war vor langer Zeit schon einmal ein bißchen in ihn verliebt.

»Ein reizender Mann!« sagte die Gräfin.

»Er war schon als Jüngling sehr attraktiv«, fügte Cassie hinzu.

»Er gefällt mir«, sagte Grandmère. »Er hat so etwas Gütiges.« Sie lächelte mich zärtlich an. »Hoffentlich kommt er wieder!«

Jeden Freitagabend setzten wir uns zusammen, um über den Geschäftsgang der Woche zu diskutieren und neue Ideen zu besprechen. Die Gräfin reiste regelmäßig nach Paris. »Paris ist das Zentrum der Mode«, sagte sie immer. »Wir müssen uns dort umsehen, was es Neues gibt.«

Grandmère hatte sie einige Male begleitet. Die Gräfin verstand sich darauf, Schnitte auszusuchen, denen sie Veränderungen angedeihen lassen wollte – Verbesserungen, wie sie es nannte; Grandmère war mit der praktischen Seite befaßt und sagte, ob sich der Vorschlag verwirklichen ließ.

Ich konnte nicht mit nach Paris, weil ich Katie nicht allein lassen wollte. Grandmère wirkte nach diesen Reisen jedesmal verjüngt, zum einen, nahm ich an, weil sie in ihrem Heimatland gewesen war, und dann natürlich, weil sie sich brennend für Mode interessierte.

An einem Freitag überraschte uns die Gräfin mit folgendem Vorschlag: »Wir sollten eine Filiale in Paris eröffnen.« Wir starrten sie an. In Paris! In London ging es uns sehr gut, wir vergrößerten jedes Jahr, unser Geschäft blühte, wir waren in Hofkreisen sehr bekannt. »Ja«, fuhr die Gräfin fort, »die Mehrzahl der besten Häuser hat eine Dependance in Paris. Ich würde die meiste Zeit dort sein, bis wir sie aufgebaut haben. Ich weiß, wie man so etwas anfängt. Und wir würden unseren Kleidern hierzulande ein französisches Flair geben. ›Dieses Modell, Madam, ist gerade aus unserem Pariser Salon eingetroffen …‹ und so weiter.«

»Und die Kosten für die Eröffnung eines solchen Salons?«

»Billig wird es nicht.«

»Und wo sollen wir das Geld hernehmen?« fragte Grandmère.

»Wir nehmen es auf.«

Ich zuckte zusammen, und Grandmère erbleichte. »Niemals!« sagten wir gleichzeitig.

»Warum nicht?«

»Wer würde uns das Geld leihen?«

»Jede Bank. Wir haben unser hiesiges Geschäft als Sicherheit … ein florierendes Unternehmen.«

»Und die Zinsen für das Darlehen?«

190

»Wir würden tüchtig arbeiten müssen, um sie zu bezahlen.«

»Ich war immer dagegen, Geld aufzunehmen«, sagte Grandmère, und ich nickte zustimmend.

»Wollen Sie für immer da stehenbleiben, wo wir jetzt sind?« fragte die Gräfin.

»Es ist ein angenehmes Plätzchen, das wir uns geschaffen haben«, hielt ich ihr entgegen.

»Aber Expandieren ist das A und O erfolgreicher Unternehmen.«

»Ich glaube, für manche war es schon der Ruin.«

»Das Leben besteht nun mal aus Risiken.«

»Ich will nichts davon hören«, sagte Grandmère. Ich pflichtete ihr bei. Der Gedanke, Geld aufzunehmen, erschreckte mich.

»Wie lange würde es dauern, bis der Pariser Salon sich rentiert?« fragte ich.

»Drei, vier Jahre.«

»Und während der ganzen Zeit müßten wir die Zinsen für das Darlehen bezahlen.«

»Das würden wir schon schaffen«, sagte die Gräfin.

»Und wenn nicht?«

»Sie prophezeien Mißerfolg, bevor wir überhaupt anfangen.«

»Wir müssen den Tatsachen ins Auge sehen. Es könnte uns ruinieren, und ich muß an mein Kind denken.«

»Wenn es soweit ist, möchte ich Katie auf die Einführung in die Gesellschaft vorbereiten.«

»Unterdessen muß ich sie ernähren und kleiden und für ihre Ausbildung sorgen – und das ist für mich von allergrößter Wichtigkeit.«

»Sie haben wirklich wenig Unternehmungsgeist«, sagte die Gräfin.

»Ich nenne das Vorsicht«, erwiderte ich.

»Dann sind Sie beide gegen mich?«

Wir nickten.

»Nun, dann müssen wir die Angelegenheit vorerst zurückstellen.«

»So ist es«, sagte ich.

»Inzwischen«, sagte die Gräfin, »werde ich mich, wenn ich das nächste Mal in Paris bin, umschauen, was zu haben ist.«

»Was immer es sein mag, wir können es uns nicht leisten.«

»Man kann nie wissen«, versetzte die Gräfin.

Danach wandte sich unsere Diskussion anderen Themen zu.

Als Grandmère und ich allein waren, sprachen wir über den Vorschlag der Gräfin. »Sie hat natürlich recht«, sagte Grandmère. »Die wichtigen Häuser haben Niederlassungen in Paris. Es ist das Modezentrum und daher mit einem gewissen Prestige verbunden. Es wäre einfach wunderbar, wenn wir unsere Kleider dort verkaufen könnten. Das wäre wahrlich ein Triumph – und so gut für das hiesige Geschäft. Wir könnten uns sehr verbessern …«

»Grandmère, erwärmst du dich etwa für die Idee?« fragte ich.

»Ich erkenne die Vorteile, aber ich bin nach wie vor dagegen, Geld aufzunehmen. Lieber bleibe ich, wo wir jetzt sind, als daß ich mir Sorgen wegen eines Darlehens machen muß. Weißt du noch, wie wir angefangen haben und dachten, wir würden es nicht schaffen?«

»Das vergesse ich nie.«

»Wir haben es schön. Wir führen ein behagliches Leben. Lassen wir es dabei bewenden!«

Aber wir dachten beide fortwährend an den Vorschlag, und zuweilen kam er plötzlich wieder zur Sprache. Es beschäftigte uns sehr. Die Gräfin erging sich in sinnendem Schweigen. Ich hatte allmählich das Gefühl, daß wir uns ihrer Ansicht langsam anschlossen. Etwa eine Woche nach unserer Diskussion brachen die Gräfin und Grandmère zu einer ihrer regelmäßigen Parisreisen auf.

Begegnungen im Park

Eine der größten Segnungen unseres Aufschwungs war es, daß ich mir mehr Zeit für Katie nehmen konnte. Ich hatte eine Erzieherin für sie engagiert, Miss Price, eine sehr würdevolle Dame, die ihre Pflichten sehr ernst nahm. Aber ich entzog ihr Katie des öfteren, denn die Kleine war ebenso gerne mit mir zusammen wie ich mit ihr. Jeden Nachmittag nach dem Unterricht gingen wir zusammen spazieren. Manchmal fütterten wir die Enten im St.-James-Park, dann und wann besuchten wir die Rollschuhbahn. Katie war sehr aufgeschlossen und freundete sich rasch mit den anderen Kindern an. Es freute mich, wenn sie sich in Gesellschaft Gleichaltriger wohl fühlte.

Zwei Tage nachdem Grandmère und die Gräfin abgereist waren, saßen wir auf einer Bank, in eines dieser Gespräche vertieft, die Katie und ich oft miteinander führten und die unzählige Warums und Was enthielten. Ein Herr blieb vor uns stehen, lüftete seinen Hut und sagte: »So habe ich Sie denn gefunden.« Es war Drake Aldringham. »Ich war in Ihrem Salon«, sagte er, »und Fräulein Cassandra sagte mir, daß Sie im St.-James-Park oder hier seien. Leider war ich zuerst am falschen Ort, aber nun bin ich endlich fündig geworden.«

Ich freute mich sehr, ihn zu sehen. »Das ist Katie«, stellte ich ihm meine Tochter vor. »Katie, das ist Mr. Drake Aldringham.« Ich merkte ihm an, daß er sie niedlich fand, und das machte mich stolz.

»Uns gefällt es hier, nicht wahr, Katie?« sagte ich. »Wir kommen oft hierher.«

»Ja«, bestätigte Katie. »Grandmère ist nämlich in Frankreich«, klärte sie Drake auf.

»Sie ist mit der Gräfin in Paris«, ergänzte ich.

»Eines Tages will ich auch dorthin«, sagte Katie. »Mit Mama natürlich.«

»Natürlich«, sagte er. »Freust du dich schon darauf?«

Sie nickte. »Waren Sie schon mal dort?«

Er bejahte. Er erzählte ihr von Paris, und sie hörte gebannt zu.

Ein kleiner Junge gesellte sich zu uns. Er kam oft mit seinem Kindermädchen in den Park und spielte mit Katie. Ihr erwartungsvoller Blick sagte mir, daß sie auch jetzt mit ihm spielen wollte.

»Geh nur!« sagte ich. »Aber lauf nicht zu weit weg! Bleib, wo ich dich sehen kann, sonst komme ich dich holen.«

Sie lächelte Drake zu und lief davon.

»Ein entzückendes Kind«, sagte er.

»Es ist ein Glück für mich, daß ich sie habe.«

»Ich kann verstehen, wie Ihnen zumute ist.«

Mir waren die Tränen gekommen, und ich schämte mich, weil ich mir meine Bewegung anmerken ließ.

»Sprechen Sie nicht davon, wenn Sie nicht wollen.«

Ich schwieg ein paar Minuten. Merkwürdig, ich wollte darüber sprechen. Ich spürte, daß ich es mit Drake konnte. »Alle dachten, er habe sich umgebracht«, sagte ich. »Der Untersuchungsrichter erkannte auf Selbstmord. Ich glaube nicht daran, niemals.«

»Sie kannten ihn besser als sonst irgendwer.«

»Warum hätte er so etwas tun sollen? Wir waren so glücklich. Wir hatten gerade beschlossen, ein Haus zu kaufen. Wie kann man so glücklich sein und nur wenige Stunden danach so etwas tun? Das ist doch sinnlos!«

»Und Sie hatten keine Ahnung?«

»Nicht die geringste. Alles war so mysteriös. Meine Vermutung ist, daß ihn jemand umgebracht hat ... jemand, der es früher schon einmal versucht hat.«

Drake hörte aufmerksam zu, als ich ihm von Lorenzo erzählte, der in Philips Kleidern ausgegangen war. »Höchst merkwürdig«, sagte er.

»Man schien anzunehmen, ich wüßte etwas, das ich nicht preisgeben wollte. Darüber war ich so unglücklich. Da war nichts, gar nichts! Alles war vollkommen.«

Er drückte meine Hand.

»Verzeihen Sie«, sagte ich, »ich ließ mich fortreißen.«

»Ich hätte nicht davon anfangen sollen. Vielleicht ... eines Tages kommen Sie vielleicht darüber hinweg.«

»Das bin ich schon, bis zu einem gewissen Grade, dank Katie. Aber ... manchmal ist sie ihm so ähnlich, da kehrt die Erinnerung wieder. Ich glaube, ich werde es niemals vergessen.«

»Sicher nicht. Aber sind Sie ... einigermaßen glücklich?«

»Ja, schon. Ich habe Katie, Grandmère, gute Freundinnen ...«

»Und das Geschäft«, ergänzte er. »Sie sind mit Leib und Seele Geschäftsfrau.«

»Das ist wahr. Ein Jahr nach Philips Tod haben wir angefangen. Ich mochte in dem Haus nicht mehr leben. Es war Charles' Haus, das konnte ich nicht vergessen.«

»Natürlich.«

»Die Gräfin hat uns unschätzbare Dienste geleistet. Sie ist ein sehr liebenswerter Mensch. Ich habe wirklich großes Glück gehabt.«

»Und das gutgehende Geschäft hat ihnen sehr geholfen.«

»Es ging nicht immer gut. Wir waren so naiv, Grandmère und ich. Die Gräfin ist sehr weltgewandt, und unter ihrer Anleitung werden wir es langsam auch.«

»Werden Sie es nur nicht zu sehr«, sagte Drake.

»Das muß man aber sein, um Erfolg zu haben ... in unserer Branche wie in jeder anderen.«

»Erfolg bedeutet Ihnen sehr viel.«

»Zwangsläufig. Es bedeutet, daß ich Katie die Ausbildung ermöglichen kann, die ich mir für sie wünsche ... ihre Einführung in die Gesellschaft ... daß ich ihr jede Chance bieten kann.«

»Sie sind eine ehrgeizige Mama.«

»Ich bin ehrgeizig um ihres Glückes willen. Aber wir sprechen zu viel von mir. Erzählen Sie mir von sich und ihrem Wahlkreis und von allem, was ein Parlamentarier zu tun hat!«

Er berichtete amüsant und fesselnd. Er erzählte von den Briefen, die ihm einige Wähler geschrieben hatten. »Von einem Parlamentsabgeordneten werden übernatürliche Kräfte erwartet«, sagte er. Er sprach auch von seinen Reisen ins Ausland, schilderte das Leben in der drückenden Hitze an der Goldküste und beschrieb, wie er von der Heimkehr geträumt und, als er endlich die weißen Felsen sah, zur Verwunderung seiner Mitreisenden vor lauter Freude zu singen begonnen hatte.

So verbrachten wir eine angenehme Stunde und beobachteten Katie, die umherrannte und uns dann und wann über die Schulter zulächelte. Ich war lange nicht so glücklich gewesen. Er begleitete uns nach Hause; Katie ging zwischen uns, Drake und ich hielten sie an einer Hand. Drake sagte, die Begegnung habe ihn gefreut. »Gehen Sie täglich in den Park?« wollte er wissen.

»Ziemlich oft.«

»Ich werde nach Ihnen Ausschau halten.« Er beugte sich zu Katie hinab. »Kannst du quaken wie eine Ente?« Er machte ein Geräusch, wie Enten es von sich geben. Katie amüsierte sich köstlich. Sie fing ebenfalls zu quaken an, und quakend ging sie ins Haus.

Cassie kam mir entgegen. »Dieser Drake Aldringham war hier«, sagte sie.

»Ich weiß. Wir haben ihn im Park getroffen.«

»Ich hab' ihm gesagt, ihr seid auf jeden Fall in irgendeinem Park am Wasser zu finden.«

»Und er hat uns gefunden.«

»Er ist sehr nett«, sagte Katie. »Er kann quaken wie eine Ente.«

196

Cassie strahlte. »Ich bin froh, daß er dich gefunden hat. Er war so enttäuscht, als ich ihm sagte, du bist nicht da.«

Am nächsten Tag trafen wir Drake wieder. Ja, es wurde ihm tatsächlich zur Gewohnheit, sich mit uns im Park zu treffen.

Zwei Wochen später kehrten Grandmère und die Gräfin aus Paris zurück. Sie waren länger geblieben als gewöhnlich. Grandmère wirkte nachdenklich. Ich kannte sie so gut, und sie hatte ihre Gefühle nie verbergen können, daher wußte ich, daß etwas vorgefallen sein mußte, das sie beschäftigte. Ob es allerdings etwas Gutes oder etwas Schlechtes war, konnte ich nicht erraten.

Die Gräfin war überschwenglich wie jedesmal, wenn sie aus Paris zurückkam. »Ich habe das Richtige für uns gefunden«, sagte sie. »Ein Geschäft in der Rue Saint-Honoré ... die Lage ist ideal. Klein, aber sehr elegant.«

»Wir waren uns doch einig, daß wir das Risiko nicht eingehen können«, erinnerte ich sie.

»Ich weiß«, seufzte sie. »Zu schade! Wirklich eine einmalige Gelegenheit. Sie sollten es sehen ... ein herrliches, helles Atelier. Den Vorführraum könnte ich mir in Weiß und Gold vorstellen. Es wäre einfach ideal.«

»Bis auf eine Kleinigkeit«, sagte ich. »Wir haben das Geld nicht, und Grandmère und ich sind entschlossen, uns nicht zu verschulden.«

Die Gräfin schüttelte betrübt den Kopf, sagte aber nichts mehr.

Als ich mit Grandmère allein war, bedrängte ich sie: »Du mußt mir erzählen, was passiert ist.« Sie sah mich erstaunt an. »Ich weiß, daß etwas vorgefallen ist«, sagte ich. »Ich sehe es dir an. Also, erzähl schon!«

Sie schwieg ein paar Minuten, dann sagte sie: »Es ist einfach über mich gekommen. Ich mußte hin. Ich wollte alles wiedersehen. Ich habe die Gräfin in Paris allein gelassen und bin nach Villers-Mûre gefahren.«

»Das ist es also! Und deswegen bist du so nachdenklich?«

»Man hängt irgendwie an seinem Heimatort.«

»Natürlich. Du hast eine weite Reise auf dich genommen.«

»Ich habe sie ganz gut überstanden.«

»Und wie sah es dort aus?«

»Fast genauso wie früher. Ich fühlte mich um Jahre zurückversetzt. Ich habe dort dann auch das Grab deiner Mutter besucht.«

»Das muß traurig für dich gewesen sein.«

»Ein bißchen. Aber es war nicht so schlimm. Jemand hat einen Rosenstrauch gepflanzt. Ich hatte erwartet, das Grab vernachlässigt zu finden. Der Strauch hat mich aufgeheitert.«

»Wer hat ihn gepflanzt?«

Sie hob die Schultern und sah mich mit einem traurigen, sinnenden Ausdruck in den Augen an.

»Vielleicht war es unklug hinzufahren«, meinte ich.

»O nein … nein …« Sie wechselte das Thema. »Cassie hat mir erzählt, daß Mr. Aldringham hier war.«

»Ja. Ich treffe ihn hin und wieder im Park. Katie hat einen rechten Narren an ihm gefressen … und er an ihr.«

»Ich fand ihn damals sehr nett.«

»Ja, ich weiß.«

Sie lächelte mich an. »Ich bin froh, daß ihr euch getroffen habt.« Und hintergründig fügte sie hinzu: »Du kannst nicht ewig trauern.«

Jetzt war es an mir, das Thema zu wechseln. »Die Gräfin rechnet wohl damit, uns mit der Zeit umstimmen zu können.«

»Ich werde mich mit der Aufnahme eines Darlehens niemals einverstanden erklären.«

»Ich mich auch nicht. Daher halte ich es für Zeitverschwendung, sich in Paris nach Geschäftsräumen umzusehen.«

»Ich würde nur unter einer Bedingung zustimmen«, sagte Grandmère.

»Und die wäre?«

»Daß wir das Geld hätten. Wenn ein Mäzen in uns investieren würde ...«

»Das ist ganz unmöglich.«

»Unwahrscheinlich, aber nicht unmöglich.« Sie wurde wieder nachdenklich.

»Grandmère, was geht dir durch den Kopf?« fragte ich.

»Nichts weiter. Nur, daß das Geschäft in der Rue Saint-Honoré sehr verlockend war.«

»Denk nicht mehr daran!« sagte ich. »Hier gibt es jede Menge Arbeit für uns.«

»Ich kann's gar nicht erwarten anzufangen.« Sie gab mir einen Kuß. »Es ist schön, wieder daheim zu sein«, sagte sie.

Die Alltagsroutine war wieder eingekehrt. Katie und ich trafen Drake häufig, und ich freute mich auf die Begegnungen, die stets nach einem bestimmten Muster verliefen. Oft wartete er schon auf uns. Dann lief Katie zu ihm und gab ein leises Quaken von sich, das er erwiderte. Es war ihr Erkennungsgruß. Katie konnte sich wieder und wieder über denselben Spaß amüsieren. Sie spielte mit den anderen Kindern, während wir uns unterhielten. Wir hatten uns so viel zu sagen. Mit Drake konnte ich ganz ungezwungen reden, und ich hatte das sichere Gefühl, daß es ihm bei mir ebenso erging. Er war oft in Swaddingham. »Ich wünschte, Sie könnten das Haus sehen«, sagte er. »Es ist ein Landhaus. Anfang des 15. Jahrhunderts war es eine Herberge, später wurde es ein Privatwohnsitz, und da hat man es vergrößert. So sind nur die unteren Stockwerke reiner Tudorstil. Sollte ich jemals meinen Parlamentssitz verlieren, würde ich mich voll und ganz meinen Gutsherrenpflichten widmen.«

»Würde Ihnen das Spaß machen?« fragte ich.

»Es wäre nur die zweite Wahl.« Er sah mich ernst an. »Manchmal muß man sich mit der begnügen.«

»Das ist wahr. Zum Glück haben Sie ein zweites Eisen im Feuer.«

»Würden Sie und Katie mich wohl mal in Swaddingham besuchen?«

»Hört sich aufregend an.«

»Vielleicht können Sie auch Ihre Großmutter mitbringen.«

»Das wäre sicher sehr vergnüglich für uns.«

»Gut, dann fahren wir in den Parlamentsferien hin. Man kann hier nie wissen, ob man nicht zu einer wichtigen Abstimmung gerufen wird, deswegen eignen sich die Ferien am besten.«

»Wir erwarten Ihre Einladung.«

Ich berichtete ihm von unserem Dilemma. »Die Gräfin denkt da ganz anders als Grandmère und ich. Sie steckt voller Tatendrang, ja, sie ist fast schon eine Spielernatur. Sie möchte expandieren und ein Geschäft in Paris eröffnen.«

»Und Sie möchten das nicht? Das überrascht mich.«

»Ich möchte es sogar sehr gerne, aber ich will auf keinen Fall ein Risiko eingehen.«

»Ist es denn ein großes Risiko?«

»Ein sehr großes sogar. Die Ladenmiete in guter Lage ist sehr hoch. Dazu kommen die Kosten für die Einrichtung, und Personal müßten wir auch einstellen. Das Ganze müßte in großem Stil aufgezogen werden. Als wir unseren hiesigen Salon eröffneten, waren wir Neulinge, da konnten wir bescheiden anfangen. Das wäre jetzt nicht mehr möglich. Die Gräfin würde sagen, daß es uns mehr schade als nütze. Grandmère und ich verstehen genau, wie sie das meint. Wenn so etwas klappt, ist es wunderbar, aber wenn es schiefgeht, sind wir ruiniert. Dieses Risiko gehen Grandmère und ich nicht ein.«

»Das ist möglicherweise klug von Ihnen.«

»Wer weiß? Die Gräfin wirft uns Mangel an Unternehmungsgeist vor.«

»Besser kein Unternehmungsgeist als bankrott.«

»Sehr richtig.«

»Sie stecken also in einem Dilemma.«

»Eigentlich nicht. Grandmère und ich bleiben fest.«

»Aber mit Bedauern.«

»Stimmt. Mit Bedauern.«

Während wir uns so angeregt unterhielten, kam Julia vorüber. Sie trug ein elegantes mitternachtsblaues, mit Zobel verbrämtes Kostüm, dazu eine Art Reithut mit einer Straußenfeder, die über die Krempe fiel. Kostüm und Hut stammten aus unserem Salon, und als ich Julia so sah, war mein erster Gedanke: Grandmère ist ein Genie.

Julia riß vor Überraschung die Augen auf, doch mir kam sofort der Verdacht, daß dies nicht ihre wahre Empfindung war; irgendwie hatte ich das Gefühl, sie sei auf der Suche nach uns hierhergekommen. Freunde von ihr mußten uns zusammen gesehen und unsere Begegnungen für berichtenswert gehalten haben. Als Witwe mit Kind wurde von mir nicht erwartet, daß ich so zurückgezogen lebte wie eine ledige junge Frau, und der Umstand, daß ich mehrmals mit einem begehrenswerten Junggesellen gesehen wurde, gab gewiß zu Spekulationen Anlaß.

»Na, so was, daß ich dich hier treffe! Aber ja doch, du kommst mit Katie her. Kinder gehen gerne in den Park.« Sie setzte sich zu uns. In meinem schlichten Straßenkostüm kam ich mir neben ihrem prachtvollen Aufzug recht unscheinbar vor. »Ab und zu mache ich gerne einen kleinen Spaziergang«, fuhr sie fort. »Bewegung soll ja gesund sein. Ich habe meine Kutsche nicht weit entfernt warten lassen. Drake, ich dachte, Sie sind in Swaddingham.«

»Ich muß in ein, zwei Tagen dorthin.«

»Natürlich. Sie müssen vor der Wahl Stimmung für sich machen. Wann ist es soweit?«

»In nicht allzu ferner Zukunft.«

»Ich komme Sie unterstützen«, sagte Julia.

»Das ist nett von Ihnen.«

»Ich finde Politik faszinierend«, erklärte sie. »Man muß nur unters Volk gehen und Babys küssen, dann hat man es schon halb geschafft.«

»Ganz so einfach ist es nicht«, sagte Drake lachend. »Unsere Gegner sind vielleicht genausogut im Bewundern von Babys.«

»Armer Drake! Er arbeitet so hart«, sagte Julia und legte ihre Hand auf seinen Arm. »Er ist wirklich wunderbar.«

»Sie haben eine zu hohe Meinung von mir.«

»Ich bin sicher, sie kann nicht hoch genug sein. Sie müssen morgen abend zum Essen kommen.«

»Danke.«

Sie lächelte mich an. »Tut mir leid, daß ich dich nicht einladen kann, Lenore. Wir haben ohnehin schon so wenig Herren, und eine Frau allein …«

»Oh, ich verstehe vollkommen.«

»Du solltest wieder heiraten! Finden Sie nicht auch, Drake?«

»Ich finde, das muß Lenore selbst entscheiden.«

»Aber man kann bei solchen Angelegenheiten natürlich etwas nachhelfen.«

Ich sah auf meine Uhr und sagte, es sei Zeit zum Gehen. Ich rief nach Katie, und sie kam angerannt.

»Tag, Tante Julia.«

»Tag, mein Herzchen.« Julia küßte Katie überschwenglich.

»Du riechst gut«, sagte Katie.

»Wirklich, Schätzchen? Ihr müßt mich bald mal besuchen kommen.«

»Wann?« fragte Katie.

»Wir müssen warten, bis wir richtig eingeladen werden«, ermahnte ich sie.

»Wir sind doch gerade eingeladen worden.«

»Tante Julia wird uns sagen, wann sie uns sehen möchte.«

»Aber sie hat gesagt …«

»Wir müssen jetzt wirklich gehen«, beharrte ich.

»Natürlich«, sagte Julia. »Wir entschuldigen euch, nicht wahr, Drake?«

»Ich begleite Lenore und Katie nach Hause«, sagte Drake.

Julia zog ein Gesicht. Dann sagte sie strahlend: »Ich weiß was. Wir fahren alle in meiner Kutsche.«

Ich wollte gerade protestieren, als Katie ausrief: »O ja, bitte!« Darauf fuhren wir nach Hause.

Julia hatte mir deutlich gemacht, daß meine Zusammenkünfte mit Drake ihr mißfielen. Ich erinnerte mich, wie stark sie einst von ihm eingenommen gewesen war. Wie ich sah, war sie es immer noch.

Was Drake betraf, war ich nicht so sicher. Ich glaube aber, daß ihm die Störung nicht behagte. Katie dagegen behagte sie sehr. Sie sprach unentwegt von den Pferden und sang auf der ganzen Heimfahrt »Hoppe, hoppe, Reiter«.

Von da an trafen wir Julia öfter. Sie wußte natürlich, um welche Zeit wir im Park waren; sie fand uns mit Drake bei der Rollschuhbahn oder beim Entenfüttern.

»Ich genieße meine kleinen Spaziergänge«, sagte sie. »Die tun mir so gut. Und es macht solchen Spaß, auf bekannte Gesichter zu treffen und sich hinzusetzen, um zu plaudern.«

Sie bestimmte das Thema der Unterhaltung und lenkte das Gespräch oft auf Leute, die ich nicht kannte, so daß ich nicht mitreden konnte.

Ich hätte gerne gewußt, was Drake empfand. Er war zu höflich, um es zu zeigen, und ich fragte mich manchmal, ob er sich freute, Julia zu sehen. Er lächelte oft über ihr unzusammenhängendes Geplapper. Diesen femininen Zug an ihr fand er vielleicht attraktiv.

Sie verstand es, mich durch vorgebliche Komplimente herabzusetzen. »Natürlich, Lenore ist eine fabelhafte Geschäftsfrau. So etwas könnte ich nicht. Es muß wunderbar sein, wenn man so selbstsicher ist ... so eine großartige Geschäftsfrau, ganz wie ein Mann ... Lenore hat es nicht nötig, daß man sich um sie kümmert.«

Ich weiß nicht, warum, aber das ärgerte mich. Sie wollte damit natürlich auf ihre hilflose Weiblichkeit hinweisen, die auf das andere Geschlecht angeblich so anziehend wirkt. Die Vormittage waren mir jedenfalls verdorben, und meine bittere Enttäuschung veranlaßte mich zu versuchen, mir über meine Gefühle für Drake klarzuwerden. Ich war ausgesprochen gerne mit ihm zusammen. Ich interessierte mich brennend für alles, was er tat, und hätte gerne daran teilgenommen.

Er interessierte sich seinerseits für unser Geschäft. Die Gräfin hatte gesagt, ich dürfe nicht »Geschäft« sagen. Es heiße »Salon«. »Was besagt schon ein Name?« hatte ich gefragt.

»Ungeheuer viel«, erwiderte sie. »Ich habe ihnen schon oft gesagt, es kommt nicht darauf an, was etwas ist, sondern darauf, wofür die Leute es halten. In einem Geschäft werden Waren über die Theke verkauft. In einem Salon dagegen lassen Künstler sich herbei, ihre Werke zu verkaufen.«

»Langsam verstehe ich«, hatte ich erwidert. »Von nun an soll es ›Salon‹ heißen.«

Als ich dies Drake erzählte, war er sehr amüsiert. Er hatte sich die Schilderung, wie wir anfingen, aufmerksam angehört. Er interessierte sich sehr für alles, was ich tat. Er war gerne mit Katie zusammen, und sie war ganz offensichtlich in ihn vernarrt. Es tat mir ausgesprochen wohl, daß die Gräfin, als sie uns drei, Katie an Drakes und meiner Hand, nach Hause kommen sah, sehr angetan war. »Es sah … so passend aus«, sagte sie.

Und Grandmère hatte aus ihren Gefühlen nie ein Hehl gemacht. Ihre Meinung war offenkundig. Ich war sehr gerührt bei dem Gedanken, daß sie zeit meines Lebens nur auf mein Wohl bedacht war. Sie war untröstlich, als Philip starb; sie hatte in meiner Heirat die Verwirklichung ihrer Träume gesehen. Aber ich war nun lange Zeit ohne Philip gewesen, und sie nährte einen neuen Traum, der Drake zum Mittelpunkt hatte.

Ich konnte nicht umhin, darüber nachzudenken, wohin mein Weg mich führte. Drakes anhaltende Besuche im Park, unsere wachsende Freundschaft, das Aufleuchten in seinen Augen, wenn er uns erspähte – all das war eindeutig. Er war im Begriff, sich in mich zu verlieben. Ihm lag sehr viel daran, daß ich das Landhaus in Swaddingham besuchte. Wir sollten am ersten Wochenende nach den Parlamentsferien kommen.

Und ich? Nie würde ich Philip und die Flitterwochen in Florenz vergessen, die so tragisch endeten, und je mehr ich für Drake empfand, um so mehr mußte ich an jene Tage denken. Ich war erst nach meiner Heirat richtig erwachsen geworden. Bis dahin war ich naiv und unwissend gewesen. Damals wußte ich wenig von der Welt. Vielleicht war auch Philip ein wenig so gewesen. Wir waren wie zwei Kinder. Hätte es so mit uns weitergehen können? Ich war unvermittelt vor die tragische Wirklichkeit gestellt worden. Als ich Mutter wurde, gab es einen Menschen in meinem Dasein, der wichtiger war als ich selbst. Ich hatte den Ernst des Lebens kennengelernt, indem ich mich und mein Kind ernähren mußte, und dadurch, daß wir um ein Haar gescheitert und womöglich mittellos gewesen wären, war ich beträchtlich gereift. Die weltkluge Gräfin hatte mir eine große Menschen- kenntnis vermittelt. Ich lebte nicht mehr in der Idealwelt, die, wie ich einst glaubte, sich vor Philip und mir auftat. Es gab häßliche Dinge im Leben, die man erkennen und denen man sich stellen mußte.

Jetzt fragte ich mich, ob meine Liebe zu Philip wirklich so tief gewesen war oder ob ich sie nach seinem Tod idealisiert hatte. Hatte ich mir eingeredet, nie wieder einen Mann lieben zu können? Hatte ich Philip wirklich gekannt? War es möglich, daß es in seinem Dasein ein dunkles Geheimnis gab und er sich lieber das Leben nahm, als zuzulassen, daß es ans Licht käme? Nein, das konnte ich nicht glauben. Philip war gut, aufrichtig und so unschuldig gewesen wie ich. Warum war es aber dann geschehen? Und wenn er sich nicht erschossen hatte, wer hatte es dann getan, und warum? Es gab nur diese Schlußfolgerung: Entweder hatte Philip sich selbst erschossen, oder jemand an- ders hatte es getan. Und im einen wie im anderen Fall mußte es in seinem Leben ein dunkles Geheimnis gegeben haben, von dem ich nichts ahnte.

Ich hatte Philip geliebt, aber hatte ich ihn wirklich gekannt? Bei ihm hatte ich erfahren, was Liebe zwischen Mann und Frau bedeutet. Unsere Beziehung war zärtlich-romantisch gewesen. Aber er war tot. Vielleicht war es an der Zeit aufzuhören, um ihn zu trauern. Durch die Begegnungen mit Drake wurde mir allmählich klar, daß ich nicht für ein Nonnenleben geschaffen war. Sah ich ihn auf mich zukommen, war ich froh. Ich versuchte ihn sachlich zu sehen: ein hochgewachsener, unaufdringlich gut gekleideter Mann. Schon als Jüngling hatte er vornehm gewirkt, und das kam jetzt noch stärker zum Ausdruck. Ich bewunderte ihn sehr, es machte mich glücklich, dicht neben ihm zu sitzen, und ich fand es schön, wenn er meine Hand berührte. Ja, ich fühlte mich zu ihm hingezogen; die Tage, an denen wir uns nicht sahen, waren fade. Ich sah dem Wochenende in Swaddingham mit einer Vorfreude entgegen, die Katies Jubel in nichts nachstand.

Wenn Julia den Salon besuchte, fuhr sie stets stilvoll in ihrer Kalesche vor, mit dem servilen Kutscher und dem nicht minder beflissenen kleinen Pagen. Mir graute törichterweise vor ihren Besuchen. Sie war eine gute Kundin mit einem Faible für Kleider. Sie war im Gegensatz zu der Julia unserer Kindheit sehr großzügig. Damals hatte sie ihre Wutanfälle gehabt, und sie war immer selbstsüchtig gewesen, jedoch hatte ihr dieses übersteigerte Selbstvertrauen gefehlt, das ihr der Status als reiche Witwe verlieh.

Die Gräfin begrüßte sie jedesmal überschwenglich. »Ich bin so froh, daß Sie hereinschauen. Gerade sagte ich zu Madame Cleremont, das burgunderrote Samtkleid sei wie geschaffen für Sie, und ehe wir es einer anderen Kundin zeigen, müßten Sie es unbedingt sehen.« Darauf bugsierte sie Julia in den Vorführraum, wo sich die Gräfin mit »Na, na« und »Tz, tz« über Julias zunehmenden Taillenumfang mokierte. Das burgunderrote

Kleid paßte, aber nur knapp. »Mein liebes Kind«, die Gräfin verfiel oft in den vertraulichen Ton aus der Zeit von Julias Einführung in die Gesellschaft, »Sie müssen diesen Hang zum Essen aufgeben.« Dann kicherte Julia. In Gesellschaft der Gräfin wurde sie fast wieder ein junges Mädchen. Natürlich kaufte sie das Kleid, wie es die Gräfin beabsichtigt hatte. Danach kam sie zu mir. »Charles will heiraten«, eröffnete sie mir.

»Ach, wirklich?«

»Es wird höchste Zeit. *Un mariage de convenance,* du weißt schon. Wie ich höre, geht es der Firma Sallonger im Moment nicht so gut. Charles ist nicht wie Philip. Er braucht Geld und verschafft es sich. Sie ist etwas älter als er und nicht gerade die schönste Frau der Welt, aber, meine Liebe, sie ist Goldes wert.«

»Hoffentlich geht es gut.«

»Sie bekommt, was sie sich wünscht, nämlich einen Mann, und er wandelt weiter auf Liebespfaden. Ich habe einmal zu ihm gesagt, er sei ein ruchloser Schürzenjäger. Er hat mich einfach ausgelacht und gemeint: ›Wer hätte gedacht, daß du das merkst, Schwesterchen!‹«

»Vielleicht wird er jetzt solide.«

»Charles? Glaubst du das wirklich? Ich wünschte, ich könnte einen Mann für Cassie finden.«

»Cassie fühlt sich ganz wohl.«

»Du wirst wahrscheinlich zur Hochzeit eingeladen.« Ich antwortete nicht, und sie fuhr fort: »Du siehst Drake Aldringham ziemlich oft, nicht?«

»Wir treffen uns im Park, wie du weißt. Du bist ja oft genug dabei.«

»Du mußt wissen, er ist ein Mann von Welt.«

»Ja, das ist anzunehmen.«

»In gewisser Weise ist er ein bißchen wie Charles.«

»Wie Charles?«

»Na ja, die Männer sind fast alle gleich … in einem Punkt.«

Ich starrte sie verwundert an.

»Was Frauen betrifft, meine ich. Ich kenne ihn sehr gut, und du bist trotz allem – gutgehendes Geschäft hin oder her – in manchen Dingen ein bißchen naiv.«

»Ich weiß nicht, worauf du hinauswillst.«

Sie lachte. »Nein? Drake ist ein sehr guter Freund von mir, ein *sehr nahestehender* Freund. Um genau zu sein … aber lassen wir das. Findest du, daß mir das burgunderrote Samtkleid wirklich steht? Ich wünschte, die Gräfin würde nicht dauernd über mein Gewicht mäkeln.« Sie sah mich hinterhältig an. »Manchen Leuten gefällt es. Sie sagen, es sei appetitlich … und fraulich. Ich glaube nicht, daß die Männer solche Bohnenstangen wirklich mögen.«

Sie sah mich ein wenig verächtlich an. Es stimmte, ich war sehr schlank. Grandmère meinte, ich äße zu wenig.

Ich war froh, als Julia ging. Ich ließ mir ihre Worte durch den Kopf gehen. Es widerstrebte mir, in ihr eine Rivalin zu sehen. Aber unsere Begegnungen im Park mißfielen ihr; es war ihr sehr daran gelegen gewesen, mir zu sagen, daß Drake *ihr* Freund sei, ihr *nahestehender* Freund, wie sie betont hatte. Was meinte sie damit? Und wollte sie mich warnen, indem sie Drake mit Charles verglich?

Ich glaubte, Julia sei eifersüchtig, und ich erinnerte mich ihrer Wut vor langer Zeit, als Drake nach dem Streit mit Charles abgereist war, und alles meinetwegen.

Einige Tage später bemerkte ich den Herrn im Park zum erstenmal. Er saß auf einer Bank in der Nähe derjenigen, auf der wir uns niedergelassen hatten. Jedesmal, wenn ich zu ihm hinsah, schien er in meine Richtung zu blicken. Ich glaubte, ihn schon einmal gesehen zu haben. Er war mittelgroß und hatte dunkle, an den Schläfen ergraute Haare. Er mochte etwas über vierzig Jahre alt sein und wirkte fremdländisch-elegant. Sowohl der Schnitt seiner Kleidung als auch sein Aussehen ließen mich vermuten, daß er kein Engländer war.

Julia saß wie gewöhnlich bei uns. Katie spielte fröhlich. Drake, der vor Julias Ankunft angeregt geplaudert hatte, war schweigsam geworden. Ich hatte schon erwogen, ob ich, da meine Freundschaft mit Drake Julia so mißfiel und sie sich uns ständig anschloß, nicht einen Vorwand finden sollte, um nicht mehr zu kommen. Cassie wäre nur zu gerne mit Katie in den Park gegangen.

Am folgenden Tag sah ich den Herrn wieder. Er schien mich eindringlich zu beobachten. Es hätte Einbildung sein können, wäre es Julia nicht auch aufgefallen. »Ich glaube gar, Lenore hat einen Verehrer!« sagte sie.

»Was?« fragte Drake.

»Da drüben, der nicht mehr ganz junge Herr. Er kann seine Augen kaum von ihr wenden. Ich habe ihn gestern schon hier gesehen. Lenore, hast du einen heimlichen Liebhaber?«

»Ich habe keine Ahnung, wer er ist«, sagte ich.

»Er starrt dich geradezu verzückt an.«

»So ein Unsinn! Ich bin sicher, er bemerkt uns gar nicht.«

»*Uns* nicht, meine Liebe, aber dich.«

Ich wollte fort. »Ich muß heute zeitig zurück«, sagte ich. »Katie!« Katie war enttäuscht, weil sie vom Spielen fortgerufen wurde, aber sie war von so fröhlichem, sonnigem Wesen, daß sie nie schmollte. »Komm!« sagte ich.

Drake erhob sich zum Gehen.

»Sie brauchen nicht mitzukommen, wenn Sie lieber bleiben möchten«, sagte ich.

Julia legte ihre Hand auf Drakes Arm. »Wir bleiben noch ein Weilchen sitzen, und dann möchte ich, daß Sie zum Mittagessen kommen, Drake. Wir sind nur eine kleine Gesellschaft. Ich rechne mit Ihnen.«

Ich wartete nicht ab, was er antworten würde. Ich nahm Katie bei der Hand und zog sie eilig fort. Sie rief: »Sieh mal, das Entchen, Mama! Es plustert sich auf. Ich glaub', es ist wütend. Vielleicht hat es Hunger. Schade, daß ich kein Brot dabeihabe.«

»Nächstes Mal bringen wir welches mit«, versprach ich.

»Du hast ja ein ganz rotes Gesicht«, sagte sie. »Bist du wütend?«

»Überhaupt nicht.«

»Nicht auf Tante Julia?«

»Nein.«

»Dann auf Onkel Quak-Quak.«

»Nein, Schätzchen, ich bin kein bißchen wütend.«

»Du siehst aber wütend aus.«

»Nein, ich hab's bloß eilig.«

Ich hörte Schritte hinter uns und dachte einen Augenblick, Drake käme uns nach. Ich blickte über die Schulter. Es war der Herr, der mich beobachtet hatte. Ein leichtes Unbehagen beschlich mich. Ich war heute überempfindlich. Natürlich verfolgte er mich nicht. Warum sollte er? Wir verließen den Park und überquerten die Straße. Wir bogen um die Ecke. Ich blickte zurück. Der Herr war immer noch hinter uns. Als wir ins Haus gingen, wechselte er gemächlich auf die andere Straßenseite.

Im kommenden Jahr sollten Wahlen stattfinden. Alle meinten, Gladstone werde sich wohl nun zur Ruhe setzen müssen – mit zweiundachtzig Jahren sei er gewiß nicht mehr im rechten Alter, um das Land zu regieren.

Drake war angesichts der bevorstehenden Wahlen sehr aufgeregt und glaubte, daß die Liberalen eine reelle Chance hätten. Gladstone war trotz seines hohen Alters beim Volk beliebt. Die Leute nannten ihn den »großen alten Mann«. Und der große alte Mann wollte nicht aufgeben.

Da Drake sehr beschäftigt war, sah ich ihn nicht mehr so oft. Es wurde allmählich zu kalt, um im Park zu sitzen. Ich ging mit Katie dort nur noch spazieren, und Julia erschien nicht mehr, weil Drake in Swaddingham zu tun hatte.

Die Wochenendeinladung mußte verschoben werden – aber nur auf kurze Zeit, hatte Drake versichert.

Charles heiratete im Herbst. Ich hatte eine Einladung erhalten und wollte absagen, aber Cassie mußte natürlich an der Hochzeit ihres Bruders teilnehmen und bat mich, sie zu begleiten. Wir hatten das Brautkleid geschneidert, und die Gräfin war ebenfalls eingeladen.

Die aufwendige Trauungsfeier fand in der St.-George-Kirche am Hanover Square statt. Anschließend gab es im »Claridge« einen Empfang. Charles wirkte sehr selbstzufrieden, die Braut machte einen glücklichen Eindruck. Ihr Brautkleid war erlesen, und die Gräfin betrachtete sie mit glitzernden Augen; vermutlich überschlug sie, wie viele Aufträge uns das einbringen würde.

Julia sah blendend aus. Sie sprach kurz mit uns. »Du bist die nächste«, sagte sie zu Cassie.

»Darauf lege ich keinen Wert«, gab Cassie prompt zurück.

»Wenn du dich so beharrlich an den Ledigenstand klammerst, wird sich niemand die Mühe machen, dich daraus zu befreien«, warnte Julia.

»Ich bin mit meinem Stand sehr zufrieden.«

»Nichts eignet sich besser als eine Heirat, um zwei Parteien zufriedenzustellen … so wie heute«, bemerkte Julia.

»Hoffentlich werden sie glücklich«, sagte ich.

»Das werden sie, wenn sie vernünftig sind. Ihr lag daran, einen Mann zu finden, und Charles braucht dringend eine Frau. Fräulein Geldsack ist die Erhörung seiner Gebete.« Sie lachte mich an. »Jetzt bist du schockiert. Du läßt dich wirklich leicht aus der Fassung bringen.« Sie sah sich um. »Drake ist nicht hier. Er war wohl nicht eingeladen. Charles vergißt alte Wunden nicht so leicht. Ich hab' zu ihm gesagt, er sei rachsüchtig. Immerhin, wie viele Jahre sind es her, seit Drake ihn in den See geworfen hat?«

»Ich nehme an, Drake konnte nicht kommen, weil er zu viel zu tun hat«, sagte Cassie. »Er muß an die Wahlen denken.«

»Wähler sehen es bekanntlich gerne, wenn ihre Abgeordneten verheiratet sind«, sagte Julia. »Ein Abgeordneter ist sehr beschäftigt. Er braucht eine Frau.« Sie sah mich abschätzend an. »Das muß ich ihm sagen. Ich weiß genau die richtige für ihn.

Eine, die sich in der Welt auskennt und genug Geld hat, um üppige Einladungen zu geben, eine, die mitreden und ihn begleiten kann und gut aussieht.«

Ich antwortete nicht.

»Er wird es einsehen«, fuhr sie fort. »Ehrlich gesagt, ich glaube, er hat selbst schon daran gedacht, und mit meiner Hilfe wird er die richtige Frau finden.«

»Hoffen wir um seinetwillen, daß seine Wahl die richtige trifft«, sagte ich.

»Ich denke an eine Frau, die ihm zur Seite steht. Drake ist sehr empfindsam. Er gehört nicht zu der Sorte Männer, die sich in die erstbeste vergaffen. Drake wird sich wohlüberlegt verlieben.«

»Wie klug«, sagte ich.

»O ja, Drake *ist* klug. Seine Karriere ist ihm das wichtigste im Leben. Es würde mich nicht wundern, wenn er davon träumte, in die Fußstapfen des guten alten Gladstone zu treten. Oh, natürlich jetzt noch nicht. Der große alte Mann ist anscheinend noch nicht am Ende, und es gilt, viele Trittsteine zu überwinden. Aber Drake wird die Augen immer offenhalten, um die große Chance zu erkennen. Du wirst sehen, er wird eine Frau mit gastgeberischen Qualitäten heiraten – und etwas Geld wird ihm auch nicht ungelegen kommen.«

»Mir würde es widerstreben, einen Freund für so berechnend zu halten.«

»Du hast mich mißverstanden. Wann habe ich gesagt, er ist berechnend? Ich nenne das Klugheit. Nimm Disraeli: Das war ein kluger Mann. Er hat seine Mary Anne wegen ihres Geldes geheiratet. Er brauchte das Geld. Wenn einer wie Disraeli den rutschigen Pfad erklimmen will, muß er über genug Geld verfügen, um sich, oben angekommen, auch dort zu halten. Unser glückliches Paar wird bald in die Flitterwochen nach Florenz aufbrechen. Warum machen alle Leute ihre Hochzeitsreise nach Italien?«

Ich war in Gedanken wieder in Florenz und spazierte am Arno entlang. Ich erlebte noch einmal den Abend, als Lorenzo verschwunden war.

»Italien gehört zu den schönsten Ländern der Welt«, sagte Cassie. »Deswegen eignet es sich so gut für Hochzeitsreisen. Die herrlichen Kunstwerke ... Es muß prachtvoll sein.«

»Charles dürfte sich nicht für Kunst interessieren. Er wird nur seinen Gewinn zählen, und seine Braut wird sich sagen, welch ein Glück es für sie ist, daß sie sich mit Papas Geld so einen stattlichen Ehemann kaufen konnte.«

Ich sah Cassie an. »Ich möchte jetzt gehen«, sagte ich.

»Ihr müßt den Brautleuten winken, wenn sie in die Flitterwochen fahren«, belehrte uns Julia. »Es gehört sich nicht, vorher zu gehen. Es dauert nicht mehr lange.«

Cassie sagte: »Ich möchte sie in ihrem purpurnen Reisekostüm sehen. Es ist wirklich schön.«

»Komisch, daß ihr einer der führenden Londoner Modesalons geworden seid.«

»Das haben wir dem Talent meiner Großmutter und dem kaufmännischen Verstand der Gräfin zu verdanken.«

»Aber der Salon führt deinen Namen, und ich glaube, du bist sehr stolz darauf.«

»Natürlich bin ich das.«

»Es wird wundervoll, wenn wir nach Paris gehen«, sagte Cassie.

»Das werden wir nicht«, entgegnete ich scharf. »Dafür haben wir kein Geld.«

»Deine Großmutter findet, wir sollen es tun, und die Gräfin denkt dasselbe. Und du willst es doch auch, oder, Lenore? Ich hab' deine Augen bei dem Gedanken an das Geschäft in der Rue Saint-Honoré funkeln sehen.«

»Nach Paris!« rief Julia aus. »Das wäre phantastisch! Wir würden alle zum Einkaufen rüberflitzen.«

»Den Salon in London würden wir trotzdem behalten.«

»Oh, aber ein in Paris gekauftes Kleid ist etwas Besonderes.

213

Selbst wenn es genau dasselbe wäre wie ein hier gekauftes, man hätte das Gefühl, daß es etwas anderes ist. Es hätte eben Pariser Flair.«

Cassie und ich sahen uns an. Das waren fast genau die Worte der Gräfin.

Julia lachte. »Wißt ihr, ich bin überzeugt, ihr werdet den Pariser Salon bekommen, weil ihr so entschlossen seid. Es wird sich irgendwie ergeben. Ihr werdet schon sehen.«

»Wäre das nicht wundervoll?« meinte Cassie.

»Seht mal!« rief Julia. »Ich hatte gar nicht gemerkt, daß die Braut verschwunden ist, und nun ist sie reisefertig. Das Kostüm ist fabelhaft. Es macht sie sogar hübsch. Die silbergrauen Rüschen an Hals und Ärmeln sind einfach genial.«

Der Aufbruch der Neuvermählten verursachte große Aufregung. Endlich fuhr die Kutsche ab, und ich sagte zu Cassie: »Jetzt können wir gehen.«

Ich erhielt einen Brief von Drake. Er arbeite angestrengt in seinem Wahlkreis, schrieb er, es gebe viel zu tun. Er vermisse unsere Begegnungen im Park. Was ich davon hielte, das Weihnachtsfest mit Katie, Cassie und meiner Großmutter – und der Gräfin, falls sie mitkommen wolle – in Swaddingham zu verbringen?

Wir waren alle begeistert, aber die Gräfin hatte schon eine Einladung ins Landhaus der Mellors angenommen. Grandmère, Cassie, Katie und ich wollten ohne sie fahren. Ich freute mich auf das Landhaus in Swaddingham. Die Zusammenkünfte im Park lagen schon so weit zurück, und mir war mit jedem Tag klarer geworden, wie sehr ich sie vermißte.

»Wir sind auch ohne die Gräfin eine recht ansehnliche Gesellschaft«, sagte ich. »Ich bin gespannt, ob noch andere Gäste da sind.«

»Ohne Anstandsdame hätten Sie kaum eingeladen werden können«, sagte die Gräfin. »Und das konnte nur Madame Cleremont

214

sein. Und ohne Katie würden Sie nicht fahren – aber dann wäre Cassie ganz allein gewesen, und das ginge natürlich nicht. Das hat er als rücksichtsvoller Gentleman bedacht und gleich die ganze Korona eingeladen. Sie brauchen für den Anlaß ein neues Kleid, Lenore.«

»Daran habe ich auch schon gedacht«, sagte Grandmère. »Scharlachroter Samt wäre hübsch.« Sie sah die Gräfin an, die beifällig nickte. Sie wechselten verstohlene Blicke. Ich kannte die beiden gut genug und wußte, was sie erwarteten. Es betraf natürlich Drake und mich.

Katie und ich gingen in den Park. Sie hielt einen bunten Ball im Arm, an dem sie große Freude hatte. Sie mußte warten, bis wir im Park waren, bevor sie ihn hüpfen lassen konnte, und kaum waren wir dort, spielte sie begeistert mit ihm. Sie trällerte ein Liedchen vor sich hin, sie lachte, sie lächelte und stieß einen gespielten leisen Verzweiflungsschrei aus, wenn es ihr nicht gelang, den Ball aufzufangen.

Ich dachte sehnsüchtig an die Tage, als es warm genug gewesen war, um sich hinzusetzen. Jetzt waren nicht mehr so viele Kinder hier. Auf den Bänken saßen keine strickenden oder miteinander über ihre Schutzbefohlenen plaudernden Kindermädchen mehr. Ich dachte an Weihnachten. Grandmère hatte alle Hände voll mit dem roten Samtkleid zu tun. Es sollte meine Vorzüge aufs beste zur Geltung bringen.

Ich freute mich sehr auf den Besuch in Swaddingham, denn Drake fehlte mir mehr, als ich gedacht hatte. Ich konnte mir durchaus vorstellen, seine Begeisterung für die Politik mit ihm zu teilen. Und der Salon? Meinen Anteil daran würde ich natürlich behalten. Ich hatte das Gefühl, daß Drake mir Weihnachten einen Heiratsantrag machen würde. Und wenn meine Vorahnung sich erfüllte, würde ich ja sagen? Es würde mich glücklich machen. Ich hatte Philips Tod zwar noch nicht ganz verwunden, doch ich wußte auch, daß es nichts half, ewig über ihn nachzugrübeln. Ich brauchte einen Neubeginn, und Drake, in den ich längst schon ein bißchen verliebt war, war der richtige Mann, um ihn mir zu ermöglichen.

Katie stieß einen Entsetzensschrei aus. Sie hatte ihren Ball zu hoch hüpfen lassen, und er war über einen niedrigen Eisenzaun geflogen, der Rosensträucher einfriedete, die sogar um diese Jahreszeit noch vereinzelt Blüten trugen. Ich lief zu Katie, aber ein Herr war mir zuvorgekommen. Er beugte sich über den Zaun und barg den Ball mit seinem Spazierstock. Katie stellte sich neben ihn und hopste freudestrahlend auf und ab, als sie sah, daß er ihren Ball zurückholte. Der Herr hatte den Ball mit dem Handgriff seines Stockes angehoben und zu sich herangezogen; dann hob er ihn auf und reichte ihn Katie mit einer Verbeugung.

»Oh, danke schön!« rief sie. »Sie sind aber geschickt. So ein schöner Stock. Kann man damit zaubern?«

»Zaubern? Wer weiß?« Er sprach mit ausländischem Akzent.

Katie sah ihn dankbar an. Dann wandte sie sich an mich: »Ich hab' meinen Ball wieder, Mama.«

Der Herr drehte sich zu mir um. Mein Herzschlag setzte einen Moment aus. Es war der Mann, der mir schon früher aufgefallen war, derselbe, der mich zu beobachten schien. Ich stammelte: »Das war sehr nett von Ihnen, vielen Dank!« Katie hopste weiter auf und ab, während er mich forschend ansah. Ich hatte das unbestimmte Gefühl, daß dies kein zufälliges Zusammentreffen war. »Ich glaube, ich habe Sie schon mal hier im Park gesehen«, sagte ich.

»Ja, ich komme öfter her. Welche *bonne chance,* daß ich da war, als der Ball über den Zaun flog.«

»Der Meinung ist meine Tochter gewiß auch.«

»Sie ist ganz bezaubernd.«

»Ich bin Ihnen wirklich sehr verbunden. Sie wäre über den Verlust ihres Balls sehr unglücklich gewesen. Komm, Katie. Du solltest ihn vielleicht nicht so nahe am Zaun hüpfen lassen.«

Katie hielt mit einer Hand den geliebten Ball fest und faßte meine mit der anderen.

»Nochmals vielen Dank!« sagte ich zu dem Herrn. »Guten Tag!« Er nahm seinen Hut ab und verbeugte sich barhäuptig, wobei der Wind seine ergrauenden Haare zauste. Als ich weiterging, spürte ich, daß sein Blick mir folgte. Seinem Akzent nach hielt ich ihn für einen Franzosen; zudem hatte er verbindliche Manieren.

Katie sprach unaufhörlich von ihm. »Der Mann war aber lustig.«

»Lustig?«

»Er hat so lustig geredet.«

»Weil er Ausländer ist. Aber das mit dem Ball hat er fein gemacht.«

»Ja«, stimmte Katie mir zu. »Er hat ihn mit seinem Stock geholt. Das war ein netter Mann.«

Zu Hause erzählte Katie Grandmère von dem Mann, der ihr den Ball wieder geholt hatte.

»Das war aber nett von ihm«, fand Grandmère.

»Es war ein Ausländer. Er hat wie du gesprochen, Grandmère … ein bißchen wie du. Er hat *bonne chance* gesagt statt: ein Glück.«

»Ah, ein Franzose«, sagte Grandmère.

»Er war sehr höflich und charmant«, berichtete ich ihr.

»Selbstverständlich«, sagte sie.

Zwei Tage vor Heiligabend kamen wir in Swaddingham an. Drake holte uns am Bahnhof ab. Er war hoch erfreut, uns zu sehen. Katie konnte sich nicht stillhalten, so aufgeregt war sie. Grandmère war ruhiger als gewöhnlich, aber ihr Gesicht sah ungeheuer zufrieden aus.

»Hoffentlich gefällt ihnen mein Landhaus«, sagte Drake. »Ich weiß es immer mehr zu schätzen. Meine Schwester Isabel und ihr Mann, Harry Denton, sind über Weihnachten hier. Isabel meint, ich brauche eine Gastgeberin, und hat sich erboten, die

Rolle zu übernehmen. Sie werden sie gewiß mögen. Sie brennt darauf, die berühmte Lenore und natürlich Sie alle kennenzulernen, Katie nicht zu vergessen.«

Katie schenkte ihm ein strahlendes Lächeln und hopste auf ihrem Sitz auf und ab. Sie sagte: »Kutschenfahren macht Spaß. Ich mag Pferde.«

»Wir sollten dir das Reiten beibringen«, meinte Drake.

»O ja ... ja!«

»Reiten ist in London nicht ganz einfach«, wandte ich ein.

»Aber hier.« Er lächelte mich an, und ich war glücklich.

Von dem Haus war ich begeistert. Der Tudorstil überwog: schwarze Balken mit weißgetünchten Feldern dazwischen. Der obere Teil ragte in Breite und Tiefe über das Erdgeschoß hinaus. Drake hatte angehalten. Er blieb einige Sekunden sitzen und beobachtete, welchen Eindruck das Haus auf mich machte. Ich wandte mich ihm lächelnd zu. »Es ist wunderbar. Ich könnte mich tatsächlich um dreihundert Jahre zurückversetzt fühlen.«

»So wirkt es auf jeden. Isabel beklagt sich über die unbequeme Küche und so weiter. Aber ich möchte es kein bißchen verändern. Ich bin so froh, daß es Ihnen gefällt.« Er sprang ab und half uns beim Aussteigen.

Die große Eichentür ging auf, und eine Frau trat heraus. Sie hatte einen frischen Teint und sah Drake so ähnlich, daß ich gleich wußte, es handelte sich um seine Schwester Isabel. Sie lächelte herzlich.

»Willkommen«, sagte sie. »Es freut mich sehr, Sie endlich kennenzulernen. Treten Sie ein!« Wir gingen in die Halle, die eine hohe, gewölbte Decke hatte. In dem riesigen Kamin flackerte ein Feuer. »Ist Ihnen kalt? Sind Sie hungrig?« fragte sie. »Ah, da ist mein Mann, komm! Ich stelle dich unseren Gästen vor.«

Harry Denton erwies sich als ein Mann von Mitte Dreißig. Er war von charmantem, unbeschwertem Wesen, und ich mochte ihn auf Anhieb gut leiden – genau wie ich Drakes Schwester sofort gern gehabt hatte. Ich hatte das Gefühl, es würde ein sehr fröhliches Weihnachtsfest werden.

Isabel bestand darauf, daß wir zum Aufwärmen einen Becher »heiße Oma« tranken, Kakao mit Rum. »Danach können Sie auf Ihre Zimmer gehen.«

»Oma?« rief Katie. »Wie kann man eine Oma *trinken*?«

»Abwarten«, meinte Isabel.

Ich sagte, Katie solle ihren Kakao lieber ohne Rum nehmen. Sie war ganz aus dem Häuschen. Sie befand sich bei sehr aufregenden Leuten, die quaken konnten, und nun tranken sie auch noch eine Oma! »Das ist aber ein komisches Haus«, rief sie.

»Herzchen, es ist ein wunderbares Haus«, wies ich sie zurecht.

»Schon … aber komisch.«

Isabel zeigte uns unsere Zimmer. Wir stiegen eine solide Eichentreppe hinauf. Drake erzählte uns, daß die Treppe für den Besuch des Königs eingebaut worden war; König Heinrich VIII. hatte tatsächlich zwei Nächte in dem Haus gewohnt. Damals war das Gebäude von einem verfallenen altenglischen Wohnsitz in ein Tudorhaus umgebaut worden. Auf einer Seite des Treppengeländers war die Rose der Tudors eingeschnitzt, auf der anderen die Lilie, das königliche Wappen Frankreichs.

Wir kamen an einen Absatz. Hier lagen unsere Schlafzimmer – je ein kleines für Grandmère und Cassie und für Katie und mich ein viel größeres mit einer hohen Decke und Fenstern mit in Blei gefaßten Scheiben, die auf einen Garten hinausgingen.

»Schlafen wir hier?« flüsterte Katie ehrfürchtig, und ich bejahte. Wir waren kaum eingetreten, als uns heißes Wasser gebracht wurde.

»Könnten Sie in einer halben Stunde unten sein?« fragte Isabel. »Bis dahin können Sie sich frisch machen und vielleicht auspakken.« Sie lächelte mich an. »Wie froh bin ich, daß ich Sie endlich kennenlerne! Drake hat so viel von Ihnen erzählt.«

»Sind Sie oft hier?« fragte ich.

»Ja. Seit Drake im Parlament ist. Er braucht hier eine Hausfrau.

Harry und ich sind gerne hier. Ich habe meine Kindheit in diesem Gebäude verbracht. Es gelangte kurz nach dem Umbau in den Besitz der Familie Aldringham. Da können Sie sich denken, wie wir daran hängen.«

»Das kann ich gut verstehen.«

»Ich würde Sie gerne herumführen, aber ich denke, daß Drake das selber übernehmen möchte. Er ist so stolz auf das alte Haus. Es hat eine bewegte Geschichte. Karl I. hat in einem der Zimmer gewohnt, als er von Cromwells Mannen verfolgt wurde. Er war natürlich in vielen Häusern ... aber wir halten sein Zimmer in Ehren. Wir benutzen es nie. Es ist noch genau so, wie es war, als er darin schlief.«

»Es muß wunderbar sein, einer solchen Familie anzugehören.«

»Jeder gehört zu seiner Familie, nicht? In der Halle ist ein Familienstammbaum. Den muß ich Ihnen zeigen. Er reicht bis ins 16. Jahrhundert zurück. Holen Sie die anderen, wenn Sie fertig sind, und kommen Sie in die Halle hinunter!«

Katie hatte aufmerksam zugehört. »Was sind Cromwells Mannen?« fragte sie.

»Das erkläre ich dir später«, sagte ich. »Es ist eine lange Geschichte, und jetzt ist dazu keine Zeit.«

»Kommen sie uns verfolgen ... wie diesen ersten Mann?«

Ich lachte. »Niemand kommt uns verfolgen. Das war alles vor langer Zeit.«

Unten in der Halle wartete Isabel auf uns. Das Essen werde in etwa zehn Minuten serviert, sagte sie. Ich erfuhr, daß Harry etwa fünfzig Kilometer von Swaddingham entfernt ein ziemlich großes Gut besaß. Er hatte einen guten Verwalter, deswegen konnte er unbesorgt fort. »So können wir jederzeit herkommen, wenn Drake uns braucht«, erklärte Isabel. »Er muß jetzt öfter Gesellschaften geben, seit er Parlamentsabgeordneter ist. Er muß seine Wähler bei Laune halten. Hier finden alle möglichen Zusammenkünfte statt. Er ist natürlich auch sehr viel in London, aber ich sage ihm immer, daß ich zur Verfügung stehe, wenn er mich braucht. Ich war immer so etwas wie eine Mutter für Drake. Er war erst acht, als unsere Mutter starb. Ich war damals dreizehn. Ich fühlte mich ihm aber um weit mehr Jahre überlegen. Und so ist es immer geblieben.«

»Er ist Ihnen gewiß sehr dankbar.«

»Oh, er ist mein Liebling – nach Harry, natürlich. Ich hoffe, er wird in der Ehe so glücklich wie ich. Drake ist ein ganz besonderer Mensch.«

Ich hatte das Gefühl, daß sie mich abschätzte und zu dem Schluß kam, ich sei die Erwählte, und da sie ein zufriedenes Gesicht machte, vermutete ich, daß sie mit mir einverstanden war. Sie war jedenfalls ganz reizend zu mir.

Katie durfte mit uns essen, denn ich wollte sie nicht gerne in einem fremden Zimmer allein lassen. Sie war begeistert, daß sie mit den Erwachsenen am Tisch saß, und da sie ihren Platz zwischen Drake und mir hatte, fühlte sie sich recht wohl.

Es wurde ein fröhliches Mahl in dem alten Raum mit der Falltäfelung an den Wänden und den bleigefaßten Fenstern. Kerzen flackerten in den Wandarmen und dem großen Leuchter mitten auf dem Tisch. Wir unterhielten uns über das Haus, den Garten, die Ländereien und Stallungen. Katie hörte aufmerksam zu. Drake sagte, er wolle am nächsten Tag ein Pony für Katie aussuchen und ihr auf der Koppel Reitunterricht geben. Sie war über diese Aussicht schrecklich aufgeregt und stellte eine Menge Fragen, die uns alle sehr amüsierten. Als sie schließlich müde wurde, versuchte sie verzweifelt, wach zu bleiben, um nur ja nichts von diesem aufregenden Erlebnis zu verpassen, aber es fiel ihr sehr schwer. Ich sagte, ich wolle sie zu Bett bringen und oben bleiben, um bei ihr zu sein, falls sie aufwachte.

Sie murmelte etwas von ihrem Pony, als ich ihr einen Gutenachtkuß gab, und bald darauf war sie fest eingeschlafen. Ich saß eine Zeitlang am Fenster und sah hinaus. Im matten Mondschein erkannte ich die Umrisse der fernen Bäume. Ich blickte auf den Rasen hinab, der eingefaßt war von Blumenbeeten, die im Sommer bestimmt ein prächtiges Bild abgaben. Ich begann, das Haus liebzugewinnen, und mir dämmerte, daß dies Drakes Absicht war. Ich stellte mir vor, wie ich als Herrin dieses Hauses Drake bei seiner politischen Arbeit unterstützte und seine Karriere zu meinem Hauptinteresse machte, so wie ich den Salon zu meiner Sache gemacht hatte. Aber Drakes Karriere würde immer an erster Stelle kommen, wenn ich ihn heiratete. Eigentlich war ich ja nur Teilhaberin des Salons Lenore. Grandmère war die Schöpferin der erlesenen Kreationen, und die Klugheit und Verbindungen der Gräfin waren einfach lebenswichtig. Ich hätte leicht beiseite treten oder eine geringere Rolle übernehmen können … Grandmère würde Verständnis haben. Es war, was sie sich wünschte, und ich glaubte, die Gräfin wünschte dasselbe.

Ich war körperlich müde, aber geistig munter. Ich ging zu Bett und lag eine ganze Weile wach. Eine große Aufregung erfaßte mich. Ich war überzeugt, Drake hatte mich hierhergeholt, um mir einen Heiratsantrag zu machen. Er legte eine gewisse Vorsicht an den Tag, und ich vermutete den Grund dafür darin, daß er mich bitten wollte, mein Geschäft – jedenfalls weitgehend – aufzugeben, und noch nicht wußte, wie ich dazu stehen würde. Ich gewahrte eine gewisse Zurückhaltung bei ihm und konnte mir keinen anderen Grund dafür denken.

Am nächsten Morgen nach dem Frühstück führte Isabel uns durchs Haus. Es war größer, als ich gedacht hatte. Wir begannen mit der Küche mit dem riesigen Ziegelsteinherd und den Bratspießen. »Der stammt noch aus der Zeit, als die Menschen einen ungeheuren Appetit hatten«, sagte Isabel. »Ich habe mir aber erlaubt, ein wenig zu modernisieren, damit wir ohne allzu große Unbequemlichkeiten kochen können.«

Wir besichtigten die Nebengebäude, zu denen eine Speisekammer und eine Waschküche gehörten. Dann kamen wir zu der Eingangshalle mit den steinernen Wänden und der gewölbten Decke. »Die benutzen wir, wenn wir viele Gäste haben«, erklärte

Isabel. »Manchmal müssen wir ein Abendessen für die Würdenträger aus der Nachbarschaft geben. Bei kleineren Anlässen benutzen wir das Speisezimmer. Weihnachten kommen etliche Gäste, deswegen werden wir das Weihnachtsessen hier einnehmen. Diese Treppe führt zum Speisezimmer und zum Salon hinauf; und ein Stockwerk höher liegen die Schlafräume. Es sind zwanzig, verschieden groß; und darüber befindet sich die lange Galerie, die sich über die ganze Länge des Hauses erstreckt. Ganz oben sind die Mansarden mit den Unterkünften der Dienstboten.«

Drake war zu uns gestoßen. »Du bist mir zuvorgekommen, Isabel«, sagte er und fuhr, an uns gewandt, fort: »Die Galerie müssen Sie sehen. Das ist der älteste Teil des Hauses ... der altenglische Teil. Daran wurde nichts verändert, als man den Rest renoviert hat.«

Dann stand ich auf der Galerie. Sie hatte etwas Unheimliches. Selbst im hellen Tageslicht glaubte ich, Schatten zu sehen.

»Die Fenster sind so klein«, sagte Drake. »Wir könnten sie ändern lassen, aber das würde nicht gern gesehen. Wir dürfen den Charakter des Hauses nicht verändern, das aber würde unwillkürlich geschehen, wenn wir irgendwelche Umbauten vornähmen.«

»Spukt es hier?« fragte Cassie.

Isabel und Drake sahen sich an. »Haben Sie je von einem alten Haus gehört, in dem es *nicht* spukt?«

»Nein«, sagte Cassie.

»Dies ist der alte Teil des Hauses, und in einem Haus, in dem seit Jahrhunderten Menschen gelebt haben, gibt es zwangsläufig Legenden.«

Cassie schauderte. Ich sah Katie an. Ich wollte nicht, daß sie Angst bekäme, aber sie sah zum Fenster hinaus, wo sie die Stallungen sehen konnte. Sie sagte, dort sei ein Mann auf einem Pferd.

Drake ging zu ihr. »Ja, das sind die Ställe. Dein Pony steht dort.«
Er blieb bei ihr stehen und plauderte mit ihr.

»Wer schläft da oben?« fragte Cassie.

»Die Dienstboten«, sagte Isabel.

»Haben sie je …«

»Wir reden nicht darüber. Sie wissen ja, wie die Leute sind. Sie
setzen sich etwas in den Kopf, und dann haben sie Erscheinun-
gen.«

Grandmère erkundigte sich nach den Bildern.

»Es sind alles Familienmitglieder«, erklärte Drake, der sich mit
Katie wieder zu uns gesellt hatte.

»Hängt von Ihnen auch eines hier?« fragte ich.

Er schüttelte den Kopf. »Unser eigentlicher Familiensitz befindet sich in Worcestershire. Die Schwester meines Vaters kam
vor langer Zeit hierher, und dies galt als ihr Heim. Sie war
unverheiratet und widmete sich dem Haus und der Nachbarschaft. Und als ich damit befaßt war, mir Swaddingham ›warm-
zuhalten‹, wie man so schön sagt, erwies es sich als großes
Glück, daß dieses Haus sich im Familienbesitz befand. Ich kam
hierher und wohnte eine Zeitlang bei meiner Tante. Sie war eine
sehr strenge Person, eine Frau von starkem Charakter. Aber wir
mochten uns, und als sie starb, erbte ich das Haus.«

»Es ist ein wunderschönes Haus«, sagte ich.

Drake lächelte mich glücklich an. »Es freut mich, daß Sie das
finden.«

Er hielt sein Versprechen und nahm Katie mit zum Reiten. Sie
war selig, und es bereitete Vergnügen, sie auf dem Pony sitzen
und Drake den Leitzügel halten zu sehen, an dem er sie auf der
Koppel herumführte. Ich sah mit Grandmère und Cassie zu.

»Guck mal!« rief Katie. »Ich kann reiten!«

Das war ein fröhlicher Vormittag.

Nach dem Mittagessen war Katie übermüdet – wohl mehr von
der Aufregung als von allem anderen. Ich meinte, sie solle sich
ausruhen, und so ging sie schlafen. Drake fragte, ob ich mit ihm

ausreiten möchte. Liebend gern, sagte ich. Ich war ja viel geritten, als ich noch im Haus der Seide lebte, doch seitdem hatte ich nur selten Gelegenheit dazu gehabt.

Grandmère wollte ebenfalls ausruhen, und Cassie erbot sich, sich in mein Zimmer zu setzen, damit Katie beim Aufwachen nicht allein in einem fremden Haus war.

Drake besorgte mir ein geeignetes Pferd, und wir ritten los. »Ich möchte Ihnen gern die Umgebung zeigen«, sagte er. »Sie ist sehr schön. Man kann kaum glauben, daß man sich so nahe bei London befindet. Ich könnte es gar nicht bequemer haben.«

»Ja, und Ihre Schwester hilft Ihnen so sehr.«

»Ich hatte gehofft, daß Sie sie mögen. Isabel ist ein lieber Mensch.«

»Ich finde sie reizend.«

»Sie mag Sie sehr gern.«

»Sie kennt mich doch kaum.«

»Sie hat von Ihnen gehört … durch mich. Sie bewundert Ihr Unternehmen. Ich habe ihr alles erzählt. Sie findet es wundervoll, daß Sie so viel erreicht haben.«

»Ich muß sagen, meine Arbeit hat mir Spaß gemacht.«

»Glauben Sie, daß Leute mit etwas erfolgreich sein können, das ihnen keinen Spaß macht?«

»Vielleicht nicht.«

»Machen Sie sich immer noch Gedanken wegen einer Erweiterung?«

»Wir müssen sie im Auge behalten. Die Gräfin spricht von fast nichts anderem, und Grandmère findet auch, wir sollten es tun. Und im Grunde denke ich genauso, nur …«

»Es beschäftigt Sie sehr, nicht wahr?«

»Wir haben Glück gehabt, und die Gräfin ist das Beste, was uns passieren konnte.«

»Es war eine Art Ausweg … aus Ihrem Unglück.«

»Ja, genau.«

»Aber Sie kommen jetzt darüber hinweg.«

»Ja … mit der Zeit.«

»Sie denken noch viel an die Vergangenheit?«

»Sie ist nun einmal da. Man kann ihr nicht entkommen.«

»Ich verstehe. Glauben Sie …« Er hielt inne, und ich wartete, daß er fortfuhr. Aber er schien es sich anders überlegt zu haben. »Hier ist unser Land zu Ende«, sagte er.

»Es ist ein sehr umfangreiches Anwesen.«

»Es macht einen Haufen Verwaltungsarbeit. Zum Glück habe ich einen guten Mann dafür. Ich selbst komme nur von Zeit zu Zeit dazu.«

»Die Politik geht vor.«

»Ja, aber ich kann unbesorgt sein. Wenn ich in London aufgehalten werde, läuft hier alles wie am Schnürchen.«

»Sie haben alles bestens arrangiert.«

»Es lag mir so viel daran, daß Sie es sehen … und erfahren, wie es hier ist … und in London. Ich habe hier wie dort eine Menge gesellschaftliche Verpflichtungen. Meine Schwester ist mir hier natürlich eine große Hilfe … aber sie hat schließlich ihr eigenes Heim.«

»Sie hat Sie sehr gern.«

»Ja. Sie hat mich stets bemuttert.«

Ich hätte am liebsten gejubelt. Er würde mich sicher bitten, ihn zu heiraten, und ich würde ja sagen. Das Leben würde sich ändern. Er würde Katie ein guter Vater sein. Ein Kind brauchte einen Vater, und eine Frau – zumindest ich – brauchte einen Mann.

Wir waren an ein Feld gelangt. Ich sagte: »Galoppieren wir!« Und wir jagten über das Feld und hielten vor einer Hecke an. Es war sehr belebend.

Ich glaubte zu verstehen. Er wollte mich bitten, ihn zu heiraten, aber er zögerte noch. Er würde mich fragen, bevor ich abreiste. Er wollte, daß ich begriff, was eine Ehe mit ihm alles mit sich brachte. Er wollte absolut sicher sein, daß ich die Vergangenheit vergessen konnte. Deswegen war ihm so daran gelegen, daß ich über die Weihnachtsfeiertage hierhergekommen war. Er konnte nicht vergessen, daß ich Lenore und mein Name der eines der exklusivsten Bekleidungsateliers von London war. Er wollte unbedingt sicher sein ... er wollte, daß wir beide sicher seien. Ich würde ihn überzeugen müssen, daß mir, obwohl ich so ein erfolgreiches Geschäft betrieb, Liebe und Ehe wichtiger erschienen.

Es war ein glücklicher Nachmittag gewesen, aber dann wartete eine unangenehme Überraschung auf mich. Wir kehrten zum Stall zurück, ein Bursche nahm sich unserer Pferde an, und wir gingen ins Haus. Bei Isabel war eine prächtig in Zobel gewandete Frau. Es war Julia. Sie eilte Drake entgegen, um ihn zu begrüßen. »Da bin ich«, sagte sie. »Wie schön, Sie zu sehen!«

Drake machte ein bestürztes Gesicht.

»Ich bleibe bloß über die Feiertage. Wir müssen das Fest natürlich zusammen verbringen. Ich habe Sie genau verstanden, als Sie sagten, Sie müßten hier sein.«

»Tag, Julia«, sagte ich. »Ich hatte keine Ahnung, daß du hierherkommen würdest.«

»Drake und ich verstehen uns eben. Er hat mich sehr deutlich wissen lassen, daß er Weihnachten hier verbringen würde, und da wußte ich. daß er mich erwartete. Drake, Lieber, es tut mir leid, daß ich nicht früher kommen konnte. Die Harringtons gaben gestern abend ein Essen. Ich mußte hin, sie bestanden darauf. Sonst hätte ich gestern schon kommen können.«

Isabel sagte: »Wir werden ein Zimmer herrichten.«

»Wie lieb von Ihnen.«

»Und haben Sie Ihre Zofe bei sich?«

»Annette ... ja.«

»Sie kann in einer Mansarde schlafen. Eine ist noch frei.«

»Wie nett! Drake, Sie sind aber sehr nachlässig. Warum haben Sie Mrs. Denton nicht gesagt, daß ich komme?«

227

»Es ist eine Überraschung für mich.«

»Ach, Drake ... als Sie mir sagten ... ich dachte, es wäre abgemacht ...«

»Jetzt sind Sie einmal hier ... Isabel wird sich um alles kümmern.«

»Ach, ist das süß. Das alte Haus gefällt mir. Es ist so anheimelnd. Ist Cassie auch hier?«

Ich nickte.

»Das freut mich. Familien sollten zusammensein ... besonders Weihnachten.«

Julia hatte mir die Freude am Besuch in Swaddingham gründlich verdorben.

Weihnachten! Es hätten so glückliche Tage sein können. Sobald es dunkel wurde, kamen die Sternsinger. Sie stellten sich draußen mit ihren Laternen auf und sangen all die vertrauten Weihnachtslieder.

Katie war entzückt. Sie sang mit ihnen und half hinterher, Glühwein und Hackfleischpastetchen auszuteilen. Obwohl es Heiliger Abend war, ging sie zur üblichen Zeit zu Bett und schlief bald darauf fest ein. Sie fühlte sich hier schon fast wie zu Hause.

Nach dem Abendessen begaben wir uns in die lange Galerie, wo ein Kaminfeuer brannte. »Heiligabend kommen wir immer hier herauf«, erklärte Isabel. »Wir rösten Kastanien und trinken Portwein. Man fühlt sich eben den jahrhundertealten Traditionen verpflichtet.«

»Es ist ziemlich unheimlich«, sagte Julia. »Der alte Herr dort sieht aus, als wollte er aus seinem Rahmen treten und uns eine gehörige Standpauke halten.«

»Er sieht wirklich sehr streng aus«, pflichtete Drake ihr bei.

»Das ist unser Ururgroßvater William. Er war Admiral. In unserer Familie besteht eine alte Seefahrertradition.«

»Und einige dieser alten Herren nehmen es Ihnen gewiß übel, Drake, daß Sie die Familientradition nicht fortführen.«

Cassie fragte: »Fürchten Sie, daß sie ihr Mißfallen auf irgendeine Art äußern?«

»Sie liegen schon lange Zeit in ihren Gräbern.«

»Man sagt, sie leben hinterher weiter, und manche kommen
zurück.«

»Und wenn – ich beabsichtige, mit meinem Leben zu tun, was
ich will, so wie sie es mit ihrem getan haben«, sagte Drake zu
ihr.

»Warum verbindet man immer Geister mit alten Häusern?«
fragte ich. »Nie hört man, daß es in Hütten spukt, immer nur in
großen Häusern.«

Grandmère sagte: »Die Toten sind tot ... und sosehr man sie
sich auch zurückwünscht, es geht nicht.« Ich wußte, sie dachte
an meine Mutter und an Philip.

»Auf dieser Galerie spukt es bestimmt, nicht wahr?« fragte
Cassie, die von dem Thema fasziniert schien.

»Kann schon sein«, sagte Drake.

»Gibt es da eine Geschichte ...?«

Drake sah Isabel an, die sagte: »Hm, ja.«

»Erzählen Sie!« bat Cassie.

»Cassie«, warnte ich, »dann kannst du heute nacht vielleicht
nicht schlafen.«

»Das macht nichts. Ich möchte es gerne hören.«

»Erzähl du's ihnen«, sagte Drake zu seiner Schwester.

»Auf der Galerie soll ein junges Mädchen herumspuken ... aus
unserer Familie natürlich. Sie war sechzehn Jahre alt, und es
geschah vor ungefähr zweihundert Jahren. Sie liebte einen jungen Mann, aber ihr Vater wollte nicht erlauben, daß sie ihn
heiratete. Er hatte ihr einen anderen Ehemann ausgesucht –
einen reichen, älteren Herrn. Damals mußten die Mädchen
ihren Eltern gehorchen.«

»Was sie heutzutage nicht immer tun«, ergänzte Grandmère.

»Ich möchte annehmen, daß es auch damals welche gab, die
nicht folgten«, warf ich ein.

»Aber Anne Aldringham war gehorsam. Sie sagte ihrem Liebsten Lebewohl und heiratete den Mann, den ihr Vater bestimmt hatte. Nach der Trauung kamen alle Gäste zur Hochzeitsfeier hierher ins Haus.« Isabel schloß die Augen. »Manchmal, wenn ich hier heraufkomme, bilde ich mir ein, die Spielleute musizieren zu hören. Unten in der großen Halle wurde getanzt, und plötzlich wurde die Braut vermißt. Sie hatten nicht Verstecken gespielt, und sie war auch nicht in einer Truhe eingeschlossen, wo sie hundert Jahre blieb. Sie kam hier herauf und stürzte sich aus dem Fenster. Es soll das da gewesen sein.« Isabel zeigte auf eins. »Sie sprang in den Tod.«

»Ach, die arme, arme Anne«, murmelte Cassie.

»Sie hätte mit ihrem Liebsten durchbrennen sollen«, sagte Julia. »Ich würde es tun.« Sie sah Drake zärtlich an, der ihrem Blick auswich.

»Aber sie hat es nicht getan«, fuhr Isabel fort. »Sie sprang statt dessen aus dem Fenster.«

»Und jetzt spukt sie hier herum«, meinte Cassie.

»Bei bestimmten Anlässen, heißt es. Wenn jemand aus der Familie im Begriff ist, jemanden zu heiraten, der ihm Unglück bringt, kommt sie angeblich durch das Fenster herein, wandelt händeringend durch die Galerie und ruft: ›Sieh dich vor! Sieh dich vor!‹«

»Haben Sie sie jemals gesehen?« fragte ich Isabel.

Sie schüttelte den Kopf.

»Dann sind vermutlich alle Ehen glücklich geworden«, meinte Cassie.

»Wenn man die Geschichte glaubt, ja. Ich glaube nicht, daß der Geist uns erscheinen wird.«

Julia sah mich unverwandt an. »Was für ein fröhliches Thema am Heiligen Abend! Hoffentlich ist mein Zimmer weit weg von der wehklagenden Dame!«

»Sie würden sie unten in Ihrem Zimmer nicht hören«, beruhigte Isabel sie.

»Dem Himmel sei Dank!«

»Nehmen Sie noch etwas Portwein!« sagte Drake.

»Ach, ist das gemütlich!« Julia lächelte in die Runde. »Weihnachten in diesem wunderbaren Haus ... mit wunderbaren Menschen ...« Sie hob ihr Glas. »Fröhliche Weihnachten ... euch allen!« Ihr Blick war bei Drake zur Ruhe gekommen, und dort verweilte er.

Am Weihnachtsmorgen gingen wir zur Kirche. Julia kam zu meiner Überraschung mit uns. Sie schien entschlossen, Drake möglichst keinen Augenblick aus den Augen zu lassen.

Mir war leicht unbehaglich zumute. Nie würde ich ihre Wut vergessen, als wir Kinder waren und sie erfuhr, daß Drake meinetwegen das Haus der Seide verlassen hatte. Sie hatte damals ausgesprochen mörderisch ausgesehen.

Ich war jetzt überzeugt, daß sie Drake heiraten wollte. Er hatte sie bestimmt nicht eingeladen, auch wenn sie andeutete, daß er es getan oder daß sie eine Äußerung von ihm fälschlicherweise als Einladung verstanden habe. Das war zu weit hergeholt. Warum hätte er, wenn er sie hier haben wollte, sie nicht geradeheraus bitten sollen? Die Wahrheit war wohl, daß Julia, als sie erfuhr, daß ich in Swaddingham war, beschlossen hatte, ebenfalls zu kommen.

Ich wußte, daß sie viel trank. Man merkte es an ihrem geröteten Gesicht, ihrer gelegentlichen Angriffslust und den recht unbedachten Bemerkungen, die sie machte, wenn sie nicht mehr ganz nüchtern war.

Ob Drake es wußte? Er war stets äußerst höflich, und nach dem ersten Schrecken, als sie hier auftauchte, spielte er den perfekten Gastgeber.

Mittags gab es das traditionelle Weihnachtsmahl: Truthahn mit vielen Beilagen, gefolgt vom Weihnachtspudding, der brennend aufgetischt wurde – und natürlich Hackfleischpastetchen. Etliche Nachbarn – Freunde, die Drake als Parlamentsabgeordneten unterstützten – waren zugegen, und es wurde viel über Politik und die bevorstehenden Wahlen gesprochen.

Nach dem Essen ruhten wir eine Weile. Ich war Drake sehr dankbar, daß er sich am Nachmittag Zeit nahm, das Pony mit Katie auf der Koppel herumzuführen, was sie sehr entzückte. Ich sah es gern, wie sie und Drake zusammen fröhlich waren.

Abends trafen noch mehr Gäste ein. Es gab ein kaltes Buffet, und die Musikanten kamen und spielten. Getanzt wurde auf der langen Galerie, die bei so vielen Menschen nichts Unheimliches mehr hatte.

Drake mußte mit allen weiblichen Gästen tanzen, und ich hatte nur einen einzigen Tanz mit ihm. Er fragte mich, ob ich meinen Aufenthalt genieße, und ich bejahte. Das freue ihn, sagte er. Er habe sich so sehr gewünscht, daß ich herkäme und alles sähe. Ich möge ihm freiheraus sagen, was ich von der Lebensführung hielte, die man von einem Politiker erwarte.

»Sie wissen, wie ich darüber denke«, antwortete ich. »Es muß einer der interessantesten Berufe sein, die es gibt.«

»Noch besser, als einen exklusiven Modesalon zu führen?«

»Das hat viel für sich«, erwiderte ich.

»Davon bin ich überzeugt.«

»Es ist wundervoll, wie Isabel alles bewältigt.«

»Das hat sie ihr Leben lang getan. Zuerst zu Hause, dann bei Harry und jetzt bei mir. Isabel ist eine wunderbare Frau.«

»Ja. Nichts bringt sie aus der Fassung. Sie war ganz unvorbereitet auf Julia und hat sich doch nichts anmerken lassen.«

»Nicht das geringste.«

Ich wartete auf seine Versicherung, daß er Julia nicht eingeladen hatte. Das war mir wichtig. Aber er sagte nichts, und fragen konnte ich nicht.

Später sah ich ihn mit Julia. Sie war hochrot und lachte die ganze Zeit, und er lächelte, als genieße er den Tanz. Man wußte nie, was er wirklich empfand.

Als ich später in mein Zimmer kam, beugte ich mich über die

fest schlafende Katie und küßte ihr liebes, unschuldiges Gesicht. Langsam kleidete ich mich aus. Ich wußte, daß ich schwer einschlafen würde. Die Enttäuschung, die ich seit Julias Ankunft spürte, wollte nicht weichen.

Ich dachte fortwährend an Drake und Julia. Ich sah sie miteinander tanzen. Sie legte ihm gegenüber ein besitzergreifendes Wesen an den Tag, und er hatte anscheinend nichts dagegen einzuwenden. Oder doch? Er zeigte seine Gefühle nicht, seine Manieren waren tadellos, er hatte den perfekten Gastgeber zu spielen. Hatte er sie nun eingeladen? Ich war unsicher.

Ich konnte nicht schlafen. Ich lag da und starrte aus dem Fenster. Dann sah ich zu Katie hinüber, die friedlich schlief. Sie war ganz mein, und solange ich sie hatte, mußte ich glücklich sein ... da konnte kommen, was will. Aber meine Enttäuschung blieb bestehen.

Plötzlich fuhr ich hoch. Irgend etwas ging oben vor. Ich stieg aus dem Bett und zog Morgenrock und Pantoffeln an.

Ich verließ das Zimmer und ging die Treppe zur langen Galerie hinauf. Einige Kerzen waren angezündet und brannten flackernd in ihren Leuchtern. Ich sah Isabel. Sie saß auf einer Bank, ein junges Mädchen neben sich. Das Mädchen weinte.

»Ist ja gut«, sagte Isabel. Dann sah sie mich. »Patty ist ein bißchen hysterisch geworden.«

»Aber ich hab's gehört, Ma'am«, sagte das Mädchen. »Ich hab's ganz deutlich gehört. Es war schrecklich, wie ...«

Drake war inzwischen heraufgeeilt. »Was ist denn hier los?« wollte er wissen.

Isabel sagte: »Patty hatte einen Alptraum.«

»O nein, es war kein Traum«, sagte Patty.

Drei weitere Hausmädchen tauchten aus dem Schatten auf. »Ich hab's auch gehört«, sagte eine. »Oh, es war schrecklich. So was hab' ich noch nie gehört ... Eine Frau hat fürchterlich geheult. Sie rief: ›Sieh dich vor! Sieh dich vor!‹ Dreimal hat sie es gesagt.

Oh, es war schrecklich, Ma'am. Ich hab' gezittert, denn auf einmal ist es schrecklich kalt geworden.«

»Das war, weil du bloß im Nachthemd warst.«

Julia war oben auf der Treppe erschienen. Die Haare hingen ihr kleidsam über die Schultern, und sie hielt ein blaßblaues Negligé um sich gerafft. »Was ist los? Ach, du meine Güte, was ist passiert? Das arme Mädchen! Sie sieht ja zu Tode erschrocken aus!«

»Patty hatte einen Alptraum«, wiederholte Isabel.

Patty schüttelte den Kopf, und ihre Zähne klapperten. »Ich war hellwach, Ma'am …«

»Ich denke, etwas Brandy, Drake …«, sagte Isabel. »Ah, da ist Harry. Harry, Patty hat irgendwas geträumt. Die Mädchen sind ganz durcheinander. Bring etwas Brandy, das wird sie beruhigen.«

Mrs. Gratten, die Köchin, erschien. Sie rauschte majestätisch heran, ungeachtet der Tatsache, daß sie die Haare auf Papierwickler gedreht hatte. »Was geht hier vor?« fragte sie eins der Mädchen. »Was fehlt Patty?«

»Sie ist ein bißchen hysterisch, Mrs. Gratten«, sagte Isabel. »Kein Grund, daß alle sich so aufregen. Ich nehme an, sie haben sich mit Gespenstergeschichten angst gemacht, bevor sie zu Bett gingen.«

»Nein, Ma'am«, sagte ein Mädchen. »Keiner hat irgendwas von 'nem Gespenst gesagt. Es ist Patty einfach in den Kopf geschossen. Und ich hab's auch gehört. Es war keine Einbildung. Es war echt, das hat man genau gemerkt.«

Julia sagte: »Das war doch wohl nicht das Gespenst, von dem Sie uns erzählt haben … das durchs Fenster kommt und heult und ruft: ›Sieh dich vor‹?«

»Doch, Ma'am, das war's«, sagte Patty. »Ich hab' die Schritte auf der Galerie gehört. Sie hat schrecklich geheult, und sie hat ›Sieh dich vor‹ gesagt. Die war's.«

»Ah, da ist Harry mit dem Brandy«, sagte Isabel.

»Danke, Harry. So, ihr Mädchen, jetzt trinkt ihr das und geht zu Bett!«

»Ich kümmere mich um sie, Mrs. Denton«, sagte die Köchin. »Ich weiß nicht, was das noch werden soll … wenn der ganze Haushalt so durcheinandergerät.«

»Aber es war das Gespenst«, beharrte Patty. »Ehrlich.«

Drake sagte: »Ich denke, wir brauchen alle eine kleine Stärkung. Kommt herunter in den Salon!«

Wir folgten ihm nach unten. Er schenkte Brandy ein.

»Hoffentlich ist Katie von dem ganzen Trubel nicht aufgewacht«, sagte Isabel.

»Nein, ich habe zu ihr hereingeschaut. Sie hat friedlich geschlafen«, beruhigte ich sie.

»Oh … gut.«

»So etwas Merkwürdiges«, sagte Julia. »Nachdem wir darüber gesprochen hatten … Was mag das Mädchen wohl wirklich gehört haben?«

»Jemand hat ihr die Geschichte erzählt, nehme ich an«, sagte ich.

»Das ist sehr wahrscheinlich«, stimmte mir Isabel bei.

»Es war wirklich seltsam«, fuhr Julia fort. »Sie sollten es jedenfalls als Warnung nehmen, Drake.«

Drake hob die Augenbrauen.

»Na ja, hat es nicht irgendwas mit einer bevorstehenden Heirat zu tun … Warnungen und so? Sie sind das einzige heiratsfähige Mitglied der Familie. Sind Sie nicht meiner Meinung?«

»Ich fand immer, daß Patty zur Hysterie neigt.«

»Komisch war es trotzdem«, sagte Julia. »Der Brandy wärmt köstlich.«

»Noch ein Schlückchen?« bot Harry an.

»O ja, bitte«, bat Julia.

Ich sagte: »Ich gehe jetzt. Ich möchte nicht, daß Katie aufwacht, und ich bin nicht da.«

»Arme Lenore«, erbarmte sich Julia. »Du siehst richtig erschüttert aus. Du glaubst doch nicht an Gespenster, oder?«

»Du vielleicht?« fragte ich.

Julia lachte. Sie hob die Hand und schwankte hin und her. »Eigentlich nicht. Aber es ist komisch. Ich möchte wissen, ob das Mädchen unsere Unterhaltung belauscht hat.«

»Ich nehme an, sie hat die Geschichte irgendwo gehört. Gute Nacht!« Ich ließ sie allein.

Katie schlief. Ich aber konnte keinen Schlaf finden. Ich lag im Bett und lauschte auf die Geräusche im Haus ... die Dielen knackten wie immer in alten Häusern ... und der Wind schien in den Bäumen zu stöhnen und leise zu flüstern: »Sieh dich vor!«

Der Rest unseres Besuches verlief enttäuschend. Alle wirkten verlegen, nur Katie nicht. Sie verlangte ihren Reitunterricht, den Drake ihr erteilte und mit dem sie vollkommen zufrieden war. Isabel hieß Patty am nächsten Tag im Bett bleiben. »Das arme Mädchen ist wirklich ganz erschüttert«, sagte sie. »Sie neigt eben zur Hysterie.«

Alles war ganz anders gekommen, als ich erwartet hatte. Ich sah, daß auch Grandmère enttäuscht war, und Cassie wirkte schlicht verwirrt. Es war fast eine Erleichterung abzureisen – nur Katie war sehr traurig.

»Es war herrlich«, sagte sie und schlang ihre Arme um Drake. »Passen Sie gut auf Bluebill auf, bis ich zurückkomme!«

Drake versprach ihr, dafür zu sorgen, daß es dem Pony an nichts fehlte.

Julia ließen wir dort. Wenigstens sie schien das Weihnachtsfest genossen zu haben.

Etwa zwei Tage nach unserer Rückkehr sagte Grandmère, sie wolle mich allein sprechen, denn sie habe mir etwas sehr Wichtiges mitzuteilen.

»Lenore«, begann sie, »du weißt, ich war neulich in Villers-Mûre.«

236

»Ja, Grandmère.«

»Ich habe dort … jemanden getroffen.«

»Wen?«

»Ich traf … deinen Vater.«

»Grandmère!«

»Es ist wahr.«

»Ich dachte, du wüßtest nicht, wer mein Vater ist.«

Sie schwieg einen Augenblick. »Ich habe dir nur wenig von der Geschichte unserer Familie erzählt. Es ist nicht immer leicht, einem Kind etwas zu erklären. Es war sehr aufwühlend, darüber zu sprechen, und ich war wohl ein bißchen feige.«

»Erzähl's mir jetzt!«

»Du weißt, daß deine Mutter, meine Tochter Marie Louise, ein außergewöhnlich schönes Mädchen war. Da schien es nur natürlich, daß die Männer auf sie aufmerksam wurden. Wir waren arme Leute. Als junge Witwe mußte ich für meinen Lebensunterhalt arbeiten, und wie die meisten Leute in Villers-Mûre arbeitete ich in der Firma Saint Allongère. Als Marie Louise alt genug war, fand sie dort eine Stelle. Du weißt, was geschehen ist. Sie hat sich verliebt. Du wurdest geboren. Sie starb … vielleicht aus Angst und Kummer. Ich weiß nicht … Frauen sterben auch bei der Geburt eines Kindes, wenn sie eine rosige Zukunft vor sich haben. Ich weiß nur, daß sie starb und ich untröstlich war.«

»Ja, Grandmère, das hast du mir erzählt.«

»Du weißt, daß der große Alphonse Saint Allengère es mir ermöglicht hat, nach England zu gehen und bei den Sallongers zu arbeiten. Der Grund dafür aber war, daß er nicht wollte, daß ich dort blieb.«

»Warum?« fragte ich.

Mir dies zu erzählen fiel Grandmère schwer; sie war gar nicht so redselig wie sonst. Sie runzelte die Stirn und sagte: »Weil dein Vater sein jüngster Sohn war.«

»Dann … hast du *doch* gewußt, wer mein Vater war!«

»Marie Louise hat es mir gesagt … kurz vor deiner Geburt.«

»Und er wollte sie nicht heiraten?«

»Er war ja noch ein Junge. Siebzehn Jahre alt, und Alphonse Saint Allengère ist ein respekteinflößender Mann, das kann ich dir sagen. Ganz Villers-Mûre fürchtete ihn und zitterte vor ihm. Er hatte unser Leben in der Hand. Alle fürchteten seine Mißbilligung, sein Sohn nicht weniger als die übrigen. Daß ein Saint Allongère ein Mädchen heiratet, das in der Fabrik arbeitet, kam nicht in Frage. Dein Vater hat sein Bestes getan. Er hat Marie Louise ehrlich geliebt, aber sein Vater war unerbittlich. Er schickte ihn zu einem Onkel, der ein Weingut in Burgund besaß. Als ich neulich in Villers-Mûre war, habe ich nachgeforscht. Zum Glück war er gerade bei seiner Familie zu Besuch, und ich konnte mit ihm sprechen. Ich habe ihm von dir erzählt … daß du Witwe bist und ein Kind hast. Er war sehr gerührt.«

»Ich wußte doch, daß da etwas war. Ich habe es dir angesehen, als du zurückkamst.«

»Er ist in London.«

Ich starrte sie an.

Sie nickte vergnügt. »Ja. Er hat gesagt, er muß dich sehen. Er möchte natürlich seine Tochter kennenlernen. Er kommt hierher.« Sie sah mich eindringlich an, als wolle sie die Wirkung dieser Bombe abschätzen. Ich muß zugeben, ich war verblüfft. Einem Vater gegenübergestellt zu werden, den man nie gekannt hat, kann ein erschütterndes Erlebnis sein. Ich wußte nicht, ob ich mich freuen oder ängstigen sollte.

Grandmère fuhr fort: »Es ist unnatürlich, daß so nahe Verwandte sich nicht kennen.«

»Aber nach all den Jahren, Grandmère …«

»*Ma chérie,* er sehnt sich danach, dich kennenzulernen. Du könntest ihn sehr glücklich machen. Er hat den ganzen weiten Weg gemacht, um dich zu sehen.«

»Wann kommt er her?«

»Heute abend. Ich habe ihn zum Essen eingeladen.«

»Aber … das kommt so unerwartet …«

»Ich hielt es für klug, dir nichts zu sagen, bevor alles abgemacht war.«

»Warum?«

»Ich wußte nicht, was du empfinden würdest. Vielleicht hättest du eine gewisse Abneigung spüren können. All die Jahre, die er sich nicht um dich gekümmert hat … die Jahre, wo wir uns abgerackert haben. Er ist ein sehr reicher Mann. Er besitzt Weingüter in verschiedenen Gegenden Frankreichs. Die Saint Allengères sind immer erfolgreich, was sie auch anpacken. Jetzt ist sein Vater im Gegensatz zu früher stolz auf ihn.«

»Für seinen Vater … meinen Großvater … habe ich nicht viel übrig.«

»Er besaß große Macht. Und das tut den Menschen manchmal nicht gut. Er ist jetzt alt, aber er ist immer noch derselbe Alphonse Saint Allengère. Er beherrscht Villers-Mûre nach wie vor und ist zweifellos der größte Seidenproduzent der Welt.«

»Und heute abend …«

Sie nickte.

Ich war so überwältigt, daß es mir schwerfiel, mir über meine Gefühle klarzuwerden. Sollte ich es Katie erzählen? Was sollte ich ihr sagen? »Dies ist dein Großvater.« Sie würde endlose Fragen stellen. Wo war er die ganze Zeit gewesen? Zum Glück würde sie schon im Bett sein, wenn er kam, und ich konnte ihn erst einmal sehen und ihr dann vielleicht nach und nach erklären, wie ein Großvater aus heiterem Himmel aufgetaucht war.

Ich zog ein elegantes rotes Kleid an und wartete zitternd auf sein Kommen. Auch Grandmère war ziemlich aufgeregt. Ich war froh, daß die Gräfin und Cassie zugegen waren. Sie halfen Grandmère und mir, die Spannung zu zügeln. Zur vereinbarten Stunde läutete es an der Tür. Rosie, unser Mädchen, führte ihn herein. »Mr. Sallonger«, sagte sie, da es ihr unmöglich war, seinen Namen französisch auszusprechen.

Und da war er.

Ich sah ihn erstaunt an. Es war der Mann, den ich im Park gesehen hatte, derselbe, der Katies Ball wieder geholt und mich offenbar beobachtet hatte.

Das war ein aufregender Abend! Es wurde so viel gesprochen, daß ich mich nur schwer auf alles besinnen kann, und schon gar nicht in der richtigen Reihenfolge. Ich erinnere mich, daß er meine Hände nahm und mir in die Augen sah. »Wir haben uns schon mal gesehen«, sagte er. »Im Park.«
Ich nickte.
»Ich war oftmals drauf und dran, mich zu erkennen zu geben«, fuhr er fort, »aber ich habe gezögert. Jetzt sind wir endlich beisammen.«
Wie erstaunlich, dachte ich, als ich ihn im Park sah, war er ein Fremder für mich, dabei war er in Wirklichkeit mein Vater.
Während des Essens, bei dem Cassie und die Gräfin zugegen waren, erzählte er von seinen Weingütern. Er sprach Englisch und suchte ab und zu nach Worten. Er erkundigte sich nach unserem Salon, und die Gräfin ließ sich wortreich über dieses Thema aus. Sie erzählte amüsant von unseren Kundinnen und wie sie einander wie die Schafe folgten. Besaß eine ein Lenore-Kleid, mußten alle eins haben. Es war natürlich unvermeidlich, daß sie auf die Angelegenheit zu sprechen kam, die sie am meisten beschäftigte: »Ich möchte unter allen Umständen nach Paris«, sagte sie. »Dort ist das Zentrum der Mode, und einträgliche Häuser müssen beizeiten dort Verbindungen haben. Es ist auf die Dauer unumgänglich.«
»Ich verstehe«, sagte er. »Und im Augenblick haben Sie diese Verbindung noch nicht?«
»Nein, aber das kommt noch.«
»Wann gedenken Sie dort zu eröffnen?«
»Sobald wir es vermögen … ich meine das Vermögen haben«, sagte die Gräfin. »Ich bin ganz und gar dafür, aber meine

Partnerinnen sind vorsichtig. Sie möchten warten, bis wir es finanzieren können. Gott weiß, wann das sein wird.«

Er nickte ernst, und Grandmère wechselte abrupt das Thema. Nach dem Essen ließen die Gräfin und Cassie ihn mit mir und Grandmère allein, und da sprachen wir französisch; dank Grandmère sprach ich es einigermaßen fließend; und sie war natürlich in ihrem Element.

»Ich habe oft an dich gedacht«, sagte er. »Ich wollte dich unbedingt finden, und als deine Großmutter nach Villers-Mûre kam und ich zufällig meine Familie besuchte, erschien es mir wie eine Vorsehung. Sie hat mir viel von dir und eurem großartigen Geschäft erzählt. Die Saint Allengères waren geschäftlich immer erfolgreich.«

»Unser Erfolg ist zum großen Teil der Gräfin zu verdanken, nicht wahr, Grandmère? Sie ist eine fabelhafte Geschäftsfrau, und sie hat uns gezeigt, wie unwissend wir waren. Ohne sie wären wir gescheitert.«

»Ich möchte alles über euer Geschäft wissen. Doch zuerst wollen wir von uns sprechen. Du mußt wissen, ich habe deine Mutter aufrichtig geliebt. Es war die Schande meines Lebens, daß ich mich fortschicken ließ. Ich hätte zu ihr halten und meinem Vater trotzen sollen. Aber ich war jung ... Ich war schwach und töricht. Ich hätte sie heiraten sollen. Statt dessen ließ ich mich fortschicken.«

Grandmère nickte.

Er sah sie an und sagte: »Wie müssen Sie mich deswegen verachtet haben.«

»Ja«, bekannte Grandmère freimütig. »Aber Marie Louise hat ihnen keinen Vorwurf gemacht. Sie hat Sie vor mir verteidigt. Sie sagte, Sie haben getan, was Sie tun mußten. Ihr Vater war dazu entschlossen, und er war ein sehr mächtiger und unbarmherziger Mann.«

»Und ist es noch«, fügte er grimmig hinzu. »Es war gut für mich, seiner Herrschaft zu entkommen. Ich lebte lieber zwischen Weinreben als zwischen Maulbeeren. Aber das ist lange her.«

»Und nichts kann Marie Louise zurückbringen.«

»Vielleicht wäre sie so oder so gestorben«, sagte ich.

Die beiden verfielen in Schweigen.

Dann erzählte er, wie er zu seinem Onkel gekommen war, der ein Weingut besaß, und wie er begonnen hatte, sich für Wein zu interessieren. »Ich habe mich auf die Arbeit gestürzt«, sagte er. »Sie war mir ein Trost. Mein Onkel meinte, aus mir würde ein guter Weinhändler. Deshalb blieb ich bei ihm. Später hatte ich meine eigenen Weingüter. Ich habe hart gearbeitet. Dann heiratete ich meine Frau, die Grundbesitz mit in die Ehe brachte, und wir gründeten eine Familie.«

»Und du bist glücklich?« fragte ich.

»Ich kann nicht klagen. Ich habe einen Sohn und eine Tochter.«

»Ich habe gesehen, daß Marie Louises Grab nicht vernachlässigt ist«, sagte Grandmère.

»Ich gehe immer hin, wenn ich die Familie besuche. Und ich bezahle einen Bauern dafür, daß er sich darum kümmert. Sollte es möglich sein, daß sie es wahrnimmt, so weiß sie, daß ich sie nicht vergessen habe.«

Er und Grandmère sprachen eine Weile von meiner Mutter – wie stolz sie auf mich gewesen wäre und auf Katie, die er reizend fand. Er war entzückt darüber, daß sie seine Enkelin war.

»Und du hast so gelitten«, sagte er zu mir. »Madame Cleremont hat mir vom Tod deines Mannes erzählt, und wie du an dem reizenden Kind hängst.«

»Sie ist mir eine große Freude.«

Wir verfielen abermals in Schweigen. Nach einer Weile sagte er: »Ich fand es interessant, was die Gräfin über euren Salon gesagt hat, und daß sie meint, ihr solltet ein Haus in Paris eröffnen. Sie hat recht.«

»O ja, wir wissen, es hat etwas für sich, aber meine Großmutter und ich sind dagegen ... jedenfalls im Moment. Wir sind hierzulande noch gar nicht so lange im Geschäft, und einmal … am Anfang … wären wir beinahe ins Unglück gestürzt. Seitdem sind wir vorsichtig.«

»Aber ihr müßt den Schritt tun«, sagte er.

Grandmère sah ihn eindringlich an, und ich hatte das Gefühl, daß sie wußte, was er jetzt sagen würde.

Und es kam: »Vielleicht könnte ich dabei behilflich sein.«

Ich sah ihn verwundert an.

Er fuhr fort: »Ich würde es liebend gerne tun. Ich bin kein armer Mann. Ich habe meine Weingüter. Wir haben gute Jahre, wenn alles bestens geht. Wenn das Wetter es gut mit uns meint und die Reblaus uns verschont … dann machen wir schöne Gewinne. Es ist mir nicht schlechtgegangen. Ich würde es als ein Privileg betrachten, wenn du mir erlauben würdest, euch zu dieser Dependance in Paris zu verhelfen.«

»Oh«, sagte ich rasch, »das ist sehr lieb von dir, aber wir möchten auf keinen Fall Geld leihen …«

»Damit habt ihr sehr recht. Wie sagt doch euer Shakespeare: *›Neither a borrower nor a lender be …‹* Aber ich rede nicht von einer Anleihe. Du bist meine Tochter. Sollte so etwas zwischen Vater und Tochter nicht möglich sein? Laß mich diese Dependance in Paris finanzieren … als eine Art Mitgift.«

Ich fuhr entsetzt zurück und sah argwöhnisch zu Grandmère hinüber. Sie saß mit niedergeschlagenen Augen da, die Hände im Schoß. Sie wagte nicht, mir ihr triumphierendes Strahlen zu zeigen. »Das kann ich nicht annehmen«, sagte ich scharf.

»Es würde mir aber große Freude machen.«

»Bitte, denk nicht mehr daran!«

Er sah mich traurig an. »Ich sehe, du akzeptierst mich nicht als deinen Vater.«

Ich stammelte: »Ich habe dich heute abend erst kennengelernt. Die Begegnungen im Park zählen nicht. Und du bietest uns so etwas an! Ist dir klar, was so ein Unternehmen kostet?«

»Ich bin der Ansicht, daß es meine Mittel nicht übersteigen würde.«

»Nein, nein«, sagte ich. »Das kommt nicht in Frage. Wir haben hier ein sehr einträgliches Geschäft. Das genügt mir. Es bringt einen sehr guten Ertrag auf das Kapital, das mir mein Mann hinterlassen hat. Ich kann meine Tochter zwar nicht in Luxus aufziehen, was ihr vielleicht ohnehin nicht gut bekäme, aber sie kann in annehmlichen Verhältnissen aufwachsen.«

»Wir werden es uns noch durch den Kopf gehen lassen.«

»Nein. Bitte, vergiß es! Es ist sehr großzügig, und ich danke dir herzlich. Aber ich kann es nicht annehmen.«

Er senkte den Kopf.

Um das Thema zu wechseln, stellte ich ihm eine Menge Fragen über seine Weingüter. Er sprach voller Begeisterung von ihnen. Er erzählte lebhaft von den Launen und Einflüssen des Klimas. Die Witterung war der große Feind, aber wie viele Feinde konnte sie auch ein guter Freund sein. Die Leute waren verzweifelt, wenn die Sommer zu naß waren, und sie beteten in der Kirche um einen warmen, sonnigen Herbst, der die Ernte mehr als einmal gerettet hatte. Er ließ mich die Aufregungen der Weinlese spüren. »Ihr müßt einmal kommen und es euch ansehen, du und die Kleine«, sagte er. »Nachdem wir uns nun gefunden haben, wollen wir uns nicht wieder verlieren. Katie wird die Weingärten mögen.«

»Ganz bestimmt.«

»Und es würde uns glücklich machen.«

»Aber deine Frau und deine Familie?«

»Meine Frau ist vor zwei Jahren gestorben. Sie war älter als ich. Unsere Ehe ging recht gut. Mein Sohn Georges und meine Tochter Brigitte sind beide verheiratet. Ich glaube, sie würden sich freuen, dich kennenzulernen.«

Ich sagte: »Dann müssen wir kommen.« Ich wandte mich an Grandmère. »Findest du nicht?«

Sie nickte heftig.

Es war spät geworden, als er sich zum Gehen erhob. »Bis morgen!« sagte er. »Ich darf doch vorbeischauen?«

»Sie müssen kommen, wann immer Sie wollen«, sagte Grandmère bestimmt.

Ich wußte, daß sie in mein Zimmer kommen würde, sobald ich im Bett lag. Sie sah jung aus für ihr Alter, mit den schulmädchenhaft zu zwei Zöpfen geflochtenen Haaren und in dem schlichten, aber eleganten Morgenrock.

»Das war ein unvergeßlicher Abend!« sagte sie.

»Es kommt nicht alle Tage vor, daß eine Frau vor einem Vater steht, den sie bis dahin nicht gekannt hat. Du hast das alles arrangiert, nicht wahr, Grandmère?«

»Hm …«

»Ich kenne dich zu gut«, sagte ich. »Außerdem verrät dein Gesicht dich immer. Du hast das ausdrucksvollste Gesicht, das ich kenne. Du bist nach Frankreich gegangen in der Absicht, ihn zu finden. Du hast ihm vorgeschlagen, mich kennenzulernen, nicht wahr?«

»Er mußte nicht dazu überredet werden.«

»Aber was war dann in all den Jahren …«

»Wie konnte er wissen, wo seine Tochter war?«

»Du hast ihm also gesagt, wo ich bin und daß er kommen solle, um mich kennenzulernen.«

»Sobald er es wußte, wollte er dich sehen.«

»Und hast du vielleicht zufällig den Salon erwähnt … und daß wir erwägen, eine Dependance in Paris zu eröffnen?«

»Das hat die Gräfin vorhin beim Essen getan.«

»Kam es da ganz überraschend für ihn?«

»Na ja, vielleicht habe ich erwähnt, daß …«

»Und jetzt hat er sein Angebot gemacht. Ich denke, das kam nicht spontan.«

»Was soll diese Fragerei? Ist es nicht gut, daß er es tun will?«

»Dann hast du es ihm vorgeschlagen?«

»Er wollte wissen, wie es dir geht … wie du lebst. Es ist doch natürlich, daß er mehr von seiner Tochter erfahren wollte. Doch genug davon. Du mußt das Geld nehmen.«

»Grandmère, das kann ich nicht. Das ist wie Bettelei. Es ist beschämend. Es ist, als verlange ich von ihm einen Preis, weil er meine Mutter im Stich gelassen hat.«

»Du denkst nur an dich, *ma chérie*. Du mußt auch an die anderen denken. Ihm würde es Freude machen. Warum soll sie ihm wegen deines Stolzes versagt sein?«

»Grandmère, du willst doch nicht etwa sein Geld nehmen?«

»Ich nähme es mit größtem Vergnügen. Es verschafft uns, was wir brauchen: den Salon in Paris. Ich habe immer gewußt, daß wir ihn haben müssen. Ich habe mir immer gesagt: ›Eines Tages …‹, und nun ist es soweit, und du willst nichts davon wissen.«

»Ich kann es nicht annehmen, Grandmère.«

»Dann müssen wir alle unter deiner Torheit leiden. Du, ich, die Gräfin, Cassie … und dein Vater.«

»Aber …«

Sie schüttelte den Kopf. »Denk mal an ihn. Er ist außer sich vor Zerknirschung. Er wünscht sich eine Chance, das Unrecht, das er deiner Mutter angetan hat, wiedergutzumachen. Es hat sein Gewissen jahrelang belastet. Wenn er dies für uns tun könnte, wäre er glücklich. Er würde es als eine Art Entschädigung empfinden. Aber Madame Lenore – sie sagt nein. Mein Stolz, mein edler Stolz, der geht vor.«

»Grandmère, wie kannst du es nur so hinstellen!«

»Ich stelle es hin, wie es ist. Nein, ich gehe, mein störrisches Eselchen. Gute Nacht! Träume süß! Träume von all dem Guten, das du tun könntest und das zu tun du dich weigerst wegen diesem dummen Stolz, der keinem guttut, weder Gott noch einer Frau.«

»Gute Nacht, Grandmère!«

An der Tür drehte sie sich um und warf mir eine Kußhand zu. »Möge der liebe Gott dich behüten, mein Liebes«, sagte sie.

Als die Gräfin vom Angebot meines Vaters erfuhr, klatschte sie fröhlich in die Hände und warf die Arme um Großmutters Hals. »Freuen Sie sich nicht zu früh!« sagte Grandmère. »Lenore hat beschlossen, das Angebot auszuschlagen.«

»Was?« rief die Gräfin.

»Hat etwas mit Stolz zu tun.«

»O nein!«

»Ja … leider«, sagte Grandmère. Sie saß da und wiegte sich hin und her, ein Lächeln auf den Lippen. »Der arme Mann«, fuhr sie fort, »der liebende Vater. Er ist von Scham erfüllt wegen all dem, was vor Jahren geschah. Jetzt hat er seine Tochter gefunden und will ihr zeigen, wie glücklich er ist. Er möchte dieses äußere Zeichen seiner Freude anbieten … und seine Tochter sagt: ›Nein, du mußt dir weiter Vorwürfe machen! Ich werde dich nicht davon erlösen.‹ Der Ärmste. Stolz ist etwas Grausames. Er gehört zu den sieben Todsünden.«

»So ist es nicht, Grandmère. Ich weiß jetzt, daß du ihn deswegen aufgesucht hast. Du warst entschlossen, ihn zu finden, weil wir dieses Geld brauchen, um die Niederlassung in Paris zu eröffnen. Gib's zu!«

»Ich treffe mich mit ihm. Er erkundigt sich, was seine Tochter macht. Ich sag's ihm … wie hätte ich ihm nicht hiervon erzählen sollen? Er hört zu … sehr aufmerksam … und er sagt sich: ›Ah, hier ist eine Chance für mich, das Unrecht wiedergutzumachen, das ich meiner armen Marie Louise angetan habe. Dies ist ihre Tochter … ihre und meine … ich will sie glücklich machen. Das kann ich mit Leichtigkeit.‹ Aber leider, sie will es nicht annehmen. Ihr Stolz hindert sie daran. Seine Reue, seine Traurigkeit sind ihr egal. Da ist nichts zu machen … wegen diesem Stolz … diesem mächtigen, störrischen Stolz.«

Ich mußte unwillkürlich lachen, und die anderen stimmten ein. Die Gräfin wollte feiern. »Cassie«, rief sie, »bringen Sie eine Flasche Champagner!«

»Aber ich habe nicht zugestimmt …«

»Diese Gelegenheit können wir uns nicht entgehen lassen. Sie können nicht so grausam zu uns sein.«

»Aber sehen Sie denn nicht …?«

»Ich sehe die Zukunft. Ich sehe den Pariser Salon. Was uns immer gefehlt hat, können wir nun haben.«

Cassie kam mit dem Champagner. »Was gibt's denn?«

»Lenores Vater will das Geld für den Pariser Salon zur Verfügung stellen.«

Cassie strahlte vor Freude. Sie setzte das Tablett ab und sagte zu mir: »Lenore, das ist ja wunderbar.«

Ich dachte: Du auch, Cassie. Und am Ende gab ich nach.

Jetzt begann eine aufgeregte Geschäftigkeit. Allmählich gelangte ich zu der Überzeugung, das Richtige getan zu haben. Mein Vater war ständig im Salon. Er hörte sich unsere Pläne begeistert an.

Julia kam. »Ein Wunder ist geschehen«, sagte die Gräfin zu ihr. »Wir eröffnen in Paris.« Julia vernahm es mit weit aufgerissenen Augen. »Wir haben einen Wohltäter«, fuhr die Gräfin fröhlich fort. »Lenores Vater stellt das Geld zur Verfügung.«

»Lenores Vater!«

»Ja. Er ist aus heiterem Himmel erschienen. Er ist reizend und großzügig.«

Mein Vater kam herein, als Julia da war, und wurde ihr vorgestellt. »Ich habe Sie schon mal gesehen«, sagte sie.

»Als du mit uns im Park warst«, erinnerte ich sie.

»O ja, ich weiß. Der Verehrer. Wir haben darüber gescherzt. Wir sagten, Lenore hat einen Verehrer.«

»Den hat sie auch«, sagte mein Vater.

»Das ist ja wunderbar! Ihr müßt mir alles erzählen.«

Die Gräfin konnte gar nicht mehr aufhören zu reden. Auch ich war jetzt ganz von dem Vorhaben gefangen, und als ich die Freude meines Vaters über meine Zustimmung sah, da wußte ich, daß die anderen recht gehabt hatten.

»Ihr seid schlau«, sagte Julia. »Die meisten Spitzenhäuser haben Niederlassungen in Paris. Ihr werdet jetzt ganz oben landen.« Sie sprach von Weihnachten. »Das war wirklich eine herrliche Zeit, nicht … bis dieses Mädchen auf der Galerie hysterisch wurde. Das haben sich wohl alle zu Herzen genommen. Ich nehme an, auf dem Land denkt man viel an solche Sachen. Drake wird dort jetzt vermutlich viel zu tun haben. Er sagt, er muß sich die Leute ›warmhalten‹. Jetzt ist die richtige Zeit dafür. Er muß sich auf die Wahl vorbereiten … alle müssen wissen, wie sehr er um sie besorgt ist.« Sie küßte mich überschwenglich und ging.

Am selben Tag wurde vereinbart, daß ich mit der Gräfin und meinem Vater nach Paris fahren sollte. Dort wollten wir bleiben, bis wir geeignete Räumlichkeiten gefunden und alles in Gang gesetzt hatten.

Ich war unterdessen ebenso begeistert bei der Sache wie alle anderen. Mein Vater war so glücklich. Er werde eine große Hilfe sein, sagte die Gräfin. Er sei nicht nur Geschäftsmann, sondern auch Franzose, und wir müßten bedenken, daß wir in Frankreich ein Geschäft eröffneten.

»Das dürften wir nicht so leicht vergessen«, sagte ich zu ihr.

Sie klatschte in die Hände und murmelte: »Paris«, als wäre Paris der Himmel.

Ich ließ Katie in Grandmères und Cassies Obhut zurück und brach mit meinem Vater und der Gräfin auf. Von dem Augenblick an, als wir aus dem Gare du Nord traten, war ich von der Aufregung dieser bezauberndsten aller Städte erfaßt, und ich war wie die Gräfin überzeugt, daß unser Unternehmen erfolgreich sein würde. Es war tröstlich, unter der Führung meines Vaters dort zu sein, denn die Stadt war etwas verwirrend. Er hatte alle Arrangements getroffen; er wußte genau, was wir als erstes tun mußten. Er war guter Laune, und mir wurde klar, wie glücklich ich ihn – ebenso wie die anderen – gemacht hatte, indem ich sein Angebot annahm. Er verfrachtete uns in eine Droschke und gab dem Kutscher Anweisung, uns in unser Hotel in der Rue de la Fayette zu bringen. Diese Fahrt durch die Straßen von Paris, wo alles voller Leben schien, werde ich nie vergessen. Wir kamen an Märkten vorüber, wo ich Händlerkarren auf dem Pflaster erspähte, an Cafés und Restaurants, wo sich im Sommer, wie mir mein Vater erzählte, die Leute draußen an Tischen zum Essen und Trinken niederließen, da sie es liebten, im Freien zu leben. Der Verkehr schien sich in alle Richtungen zu bewegen, und die Kutscher verständigten sich schreiend über den Straßentumult hinweg.

Mein Vater wies unterwegs auf Sehenswürdigkeiten hin. »Es wird dir gefallen, Paris kennenzulernen. Ich werde dir den Montmartre zeigen, Notre-Dame … und vieles mehr.«

»Zuerst müssen wir unsere Räumlichkeiten finden«, erinnerte ihn die Gräfin.

»Aber ja, ich habe nicht vergessen, liebe Gräfin, daß dies der Zweck unseres Besuches ist.«

Bald hatten wir uns in unserem Hotel einquartiert. Ich hatte ein Zimmer mit hoher Decke und einem Balkon, von dem ich auf die Straße hinabsehen konnte. Wir sollten uns zeitig zurückziehen, meinte mein Vater, und morgen mit der Suche beginnen.

Ich fand es aufregend, hier zu sein, dachte aber gleichzeitig an Katie und fragte mich, ob sie mich wohl vermißte. Ich dachte an Drake und den Weihnachtsbesuch, der so anders verlaufen war, als ich erwartet hatte. Natürlich begeisterte mich die Aussicht, einen Salon in Paris zu eröffnen, aber mein Zuhause und mein Herz waren in London. Ob das so war, weil Drake dort lebte? Seltsam, meine Gefühle für ihn schienen sich seit Weihnachten vertieft zu haben. Vorher war ich unsicher gewesen, aber die maßlose Enttäuschung, die ich empfand, als er mir keinen Heiratsantrag machte, hatte mir meine wahren Gefühle gezeigt. Julias Ankunft hatte alles verdorben – ebenso wie die komische Sache mit dem Mädchen, das einen Geist gesehen zu haben glaubte. Aber jetzt mußte ich mich auf das Pariser Vorhaben konzentrieren. Ich dachte: Ich helfe ihnen noch bei der Eröffnung, und dann ... heirate ich Drake. Ich würde mich immer für das Geschäft interessieren, aber meine allererste Sorge sollte meiner Familie gelten: Katie ... und Drake. Ich freute mich auf weitere Kinder, einen Sohn, noch eine Tochter. Ich wollte für meine Familie leben. Ich würde die Ehefrau eines Politikers sein. Ich hatte einmal jemanden sagen hören, wenn eine Ehe erfolgreich sein soll, ist darin kein Platz für zwei Karrieren.

Am nächsten Morgen waren wir früh auf. Man hatte uns Kaffee und Brioches aufs Zimmer gebracht, und alsbald waren wir bereit, uns auf die Suche zu begeben. Mein Vater hatte die Adressen von mehreren Anwesen besorgt, und so brachen wir auf. Eines lag nicht weit von unserem Hotel entfernt, und wir gingen zu Fuß hin.

Die Straßen von Paris haben etwas Anregendes. Es war ein strahlender Morgen, recht warm für diese Jahreszeit. Die Luft roch nach Kaffee, die Leute waren schon auf der Straße, und der Verkehr belebte sich bereits.

»Spürst du schon das Flair von Paris?« fragte mein Vater. »Sobald sich die Gelegenheit ergibt, werde ich dich zum höchsten Punkt der Île de la Cité führen – das ist die Spitze von Notre-Dame. Von dort kannst du auf das Zentrum von Paris hinuntersehen.«

»O ja«, sagte ich, »das wäre wunderbar.«

Die Gräfin wurde ungeduldig. Wir waren geschäftlich hier, und sie wollte unbedingt damit weiterkommen. In den folgenden Tagen sahen wir uns mehrere Räumlichkeiten an, aber es war nichts Passendes darunter. Mein Vater zeigte mir eine Reihe Sehenswürdigkeiten, und zuweilen begleitete uns die Gräfin, doch die meiste Zeit besichtigte sie Geschäfte und studierte die Mode. Sie steckte stets voller Ideen.

»Sie ist eine sehr anregende Dame«, sagte mein Vater, »aber manchmal tut es gut, ihr zu entkommen, findest du nicht?«

Ich pflichtete ihm bei. Ich fand seine Gesellschaft sehr angenehm. Wir lernten einander näher kennen. Er war sehr zärtlich zu mir, stets bestrebt, mich für die Jahre der Vernachlässigung zu entschädigen, und ich bewunderte ihn, denn er war zweifellos ein Mann von großen Fähigkeiten. Die Gräfin fand das auch. Sie nahm seine Zeit stark in Anspruch, wenn sie angeregt übers Geschäft sprachen, über Kosten, Anfangsmöglichkeiten und Geschäftsausweitung. Es war fesselnd, ihnen zuzuhören, und mir wurde von Mal zu Mal klarer, daß ich nie so engagiert sein würde wie die Gräfin. Sie hatte nur das eine im Auge: den Erfolg des Geschäftes. Ich hatte noch andere Interessen.

Ich überließ mich den Vergnügungen von Paris. Mein Vater und ich unternahmen ausgedehnte Spaziergänge. Wir schlenderten Arm in Arm an den Seineufern entlang, und er erzählte mir von der Geschichte des Landes, das er so liebte. Er zeigte mir die Tuilerien und das aufregende Monument, das Gustave Eiffel erst vor wenigen Jahren errichtet hatte. Es ragte hoch auf und war jetzt das Wahrzeichen von Paris.

»Der Staat hat nur einen Teil der hohen Kosten übernommen«, sagte mein Vater in seiner nüchternen, geschäftsmäßigen Art. »Den Rest trug Monsieur Eiffel. Wie ich höre, hofft er, im Laufe der nächsten zwanzig Jahre das Geld – und natürlich noch mehr – durch die Eintrittsgebühren zurückzubekommen.«

»Glaubst du, daß er es schafft?«

»Ich bin nicht sicher. Im Augenblick hat er Schwierigkeiten wegen eines Vertragsbruchs im Zusammenhang mit dem Panamakanal. Monsieur Eiffel ist ein Spekulant … und das kann gefährlich sein.«

»Das finde ich auch. Deswegen …«

»Ich verstehe. Es ist klug, vorsichtig zu sein … und statt zu spekulieren und dabei zu verlieren ist es besser, überhaupt nicht zu spekulieren. Andere dagegen sagen: Wer nicht wagt, gewinnt nicht.«

»Es gibt für jedes Handeln eine Moral«, stimmte ich zu. »Deswegen ist es ja so schwierig, sich für das Richtige zu entscheiden.« Er erzählte mir von seiner Familie – die schließlich auch meine war. »Mein Vater ist ein sehr harter Mann«, sagte er. »Er beherrscht die Familie seit vielen Jahren … auch heute noch. Er hält sich für gerecht und handelt nach seinem Glauben. Aber er hat wenig Mitleid mit anderen und wenig Verständnis für menschliche Schwächen. Eigentlich ist er ein tragischer Mensch. Er ist der mächtigste und gewiß der am wenigsten geliebte Mann in Villers-Mûre. Alle fürchten sich vor ihm … ich könnte noch heute vor ihm erzittern. In seiner Gegenwart werde ich ein anderer Mensch. Deshalb komme ich nur noch selten nach Villers-Mûre. Ich habe eines meiner besten Weingüter in der Nähe. Ich glaube, mein Vater empfindet jetzt ein wenig Respekt für mich, seit ich mich von der Familie gelöst und es ohne seine Hilfe zu etwas gebracht habe. Er würde es nicht zugeben … aber es ist so. Aus diesem Grund werde ich in seinem Hause empfangen.«

»Nach all den Jahren erinnert er sich noch!«

»Er wird sich immer erinnern. Er vergibt oder vergißt nie etwas. Wenn man ihn ein einziges Mal verstimmt, das genügt. Meine Geschwister haben bis heute große Ehrfurcht vor ihm. Die Dorfbewohner zittern, wenn er naht, und machen sich so schnell wie möglich aus dem Staub.«

»Das hört sich an, als sei er ein Ungeheuer. Heute ist er doch sicher …«

»Er lebt in der Vergangenheit. Er befaßt sich hauptsächlich mit Seide. Er ist der größte Seidenproduzent der Welt. Das wollte er immer sein, und das gedenkt er zu bleiben.«

»Er muß schon ziemlich betagt sein.«

»Er ist siebzig.«

»Und benimmt sich immer noch wie ein Tyrann?«

Mein Vater nickte. »Das hat im Dorf und in der Fabrik schon Tradition. Villers-Mûre ist schließlich die Seidenfabrik. Die Leute sind von ihm abhängig. Wenn sie ihre Arbeit verlieren, müssen sie verhungern. So ist er der Herr über alle geworden.«

»Das hört sich an, als sei er ein Ungeheuer«, wiederholte ich. »Ich hatte gehofft, ihn eines Tages kennenzulernen.«

»Das ist kaum wahrscheinlich. Er würde dich nie empfangen.«

»Würde er seine Enkelin denn nicht einmal sehen wollen?«

»Er würde dich nicht als Enkelin anerkennen. Er ist streng religiös ... falls man das, was er ausübt, Religion nennen kann. Er würde, was er als Unmoral ansieht, niemals tolerieren. Er ist entschlossen, Villers-Mûre sauberzuhalten, wie er sagt. Wenn die Mädchen heiraten, rechnet er die Zeit aus, die zwischen der Trauung und der Geburt des ersten Kindes vergeht. Wenn es keine neun Monate sind, ordnet er eine Untersuchung an.«

»Ich fühle mich nicht sehr angetan von ihm.«

»Das macht nichts, weil du ihm nie begegnen wirst.«

»Schade. Ich würde Villers-Mûre gern einmal sehen.«

»Du wirst in die Gegend kommen, wenn du mein Weingut besuchst. Meiner verheirateten Schwester, die in der Nähe wohnt, wirst du willkommen sein.«

»Dann ist es nur der alte Herr, den ich nicht sehen werde?«

Er nickte. »Nimm's nicht so schwer! Du bist glücklicher dran, wenn du ihn nicht zu sehen bekommst. Er verbringt eine Menge Zeit in der Kirche; er geht täglich zur Messe und sonntags zweimal. Er hat eine seltsame Auffassung von Rechtschaffenheit, die sich kaum mit dem christlichen Glauben vereinbaren läßt. Ich glaube, er würde gern in Frankreich die Inquisition einführen. Er meint, daß alle, die nicht der katholischen Kirche angehören, Sünder sind. Er hat dem Familienzweig, der vor Jahren abtrünnig wurde, nie verziehen – das waren die Hugenotten. Aber er verfolgt genau, was sie in England treiben. O ja, er weiß alles von der Familie, obgleich sie ausgewandert sind und sich Sallonger nennen. Er empfängt sie, wenn sie in Frankreich sind. Er hofft immer, sie wieder in den Schoß der katholischen Kirche zurückzuholen.«

»Es ist immer sehr interessant, etwas von der eigenen Familie zu erfahren. Bis jetzt hatte ich nur Grandmère.«

»Sie ist ein tapferer Mensch«, sagte er. »Sie ist die einzige, die sich je gegen meinen Vater aufgelehnt hat. Ich glaube, daß er sie widerwillig bewundert. Er war es ja, der sie und dich nach England zu dem Familienzweig schickte, der sich Sallonger nennt. Und du … hast dann einen von ihnen geheiratet.«

Jeden Tag erfuhr ich mehr, und wir kamen uns immer näher.

Unterdessen hatte die Gräfin das Gewünschte gefunden, ein kleines, aber elegantes Geschäft in der Nähe der Champs-Élysées. »Eine gute Lage«, erklärte sie, »genau das richtige.« Sie wollte unbedingt, daß mein Vater es sich ansah. Dies tat er, und er stimmte voll und ganz zu.

Ich liebte die Champs-Élysées, den Cours de la Reine und den herrlichen Arc de Triomphe. Ich sah den Kindern gerne beim Spielen im Park zu und dachte: Hierher werde ich mit Katie kommen. Sie soll auch einen Reifen haben. Es muß wunderbar sein, wenn im Sommer die Tischchen mit den bunten Sonnenschirmen draußen stehen.

Ich wurde von der Aufregung beim Planen des Salons angesteckt. Die Ausflüge wurden seltener. Mein Vater war fast so aufgeregt wie die Gräfin. Sie arbeitete unermüdlich. Sie konnte es nicht erwarten, alles in Gang zu bringen; sie ärgerte sich über Verzögerungen, wollte sie doch bald Grandmères prächtige Kreationen im Schaufenster und mehrere Näherinnen emsig hinter dem Vorführraum arbeiten sehen.

Die Abschlußverhandlungen dauerten länger, als wir gedacht hatten. Wir waren schon sechs Wochen fort. Mir war, als hätte ich Katie eine Ewigkeit nicht gesehen, und ich sehnte mich nach Hause. Ich hatte ihr etliche Geschenke gekauft, darunter eine große Puppe, die keiner glich, die ich bis dahin gesehen hatte. Es war eine elegante Pariserin, die man an- und ausziehen konnte, und wenn man sie nach hinten hielt, machte sie die

Augen zu; ihre schönen Wimpern lagen dann üppig auf ihren rosigen Porzellanwangen.

Es war wunderbar heimzukehren. Ich war an Deck, als die weißen Felsen in Sicht kamen. Dann folgte die Fahrt nach London. Wir wurden bei der Ankunft erwartet. Katie warf sich in meine Arme. »O Mama … es hat so lange gedauert!«

»Wir werden uns nie wieder so lange Zeit trennen«, versprach ich. Und dann begrüßte mich Grandmère. Aber es war nicht alles in Ordnung, das sah ich an ihrem Blick.

»Wie steht's?« wollte ich wissen.

»Sehr gut. Sehr gut«, wiederholte sie zu eifrig, und da wußte ich, daß sie nicht die Wahrheit sprach. Grandmères Gesicht verriet sie immer.

Es gab viel zu erzählen. Die Gräfin platzte mit der Neuigkeit unseres wunderbaren Fundes in Paris heraus. Wir sollten bald eröffnen. Nur die Formalitäten machten sie verrückt. Warum konnte der Kauf von Geschäftsräumen keine einfache Angelegenheit sein? Da mußte dies sein und jenes … das war alles zum Verrücktwerden.

Cassie freute sich, uns zu sehen. »Wir haben gewartet und gewartet, bis du nach Hause kommst, nicht wahr, Katie?«

Katie nickte. Sie wich nicht von meiner Seite. Sie hielt meine Hand, wie um zu verhindern, daß ich wieder fortging. Ich war sehr gerührt.

Am Abend, als sich alle zurückgezogen hatten, erfuhr ich von Grandmère die Neuigkeit. Ich ging in ihr Zimmer und fragte, was geschehen sei. Sie sah mich eine Weile fest an und sagte dann: »Drake will sich verheiraten.«

»Was?« rief ich.

»Mit Julia«, ergänzte sie.

Ich konnte sie nur anstarren. Alle meine Zukunftsträume lösten sich plötzlich auf.

»Sie verschickt Einladungen zur Hochzeit. Die findet in zwei Wochen statt.«

Mir fiel nichts anderes ein als: »So bald schon?«

»Ja. Es scheint ein hastiger Entschluß gewesen zu sein.« Sie wich meinem Blick aus.

»Oh ... hm ... gute Nacht!« Ich mußte allein sein. Ich war vollkommen erschüttert. Plötzlich war ich wie betäubt vor Elend. Mir war bis dahin nicht klar gewesen, wieviel Drake mir bedeutete.

Ich weiß nicht, wie ich den nächsten Tag überstand. Es fiel mir schwer, für Katie ein fröhliches Gesicht zu machen. Sie wollte alles von Paris erfahren. Ich erzählte ihr vieles von dem, was mein Vater mir erzählt hatte. Daß auch die Gräfin und Cassie erschüttert waren, merkte ich daran, wie sie jegliche Erwähnung Drakes peinlichst vermieden.

Ich war bitter gekränkt. Ich dachte, daß ich meinem instinktiven Gefühl nie mehr vertrauen würde. Ich war sicher gewesen, daß er mich liebte.

Vor Grandmère den Schein zu wahren schien unmöglich. Sie kam am nächsten Abend in mein Zimmer, nachdem die anderen schlafen gegangen waren, wie sie es immer tat, wenn wir etwas unter uns zu besprechen hatten. »Mein Liebling, mir brauchst du nichts vorzumachen«, sagte sie. »Ich weiß, wie dir zumute ist. Es ist ein großer Schock für dich. Ich habe mich gefragt, wie ich es dir am besten beibringen soll. Ich fürchte, ich habe es ungeschickt angestellt.«

»Nein ... nein, das hast du nicht. Ich mußte es sofort wissen.«

»Und du hattest ihn gern?«

Ich nickte.

»Ich konnte es nicht begreifen. Ich dachte, du wüßtest es vielleicht ... Du hättest ihm vielleicht gesagt, daß du ihn nicht heiraten willst, und da hat er sich ihr zugewendet. Ich dachte, du hattest ihn gern, und ich war froh darüber, denn ich fand, er ist ein guter Mensch. Ach, *mon amour,* unterdrücke deine Gefühle nicht! Laß dich gehen, ich bin doch nur die alte Grand-mère! Wir stehen uns zu nahe, um uns etwas vorzumachen.«

»Ach, Grandmère, liebe Grandmère, ich fühle mich so … so verloren und durcheinander! Ich weiß nicht, was ich fühle.«

Sie hielt mich in ihren Armen und wiegte mich wie ein Baby. »Es geht vorüber. Alles geht vorüber. Es ist besser, daß du so einen Mann nicht heiratest. Er ist eindeutig wankelmütig … Er ist anders, als wir gedacht haben.«

»Bloß weil er Julia vorzieht.«

»Aber er hat so deutlich gezeigt, daß er *dich* liebt. Und dann macht er so was … Es ist unbegreiflich. Er kam am Tag nach deiner Abreise hierher. Cassie hat ihn empfangen. Ich ließ mir von ihr alles erzählen, was vorgefallen war. Arme Cassie, sie dachte, sie hätte etwas falsch gemacht. Er war nur fünf Minuten da. Er fragte nach dir. Cassie sagte: ›Sie ist mit Monsieur Saint Allengère und der Gräfin nach Paris gefahren. Sie wollen sich dort nach Räumlichkeiten für den Salon umsehen. Sie sind ganz aufgeregt deswegen.‹ Das seien ihre Worte gewesen. Er sei ganz bleich geworden und habe gesagt: ›Ich verstehe. Ich kann nicht bleiben, ich muß sofort gehen.‹ Sie sagte, er habe mich nicht sehen wollen. Er sei nicht direkt schroff gewesen, aber ent-schlossen, sofort zu gehen.«

»Äußerst seltsam. Er war doch immer so freundlich zu uns allen.«

»Er ist nicht wiedergekommen. Und kürzlich kam die Bekannt-gabe seiner Verlobung mit Julia. Sie war wegen ihres Brautko-stüms hier.«

»O nein!«

»Ich konnte den Auftrag nicht ablehnen, das hätte komisch ausgesehen. Damit hätten wir uns verraten. Es ist schon fertig. Sie hat es abgeholt. Die Arbeit daran habe ich gehaßt. Aber … was spielt das für eine Rolle?«

»Hat sie was von mir gesagt?«

»O ja. Sie hat die ganze Zeit geplappert. Ob es nicht wunderbar sei, daß du endlich nach Paris gingst? Das habest du dir doch gewünscht. Sei das Leben nicht wunderbar ... und voll Überraschungen? Und sie werde nun den wunderbaren Drake Aldringham heiraten. Es werde ein großer Spaß. Sie habe schon immer in die Politik gehen wollen ... und werde es nun mit Drake tun. Damit seien viele gesellschaftliche Verpflichtungen verbunden. Jeder Mann wünsche sich eine Frau, die hinter ihm stehe ... die richtige Frau. Sie wolle sich seiner Karriere widmen.«

»Sie ist gewiß eine erfahrene Gastgeberin.«

»Ich glaube, daß er sie deswegen heiratet«, sagte Grandmère.

»Hältst du ihn für so berechnend?«

Sie nickte bedächtig. »Wir haben uns in ihm geirrt, und diese Sache ist ein verkappter Segen. Julia hat noch weiter von dir gesprochen. Sie sagte, du solltest nicht Witwe bleiben. ›Wissen Sie, was ich tun werde?‹ fragte sie. ›Ich werde einen Mann für sie finden.‹«

Ich schlug die Hände vors Gesicht.

»Ich weiß, Liebstes. Sie hat so etwas ... etwas Boshaftes. Ich traue ihr nicht. Sie ist eine ... wie sagt man ... eine falsche Schlange. Ja, das ist sie. Laß es gut sein, *ma chérie!* Sie haben einander verdient. Die werden nicht glücklich miteinander.«

»Sie werden sich verstehen«, sagte ich. »Ich habe ihn offensichtlich nicht verstanden.«

»Er heiratet Julia ihres Geldes wegen.«

»Irgendwie kann ich das nicht glauben, Grandmère.«

»Man glaubt es allgemein. Lady Travers war vor ein paar Tagen hier. Du weißt, wie sie klatscht. Sie weiß über alles Bescheid. Natürlich hat sie von Julias bevorstehender Heirat gesprochen. ›Arme Julia‹, sagte sie, ›über die erste Blüte der Jugend hinaus, aber immer noch eine sinnliche Natur. Sie wollte sich Drake Aldringham schon immer angeln, und endlich hat sie ihm gezeigt, was sie für ihn tun kann.‹ Ich fragte unschuldig: ›Was kann sie denn tun?‹ – ›Drake hat es in sich‹, sagte sie. ›Er hat das Zeug

zum Minister ... Er könnte vielleicht sogar das Amt des Premierministers anstreben ... Julia weiß das. Wie gern wäre sie die
Gattin des Premierministers! Sie sieht sich als eine Anne Disraeli oder Catherine Gladstone. Ich bin überzeugt, sie gleicht keiner
von beiden im geringsten. Aber sie hat zumindest Geld. Und das
fehlt Drake. Seine Familie ist sehr reich, aber Drake hat einen
besonderen Stolz und will ohne familiären Beistand weiterkommen.‹ Ich sagte: ›Aber es macht ihm nichts aus, des Geldes
wegen zu heiraten?‹ – ›Das, meine liebe Madame Cleremont, ist
etwas ganz anderes.‹ Ich sagte, das könne ich nicht einsehen,
aber sie winkte ab. ›Sie wird imstande sein, die richtigen Leute
einzuladen. Obwohl sie keine Ahnung von Politik hat, wird sie
ihn geschickt weiterbringen. Wir werden sehen. Es ist der ideale
Zeitpunkt – vor den Wahlen. Das Volk liebt Hochzeiten. Julia will
Drake, und Drake will Julias Geld – die richtige Kombination für
eine erfolgreiche Ehe. Sie wird zu trinken aufhören müssen. Sie
treibt es zu weit damit. Aber vielleicht kann Drake sie davon
abhalten.‹«

»Grandmère«, sagte ich, »ich kann nicht glauben, daß Drake sie
ihres Geldes wegen heiratet.«

»Ich kann mir keinen anderen Grund denken.«

»Ach, Grandmère, was soll ich nur tun?«

Sie strich mir übers Haar. »Du kannst nur eins tun, *ma chérie,*
weitermachen. Weißt du noch, wie es war, als Philip starb?
Damals dachtest du, du seist am Tiefpunkt angelangt. Aber die
Zeit hat geholfen, nicht wahr? Und hier schien sich eine Chance
zum Glück aufzutun ... aber es sollte nicht sein. Jetzt haben wir
unsere Dependance in Paris. Das wird uns alle sehr beschäftigen; und du hast die süße Katie, die so froh ist, daß du zurück
bist. Das arme Kind war ganz betrübt und hat jeden Tag gefragt,
wann du nach Hause kommst. Er hat dich enttäuscht, Lenore,
mein Liebes, aber hier sind die, die dich lieben.«

Ich weinte ein wenig. Ich konnte meine Gefühle nicht vor Grandmère verbergen. Sie brachte mir ein Beruhigungsmittel und

bestand darauf, bei mir sitzen zu bleiben, bis ich eingeschlafen war.

Die Gräfin konnte von nichts anderem sprechen als von Paris. Sie war so mit den Plänen beschäftigt, daß sie die Veränderung bei mir nicht bemerkte – oder vielleicht verstand ich es doch gut, meine Gefühle zu verbergen.

Katie war mir wie immer ein Trost. Sie wollte, daß ich ihr noch mehr von Paris erzählte. »Ich darf doch auch hin, oder?« Ich bejahte und erzählte ihr von den Kindern, die mit ihren Reifen im Park spielten.

Mein Vater war nach Paris zurückgekehrt, um die Verhandlungen fortzusetzen. Ich sollte mit der Gräfin und Grandmère nachkommen. Cassie wollte hierbleiben, und wir hatten eine gute Geschäftsführerin, die sich für ein paar Wochen um alles kümmern konnte.

Unsere Einladungen zu Julias Hochzeit trafen ein. »Ich kann nicht hingehen«, sagte ich. Grandmère schwieg, und das bedeutete, daß sie fand, ich sollte gehen. Ich sprach sie darauf an.

Sie erwiderte: »Man soll seine Gefühle nicht offen zeigen. Cassie muß hingehen. Sie ist Julias Schwester … und du? Du bist mit ihnen aufgewachsen. Die Leute werden sagen: ›Wo ist Lenore?‹ und ›Wollte sie sich den jungen Mann nicht selbst angeln? Ist es Eifersucht … oder Neid? Jedenfalls ist es komisch, daß sie nicht bei der Hochzeit ist.‹«

»Es ist ungeheuerlich, daß die Leute so viel über unser Privatleben wissen.«

»Kein Wunder … wo sie doch alles beobachten, und so, wie wir leben …«

»Wenn ich hingehe …«

»Werde ich dir ein schönes Kostüm für den Anlaß machen. Samt, denke ich, mit Zobel verbrämt. Ich habe einen schönen blauen Samt, ein herrlicher Ton, nicht zu leuchtend, dezent. Er wird dir hervorragend stehen. Ein Hütchen mit einer Straußenfeder, ich weiß schon das Richtige.«

»Ich gehe ungern.«

»Ich weiß. Laß dich nur beim Empfang sehen. Du kannst dann bald verschwinden. Die Presse wird dasein. Er ist schließlich ein aufsteigender Politiker, und sie ist in Gesellschaftskreisen für ihre Feste bekannt. ›Die Braut sah fabelhaft aus in ihrem Lenore-Kostüm … auffallend war die Abwesenheit von Lenore selbst, die eine gute Bekannte der Braut ist.‹ Das darf nicht sein. Lenore muß dort sein, denn es wird bemerkt.«

»Du hast recht, Grandmère.«

Sie nickte zufrieden.

Seit ich die Neuigkeit gehört hatte, war mir, als lebte ich in einem Traum, aus dem ich bald erwachen würde. Drake würde Julia nicht heiraten … das konnte er nicht tun, nach all den Zeichen, die er mir gegeben hatte. Ich dachte oft an unsere Zusammenkünfte im Park und wie sie die Tage belebt hatten. Und nun … war es vorbei.

Die Begegnungen, die mir so viel bedeutet hatten, hatten ihn ungerührt gelassen.

An seinem Hochzeitstag zog ich mein blaues Samtkostüm an und setzte mir das Hütchen mit der Straußenfeder auf den Kopf. Als Grandmère und die Gräfin mich sahen, klatschten sie in die Hände. »Einfach vollkommen«, murmelte die Gräfin. Sie selbst war natürlich elegant aufgemacht, denn sie wollte beim Empfang zugegen sein. Julia war ihr Schützling gewesen. Sie hatte ihre erste Ehe arrangiert und war, das wußte ich, nun bestürzt. Wie Grandmère hatte sie Drake mir zugedacht.

Ich ging nicht zur Kirche. Das hätte ich nicht ertragen. Der Empfang fand in Julias Salon statt, der für den Anlaß groß genug war.

Ich erspähte Drake neben ihr, als er ihr half, die Torte anzuschneiden, und während die Reden gehalten und auf ihr Wohl getrunken wurde. Mir fiel auf, daß er nicht sehr glücklich aussah, obwohl er lächelte. Mein Herz tat einen entsetzten Sprung, als ich quer durch den Raum seinen Blick auffing. Ich schlug die Augen nieder. Ich wagte nicht, ihn anzusehen. Ich muß fort, dachte ich und sah mich nach Cassie um. Die plauderte mit einer Gruppe Freunde. Ich wollte zu ihr gehen und fragen, ob sie bereit sei aufzubrechen.

Dann war er an meiner Seite. »Lenore«, sagte er.

»Oh …« Ich wappnete mich, um ihn anzusehen. »Drake. Ich gratuliere!«

»Und ich Ihnen.«

»Wozu?«

»Zu der Eröffnung in Paris.«

»Oh, Sie haben davon gehört?«

»O ja. Alles spricht davon. Welch ein Glück für Sie.«

»Ja, nicht wahr?«

»Wie gut, wenn man reiche Freunde hat.«

»Mein Vater wird einen Anteil an dem Geschäft haben.«

»Ihr *Vater*?«

»Wußten Sie das nicht? Hat Cassie es Ihnen nicht erzählt?«

»Cassie sagte, Sie seien in Paris … um die Dinge dort zu regeln. Von Ihrem Vater wußte ich nichts.«

»Sie haben ihn im Park gesehen.«

Er machte ein verwirrtes Gesicht.

»Erinnern Sie sich nicht? Er hat mich ein paarmal beobachtet. Wir haben ihn bemerkt. Julia meinte, es sei ein Verehrer.«

Er wiederholte: »Ihr Vater?«

»Es ist eine äußerst romantische Geschichte. Ich hatte ihn nie zuvor gesehen. Meine Mutter starb bei meiner Geburt. Sie waren nicht verheiratet, und seine Familie schickte Grandmère mit mir hierher nach England.«

Wieder sagte er: »Ihr *Vater* …«

»Was ist, Drake? Sie machen so ein verblüfftes Gesicht.«

»Julia sagte …« Er starrte mich an. »Wir müssen reden. Wir müssen hier weg.«

»Sie können nicht von Ihrem Hochzeitsempfang verschwinden. In Kürze brechen Sie zur Hochzeitsreise auf.«

Er sagte leise: »Ich hatte keine Ahnung, daß der Mann Ihr Vater ist. Ich dachte, er ist Ihr Verehrer … Ich dachte, daß Sie Geld von ihm nehmen für dieses Pariser Vorhaben, das ihnen so wichtig war.«

»Sie dachten …«

»Ja«, sagte er, »daß er Ihr Liebhaber ist.«

»Wie sind Sie denn auf die Idee gekommen! Sie haben doch sicher nicht geglaubt … Wie konnten Sie nur? Ich habe gezögert, das Geld von meinem Vater anzunehmen, aber Grandmère und die Gräfin haben mich überredet … und er war so erpicht darauf, weil er sich schämt für das, was er vor vielen Jahren getan hat, und für die Tatsache, daß er erst jetzt in mein Leben getreten ist.«

»Das ist … unmöglich.« Er sah sich hilflos um. »Was habe ich nur getan?«

Allmählich verstand ich. Er hatte geglaubt, ich hätte einen Liebhaber, ich sei die Geliebte meines Verehrers im Park geworden, um mein Geschäft vorwärtszubringen. Und wie war er zu dieser verleumderischen Annahme gekommen? Weil Julia es ihm weisgemacht hatte. Jetzt haßte ich sie, wie sie mit hochrotem Gesicht ihre Gäste anstrahlte. Sie hatte gewonnen.

Mir war zum Ersticken. »Ich möchte fort«, sagte ich.

»Nein«, widersprach er. »Ich muß mit Ihnen reden. Ich muß es Ihnen erklären.«

»Es gibt nichts mehr zu erklären, Drake.«

»Es gibt alles zu erklären. Sie müssen es doch gewußt haben.«

»Was?«

»Daß ich Sie gern habe. Was bin ich nur für ein Idiot gewesen! Ich wollte es Ihnen sagen. Ich dachte, Sie trauern immer noch um Philip … so sehr, daß Sie sich nicht entschließen können, wieder zu heiraten. Sie waren diejenige, die ich wollte. Was soll ich tun?«

»Sie werden Julia ein guter Ehemann sein«, sagte ich und fügte etwas verbittert hinzu: »Sie wird die richtigen Gesellschaften geben, und Sie werden mit einflußreichen Leuten zusammenkommen. So soll es bei einem ehrgeizigen Politiker sein. Vielleicht wird sie mit der Zeit wie Lord Beaconfields Gattin sagen können: ›Er hat mich wegen meines Geldes geheiratet, aber könnte er es noch einmal tun, dann geschähe es aus Liebe.‹«

»Geld!« rief er aus. »Alle sind vom Geld besessen!«

»Es ist etwas sehr Nützliches und Angenehmes.«

»Sie glauben, ich habe Julia des Geldes wegen geheiratet!«

»So wie Sie dachten, ich hätte mich des Geldes wegen hingegeben.«

»Das war ein entsetzliches Mißverständnis. Ach, Lenore, wir müssen uns treffen.«

»Ich finde nicht, daß wir uns allein treffen sollten.«

»Ich habe Ihnen so viel zu sagen.«

»Sie haben gedacht, ich hätte mir einen reichen Liebhaber genommen, um ein Geschäft in Paris einzurichten. Daß Sie mich dazu für fähig halten konnten, erschreckt mich. Sie können mich überhaupt nicht gekannt haben. Ich verstehe, daß Sie schockiert waren. Und da sagten Sie einfach: ›Sie hat sich für Geld verschachert, also tu' ich's auch.‹ Sie hielten Ihre Methode für respektabler als die, die Sie mir zuschrieben – aber selbst wenn es so gewesen wäre, in meinen Augen sind Sie ebenso unmoralisch.«

»Lenore …«

»Wir werden zu hitzig. Dies soll eine unbeschwerte Feier sein. Sie sollten mir von Ihrer Hochzeitsreise erzählen – wo sie hingeht, daß Sie auf mildes Wetter hoffen und so weiter und so fort.«

»Als ich es hörte«, fuhr er fort, »war ich erschüttert. Ich suchte den Salon auf. Dort schien man mir zu bestätigen, was Julia mir erzählt hatte.«

»Aber Julia *wußte,* daß er mein Vater ist. Sie wußte, daß er das Geld zur Verfügung stellen wollte.«

»Wie konnte sie?« murmelte er. »Ich werde sie von nun an hassen.«

»Sie sprechen von Ihrer Frau.«

»Ja, Gott steh' mir bei.«

»Wie konnten Sie!« rief ich aus. »Oh … wie konnten Sie nur!«

»Es kam einfach über mich«, sagte er. »Ich war erschüttert, verwirrt, wahnsinnig, als ich in Ihren Salon kam und erfuhr, daß Sie nach Paris gefahren sind – mit diesem Mann. Ich wußte, daß die Gräfin mit Ihnen gereist war. Ich stellte mir vor, wie sie sich um die Räumlichkeiten kümmerte, während Sie mit ihrem Liebhaber schliefen, um für das Unternehmen zu bezahlen …«

»Drake!«

»Jetzt weiß ich Bescheid. Ich hätte klarer denken sollen. Ich bin lange durch die Straßen gelaufen und versuchte, mir einzureden, ich sei noch einmal glücklich davongekommen.«

»Dasselbe habe ich mir eingeredet«, sagte ich.

»Wie konnten wir, Lenore … alle beide!«

Ich schwieg, und er fuhr fort: »Ich ging zu Julia. Ich aß bei ihr. Ich habe zuviel getrunken. Julia auch. Das tut sie oft. Es schien mir der beste Weg, um zu vergessen. Am nächsten Morgen fand ich mich in ihrem Bett wieder. Ich habe mich so geschämt. Ich wollte auf der Stelle fort. Ich kehrte nach Swaddingham zurück. Dort blieb ich und versuchte, die Episode zu vergessen. Julia schrieb mir, sie erwarte ein Kind … das Ergebnis jener Nacht. Mir blieb nur eines zu tun … und ich tat es.«

»Ach, Drake, wir haben alles gründlich verdorben.«

»Was sollen wir tun?«

»Es gibt nur eins, was wir tun können. Wir müssen uns fügen. Ich bin jetzt nicht mehr ganz so unglücklich, da ich weiß, daß Sie mich geliebt haben. Das tröstet mich ein bißchen. Darin habe ich mich nicht geirrt.«

»Ich liebe Sie. Ich habe Sie immer geliebt. Es begann in dem Augenblick, als ich Sie aus dem Mausoleum befreite.«

»Wie seltsam das ist«, sagte ich. »Hier gestehen wir uns unsere

Liebe auf Ihrem Hochzeitsempfang, nachdem Sie soeben eine andere geheiratet haben. Hat es eine solche Situation je gegeben?«

Er drückte meine Hand. »Lenore, ich werde Sie nie vergessen.«

»Aber das müssen wir so schnell wie möglich … einander vergessen.«

»Das ist unmöglich.«

»Tag, Lenore.« Das war Julia. »Alles in Ordnung? Sorgt Drake für dein Wohl?«

»Ich muß gehen«, sagte ich kühl.

»So beschäftigt mit dem Pariser Projekt? Wir haben Verständnis dafür, nicht wahr, Drake? Wir müssen uns ohnedies bald umziehen.«

Er schwieg. Sein Gesicht zeigte einen zutiefst unglücklichen Ausdruck, und als sie seinen Arm nahm, sah ich ihn zusammenzucken.

Ich sagte: »Ich gehe Cassie suchen. Lebt wohl!« Und damit ließ ich sie stehen.

Carsonne

Der Pariser Salon war meine Rettung. Ein ganzes Jahr arbeitete ich unentwegt. Ich wollte nicht an Drake denken. Grandmère war mir wie immer ein ständiger Trost. Sie hatte stets nur mein Bestes im Sinn. Und die Gräfin in ihrer resoluten Art ließ einfach nicht zu, daß ich mich selbst bemitleidete. In ihren Augen war der Pariser Salon eine wertvollere Erwerbung als ein Ehemann. Auch mein Vater war mir eine Hilfe. Er gab sich solche Mühe, mich für die Jahre zu entschädigen, die wir uns nicht gekannt hatten. Und ich hatte Katie. Sie fand es so aufregend, was bei uns vorging, und wenn ich ihr Gesichtchen vor Spannung leuchten sah und ihren endlosen Fragen lauschte, hatte ich das Gefühl, daß ich, wie groß mein Verlust auch war, eine Menge besaß, wofür es sich zu leben lohnte.

Sie alle kurierten mich in dieser Zeit, und die Tage wurden erträglich. Nachts aber war ich traurig und grübelte über das nach, was hätte sein können. Ich hatte Philip auf jugendlich-romantische Art geliebt. Wir hatten keine Zeit gehabt, unsere Fehler zu entdecken, die sich beim Zusammenleben womöglich offenbart hätten. Wir hatten in euphorischem Idealismus gelebt. Hätte es so weitergehen können? Vielleicht nicht. Aber unsere Liebe hätte in unserer Erinnerung fortbestanden, wie sie gewesen war, und nicht, wie sie sich möglicherweise entwickelt hätte. Dann war Philip unerwartet auf tragische Weise ums Leben gekommen, und niemand wußte genau, weshalb. Und als sich nun die Chance zu einer reiferen Beziehung mit einem Mann, den ich bewunderte, achtete und liebte, zu bieten schien, verlor ich durch eine Intrige auch ihn. Zuweilen hatte ich das Gefühl, dazu verdammt zu sein, meine Liebhaber zu verlieren und ihnen Unglück zu bringen. Philip hatte durch einen Schuß sein Leben verloren, und Drake hatte ein womöglich noch schlimmeres Schicksal ereilt: Er war mit einer Frau verheiratet, die er haßte. Ich mußte versuchen zu vergessen, daß mein Traum zerstört war, und von vorne beginnen. In gewisser Weise hatte ich Glück, denn dieses Unternehmen, das meine ganze Zuwendung erforderte, half mir sehr.

Grandmère hielt es für eine gute Idee, daß ich nach Paris ging. Wir konnten in London alles unserer ausgezeichneten Geschäftsführerin und Cassie überlassen. So fuhren Grandmère, die Gräfin, Katie und ich nach Paris. Die Gräfin kehrte von Zeit zu Zeit nach London zurück, um sich zu vergewissern, daß dort alles glattging, dann kam sie wieder zu uns.

Katie war von Paris begeistert. Ich hatte eine zweite Gouvernante für sie eingestellt, eine französische neben der englischen, denn da sie zeitweise in Frankreich leben würde, mußte sie die Sprache lernen. Umgekehrt sollte sie ihren Englischunterricht nicht vernachlässigen. Miss Price war streng und gewissenhaft und ein klein wenig steif, ganz im Gegensatz zu der quirligen, temperamentvollen Mademoiselle Leclerc. Sie kam aus Lyon, wo man, wie sie mir versicherte, das beste Französisch sprach. Katie war ein recht ernstes Kind. Sie war sehr gern mit Mademoiselle zusammen, aber ich glaube, sie hatte mehr Respekt vor Miss Price, die strenge Regeln aufstellte. Katies liebenswertes Naturell ermöglichte es ihr, sich den beiden anzupassen, und es amüsierte mich zu beobachten, wie sie sich in ihrer Gesellschaft jeweils veränderte: Sie konnte bei Miss Price ganz ernst und gesetzt und bei Mademoiselle Leclerc recht ausgelassen sein. Ich war mit dieser Wechselbeziehung zufrieden. In Mademoiselles Begleitung ging Katie mit ihrem Reifen in den Park; sie machten Dampferfahrten auf der Seine; sie lernte andere Kinder kennen und konnte schon bald mit ihnen schwatzen. Mit Miss

Price unternahm sie stille Spaziergänge am Fluß, sie betrachteten die Bücherstände und besichtigten historische Stätten. Miss Price legte Wert darauf, sie über die jeweilige Geschichte aufzuklären, und Katie gab das Gelernte an mich weiter. Ich war erfreut und zufrieden über die Kenntnisse, die sie erwarb.

Im Geschäft gab es einige Anfangsschwierigkeiten zu überwinden, aber die Gräfin verstand sich auf solche Angelegenheiten, und früher, als ich erwartet hatte, waren wir etabliert.

Ich dachte an zu Hause. Bei der Wahl, die kurz nach Drakes Hochzeit stattfand, triumphierte Gladstone, allerdings ohne die große Mehrheit, die er sich erhofft hatte, und er begab sich nach Osborne zur Königin und küßte ihr – sehr zu ihrem Mißfallen – die Hand. »Ein debiler Mann von zweiundachtzig«, sagte sie, »versucht England mit seinen jämmerlichen Demokraten zu regieren. Er war ausgesprochen lächerlich.«

»Das wird einer gewissen Partei Auftrieb geben«, bemerkte die Gräfin, als sie dies hörte.

Was Drake wohl machte? Ob er in Julias gesellschaftlicher Tüchtigkeit einen Ausgleich für den Mangel an Liebe fand?

»Es wird bald aus sein mit denen«, sagte die Gräfin. »Gladstones Irland-Besessenheit wird ihr Untergang.«

Ich mußte oft an das Kind denken, das so zufällig gezeugt worden war. Ob es Drake ein Trost sein würde? Es verging eine ganze Weile, ehe ich erfuhr, daß nie ein Kind unterwegs war. Also hatte der eigentliche Grund, weshalb Drake Julia geheiratet hatte, nie existiert.

Ich sehnte mich nach Nachrichten von zu Hause. Ich dachte sehr viel an Drake. Ich hatte erfahren, daß Gladstones Selbstverwaltungsgesetz, obwohl es das Unterhaus passiert hatte, vom Oberhaus abgelehnt worden war.

Ein weiteres Jahr verging, und ich dachte immer noch an Drake. Wir waren so beschäftigt, daß neben dem Salon kaum Zeit für etwas anderes blieb. Mein Vater kam regelmäßig nach Paris. Er war uns eine große Hilfe – nicht nur in finanzieller Hinsicht –, und ihm lag soviel wie uns daran, daß das Geschäft ein Erfolg wurde. Katie war ihm eine Wonne, zumal sie in seiner Muttersprache mit ihm plaudern konnte. Er redete mir beständig zu, seine Weingüter zu besuchen. Katie würde begeistert sein, sagte er. Und er hatte recht.

Er besaß mehrere Güter, aber am liebsten war ihm das in Villers-Carsonne nahe bei Villers-Mûre, wohl weil es in der Nähe seines Elternhauses und der Landschaft seiner Kindheit lag. Seine Stimme wurde sanft, wenn er von diesem Gut sprach. Aber nicht dorthin führte er uns zuerst, sondern zu einem Gut, das nicht so weit von Paris entfernt war. Er meinte, Katie werde sich für die Weinlese interessieren. Und sie war tatsächlich ganz begeistert und genoß die Wochen sehr, die wir dort verbrachten. Sie konnte reiten, und mein Vater ließ sie von einem Stallburschen unterrichten, mit dem sie, wenn sie sich nicht an der Weinlese beteiligte, auf dem Pony ausritt. Meine Erinnerung wanderte zu den Tagen zurück, als sie in Swaddingham auf Drakes Pony auf der Koppel geritten war, und ich wurde traurig beim Zuschauen und bei dem Gedanken, was hätte sein können. Katies glückliches Gesicht tröstete mich ein wenig. Es war ein großes Ereignis, als sie zum erstenmal ohne Leitzügel ritt. Mein Vater meinte, sie sei eine geborene Reiterin und auf dem Rücken eines Pferdes so sicher wie auf ihren zwei Beinen. Er ritt mit ihr durch die Weingärten – er auf seinem Rappen, sie auf ihrem Pony. Dabei sprach er mit ihr über die Trauben und beantwortete vergnügt ihre endlosen Fragen. Hinterher kam sie zu mir und berichtete mir alles.

Dies war eins der altmodischeren Weingüter, wo man die Trauben auf die uralte Art einstampfte. Ich glaube, mein Vater wollte Katie diese Methode zeigen und hatte uns deswegen hierhergebracht. Er sprach mit ihr wie mit einer Erwachsenen – womit er ihr Herz eroberte –, und er erklärte ihr, daß auf den meisten seiner Weingüter die Trauben schon mit einer Maschine zerquetscht wurden. Sie bestand aus zwei Holzzylindern, die sich in entgegengesetzter Richtung drehten und denen nicht eine einzige Weinbeere entging. Doch manche Leute zogen, sagte er, die alte Methode, nach der man seit Jahrhunderten verfahren war, vor.

Was für eine Nacht! Die Trauben, die zehn Tage lang auf einer ebenen Fläche in der Sonne ausgebreitet gelegen hatten, wurden in Tröge geschüttet, und die Dorfbewohner tanzten singend darauf herum und zerstampften sie, wobei der Saft in die darunter aufgestellten Bottiche tropfte.

Es war zauberhaft für Katie, ja für uns alle. Der Blick meines Vaters wurde gefühlvoll, als er sie beobachtete – mit wehenden Haaren, ihre Augen vor Aufregung leuchtend. »Du mußt jetzt immer zur Weinlese kommen«, sagte er.

Katie kehrte ungern nach Paris zurück, aber bald vergaß sie ihr Bedauern und war wieder zufrieden.

Eines Tages kam eine unserer englischen Kundinnen nach Paris, Lady Bonner, eine berühmte Gesellschaftshyäne, von der es hieß, sie wisse mehr vom Privatleben anderer Leute als sonst eine Frau in London. Sie war von lebhaftem Wesen und stets begierig, einem den neuesten Skandal mitzuteilen. Sie wußte von meiner Verbindung zu Julia und fragte mich, ob ich in letzter Zeit etwas von ihr gehört hätte. Ich verneinte.

»Ach du meine Güte! So ein Skandal! Armer Drake, er hat einen schlimmen Fehler gemacht. Es war natürlich ihr Geld. Das hat er gebraucht. Er ist ein ehrgeiziger Mann. Dabei kommt er aus einer wohlhabenden Familie. Aber er hat diesen Stolz, und er sagt: ›Nein, ich will meinen Weg allein machen!‹ Seinen Weg machen hieß Geld heiraten ... und das tat er. Aber was für eine Last hat sich der arme Mann da aufgehalst! Sie trinkt, wissen Sie.«

Ich sagte nur: »Oh?«

»O ja, meine Liebe. Haben Sie's nicht gewußt? Es war schon immer ein Problem bei ihr, aber jetzt ist es richtig ernst geworden.«

»Sie erwartete ein Kind ...«, begann ich. »Vielleicht hat sein Verlust ...«

»Ein Kind! Gütiger Himmel, nein! Das wäre nichts für Julia. Sie hatte es auf dieses Amt abgesehen. Sie war so betrunken, sie schwankte, als sie mit Lord Rosebery sprach, und wenn Drake sie nicht aufgefangen hätte, wäre sie glatt umgefallen. Sie können sich das Gerede vorstellen. Der arme Drake war ganz verlegen. Das könnte ihn einen Posten in der Regierung kosten ... falls es jemals eine stabile gibt. Er dachte, ihr Geld würde ihm helfen, und das hätte es auch getan – wenn sie die richtige Frau gewesen wäre. Alle denken sie, sie heiraten eine zweite Mary Anne Disraeli. Er hat einen großen Fehler gemacht, der Ärmste, und das könnte ihn leicht seine Karriere kosten.«

»Aber er ist ein fähiger Politiker«, wandte ich ein.

»Er hat erst halb gewonnen, meine Liebe.« Sie fuhr fort, von der Londoner Gesellschaft zu berichten, aber ich hörte nur halb zu. Ich dachte an Drake, der in ein solches Unglück gestolpert war. Armer Drake, er war nicht glücklicher als ich, und er hatte nicht die Tröstungen, für die ich so dankbar war.

Cassie kam hin und wieder nach Paris, und die Gräfin fuhr oft nach London. Wir machten jetzt in Paris Profite, und das Geschäft blühte auch in London, wo unser Ruf erheblich gewonnen hatte. Wir waren ein großer Name in der Welt der Mode geworden.

Drei Jahre waren vergangen, seit Drake Julia geheiratet hatte, und Katie war jetzt elf Jahre alt.

Eines Tages sagte mein Vater: »Ich fahre mit euch nach Villers-Carsonne.« Er hatte immer etwas zurückhaltend gewirkt, wenn er das Gut erwähnte, und ich hatte das Gefühl, daß er aus irgendeinem Grunde nicht gerne darüber sprach, geschweige denn uns dorthin brachte. Jetzt schien er zu dem Entschluß gekommen, daß die Zeit reif sei. Er wartete eine Gelegenheit ab, bis wir allein waren, um mit mir zu reden. »Du hast dich vielleicht gewundert«, sagte er, »warum ich euch nicht schon früher vorgeschlagen habe, nach Villers-Carsonne zu kommen.«

Ich gab es zu.

»Es liegt nahe bei dem Ort, in dem ich aufgewachsen bin. Es ist mein Lieblingsweingut. Dort produzieren wir unsere besten Weine. Ich bin oft dort, aber ich habe euch nie mitgenommen. Warum? wirst du dich gefragt haben.« Er hielt eine Weile inne und fuhr fort: »Weil ich dir zuvor viel zu erzählen habe. Dein Großvater, Alphonse Saint Allengère, ist in der Gegend dort sehr bekannt und gefürchtet. Villers-Mûre gleicht einer Feudalgemeinde. Dort ist mein Vater der Herr über alle, der *grand seigneur*, Monsieur le Patron. Er ist so mächtig wie ein mittelalterlicher König. Es ist eine eigenständige Gemeinde. Fast alle sind von der Seidenfabrik abhängig; ihm gehört die Fabrik, und daher verdanken sie ihm ihren Lebensunterhalt.«

»Das hört sich furchterregend an.«

Mein Vater nickte ernst. »Er würde zum Beispiel auch dich nicht empfangen, Lenore.«

»Ich weiß, daß er mich nicht als seine Enkelin anerkennt. Aber soll mich das hindern, dein Weingut zu besuchen? Das gehört ihm doch nicht, oder?«

»Es gehört mir. Wir sehen uns, wenn ich dort bin. Weil ich es ohne seine Hilfe zu etwas gebracht habe, hat er einen gewissen Respekt vor mir. Ich sei ein ungehorsamer Sohn, gibt er mir zu verstehen, aber widerwillig erlaubt er mir, ihn zu besuchen.«

»Ich glaube, ich würde lieber auf Besuche verzichten.«

»Ich nicht. Er übt eine bestimmte Faszination aus … Sosehr man seine Haltung auch ablehnt, man fügt sich ihm unwillkürlich.«

»Mir ist klar, daß ich von ihm nicht empfangen werde.«

»Aber meine Schwester Ursule freut sich, dich kennenzulernen.«

»Wird sie das dürfen?«

»Ursule wohnt nicht in unserem Elternhaus in Villers-Mûre. Sie lebt in Villers-Carsonne. Sie wurde vor langer Zeit enterbt. Sie hat sich ihm widersetzt.«

»Verzeih mir, Papa, aber dein Vater scheint mir ein Mensch zu sein, dem man besser nicht begegnet.«

Er nickte. »Ursule wurde kurz nach mir enterbt. Louis Sagon, mit dem sie jetzt verheiratet ist, kam in unser Haus, um die Bilder meines Vaters zu restaurieren. Er malte ein Portrait von Ursule, und sie verliebten sich ineinander. Mein Vater hatte natürlich anderes mit ihr vor. Er verbot die Heirat. Sie brannten durch, deshalb wurde sie verstoßen. Sie und Louis Sagon heirateten und ließen sich in Villers-Carsonne nieder. Mein Vater hat Ursule seitdem nicht mehr gesehen. Sie war mutiger als ich.«

»Und ist sie glücklich verheiratet?«

»Ja. Sie haben einen Sohn und eine Tochter. Sie möchte dich gerne kennenlernen. Wir sehen uns sehr oft, wenn ich auf dem Weingut bin.«

»Da seid ihr also alle beide enterbt.«

»Ja. Zwei von uns haben ihn enttäuscht. René, mein älterer Bruder, war ihm allerdings ein Trost. Er macht einen großen Teil der Arbeit in der Fabrik, obwohl mein Vater noch immer der Kopf des Ganzen ist. René ist ihm ein guter Sohn. Und er hat zwei Söhne. Er hatte auch zwei Töchter, Zwillinge; eine, Heloïse, ist gestorben.«

»Ist es schon länger her?«

»Ungefähr zwölf Jahre.«

»Dann muß sie aber jung gestorben sein.«

»Mit siebzehn. Sie ...'hat sich ertränkt. Das war für uns alle ein schwerer Schlag, ganz besonders für Adèle, ihre Zwillingsschwester. Sie hatten sich sehr gern.«

»Warum hat sie das getan?«

»Wegen einer Liebesaffäre. Es war ziemlich mysteriös.«

»Das scheint mir ja eine seltsame Familie zu sein. Aber ich nehme an, mit einem Mann wie deinem Vater an der Spitze kann es gar nicht anders sein.«

Er pflichtete mir trübsinnig bei. »Ich wollte dich vorbereiten, bevor du kommst.«

»Ich werde nicht an meinen Großvater denken. Wenn er mich nicht sehen will, möchte ich ihn auch nicht sehen.«

»Ursule will dich unbedingt kennenlernen. Sie bedrängt mich ständig, dich mitzubringen.«

»Ich freue mich auf sie. Sie ist ja meine Tante.«

»Du wirst sie und Louis Sagon mögen. Er geht in seiner Arbeit auf und scheint wenig Interesse für etwas anderes zu haben, aber er wird dir gefallen. Er ist ein stiller, sanfter, freundlicher Mensch.«

»Ich werde die beiden gern kennenlernen – und diesen Unmenschen von einem Großvater vergessen.«

Obwohl er mich doch darauf vorbereitet hatte, was mich erwarten würde, schien mein Vater dem Besuch mit Beklommenheit entgegenzusehen.

Ich verabschiedete mich von Grandmère und der Gräfin und machte mich mit Katie und meinem Vater auf den Weg.

Wir fuhren mit der Eisenbahn. Es war eine lange Fahrt. Katie war ganz aufgeregt. Sie stand am Fenster, mein Vater neben ihr; er wies unterwegs auf Sehenswürdigkeiten hin. Wir kamen durch Städte und Ackerland, vorüber an Flüssen und Bergen. Unser Interesse stieg, sobald wir Weingärten sahen, und mein Vater betrachtete sie mit Kennerblick. Wir erspähten mehrere alte Schlösser aus grauem Stein mit den Pechnasentürmen, die so charakteristisch für dieses Land sind. Mein Vater wurde schweigsam, als wir uns seinem Heimatort näherten. Ich nahm an, ihm war etwas unbehaglich zumute. Ob er sich wohl fragte, ob sein Vater von meiner Anwesenheit hören und wie er darauf reagieren würde?

Man wollte uns eine Kutsche zum Bahnhof von Carsonne schicken. Mein Vater sagte, es sei bekannt, wann wir ankämen, weil es nur einen Zug am Tag gebe. Es war ein kleiner Bahnhof.

»Wir können von Glück sagen, daß wir ihn haben«, erklärte mein Vater. »Der Comte de Carsonne hat darauf bestanden. Er ist ein sehr einflußreicher Mann. Ich glaube, es hat einen Kampf deswegen gegeben, aber in solchen Angelegenheiten setzt der Comte sich gewöhnlich durch.«

Nachdem wir in den Bahnhof eingefahren waren, winkte mein Vater einem Mann in dunkelblauer Livree. »Alfredo!« rief er. Er drehte sich zu mir um. »Alfredo ist Italiener. Hier gibt es etliche von ihnen unter den Dienern. Die Grenze ist nah, und dadurch sind wir gewissermaßen ein wenig italianisiert.«

Alfredo stand an der Abteiltür, um das Gepäck entgegenzunehmen. »Das sind meine Tochter, Madame Sallonger«, sagte mein Vater, »und meine Enkelin, Mademoiselle Katie Sallonger.« Alfredo verbeugte sich. Wir lächelten ihm zu, und er nahm unsere Koffer.

Mein Vater war offenbar in dieser Gegend ein bedeutender Mann, sofern der Respekt, den man ihm erwies, darauf schließen ließ. Die Leute tippten grüßend an ihre Mützen und hießen ihn willkommen.

Dann saßen wir in der Kutsche. Vor uns erstreckten sich die Weingärten. Die Leute waren schon bei der Traubenlese, und wir sahen Arbeiter, die ihre Weidenkörbe vorsichtig balancierten, damit die Trauben nicht durch heftige Bewegungen Schaden litten. »Wir kommen gerade rechtzeitig zur Weinlese«, sagte mein Vater, was Katie besonders freute.

Vor uns erblickte ich ein Château. Es erhob sich auf einer von dicken Schutzwällen umgebenen quadratischen Plattform. »Das ist ja prachtvoll!« rief ich aus.

»Château Carsonne«, sagte mein Vater.

»Wohnt hier dieser Comte, der auf der Eisenbahnverbindung nach Carsonne bestand?«

»Derselbe.«

»Residiert er wirklich da oben?«

»O ja. Ich glaube, er hat ein Haus in Paris ... und vermutlich noch mehrere woanders, aber dies ist das alte Zuhause der Carsonnes.«

»Werden wir den Carsonnes begegnen?«

»Das ist kaum wahrscheinlich. Unsere Familien stehen nicht gerade auf gutem Fuße.«

»Besteht da so eine Art Fehde?«

»Mehr oder weniger. Das Land meines Vaters grenzt an das der Carsonnes. Sie pflegen eine Art bewaffnete Neutralität. Es gibt keinen offenen Streit, aber beide Seiten sind beim geringsten Verstoß der anderen kampfbereit.«

»Für mich hört sich das sehr kriegerisch an.«

»Für dich, die du in England aufgewachsen bist, ist es schwer, die hitzige Natur der hiesigen Bevölkerung zu verstehen. Es ist das romanische Blut, und obwohl du es von Geburt in dir hast, hat deine Erziehung seinen Siedepunkt offensichtlich gemildert.«

Ich lachte. »Das klingt sehr interessant.«

»Bald werden wir mein Haus sehen. Oh, schaut, da vorne ist es!« Katie hopste vor Aufregung auf und ab. Mein Vater legte seinen Arm um sie und drückte sie an sich.

Mit den nun schon vertrauten Pechnasentürmen sah das Haus wie ein Miniaturchâteau aus. Es war aus grauem Stein gebaut und hatte grüne Fensterläden und schmiedeeiserne Balkone. Alles war ganz zauberhaft. Als wir vorfuhren, sah ich einen Mann und eine Frau an der Tür stehen, wie um uns zu empfangen.

»Das ist Ursule«, sagte mein Vater. »Ursule, meine Liebe, wie nett, daß ihr herübergekommen seid, um uns zu begrüßen! Tag, Louis!« Er wandte sich an mich. »Das ist deine Tante Ursule. Und dies ist Louis, ihr Mann.« Er lächelte ihnen zu. »Lenore«, stellte er uns vor, »und ihre Tochter Katie.«

»Willkommen in Carsonne!« sagte Ursule. Sie war dunkelhaarig und meinem Vater nicht unähnlich. Sie strahlte etwas Gütiges aus, und ich mochte sie auf Anhieb. Louis war, wie mein Vater gesagt hatte, ein sehr sanfter Mensch. Er nahm meine Hände

und versicherte mir, wie sehr er sich freue, mich kennenzulernen.

»Wir drängen deinen Vater seit langem, dich mitzubringen«,
sagte Ursule. »Kommt herein! Wir wohnen einen knappen Kilometer entfernt von hier. Ich mußte einfach herkommen, um
euch zu begrüßen.«

Wir gingen ins Haus und befanden uns in einer langgestreckten,
getäfelten Halle mit einem großen Kamin, der von schimmern-
den Messingverzierungen eingefaßt war. »Ich habe Lenores
Zimmer bestimmt«, sagte Ursule. »Ich hielt es für besser, das
nicht dem Personal zu überlassen. Und Katie schläft gleich
nebenan.«

»Das ist sehr aufmerksam von dir«, sagte ich. »Wir sind gern
nahe beisammen.«

Katie nahm alles in sich auf, als Ursule uns zu unseren Gäste-
zimmern hinaufführte. Meins war ein niedriger Raum mit hell-
grünen Vorhängen und dazu passender Tagesdecke; der hell-
graue Teppich hatte grüne Tupfen. Es war ein reizender,
gemütlicher Raum, und ich war entzückt über die Verbindungstür zu Katies Zimmer.

Meines hatte einen Balkon. Ich öffnete die Glastür und trat
hinaus. In der Ferne sah ich die Türme des Châteaus Carsonne
und die terrakottafarbenen Dächer der Häuser des nahe gelegenen Städtchens. Unter mir waren die allgegenwärtigen Wein-
stöcke.

Ich fühlte mich merkwürdig berührt. Hinter dem Château lag
Villers-Mûre – mit dén Maulbeerhainen und der Fabrik, jener
Ort, in dem ich das Licht der Welt erblickt hatte. Man muß wohl
vom Anblick seines Geburtsortes bewegt sein, zumal, wenn man
ihn noch nie gesehen hat.

Man brachte warmes Wasser, und wir wuschen uns und zogen
uns um. Katie stieß jedesmal einen Schrei aus, wenn sie etwas
Neues entdeckte. »Ist es nicht aufregend, einen Großvater in
einem Park zu finden?« meinte sie. »Man erfährt dauernd was

Neues über ihn. Andere Großväter sind ziemlich langweilig. Sie waren schon immer da.«

»Manchen Leuten ist es vielleicht lieber so«, bemerkte ich.

»Mir nicht. Wie's bei uns ist, ist's mir lieber.«

Nachdem wir im Innenhof einen Imbiß zu uns genommen hatten, führte man uns wieder ins Haus und stellte uns das Personal vor. Es waren eine ganze Menge Dienstboten. Ursule erklärte mir alles. »Wir essen im Hof, solange es das Wetter erlaubt. Wir sind gern an der frischen Luft. Und es kann manchmal sehr heiß sein. Georges, dein Halbbruder, kommt oft hierher. Er hat ein Haus etwa fünfzehn Kilometer von hier entfernt. Seine Schwester Brigitte hat kürzlich geheiratet und lebt jetzt in Lyon. Du wirst die beiden bestimmt kennenlernen. Ich bin so froh, daß ihr zusammen seid, du und mein Bruder. Er hat nie vergessen, daß es dich gab, und als deine Großmutter ihn hier aufsuchte, war er so aufgeregt und glücklich. Es ist wundervoll, dich hier zu haben.«

»Er war so gut zu mir.«

»Er ist der Meinung, daß er niemals alles gutmachen kann.«

»Aber er hat es getan, mehr, als ich sagen kann.«

Sie fragte, ob ich reiten könne, und ich bejahte.

»Das ist gut. Es ist nicht einfach, auf andere Art herumzukommen, und du solltest ein bißchen die Umgebung kennenlernen.«

»Ich würde gerne Villers-Mûre sehen.«

Sie schwieg einen Moment, dann sagte sie: »Ich war über zwanzig Jahre nicht dort.«

»Dabei ist es so nah.«

»Kennst du die Geschichte? Ich habe mich meinem Vater mit meiner Heirat widersetzt. Das hat er nicht vergessen.«

»Das ist doch … furchtbar. Nach so langer Zeit.«

»So ist es eben.«

»Hast du nie versucht, dich mit ihm zu versöhnen?«

»Man merkt, daß du meinen Vater nicht kennst. Er ist ein

Mensch, der sich rühmt, zu seinem Wort zu stehen. Er hat gesagt, er wolle mich nie wiedersehen, und dabei bleibt es.«

»Ihm muß vieles im Leben entgehen. Er muß sehr unglücklich sein.«

Sie schüttelte den Kopf. »Er hat, was er sich wünscht. Er ist der *seigneur* von Villers-Mûre. Er ist der König in seinem Reich, und alle müssen ihm gehorchen oder die Strafe erleiden, die er ihnen für ihren Ungehorsam auferlegt. Ich glaube, er ist zufrieden. Und ich habe meinen Schritt nie bereut.«

»Dann gehst du nie dorthin?«

Sie schüttelte den Kopf. »Niemals.«

Nachdem Ursule uns das Haus gezeigt hatte, machte mein Vater mit uns einen kleinen Rundgang durch die Weingärten. Wir aßen wieder im Hof und saßen lange beim Mahl, bis es dunkel war. Die Nachtluft duftete, und während wir die Sterne am Himmel der Reihe nach erscheinen sahen, flog eine Fledermaus ganz tief unmittelbar über unseren Köpfen hin und her, und wir saßen immer noch da.

Ich wußte, mein Vater war sehr zufrieden, daß wir endlich hier waren. Ursule und Louis blieben ein paar Tage. »Bis ihr euch gewöhnt habt«, sagte Ursule. »Dein Vater braucht von Zeit zu Zeit eine Hausfrau, so wie jetzt.«

Wir sprachen flüchtig von dem Städtchen Carsonne, das fast direkt an der italienischen Grenze lag und dessen Klima genau richtig war für den Weinanbau.

Wir waren leicht benebelt von dem besten Wein meines Vaters, den er zu diesem Anlaß aus dem Keller geholt hatte. Als ich merkte, daß Katie die Augen kaum noch offenhalten konnte, schlug ich vor, schlafen zu gehen.

Ich brachte Katie zu Bett. »Ich lasse die Verbindungstür offen«, sagte ich. »Dann sind wir ganz nahe beisammen.« Ich glaube, sie war froh darüber. Vielleicht fand sie es nach Einbruch der Dunkelheit etwas unheimlich auf dem Land. Als ich sie hingelegt hatte und ihr einen Gutenachtkuß gab, war sie schon fast eingeschlafen. Ich ging in mein Zimmer und zog mich aus. Doch bevor ich ins Bett ging, öffnete ich die Fenstertür und trat auf den Balkon. Draußen war es dunkel und geheimnisvoll – die Sterne strahlten in der klaren Luft und schienen näher als in England. Dort war das Château Carsonne, erhaben, mächtig, irgendwie bedrohlich. Ich konnte meinen Blick kaum von ihm losreißen.

Schließlich ging ich zu Bett, aber ich konnte lange nicht einschlafen.

Ich dachte an alle Ereignisse des Tages, und als ich schließlich doch einschlief, verfolgten mich Träume, in denen ständig bedrohlich mein boshafter Großvater auftauchte und das Château Carsonne ein Gefängnis war, in das er mich geworfen hatte, weil ich es gewagt hatte, entgegen seinen Wünschen sein Territorium zu betreten.

Als ich aufwachte, wirkte der Traum noch nach. Mir war sehr unbehaglich zumute, und als erstes trat ich auf den Balkon hinaus und sah zum Château Carsonne hinüber.

Die Tage vergingen rasch. Ursule und Louis verließen uns. Ursule bestand darauf, daß wir sie bald besuchten. Ich versicherte ihr, daß ich nichts lieber täte. Wir waren bereits Freundinnen geworden. »Zur Zeit der Weinlese geht es bei uns immer etwas turbulent zu«, sagte mein Vater. »Im ganzen Haus herrscht große Aufregung. Es ist der Höhepunkt der harten Arbeit eines Jahres, all der Prüfungen, die wir durchgemacht haben, der Sorgen, ob es eine gute Ernte wird oder nicht oder ob es überhaupt keine Ernte gibt … All das ist dann vorbei, und dies ist der Lohn.«

»Das ist verständlich.«

»Wenn du wüßtest, wie wir gebangt haben! Es war etwas feucht in diesem Jahr, und wir mußten uns vor Schimmel hüten. Abgesehen davon war es eine recht gute Saison. Und nun ist sie vorbei, und alles wird geerntet. Daher der Jubel und die Vorfreude auf den großen Höhepunkt.«

Für Katie und mich standen Pferde zur Verfügung. Es machte uns Spaß, auf ihrem Rücken die Umgebung zu erkunden. Katie war unterdessen eine recht gute Reiterin, doch diesmal galt ihr Hauptinteresse der Weinernte. Sie war gerne mit meinem Vater unterwegs, so daß ich Gelegenheit hatte, allein auszureiten. Ich wußte, daß Katie bei meinem Vater gut aufgehoben war, und so konnte ich mich ganz der Freude hingeben, das Land ringsum zu erkunden.

Es war etwa vier Tage nach unserer Ankunft. Die ganze Umgebung schien im Mittagsschlaf versunken zu sein. Ich zog mein Reitkostüm an und ging in den Stall. Mein Vater hatte mir eine kastanienbraune Stute empfohlen. Sie war ziemlich klein und nicht übermäßig verspielt, hatte aber dennoch Feuer. Wir paßten zusammen, und an diesem Nachmittag ritt ich mit ihr aus. Ich schlug unwillkürlich die Richtung nach Villers-Mûre ein. Es gab eine Stelle, wo ich auf einen Hügelkamm hinaufreiten und ins Tal hinunterblicken konnte. Dies wurde mein Lieblingsplatz, und ich wußte, daß ich eines Tages versucht sein würde, den Hang zum Dorf hinabzureiten. Auch an diesem Nachmittag ritt ich zu der Stelle. Von dort konnte ich in der Ferne die Maulbeerhaine und die Fabrik mit den Glasfenstern sehen. Sie sah nicht wie eine Fabrik aus. Ein schmaler Bach floß daran vorbei, darüber führte eine Brücke, die malerisch mit Kletterpflanzen überwuchert war. Ich sah die Türme des großen Hauses und fragte mich, was mein Großvater in diesem Augenblick wohl tun mochte und ob er wußte, daß seine Enkelin in der Nähe war.

Eines Tages, dachte ich, *werde* ich dort hinabreiten. Ich will das Haus finden, wo Grandmère mit ihrer Tochter gewohnt hat; und ich fragte mich, ob meine Mutter wohl jemals hier heraufgekommen war und an dieser Stelle gestanden hatte. Wo hatten sie und mein Vater sich getroffen, wo war ich gezeugt worden? Dies war mein Geburtsort, und mir war verwehrt, ihn zu betreten.

Ich wandte mich ab. Die Sonne war heiß an diesem Nachmittag. Das Dickicht zu meiner Rechten sah kühl und einladend aus, und ich roch den Duft der Pinien. Ich lenkte die kastanienbraune Stute zum Dickicht. Die Bäume standen immer dichter, je weiter ich vordrang. Es war herrlich, der Geruch nach feuchter Erde, die plötzliche Kühle, der Duft der Bäume. Ich ritt noch tiefer in den Wald hinein. Ich war neugierig, wie weit er sich ausdehnte. Er war mir anfangs ziemlich klein erschienen, und ich war sicher, wenn ich weiterritt, würde ich auf der anderen Seite bald hinauskommen.

Da hörte ich Hundegebell. Jemand war im Wald. Oder vielleicht war es nur ein Hund. Das Bellen kam näher. Es klang grimmig, wütend. Plötzlich tauchten zwischen den Bäumen zwei Schäferhunde auf. Als sie meiner ansichtig wurden, stießen sie ein triumphierendes Gejaule aus und sprangen auf mich zu. Dann blieben sie abrupt stehen, starrten mich unverwandt an, und ihr Bellen war wahrhaft bedrohlich. Die Stute zitterte. Sie warf unruhig den Kopf zurück.

»Los, verschwindet!« schrie ich die Hunde an. Ich zwang mich zu einem herrischen Ton, der sie jedoch nur noch wütender zu machen schien, denn ihr Gebell wurde schärfer, und sie sahen aus, als wollten sie mich jeden Moment anspringen. Zu meiner Erleichterung kam ein Mann zwischen den Bäumen herangeritten. Er verhielt abrupt und schaute mich intensiv an. Dann sagte er: »Fidèle, Napoleon! Hierher!« Die Hunde hörten sofort auf zu bellen und nahmen neben seinem Pferd Aufstellung.

In diesen wenigen Sekunden prägte ich mir vieles von diesem Mann ein. Er ritt einen prächtigen Rappen und saß darauf, als sei er ein Teil von ihm. Er erinnerte mich an einen Zentauren. Er hatte sehr dunkle Augen mit schweren Lidern und markanten Brauen. Die Haare unter dem Zylinder waren fast schwarz. Sein blasser Teint verlieh ihm ein auffälliges Aussehen: Die helle Haut bildete einen starken Kontrast zu den dunklen Haaren und Augen. Seine lange, aristokratische Nase gemahnte mich an die

Bilder, die ich von François I. gesehen hatte. Sein Mund war der ausdrucksvollste Teil seines Gesichts. Ich stellte mir vor, daß er grausam und zugleich humorvoll sein konnte. Er war der auffallendste Mann, den ich je gesehen hatte, und deswegen konnte ich mir in so kurzer Zeit so viel von ihm einprägen.

Ich sah sofort, daß er ein mächtiger Mann war, der sich über andere stellte und von den Menschen in seiner Umgebung denselben Gehorsam gewöhnt war wie von seinen Hunden. Er musterte mich jetzt, die markanten Augenbrauen leicht hochgezogen. Er hatte einen durchdringenden Blick, und mir wurde unbehaglich. Ich war über die Gründlichkeit seiner Prüfung verärgert und konnte mich nicht enthalten, mein Mißfallen zu zeigen. »Ich nehme an, das sind Ihre Hunde«, sagte ich.

»Dies sind meine Hunde, und dies ist mein Wald, und Sie sind der Eindringling.«

»Entschuldigen Sie!«

»Eindringlinge verfolgen wir.«

»Ich hatte keine Ahnung, daß ich etwas Verbotenes tue.«

»Es gibt Hinweisschilder.«

»Die habe ich leider übersehen. Ich bin fremd hier.«

»Das ist keine Entschuldigung, Mademoiselle.«

»Madame«, berichtigte ich ihn.

Er machte eine ironische Verbeugung. »Ich bitte tausendmal um Vergebung, *Madame*. Darf ich Ihren Namen erfahren?«

»Madame Sallonger.«

»Allengère. Dann sind Sie mit den Seidenhändlern verwandt?«

»Ich sagte nicht Saint Allongère, sondern Sallonger. Das ist der Name meines Mannes.«

»Und Ihr Mann … ist er mit Ihnen hier?«

»Mein Mann ist tot.«

»Mein Beileid.«

»Danke. Ich entschuldige mich für den Ärger, den ich verursacht habe, und werde mich jetzt aus Ihrem Wald entfernen, wenn Sie und Ihre Hunde mich bitte vorbeilassen würden.«

»Ich begleite Sie.«

»Das ist nicht nötig. Ich finde meinen Weg bestimmt allein.«

»Man kann sich leicht im Wald verirren.«

»Er kam mir gar nicht so groß vor.«

»Trotzdem … wenn Sie erlauben.«

»Selbstverständlich. Sie wollen sichergehen, daß ich Ihren Besitz auf der Stelle verlasse. Ich kann nur sagen, es tut mir leid, daß ich hier eingedrungen bin. Es soll nicht wieder vorkommen.«

Er ritt näher heran. Ich klopfte den Hals der Stute und murmelte beruhigende Worte. Sie war immer noch unruhig wegen der Hunde. »Sie scheint nervös«, sagte er.

»Sie kann Fidèle und Napoleon nicht leiden.«

»Die beiden sind ein sehr folgsames Paar.«

»Sie sehen böse aus.«

»Das können sie in Erfüllung ihrer Pflicht auch sein.«

»Die darin besteht, Eindringlinge von Ihrem Grund und Boden zu vertreiben?«

»Unter anderem. Kommen Sie hier entlang!«

Er ritt an meiner Seite, und wir durchquerten den Wald. Die Hunde waren jetzt brav und akzeptierten mich und die Stute, da wir von ihrem Herrn gebilligt waren.

»Sagen Sie mir, Madame Sallonger, sind Sie hier zu Besuch?« fragte er.

»Ich bin mit meinem Vater hier, Henri Saint Allengère.«

»Dann sind Sie *doch* eine von denen.«

»Ich nehme es an.«

»Ich verstehe. Dann, glaube ich, weiß ich genau, wer Sie sind. Sie sind diejenige, die von ihrer Großmutter mit nach England genommen wurde; daher ihr Akzent und die etwas fremdländische Erscheinung.«

»Ich entschuldige mich für den Akzent.«

»Tun Sie das nicht! Er ist reizend. Sie sprechen unsere Sprache fließend, aber da sind so winzige Kleinigkeiten, die Sie verraten.

Das gefällt mir. Und was Ihre fremdländische Art betrifft … die gefällt mir auch. *Vive la différence.*«

Ich lächelte.

»Und Sie«, fuhr er fort, »fragen sich nun: Wer ist dieser arrogante Mensch, der es gewagt hat, mich anzusprechen, und der mich aus seinem Wald vertreibt? Stimmt's?«

»Ja, wer ist er?«

»Kein sehr angenehmer Charakter, werden Sie sich gedacht haben.« Er sah mich erwartungsvoll an, aber ich antwortete nicht. Das amüsierte ihn. Er lachte.

Ich betrachtete ihn. Er war jetzt wie umgewandelt. Seine Augen strahlten, von Lachen erfüllt. Auch sein Mund hatte sich verändert: Er war weicher geworden. »Und damit haben Sie vollkommen recht«, fuhr er fort. »Mein Name ist Gaston de la Tour.«

»Und Sie wohnen in dieser Gegend?«

»Ja, hier in der Nähe.«

»Und Ihnen gehört der Wald, auf den Sie sehr stolz sind und den Sie unbedingt für sich behalten wollen.«

»Sehr richtig«, pflichtete er mir bei. »Und ich habe etwas dagegen, daß andere ihn benutzen.«

»Er ist so schön«, sagte ich. »Schade, daß Sie ihn sich allein vorbehalten.«

»Das tu' ich gerade, weil er so schön ist. Sie sehen, ich bin ein durch und durch übler Charakter.«

»Welchen Schaden richten denn andere Menschen in Ihrem Wald an?«

»So gut wie keinen, denke ich. Aber lassen Sie mich überlegen. Sie könnten die Bäume schädigen … Feuer anzünden. Aber der wahre Grund ist, daß ich, was mein ist, für mich allein haben will. Finden Sie das verwerflich?«

»Ich finde, das ist eine gewöhnliche menschliche Schwäche.«

»Sie üben sich im Erforschen der menschlichen Natur?«

»Sie nicht?«

»Ich bin mir selbst genug – ein ganz unmöglicher Mensch, wirklich.«

»Eine Tugend haben Sie.«

»Bitte sagen Sie mir, was haben Sie Gutes an mir entdeckt?«

»Sie wissen, daß Sie – mit Ihren eigenen Worten – ganz unmöglich sind. Selbsterkenntnis ist eine große Tugend, die nur wenige von uns besitzen.«

»Was sind Sie für ein reizender Eindringling! Ich bin so froh, daß Sie es sich in den Kopf gesetzt haben, in meinen Wald zu kommen. Bitte sagen Sie mir, Madame Sallonger, wie lange gedenken Sie hier zu weilen?«

»Wir sind zur Weinlese gekommen.«

»Wir?«

»Meine Tochter und ich.«

»So, Sie haben eine Tochter?«

»Ja. Sie ist elf Jahre alt.«

»Wir haben etwas gemeinsam. Ich habe einen Sohn. Er ist zwölf Jahre alt. Da sind wir also beide … Eltern. Da ist noch etwas. Sie sind Witwe. Ich bin Witwer. Wenn das kein seltener Zufall ist!«

»Ich weiß nicht. Finden Sie? Es muß eine Menge Witwen und Witwer auf der Welt geben. Ich nehme an, sie begegnen sich ziemlich häufig.«

»Sie sind so prosaisch, so ruhig und logisch. Ist das die Engländerin in Ihnen?«

»Eigentlich bin ich Französin von Geburt, Engländerin durch Bildung und Erziehung.«

»Letzteres prägt einen vermutlich mehr als alles andere. Ich will Ihnen etwas sagen. Ich weiß genau, wer Sie sind. Ich war damals acht Jahre alt. So, jetzt wissen Sie mein Alter. In einer Ortschaft wie dieser wissen die Leute übereinander Bescheid. Hier kann man unmöglich Geheimnisse haben. Es gab einen großen Aufruhr. Henri Saint Allengère und das junge Mädchen – eine von den hiesigen Schönheiten, der böse alte Herr, der ihnen das

288

Leben vergällte. Anderen das Leben schwerzumachen ist eine Gewohnheit von Alphonse Saint Allengère. Er ist eins der Scheusale dieser Gegend … das ungeheuerlichste von allen.«

»Sie haben recht, wenn Sie annehmen, daß es sich bei ihm um meinen Großvater handelt.«

»Mein herzliches Beileid!«

»Wie ich sehe, mögen Sie ihn nicht.«

»Mögen? Mag man eine Klapperschlange? Er ist in dieser Gegend wohlbekannt. Wenn man in die Kirche geht, sieht man die Buntglasfenster, restauriert dank der Wohltätigkeit von Alphonse Saint Allengère. Das Chorpult ist ein Geschenk von ihm. Das Dach ist jetzt in ausgezeichnetem Zustand. Dank seiner Hilfe wurde dem Klopfkäfer der Krieg erklärt; ihm verdankt die Kirche ihr Überleben. Er ist Gottes guter Freund und des Menschen schlimmster Feind.«

»Ist das möglich?«

»Dies, meine liebe Madame Sallonger, werden Sie mit Ihrer Menschenkenntnis besser entscheiden können als ich.«

»Es ist ein weiter Weg durch den Wald«, sagte ich.

»Ich bin froh darüber. Das bietet mir die Gelegenheit, diese interessante Unterhaltung zu genießen.«

Ich wurde plötzlich mißtrauisch. Ich hatte nicht lange bis zu der Stelle gebraucht, wo die Hunde mich aufgespürt hatten. Er sah mein Gesicht, deutete meinen Blick und lächelte mich gewinnend an.

»Wo kommen wir heraus?« fragte ich.

»Das werden Sie bald sehen.«

»Ich kenne mich in dieser Gegend nicht gut aus. Ich möchte den Rückweg nicht verfehlen.«

»Bei mir sind Sie in Sicherheit.«

»Ich muß umkehren. Man wird sich fragen, wo ich bleibe.«

»Überlassen Sie das mir!«

»Der Weg kam mir vorhin nicht so weit vor.«

»Der Wald ist schön, das haben Sie selbst gesagt.«

»Das stimmt. Aber ich hatte nicht die Absicht, mich länger in ihm aufzuhalten.«

»Ich gestatte Ihnen, in meinen Wald zu kommen, wann immer es Ihnen beliebt.«

»Danke, das ist sehr großzügig von Ihnen.«

»Ich habe auch meine guten Seiten.«

»Davon bin ich überzeugt.«

»Dann ist es mir gelungen, mich während dieser kurzen Begegnung in ein besseres Licht zu rücken.«

»Aber natürlich! Sie waren sehr höflich – nach dem ersten Schrecken. Wenn Sie mir jetzt den Weg aus dem Wald zeigen möchten, und zwar rasch, wäre ich Ihnen sehr dankbar.«

»Ihre Dankbarkeit weiß ich zu schätzen. Kommen Sie!«

Die Bäume wurden spärlicher. Wir gelangten ins freie Gelände, und vor uns lag das Château. Ich hielt den Atem an. »Es ist prachtvoll«, sagte ich.

»Seit Jahrhunderten der Stammsitz der Comtes de Carsonne.«

»Ich weiß. Man hat mir von ihnen erzählt. Ich sah es bei meiner Ankunft und war sehr beeindruckt.«

»Es ist eines der schönsten und ältesten Schlösser in dieser Gegend.«

»Wie ich höre, residiert der gegenwärtige Comte ziemlich oft dort.«

»Ja. Obwohl er häufig in Paris ist.«

»Ich hörte davon. Sind dies seine Weingärten?«

»Ja. Ziemlich klein, verglichen mit denen von Monsieur Saint Allengère. Aber der Wein des Châteaus ist natürlich etwas Besonderes.«

»Das ist anzunehmen. Ich glaube, ich weiß jetzt, wo ich bin. Danke, daß Sie mich vor Ihren Ungeheuern gerettet haben!«

»Meinen Sie meine braven, treuen Hunde?«

Ich nickte. »Und danke für Ihre Begleitung durch den Wald.«

»Wie dankbar Sie sind. Ich will mich bemühen, es auch zu sein.

Ich wiederhole, bitte kommen Sie in meinen Wald, wann immer es Ihnen beliebt!«

»Das ist wirklich liebenswürdig.«

»Es könnte sein, daß ich Ihnen dort begegne.«

Ich antwortete nicht. Als ich den Verdacht hatte, er würde mich aufhalten, war ich leicht erschrocken, doch jetzt bedauerte ich, daß die Begegnung schon vorüber war. Wir hielten Seite an Seite auf dem kleinen Hügel an, und ich sah mich um.

»Dort«, sagte er, »sind die Weingärten Ihres Vaters. Reiten Sie geradewegs den Hügel hinab, überqueren Sie das Feld da drüben, und schon sind Sie da!«

»Ich danke Ihnen. Leben Sie wohl, Monsieur de la Tour!«

»*Au revoir,* Madame Sallonger!«

Ich spürte, daß er mir nachsah, und machte mich nachdenklich auf den Weg. Ich war kribbelig vor Vergnügen. Es war sehr amüsant gewesen. Dieser Mann hatte einen starken Eindruck auf mich gemacht. Ich konnte nicht sagen, daß ich ihn mochte. Ich hatte für arrogante Männer nichts übrig. Weder Philip noch Drake waren so gewesen. Philip war ausgesprochen sanft gewesen und Drake ebenso. Dieser Mann war ganz anders, und ich hatte die ganze Zeit das Gefühl, daß er sich über mich lustig machte. Die Art, wie er mich betrachtete, hatte etwas Sinnliches – und auch der Klang seiner Stimme. Ich dachte, daß er mich allzu deutlich wahrgenommen hatte – körperlich – und daß das Geplänkel zu etwas führen würde. Er machte mich beklommen, und doch hatte er mich gleichzeitig angeregt und belebt.

Als ich mich dem Hause näherte, sah ich meinen Vater aus dem Stall kommen. »Lenore«, rief er, »ich bin froh, daß du zurück bist. Ich hatte mir schon Sorgen gemacht.«

»Ist etwas mit Katie?«

»Nein, nein. Mit ihr ist alles in Ordnung. Ich hatte gehört, daß du ausgeritten bist, und dachte nur, es wäre langsam an der Zeit, daß du zurückkommst.«

»Ich hatte ein Erlebnis. Du kennst doch diesen Wald …«

Er nickte.

»Ich erkundete ihn, und da tauchten zwei grimmige Hunde auf. Ich dachte, sie würden mich anfallen. Die Stute war ganz außer sich.«

»Hunde?« sagte mein Vater.

»Schreckliche Biester. Zum Glück war ihr Besitzer dabei. Er rief sie zurück und sagte mir, ich sei in seinen Besitz eingedrungen. Der Wald gehört anscheinend ihm. Er sprach eine Weile mit mir und sagte, sein Name sei Gaston de la Tour.«

Mein Vater starrte mich an. »Gaston de la Tour ist der Comte de Carsonne. Der Wald gehört ihm. Und der größte Teil des Dorfes auch.«

»Willst du damit sagen, daß dieser Mann der Comte persönlich war? Er hat nichts davon gesagt ... er nannte sich einfach Gaston de la Tour.«

»Ich finde es nicht gut, daß du ihm begegnet bist«, sagte mein Vater.

»Es war recht amüsant.«

»Das kann er durchaus sein, wenn ihm der Sinn danach steht.«

»Nachdem er mir mein unbefugtes Eindringen vorgehalten hatte, war er ganz freundlich ...«

Mein Vater blickte besorgt auf mein gerötetes Gesicht. »Nun, du wirst ihn vermutlich nicht wiedersehen. Das ist auch besser so. Er hat keinen guten Ruf... in bezug auf Frauen.«

»Oh , ich verstehe.« Ich lachte. »Das glaube ich gern.«

Ich überließ die Stute dem Stallknecht und ging mit meinem Vater ins Haus, wobei ich an den verrufenen Comte dachte.

Die Trauben waren geerntet, und alles war ohne ein Mißgeschick vonstatten gegangen. Jetzt lagen sie ausgebreitet in der Sonne.

Täglich wurde der Himmel ein wenig ängstlich begutachtet, doch jeden Morgen ging die Sonne auf und schien gütig auf die geernteten Früchte. Alles war gut.

Katie wurde immer aufgeregter. Mein Vater hatte ihr die großen Trommeln gezeigt, die er angeschafft hatte, um die Trauben zu quetschen. Sie war ein wenig enttäuscht, weil sie so begeistert vom Stampfen gewesen war. Er erklärte ihr, daß die neue Methode einträglicher sei.

Dann kam der erste Schlag. Die Wanderarbeiter, die zu dieser Jahreszeit immer kamen, um die einheimischen Arbeitskräfte zu unterstützen, blieben aus. Mein Vater wurde wütend, als er den Grund erfuhr. »Sie arbeiten auf dem Château«, sagte er. »Die Weinlese des Comte findet gewöhnlich etwa eine Woche später statt als unsere; wir bekommen hier etwas mehr Sonne, deshalb fangen wir früher an. Dieses Jahr aber hat er beschlossen, zur gleichen Zeit anzufangen. Daher hat er die Arbeiter, die gewöhnlich zu uns kommen, zu sich bestellt.«

»Willst du damit sagen, daß die Leute, die seit Jahren zu dir kommen, einfach zu ihm gehen, wenn er winkt?«

»Er ist eben der Comte. Er verlangt bedingungslosen Gehorsam.«

»Aber wo bleibt ihre Treue zu dir?«

»*Ihnen* mache ich keine Vorwürfe. Sie wurden bestellt und mußten hingehen.«

»Wie gemein von ihm!«

»Er will uns klarmachen, daß er hier der Herr ist. Das meiste Land hier gehört ihm. Nur mein Grund und Boden und natürlich Villers-Mûre fallen nicht in seine Zuständigkeit. Aber er erinnert uns gern an seine Macht.«

»Kannst du ihm nicht erklären, daß du die Leute brauchst?«

»Ich würde nicht im Traum daran denken, ihn um einen Gefallen zu bitten. Wir werden ohne die Leute fertig.«

»Können wir das?«

»Wir werden tun, was zu tun ist.«

Mein Vater teilte die Arbeiter neu ein, aber dann kam auch schon der zweite Schlag. Die Arbeiter wurden mit hölzernen Pferdefuhrwerken von einem Ort zum anderen transportiert, und ein Wagen hatte einen Unfall. Das Zugtier ging durch, sprang über eine Hecke, brach sich ein Bein und warf den Wagen um, wobei vier Arbeiter verletzt wurden. Das Pferd mußte erschossen werden; der Vorarbeiter hatte ein Bein gebrochen, ein Arbeiter einen Arm, andere hatten Schnitte und Prellungen erlitten. Mein Vater war verzweifelt. »Mir scheint«, sagte er, »diese Weinlese steht unter einem unguten Stern.«

Doch nun geschah das Unerwartete: Während mein Vater in tiefster Verzweiflung versuchte, alles neu zu organisieren, traf ein Wagen mit zehn Männern ein, darunter einigen Wanderarbeitern, die uns auf Befehl des Comte im Stich gelassen hatten. Ich sah den Wagen kommen und eilte hinunter, um zu sehen, was nun wieder passiert sei. Mein Vater gesellte sich zu mir.

Einer der Männer kletterte vom Wagen und sagte: »Mit Empfehlung von Monsieur le Comte. Er hat von Ihrem Mißgeschick gehört und schickt uns, um bei Ihnen zu arbeiten, solange Sie uns brauchen.«

Mein Vater sah ihn ungläubig an. »Aber das verstehe ich nicht«, stammelte er. »Und warum habt ihr mich überhaupt im Stich gelassen?«

»Auf Befehl von Monsieur le Comte, Monsieur Saint Allengère. Wir konnten ihm den Gehorsam nicht verweigern. Aber jetzt hat er uns geschickt. Er hat von dem Unfall gehört und möchte Ihnen helfen. Wenn wir hier fertig sind, sollen wir aufs Château zurückkehren und dort die Weinlese fortsetzen.«

Mein Vater vernahm dies mit gemischten Gefühlen. Ich sah, daß er mit sich rang. Er hätte das Angebot des Comte am liebsten ausgeschlagen, aber der Anblick dieser Männer und der Gedanke daran, was sie für ihn tun konnten, ließen seinen gesunden Menschenverstand über seinen Stolz siegen. Hier bot sich die Chance, die Weinernte zu retten, und es wäre töricht von ihm gewesen, sich dagegen zu sperren. Er murmelte: »Das ist sehr liebenswürdig von dem Comte.«

»Wir gehen gleich an die Arbeit, Monsieur Saint Allengère.« Sie kletterten herab. Sie brauchten keine Anweisungen. Sie wußten genau, was sie zu tun hatten.

Ich folgte meinem Vater ins Haus. Ich legte meine Hand auf seinen Arm. »Wird jetzt alles gut?«

»Ich verstehe seine Beweggründe nicht.«

»Es tat ihm leid. Er hat von dem Unfall gehört. Er kennt die Schwierigkeiten. Ich nehme an, er tut es aus Mitgefühl.«

»Du kennst den Mann nicht. Wir sind Rivalen. Ich bin überzeugt, es käme ihm gelegen, wenn ich eine Mißernte hätte.«

»Vielleicht verkennst du ihn.«

Mein Vater schüttelte den Kopf. »Er hat seine Gründe, ganz bestimmt. Er hat immer seine Gründe.«

Katie war hinzugekommen und hörte mit der für sie charakteristischen Aufmerksamkeit zu. »Ist er wirklich ein Ungeheuer?« fragte sie.

Mein Vater nickte grimmig.

»Den möchte ich gerne sehen. Er wohnt da oben in dem Schloß. Ist er ein Riese?«

»Es gibt keine Riesen mehr, Katie«, rief ich ihr ins Gedächtnis.

Katie machte ein enttäuschtes Gesicht. »Ist er ein Menschenfresser?« fragte sie.

»Sozusagen«, erwiderte mein Vater.

»Ach, vergessen wir ihn!« sagte ich. »Wir haben jetzt eine komplette Arbeitsmannschaft und können ans Werk gehen.«

Mein Vater stimmte mir zu, aber es behagte ihm nicht, daß die Rettung vom Comte gekommen war.

Das war ein denkwürdiger Abend! Alles war gutgegangen, und überall herrschte Jubelstimmung. Nach einem verheerenden Anfang waren wir zu einem befriedigenden Ende gekommen. Die ganze Nachbarschaft schien sich versammelt zu haben. Die Lichter der Laternen und Fackeln flackerten in der warmen Abendluft. Auf dem Rasen vor dem Haus fiedelten Musikanten

Volksweisen. Die Leute sangen und tanzten. Katie war bei mir, stumm vor Verwunderung.

Es gab für alle Wein vom letzten Jahr und Kuchen aus Nüssen und Früchten. Mit jeder Stunde wurde der Gesang lauter und der Tanz lebhafter. Ich setzte mich auf eine Bank und sah den Leuten zu. Ich war gerührt, als ich Lieder hörte, die Grandmère mir vorgesungen hatte, als ich klein war.

En passant par la Lorraine
Avec mes sabots …

Jemand setzte sich neben mich. Ich wandte den Kopf, und mein Herz tat einen Sprung – aus Überraschung, Bestürzung und, ich gebe es zu, einer gewissen Erregung. Ich hörte mich stammeln: »Der Comte de Carsonne!«

»Höchstpersönlich«, erwiderte er und brachte sein Gesicht nahe an meins. »Bitte sagen Sie, daß Sie sich freuen, mich zu sehen!« Er küßte mir die Hand. Er sah Katie an. »Sagen Sie es nicht! Ich weiß es, dies ist die reizende Mademoiselle Katie. Ich bin entzückt, Ihre Bekanntschaft zu machen, Mademoiselle!« Dann küßte er auch ihr die Hand.

Ich sah die Aufregung in Katies Augen. So einen Handkuß hatte sie noch nie bekommen, und dazu noch von einem offenbar bedeutenden Herrn.

»Ich weiß, wer Sie sind«, sagte sie. Katie war nie um Worte verlegen.

»Dann sind wir ja schon miteinander bekannt.«

»Sind Sie wirklich ein Ungeheuer?«

»Ich denke, die Antwort dürfte ›Ja‹ lauten.«

»Aber ein Riese sind Sie nicht.«

»Bedaure.«

»Sind Sie ein Menschenfresser?«

»Sehe ich wie ein Kannibale aus?«

»Was ist ein Kannibale, Mama?«

»Einer, der Menschen frißt«, erwiderte ich.

»Menschenfleisch steht nicht regelmäßig auf meinem Speisezettel«, sagte er zu Katie.

»Würden Sie mich fressen?«

»So ein dummes Gespräch«, sagte ich. »Du weißt, wie albern das ist, Katie.«

Der Comte lachte, faßte sie am Kinn und lächelte ihr ins Gesicht.

»Nicht zum Frühstück«, sagte er.

»Dann zum Abendessen?«

»Dazu müßte ich dich erst mästen.«

»Ich rieche, rieche Menschenfleisch«, sang Katie und kicherte.

»Wollten Sie zu meinem Vater?« fragte ich ihn.

»Nein. Ich wollte mich nur vergewissern, daß alles in Ordnung ist.«

»Er ist Ihnen dankbar«, sagte ich.

»Wenn alles geklappt hat, bin ich zufrieden.« Dann fügte er hinzu: »Was halten Sie von diesem Fest?«

»Es ist sehr interessant.«

»Recht amüsant ... für die Geschäftsfrau aus London und Paris?«

»Sehr amüsant.«

»Ich sehe, Mademoiselle Katie ist hingerissen. Mademoiselle, ich würde Ihnen gern eine richtige Weinlese vorführen, wie man es seit Jahrhunderten macht ... und wie es auf meinem Château gemacht wird. Würden Sie mir die Ehre Ihrer Gegenwart erweisen?«

»Heißt das, wir sollen zu Ihnen kommen? O ja, bitte! Wir gehen doch hin, nicht wahr, Mama?« mischte Katie sich ein.

»Wir werden sehen.«

»Warum können wir nicht hingehen?«

»Wir müssen sehen, was dein Großvater alles geplant hat.«

»Er hat nichts geplant.«

»Dann«, sagte der Comte, »ist es abgemacht. Madame Sallonger, Mademoiselle Katie, heute in drei Tagen sind Sie meine Gäste.«

Katie klatschte in die Hände.

»Und ich verspreche dir, daß ich dich nicht fresse«, sagte er zu ihr. Katie zog die Schultern hoch und kicherte.

Mein Vater hatte uns erspäht und kam mit raschen Schritten zu uns. »Monsieur le Comte!«

Der Comte erhob sich mit weltmännischem Lächeln, als sei es ganz natürlich, bei einem langjährigen Gegner zwanglos vorbeizuschauen. »Es freut mich, daß alles gutgegangen ist, Saint Allengère.«

»Ich habe Ihnen zu danken«, begann mein Vater steif.

»Keine Ursache. Es war das einzige, was man tun konnte. Ich hörte von dem Unfall. Ausgerechnet um diese Zeit! Ich konnte mir Ihre mißliche Lage gut vorstellen und schickte die Leute zu Ihnen.«

»Sie kamen gerade rechtzeitig.«

»Dann bin ich zufrieden.«

»Ich stehe in Ihrer Schuld«, sagte mein Vater.

Der Comte winkte ab. »Madame Sallonger und Mademoiselle Katie haben soeben zugesagt, zur Weinlese ins Château zu kommen. Das ist ein reicher Lohn für den kleinen Dienst, den ich erweisen konnte.«

Mein Vater machte ein verblüfftes Gesicht. Dann sagte er: »Der Comte möchte sich gewiß umschauen. Wollen Sie mit mir kommen, Comte?«

»Mit Vergnügen.«

Er lächelte verschwörerisch, während er sich zuerst vor mir, dann vor Katie verbeugte. Wir sahen ihm nach, als er mit meinem Vater davonging.

»Er ist kein Riese«, sagte Katie. »Aber er ist besser als ein Riese. Er bringt mich zum Lachen. Ich mag ihn, du nicht, Mama?«

Ich schwieg. Sie wirkte enttäuscht. »Er ist gar kein Menschenfresser. Das war bloß ein Scherz.«

»So?«

»Ich mag ihn«, wiederholte sie beinahe trotzig.

An diesem Abend sah ich den Comte nicht mehr.

Ich war froh, als ich in meinem Zimmer allein war. Kein Zweifel, er hatte mich aus der Fassung gebracht. Warum hatte er die Männer geschickt, und warum war er wirklich heute abend hier aufgetaucht? Zuerst hatte er seine Macht demonstriert, indem er die Wanderarbeiter zu sich befahl, und dann machte er die große Geste. Ich konnte mir keinen Reim darauf machen. Ich lag lange wach und dachte an ihn.

Als wir am nächsten Morgen allein waren, sagte mein Vater: »Der Comte benimmt sich sehr seltsam ... erscheint einfach, als seien wir alte Freunde. Wir haben bisher keinen gesellschaftlichen Umgang gepflegt.«

»Die Hauptsache, er hat die Arbeiter geschickt.«

»Warum? Normalerweise hätte er sich keinen Deut um uns geschert. Wir sind gewissermaßen Rivalen. Überdies besteht zwischen seiner und unserer Familie eine alte Fehde.«

»Nicht zwischen euch persönlich.«

»Mein Vater und er stehen auf Kriegsfuß. Wenn sie sich gegenseitig eins auswischen können, zögern sie nie. Warum diese plötzliche Kehrtwendung?« Er sah mich forschend an, und ich fühlte, wie ich errötete. »Du hast ihn doch getroffen.«

»Ja, im Wald. Ich hab's dir erzählt.«

»Es muß etwas mit dir zu tun haben. Du wirst dich vorsehen müssen, Lenore.«

»Mach dir um mich keine Sorgen!«

»Er könnte vorhaben, dir nachzustellen. Man sagt, er ist schnell entflammt. Und du bist attraktiv.«

»Er schien Katie zu mögen.«

»Ich denke, das gehört zu seiner Taktik. Für seinen Sohn hat er offenbar nicht viel übrig.«

»Katie war sehr von ihm angetan. Er hat mit ihr ein Spiel vom Ungeheuer mit kannibalistischem Einschlag getrieben. Es schien ihn zu amüsieren.«

»Mir gefällt das nicht. Ich hatte mich so darauf gefreut, daß du hierherkommst, und nun werde ich erleichtert sein, wenn wir nach Paris zurückkehren.«

»Keine Angst!« sagte ich. »Ich bin doch kein unschuldiges junges Mädchen. Vergiß nicht, ich bin eine Witwe mit Kind!«

»Ich weiß. Aber man sagt, er sei ein sehr attraktiver Mann.«

»Ich bin sicher, daß er sich selbst so sieht.«

»Andere sehen ihn auch so, fürchte ich.«

»Ich versichere dir, du brauchst dir keine Sorgen zu machen.«

»Aber du hast versprochen, zu seiner Weinlese zu kommen.«

»Katie hat mehr oder weniger zugesagt, ehe ich etwas einwenden konnte.«

Mein Vater schüttelte den Kopf. »Es gefällt mir nicht«, wiederholte er.

»Alles wird gutgehen«, versicherte ich ihm.

Und ich dachte: Mir gefällt es schon – obgleich ich überzeugt war, daß mein Vater recht hatte und der Comte vermutlich annahm, ich sei leicht zu erobern. Ich freute mich darauf, ihm zu beweisen, daß er sich irrte.

Diese Nacht wird mir ewig deutlich in Erinnerung bleiben. Damals schien sie mir etwas Unwirkliches zu haben. Wenn ich die Augen schließe, kann ich mir noch heute jede Einzelheit ins Gedächtnis rufen. Die Luft war so klar, daß die Sterne dicht über uns zu stehen schienen; es war warm und windstill. Die Stimmen der Feiernden kamen aus der Nähe, sie sangen zur Begleitung von Geige, Akkordeon, Triangel und Trommel.

Doch am deutlichsten bleibt mir der Comte in Erinnerung. Er hatte es so eingerichtet, daß er und ich etwas abseits von den anderen in einem kleinen Innenhof saßen, an dessen grauen Mauern Bougainvilleen blühten. Jasminduft lag in der Luft. Ich trank den besonderen Wein, den der Comte aus seinem Keller geholt hatte, und knabberte den Kuchen, der für diese Gelegenheit gebacken worden war und unbedingt zur Weinlese gehörte. Von dem Augenblick an, als er seinen Wagen geschickt hatte, der mich und Katie zum Château brachte, war es ein bezaubernder Abend gewesen. Die Kutsche war ein etwas schwerfälliges, jedoch sehr würdevolles Gefährt mit dem eingeprägten Familienwappen der de la Tours. Mein Vater war besorgt, und ich hatte ihn beruhigt; er möge sich meinetwegen keine Sorgen machen, und außerdem sei Katie ja bei mir. Ich sagte, wir werden um Mitternacht zurück sein. Er murmelte, das sei etwas spät für Katie, worauf ich erwiderte, sie dürfe ausnahmsweise aufbleiben, das könne ihr nicht schaden. Mein Vater war überzeugt, daß der Comte es darauf abgesehen hatte, mir nachzustellen. Ich stimmte durchaus mit ihm überein, aber ich hatte nicht die Absicht, das leichte Opfer eines Schürzenjägers zu werden. Doch ich war viel zu lange ernst gewesen und fand, etwas Unterhaltung könne mir nur guttun, und die gedachte ich hier zu finden.

Wie prachtvoll das Schloß war! Es überwältigte einen durch sein ehrwürdiges Alter. Als wir uns dem Plateau näherten, auf dem es stand, erfaßte mich die Vorfreude auf diese Nacht, die wie keine andere sein sollte. Der hohe Burgfried des Hauptgebäudes, ein mit Wehrgängen versehener Wall, die Rundtürme, die die Anlage flankierten, die massiven Mauern, die schmalen Fensterschlitze, das alles erschien mir mittelalterlich. Mir war, als betrete ich eine andere Welt.

Der Comte und sein Sohn Raoul begrüßten uns. Katie und der Knabe beäugten sich forschend. Katie ergriff die Initiative und sagte: »Hallo, Raoul! *Wohnst* du hier richtig?« Dann wollte sie wissen, wo sie das siedende Öl auf ihre Feinde herabschütteten. »Oh, wir haben heutzutage raffiniertere Mittel, um mit Feinden fertig zu werden«, sagte der Comte.

Als ich in der alten Halle stand, fühlte ich mich von der Vergangenheit angerührt, und ich spürte, daß der Comte ein wesentlicher Teil davon war: der unumschränkte Herrscher, der allmächtige *seigneur,* der glaubte, seine Vorrechte noch heute ausüben zu können. Ich betrachtete die Wappen an den Wän-

301

den, den großen Kamin, über dem das Wappen von Carsonne angebracht war, die Mauernischen mit den jahrhundertealten steinernen Bänken. Ich war wirklich beeindruckt.

Der Comte hatte alles gut vorbereitet. Er wisse, sagte er, daß Katie begierig sei zu sehen, wie man auf dem Château den Wein herstellte. »Wir bewahren hier die Tradition. Alles muß so gemacht werden wie vor Jahrhunderten. Du willst bestimmt das Stampfen sehen.« Zu Raoul sagte er, er müsse sich um seinen Gast kümmern. Er wies Raouls Hauslehrer, Monsieur Grenier, an, sich der beiden anzunehmen. Madame Le Grand, die Haushälterin, erschien und wurde mir vorgestellt. Sie wollte dafür sorgen, daß der Wein der Kinder reichlich mit Wasser verdünnt wurde. Sie wußte, daß sie unbedingt den Weinlesekuchen kosten wollten.

Alles war so umsichtig arrangiert, daß Katie fröhlich mit Raoul und seinem Erzieher von dannen zog. So blieb ich mit dem Comte allein.

Es war eine unvergeßliche Szenerie. Wir sahen die Männer mit ihren vollbeladenen Körben zu den Trögen marschieren, in denen die Trauben zum Klang der Musik zerstampft wurden. Die Tröge waren wohl einen Meter hoch gefüllt, als die Stampfer erschienen. Der Comte sah mich eindringlich an. »Sie finden das wohl unhygienisch. Ich versichere ihnen, daß alle Vorsichtsmaßnahmen getroffen sind. Sämtliche Utensilien sind desinfiziert. Beine und Füße der Stampfer sind geschrubbt. Sehen Sie, alle haben besondere kurze Hosen an, Männer und Frauen. So wurde es im Château von jeher gehalten. Sie werden beim Tanzen unsere traditionellen Volkslieder singen. Ah, es geht los.«

Ich sah zu, wie die Stampfer nach festgesetzten Regeln tanzten, indes ihre Füße tiefer und tiefer in den purpurfarbenen Saft einsanken.

»Das geht so bis Mitternacht.«

»Katie …«

»Ist ganz glücklich mit Raoul. Grenier und Madame Le Grand sorgen für ihr Wohl.«

»Ich denke, ich …«

»Genießen wir für ein Weilchen ein wenig Freiheit. Das tut uns gut … und den Kindern auch. Seien Sie unbesorgt. Bevor es Mitternacht schlägt, werden Sie sicher auf dem Heimweg sein. Ich gebe Ihnen mein Wort. Ich schwöre es.«

Ich lachte. »Sie müssen nicht übertreiben. Ich glaube Ihnen auch so.«

»Kommen Sie, entfliehen wir dem Getümmel! Ich möchte mich mit Ihnen unterhalten.«

Und dann befand ich mich in dem duftenden Innenhof in der sternenklaren Nacht, allein mit ihm und doch nicht allein, denn wir waren in Hörweite der ausgelassenen Feier; hin und wieder durchdrang ein lauter Schrei die Nacht, und ständig spielte die Musik im Hintergrund. Ein Diener erschien mit Wein und Weinlesekuchen, der uns anmutig mit kleinen Gabeln und mit dem Wappen der Carsonnes bestickten Servietten gereicht wurde.

»Dies«, sagte der Comte, »ist ein Jahrgangswein des Châteaus, den ich nur bei besonderen Anlässen servieren lasse.«

»Wie etwa bei der Weinlese.«

»Die findet jedes Jahr statt. Was ist daran Besonderes? Ich meinte den Tag, an dem Madame Sallonger mein Gast ist.«

»Sie sind ein sehr aufmerksamer Gastgeber.«

»Ich kann charmant sein, wenn ich etwas tue, das mir gefällt.«

»Das können wir vermutlich alle.«

»Es gibt andere Gelegenheiten, die auf den Charakter hinweisen und unsere Fehler verraten. Ich möchte Sie etwas fragen. Sind Sie glücklich?«

»So glücklich wie die meisten Menschen, nehme ich an.«

»Das ist eine ausweichende Antwort. Die Menschen sind auf unterschiedliche Weise mit dem Leben zufrieden.«

»Glück ist selten ein Dauerzustand. Um den zu erreichen, müßte man schon ein ausgesprochener Glückspilz sein. Das Glück kommt augenblicksweise. Man sagt dann einigermaßen erstaunt: ›*Jetzt* bin ich glücklich.‹«

»Sagen Sie es in diesem Augenblick?«

Ich zögerte. »Ich finde dies alles sehr interessant. Die Weinlese, das Château … Es ist alles ganz neu für mich.«

»Darf ich daraus schließen, wenn es nicht regelrechtes Glück ist, so ist es doch ein angenehmes Erlebnis?«

»Das ist es ganz sicher.«

Er beugte sich vor. »Lassen Sie uns heute abend einen Schwur tun!«

»Einen Schwur?«

»Daß wir absolut offen zueinander sein wollen. Sagen Sie mir, fühlen Sie sich zu diesem Ort hingezogen?«

»Ich wollte ihn mir genauer ansehen, seit ich ihn zum erstenmal erblickte. Sehen Sie, ich bin hier in der Nähe geboren. Es war immer ein Geheimnis um Villers-Mûre. Ich finde es aufregend, meinem Geburtsort nahe zu sein.«

»Ich bin in diesem Château geboren. Unsere Geburtsstätten liegen also nahe beieinander. Sagen Sie, welche Gefühle hegen Sie für Ihren Großvater?«

»Ziemlich traurige.«

»Sie dürfen seinetwegen nicht traurig sein! Ich denke mit einem gewissen Vergnügen an ihn. Er gehört zu den Menschen, die mir am meisten mißfallen. Das Leben ist amüsanter und interessanter, wenn man starke Gefühle für die Menschen hat, und dazu neige ich. Ich hasse oder liebe … und beides sehr intensiv.«

»Das muß das Leben ziemlich anstrengend machen.«

Er sah mich fest an. »Sie sind sicher ganz anders aufgewachsen als ich. Ich glaube, die Engländer sind nicht so förmlich wie wir. Doch sie verbergen ihre Gefühle hinter scheinbarer Gleichgültigkeit. Das nenne ich scheinheilig.«

»Vielleicht macht es das Leben leichter, wenn man sich nicht auf das intensive Hassen und Lieben einläßt, das Sie erwähnt haben.«

Er wurde nachdenklich. »Vielleicht. Ich fand es interessant, Ihre Katie und meinen Raoul zusammen zu sehen. Die Kleine ist ganz ungeniert.«

»Das ist ein natürlicher Charakterzug von ihr.«

»Wie Raouls Ernsthaftigkeit.«

»Katie hat stets in vollkommener Sicherheit gelebt. Sie weiß, daß sie mir alles sagen kann. Ich bin immer da, um ihr beizustehen. Ich glaube, daher rührt ihre Spontanität, ihr Selbstbewußtsein.«

»Sie meinen, dergleichen fehlt Raoul?«

»Das wissen Sie besser als ich.«

»Ich war als Vater nicht so beispielhaft wie Sie als Mutter.«

»Ich habe nur getan, was natürlich ist.«

»Ich glaube, das Kind bedeutet Ihnen alles.«

»Das stimmt.«

»Das Mädchen hat es gut.«

»Das möchte ich gerne glauben.«

»Sie wurden von Madame Cleremont aufgezogen.«

»Ja. Auch ich hatte es gut.«

»Sie ist ein guter Mensch.«

»Sie sprechen, als würden Sie sie kennen.«

»Ich weiß über fast alles Bescheid, was hier vorgeht, und zu der Zeit, als sie fortzog, gab es einen Skandal. Ihre Mutter war eine der Schönheiten dieser Gegend. Ich war noch ein Kind, aber ich sperrte die Ohren auf. So erfuhr ich, daß Henri Saint Allengère in die Dorfschönheit verliebt war und der böse alte Alphonse sich weigerte, den Bund zu segnen. Ich hörte später, daß ein Kind unterwegs war und Henri entweder das Mädchen oder das Land verlassen mußte. Henri entschied sich, das Mädchen zu verlassen. Arme Marie Louise. Sie wohnte bei ihrer Mutter, die für sie sorgte, und es hieß, der Mutter brach es das Herz, als Marie Louise bei der Geburt einer Tochter starb.«

»Ich war die Ursache des Übels.«

»Eine unschuldige Ursache.« Er lächelte mich an. »Als Ihre Großmutter Ihre Anerkennung verlangte und dem alten Tyrannen Forderungen stellte, wollte er Sie abschieben, und er überließ Sie den englischen Verwandten – dem abtrünnigen Hugenottenzweig der Familie. Madame Cleremont war der Köder. Sie war ein Genie an der Nähmaschine und eine hochgeachtete Angestellte der Saint Allengères. Er wollte sie den Sallongers überlassen, wenn sie auch das Kind nahmen und bei sich aufwachsen ließen. So befreite er sich von einer Last und der ständigen Erinnerung an den Fehltritt seines Sohnes. Als Sie dann einen Sallonger geheiratet haben, hätte das das glückliche Ende sein können. Aber irgend etwas ging schief.«

Die Erinnerung schmerzte – die Tage und Nächte in Florenz … als ich Philip mit jedem Tag mehr liebte … und dann das schreckliche Erlebnis, Lorenzos Tod.

»Jetzt sehen Sie traurig aus«, sagte der Comte. »Sie denken an Ihre Ehe.«

»Sie endete so unglücklich. Sie dauerte so kurz.« Und schon erzählte ich ihm, wie Philip verschwunden war und man seine Leiche im Wald gefunden hatte.

»Warum?« fragte er.

»Ich weiß es nicht. Ich werde es nie erfahren. Wir waren glücklich. Wir hatten gerade ein Haus gekauft. Es ist und bleibt mysteriös.« Ich erzählte ihm von der schrecklichen Zeit, von dem Ergebnis der gerichtlichen Untersuchung.

»Das ist unglaublich«, sagte er. »Es muß ein Geheimnis gegeben haben, und er hätte es nicht ertragen können, wenn Sie es erfahren hätten.«

»Ich werde niemals glauben, daß er sich umgebracht hat. Manchmal frage ich mich, ob er ermordet wurde.«

»Warum?«

»Weil das die einzige Lösung wäre, wenn er sich nicht selbst das Leben genommen hat.«

Ich erzählte ihm von Lorenzos Tod. »Sehen Sie«, fuhr ich fort, »manchmal denke ich, daß schon damals jemand Philip töten wollte und Lorenzo mit ihm verwechselt hat.«

Er war erstaunt, das sah ich ihm an. »Das stellt alles in ein anderes Licht«, sagte er. »Haben Sie jemals versucht, das Geheimnis zu ergründen?«

»Ich habe endlos darüber nachgegrübelt, aber es scheint einfach keinen Grund zu geben. Ich mußte zu dem Schluß kommen, daß es nur eine Lösung geben konnte, aber weil ich Philip so gut kannte, schien sie mir unmöglich.«

»Keiner wird sich je mit ihm messen können. Er wird immer in ihrer Erinnerung bleiben ... so wie er in den Wochen Ihrer Ehe gewesen ist. Sie waren nicht lange genug zusammen, um seine Fehler zu entdecken. Es heißt, wen die Götter lieben, holen sie beizeiten.«

»Glauben Sie das?«

»Es bedeutet, daß ihnen ewige Jugend beschieden ist, weil sie im Andenken derer, die sie kannten, jung weiterleben.«

»Es hört sich an, als wären Sie neidisch. Sie bedauern doch nicht etwa, daß Sie noch leben?«

»Aber nein. Ich nehme gern das Risiko auf mich, daß meine Sünden ans Licht kommen. Sie haben mir von Ihrem Mann erzählt. Ich will ihnen von meiner Frau erzählen. Sie wissen, daß Heiraten in Familien wie der unseren arrangiert werden.«

»Das habe ich mir gedacht.«

»Als ich achtzehn war, wurde mir eine Frau ausgesucht.«

»Es überrascht mich, daß ausgerechnet Sie sich mit einer solchen Situation abgefunden haben.«

»Ich habe protestiert. Ich war nicht verliebt in die junge Dame. Aber sie war die Tochter aus einem der größten Häuser Frankreichs. Es gibt sie immer noch bei uns, die großen Häuser, trotz *liberté, égalité, fraternité*. Wir halten an den alten Traditionen fest. Einige von uns sind der Revolution entgangen. Carsonne hatte Glück. Vielleicht lagen wir zu weit vom Schuß. Oder unsere hiesigen Bauern waren zu lethargisch. Das Château blieb verschont. Schließlich liegen wir dicht an der italienischen Grenze. Wir haben überlebt und einige andere auch. Diese Familien halten noch heute zusammen wie zur Zeit Napoleons. Deshalb mußte ich eine Frau heiraten, die man für mich erwählt hatte. Mein Vater sagte, ich dürfe nicht verzagen. Ich müsse meine Pflicht tun und den Erben von Carsonne zeugen, und der müsse den erforderlichen Anteil blaues Blut in seinen Adern haben. Sobald dies vollbracht sei, könne ich mir mein Vergnügen suchen, wo es mir gefiel. Alle französischen Adligen müssen ihre Pflicht an ihren Ehefrauen erfüllen, und danach steht es ihnen frei, sich mit ihren Geliebten zu vergnügen. So spielt das Leben.«

»Das ist gewiß sehr angenehm für Ihr Geschlecht.«

»Sie haben recht. Also habe ich geheiratet. Meine arme Evette! Sie war ein Kind, noch keine siebzehn, sie taugte kaum zum Kindergebären und eignete sich so wenig zur Mutter wie ich zum Vater. Aber wir taten unsere Pflicht, und Raoul erblickte wunschgemäß das Licht der Welt. Doch leider bezahlte Evette die Erfüllung ihrer Pflicht mit dem Leben. Und so wurde ich Witwer.«

»Hat man Ihnen nicht nahegelegt, wieder zu heiraten und noch mehr blaublütige Erben zu zeugen?«

»Schon, aber ich war anderer Meinung. Ich hatte meine Pflicht getan. Ich war jetzt mein eigener Herr, denn mein Vater war gestorben. Der Ehestand war nichts für mich. Ich genoß meine Freiheit.«

»Aber Sie hätten sich doch sicher nicht durch die Ehe in ihrer Freiheit beschneiden lassen?«

»Vermutlich nicht. Ich gehe meine eigenen Wege. Aber trotzdem bleibe ich lieber unverheiratet. Ich lasse mir gerne von denen nachstellen, die auf den Titel Comtesse aus sind und ein altes Château zu schätzen wissen. Aber einfangen lasse ich mich nicht.«

»Ich nehme an, daß man ihnen tüchtig auf den Fersen ist.«

»Das ist unterschiedlich. Und Sie, liebe Madame Sallonger, bleiben Sie auch lieber allein?«

»Ich ziehe das Alleinsein einer unglücklichen Ehe vor.«

»Sicher haben Ihnen viele den Hof gemacht?«

Ich schwieg und dachte an Drake. Heute abend schien er mir ferner als seit langem.

»Ich sehe, ich habe unangenehme Gedanken geweckt. Verzeihen Sie mir!« Er schickte sich an, mein Glas nachzufüllen.

»Nein danke!« sagte ich. »Ich habe genug.«

»Von meinem besonderen Jahrgang?«

»Er ist ziemlich schwer.«

»Finden Sie? Vielleicht ist es die Nachtluft, der Duft der Blumen, die Gesellschaft?«

»Vielleicht.«

»Es würde mir gefallen, wenn Ihr Großvater Sie jetzt hier bei mir sitzen sehen könnte. Der Gedanke an seinen Zorn erheitert mich.«

»Das amüsiert Sie?«

»Ungeheuer. Ich brauche nichts, um Ihre Gesellschaft noch mehr zu genießen, aber wenn ich etwas brauchte, dann wäre es das.«

»So sehr verabscheuen Sie ihn?«

»Unendlich«, versicherte er mir. »Zwischen unseren Familien besteht eine Fehde. Eine Vendetta. Ich verabscheue ihn mehr als sonst irgend jemanden. Es gibt Sünder, die ich erträglich finde … mich selbst zum Beispiel. Was ich nicht ertrage, sind tugendhafte Schurken. Zu denen gehört Ihr Großvater. Er ist grausam, unbarmherzig und selbstsüchtig. Seine Arbeiter leben in Angst vor ihm – ebenso seine Familie. Er glaubt, er und Gott sind die größten Freunde und Verbündeten. Er denkt, sein Platz im Himmel ist ihm sicher, und ist überzeugt, daß er Jesus Christus von seinem Platz zur Rechten Gottes des Allmächtigen vertreiben wird. Ich nehme an, er erwartet, daß man ihm eine

Sonderabordnung Engel schickt, um ihn dereinst abzuholen. Er geht täglich zur Messe; sein gesamter Haushalt muß sich langen Gebeten unterziehen, während er den Leuten ihre Missetaten vorhält und sie daran erinnert, daß er als Gottes Abgesandter jedes Vergehen bestraft und dafür sorgt, daß die Sünden, die sie paarweise begehen, einzeln gesühnt werden. In seiner eigenen Kapelle hält er Zwiesprache mit einem Gott, den er nach seinem Bild geformt hat und der daher so unangenehm ist wie er selbst. Ich versichere Ihnen, alle Mächte der Hölle sind einem solchen Mann vorzuziehen.«

Ich mußte unwillkürlich lachen.

»Er ist seit langer Zeit unser Feind«, fuhr er fort, »und mein Vater hat mir seine Verachtung vererbt.«

»Wie Sie ihn hassen! Er hat doch sicher auch versöhnliche Züge?«

»Mir fällt nur ein einziger ein: Er ist Ihr Großvater und daher indirekt für Ihre Existenz verantwortlich.«

Ich schwieg, und er fuhr fort: »Es ist ein Glück für Sie, daß er Sie nicht sehen will. Kennen Sie Ihre Tante Ursule?«

»Ja, und ihren Mann.«

»Ursule besaß die Courage, die Ihrem Vater seinerzeit fehlte. Später hat er sich losgesagt, aber das hätte er früher tun sollen, um mit Marie Louise glücklich zu werden. Stellen Sie sich nur vor, er hätte es getan! Dann würden Sie und ich uns womöglich schon lange kennen. Ursule hatte wirklich Mut. Mein Vater hat sie und Louis Sagon unterstützt. Er gab Sagon Arbeit, indem er ihn seine Bilder restaurieren ließ, und sie hatten ein Haus zur Verfügung, das, wie mein Vater sagte, in der Anstellung inbegriffen war. Das alles tat er, um dem alten Alphonse zu trotzen. Es ist eine unglückliche Familie, und das liegt allein an dem alten Herrn. Dann passierte die Sache mit Heloïse. Das liegt noch nicht so lange zurück; sie war Renés Tochter. Er hatte zwei Töchter, Heloïse und Adéle. Er hat auch einen Sohn, Patrice. Patrice ist wie sein Vater, er gehorcht dem alten Herrn bedingungslos. Patrice ist der Erbe des Besitzes der Saint Allengères – nach René natürlich. Sie haben schwer dafür gearbeitet, das heißt den Tyrannen niemals gekränkt und seinen Befehlen absolut gehorcht. Vielleicht finden die beiden es der Mühe wert.«

»Erzählen Sie mir von Heloïse!«

»Sie war so hübsch … ein sanftes Mädchen. Sie hat sich im Fluß ertränkt. Er ist ziemlich seicht, deshalb konnte von einem Unfall keine Rede sein. Sie hat einfach aufgegeben. Es hieß, ihr Geliebter habe sie betrogen. Für René war es ein schlimmer Schlag. Er hing an ihr, mehr als an Adèle. Die hat nichts Sanftes an sich. Sie hatte ihre Schwester gern und hat sie immer beschützt. *Mon Dieu,* in so einer Familie war man auf Schutz angewiesen. Adèle ging nach Italien. Sie interessierte sich sehr für die Seidenproduktion. Es heißt, obwohl sie ein Mädchen war, spielte sie im Geschäft eine große Rolle, deshalb ging sie fort, um die italienischen Herstellungsverfahren zu studieren. Während ihrer Abwesenheit ist das mit Heloïse dann passiert.«

»Und Heloïses Geliebter?«

»Es ist etwas Geheimnisvolles um ihn. Heloïse wollte seinen Namen nicht preisgeben. Hätte sie es getan, hätte Adèle wohl versucht, ihn umzubringen. Sie ist eine leidenschaftliche Frau, und als ihre Schwester starb, war sie fast wahnsinnig vor Kummer.«

»Und ihr Geliebter wurde nie entdeckt? In einer Gegend wie dieser dürfte es ihm doch sicher schwerfallen, seine Identität geheimzuhalten.«

Der Comte schwieg, und plötzlich durchfuhr mich der Gedanke: Er war der Mann!

Ich sagte: »Es wird spät.«

»Die Zeit ist wie im Flug vergangen. Es ist alles so verkehrt: Die Zeit verfliegt, wenn man wünscht, daß sie stehenbleibt, und sie wird zur Ewigkeit, wenn man wünscht, daß sie vergeht. Es war ein wundervoller Abend.«

311

»Es war interessant, aber jetzt muß ich Katie suchen. Ihre Schlafenszeit ist schon lange überschritten.« Ich erhob mich, und er stand ebenfalls auf. Er nahm meine Hände und zog mich an sich, ganz nahe. Ich war nicht klein, aber er war gut fünfzehn Zentimeter größer als ich, und ich mußte zu ihm aufsehen. Es lag mir sehr daran, den Eindruck zu erwecken, daß seine Nähe mich nicht verunsicherte. »Es war ein angenehmer Abend«, sagte ich kühl. »Haben Sie vielen Dank.«

»Ich habe zu danken.« Ich dachte schon, er würde mich küssen, und erschrak, zumal mir klar war, daß ich mich nicht so sehr vor ihm fürchtete, sondern vor mir selbst.

Unwillig versuchte ich die Wirkung abzuschütteln, die er auf mich ausübte. Ich wußte, daß er ein ausgemachter Schürzenjäger war. Warum ließ ich zu, daß ich mich zu ihm hingezogen fühlte? Warum hoffte ich, daß er mich küssen und mir seine Leidenschaft offenbaren würde? Vielleicht war ich zu lange allein gewesen. Vielleicht wünschte ich mir ein normales Eheleben. Ich hatte es gekostet, und dann war es mir genommen worden. Ich hatte an Drake gedacht … aber das war nicht so gewesen wie dies hier.

Plötzlich küßte der Comte mich leicht auf die Stirn. Ich zog meine Hände zurück und versuchte, weder Überraschung noch Bewegung zu zeigen. Ich tat, als hielte ich es für eine französische Sitte, daß Gastgeber ihre weiblichen Gäste keusch auf die Stirn küssen. Ich sagte ziemlich forsch: »Und jetzt muß ich meine Tochter suchen.«

Er nahm meinen Arm und führte mich zu den Feiernden. Katie war dort mit Raoul und Monsieur Grenier. »Ist es nicht herrlich?« rief sie, als sie uns sah. »Es ist die schönste Feier, die ich je erlebt habe.« Sie hatte mit Raoul Freundschaft geschlossen, und er war über ihre Gesellschaft sichtlich entzückt. Armer Junge, dachte ich, zweifellos hat er bei diesem Vater nicht viel zu lachen. Ich konnte mir vorstellen, daß er ständig an die Pflichten erinnert wurde, die er eines Tages zu erfüllen hatte. Er würde in allen männlichen Zeitvertreiben geübt sein und seinen Hauslehrer zufriedenstellen müssen. Katies Lebensauffassung mußte für ihn eine Offenbarung gewesen sein.

Katie war überdreht. Es war wirklich Zeit, daß wir aufbrachen. Der Comte ließ die Kutsche vorfahren. Er wollte uns persönlich nach Hause begleiten, und Raoul kam auch mit. Ich setzte mich neben Katie und legte meinen Arm um sie. Sie lehnte sich an mich, und ich sah, wie ihr die Augen zufielen, obwohl sie sich alle Mühe gab, wach zu bleiben. Das Ruckeln der Kutsche wiegte sie jedoch bald in den Schlaf.

Ich spürte die beobachtenden Augen des Comte. Raoul saß ziemlich steif neben seinem Vater. Ich nahm an, er war in Anwesenheit des Comte immer so. Schließlich sagte ich: »Wir sind da.« Katie schlug die Augen auf. Sie war sofort hellwach und wußte gleich, wo sie war. »Raoul«, sagte sie, »darf ich deinen Falken anschauen kommen? Du hast versprochen, daß du ihn mir zeigst. Darf ich ins Château kommen? Ich hab' es gar nicht richtig gesehen.«

Der Comte sprach für seinen Sohn. »Bitte, besuchen Sie uns, wann immer Sie wollen, Mademoiselle Katie. Sie sind stets willkommen.«

Katie lächelte hingerissen. »Das ist der glücklichste Abend meines Lebens«, erklärte sie.

Der Comte lächelte mich triumphierend an.

Mein Vater war bei unserer Ankunft sichtlich erleichtert. Er hatte auf uns gewartet.

»Großpapa«, rief Katie, »es war herrlich! Du hättest sehen sollen, wie sie auf den Trauben rumgetanzt sind. Der lila Saft ist ihnen bis an die Knie gespritzt, und sie sind immer tiefer eingesunken ...«

»Es freut mich ungemein, daß es Ihnen gefallen hat«, sagte der Comte.

Wir verabschiedeten uns, und ich hörte die Kutsche davonrumpeln, in die dunkle Nacht hinein.

»Ich nehme an, ihr seid müde«, sagte mein Vater.

»Sehr.«

»Ich nicht«, sagte Katie.

»Solltest du aber«, sagte er zu ihr. »Du müßtest schon seit Stunden im Bett sein.«

»Es ist Mitternacht«, sagte Katie. »Es ist das erste Mal, daß ich um Mitternacht auf bin.«

»Komm jetzt!« ermahnte ich sie. »Du schläfst ja schon halb.« Und sie war fast eingeschlafen, bevor ich sie ins Bett bringen konnte.

Aber ich fand keinen Schlaf. Es war eine denkwürdige und irgendwie bedeutsame Nacht gewesen. Dieser weltgewandte französische Aristokrat war anders als irgendein Mann, den ich bis dahin gekannt hatte. Dann dachte ich an Heloïse, die ekstatische Wochen, vielleicht Monate, durchlebt haben mußte, ehe sie erkannte, daß sie ihr Vertrauen in einen treulosen Geliebten gesetzt hatte. Ich versuchte, mich an das Gesicht des Comte zu erinnern, als er von Heloïse gesprochen hatte. Könnte er der Mann gewesen sein? Es war immerhin naheliegend.

Mir war klar, daß ich auf der Hut sein mußte.

Am nächsten Tag holte Madame Le Grand Katie in der Kutsche ab. Sie versicherte mir, daß meine Tochter wohlversorgt sein werde. Monsieur le Comte habe sie angewiesen, sich um Katie zu kümmern, ich brauche mir also keine Sorgen zu machen.

Ich sagte: »Ich weiß nicht, ob ich sie gehen lassen soll.«

»Ach, Mama«, protestierte Katie, »ich *will* aber. Ich will Raoul besuchen. Er hat versprochen, daß er mir das Château zeigt und seinen Falken und seine Hunde.«

»Ich sorge persönlich dafür, daß es Ihrer Tochter an nichts fehlt, Madame«, versicherte Madame Le Grand. Ich dankte ihr. Ich sah nicht, was ich jetzt noch einwenden konnte.

Als sie fort war, kam mein Vater zu mir. »Merkwürdig«, sagte er, »unsere Familien haben noch nie solchen Umgang gepflegt.«

»Ist es nicht recht töricht, so alte Fehden aufrechtzuerhalten?«

»Meine liebe Lenore, die Comtes von Carsonne haben so starr an der Fehde festgehalten wie wir. Dieser Frontenwechsel, seit du ihn beim Reiten getroffen hast, gefällt mir nicht.«

»Sein Sohn und Katie haben Freundschaft geschlossen.«

»Was er eingefädelt hat.«

»Aber sie sind Kinder. Es tut ihnen gut zusammenzusein. Sie haben sich auf Anhieb gut verstanden. Der arme Junge, ich glaube nicht, daß er viele gleichaltrige Spielgefährten hat.«

»Er wird zweifelsohne wie sie alle erzogen – zu denken, sie sind gottgesandte Wesen, die dazu da sind, um über uns alle zu herrschen.«

»Dasselbe denkt er von den Saint Allengères. Wirklich, Vater, solche Familienfehden sind seit Romeo und Julia aus der Mode.«

»Ich denke, wir sollten nach Paris zurückkehren. Hier kommen sie auch ohne uns zurecht. Es geht nicht an, den Salon allein der Gräfin zu überlassen. Sobald die Fässer gefüllt sind und alles im Keller ist, kann ich fort.«

»Wann wird das sein?«

»Ende der Woche, denke ich. Dann fahren wir zurück.«

Ich war einverstanden.

Am Spätnachmittag wurde Katie zurückgebracht. Sie war ganz erfüllt von den Erlebnissen des Tages. »Sie haben einen Burgfried, Mama. Weißt du, was ein Burgfried ist?«

Ich bejahte.

»Wir haben mit Monsieur Grenier das Schloß besichtigt, und er hat uns ganz viel von der Geschichte erzählt, und das war richtig interessant. Dann ist er mit uns reiten gegangen. Sie haben ein Verlies. Weißt du, was ein Verlies ist?« Sie wartete meine Antwort nicht ab, denn sie war ganz begierig darauf, es mir zu erklären. »Es bedeutet, du bist dort verlassen. Sie haben Leute da runtergeschubst. Es ist wie eine dunkle, dunkle Höhle. Oben drüber ist bloß ein kleines Loch. Die Leute mußten da drin bleiben, um zu sterben … verlassen, siehst du.«

»Das muß ein grausamer Ort sein.«

»O ja«, sagte Katie fröhlich. »Raoul hat einen Falken. Er will mir beibringen, wie man damit umgeht. Wir sind zu den Schutzwällen gegangen. Wenn man da drüberguckt, kann man die Maulbeerbäume und die Häuser an dem schmalen Fluß sehen. Da wohnen Leute, die heißen Allengère. Der Name hört sich ein bißchen an wie unserer.«

Ich unterbrach ihren Redefluß und sagte: »Katie, wir reisen Ende der Woche ab.«

»O nein, Mama! Gerade jetzt, wo ich soviel Spaß habe!«

»Jeder Spaß hat einmal ein Ende, Katie.«

»Das muß aber nicht sein, wenn man's nicht zuläßt.«

»Wir müssen abreisen, Katie.«

»Ende der Woche«, sagte sie tonlos und war etwa fünf Minuten lang niedergeschlagen.

Am nächsten Tag kam die Kutsche wieder, um Katie zum Château zu bringen.

An diesem Tag ritt ich allein aus. In zwei Tagen würde ich fort von hier sein. Ich hatte mir ein denkwürdiges Erlebnis versprochen. Ich hatte so oft an meinen Geburtsort gedacht, wo meine Mutter gelebt und bei meiner Geburt gestorben war. Aber durch den Comte war alles viel verzwickter geworden. Er hatte meine Erwartungen durchkreuzt und dem Erlebnis etwas hinzugefügt. Es überraschte mich nicht, daß ich ihm an diesem Tag begegnete. Ich hatte den Eindruck, daß er mir in der Überzeugung, mich irgendwann zu erwischen, aufgelauert hatte. Er kam auf dem großen Pferd, das er an dem Tag unserer ersten Begegnung geritten hatte, auf mich zu. »Guten Tag, Madame Sallonger! Welch eine Freude, Sie zu treffen.«

»Guten Tag!«

»Wie ich höre, reisen Sie bald ab.«

»Meine Tochter hat es wohl erwähnt?«

»Raoul ist tief betrübt.«

»Er wird eine andere Spielgefährtin finden.«

»Wie könnte er eine andere Katie finden? Auch ich bin betrübt.«

»Sie werden bald vergessen, daß wir je hier waren.«

»Das ist vollkommen falsch, und das wissen Sie genau.«

»Ich glaube, Sie wollen uns schmeicheln.«

»Was ich sage, kommt von Herzen.« Ich lächelte flüchtig, und er fuhr ernst fort: »Ich habe das Gefühl, wir könnten gute Freunde werden, falls Sie es erlauben. Ich habe sehr viel über Sie nachgedacht.«

»Das ehrt mich, aber ich finde es seltsam, daß ich Ihnen so viel zu denken gebe.«

»Das ist ganz natürlich, wenn man berücksichtigt, daß Sie anders sind als alle, denen ich je begegnet bin.«

»Kein Mensch ist genau wie der andere.«

»Die meisten interessieren mich kaum.«

»Weil Sie so mit sich selbst beschäftigt sind.«

»Finden Sie das wirklich?«

»Vielleicht urteile ich vorschnell. Ich weiß so wenig von Ihnen.«

»Ich glaube, Sie würden es interessant finden, mehr über mich zu entdecken.«

»Wie schade, daß ich nicht hier sein werde, um diese Entdeckungen zu machen.«

»Sie können doch bleiben.«

»Ich muß mich um mein Geschäft kümmern.«

»Haben Sie niemanden, der das erledigen könnte?«

»Schon, aber ich kann nicht ewig wegbleiben.«

»Ich glaube, Sie sind mir ausgewichen.«

»Warum sollte ich?«

»Vielleicht, weil Sie ein wenig Angst haben.«

»Sind Sie so furchterregend?«

»Sehr, nehme ich an.«

»Vielleicht für diejenigen, die auf Ihre Mildtätigkeit angewiesen sind. Aber, Monsieur le Comte, zu denen gehöre ich nicht.«

»Sie fürchten sich auf andere Weise vor mir. Mein Ruf wurde ihnen zugeflüstert. Ich bin der berüchtigte Feind Ihrer Familie.«

»Ich weiß, Sie sind der Feind meines Großvaters, aber warum sollten seine Feinde auch meine sein?«

»Dann ... bin ich Ihr Freund?«

»Sagen wir, ein netter Bekannter?«

»So schätzen Sie mich ein?«

»Dies ist, glaube ich, unsere vierte Begegnung. Wie könnte ich Sie da anders einschätzen?«

»Aber es waren keine gewöhnlichen Begegnungen.«

»Nein. Beim erstenmal haben Sie Ihre Hunde auf mich gehetzt, beim zweitenmal waren Sie der aufmerksame Gastgeber, und jetzt haben wir uns zufällig getroffen. Oh, und dann das eine Mal, als Sie unangemeldet zum Haus meines Vaters kamen.«

»Ich werde traurig sein, wenn Sie abreisen.«

»Wie freundlich von Ihnen, das zu sagen.«

»Ich meine es ernst. Bitte, überreden Sie Ihren Vater, noch eine Woche zu bleiben, und dann treffen wir uns jeden Tag.«

»Ich fürchte, das würde Sie zu viel Zeit kosten ... und mich auch.«

»Hören Sie auf mit dem Geplänkel! Sie wissen, wie liebenswert ich Sie finde. Sie regen mich an. Sie sind so kühl, so selbstsicher ... Doch ich ahne eine verborgene Glut in Ihnen.«

»Sie reden, als wäre ich ein schwelendes Freudenfeuer.«

»Ich glaube, ich bin dabei, mich in Sie zu verlieben.«

»Monsieur le Comte belieben zu scherzen.«

»Ich scherze nie über Dinge, die mir ernst sind. Wollen Sie ewig um Ihren Gatten trauern?«

Ich schwieg. Ich genoß diese Begegnung sehr. Ich fühlte mich dabei so jung und lebendig, wie ich mich seit meiner Ehe mit Philip nicht mehr gefühlt hatte. Ich wollte dieses Wortgefecht fortführen. Es hatte etwas Gefährliches, was seinen Reiz nur noch erhöhte. Ich wußte, daß er ein Routinier in solchen Begegnungen war. Er zog mich an. Ich denke, jede Frau hätte sich zu ihm hingezogen gefühlt. Er war so überaus weltgewandt, vor allem aber strahlte er Macht aus, und das ist, glaube ich, ein unwiderstehliches Element sexueller Anziehungskraft. Er war ganz offensichtlich ein Mann, der es gewohnt und darin geübt war, seinen Willen durchzusetzen. Ich dachte an die zarte Evette und an alle Frauen, die er unbeschwert und routiniert geliebt haben mußte. Daß er beabsichtigte, mich dieser Liste hinzuzufügen, war mir klar. Das sollte ihm aber nicht gelingen. Und doch fand ich diesen leichtfertigen Wortwechsel unwiderstehlich. Ich empfand ihn als eine Art geistige Verführung, es war aufregend, sich ihm hinzugeben, und er würde keine Folgen haben. Ich hatte unsere Begegnungen wirklich sehr genossen. Dann fiel mir plötzlich Heloïse ein, die in dem seichten Fluß lag. War es mit ihr am Anfang auch so gewesen?

Er sagte zu mir: »Ich könnte ihnen den Weg zu einem neuen Leben zeigen, Sie aus der Vergangenheit herausholen. Sie hätten die Gelegenheit, das alles hinter sich zu lassen.«

Ob er recht hatte? Hatte ich zu lange in der Vergangenheit gelebt? Ich hätte jetzt Drakes Frau sein können. Ich glaube, ich wäre mit Drake glücklich geworden. Er war ritterlich und gütig, ein Mensch, dem man vertrauen konnte. Er wäre mir bestimmt ein zärtlicher Ehemann und Katie gewiß ein guter Vater gewesen.

Sicher, der Comte hatte Katie bezaubert, aber das war oberflächlich. Er benutzte Katie als Mittel, um sich mir zu nähern. Da war Drake ganz anders gewesen.

»Was denken Sie gerade?« fragte der Comte.

»Daß ich zurück muß«, erwiderte ich.

»Glauben Sie, Sie können mir so leicht entfliehen?«

»Entfliehen? Was soll dieser Ausdruck? Ich bin nicht Ihre Gefangene.«

»Nein. Ich bin Ihr Gefangener.«

Ich lachte.

»Sie sind eine grausame Frau«, sagte er.

»Sie baten mich, offen zu sein. Ich verstehe Sie. Ich kenne Ihre Motive. Ich bin keins von Ihren Dorfmädchen, die sich von Ihrem Familienwappen überwältigen lassen. Und ich gehöre auch nicht zu jenen Damen Ihrer Bekanntschaft, die es auf einen Titel und ein altes Château abgesehen haben. Nichts von diesen Dingen bedeutet mir etwas.«

»Der Eigentümer auch nicht?«

»Wie gesagt, ich kenne ihn kaum. Er ist … ein amüsanter Bekannter.«

»Ich amüsiere Sie also?«

»Das wissen Sie doch.«

»Und Sie bezaubern mich. Und das wissen Sie.«

»Sie haben Erfahrung, Monsieur – und ich auch. Ich stehe nicht mehr in der ersten Blüte der Jugend, so wenig wie Sie. Sie sollten wissen, daß Sie Ihre Zeit verschwenden, wenn Sie auf eine leichte Eroberung aus sind. Woanders haben Sie bestimmt bessere Aussichten.«

»Sie mißverstehen mich.«

»Ich verstehe Sie sehr gut. Ich will aufrichtig zu Ihnen sein. Ich habe unsere Begegnungen genossen, aber ich messe ihnen keine besondere Bedeutung bei.«

Er seufzte. »Ich sehe, es ist schwer, Sie von meinen Gefühlen zu überzeugen.«

»Es ist überhaupt nicht schwer. Ich verstehe Sie vollkommen. Aber jetzt muß ich wirklich umkehren. Ich muß Reisevorbereitungen treffen.«

»Angenommen, ich lade Sie und Ihren Vater zu einem musikalischen Abend ins Château ein. Ich könnte berühmte Musiker engagieren, damit sie für uns spielen. Lieben Sie Musik?«

»Ja. Aber wir könnten Ihre Einladung nicht annehmen. Wir müssen Ende der Woche abreisen.«

»Ich würde gerne mehr darüber herausfinden, was mit Ihrem Mann geschehen ist. Die Angelegenheit sollte nicht einfach abgetan werden. Wir sollten versuchen, das Geheimnis zu enträtseln. Wenn Sie erst die Wahrheit wissen, werden Sie aufhören, ständig an ihn zu denken. Sie werden die Tragödie überwinden und sehen, daß das Leben da ist, um gelebt zu werden, und nicht, um über die Toten nachzugrübeln und davon zu träumen, was hätte sein können.«

»Das hat mit unserer Bekanntschaft nichts zu tun.«

»Doch, ganz bestimmt.«

»Ich kehre an dieser Biegung um. Es ist eine Abkürzung.«

Als das Haus meines Vaters mit den umliegenden Weingärten in Sicht kam, hielt ich an. »Falls wir uns vor meiner Abreise nicht mehr sehen – ich möchte Ihnen Lebewohl sagen.«

»Das hört sich wie eine Zurückweisung an.«

»Unsinn. Es ist nur ein Abschied.«

Er küßte mir die Hand. »Es ist nicht zu Ende, wissen Sie«, sagte er. Mir wurde leicht ums Herz, denn ich hätte nicht gewollt, daß es zu Ende war. Ich entzog ihm meine Hand. *»Au revoir!«* sagte er.

Er machte kehrt und ritt davon. Wenn ich in Paris beschäftigt bin, werde ich dies alles vergessen, sagte ich mir. Was würde es bedeuten, sich auf ihn einzulassen? Eine flüchtige Liebesaffäre. Keine Heirat. Der Gedanke an eine Ehe mit ihm war verwirrend. Es würde belebend und aufregend sein. Aber er hatte die Möglichkeit einer Heirat nie erwähnt. Ein weiterer Grund für mich, von hier fortzugehen.

Natürlich hatte er nicht die Absicht zu heiraten. Das einzige Mal, als er von der Ehe sprach, war im Zusammenhang mit Evette gewesen, die er geheiratet hatte, um seine Familie zufriedenzustellen. Er hatte den Erben gezeugt und wollte sich nie mehr in einer Ehe binden. Allerdings verstand ich nicht, wieso ein Mann wie er eine solche Abneigung gegen die Ehe hatte, denn er würde sich doch ohnehin nie an seinen Treueschwur halten, wenn er nicht wollte. Er würde ein typischer aristokratischer Ehemann sein: Voll höflicher Aufmerksamkeit für seine Frau würde er seine sogenannte Pflicht erfüllen und sich anschließend mit seinen Geliebten vergnügen. Dies war die *marriage à la mode,* wie sie bei den französischen Aristokraten üblich war. Das war nichts für mich.

Bevor ich abreiste, wollte ich das Grab meiner Mutter besuchen. Ich wußte, daß sie auf dem Friedhof neben der kleinen Kirche von Villers-Mûre begraben lag. Mein Vater wünschte nicht, daß ich in die Nähe seines Elternhauses ging. Er fürchtete wohl die Reaktion meines Großvaters, falls der erfuhr, daß ich dort war. Ich wollte meinen Vater nicht in Verlegenheit bringen, war aber fest entschlossen hinzugehen.

Am Tag vor unserer Abreise machte ich mich allein auf den Weg. Ich kam zu dem Hügel, von dem ich auf den Besitz der Saint Allengères hinuntersehen konnte. Ich sah das Dorf bei der Fabrik und das Flüßchen, das sich an den steinernen Gebäuden vorbei und unter der kleinen Brücke hindurchschlängelte. Es war ein reizvolles Bild. Ich erblickte den Kirchturm und begab mich hügelab dorthin. Kein Mensch war zu sehen. Ich nahm an, daß alle bei der Arbeit waren. Ich stieg vor der Kirche ab, band mein Pferd draußen an und trat ein. Meine Schritte hallten auf den Steinplatten. Es war ein bewegender Gedanke, daß meine Mutter mit Grandmère oft in dieser Kirche gesessen haben mußte. Die bunten Glasfenster waren prachtvoll. Das mit dem Stammbaum Christi bemalte Fenster aus dem 16. Jahrhundert war die Spende eines gewissen Jean Pascal Saint Allengère. Die Darstellung des Gleichnisses von den Broten und den Fischen hatte Jean Christophe Saint Allengère hundert Jahre später gespendet. Ein Fenster stellte Johannes den Täufer dar. »Gespendet von Alphonse Saint Allengère.« Ich starrte auf den Namen. Mein Großvater! Mir fiel ein, was der Comte über ihn gesagt hatte, und mußte unwillkürlich lächeln.

Der Name Saint Allengère tauchte an allen möglichen Stellen auf. Sie waren stets Wohltäter der Kirche gewesen. Ich war ein Eindringling. Ich hätte nicht hier sein dürfen. Mein Vater wünschte es nicht. Ich fragte mich, was mein Großvater sagen würde, wenn er wüßte, daß ich in sein Territorium eingedrungen war.

Mir wurde plötzlich warm, und ich nahm meinen Schal ab. Ich betrachtete den verzierten Altar und die Kanzel, die ein weiteres Geschenk meines frommen Großvaters war. Überall fanden sich Beweise seiner Großzügigkeit. Dies war seine Kirche. Das Château hatte vermutlich eine eigene Kapelle, so daß der Comte nie hierherkam. Er war offensichtlich ganz anders als mein Großvater; wenn man aus seiner forschen Redeweise auf seinen Glauben schließen konnte, dann war er gewiß kein frommer Mensch. Ich trat ins Freie und ging über den Friedhof. Auf vielen Gräbern standen reichverzierte Statuen, vorwiegend Engel und Heiligenfiguren. Einige waren so groß und lebensecht, daß man fast erwartete, sie würden zu sprechen anfangen.

Ich hoffte nicht, das Grab meiner Mutter unter denen mit den kunstvollen Figuren zu finden, aber hier, bei den prächtigsten von allen, waren die Ruhestätten meiner Vorfahren. Der Name Saint Allengère stand auf vielen Grabsteinen. Ich ging zu dem aufwendigsten von allen mit der Inschrift: MARTHE SAINT ALLENGÈRE, EHEFRAU *von* ALPHONSE, 1842–1870. Das war meine Großmutter. Sie war jung gestorben. Ich nehme an, die Kindergeburten und das Leben mit Alphonse hatten ihren Tribut gefordert. Ich ging weiter und fand Heloïses Grab. Hier war keine kunstvolle Statue. Es war ein unauffälliges Grab, aber die Pflanzen auf ihm waren gepflegt. In einem weißen Blumentopf wuchsen blaßrosa Rosen. Arme Heloïse! Wie mußte sie gelitten haben. Ich dachte an den Comte. Natürlich mußte er nicht der Mann gewesen sein, mit dem sich das bedauernswerte Mädchen eingelassen hatte. Es war ungerecht von mir, ihn dafür zu halten. Ich hatte keinen Grund für diese Annahme, außer den, daß er eben war, wie er war. Heloïse muß ein schönes Mädchen gewesen sein, und ich wußte, daß er großes Vergnügen daran gefunden hätte, die Tochter seines Feindes zu verführen.

Ich ging weiter. Es dauerte eine Weile, bis ich das Grab meiner Mutter fand. Es befand sich in einem Winkel bei den weniger auffallend geschmückten Gräbern. Nur ihr Name stand da: MARIE LOUISE CLEREMONT, VERSTORBEN IM ALTER VON 17 JAHREN. Ich wurde von heftigen Gefühlen übermannt und sah den Rosenstrauch, den man dort gepflanzt hatte, durch einen Tränenschleier.

Ihre Geschichte war der Heloïses nicht unähnlich. Aber sie war eines natürlichen Todes gestorben. Ich war froh, daß sie nicht aufgegeben hatte. Ich hatte sie ihres Lebens beraubt. Lebte sie noch, wären wir alle drei zusammen, sie, Grandmère und ich. Die arme Heloïse war nicht imstande gewesen, sich dem Leben zu stellen. Ihre Geschichte war anders verlaufen, auch wenn sie, wie die meiner Mutter, mit einem Liebhaber begonnen hatte, der sie im Stich ließ. Eine Lektion für alle schwachen Frauen.

Ich machte mich wieder auf den Weg zur Kirchentür, vor der ich das Pferd angebunden hatte. Dabei mußte ich an den Saint-Allengère-Gräbern vorüber. Ich erschrak, als ich einen Mann an Heloïses Grab stehen sah.

»Guten Tag«, sagte er. »Haben Sie sich verirrt?«

»Nein. Ich habe mir nur die Kirche angesehen. Ich ließ mein Pferd an der Tür zurück.«

»Eine hübsche alte Kirche, nicht wahr?«

Ich stimmte ihm zu.

»Sie sind fremd hier.« Er sah mich durchdringend an. Dann sagte er: »Ich glaube, ich weiß, wer Sie sind. Halten Sie sich zufällig auf dem Weingut auf?«

»Ja.«

»Dann sind Sie Henris Tochter.«

Ich nickte, und er wirkte sehr bewegt.

»Ich habe gehört, daß Sie hier sind«, sagte er.

»Dann müssen Sie ... mein Onkel sein.«

Er nickte. »Sie sehen Ihrer Mutter so ähnlich, daß ich einen Moment geglaubt habe, sie sei es.«

»Mein Vater sagte mir, daß wir uns sehr ähnlich sehen.«

Er sah auf das Grab hinunter. »Gefällt es Ihnen hier?«

»Ja, sehr.«

»Schade, daß die Verhältnisse so sein müssen, wie sie sind. Und Madame Cleremont, ist sie wohlauf?«

»Ja, sie lebt in London.«

»Ich habe von dem Salon gehört. Ich glaube, er entwickelt sich recht gut.«

»Ja, wir haben jetzt eine Niederlassung in Paris. Ich fahre morgen dorthin zurück.«

»Ich glaube«, fuhr er fort, »Sie heißen Madame Sallonger.«

»Richtig.«

»Ich kenne die Geschichte natürlich. Sie sind bei der Familie aufgewachsen und haben später einen Sohn des Hauses geheiratet, Philip, glaube ich.«

»Sie wissen ja sehr gut über mich Bescheid. Ja, Sie haben recht, ich habe Philip geheiratet.«

»Und jetzt sind Sie Witwe.«

»Ja, seit zwölf Jahren.« Mein Schal hatte sich in einem Dornenstrauch verfangen und entglitt meinen Händen. Der Mann befreite ihn. Es war ein Tuch aus blaßlila Seide, wie wir es im Salon verkauften. Er befühlte und begutachtete den Stoff. »Eine herrliche Seide«, sagte er. Er behielt das Tuch in der Hand. »Verzeihen Sie, ich interessiere mich natürlich sehr für Seide. Sie bestimmt hier unser Leben.«

»Ja, natürlich.«

Er hielt das Tuch immer noch fest. »Es ist die beste aller Seiden. Ich glaube, man nennt sie Sallonseide.«

»Das ist richtig.«

»Eine wundervolle Struktur. Eine gleichwertige Seide gibt es nicht. Ich glaube, Ihr Mann hat das Herstellungsverfahren erfunden und für die englische Firma patentieren lassen.«

»Es stimmt, daß ein Sallonger die Erfindung gemacht hat, aber es war nicht mein Mann. Es war sein Bruder Charles.«

Mein Onkel starrte mich ungläubig an. »Ich war immer der Meinung, daß es Ihr Mann war. Sind Sie sicher, daß Sie sich nicht irren?«

»Bestimmt nicht. Ich erinnere mich genau. Wir waren erstaunt, daß Charles die Formel entdeckte, weil er immer den Eindruck machte, sich überhaupt nicht für das Geschäft zu interessieren. Mein Mann hat sich sehr dafür engagiert. Wenn jemand die Sallonseide hätte erfinden sollen, dann er. Aber es war Charles. Ich erinnere mich so gut daran. Es war eine brillante Erfindung, und wir haben sie Charles zu verdanken.«

»Charles«, wiederholte mein Onkel. »Ist er jetzt der Inhaber der Firma?«

»Ja. Die beiden haben sie geerbt, und als mein Mann starb, wurde Charles der alleinige Besitzer.«

Er schwieg. Er war blaß geworden, und seine Hände zitterten, als er mir das Tuch zurückgab. Er sah mir ins Gesicht und sagte: »Dies ist das Grab meiner Tochter.«

Ich neigte mitfühlend den Kopf.

Er fuhr fort: »Es war für uns alle ein tiefer Schmerz. Sie war ein so schönes, sanftes Mädchen …«

Ich hätte ihn gerne getröstet, weil er so niedergeschlagen war. Plötzlich lächelte er. »Es war interessant, mit Ihnen zu sprechen. Ich wünschte, ich könnte Sie zu mir nach Hause einladen.«

Ich erwiderte: »Ich verstehe. Und es hat mich gefreut, Sie kennenzulernen.«

»Und Sie reisen morgen ab?«

»Ja, ich kehre nach Paris zurück.«

»Leben Sie wohl!« sagte er. »Es war sehr … aufschlußreich.« Er entfernte sich langsam, und ich ging zu meinem Pferd.

Unseren letzten Abend verbrachten wir bei Ursule und Louis in ihrem kleinen Haus auf dem Besitz derer von Carsonne. Es war ein netter Abend. Ursule sagte, sie freue sich immer auf Henris Besuche und hoffe, daß auch ich wiederkommen werde. Ich erklärte, wie interessant und neu alles für mich gewesen sei. Ich erwähnte, daß ich auf dem Friedhof war, um das Grab meiner Mutter zu besuchen, und dort René getroffen hatte. Zuerst war mein Vater bestürzt, aber dann faßte er sich. »Armer René«, sagte er. »Manchmal denke ich, er wünscht, er hätte den Mut gehabt, sich loszusagen.«

»Er ist die Marionette unseres Vaters«, versetzte Ursule grimmig. »Er hat immer getan, was von ihm erwartet wurde, und sein Lohn wird dereinst der Besitz der Saint Allengères sein.«

»Es sei denn«, sagte Louis, »er tut vor dem Tod des alten Herrn etwas, das dessen Mißfallen erregt.«

»Ich bin froh, daß ich die Freiheit gewählt habe«, sagte Ursule. Später sprachen sie über den Comte. »Er ist ein guter Arbeitgeber«, sagte Louis. »Er läßt mir freie Hand, und solange ich die Carsonne-Sammlung in Ordnung halte, kann ich malen, wann ich will. Ab und zu arrangiert er eine Ausstellung für mich. Ich weiß nicht, wie wir ohne seinen Vater und ihn überlebt hätten.«

»Er tut das alles, um unserem Vater zu trotzen«, sagte mein Vater.

»Der Comte ist sehr kunstsinnig«, sagte Louis. »Er achtet Künstler und ist nicht unbeeindruckt von meiner Arbeit. Ich habe ihm sehr viel zu verdanken.«

»Wir beide«, sagte Ursule. »Deswegen darfst du in unserem Haus nicht schlecht von ihm sprechen, Henri.«

»Ich erkenne an«, erwiderte mein Vater, »daß er euch eine große Hilfe war. Aber sein Ruf in der Nachbarschaft ...«

»Das ist Familientradition«, entgegnete Ursule. »Die Comtes von Carsonne waren immer ein lockeres Völkchen. Wenigstens setzt er sich nicht die Maske der Frömmigkeit auf wie unser Papa ... und bedenke, wieviel Elend der verursacht hat.«

»Ich wage zu behaupten, daß de la Tour unserer Familie so manche Unannehmlichkeit bereitet hat.«

»Aber Henri, jetzt spielst du auf Heloïse an, dabei weißt du gar nicht, ob er etwas damit zu tun hatte.«

»Es ist doch eindeutig«, sagte mein Vater. »Er hat auch Lenore nachgestellt.«

»Dann«, wandte sich Ursule an mich, »solltest du dich vielleicht vorsehen.«

»Katie hat sich mit seinem Sohn Raoul angefreundet«, fuhr mein Vater fort. »Sie war heute wieder drüben. Er hat die Kutsche geschickt. Am liebsten würde ich ihm sagen, er soll das lassen.«

»Oh, in solchen Dingen mußt du diplomatischer sein«, sagte Ursule. »Jedenfalls fahrt ihr morgen nach Paris, dann seid ihr alle in sicherer Entfernung.«

Ich fand es interessant, was sie über ihn zu sagen hatten, ja, eigentlich ist dies alles, was mir von dem letzten Abend bei Ursule und Louis in Erinnerung geblieben ist.

Am nächsten Tag brachen wir nach Paris auf.

Die Gräfin war da. Grandmère und Cassie waren noch in London.

»Nanu«, rief die Gräfin, während sie mich umarmte, »Sie sehen verjüngt aus! Was haben Sie erlebt?«

Ich spürte, wie ich errötete. »Es hat mir dort gut gefallen«, sagte ich.

»Wir waren im Château«, berichtete Katie. »Da gab's einen Falken und ganz viele Hunde ... auch ganz kleine. Sie haben ein Verlies, da werfen sie die Leute rein, wenn sie sie für immer vergessen wollen.«

»Ich wünschte, so etwas hätten wir hier«, sagte die Gräfin. »Madame Delorme hat das lila Samtkleid zurückgebracht. Sie sagt, es ist zu eng. Wenn es nach mir ginge, wäre sie die erste, die ins Verlies käme.«

»Wenn man die Leute da drin läßt, sterben sie«, sagte Katie.

»Gute Idee!« erwiderte die Gräfin. »Aber ich möchte alles über den Besuch hören.«

Katie lieferte eine lebhafte Schilderung der Weinlese. »Die schönste war im Château. Die Leute haben in den Trögen getanzt, Gräfin. In riesengroßen Trögen, und ihre Füße und Beine waren voll Saft. Aber sie haben sie vorher geschrubbt. Es war eine lila Schweinerei.«

»Das wird Madame Delormes Samtkleid auch sein, wenn wir es geändert haben, damit es über ihren immer dicker werdenden Wanst paßt.« Sie erzählte, was sich alles während unserer Abwesenheit im Salon zugetragen hatte, und beobachtete mich dabei, als glaube sie, ich verberge ein Geheimnis.

Ich war noch keine drei Tage zurück, als ein Besucher in den Salon kam. Die Gräfin empfing ihn und kam strahlend zu mir geeilt. »Ein Herr für Sie. Er wollte seinen Namen nicht nennen. Er sagt, er will Sie überraschen. Was für Manieren! Was für eine Erscheinung! Wer ist dieser Mann?«

»Ich gehe nachsehen«, sagte ich, aber ich wußte es, bevor ich ihn erblickte.

Er lächelte mich nahezu hämisch an. »Meine liebe Madame Sallonger«, sagte er, »ich war in Paris und konnte nicht nach Carsonne zurückkehren, ohne Sie aufzusuchen.«

Die Gräfin neben mir blubberte förmlich vor Aufregung. »Gräfin Ballader«, stellte ich vor. »Der Comte de Carsonne.«

»Sehr erfreut«, sagte die Gräfin.

»Ganz meinerseits, Gräfin.«

»Darf ich Ihnen eine Erfrischung anbieten?« fragte sie. »Ein Gläschen Wein vielleicht?«

»Der Comte ist ein Weinkenner«, sagte ich. »Er baut seinen eigenen an. Ich glaube nicht, daß wir etwas Passendes für seinen Gaumen haben.«

»Was Sie mir auch anbieten«, sagte er, »wäre Nektar für mich. Ich bin so froh, hier in Paris zu sein.«

»Es ist wohl eine Ihrer Lieblingsstädte, Comte?« fragte die Gräfin.

»Im Augenblick meine allerliebste.«

Sie lächelte hintergründig und ließ uns allein.

»Freuen Sie sich doch bitte, mich zu sehen!« bat er mich.

»Ich bin so überrascht.«

»So? Sie haben doch wohl nicht gedacht, daß ich Sie so leicht entwischen lasse!«

»Das hat nichts mit entwischen zu tun.«

»Verzeihen Sie, bitte. Ein schlecht gewähltes Wort. Ich bin entzückt, Sie zu sehen. Sie haben ein sehr elegantes Etablissement.«

»In Paris muß man elegant sein.«

»Ich nehme das als Kompliment für die Stadt. Während meines Hierseins werde ich Ihnen viel davon zeigen.«

»Ich bin bereits seit geraumer Zeit hier, wie Sie wissen.«

»Ich weiß. Aber ich bin sicher, daß ich Ihnen mit Überraschungen aufwarten kann.«

»Ich bezweifle nicht, daß Sie das versuchen werden.«

Die Gräfin kam mit einer Flasche, mit Gläsern und Weingebäck zurück. »Kommen Sie ins Wohnzimmer«, sagte sie, »da ist es gemütlicher.« Sie schenkte Wein in zwei Gläser. »So«, fuhr sie fort, »und jetzt lasse ich Sie allein, Sie haben sich sicher einiges zu sagen.«

»Zu gütig«, sagte der Comte.

Sie schenkte ihm ein strahlendes Lächeln. Ich merkte, daß sie von ihm angetan war und der Meinung war, er sei der Richtige für mich. Ihre Vergangenheit brachte es mit sich, daß sie Ehemänner für die unverheirateten Damen ihrer Kreise aussuchte, und schon faßte sie Pläne für mich. Sie kannte den Comte nicht, das war klar.

»Eine reizende Dame«, sagte er.

»Ja. Ich kenne sie seit Jahren. Sie hat früher Mädchen auf die Einführung in die Gesellschaft vorbereitet, das heißt auf die Vorstellung bei Hofe, und sie half ihnen, einen Ehemann zu finden.«

»Dann muß sie eine sehr nützliche Dame sein.«

»Jetzt macht sie das natürlich nicht mehr. Sie ist Mitinhaberin unseres Salons. Wie lange bleiben Sie in Paris?«

Er lächelte mich an und hob die Schultern. »Wer weiß? Das hängt weitgehend von den … Umständen ab.«

»Wo wohnen Sie?«

»Ich habe ein Haus in der Rue Faubourg Saint-Honoré, kurz bevor sie an der Rue Royale in Rue Saint-Honoré umbenannt ist.«

»Ich kenne die Stelle.«

»Das Haus ist seit etwa fünfzig Jahren unsere Pariser Familienresidenz. Unsere alte Villa ist während der Revolution abgebrannt.«

»Sind Sie oft in Paris?«

»Wenn mich Geschäfte oder Vergnügen hierherführen.«

Ich hörte Katies Stimme, dann die der Gräfin: »Deine Mutter ist beschäftigt.«

Katie lugte zur Tür herein. »Oh«, rief sie entzückt, »es ist der Comte!« Sie lief zu ihm und hielt ihm ihre Hand hin, die der Comte artig küßte. »Wo ist Raoul?« fragte Katie.

»In Carsonne, leider.«

»Warum haben Sie ihn nicht mitgebracht?«

»Ich habe hier Wichtiges zu tun, und er hat seine Pflichten in Carsonne.«

»Das ist aber schade.«

»Ich werde ihm dein Bedauern ausrichten. Das wird ihn freuen.«

Mademoiselle Leclerc kam, offenbar auf der Suche nach Katie, herein. »Das ist Mademoiselle Leclerc, Katies französische Gouvernante«, sagte ich. Ich schämte mich über meinen Anflug von Ärger, als ich sah, wie seine Augen auf ihr ruhten – abschätzend, wie ich meinte. Sie war sehr hübsch und jünger als ich. Ich merkte, welche Wirkung er auf sie ausübte; sie errötete, und ihre Augen leuchteten auf. Man würde seiner nie sicher sein, dachte ich.

Mademoiselle Leclerc wollte Katie zu einem Spaziergang abholen. »Geht nur, Katie!« sagte ich.

»Sind Sie noch da, wenn ich zurückkomme?« fragte Katie den Comte.

»Das will ich hoffen«, erwiderte er.

Zufrieden ging sie mit ihrer Gouvernante davon.

»Ein entzückendes Kind«, sagte er. »Kein Wunder, bei der Mutter. Ich sähe es gern, wenn sie öfter mit Raoul zusammenkäme.«

Ich mußte noch immer an die Gouvernante denken.

»Während meines Hierseins werde ich Ihnen Paris zeigen«, fuhr er fort.

»Ich sagte ihnen schon, ich bin keine Fremde hier.«

»Ich meine das richtige Paris, das Ihnen nur ein Einheimischer vorführen kann. Mir fällt so vieles ein, was ich Ihnen gerne zeigen möchte.«

Die nächsten Tage war ich überglücklich. Ich wußte, daß ich in seinen Bann geriet, und sagte mir, ich brauche keine Angst zu haben. Ich war kein unschuldiges Mädchen. Ich wollte mir stets bewußt sein, auf was für eine Sorte Mann ich mich da einließ … höflich, welterfahren, auf der Suche nach neuen Erlebnissen und Eroberungen. Das wollte ich stets bedenken und mich ansonsten auf meinen gesunden Menschenverstand verlassen. Aber wenn er bei mir war, schien alles anders. Er bemühte sich unermüdlich, mir zu gefallen, und die Tage waren ein Kaleidoskop wechselnder Emotionen, die zu köstlich waren, um sie abzutun. Ich konnte glücklich und sorglos sein wie seit Jahren nicht mehr, ich ging auf seine Stimmungen ein, doch immer, wenn mein Vergnügen am größten war, vernahm ich die warnende Stimme. Hin und wieder kam mir das Bild von Heloïse vor Augen, die im seichten Wasser lag. Und das meiner Mutter. Sie hatte unbekümmert und leichtsinnig geliebt. Ich konnte die Gefühle der beiden Frauen verstehen. Bei so einem Mann konnte man ohne weiteres leichtsinnig werden.

Doch meist gab ich mich dem puren Vergnügen dieser herrlichen Tage hin. Ich lernte den Comte näher kennen. Er hatte auch eine ernstere Seite, und sein Leben war keineswegs ausschließlich auf sinnliche Vergnügungen gerichtet. Er war sehr gebildet und ein Kunstkenner. Er kannte sich in der Geschichte seines Landes aus, und wenn man mit ihm zusammen war, teilte man unwillkürlich dieses Interesse. Er liebte sein Land über alles, und doch war er äußerst kritisch, was die Diskussionen besonders interessant machte. Ich lernte eine Menge – auch über mich selbst.

Ich freute mich auf unsere Begegnungen. Ich wußte, mein Vater war besorgt, obwohl ich ihm versicherte, er brauche keine Angst zu haben. Die Gräfin befand sich in fiebernder Erregung. Sie war vollkommen gefesselt von dem Comte. Er wußte genau, wie man die Frauen behandelte, und verstand sein Verhalten so einzurichten, wie er glaubte, daß es ihnen am besten gefiel. Er brachte Katie Geschenke und der Gräfin Blumen mit. Er war zuvorkommend zu meinem Vater. Er war darauf bedacht, mit dem ganzen Haus gut Freund zu sein. Das gehörte zu seiner Strategie.

Er führte uns ins Opernhaus, wo wir »Orpheus in der Unterwelt« sahen. Er sagte, er liebe diese Operette besonders, weil sie sich über die Götter lustig mache. Es war eine köstliche Vorstellung, und wir haben uns sehr amüsiert. Sogar mein Vater lachte, und auf der Heimfahrt klang mir die bezaubernde Musik Offenbachs noch in den Ohren. Ich sagte mir, daß dies von nun an auch meine Lieblingsoperette sein werde.

Die Gräfin war sehr darauf bedacht, daß ich meine Ausflüge auskostete. Ich sagte, ich müßte eigentlich arbeiten, aber sie wollte nichts davon hören. »Wir kommen sehr gut zurecht«, behauptete sie. »Es ging schließlich auch, als Sie fort waren. Dies ist eine Verlängerung Ihres Urlaubs. Zeit zum Arbeiten ist später noch genug.«

Die Tage verflogen unglaublich schnell. Ich würde sie niemals vergessen. Paris ist eine der herrlichsten Städte der Welt, und unter der Führung des Comte war es geradezu zauberhaft. Katie begleitete uns manchmal, aber meistens waren wir allein.

Wir erklommen den Montmartre, und er hielt meinen Arm, als

wir die steilen Straßen hinanstiegen. Wir besichtigten die Kirche Sacré Cœur, dieses etwas bizarre orientalische Gebäude, das trotzdem ein Wahrzeichen von Paris wurde. Der Comte sprach von Saint Denis, dem Schutzheiligen Frankreichs, und von den Märtyrern, die zu Tode gekommen sind. Ich war mit meinem Vater hier gewesen, als ich das erstemal in Paris war, aber jetzt schien alles neu und aufregend. Ich sah vieles, was mir vorher nicht aufgefallen war. Der Comte rückte alles in ein neues Licht, und was ehedem unbedeutend war, wurde mit einemmal äußerst fesselnd. Sein Vergangenheitssinn war allgegenwärtig. Er sprach traurig von der Revolution, welche die alte Lebensweise zerstört hatte, und bitter von der Herrschaft der Massen, durch die seine Vorfahren so viel gelitten hatten. Nur durch ein unwahrscheinliches Glück war sein Familienzweig gerettet worden.

»Die Blutgier«, sagte er, »der schändliche Neid … der Wunsch zu zerstören, weil der eine etwas hat, das der andere entbehrt.« Er führte mich zur Conciergerie und in die überwölbte Salle Saint-Louis, auch *Salle des pas perdus* genannt, weil die zum Tode Verurteilten auf dem Weg zur Guillotine dort hindurch mußten. Er ergrimmte, als wir die Zelle besichtigten, in der Marie Antoinette ihre letzten Tage verbracht hatte. »Der Demütigung durch kleinliche Tyrannen unterworfen«, sagte er verächtlich.

So lernte ich eine neue Seite von ihm kennen. Er überraschte mich immerfort.

Als wir den Louvre besichtigten, entdeckte ich sein tiefes Kunstverständnis. Er wies mich auf neue Aspekte von Bildern hin, die ich früher schon gesehen hatte. Er war von Leonardo da Vinci fasziniert, und wir standen lange in der Grande Galerie, während er über die »Felsgrottenmadonna« sprach. Natürlich hatte er viel zur »Mona Lisa« zu sagen, die seit 1793 im Lande war, und er erzählte mir, daß François I., der sehr viel für Künstler übrig hatte, Leonardo aus Italien geholt hatte, damit er als erster Anspruch auf dessen Werke stellen konnte. »Er war ein *artiste manqué*, ein verhinderter Künstler«, sagte er, »wie ich es vielleicht auch bin. Doch ich fürchte, es gibt noch mehr Mankos in meinem Leben.«

»Zu denen die Klugheit, dies zu erkennen, nicht gehört«, sagte ich.

Glückliche Tage! Ich werde sie nie vergessen. Jeder Morgen brachte ein neues Abenteuer. Das ist Lebensart, sagte ich mir. Aber ich ermahnte mich täglich hundertmal, daß es vergänglich sei. Es mußte ein Ende haben, und zwar bald.

Doch ich klammerte mich an jeden Augenblick und kostete ihn voll aus. Ich hatte das unbehagliche Gefühl, daß ich im Begriff war, sein Opfer zu werden, wie er es von vornherein geplant hatte. Ich hatte diesen Aspekt aus den Augen verloren, als ich die neuen Seiten seines Wesens entdeckte.

Wir gingen zum Friedhof Père Lachaise – so sehr ein Teil von Paris. Ich hatte mich oft gefragt, wer Père la Chaise gewesen war, und der Comte erklärte mir, daß er der Beichtvater Ludwigs XIV. und daß der Friedhof nach seinem Haus genannt war, das einst dort gestanden hatte, wo sich jetzt die Kapelle befand. Wir betrachteten die Denkmäler und die Gräber der berühmten Leute. »Eine Lehre für uns alle«, sagte der Comte. »Das Leben ist kurz. Die Klugen machen aus jedem Augenblick das Beste.« Er drückte meinen Arm und lächelte mich an.

Ich liebte die Freiflächen besonders, den eleganten Parc Monceau mit den vielen Kindern, die mit ihren Kindermädchen hierherkamen, und den ausgefallenen Statuen wie etwa Chopin mit seinem Klavier, Gestalten, die Nacht und Harmonie verkörperten, oder Gounod mit Margarete. Die Kinder liebten diese Figuren, und als ich mit Katie dorthin kam, wollte sie ungern wieder fort.

Eines Tages, als der Comte und ich im Jardin des Plantes saßen, wurde mir klar, daß diese glückliche Zeit bald ein Ende haben würde. Wir saßen auf einer Bank und beobachteten die Pfauen. Ich hatte einmal zu ihm gesagt, in bestimmten Augenblicken stelle man fest, daß man vollkommen glücklich sei. Dies war so ein Augenblick.

Ich sagte zu ihm: »Ich muß bald nach Hause.«

»Nach Hause? Wo ist das?«

»In London.«

»Warum müssen Sie fort?«

»Weil ich schon so lange weg war.«

»Aber ist Paris nicht auch Ihr Zuhause?«

»Man kann nur *ein* richtiges Zuhause haben.«

»Haben Sie etwa Heimweh?«

»Ich habe einfach das Gefühl, daß ich dorthin muß. Ich habe meine Großmutter so lange nicht gesehen.«

»Hoffentlich fahren Sie nicht gleich. Es waren schöne Tage, nicht?«

»Ja, sehr schön. Ich fürchte, ich habe sehr viel von Ihrer Zeit beansprucht.«

»Diese Zeit verlief so, wie ich es mir gewünscht hatte. Das wissen Sie, nicht wahr? Ich hoffe, dieses Zusammensein war für Sie so angenehm wie für mich.«

»Ich will offen sein«, sagte ich. »Sie haben ein Ziel, und es könnte sein, daß Sie Ihre Zeit verschwenden.«

»Mein Ziel heißt Vergnügen. Es zu finden ist niemals Zeitverschwendung.«

Ich schwieg. Ich konnte ihm kaum etwas abschlagen, um das er nicht gebeten hatte ... höchstens ganz versteckt.

»Warum sind Sie nachdenklich?« fragte er.

»Ich denke an zu Hause.«

»Das kann ich nicht zulassen. Wo möchten Sie morgen gerne hin?«

»Morgen bereite ich mich auf die Heimreise vor.«

»Bitte, bleiben Sie! Bedenken Sie, wie verlassen ich sein werde, wenn Sie abreisen.«

»Sie finden bestimmt rasch eine neue Ablenkung.«

»So sehen Sie sich ... als eine Ablenkung?«

»Nein. Das möchte ich eben nicht sein.«

»Sie wissen, was ich für Sie empfinde.«

»Sie haben es deutlich gezeigt.«

»Haben Ihnen unsere Ausflüge gefallen?«

»Sie waren sehr aufschlußreich.«

»Sie werden Ihnen fehlen, wenn Sie abreisen.«

»Das gebe ich zu. Aber ich habe in London viel zu tun. Es gibt so viel aufzuholen.«

»Und dann werden Sie mich vergessen?«

»Ich werde bestimmt an Sie denken.«

Er nahm meine Hand. »Warum haben Sie Angst?«

»Angst? Ich?«

»Ja. Angst, daß ... Angst, daß ich Ihnen zu nahe komme.«

»Ich bin da wohl anders als die meisten Frauen, die Sie kennen.«

»Allerdings. Das finde ich ja unter anderem so anziehend an Ihnen.«

»Weil ich nicht so reagiere, wie Sie es erwarten?«

»Woher wissen Sie, was ich erwarte?«

»Weil ich weiß, was für ein Leben Sie führen.«

»Kennen Sie mich so gut?«

»Ich glaube, Sie gut genug zu kennen, um bestimmte Schlüsse zu ziehen.«

Er griff nach meinem Arm. »Gehen Sie nicht fort! Ich möchte, daß wir uns kennenlernen ... richtig.«

Ich wußte, was er damit meinte, und schämte mich, daß dies eine gewisse Versuchung für mich darstellte. Ich schüttelte ihn wütend ab. Eine Liebesaffäre? Sie würde glühend und leidenschaftlich sein, wild und aufregend ... bis wir uns verausgabt hätten. So ein Abenteuer war nichts für mich. Ich wollte eine feste Beziehung. Ein paar Wochen – vielleicht ein paar Monate – Leidenschaft waren kein Ersatz dafür.

Angenommen, er hätte mir einen Heiratsantrag gemacht? Selbst dann hätte ich gezögert. Mein gesunder Menschenverstand sagte mir, daß ich sehr nüchtern überlegen müßte, bevor ich mich auf irgendeine Beziehung mit ihm einließ. Aber natürlich dachte er nicht an eine Heirat. Er hatte einmal geheiratet, der Familie zuliebe, und jetzt wollte er seine Freiheit … ohne Einschränkung. Er hatte einen kräftigen, gesunden Erben. Er hatte seine Pflicht dem Haus Carsonne gegenüber erfüllt. Keine weitere Ehe mehr. Er wollte frei sein.

Ich dachte: Warum habe ich es so weit kommen lassen? Warum habe ich zugelassen, daß meine Gefühle mit hineingezogen wurden? Nun fürchtete ich, nicht mehr von ihm loszukommen. Ich betrachtete den stolzen Pfau, der seinen schön gefiederten Schwanz überheblich zur Schau stellte, und die kleine unscheinbare Henne, die hinter ihm dreintrottete.

Irgendwie gab mir das Kraft. Nie, sagte ich mir. Niemals. Ich stand auf und sagte kühl: »Ich denke, es ist Zeit, zu gehen.«

Erpressung

Katie und ich kehrten nach London zurück. Mein Vater begleitete uns, weil er uns nicht allein reisen lassen wollte. Ich wußte, er war erleichtert, weil wir abreisten, denn daß der Comte mir den Hof machte, hatte ihm gar nicht behagt – schon gar nicht, nachdem dieser in Paris aufgetaucht war.

»Hat dir dein Besuch hier gefallen?« fragte mein Vater mich vorsichtig. Ich erwiderte, es sei einer der interessantesten Abschnitte meines Lebens gewesen, worauf er in Schweigen verfiel.

Es war wundervoll, Grandmère wiederzusehen. Sie musterte mich eingehend und suchte sogleich Gelegenheit, mich allein zu sprechen. »Du siehst verändert aus«, sagte sie. »Jünger. Das ist mir gleich aufgefallen, als du ankamst.«

Ich erzählte ihr, daß ich René auf dem Friedhof begegnet war. »Ich habe das Grab meiner Mutter besucht«, erklärte ich.

»So, du hast den Bruder deines Vaters getroffen. Hat er mit dir gesprochen?«

»Ja, er war sehr freundlich. Er war an Heloïses Grab. Und er wußte, wer ich bin; er hatte gehört, daß ich auf dem Weingut meines Vaters war und erkannte mich gleich. Ich sehe meiner Mutter sehr ähnlich, meinte er.«

Sie nickte bewegt. »Was er wohl gedacht haben mag, als er dich dort sah? Ich nehme nicht an, daß er es dem alten Herrn erzählt hat. Das hätte Ärger gegeben.«

»Er schien sich eigentlich mehr für meinen Schal zu interessieren als für mich.«

»Deinen Schal?«

»Ja. Er blieb an einem Dornenstrauch hängen, und er hob ihn auf und stellte fest, daß er aus Sallonseide war. Dann sprach er von Philip. Er dachte, Philip hätte sie erfunden. Er war richtig bestürzt, als ich ihm sagte, daß es Charles war.«

»Diese Familie hat nie etwas anderes im Kopf als Seide. Sie müssen wirklich außer sich gewesen sein, als jemand anders das Sallon-Verfahren erfand. Aber was hast du sonst noch erlebt?«

»Erinnerst du dich an das Château dort?«

»Carsonne? Natürlich. Jeder kennt das Château und die la Tours.«

»Ich habe Gaston de la Tour kennengelernt.«

»Den jetzigen Comte?«

Ich nickte.

»Oh«, sagte sie verdutzt.

Ich schilderte ihr die Begegnung mit den Hunden und erzählte, daß wir zur Weinlese eingeladen waren und Katie sich so gut mit seinem Sohn verstand.

»Interessant«, sagte sie und sah mich eindringlich an.

»Ich habe ihn in Paris getroffen.«

»Du meinst, er ist dir nach Paris gefolgt.«

»Nein, er war zur gleichen Zeit dort wie wir.«

»Und du hast dich öfter mit ihm getroffen.«

Ich nickte.

»Aha. Das ist es also.«

»Was meinst du damit, Grandmère ... ›Das ist es‹?«

»Ich meine, *er* hat die Veränderung bei dir bewirkt.«

»Ich weiß nichts von einer Veränderung.«

»Aber sie ist da, laß es dir von mir gesagt sein. Ach, Lenore, das ist das Letzte, was ich mir gewünscht hätte. Dabei war ich so besorgt um dich. Seit Philips Tod bist du einsam gewesen.«

»Einsam! Mit dir, Katie und Cassie?«

»Ich meine, dein Mann hat dir gefehlt.«

»Natürlich fehlt er mir.«

»Und dieser Gaston de la Tour ... er scheint dich beeindruckt zu haben.«

»Er ist eine sehr beeindruckende Persönlichkeit.«

»Du hast dich verwirren lassen von seinem Titel, seinen Besitztümern, seiner Macht ...«

»Ich nehme an, sie sind ein wesentlicher Teil von ihm ...«

»Und ihr habt euch oft gesehen?«

»Wir waren in Paris täglich zusammen. Er hat mir viel gezeigt. Er versteht so viel von Kunst, Geschichte und Architektur, daß ich alles mit anderen Augen sah.«

»Ach, Lenore, siehst du denn nicht ...«

»Schau, Grandmère, du machst dir unnötig Sorgen. Ich bin nach London zurückgekommen, nicht wahr? Ich hätte in Paris bleiben können, bei ihm.«

»Ich weiß, er ist attraktiv, und er versteht, mit Frauen umzugehen. Sein Verhalten ihnen gegenüber ist recht leichtfertig. Er ist nichts für dich, Lenore. Ich kenne die Familie gut. Seit Generationen spielen sie sich in der Nachbarschaft als die Herren auf. Sie glauben, ein Recht auf alle Frauen zu haben, die ihnen gefallen. So haben sie von jeher gelebt.«

»Ich weiß, Grandmère. Ich war mir dessen die ganze Zeit bewußt, aber ich war gerne mit ihm zusammen. Er war so lebhaft, so amüsant, anders als alle Männer, die ich je gekannt habe. Wie du sagtest, mein Leben war vielleicht etwas eintönig, seit Philip tot ist. Ich habe unsere Begegnungen genossen, aber ich habe nie vergessen, was unsere Freundschaft für ihn bedeutete und was letztlich sein Ziel war. Ich war so entschlossen, es ihn nicht erreichen zu lassen, wie er entschlossen war, es zu erreichen. Zu einer solchen Entscheidung gehören zwei, Grandmère, und wir beide waren da nicht einer Meinung. Ich weiß, was dir im Kopf herumgeht, und kann dir versichern, daß ich nach wie vor eine keusche Witwe bin.«

»Der Mann würde dir das Herz brechen. Ich bedaure, daß du ihm begegnet bist.«

»Nicht, Grandmère! Es war ein Erlebnis ... und ich bin deswegen nicht schlechter.«

Sie seufzte erleichtert. »Gott sei Dank bist du wieder zu Hause!«

»Katie schwärmt für ihn«, erzählte ich ihr. »Er war reizend zu ihr.«

»Aber selbstverständlich war er das. Er hat über sie den Weg zu dir gesucht. *Mon Dieu,* was hätte ich mir für Sorgen gemacht, wenn ich das gewußt hätte!«

»Ich habe nie vergessen, was für eine Sorte Mann er ist.«

»Aber er hat dich nicht unbeeindruckt gelassen.«

»Offen gesagt, das wäre auch schwierig gewesen. Ich habe dort übrigens die Geschichte von Renés Tochter Heloïse gehört. Sie hat sich wegen eines treulosen Geliebten umgebracht. Man nimmt allgemein an, daß der Comte der Betreffende war. Er würde mit Vergnügen eine Saint Allengère verführen. Die Fehde dauert seit ewigen Zeiten an. Dergleichen ist so sinnlos. Ich glaube, mein Großvater ist kaum der Heilige, der er zu sein behauptet.«

»Da hast du recht. Einen schlimmeren Scheinheiligen hat es nie gegeben.«

»Das ist mir auch zu Ohren gekommen. Die Leidenschaften wogen hoch in deiner Heimat, Grandmère. Da ich das alles weiß, ist es doch unwahrscheinlich, daß ich mich da hineinziehen lasse, nicht wahr?«

»Das ist wohl wahr. Ich denke oft daran, wie froh ich war, als ihr geheiratet habt, du und Philip. Er war so ein guter Mensch. Ich dachte, du wärst für dein Leben versorgt. Ich war so zufrieden.«

»Aber man weiß nie, wie es kommt, Grandmère.«

»Das ist leider wahr. Es kam eben ganz anders. Dann habe ich gewünscht, daß du und Drake Aldringham ... ein Mann, dem man vertrauen konnte. Ich werde ewig bedauern, daß dies schiefging.«

»Das Leben läßt sich nicht so steuern, wie man es haben möchte.«

Sie nickte. Ich erkundigte mich nach dem Geschäft und fragte, was in meiner Abwesenheit vorgefallen war, und ich begann an Drake zu denken. Sein Bild war erheblich verblaßt, seit ich Gaston de la Tour begegnet war.

Cassie freute sich sehr, daß wir wieder da waren. Sie habe Katie und mich vermißt, sagte sie. »Manchmal wünsche ich, wir wären alle zusammen wie am Anfang. Der Pariser Salon hat uns auseinandergerissen.«

»Du solltest nach Paris gehen, Cassie! Es würde dir gefallen.« Sie schüttelte den Kopf. »Ich werde hier gebraucht.«

Es stimmte, sie schien für den Londoner Salon unentbehrlich zu sein. Sie war eine hervorragende Geschäftsfrau geworden und war entschlossen, das Beste aus dem Leben zu machen, ihre Behinderung zu vergessen und sich auf ihre Vorzüge zu konzentrieren. Sie verstand sich glänzend mit Grandmère, und die beiden arbeiteten ausgezeichnet zusammen.

Nachdem sie mir gezeigt hatte, was in der Werkstatt vonstatten ging – ihr bevorzugter Arbeitsbereich, weil ihr der Umgang mit den Kundinnen nicht so lag –, erzählte sie mir, daß sie sich Sorgen um Julia mache.

»Sie trinkt schlimmer denn je. Die Leute reden darüber. Sie sagen, Drake habe den schwersten Fehler seines Lebens begangen. Er habe sie geheiratet, um seine Karriere voranzubringen, Julia erweise sich jedoch als Hindernis. Ich besuche sie öfter. Drake ist nur selten da. Julia ist unglücklich. Ich glaube, ihr liegt sehr viel an ihm, aber er kann ihre Liebe nicht erwidern. Er geht ihr aus dem Weg, die meiste Zeit ist er in seinem Haus auf dem Land. Ich glaube nicht, daß das seiner Karriere förderlich ist. Ich habe sie ab und zu zusammen gesehen … und ich glaube, er haßt sie beinahe.«

»Wie traurig.«

»Du mußt sie bald besuchen. Sie wird wissen, daß du zurück bist, und wäre beleidigt, wenn du nicht kämst.«

»Aber ich glaube nicht, daß sie mich sehen möchte.«

»Aber ja. Sie spricht andauernd von dir.«

»Dann gehe ich bald zu ihr.«

Also ging ich mit Cassie zu Julia. Ihr Haus war jetzt Drakes Londoner Domizil. Als wir in den Salon geführt wurden, staunte ich über Julias Veränderung. Sie war richtig fett geworden; ihre Haut war gerötet und lila gefleckt, ihre Augen waren leicht glasig. Sie begrüßte mich überschwenglich. »Lenore … frisch aus Paris! Man sieht's dir an, meine Liebe, nicht wahr, Cassie? So elegant! Wie schaffst du es, so schlank zu bleiben? Ich gehe überall auseinander, sogar meine Zofe sieht ein, daß es zwecklos ist, mich in mein Korsett zu zwängen. Irgendwann gibt man es auf zu versuchen, anders auszusehen, als man ist. Nimmst du einen Sherry? Cassie, läute mal! Sag, sie sollen etwas Weingebäck bringen.«

Cassie gehorchte, und Julia schenkte den Sherry ein – sich selbst reichlich. »Ist das nicht herrlich?« sagte sie und hob ihr Glas. »Wie in alten Zeiten. Wißt ihr noch, im Haus der Seide? Seitdem ist eine Menge passiert. Der arme Philip ist tot … und du bist eine Witwe, Lenore. Hast du je daran gedacht, wieder zu heiraten?« Hatte ihr Blick etwas Bitteres? Deutete sie an, sie erinnerte sich, wie es einst zwischen Drake und mir stand?

»Ich bleibe Witwe«, sagte ich.

»Arme Lenore! Dann mußt du es wohl freiwillig bleiben.«

Ich gab keine Antwort. Sie füllte ihr Glas aufs neue und trank rasch.

»Die Frau eines Politikers zu sein ist gar nicht so lustig, weißt du«, sagte sie. »Manchmal denke ich, ich hätte es wie du machen sollen, Lenore, und Witwe bleiben sollen.« Sie zuckte mit den Achseln. »Na ja, Hauptsache, man weiß sich zu vergnügen.«

Cassie machte ein unbehagliches Gesicht, und ich überlegte gerade, ob wir bald aufbrechen könnten, als Drake hereinkam. Julia war mit einemmal auf der Hut, sie setzte ihr Glas ab. Ich fragte mich, ob sie es wohl so eingerichtet hatte, daß ich sie zu einer Zeit besuchte, während der er da war. Sie beobachtete Drake scharf. Er konnte seine Überraschung – und seine Freude –, mich zu sehen, nicht verbergen.

»Na, so etwas, Lenore!« sagte er. Er trat zu mir und nahm meine Hände.

»Es ist schön, Sie zu sehen, Drake«, sagte ich.

»Ich habe gehört, Sie seien in Paris.«

»Ich bin noch nicht lange zurück.«

»Nimm ein Glas Sherry, Liebling!« sagte Julia.

»Nein danke.«

Sie zog einen Flunsch. »Du denkst bestimmt, ich habe zuviel getrunken.«

»Davon habe ich nichts gesagt.«

»Nein, aber du hast so geguckt. Wenn du heiratest, Lenore, sieh zu, daß du keinen kritischen Mann erwischst! Die sind so lästig.«

Drake antwortete nicht. Er wandte sich an mich: »Ich hoffe, mit der Niederlassung in Paris geht alles gut.«

»O ja, sehr gut. Die Gräfin ist eine fabelhafte Geschäftsfrau.«

»Ich nehme an, das sind Sie alle vier. Cassie sagt, daß alles bestens läuft.«

Wir schwiegen eine Weile.

»Du hättest auch besser Geschäftsmann werden sollen, Drake, statt in die Politik zu gehen«, sagte Julia. »Dann wärst du nicht so oft fort von zu Hause … falls es die Politik ist, die dich fernhält.« Ihr Gesicht war noch röter geworden. Wieviel mochte sie schon getrunken haben, bevor wir kamen? Sie wandte sich an uns. »Er ist so selten zu Hause … bloß flüchtige Besuche, wenn er in der Stadt sein muß. Er sehnt sich nach dem Land zurück, nicht wahr, Drake? Immer muß er sich diese blöde Wählerschaft warmhalten. Kein dankbares Geschäft, nicht? Letztes Mal hat er mit Ach und Krach eine winzige Mehrheit errungen.«

Drake bemühte sich, dem Gespräch eine konventionelle Note zu geben. »So ist es nun einmal bei Wahlen«, sagte er.

345

»Natürlich hat er auf ein Regierungsamt gehofft. Aber bei der Politik weiß man ja nie, woran man ist. Ist die Partei draußen, bist du auch draußen. Kein vernünftiger Mensch geht in die Politik.«

Drake lachte entschuldigend. »Ich nehme an, du hast recht.«

»Ich finde den Beruf aufregend«, sagte ich. »Natürlich braucht man eine große Portion Glück, und es hängt viel davon ab, welche Partei an der Macht ist, aber den Weg zu bestimmen, den das Land einschlägt, das muß faszinierend sein.«

»Noch einen Sherry?« fragte Julia.

Cassie und ich lehnten ab, sie aber schenkte sich noch ein Glas ein.

Drake sagte stirnrunzelnd: »Julia, findest du nicht, du solltest …?«

Sie lachte. »Ob ich finde, ich sollte! Das sagt er, weil ihr hier seid. Es kümmert ihn nicht, wieviel ich trinke. Er hofft, ich saufe mich zu Tode.« Plötzlich fing sie an zu weinen. Es war überaus peinlich. Sie war betrunken. Drake trat zu ihr und legte ihr eine Hand auf die Schulter. »Julia geht es nicht gut«, sagte er. Er zog ein Taschentuch hervor, wischte ihr die Tränen ab und nahm ihr sachte das Glas weg. Sie klammerte sich leidenschaftlich an ihn.

Cassie erhob sich. »Wir gehen jetzt. Bis bald, Julia!«

Julia nickte.

Drake kam mit uns an die Tür. Er nahm meine Hand und sagte: »Lenore, ich muß Sie sprechen. Können wir uns im Park treffen, wie früher, bei den Enten?«

Ich nickte.

Als wir das Haus verließen, sagte Cassie: »Das war sehr unerfreulich. Sie ist in einem traurigen Zustand. Du siehst, wie sie trinkt. Sie ist wirklich sehr unglücklich. Sie liebt Drake leidenschaftlich … und er liebt sie nicht. Er ist sehr nett zu ihr, aber man merkt es trotzdem, nicht wahr? Sie ist nicht immer so schlimm dran wie heute. Ich glaube, es lag daran, daß du dabei warst. Sie war immer eifersüchtig auf dich, Lenore. Ich habe oft das Gefühl, wenn Drake sie lieben könnte, das würde sie vielleicht retten.«

»Er ist ihr Mann.«

»Das ändert nichts. Er hat sie nie richtig geliebt. Er hat sie geheiratet, um seine Karriere voranzubringen, sagen die Leute.«

»Ich glaube, ganz so war es nicht.«

»Eine Zeitlang dachten wir, er wäre in dich verliebt.«

Ich antwortete nicht.

»Aber er hat Julia geheiratet. Ich glaube, er hat es getan, weil sie reich ist. Es ist ein Fehler, aus diesem Grund zu heiraten. Das hat er sicher bald erkannt.«

»Vielleicht beurteilst du ihn falsch. Man kann nie genau wissen, warum die Menschen bestimmte Dinge tun.«

»Du hast natürlich recht, aber die beiden tun mir so schrecklich leid. Er muß sich etwas ganz anderes erwartet haben, als er sie heiratete … und sie sich auch. Alles ist schiefgegangen.«

Ich war sehr niedergeschlagen über das, was ich an diesem Vormittag erlebt hatte.

Ich sah meiner Verabredung mit Drake mit Bangen entgegen. Es kam mir merkwürdig vor, daß wir uns im Park trafen, wo wir früher so oft zusammengewesen waren. Er erwartete mich auf unserer vertrauten Bank. Er nahm meine Hände und sah mir forschend ins Gesicht. »Es ist so lieb von Ihnen, daß Sie gekommen sind, Lenore.«

»Wie in alten Zeiten«, erwiderte ich.

Er seufzte. »Ich wünschte, ich könnte noch einmal anfangen. Ich würde alles anders machen.«

»Das wünscht sich jeder irgendwann einmal.«

»Ich muß unbedingt mit Ihnen reden. Ich muß Ihnen sagen, was wirklich vorgeht. Das Leben ist zeitweise unerträglich, und wenn ich daran denke, wie es hätte sein können ... Lenore, ich weiß nicht, wie es mit mir weitergehen soll.«

»Sie haben Ihren Beruf«, sagte ich.

»Gott sei Dank! Ich habe viel zu tun, aber die Arbeit hier ist schwierig. Ich bin, sooft ich kann, in Swaddingham, und mir graut jedesmal davor, hierherkommen zu müssen.«

»Armer Drake! Das tut mir so leid.«

»Es ist wunderbar, daß Sie wieder in London sind. Sie haben mir so gefehlt. Lenore, wäre doch alles anders gekommen! Bitte, gehen Sie nicht wieder fort.«

»Ich werde gewiß eine Weile hierbleiben.«

»Sie verstehen ... das mit Julia. Ich habe sehr rasch gemerkt, daß kein Kind unterwegs war. Sie hat mich hereingelegt. Gott verzeih mir, ich hasse sie deswegen. Ich kämpfe dagegen an. Sie ist zuweilen bejammernswert. Sie haben ja gesehen, wie sie ist, als Sie bei ihr waren, aber Sie haben keine Ahnung, wie ausfallend sie werden kann. Und daran bin ich teils selbst schuld. Sie hängt leidenschaftlich an mir. Könnte ich ihre Gefühle nur erwidern, könnte ich sie nur überzeugen ... Aber ich kann es nicht, Lenore. Alles ist so falsch. Ich kann ihr nichts vormachen. Sie weiß, daß ich sie nie geliebt habe. Sie weiß, ich habe sie nur aufgrund ihres Schwindels geheiratet. Dafür haßt sie sich jetzt. Arme Julia, ich möchte ihr helfen. Ich möchte sie vom Trinken kurieren ... aber ich schaffe es nicht, und manchmal zeige ich ihr meine Abneigung. Ich muß ständig an Sie denken, Lenore. Ich sage mir immer, wenn doch nur ... Ich muß Sie ab und zu sehen, Lenore. Bitte, wir müssen uns treffen!«

»Das wäre unter den gegebenen Umständen unklug, Drake.«

»Ich war sicher, daß Sie etwas für mich empfanden, und wollte Sie bitten, mich zu heiraten. Aber ich zögerte. Ich habe sehr viel über ihren verstorbenen Mann nachgedacht. Ich weiß, Sie hatten ihn sehr gern. Du mußt warten, bis die Zeit reif ist, sagte ich mir immer, warte, bis sie sich ganz von der Vergangenheit gelöst hat! Aber ich habe zu lange gewartet ... und dann passierte dies.«

Ich war wie betäubt. Fest stand, hätte er mich damals gefragt, ich hätte ja gesagt. Ich war sicher, daß ich ihn geliebt hatte. Er war ein Teil meiner Vergangenheit: der ritterliche Jüngling, der mich aus dem Mausoleum befreit hatte und der wieder in mein Leben getreten war und mich langsam von der Vergangenheit mit Philip erlöst hatte wie einst von der Angst vor jener finsteren Grabstätte. Ich hätte mit ihm glücklich werden können, auf eine ruhige, sichere Weise, wie es sich Grandmère für mich wünschte. Wir hätten in seinem bezaubernden Landhaus eine Familie gegründet und wären oft in London gewesen. Ich hätte meinen Anteil am Salon behalten. Ja, es hätte ein glückliches Leben sein können.

Aber wäre ich vollkommen glücklich geworden? Ständig sah ich die ironischen, amüsierten, spöttischen Blicke des Comte vor mir und diesen dunklen, gutaussehenden Mann mit seinem anziehenden Charme und der erregenden Ausstrahlung. Ich würde mich jetzt kaum noch in einem behaglichen Leben einrichten können, ohne an ihn denken zu müssen und daran, was ich, gezwungen durch meine konventionelle Erziehung, verpaßt hatte. Mit seinem Eintritt in mein Leben hatte sich alles geändert. Es war töricht von mir, an ihn zu denken. Er war für mich so verboten, wie Drake es war. »Das ist alles Vergangenheit, Drake«, sagte ich. »Es hat keinen Sinn zu überlegen, was hätte sein können.«

»Ich könnte es besser ertragen, wenn ich wüßte, daß Sie mich lieben. Wenn ich Sie gefragt hätte, hätten Sie mich geheiratet?« Ich nickte.

»Lenore, das macht mich sehr glücklich.«

»Wir sollten nicht über solche Dinge sprechen.«

»Was Sie gesagt haben, gibt mir das Gefühl, daß ich das Leben hier in London leichter ertragen kann ... wenn ich an Sie denke. Wir müssen uns hier wieder treffen.«

»Ich glaube nicht, daß das klug wäre.«

»Wir könnten uns … wie zufällig … am Teich treffen. Wenn ich Sie nur von Zeit zu Zeit sehen könnte …«

Ich schüttelte den Kopf.

»Bitte!« sagte er. »Es würde mir so sehr helfen.«

»Wir sollten es nicht zur Gewohnheit werden lassen.«

Sein Gesicht hellte sich auf. »Ich möchte über so viel mit Ihnen sprechen. Die Politik. Die Wählerschaft. Ich habe oft zu der Galerie hinaufgeschaut und mir eingebildet, Sie wären dort. Sie hätten mich dort besucht, nicht wahr? Sie hätten viel getan, um mich zu unterstützen. Julia haßt meine Arbeit, glaube ich. Ich fühle mich soviel besser, seit Sie zurück sind.«

Er wirkte so anfällig, was mir bei Drake merkwürdig vorkam. Von dem Augenblick an, als er ins Haus der Seide gekommen war, war er als der Starke erschienen. Julia ruinierte ihr Leben mit Trinken. Sie tat mir leid. Drake aber war fast ebenso hilflos. Sicher konnte eine gelegentliche Begegnung im Park nicht schaden.

Mein Vater war nach Frankreich zurückgekehrt, und ich stürzte mich wieder in die Arbeit, die mir schon bei anderer Gelegenheit ein Trost gewesen war. Ich hatte viel zu tun. Ich versuchte, nicht an den Comte zu denken. Grandmère hatte schon recht: Ich war für ihn nur eine von vielen Frauen, der er eine Weile den Hof zu machen beliebte. Ich vermutete, daß er längst beschlossen hatte, nachdem seine Jagd nicht erfolgreich gewesen war, sich anderswo umzuschauen. Andererseits hoffte ich verzweifelt, er würde nach London kommen und Grandmère beweisen, daß sie ihn falsch beurteilt hat.

Drake war eine näherliegende Sorge. Er kam unbekümmert in den Salon. Grandmère hatte ihn sehr gern, aber sie wollte nicht, daß ich mich mit einem verheirateten Mann abgab. Das wäre noch verwerflicher gewesen als eine Freundschaft mit dem Comte.

Ich hatte Drake mehrmals gesagt, daß wir uns lieber nicht sehen sollten, aber er wurde dann immer so traurig. »Sie zu sehen, mit Ihnen zu reden ... ich kann gar nicht sagen, was mir das bedeutet. Manchmal habe ich Angst davor, was ich tun werde, wenn ich mich nicht befreie.«

»Sie waren sonst immer so besonnen«, sagte ich zu ihm. »Sie sind mit jeder Situation fertig geworden.«

»Mit einer solchen Situation hatte ich es noch nie zu tun, und die Einsicht, daß ich selbst schuld an ihr bin, macht sie nicht erträglicher. Es gibt Zeiten, da fürchte ich, daß ich imstande bin, Julia etwas anzutun.«

»Um Himmels willen, sagen Sie so etwas nicht!«

»Ich kann jetzt verstehen, wie manche Menschen dazu getrieben werden, zu weit zu gehen. Ich möchte, daß Sie wissen, wie mir zumute ist, Lenore. Das Zusammensein mit ihnen bedeutet mir so viel. Ich *muß* Sie sehen.«

Ich hatte wirklich Angst um ihn; denn ich hatte ihn sehr gern. In ihm sah ich all die lauteren Eigenschaften, auf die Grandmère mich aufmerksam gemacht hatte. Schließlich war er aufgrund seines aufrichtigen Charakters in diese Situation geraten. Er hatte Julia geheiratet, weil er es für das einzig Richtige hielt. Wie hätte er ahnen sollen, daß sie ihn hereinlegte?

Ich sah alles ganz deutlich vor mir: Julia, leidenschaftlich verliebt in einen Ehemann, der sie haßte. Ich glaube, sie hatte Drake geliebt, ja vergöttert, seit er ins Haus der Seide gekommen war, ein stattlicher Jüngling, der Anführer in der Schule, der Held, zu dem Charles aufschaute, Charles, der es als Ehre betrachtet hatte, daß Drake sich herbeiließ, die Ferien bei ihm zu verbringen. Ich erinnerte mich an Julias Wut auf mich, als er abgereist war. Julia hatte Drake von dem Moment an begehrt, als ihre Augen ihn zum erstenmal erblickten. Sie hatte ihn bekommen, aber indem sie ihn in die Falle lockte, hatte sie ihn verloren. Arme Julia! Ich konnte mir die qualvollen Nächte vorstellen, wenn er im Haus war ... und in einem anderen

351

Zimmer schlief. Sie hatte Cassie erzählt, wie sie in ihrem Zimmer auf und ab ging, mit seiner Gleichgültigkeit hadernd, und zur Flasche griff, die sie jederzeit und überall bei sich hatte. Cassie erzählte mir von den Streitigkeiten der beiden, daß Julia ihm immer vorwarf, er kümmere sich nicht genug um sie, und daß er sich nicht auf solche Zankereien einlassen wollte. »Fliehen! Immer will er fliehen!« hatte Julia geschrien. »Immer will er fort von mir, aber ich werde ihn nie gehen lassen. Er ist mein, solange wir leben. Wenn ich ihn nicht haben kann, soll ihn auch keine andere haben.«

Ich dachte viel über die beiden nach. Das hielt mich davon ab, nur an den Comte zu denken und mich zu fragen, was er gerade machte. Ich nahm an, er war nach Carsonne zurückgekehrt. Ob er wohl noch an mich dachte? Vielleicht erinnerte er sich dann und wann an die frigide Frau, die sich nicht verführen lassen wollte und an die er zu viel Zeit verschwendet hatte.

Drake sah ich nun öfter; es war unvermeidlich. Ging ich aus, wartete er schon auf mich. Es hatte keinen Zweck, ihm Vorhaltungen zu machen. Ich sah, wie sehr er Gesellschaft brauchte. Wir sprachen über die Regierung und darüber, was Salisbury machte und was Gladstone getan hätte, aber irgendwie kamen wir jedesmal auf Julia zu sprechen.

In der Nähe des Salons war eine kleine Teestube, gleich hinter dem Piccadilly. Die Tische standen in Nischen, so daß man sich ungestört unterhalten konnte. Dort gab es vorzüglichen Käsekuchen und köstliche Madeleines. Für Katie war es immer ein besonderes Fest, wenn ich sie dorthin zum Tee mitnahm.

Eines Tages gingen Drake und ich in diese Teestube. Wir setzten uns und unterhielten uns. Ich erkundigte mich, wie alles lief. Ich versuchte stets, ihn seine unglückliche Ehe vergessen zu machen, und hoffte, daß ihm dies durch seine Beschäftigung mit der Politik gelingen möge. Er wurde gleich viel lebhafter, wenn er von seinen Zielen sprach und von dem, was er erreicht hatte. Er vertraute mir seine Besorgnis wegen Gladstones Gesundheit an, mit der es rasch bergab ging.

»Rosebery reicht nicht an ihn heran«, sagte er. »Aber wer tut das schon?«

»Gladstone hätte die Partei nicht ewig zusammenhalten können, er ist ein alter Mann.«

»Viele Leute streben nach der Macht, und sie würden alles tun, und sei es noch so verwerflich, um auf der Leiter einen Schritt weiter nach oben zu kommen.«

»Aber Sie sind nicht so, Drake.«

»Vielleicht ist das mein Fehler.«

»Bestimmt nicht«, versicherte ich ihm.

»Ach, Lenore, wie anders hätte es sein können. Wenn ich daran denke, werde ich verrückt vor Wut. Es hätte so leicht geschehen können, aber es ist mir irgendwie entglitten.«

»Es gibt kein Zurück, Drake.«

»Ich habe Sie geliebt, seit ich Sie aus dem Mausoleum geholt habe. Sie waren so klein und verängstigt. Dann habe ich Sie jahrelang nicht gesehen ... Aber als ich Sie wiedersah, fühlte ich noch genau dasselbe. Warum mußte sie dazwischentreten? Wäre ich frei, würden Sie mich heiraten.«

Ich schwieg.

»Das würden Sie doch, nicht wahr, Lenore?« fragte er ernst. »Sie lieben mich doch?«

Es war fast, als säße mir der Comte lächelnd gegenüber. Fühlen Sie sich von ihm erregt? Spüren Sie das Abenteuer? Haben Sie das Gefühl, daß Sie lieber mit ihm zusammensein möchten als mit sonst jemandem auf der Welt? Das nämlich fühlen Sie bei *mir*, Madame Sallonger. Fühlen Sie dasselbe für diesen Mann? Sagen Sie mir die Wahrheit!

»Ich habe Sie sehr gern, Drake«, sagte ich. »Aber lieben ist etwas anderes, nicht wahr?«

Er sah mich fest an. »Sie meinen, Sie haben mich gern, aber Sie lieben mich nicht?«

»Ich habe Philip geliebt und dachte, es sei für ewig. Und Drake, es ist unklug, über diese Dinge zu sprechen.«

»Ich könnte Sie glücklich machen, Lenore, wenn …«

»Es darf nicht sein«, sagte ich.

Wir verfielen in Schweigen. Ich wünschte, ich könnte mir dieses dunkle, skeptische Gesicht aus dem Kopf schlagen. Aber ich wußte, ich würde den Comte nie vergessen, und er beeinträchtigte meine Gefühle für einen anderen.

Drake ergriff über den Tisch hinweg meine Hand.

Plötzlich hörte ich meinen Namen. »Lenore! Wie schön, dich zu sehen!« Charles stand an unserem Tisch. Verlegen zog ich geschwind meine Hand zurück. »Lenore und mein ehrbarer Schwager! Wie geht's dir, Lenore? Du siehst gut aus.«

Ich wurde rot, weil er mich in so einer Situation antraf. Er war nicht allein. Er hatte eine Frau bei sich, deren Gesicht mir bekannt vorkam. »Signorina de Pucci«, stellte er sie vor. Sie lächelte und neigte den Kopf. Sie war außergewöhnlich schön; ihr fast kohlschwarzes Haar schaute unter einem kecken weißen Strohhut mit schwarzweißen Bändern hervor. Ihr Kostüm war schwarz mit weißen Streifen, dazu trug sie eine weiße gerüschte Seidenbluse. Sie war eine sehr elegante Frau.

»Dies ist Madame Lenore vom Salon Lenore, auf den Sie, liebe Signorina, unvermeidlich stoßen werden, wenn Sie längere Zeit in London bleiben. Lenore ist eine sehr tüchtige Geschäftsfrau. Und dies ist mein Schwager Drake Aldringham.«

Sie sei entzückt, sagte sie. Sie hatte einen leichten Akzent, der, wie alles an ihr, reizend war. Ihr Name kam mir gleich so bekannt vor wie ihr Gesicht, obgleich es viele Jahre zurücklag, seit ich sie gesehen hatte.

»Ich erinnere mich an Sie«, sagte ich. »Sie hatten einen Unfall und kamen ins Haus der Seide.«

Ihr Gesicht leuchtete auf. »Ach, Sie erinnern sich noch daran.«

»So etwas vergißt man nicht so leicht.«

»Sie waren jung vermählt. Oh, ich weiß es noch genau … so ein bezauberndes Paar. Und Ihr Mann ...?« Sie sah Drake verwundert an.

»Mein Mann war Philip Sallonger. Er ist kurz darauf gestorben.«

»Ach, wie traurig.«

Charles betrachtete mich mit dem abschätzenden Blick, den ich so gut kannte. »Wir haben gerade Tee getrunken«, sagte er. »Der Käsekuchen ist köstlich. Ich wollte unbedingt, daß Signorina de Pucci ihn probiert, während sie in London ist.«

»Jetzt fällt mir alles wieder ein«, sagte ich. »Sie sind ganz plötzlich abgereist.«

»Ich fand es nicht plötzlich. Mein Bruder hatte nach mir geschickt.«

»Ich war wütend, nicht wahr, Lenore?« sagte Charles.

»Ja, allerdings.«

»Aber warum?« fragte sie. »Warum waren Sie wütend?«

»Weil Sie uns verlassen hatten. Ich wollte, daß wir uns näher kennenlernten. Wir machten gute Fortschritte.«

»Hat Julia die Signorina schon gesehen?« fragte ich.

Charles schüttelte den Kopf. »Das wird sie bald. Es dürfte sie interessieren. Wir erinnern uns alle noch gut an den Besuch der Signorina.«

»Und von der Verletzung ist nichts zurückgeblieben?«

»Verletzung?« murmelte sie.

»Hatten Sie sich nicht den Knöchel verletzt, als die Kutsche umstürzte?«

»Ja, richtig. Er ist bald geheilt.« Sie lächelte Drake charmant zu. »Ich weiß nicht, was ich ohne diese lieben Freunde angefangen hätte.«

»Wir haben gerne getan, was wir konnten«, sagte Charles. »Zu meinem großen Glück lief ich der Signorina hier in die Arme. Wir haben uns angestarrt. Ich fürchte, ich war sehr unhöflich.«

»Nein, gar nicht«, widersprach sie.

»Ich habe mich so gefreut«, sagte Charles.

»Und wie lange gedenken Sie diesmal in England zu bleiben?«
fragte ich.

»Das hängt von meinem Bruder ab. Er hat geschäftlich in Mittelengland zu tun. Wenn er zurückkommt, reise ich mit ihm ab.«

»Ich erinnere mich an ihre Zofe … Maria. Ist sie noch bei Ihnen?«

»Maria ist mit mir hier.«

»Ich wünsche Ihnen einen schönen Aufenthalt.«

»Dafür werde ich sorgen«, versprach Charles. »War schön, euch beide zu sehen.« Er sah bedeutungsvoll von mir zu Drake. »Bis demnächst mal. Ich gehe jetzt mit der Signora zu Julia. Auf Wiedersehen!«

Ich sah ihnen nach. »Das war aber Pech«, sagte ich. »Ich meine, daß Charles uns hier zusammen gesehen hat.«

Drake hob die Schultern. Er war wohl so verzweifelt und ausschließlich mit seiner unglücklichen Situation befaßt, daß er die Gefahr nicht wahrnehmen wollte. Die Art, wie Charles uns angesehen hatte, gefiel mir ebensowenig, wie mir seine Andeutungen gefallen wollten.

Ich erzählte Drake, was damals vorgefallen war, wie die Italienerin vor dem Haus der Seide einen Unfall hatte und ein paar Tage dort blieb und wie sie dann zu ihrem Bruder aufbrach und die Dankesbriefe aus einem Londoner Hotel schickte, worauf sie vollkommen aus unserem Leben verschwunden war. »Das war kurz vor Philips Tod«, sagte ich. »Ich hatte den Vorfall ganz vergessen. Zuerst konnte ich mich nicht besinnen, wer sie war, obwohl sie mir bekannt vorkam.«

»Interessant, daß Charles sie getroffen hat … rein zufällig.«

»Mir scheint, daß im Leben sehr viel rein zufällig geschieht.«

Als ich wieder im Salon war, wollte mir die Begegnung in der Teestube nicht aus dem Sinn gehen. Mir war ziemlich beklommen zumute, weil Charles seinen Schwager Drake und mich zusammen gesehen hatte. Mir bangte davor, was sich ein Mann von seinem Charakter daraus zusammenreimen würde.

Cassie war es, die mir von Charles und Maddalena de Pucci erzählte. »Sie wohnt mit ihrer Zofe in einem Hotel und wartet auf ihren Bruder.«

»Ja, das hat sie erwähnt, als ich sie traf.« Ich hatte Cassie von der Begegnung in der Teestube berichtet. Cassie wirkte etwas bedrückt. Sie wußte von meiner Freundschaft mit Drake. Sie wußte überhaupt sehr viel. Cassie nahm gerne am Leben anderer Leute teil. Sie war gütig und verständnisvoll, was ich auf ihre Anteilnahme an den Menschen zurückführte. Sie kannte sie so gut, daß sie ihre Motive verstand, und das machte sie mitfühlend.

»Charles ist sehr von ihr eingenommen«, berichtete sie mir. »Sie ist ja auch außergewöhnlich schön, und ihr fremdländisches Aussehen erhöht vermutlich noch ihren Reiz. Mit Charles und Helen steht es sehr traurig.« Helen war seine Frau. »Er war nie ein treuer Ehemann. Ich glaube, damit hat sie sich inzwischen abgefunden. Aber in diesem Fall scheint er sich zu stark zu engagieren.«

»Er fühlte sich schon zu ihr hingezogen, als sie damals ins Haus kam«, sagte ich. »Er war so wütend, als sie fortfuhren, ohne zu hinterlassen, wohin.«

»Es ist alles so deprimierend. Wenn ich an seine Ehe denke und an Julia und Drake, dann komme ich zu dem Schluß, daß man ledig oft besser dran ist.«

»Es macht das Leben weniger kompliziert«, pflichtete ich ihr bei. »Man ist ausgeglichener. In den meisten Beziehungen geht es ewig auf und ab.«

»Ich möchte nicht Helen sein, mit einem untreuen Ehemann … oder Julia, die so heftig liebt und zurückgewiesen wird. Bei dir und Philip war es anders. Das war wunderbar. Aber er ist tot.« Ich nickte.

»Verzeih!« fuhr Cassie fort. »Ich hätte dich nicht daran erinnern sollen. Ach je, hättest du nur Drake geheiratet! Er liebt dich. Und deine Großmutter hat es sich so gewünscht.«

357

»Es läuft nicht immer alles so, wie es die Leute wünschen.«

»Ich wollte, Julia könnte glücklich sein. Aber das wird sie wohl nie. Es wird leider immer schlimmer mit ihr. Sie trinkt die ganze Zeit. Sie hatte sich hingelegt, als ich sie letztes Mal besuchte, und ich ging an ihren Schrank, um ihr einen Umhang zu holen, und da sah ich mehrere Flaschen. Sie trinkt heimlich, aber auch vor allen Leuten. Wie ist es nur dazu gekommen, Lenore? Aus lauter Unglück?«

»Ihr erster Mann war ein starker Trinker. Vielleicht hat sie die Gewohnheit von ihm übernommen. Ich nehme an, sie fand Gefallen daran, und jetzt ist es ihr ein Trost. Sie ruiniert damit ihre Gesundheit, ihr Leben und ihre Chance zum Glücklichsein.«

»Es ist eine Tragödie«, sagte Cassie. »Ich denke oft an die Zeit, als sie in die Gesellschaft eingeführt wurde. Weißt du noch, wie aufgeregt sie war? Dann kam die Gräfin ... und sie war ganz entsetzt. Arme Julia! Damals hat sie zuviel gegessen, und jetzt trinkt sie zuviel. Sie konnte in einem Augenblick so selbstgewiß und im nächsten so unsicher sein. Und wie schrecklich war es für sie während der ersten Ballsaison, als sie den Erwartungen nicht entsprach!«

»Ich erinnere mich genau.«

»Dann hat sie diesen alten Mann geheiratet, und er ließ sie als reiche Frau zurück. Ich glaube, wenn sie einen jüngeren gefunden hätte, bevor sie das Gefühl hatte, nicht so attraktiv zu sein wie manche Mädchen, dann wäre es anders mit ihr gekommen. Irgendwie meine ich, Julia beschützen zu müssen.«

»Ich glaube, das Gefühl hast du bei uns allen, Cassie.«

»Ich möchte, daß du mitkommst, wenn ich sie besuche. Bitte, Lenore! Sie möchte dich bestimmt gerne sehen.«

»Da bin ich nicht so sicher.«

»Doch, ganz bestimmt. Sie spricht ständig von dir. Versteh doch, Lenore, sie ist sehr unglücklich.«

Ich besuchte sie also. Sie begrüßte mich herzlich. Sie sah viel strahlender aus als beim letztenmal. Ob sie eingesehen hatte, welchen Schaden sie sich zugefügt hatte, und sich zu bessern versuchte? Sie war aufgeregt. Sie wollte eine Gesellschaft geben. Es war jetzt Mode, einen Pianisten zu engagieren. Sie hielt das für eine glänzende Idee. Eine Reihe von Drakes Kollegen sollte eingeladen werden. »Eine Klavierdarbietung, danach ein kaltes Buffet«, rief sie. »Eine gute Idee, findest du nicht?«

Cassie war so froh, sie so engagiert zu sehen, daß sie begeistert zustimmte.

»Du kommst doch auch?« fragte Julia mich, und ich sagte zu.

Grandmère war in diesen Tagen ziemlich bedrückt. Sie wußte, daß ich mich mit Drake traf, und das ängstigte sie. Sie war sehr um mich besorgt. Ich glaube, sie dachte, ich sei zu lange ohne Mann gewesen. Ich war jung und hatte die Freuden des Ehelebens nur kurze Zeit gekostet. Grandmère hätte mich gerne ehrbar mit einem guten Menschen verheiratet gesehen. Ich glaube, das war ihr größter Wunsch. Drake wäre in ihren Augen ideal gewesen, aber leider war er nun verheiratet. Ich spürte, daß sie befürchtete, ich ließe mich von meinen Gefühlen hinreißen. Ich hätte ihr gerne erklärt, daß meine Gefühle für Drake nicht so beschaffen waren, daß sie mich zur Unbedachtheit verleiteten. Ich hatte ihn auf beständige Art gern. Ich wußte ja jetzt, wie verschieden man für einzelne Menschen empfinden konnte.

Cassie und ich gingen zu Julias Fest. Cassie war froh und sagte, dies sei genau das, womit Julia sich beschäftigen müsse. »Sie braucht einfach etwas, wofür sie sich interessiert.«

Julia und Drake, Seite an Seite, begrüßten uns. Ich stellte bestürzt fest, daß Julia unnatürlich gerötet war und ihre Wangen eine leicht lila Färbung hatten. Ihre Augen strahlten vor Aufregung. »Liebe Cassie! Und Lenore! Du siehst bezaubernd aus. So elegant, nicht wahr, Drake?«

Drake lächelte mich traurig an.

Ich sagte, daß ich mich auf den Abend und auf den Pianisten

freue. Dann gingen wir weiter, während die beiden die nächsten Gäste begrüßten. Ich sah Charles. Maddalena de Pucci war bei ihm. Sie war auffallend schön in einem roten Samtkleid, das ihr dunkles südländisches Aussehen unterstrich. Charles begrüßte uns überschwenglich. »Wie schön, euch hier zu sehen! Julia wird entzückt sein.« Er lächelte hinterhältig. »Und Drake auch. Eine illustre Gesellschaft, nicht wahr? Einige unserer berühmtesten – oder sollte ich sagen berüchtigtsten? – Politiker sind hier. Alles zu Drakes Nutzen.« Er wandte sich an seine Begleiterin. »Meine Liebe, dies ist ein repräsentativer Ausschnitt aus der englischen Gesellschaft: diejenigen, die die Gesetze machen, und diejenigen, die sie befolgen. Ich muß schon sagen, Drake sieht sehr zufrieden mit sich aus … und mit den Anwesenden.« Wieder warf er mir diesen vielsagenden Blick zu. Ich fürchtete mich richtiggehend vor Charles. Er blieb mit uns zusammen, und mir war unbehaglich zumute. Er legte gegenüber Maddalena ein besitzergreifendes Gehabe an den Tag, was mich aber mehr störte, war die Art, wie er mich ständig ansah. Später kam Julia zu uns. »Ein munteres Fest, nicht wahr? Ich habe einen Mann bestellt, um Aufnahmen zu machen. Ich möchte, daß es ziemlich am Anfang geschieht, bevor die Stimmung nachläßt. Danach wird Signor Pontelli für uns spielen, und anschließend gibt es ein Buffet und Tanz. Es hat Spaß gemacht, alles mit dem Speiselieferanten zu arrangieren.«

»Das hast du großartig gemacht«, sagte ich zu ihr.

Sie lächelte mich innig an. »Ich bin so froh, daß du das findest. Hoffentlich ist Drake auch zufrieden, oh, ich hoffe es so sehr. Ah, da ist der Photograph. Ich hole ihn her. Bleibt, wo ihr seid! Ich trommelte noch ein paar Leute für eine Gruppenaufnahme zusammen.«

So kam ich mit Charles und Maddalena zusammen aufs Bild. Es gab ein großes Hin und Her, als wir in Positur gestellt wurden; der Photograph gebot uns zu lächeln, und wir standen da, die Lippen geöffnet, als ob wir uns ungeheuer vergnügten, während er summte, »Haha« machte und uns das Lächeln auf den Gesichtern einfror.

Dann war es vorüber. Der Pianist kam und spielte gekonnt und ausdrucksvoll – vorwiegend Chopin –, und er hätte mehr Aufmerksamkeit durch das Publikum verdient, als ihm zuteil wurde. Er erhielt gemessenen Applaus. Dann spielten Musikanten auf, und nach einer Weile wurde das Buffet eröffnet. Ich war mit Cassie zusammen, und Drake gesellte sich mit einem Politikerfreund zu uns. Es entwickelte sich ein interessantes Gespräch, während wir geräucherten Lachs aßen und mit Champagner hinunterspülten. Ich genoß die Unterhaltung, bis ich an einem Tisch Julia entdeckte, die uns aufmerksam beobachtete. Jedesmal, wenn ich zu ihr hinsah, hatte sie das Glas in der Hand.

Nach dem Essen wurde getanzt. Julia hatte klugerweise einen besonderen Raum in einen Ballsaal verwandelt. Er war sehr elegant mit den Kübelpflanzen, die eigens für diesen Abend gebracht worden waren. Ein kleines Orchester spielte Tanzmusik. Ich wußte, daß Drake die Gelegenheit wahrnehmen würde, um mit mir zu tanzen. Es war etwas Wagemutiges an ihm, das seiner Natur an sich fremd war. Ich glaube, er hatte so viel durchzumachen, daß ihm die Konventionen allmählich gleichgültig wurden.

Er mußte gewußt haben, daß Julia auf seine Gefühle für mich eifersüchtig war. Ich war überzeugt, daß sie ihm das, wenn sie volltrunken wütete, deutlich zeigte. Zuweilen dachte ich, daß er sich nichts daraus machte, ja, daß er es im Gegenteil sogar darauf anlegte, die Spannung in irgendeiner Form gelegentlich zur Entladung zu bringen.

Die Kapelle spielte einen Walzer, einen Tanz, der die Leute anfangs schockiert hatte, als er Mode wurde. Man fand ihn ziemlich gewagt. Drake wirbelte mit mir über die Tanzfläche.

»Es ist wunderbar, daß Sie hier sind«, sagte er.

»Julia hat ein erfolgreiches Fest veranstaltet«, sagte ich.

»Ja, es ist erfolgreich … jetzt. Was halten Sie von Jamesons Ansichten?« Er bezog sich auf unser Gespräch beim Essen.

»Ich finde sie interessant«, sagte ich.

»Ich glaube, er tendiert zu Salisbury.«

»Er ist aber doch einer von Ihren Liberalen.«

»Es gibt eine Menge Unentschlossene.«

Wir schwiegen eine Weile, dann sagte er: »Das ist die reine Seligkeit … Sie so zu halten.«

»Drake!« bat ich ihn. »Bitte, seien Sie vorsichtig!«

»Es gibt Zeiten, da kann ich nicht vorsichtig sein, da ist es mir einerlei. Es muß etwas geschehen, und zwar bald. Warum gehen wir nicht zusammen fort?«

»Das kann nicht Ihr Ernst sein!«

»Ich weiß nicht. Ich denke viel darüber nach. Ich mache Pläne … und manchmal scheint es mir der einzige Ausweg.«

»Sie müssen an Ihre Karriere denken.«

»Wir könnten auf der Stelle fortgehen und neu anfangen.«

»Nein, das wäre falsch. Außerdem …« Er machte ein so bekümmertes Gesicht, daß ich ihm nicht sagen konnte, ich sei nicht sicher, ob ich ihn heiraten würde, wenn er frei wäre. Ich wollte ihn nicht noch mehr verletzen, als ich es schon getan hatte, indem ich ihm sagte, daß ich ihn nicht liebte.

»Ich fühle mich manchmal so deprimiert«, sagte er. »Julia ist unerträglich. Es wird mit jedem Tag schwieriger. Manchmal habe ich das Gefühl, ich würde alles tun, einfach alles, um dem ein Ende zu machen. Seit Sie hier sind, ist es noch schwerer zu ertragen.«

»Vielleicht sollte ich für eine Weile nach Paris gehen. Das ließe sich leicht machen.«

»Nein, nein!« Er hielt mich enger. »Gehen Sie nicht fort!«

Julia beobachtete uns. Sie tanzte nicht, sondern stand und hielt einen Stuhl umklammert, wie um sich zu stützen. In der Hand hatte sie das unvermeidliche Glas. Sie schwankte bedenklich und hatte etwas Champagner auf ihrem Kleid verschüttet. Plötzlich rief sie: »Alle mal herhören! Ich habe was zu sagen.« Sie stellte sich auf den Stuhl. Ich dachte, sie würde jeden Moment umkippen. Alle schwiegen verblüfft. Die Musik verstummte. Julia zeigte auf Drake. »Das«, sagte sie, »ist mein Mann Drake Aldringham, ein ehrgeiziger Politiker.« Sie sprach undeutlich, und ich erkannte zu meinem Entsetzen, daß sie vollkommen betrunken war. »Er will mich nicht. Er will die da ... mit der er tanzt. Er hält sie eng an sich, er flüstert mit ihr, er erzählt ihr, wie schrecklich es mit mir ist. Er will sie, Lenore, die Schneiderin, diesen Bankert. Nein, mich will er nicht. Ich bin bloß seine Frau. Sie ist seine Geliebte. Sie hat ihn mir weggenommen.« Es wurde ganz still. Man warf uns verstohlene Blicke zu. Drake ging zu ihr und sagte angewidert: »Julia, du bist betrunken.« Sie lachte wild. Sie wäre gefallen, hätte Drake sie nicht aufgefangen. Dann glitt sie sachte aus seinen Armen und lag bäuchlings auf dem Boden, mit weit aufgerissenen, blicklosen Augen.

Charles ging zu ihr. »Man muß sie nach oben bringen.« Mir schien, daß er seine Belustigung nicht ganz verbergen konnte. Dann war Cassie bei mir. »Wir sollten nach Hause gehen«, sagte sie.

Das Fest war aus.

Noch heute habe ich keine klare Vorstellung davon, was nach Julias Ausbruch geschah. Ich war wie betäubt. Ich gewahrte Menschen rings um mich, die es vermieden, mich anzusehen.

Cassie war in Krisensituationen immer stark und praktisch. Sie hatte meinen Arm genommen, und dann befand ich mich draußen vor dem Haus. Die Kutsche sollte uns erst viel später abholen kommen, deshalb stand uns kein Fahrzeug zur Verfügung. »Gehen wir zu Fuß!« sagte Cassie.

So gingen wir durch die Straßen, ich an ihrem Arm, und sprachen kein Wort. Ich war froh darüber.

Als wir ins Haus traten, kam Grandmère herunter, und wir

gingen in ihr Zimmer und berichteten ihr von dem Vorfall. Sie hörte entsetzt zu.

»Arme Julia«, sagte Cassie. »Sie wußte nicht, was sie tat und was sie sagte.«

»Es muß ihr schon länger im Kopf herumgegangen sein«, sagte ich. »Wie konnte sie nur vor all den Leuten diese falschen Beschuldigungen machen!«

»Alle wissen, daß sie betrunken war.«

»Das war unverkennbar. Aber was sie gesagt hat! Die Leute werden das Schlimmste annehmen.«

»Mein liebes Kind«, sagte Grandmère, »beruhige dich! Wir werden das schon irgendwie ins reine bringen. Vielleicht könntest du verreisen, nach Paris.« Sie hielt stirnrunzelnd inne. Ich wußte, was sie dachte: Dorthin, wo sie womöglich dem Comte in die Hände fallen würde. Ich merkte, wie sie die Situation abwägte und schließlich befand, daß ich trotz des Skandals und der bevorstehenden schweren Zeit hier besser aufgehoben sei.

»Das sähe aus, als liefe ich davon«, sagte ich.

Sie nickte. »Ich will euch was sagen. Ich mache uns einen schönen Beruhigungstrank. Danach werden wir gut schlafen, und morgen fühlen wir uns alle besser.«

Ich konnte trotz des Tranks nicht schlafen. Ich döste gegen Morgen ein wenig ein, und als mich beim Aufwachen die Erinnerung an den unglückseligen Abend überkam, war ich tief deprimiert. Sollte ich verreisen? Ich wünschte, die Gräfin wäre hier gewesen. Mit ihrer Weltklugheit hätte sie die Lage klarer erfaßt als wir übrigen. Angenommen, der Comte war noch in Paris. Er würde denken, ich sei zurückgekommen, um in seiner Nähe zu sein. Er würde mir weiter nachstellen. Würde ich ihn unwiderstehlich finden?

Ich wollte die Situation klarer sehen als in der Nacht zuvor. Eines war sicher: Die zugegen gewesen waren, würden ihren Freunden bereits von der Szene erzählt haben. Denn daß eine Frau ihren Mann öffentlich des Ehebruchs mit einer Anwesenden bezichtigte, war bestimmt etwas noch nie Dagewesenes. Die diese Szene mitbekommen hatten, würden sich den Vorteil, Augenzeugen gewesen zu sein, zunutze machen. Was würde jetzt geschehen? Würde man der Geschichte Glauben schenken, daß ich Drakes Geliebte war? Bestimmt. Vielleicht sollte ich doch lieber verreisen.

Ich malte mir aus, ich sei in Paris … die Möglichkeit, ihn zu sehen, all diese Unannehmlichkeiten hinter mir zu lassen. Man würde überzeugt sein, daß ich davonlief – und so wäre es ja auch!

Ein Tag verging. Wir hatten viel zu tun. Weit davon entfernt, uns zu meiden, konnten viele Leute ihre Neugier nicht zügeln und kamen unter dem Vorwand, etwas kaufen zu wollen, in den Salon. Ich ließ mich nicht blicken. Zwei Tage später kam Julia zu meiner Verwunderung in den Salon. Cassie sagte mir Bescheid. Sie wolle mich sehen. »Ich kann nicht«, sagte ich. »Ich glaube, es ist besser, wenn ich sie nicht sehe.«

»Sie ist ganz verzweifelt«, sagte Cassie. »Sie weint. Sie muß dich sehen, sagt sie, sonst findet sie keine Ruhe.«

Ich zögerte. Cassie sah mich flehend an. Sie war im Laufe der Jahre sehr mütterlich geworden und schien es als ihre Lebensaufgabe anzusehen, uns alle zu beschützen. »Bitte! Ich hasse diese Familienkräche.«

So gab ich nach. Julia kam herein. Sie war sehr blaß, und dadurch traten die winzigen Äderchen in ihren Wangen deutlicher hervor. Sie wirkte älter und sah elend aus.

Wir sahen uns einen Moment schweigend an, dann platzte sie heraus: »Ach, Lenore, es tut mir so schrecklich leid. Ich wußte nicht, was ich tat und was ich sagte. Ich kann mich kaum erinnern. Ich stand auf einem Stuhl … ich weiß gar nicht, wie ich da raufgekommen bin.«

»Du hast Drake und mich beschimpft und schrecklich beschuldigt.«

»Das wollte ich nicht.«

»Wie konntest du so etwas denken?«

»Ich bin so unglücklich, Lenore. Ich glaube, ich war immer eifersüchtig auf dich. Drake hatte dich von Anfang an gern … lieber als mich.«

»Er ist mit dir verheiratet, Julia.«

»Ja, aber das bedeutet nichts, oder? Er liebt mich nicht. Manchmal werde ich rasend. Ich hatte Angst, er würde dich heiraten. Ich hab' versucht, es zu verhindern … wie damals in Swaddingham, als ich meine Zofe zwang, das Gespenst in der Galerie zu spielen … jenes Gespenst, das erscheint, um vor einer Heirat zu warnen …«

Ich verstand zunächst nicht recht, aber dann fiel es mir ein. »Ach Julia, wie konntest du so töricht sein! Deine Beschuldigungen sind falsch.«

»Es tut mir so leid, Lenore.«

»Der Schaden ist nun mal angerichtet. Was denken die Leute? Sie glauben dir natürlich.«

»Ich werde allen sagen, daß ich nicht wußte, was ich tat. Manchmal glaube ich, Drake haßt mich. Das macht mich rasend.«

Ich sah, daß sie drauf und dran war, wieder hysterisch zu werden, und mußte sie beruhigen. »Schon gut, Julia! Versuchen wir, es zu vergessen!«

»Ist das dein Ernst?«

»Ja. Und laß dir sagen, daß ich nicht Drakes Geliebte bin und es niemals war.«

»Aber einmal hätte er dich fast geheiratet.«

»Er hat mich nicht gefragt, Julia. Vergiß es! Er hat dich geheiratet.«

»Ja, das hat er, nicht wahr?« sagte sie und lächelte ein wenig hinterhältig. Sie erinnerte sich wohl daran, wie sie ihn überlistet hatte.

Trotz allem tat sie mir leid. Sie war eine bedauernswerte, hysterische Frau. Sie war zwar reich, aber das Leben hatte es nicht gut mit ihr gemeint. Sie war auf den ersten Blick von Drake besessen, und ihr war jedes, wenn auch noch so unredliche Mittel recht, um ihn zu bekommen.

»Versuchen wir, es zu vergessen«, sagte sie mit einem Lächeln. Ich dachte: Wo es die ganze Londoner Gesellschaft weiß? Welchen Schaden würde es Drakes Karriere zufügen? Ein Politiker mit einer labilen Frau konnte nicht auf einen Aufstieg hoffen. Vielleicht war der angerichtete Schaden schon jetzt nicht wiedergutzumachen.

Ich hatte Drake seit Julias Ausbruch nicht gesehen und wollte es auch eigentlich nicht. Ich hatte Angst vor dem, was er sagen könnte, denn ich glaubte, er würde mehr denn je von Julia fortwollen. Seine Karriere war in Gefahr. Vielleicht war sie schon nicht mehr zu retten.

Aber hier stand Julia vor mir. Sie wirkte ehrlich zerknirscht. Sie war betrunken gewesen und hatte nicht gewußt, was sie sagte. Was hatte es für einen Sinn, mit ihr zu hadern? Sie wußte eben nicht, was sie sagte, wenn sie zuviel getrunken hatte. Sie war zu bemitleiden.

»Ich will versuchen, das Trinken aufzugeben«, sagte sie. »Ich bin sicher, daß es mir gelingt, wenn ich mich bemühe. Das Trinken hilft mir, Lenore, es hilft mir zu vergessen. Ich wollte Drake so gern helfen, und dann hab' ich so etwas getan. Ich sah dich mit ihm tanzen, und er sah so glücklich aus. Ich sagte mir: Warum ist er bei mir nicht so? Und ehe ich wußte, was ich tat …«

»Bitte, Julia, du mußt begreifen, daß er nur ein guter Freund von mir ist. Er hat dich geheiratet …«

»Ja, er hat mich geheiratet. Sind wir jetzt wieder Freundinnen, Lenore?«

Cassie sah mich flehend an.

»Ja«, sagte ich, »wir sind wieder Freundinnen.«

Ehe die Woche zu Ende war, geriet unser kleiner Skandal durch ein tragisches Ereignis in den Hintergrund. Charles' Haus brannte ab. Er war allein im oberen Teil des Hauses gewesen.

Die Dienstboten hielten sich alle im Parterre auf. Charles hatte einen weiblichen Gast zum Essen und die Anweisung gegeben, daß er nicht gestört werden wolle. Die Dame mußte wohl schon gegangen sein, denn es war nichts von ihr zu sehen. Charles war den Flammen glücklich entkommen. Sein Leibdiener, der an dem Abend frei gehabt hatte, war früher als erwartet zurückgekehrt. Gottlob hatte er den Rauchgeruch wahrgenommen, der aus Charles' Zimmer kam. Als er die Tür öffnete, schossen die Flammen hervor. Er rief Charles und erhielt keine Antwort, aber er war überzeugt, daß Charles im Zimmer war. Er band sich ein feuchtes Tuch vors Gesicht und suchte ihn. Charles lag quer über dem Bett, offenbar vom Rauch überwältigt. Er war bewußtlos, doch sein Diener, ein sehr tatkräftiger Mann, schleppte ihn in Sicherheit. Durch Mund-zu-Mund-Beatmung rettete er Charles das Leben.

Charles hatte wirklich Glück gehabt. Er wäre in den Flammen umgekommen, hätte sein Diener nicht so entschlossen gehandelt. Julia warf ihre Niedergeschlagenheit ab und wurde ganz aktiv. Charles' Frau Helen befand sich im Norden Englands. Es sei nicht nötig, sie zu beunruhigen, fand Julia. Charles solle vorerst bei ihr wohnen, bis sich eine Lösung finde.

Katie war eine scharfe Beobachterin, da konnte ihr nicht entgehen, daß etwas nicht stimmte. »Was hat Tante Julia getan?« fragte sie.

Ich stellte mich unwissend.

»Da *war* was«, fuhr sie fort. »Wenn die Leute darüber reden, gucken sie, als fänden sie es schlimm und freuten sich auch noch.«

»Oh … es geht ihr nicht gut.«

»Sie sieht aber gesund aus. Sie hat ganz rote Backen, mit ein bißchen Lila drin.«

Ich sagte impulsiv: »Würdest du gern nach Paris gehen?«

»Wann fahren wir?«

»Ich habe nicht gesagt, daß ich mitkomme. Ich wollte nur wissen, ob du gerne fahren und bei der Gräfin bleiben würdest.«

»Und dich hierlassen?« Sie war bestürzt.

»Ich dachte, es würde dir gefallen.«

»Warum kannst du nicht mitkommen?«

»Ich habe hier zu tun, aber ich dachte, du würdest vielleicht gerne reisen.«

»Ich könnte Raoul und den Comte wiedersehen. Das wäre schön, aber ich möchte, daß du auch dort bist. Außerdem, der Comte würde *mich* nicht besuchen kommen, oder? Er kommt zu *dir*.«

Ich war erstaunt, wieviel sie wußte. Kinder nehmen viel mehr wahr, als man sich klarmacht. Was wußte sie davon, daß der Comte mir nachstellte, und was von meiner Beziehung zu Julia und Drake?

Grandmère kam dazu. »Grandmère«, sagte Katie. »Mama meint, ich soll nach Paris fahren.«

Grandmère sah mich an, und ich sagte rasch: »Ich dachte, Katie könnte für eine Weile hinfahren und bei der Gräfin bleiben.«

»Ohne dich?« fragte Grandmère.

»Ich habe das Gefühl, daß ich hier sein muß.«

Grandmère nickte.

»Ich will aber nicht ohne Mama fahren«, sagte Katie.

»Ich denke, ihr solltet beide noch eine Weile hierbleiben«, meinte Grandmère.

Später sagte sie: »Du wirst doch das Kind nicht allein fahren lassen wollen!«

»Ich dachte bloß, sie sieht vielleicht mehr, als uns klar ist. Sie merkt, daß etwas vorgeht. Vielleicht hat sie etwas von dem Klatsch aufgeschnappt. Ich hielt es für eine gute Idee, sie eine Weile von hier fortzubringen.«

Grandmère schüttelte bedächtig den Kopf. »Nein ... nein, es ist besser, wenn ihr zusammen seid.«

Ich war beunruhigt, als Charles mich besuchte. Er wirkte trotz seines jüngsten Erlebnisses recht unbekümmert. Es war Nachmittag. Cassie war mit Katie in den Park gegangen. Grandmère ruhte, und ich war allein und arbeitete an der Buchführung. Seit dem Skandal wagte ich mich nicht unter die Leute. Ein Mädchen meldete, daß Mr. Sallonger mich zu sprechen wünsche. Ich wollte ihr gerade auftragen, ihm auszurichten, ich sei ausgegangen, da erschien er schon in der Tür. Das war typisch Charles. Er ahnte, daß ich ihn nicht sehen wollte, und war entschlossen, meinen Wunsch zu mißachten.

»Lenore, wie schön, dich zu sehen!« Er trat ein. Das Mädchen schloß die Tür, und wir waren allein. »Du darfst mir gratulieren«, sagte er. »Weißt du eigentlich, daß ich dem Tode knapp entronnen bin?«

»Gratuliere!«

»Jedder ist ein tapferer Kerl. Ohne ihn hätte mein letztes Stündlein geschlagen.«

»Du mußt ihm sehr dankbar sein.«

»Und wie. Ich habe noch keine Lust, die irdische Drangsal hinter mir zu lassen. Und du, Lenore, siehst wie immer bezaubernd aus. Ich habe dir etwas mitgebracht.« Er zog ein Bild hervor. »Eine Erinnerung an den denkwürdigen Abend.« Es war die Photographie, die auf Julias Fest aufgenommen worden war. Wir waren alle deutlich zu erkennen: Charles, Cassie, Maddalena, zwei andere Herren und ich. »Sehr gut, findest du nicht?«

Ich wollte kein Andenken an jenen Abend, gab ich mir doch alle Mühe, ihn zu vergessen. »Wir sind alle ganz deutlich zu erkennen«, sagte ich. Ich legte das Bild in eine Schublade. Ich ertrug es nicht, es anzusehen.

»Ich dachte, du würdest es vielleicht gerne haben«, meinte Charles spöttisch.

»Ich ziehe es vor, den Abend zu vergessen.«

»Ach, du meinst Julias Ausbruch.« Er lachte. »Arme Julia! Sie war nicht ganz bei sich. Ich übrigens auch nicht, in der Nacht, als es gebrannt hat. Das muß in der Familie liegen. Ich hatte eine Dame zu Gast, *diner à deux* … und ich erinnere mich an nichts. Julia hat sich gehenlassen. Aber sie ist mir jetzt eine gute Schwester gewesen. Weißt du, mir ist fast nichts geblieben. Mein Chippendale-Schreibtisch ist zu Asche verbrannt, auch einige von meinen Hepplewhite-Stücken. Ich hatte wirklich ein paar gute Sachen in meinem Haus.«

»Ich dachte, du würdest eine Zeitlang ins Haus der Seide ziehen.«

»Oh, es gibt in London zu viel zu tun.«

»Kommt Helen zurück?«

»Es gibt für sie keinen Grund zur Eile. Wir kommen miteinander aus, weil wir uns nicht oft sehen. Das ist ein gutes Rezept für die Ehe.«

»Du bist sehr zynisch.«

»Ich nenne das Realismus. Julia spielt den guten Samariter, und Drake hat nichts dagegen, also kann ich ebensogut bei ihnen wohnen, bis ich in London eine neue Bleibe finde. Aber ich bin nicht gekommen, um darüber zu reden.«

Ich hob die Augenbrauen, und er lächelte mich an. Er trat auf den Tisch zu, an dem ich stand. Ich hatte mich nicht gesetzt und ihn auch nicht aufgefordert, Platz zu nehmen.

»Worüber will er *dann* reden, wirst du dich fragen. Das will ich dir sagen. Ich bin gekommen, um über *uns* zu reden.«

»Über uns?«

»Ja, über dich und mich.«

»Was hast du über uns zu sagen?«

»Daß wir bessere Freunde sein sollten. Ich bin ein bißchen eifersüchtig auf Drake. Du scheinst ihn sehr gern zu haben … Aber das solltest du nicht. Er ist schließlich Julias Mann, und sie gehören zu deiner Familie … mehr oder weniger. Ich werde richtig wütend, wenn ich an dich und Drake denke und wie du mich im Regen stehen läßt.«

»Du redest Unsinn.«

»Ich glaube nicht, daß dies die allgemeine Meinung sein dürfte, nachdem …«

»Ich glaube nicht, daß es noch irgend etwas zu sagen gibt.«

»Es gibt eine ganze Menge zu sagen. Ich bin ganz besessen von dir, Lenore. Du gehst mir nicht aus dem Sinn. Du weist mich zurück. Du bist so tugendhaft … oberflächlich gesehen. Du warst so ein unschuldiges Kind, nicht wahr, als du Philip gekapert hast. Aber sag mir, warum hat Philip sich umgebracht?«

»Ich bin nicht sicher, daß es Selbstmord war.«

»Ach komm! Glaubst du, daß er ermordet wurde? Aus Eifersucht vielleicht, weil er den Preis hatte, den ich begehrte? Nein, meine Liebe. Ich glaube, er hat etwas über dich entdeckt. Er hatte eine recht ernste Einstellung zum Leben. Er war der Ritter in schimmernder Rüstung. Unvollkommenheit stieß ihn ab. Was hat er über dich herausgefunden, Lenore?«

»Du bist lächerlich.«

»Du kannst so unergründlich sein, Lenore. Denk doch mal nach. Uneheliche Tochter des Hauses Saint Allengère. Dein Papa taucht gerade im rechten Moment auf, um dir bei dem Geschäft unter die Arme zu greifen. Die kleine Heimatlose heiratet einen Sallonger-Erben. Sehr romantisch – vielmehr melodramatisch, besonders, als der Ehemann Selbstmord begeht. Man sollte meinen, das sei genug, aber nein, nicht für Lenore. Sie muß den Ehemann der armen Julia becircen, einen ehrgeizigen Politiker. Dann gibt es für den armen Kerl ein Problem. Alles verloren aus Liebe?«

»Ich will nichts mehr hören.«

»Du wirst leider müssen. Wußtest du, daß ich kein sehr netter Mensch bin?«

»Da sind wir uns ausnahmsweise einig.«

Er packte meinen Arm. »Aber Menschen, die nicht nett sind, können attraktiv sein, weißt du.«

»Du bist es jedenfalls nicht für mich.«

»Nimm dich in acht! Ich warne dich, ich kann auch sehr nachtragend sein. Erinnerst du dich an das Mausoleum?«

»Das werde ich nie vergessen.«

»Und wie gütig und edel Drake dich gerettet hat, und damit nicht zufrieden, mußte er seine Ritterlichkeit beweisen, indem er mich in den See warf. Es gibt noch einige alte Rechnungen zu begleichen.«

»Charles, ich wünsche, daß du gehst.«

Ich entwand ihm einen Arm, aber er kam mir ganz nahe, so daß sein Gesicht meines fast berührte. Seine Augen waren spöttisch, gierig. Ich fürchtete mich sehr vor ihm. »Aber ich möchte bleiben.«

»Ist die wunderschöne Maddalena abgereist?«

»Sie ist noch da.«

»Ich dachte, du wärst hinter ihr her?«

»Mein Appetit ist unersättlich. Maddalena ist sinnlich und schön, aber komisch, dich begehre ich noch immer.«

»Laß das sein, denn du verschwendest deine Zeit.«

»Nein … nein, es ist eine lohnend verbrachte Zeit.«

»Hör mir zu, Charles: Ich will dich nie wiedersehen!«

»Ich werde dafür sorgen, daß du es dir anders überlegst.«

»Ich bin imstande, allein zu entscheiden.«

»Lenore, ich hab' genug von dem Geplänkel. Ich meine es ernst. Wenn du mich weiterhin abweist, um so schlechter für dich … und für Drake Aldringham. Was, wenn Julia beschließt, sich scheiden zu lassen, und dich als Grund angibt?«

Mir wurde kalt vor Angst. Ich wußte, daß er nicht nur so daherredete. Rasch sagte ich: »Das wäre eindeutig falsch.«

»So? Begegnungen im Park. Julias Ausbruch vor all den Leuten. Das könnte das Ende für Drake als Politiker bedeuten und würde dich als leichtfertige Dame bloßstellen.«

»Julia hat schon genug Schaden angerichtet.«

»Er könnte gerettet werden – und du auch –, wenn du vernünftig bist.«

»Wie?«

Er sah mich lüstern an. »Du kennst die Antwort. Durch meine Freundschaft natürlich.«

»Womit du meinst ...«

»Angenommen, du würdest meine sehr liebe Freundin.«

Ich lachte. »Ich glaube, du bist verrückt.«

Er zuckte mit den Achseln.

»Das ist ja die reinste Erpressung«, sagte ich.

»Oft eine wirksame Waffe.«

»Du bist so melodramatisch«, sagte ich.

»Ziemlich faszinierend, wie?«

»Keineswegs. Ziemlich absurd und völlig sinnlos.«

»Meine liebe Schwägerin, die von ziemlich verrufener Herkunft ist, hat es irgendwie geschafft, einen Sallonger-Erben in die Falle der Ehe zu locken. Das gerissene Mädchen kam als Untergebene in den Schoß der Familie, weil seine Großmutter eine Arbeiterin von uns war.«

»Wie kannst du solche Lügen auftischen!«

»Lügen? Hast du meinen Bruder nicht geheiratet? War er nicht Erbe der Firma unseres Vaters? Bist du nicht von einer untergeordneten Stellung im Haus aufgestiegen und eine von uns geworden?«

»Ich habe Philip nicht in die Ehe gelockt.«

»Doch, mit List und Tücke und deiner schöntuerischen Art. Er war immer dein Sklave. Du hast erkannt, daß er ein besserer Fisch war als ich. Den armen Charles hast du verachtet. Dann stirbt Philip unter mysteriösen Umständen. Selbstmord, heißt es. Aber war es so? Nimm dich in acht, Lenore! Du bist in keiner sicheren Position. Ich habe großen Einfluß auf Julia. Ich könnte beschließen, ihr zur Scheidung zu raten. Sie würde auf mich hören. Ich bin jetzt ihr Ratgeber.«

»Das würde sie nicht tun. Sie hat Drake ohnehin schon beträchtlich geschadet, und ich glaube, daß sie es bereut.«

»Bereut? Eine Zeitlang vielleicht. Danach wird sie rasend eifersüchtig sein. Es hängt von der Flasche ab. Ich habe Julia in allen Stimmungen gesehen, die der Alkohol bewirken kann. Rührselig, sentimental, eifersüchtig, gehässig. Ich würde bei ihr leichtes Spiel haben. Schade, denn man sagt, Drake könne ein brillanter Politiker werden. Eine Scheidung wäre sein Ende. Und deins auch, meine Liebe. Denk an deine Position. Alte Gerüchte würden wiederaufleben. Die Frau, deren Mann sich wenige Wochen nach der Heirat umbrachte. Das würde sich bei Gericht nicht sehr vorteilhaft anhören, nicht wahr?«

»Das würdest du nicht tun.«

»Nein? Ich glaube, du mußt, was mich betrifft, noch viel lernen. Die ganze Mausoleumsgeschichte würde von vorne anfangen. Damals hast du mich abgewiesen. Wenn Drake nicht gewesen wäre, wie lange wärst du wohl in dieser feuchten, kalten Gruft bei den lange verblichenen Sallongers geblieben?«

»Nichts auf Erden könnte mich dazu bringen, deine ›liebe Freundin‹ zu werden, wie du es nennst.«

»Abwarten, Lenore, mein Liebling! Abwarten!«

»Wirst du jetzt gehen?«

Er neigte den Kopf. »Aber ich komme wieder. Ich glaube, wenn du dir die Sache überlegst und alles bedenkst, was damit zusammenhängt, wirst du deine Meinung ändern.«

»Niemals.«

»Auf Wiedersehen, schöne Lenore!«

Als er fort war, mußte ich mich erschüttert und erschöpft niedersetzen. Ich hatte immer gewußt, daß er gefährlich war, aber bis zu diesem Augenblick war mir nicht klar gewesen, wie gefährlich.

Ich habe niemandem von dem Gespräch mit Charles erzählt; ich brachte es nicht fertig, darüber zu sprechen. Ich war in großer Angst. Eines wußte ich: Charles hatte nicht nur so dahergeredet. Er hatte immer ein spezielles Gefühl für mich gehabt, das zwischen Begehren und Abneigung schwankte. Er wollte mich demütigen und verletzen; er hatte Gelegenheit dazu gesucht wie bei der Sache mit dem Mausoleum. Aber dies war eine ernstere Angelegenheit.

Ich wäre gerne mit meinen Schwierigkeiten zu Grandmère gegangen, aber ich wollte sie nicht beunruhigen. Ich hatte ihr durch meine Bekanntschaften mit dem Comte und mit Drake schon genug Kummer gemacht. Sie nahm sich diese Dinge sehr zu Herzen. Ich konnte sie nicht mit dieser neuen, beängstigenden Entwicklung belasten.

Dann bekam ich einen Brief von Drake. »Ich muß Sie sprechen«, schrieb er. »Aber nach Julias Ausbruch wäre es unklug, wenn wir uns zusammen sehen ließen. Ich habe eine Idee. Meine alte Kinderfrau hat ein Haus in Kensington. Ich habe sie im Laufe der Jahre regelmäßig besucht. Könnten wir uns dort treffen? Sie ist sehr diskret und würde alles für mich tun. Sie war stets wie eine Mutter zu mir. Sie heißt Miss Brownlee und wohnt Parsons Road Nummer 12. Kommen Sie dorthin! Geht es morgen nachmittag, sagen wir 2 Uhr 30? Ich muß Sie sprechen, Lenore. Bitte, kommen Sie!«

Ich konnte ihm die Bitte nicht abschlagen, und ich hatte Drake auch eine Menge zu sagen. Auch sah ich ein, daß es unklug wäre, uns zusammen sehen zu lassen, insbesondere nach Charles' Drohungen.

Ich sagte nicht, wo ich hinging. Ich nahm eine Droschke. Die Fahrt war kürzer, als ich erwartet hatte, und ich kam gut zehn Minuten zu früh vor dem Haus an. Es waren kaum Leute zu sehen. Eine Droschke fuhr gerade vor, als ich aus meiner stieg, das war alles. Es war ein kleines Haus mit dezenten Spitzengardinen und einem auf Hochglanz polierten Türklopfer. Eine sympathisch aussehende Frau von etwa sechzig Jahren mit rosigen Wangen, weißem Haar und leuchtendblauen Augen öffnete.

»Sie müssen Mrs. Sallonger sein«, sagte sie.

Ich bejahte. »Und Sie sind Miss Brownlee.«

»Richtig. Mr. Drake sagte mir, daß Sie kommen. Er wird gleich hier sein. Er ist immer pünktlich. Kommen Sie in mein Wohnzimmer!«

Das Wohnzimmer war ein vollgestopfter kleiner Raum. Die Fenster gingen zur Straße hinaus, aber die Spitzengardinen verhinderten indiskrete Einblicke. Es gab ein Sofa und mehrere Sessel; den Kamin zierte ein Rosenstrauß. Auf dem Kaminsims stand eine große Uhr aus Goldbronze zwischen zwei Vasen, an welche sich Engel lehnten, wie um sie zu stützen. In einer Ecke des Zimmers befand sich eine Etagere mit unzähligen kleinen Nippes, in einer anderen ein Eckschrank mit Glastüren, hinter denen weitere Ziergegenstände zu sehen waren.

Miss Brownlee bat mich, Platz zu nehmen. »Ein hübsches Häuschen, nicht wahr?« sagte sie. »Ich bin stolz darauf. Mr. Drake hat es mir gekauft, wissen Sie.«

»So?«

Sie lächelte. »Mein goldiger Junge. Von allen Kindern war er mir das liebste.«

»Sie waren seine Kinderfrau, ich weiß.«

»Nanny Brownlee ... das war ich. Ich hatte zu meiner Zeit etliche kleine Engel, aber keiner reichte an Drake heran. Ich sagte immer zu ihm: ›Wenn du in die Schule kommst und lauter tolle Freunde hast, wirst du mich vergessen.‹ – ›Niemals, Nanny Brownlee‹, hat er gesagt. Und er hat es gehalten, Gott segne ihn! An alles hat er stets gedacht, Geburtstag, Weihnachten ... und als ich zu arbeiten aufhörte, hat er mir das Häuschen gekauft. Und er kommt mich besuchen. Er unterhält sich mit mir und erzählt mir von seinen Sorgen. Ich sähe ihn gern eines Tages als Premierminister. Wenn die Leute vernünftig wären, würden sie ihn auf der Stelle dazu ernennen.«

»Er hat in Ihnen eine glühende Anhängerin, das sehe ich.«

»Ich kenne ihn eben. Er wird bald hier sein. Auf die Minute. Das habe ich ihm beigebracht. Ich sagte zu ihm: ›Du mußt immer pünktlich sein, Drake. Es gehört sich nicht, sich zu verspäten.

Das sieht ja aus, als kämst du nicht gern, und was könnte grausamer sein?‹ Das hat er sich gemerkt. Er hat sich immer alles gemerkt. Ich stelle mir vor, daß ihm das half, der zu werden, der er heute ist.« Sie sah mich fragend an. Ihre leuchtendblauen Augen blickten durchdringend und wachsam.

Es klopfte an der Haustür. Miss Brownlee schaute triumphierend auf die Uhr. »Auf die Minute«, sagte sie. »Ich hab's gewußt.« Sie ging öffnen. Ich hörte sie sagen: »Sie ist da.«

Sie führte ihn in das kleine Zimmer. »Lenore!« sagte er. »Sie sind gekommen!« Ich lächelte ihn an. Er wirkte müde und überanstrengt.

Miss Brownlee sagte: »Ich lasse Sie beide jetzt allein, damit Sie sich unterhalten können. Wie wäre es mit einer Tasse Tee, kurz vor vier?«

»Danke, Nanny«, sagte Drake.

Sie sah ihn so voller Liebe und Stolz an, daß ich ganz gerührt war.

Als sie die Tür geschlossen hatte, sagte Drake zu mir: »Ich mußte es so machen. Ich hatte das Gefühl, daß wir uns in Anbetracht der Lage nirgends treffen konnten, wo wir gesehen werden könnten.«

»Ich verstehe. Es hat mich gefreut, Miss Brownlee kennenzulernen. Sie hängt sehr an Ihnen.«

»Sie war stets wie eine Mutter zu mir. Sie stand mir jahrelang näher als sonst irgend jemand. Neulich abends … das war ungeheuerlich.«

»Ich weiß.«

»Begreifen Sie, was ich durchzumachen habe?«

Ich nickte.

»Julia ist unberechenbar, Lenore. Es gibt kein Entrinnen vor ihr. Ich bin, sooft ich kann, in Swaddingham, aber sie verfolgt mich bis dorthin. Seit dem Abend neulich habe ich unentwegt nachgedacht. Es muß etwas geschehen. Was für ein Narr war ich, mich hierauf einzulassen!«

»Sie haben getan, was Sie für richtig hielten, und haben Julia geheiratet.«

»Sie hat mich hereingelegt, Lenore.«

»Ich weiß, ich weiß.«

»Ich dachte, Ihr Vater wäre Ihr Liebhaber ... Wie dumm von mir! Ich kann ihnen gar nicht sagen, wie mir zumute war. Ich war verletzt, gedemütigt und wütend. Ich hätte niemals an Ihnen zweifeln dürfen, aber alles schien zusammenzupassen, und sie hat es so geschickt angestellt. Und dann wurde ich schwach. Es war mir einerlei, was geschah, ich blieb in ihrem Haus. Den Rest wissen Sie.«

»Es ist sinnlos, darüber zu reden, Drake. Es ist geschehen, und wir haben nun diese Situation.«

»Sie tat, als hätte sie mich gern, dabei versucht sie, mich zu ruinieren.«

»Sie ist eine eifersüchtige Frau, und wenn sie trinkt, ist sie zu allem fähig. Der Abend neulich hat es gezeigt. Wir müssen uns vorsehen, Drake!«

Er nickte. »Ich habe hin und her überlegt, und ich bin zu dem Schluß gekommen, daß ich ein Ende machen muß. Ich werde sie verlassen.«

»Das gäbe einen Skandal.«

»Den hat es bereits gegeben.«

»Sie können ihn in Vergessenheit geraten lassen.«

»Meinen Sie?«

»Vielleicht. Wenn Sie diskret sind. Wenn wir uns nicht mehr treffen. Ich könnte für längere Zeit nach Paris gehen. Dann würde alles ins Lot kommen.«

»Das ist das letzte, was ich möchte. Ich werde die Politik aufgeben. Ich sehe, daß ich das sowieso eines Tages müßte, auch wenn ich mit Julia zusammenbliebe. Man wird sie nie akzeptieren, und es wird immer schlimmer mit ihr.«

»Vielleicht bessert sie sich. Ich glaube, sie würde es können, wenn sie merkt, daß Sie sie gern haben.«

»Nein, ich kann mich nicht verstellen.«

»Über Skandale wächst Gras. Denken Sie an Lord Melbourne.«

»Immer wird bei solchen Anlässen auf ihn verwiesen, aber er hatte besondere Qualitäten. Er war der geborene Überlebende. Ich will diesen Skandal nicht in Vergessenheit geraten lassen. Ich bin bereit aufzugeben. Lenore, lassen Sie uns zusammen fortgehen!«

»Nein, Drake, das ist keine Lösung.«

»Es gab eine Zeit, da dachte ich, daß Sie mich lieben.«

»Ich habe Sie sehr gern, Drake. Sie sind mir ein sehr lieber Freund.«

»Sie meinen, Sie lieben mich nicht genug.«

»Ich meine, ich liebe Sie nicht so, wie ich sollte. Menschen, die füreinander alles aufgeben, müssen sich auf eine ganz besondere Weise lieben. Ich habe Sie schrecklich gern. Ich habe Sie immer bewundert, aber …«

»Sie haben sich verändert, Lenore. Es gibt einen anderen.«
Ich schwieg.

»Ich spüre es«, sagte er. »Ich verstehe.«

»Nein, nein, Sie verstehen nicht. Es stimmt, ich habe jemanden kennengelernt. Er hat mich seltsam beeindruckt.«

»Sie lieben ihn.«
Ich schüttelte den Kopf. »Ich weiß es nicht. Es wäre töricht von mir, ihn zu lieben. Nein, ich liebe ihn nicht. Aber ich finde es belebend und aufregend, mit ihm zusammenzusein, und ich denke sehr viel an ihn. Vielleicht ist es lächerlich. Bestimmt sogar. Er meint es nicht ernst. Aber wenn ich so für jemanden empfinden kann, sollte ich einfach keinen anderen Menschen lieben.«
Drake machte ein verwirrtes Gesicht.

»Ich kann es nicht näher erklären«, fuhr ich fort. »Es war nur eine Begegnung, aber sie machte einen tiefen Eindruck auf mich. Nein, es bestand keine richtige Beziehung zwischen uns. Er hätte es gerne gehabt … und wäre dann zur nächsten gegangen. So einer ist er. Das konnte ich nicht akzeptieren, und doch – ich bin ganz offen zu Ihnen, Drake – denke ich immer noch an ihn. Und deswegen meine ich, Sie sollten keine Opfer bringen für eine Frau, die so unsicher ist wie ich.«

»Ich hatte immer das Gefühl, daß Sie und ich füreinander bestimmt sind.«

»Auch ich hatte dieses Gefühl zuweilen. Grandmère denkt auch so. Sie war ganz außer sich, als Sie Julia heirateten.«

»Sie ist eine sehr kluge Frau.«

»Sie denkt nur an mich. Ihre Miss Brownlee erinnert mich an sie. Sie liebt Sie innig.«

»Ich weiß.«

»Und Sie haben für sie gesorgt. Sie ist so dankbar.«

»Ich bin es, der ihr dankbar sein sollte.«

»Drake, was werden Sie tun? Es kann sein, daß Julia die Scheidung einreicht.«

»Das wäre mir nur recht.«

»Charles hat angedeutet, daß er sie dazu überreden möchte … und sie soll mich als Grund angeben.«

Drake griff nach meiner Hand. »Das wäre ein Ausweg für uns«, sagte er. »Mir wäre alles recht, um die Sache zu beenden. Manchmal denke ich, ich wäre zu allem fähig.«

»Bitte, Drake, sprechen Sie nicht so! Bedenken Sie, was das bedeuten würde. Es wäre das Ende Ihrer Karriere.«

»Ich habe längst beschlossen, sie aufzugeben.«

»Das denken Sie jetzt, aber wie würden Sie in fünf oder zehn Jahren dazu stehen? Sie haben die Politik im Blut. Sie ist Ihr Leben, Drake. Sie hätten immer das Gefühl, etwas versäumt zu haben.«

»Ich könnte glücklich sein, wenn Sie bei mir wären. Sie würden diesen Mann vergessen, ich würde die Politik vergessen. Wir könnten zusammen glücklich sein, ich weiß es.«

»Lassen Sie uns nichts überstürzen, Drake! Vielleicht geschieht ja noch etwas.«

So redeten und redeten wir und kamen immer wieder auf denselben Punkt zurück. Meine Unsicherheit ... Drakes Entschlossenheit, daß er nicht so weitermachen wolle und, wenn nichts geschah, bald etwas unternehmen mußte.

Ich war drauf und dran, ihm alles von Charles zu erzählen, hielt mich aber noch rechtzeitig zurück. Ich wollte seine Sorgen nicht vermehren, und ich wußte nicht, wie er handeln würde. Vor vielen Jahren hatte er Charles in den See geworfen, und damit hatte Charles' Abneigung gegen uns beide begonnen. Ich wollte nicht noch mehr Schwierigkeiten, und so schwieg ich.

Dann brachte Miss Brownlee den Tee in einer großen braunen Kanne, dazu Hörnchen und Pilzpastetchen. »Er hat meine Hörnchen immer gern gemocht«, sagte sie zu mir, »nicht wahr, Drake? Und Pilzpastetchen waren immer etwas ganz Besonderes, nicht?« Er bestätigte es. Und in diesem kleinen Zimmer, bei dieser Frau, deren Liebe zu ihm so offenkundig war, dachte ich, was für ein guter Mensch er war und was für eine Tragödie es bedeutete, daß er in so eine Situation geraten war. Wenn ich ihn geheiratet hätte, wären wir vielleicht sehr glücklich geworden.

Wir hielten es für klug, getrennt aufzubrechen. Drake hatte eine Droschke bestellt, mit der ich allein nach Hause fuhr. Ich ließ ihn zurück. Die Droschke sollte ihn später abholen.

Ich verabschiedete mich von Nanny Brownlee, die mir versicherte, sie würde sich jederzeit freuen, mich wiederzusehen; dann ging ich zu der Droschke hinaus. Als ich fortfuhr, schlenderte ein Mann an dem Haus vorbei. Zu diesem Zeitpunkt sah ich darin nichts Ungewöhnliches.

Ich befand mich in einem ständigen Zustand der Angst, und das Bemühen, mich unbeschwert zu geben, war anstrengend. Meine Gedanken galten in erster Linie Katie. Sie war sehr gescheit und eine genaue Beobachterin. Manchmal betrachtete sie mich eindringlich. Ich nahm an, sie wußte, daß etwas im Gange war. Sie hatte Drake sehr gern, aber er war nicht der einzige; sie hegte auch große Bewunderung für den Comte. Katie liebte alle Menschen bereitwillig in dem Glauben, daß deren Absichten dieselben waren wie die ihren. Obwohl vaterlos, war sie ihr Leben lang von Liebe umgeben gewesen, und sie konnte sich nichts anderes vorstellen. Der Gedanke, sie mit unerfreulichen Geschehnissen konfrontiert zu sehen, zumal solchen, in die ihre Mutter verwickelt war, schien mir unerträglich.

Wir gingen in den Park, um die Enten zu füttern, was Katie regelmäßig tat. Als wir an diesem Tag am Wasser standen, erschien Charles. Er mußte uns gefolgt sein. Er lüftete seinen Hut. »Guten Morgen, Lenore! Guten Morgen, Katie!«

»Guten Morgen, Onkel Charles!« rief Katie und strahlte ihn an. »Wir füttern die Enten.«

»Solche barmherzigen Engel!« sagte Charles und hob die Augen zum Himmel.

Katie fand das sehr komisch. »Manche sind richtig gierig«, sagte sie.

»Ein allgemeiner Fehler der meisten Lebewesen«, fuhr Charles ironisch fort.

»Eine ist ganz besonders gierig. Sie will alles schnappen, was für die anderen bestimmt ist, und ihre eigene Portion sowieso. Ich versuche, ihr das abzugewöhnen. Es ist sehr spaßig.«

»Da muß ich hierbleiben und mir den Spaß ansehen«, sagte Charles.

»Du findest es bestimmt langweilig«, sagte ich.

»Keineswegs. Ich finde solche guten Taten anregend. Laß dein Brot über das Wasser fahren.«

»Ist bloß altes Brot«, versicherte Katie und fügte hinzu: »Das steht in der Bibel.«

»Ich hatte gehofft, du würdest es für einen Spruch von mir halten.«

»Altes Brot und Krusten«, sagte Katie.

»Aber den gierigen Geschöpfen offenbar sehr willkommen.«

»Möchtest du etwas, Onkel Charles? Aber laß es nicht die gierige Ente erwischen!«

»Das Füttern überlasse ich dir, Katie. Ich weiß, daß du im Entenfüttern die Weisheit Salomons besitzt.«

Katie fand dieses Gespräch sehr lustig.

»Ich hab' eine Idee«, fuhr er fort. »Deine Mutter und ich setzen uns auf die Bank und sehen zu, wie die Gerechtigkeit ihren Lauf nimmt.« Er zog mich zu der Bank, und mir blieb nichts anderes übrig, als mich neben ihn zu setzen. »Ein reizendes Kind, deine Tochter«, sagte er.

Ich schwieg.

»Sie ist sehr aufgeweckt«, fügte er hinzu. »Ich bin gespannt, wie sie diesen gräßlichen Skandal aufnimmt, wenn er über die Welt hereinbricht.« Mit nahezu unheimlicher Präzision hatte er ausgesprochen, was mir im Kopf herumging.

»Aber sie wird natürlich nie davon hören«, fuhr er beschwichtigend fort, »weil du vernünftig sein wirst.«

»Charles, ich wünschte, du würdest gehen.«

»Aber es gefällt mir hier. Katie ist ein bezauberndes Geschöpf. Ich bin stolz auf meine kleine Nichte. Es würde mich wirklich schmerzen, wenn sie in einen Tumult von Unannehmlichkeiten geriete.«

»Aber du würdest dich trotzdem daran ergötzen, wenn es soweit käme.«

»Das muß es nicht – aber du mußt dich schnell entscheiden. Ich habe mit Julia gesprochen. Momentan ist sie noch unschlüssig. Sie schwankt je nachdem, wieviel Alkohol sie intus hat. Aber nachdem ich nun den Beweis habe, wird sie nicht schwer zu überreden sein.«

»Was für einen Beweis?«

»Für das Liebesnest.«

»Wovon redest du?«

»Parsons Road Nummer 12.«

Ich war vor Schreck wie gelähmt.

»Ich sehe, meine Entdeckungen haben dich schockiert. Ich beobachte euch seit geraumer Zeit, liebe Lenore, und jetzt hat meine Wachsamkeit Früchte getragen. Man hat gesehen, wie du und Drake getrennt zur Parsons Road Nummer 12 kamt, und nach etwa zweieinhalb Stunden sah man euch getrennt und äußerst diskret verschwinden. Darüber gibt es einen Bericht.«

Mir war übel vor Entsetzen. Jetzt fiel mir der Mann wieder ein, der im selben Moment aus seiner Droschke gestiegen war wie ich aus meiner. Er mußte mir gefolgt sein, und er hatte wohl auf der Straße gewartet, als ich in Miss Brownlees Haus war. Er mußte Drakes Ankunft und unseren Aufbruch gesehen haben. Ich konnte mir vorstellen, was Charles daraus zu konstruieren gedachte. Er sah mich fest an. »Es gibt einen einfachen Ausweg«, sagte er.

»Du irrst dich vollkommen.«

Er hob die Schultern. »Du kannst nicht leugnen, daß ihr zusammen dort wart.«

»Da du so viel weißt, dürfte dir nicht entgangen sein, daß es sich um das Haus von Drake Aldringhams Kinderfrau handelt.«

»Alte Kinderfrauen können sehr entgegenkommend sein und gehen bekanntlich auf jede Laune ihrer Lieblinge ein.«

»So?«

»O ja. Besonders, wenn die Lieblinge so kleine Engel sind, wie Drake einer gewesen sein muß.«

Katie kam zu mir gelaufen. »Das Brot ist alle.«

»Wir müssen nach Hause«, sagte ich zu ihr.

»Jetzt schon, Mama?«

»Ja. Ich habe einiges zu erledigen.«

»Ich begleite euch«, sagte Charles.

Katie plapperte auf dem ganzen Heimweg, und Charles antwortete ihr unbekümmert. Aber ich spürte, daß diese Unbekümmertheit nicht seine Stimmung widerspiegelte. Ihm war todernst zumute. Ich war ganz still und von schlimmen Ahnungen überwältigt.

Was konnte ich tun? Ich wollte Grandmère nicht beunruhigen. Sie ängstigte sich ohnehin schon, wenngleich sie nicht wußte, wie weit die ganze Sache schon gegangen war.

Ich verfiel auf den Gedanken, wenn ich Julia besuchte, könnte ich ihr begreiflich machen, daß sie, wenn sie Drake und mir schadete, sich selbst etwas zufügte. Wenn sie vernünftig war, wenn sie Drake wirklich liebte – was ich annahm –, würde sie ihn bestimmt nicht verlieren wollen.

Ich wählte einen Nachmittag für meinen Besuch. Vielleicht schlief sie um diese Zeit, aber zu dieser stillen Stunde würden möglichst wenig Leute von unserem Treffen erfahren. Vielleicht würde sie sich weigern, mich zu empfangen, doch wenn ich sie antraf und sie milde gestimmt war, konnte ich mit ihr reden und vielleicht etwas erreichen. Ich konnte ihr Charles' Beweggründe erläutern. Es hing soviel davon ab, in welchem Zustand ich sie antraf.

Beklommen läutete ich, und ich wurde von einem Stubenmädchen eingelassen. Mrs. Aldringham sei in ihrem Zimmer, sagte sie. Sie wolle nachsehen, ob Mrs. Aldringham schlief oder ob sie mich empfangen könne. Kurz darauf wurde ich in Julias Schlafzimmer geführt. Sie saß auf einem Stuhl am Fenster und lächelte, als sie mich sah. »Komm herein, Lenore!«

»Hoffentlich störe ich dich nicht.«

Sie schüttelte den Kopf. »Ich wollte mich gerade hinlegen, aber das macht nichts.«

Sie trug ein Negligé in Lila, ihrer Lieblingsfarbe, die zu der Färbung ihrer Wangen paßte. Sie mochte getrunken haben, war aber keineswegs betrunken. Ich sah die unvermeidliche Karaffe und ein benutztes Glas auf dem Nachttisch.

»Ich bin froh, daß du gekommen bist«, sagte sie. »Ich wollte mit dir sprechen. Ich war so besorgt wegen dir und … Drake.«

»Julia, du brauchst nicht besorgt zu sein. Drake und ich sind gute Freunde, weiter nichts.«

Sie schüttelte den Kopf. »Er hält sehr viel von dir, das weiß ich.«

»Er ist mit dir verheiratet, Julia. Wenn du nur …«

»Ja«, sagte sie, »was?«

Mein Blick war zu der Karaffe gewandert.

»Ich weiß, was du meinst«, rief sie. »Zu trinken aufhören. Ich versuche es ja … eine Zeitlang, und dann muß ich wieder anfangen. Ich kann nichts dafür. Ich muß einfach.«

»Könntest du nur …«

»Glaubst du, das würde etwas ändern?«

»Ich glaube, es würde alles ändern.«

»Wieso, wenn er dich liebt?«

»Du bist seine Frau, Julia. Das ist wichtig.«

»Nein. Immer bist du es gewesen … schon als wir Kinder waren, warst du es, die er gern hatte.«

»Aber er hat dich geheiratet. Das hast du doch gewollt. Du solltest glücklich sein. Könntest du nur versuchen, mit dem Trinken aufzuhören, alles zu tun, um ihm bei seiner Karriere zu helfen, anstatt …«

Sie fing an zu weinen. »Ich weiß. Ich hab' was Schreckliches getan. Das wird er mir nie verzeihen. Du auch nicht.«

»Ich verstehe deinen Jammer, Julia, aber wenn du nur vernünftig sein wolltest und versuchen würdest, ihn zu verstehen. Er ist ehrgeizig. Er könnte es weit bringen. Das denken alle … und dies hier verdirbt ihm seine Chancen.«

»Charles sagt, ich soll mich scheiden lassen.«

»Damit würdest du ihn verlieren.«

»Ich weiß.«

»Das ist doch bestimmt das letzte, was du möchtest.«

Sie zögerte. »Ich weiß nicht. Manchmal, wenn ich wütend werde, sieht alles anders aus. Dann hasse ich ihn. Ich möchte ihn verletzen, wie er mich verletzt hat. Charles sagt, ich wäre glücklicher, wenn ich es tun würde.«

»Du hast zu entscheiden, was du tun willst, nicht Charles.«

»Charles hat mich immer beeinflußt. Ich habe ihn bewundert. Philip war so sanft. Aber Charles war ein Mann von Welt. Er hat

Helen geheiratet. Sie sind nicht mal gute Freunde, aber das kümmert ihn kein bißchen. Er ist ganz glücklich mit der Regelung. Er ist ihr schamlos untreu und genießt das Leben. Ich wollte, ich wäre wie Charles ... so unbekümmert.«

»So wirst du doch nicht sein wollen.«

»Sollte ich aber. Dann wäre es mir egal, ob Drake mich liebt oder nicht. Ich wäre wie Charles. Ich würde mir Liebhaber nehmen. Er ist da ganz ungeniert. Er hat ein Verhältnis mit dieser Italienerin.«

»Mit Maddalena de Pucci?«

»Ja. Sie sehen sich sehr oft. Sie geht in seinen Räumen ein und aus. Ich glaube, er hat ihr einen Schlüssel gegeben, damit sie kommen kann, wann sie Lust hat.«

»Aber es ist dein Haus.«

»Es ist Charles' Heim, wenn er in London ist. O ja, er hat ein sehr inniges Verhältnis mit Maddalena. Charles ist so erfahren. Er würde sich nie so verletzen lassen. Ich wollte, ich wäre wie er.«

»Du darfst dich nicht von ihm beeinflussen lassen, Julia. Du hast dein Leben selbst in der Hand.«

»Manchmal denke ich, Charles hat recht, dann wieder nicht. Manchmal denke ich, es macht mir nichts aus. Ich möchte Drake einfach weh tun, wie er mir weh getan hat. Und ein andermal sieht alles anders aus.«

»Du würdest gleichzeitig seine Karriere und dein Leben ruinieren.«

»Ich weiß, ich weiß. Ich sage mir, das darf ich nicht, und dann sag' ich, ich will's aber. Ich bin elend dran, dann sollen es alle anderen auch sein.«

»Ach, Julia, ich wollte, du würdest nicht so viel trinken und wärst so wie früher.«

»Es tut so gut. Du fühlst dich elend, und dann ist dir alles egal. Du wirst ganz fröhlich, und nichts spielt mehr eine Rolle. Aber manchmal fühlst du dich so elend, daß du allem ein Ende machen möchtest ... nicht nur für dich, für alle anderen auch.«

»Julia, es ist noch nicht zu spät ...«

»Nein?« fragte sie gespannt. »Wirklich nicht?«

»Wirklich nicht, Julia.«

»Ich spreche heute abend mit Charles. Ich sage ihm, daß ich es versuchen will. Ich will Drake eine gute Frau sein und ihm helfen. Das habe ich immer gewollt. Ja, ich sage es Charles heute abend. Ich sage ihm, ich hab's mir überlegt. Ich werde mich ändern. Ich will nicht mehr trinken ... nicht mehr so viel. Ich will es mir abgewöhnen. Das geht nicht so schnell, wenn man so viel trinkt wie ich. Ja, ich werde heute abend mit ihm reden.«

»Denk immer daran, Julia, daß ich deine Freundin sein will.«

»Ja, ich weiß, Lenore.« Sie war den Tränen nahe. »Ich werde mich ändern. Ich sage Charles heute abend, daß ich nicht tun werde, was er vorschlägt ... Ich will mich bemühen, Drake eine bessere Frau zu sein. Ich werde machen, daß er mich liebt.«

Ich erhob mich zum Gehen. Ich gab ihr einen Kuß und sagte: »Bleib sitzen! Ich finde allein hinaus.«

Als ich auf die Straße trat, sagte ich mir, daß das Treffen nicht vergeblich war.

Aber am nächsten Morgen war Julia tot.

Die folgenden Tage sind mir als ein grotesker Alptraum im Gedächtnis geblieben. Ich sagte mir ständig, ich müsse aufwachen und feststellen, daß ich geträumt habe.

Julias Todesursache stand rasch fest. Man fand sie in Charles' Wohnzimmer. Er hatte seit dem Brand seine eigene kleine Wohnung im Haus. Sie bestand aus Schlafzimmer, Ankleidezimmer und Wohnzimmer und lag im ersten Stock am Ende des Flurs. Eine eigene Treppe führte zu ihr hinauf, so daß sie etwas abgesondert vom übrigen Haus war. Julia hatte Charles die Wohnung überlassen, damit er für sich sein konnte, bis er wieder etwas Eigenes gefunden hatte.

Der Diener Jedder, der Charles vor den Flammen gerettet hatte, hatte Julia gesagt, Charles werde gegen sieben Uhr zu Hause sein. Julia war in sein Wohnzimmer gegangen, weil sie unverzüglich mit ihm reden wollte. Sie wollte dort auf ihn warten. Sie mußte die Karaffe gesehen und unwiderstehlich gefunden haben. Julias Trunksucht hatte sie getötet. Der Tod war sofort eingetreten. Als Charles hereinkam, fand er sie leblos. Anscheinend hatte sie vergifteten Sherry getrunken, der Charles zugedacht war.

Als ich es erfuhr, war ich von Entsetzen übermannt. Ich mußte fort von allen Menschen, um klar zu überlegen, was das bedeuten konnte. Jemand hatte Charles vergiften wollen, und Julia war an seiner Stelle gestorben.

Grandmère kam, um mich allein zu sprechen. »Mein liebes Kind, was hat das alles zu bedeuten?«

»Man wollte Charles umbringen«, flüsterte ich. »Man wollte Julia nicht töten.«

»Warum sollte jemand Charles umbringen wollen?«

»Er muß viele Feinde haben. Er ist kein guter Mensch. Er ist hinterhältig, gemein. Er macht gerne Scherereien.«

Grandmère sah mich eindringlich an. »Sag mir alles, Lenore«, bat sie. »Laß mich nicht im ungewissen!«

Da erzählte ich ihr, wie er mir nachgestellt hatte, wie er mich in der Parsons Road überwachen hatte lassen, wie er Julia zu überreden versucht hatte, sich von Drake scheiden zu lassen und mich als Grund anzugeben.

»*Mon Dieu*«, murmelte sie, »oh, *mon Dieu!*«

»Grandmère, du glaubst doch nicht, daß ich … Ich wüßte nicht, wie … Selbst wenn … ich war nie in seiner Wohnung.«

»Es wird eine Untersuchung geben«, sagte sie. »Man wird Fragen stellen. Du hast Julia an dem Tag gesehen, als sie starb. Du mußt eine der letzten gewesen sein, die sie lebend gesehen haben.«

»Ich habe ihr gesagt, wie unklug es wäre, sich von Drake

scheiden zu lassen. Sie sagte, sie wolle mit Charles sprechen. Deswegen war sie wohl in seiner Wohnung.«

»Wenn so etwas passiert, werden viele bohrende Fragen gestellt.«

»Grandmère, ich habe Angst. Ich denke an Katie.«

»Katie muß nach Paris.«

»Ich kann nicht mit, Grandmère. Das sähe aus, als liefe ich davon. Ich nehme an, man würde es mir auch gar nicht gestatten. Vielleicht kannst du mit ihr fahren.«

Grandmère schüttelte den Kopf. »Mein Platz ist hier bei dir. Cassie könnte sie und die zwei Gouvernanten begleiten. Das wäre das beste. Bei solchen Dingen ist es klug, immer nur einen Schritt auf einmal zu tun … und sich zu vergewissern, daß es der richtige ist. Der erste Schritt ist also, Katie fortzubringen.«

Sie hatte recht.

Cassie war ganz durcheinander. Sie hatte Julia gern gehabt und war über das Geschehene furchtbar bestürzt. »Ich muß immer an sie denken, wie wir Kinder waren«, sagte sie. »Was sie angestellt hat. Und dann passiert so etwas! Ich bin froh, daß Mama das nicht mehr erleben muß.«

Ich fragte mich, wie Lady Sallonger es aufgenommen hätte. Ruhig, könnte ich mir denken. Sie hatte sich nie viel aus anderen Menschen gemacht. Julia hätte einfach aufgehört, eine Rolle im Leben ihrer Ladyschaft zu spielen.

»Cassie«, sagte ich, »wir müssen rasch etwas tun.« Ich mußte ihr bestimmte Dinge erklären. Sie hörte entsetzt, welche Rolle Charles gespielt hatte, aber sie war nicht sehr überrascht. Sie kannte ihren Bruder. In ihrer Kindheit hatte er sich einen Spaß daraus gemacht, seine Schwestern zu hänseln, und er hatte sie oft zum Weinen gebracht. Charles hatte schon immer eine sadistische Ader gehabt.

Cassie war sehr weltklug geworden, seit sie das Haus der Seide verlassen hatte. Sie sah sogleich die Notwendigkeit, Katie aus

London fortzubringen, und wollte unverzüglich Vorkehrungen für die Abreise treffen.

Katie war voller Fragen. »Warum kannst du nicht mitkommen, Mama?«

»Ich habe hier zu tun. Ich kann später nachkommen.«

»Warum warten wir nicht auf dich?«

»Es ist besser, wenn ihr jetzt fahrt. Du hast Tante Cassie und Mademoiselle Leclerc und Miss Price.«

»Ich möchte lieber, daß du mitkommst, Mama.«

»Ich weiß, aber das geht jetzt noch nicht.«

»Dann …«

Ich brachte sie mit einem Kuß zum Schweigen und sagte: »Du bist doch gerne in Paris … und es dauert ja nicht lang.«

»Gehen wir auf Großpapas Weingut?«

Ich denke, schon … eines Tages.«

»Ist er in Paris?«

»Das weiß ich nicht.«

»Hoffentlich komme ich aufs Weingut. Ich möchte Raoul besuchen.« Sie plapperte weiter. Ihre Augen hatten einen grüblerischen Ausdruck. Es wäre sehr schwierig gewesen, ihr die Neuigkeiten vorzuenthalten.

Ich mußte bei der Untersuchung anwesend sein. Es war eine Qual. Drake sah blaß und angespannt aus. Da Julia die Frau eines bekannten Politikers war, wurde in der Presse über alles ausführlich Bericht erstattet.

Drake wurden bei der Untersuchung einige Fragen gestellt. Er kannte keinen Grund, weshalb jemand seinen Schwager hätte töten wollen. Er wußte eigentlich sehr wenig von ihm. Er bewohnte eine separate Wohnung im Haus, und da sie beide sehr beschäftigt waren, sahen sie sich kaum. Drake war ganz ruhig und würdevoll, und ich sah, daß er einen guten Eindruck machte.

Ich wurde über meine letzte Zusammenkunft mit Julia befragt. Man wollte wissen, warum ich sie an jenem Tag besucht hatte.

Ich sagte, daß wir zusammen aufgewachsen seien und uns häufig sahen. Ob wir über ihren Bruder gesprochen hatten? Warum hatte jemand ihn töten wollen? Ich sagte, daß wir ihn erwähnt hatten. Sie habe mir gesagt, er sei außer Haus und sie freue sich auf ein Gespräch mit ihm, wenn er an diesem Abend nach Hause komme.

Ich war erleichtert, als es vorüber war.

Charles war der Hauptzeuge, denn er hatte Julia gefunden. Er erklärte ruhig und sehr traurig, daß er im Haus seiner Schwester und seines Schwagers gewohnt habe, seit ein Brand sein Heim zerstört hatte. Er sei den ganzen Nachmittag fortgewesen, und als er zurückkam, habe er sie in seinem Zimmer tot aufgefunden.

Alsbald wurde das Fazit der Untersuchung bekanntgegeben. Es lautete: Mord durch eine oder mehrere unbekannte Personen. Jetzt sollte eine gründliche Ermittlung beginnen.

Das war der Grund

Drake traf ich nicht. Grandmère meinte, es sei gefährlich, und sollte er so unklug sein, vorbeizukommen, würde sie ihn nicht zu mir lassen.

Charles freilich war über jeden Verdacht erhaben, denn der Anschlag hatte seinem Leben gegolten. Grandmère kam in mein Zimmer und sagte mir, er sei unten.

»Ich muß ihn sehen«, sagte ich.

»Muß das sein?«

»Ja. Ich muß wissen, was er denkt.«

Wir standen einander in dem kleinen Zimmer gegenüber, in dem wir sonst Kundinnen zu Besprechungen empfingen. Er war bedrückt; sogar ihn hatte der Vorfall mitgenommen. Als wir allein waren, sagte er: »Du hast wohl gedacht, du könntest mich loswerden. Du bist wahrhaftig ein Teufelsweib unter deiner ruhigen Schale.«

»Ich war nie in deiner Wohnung.«

»Du hattest ein Motiv. Nichts hast du dir mehr gewünscht, als mich los zu sein. Du warst an dem Nachmittag bei Julia. Niemand sah dich herauskommen. Du kennst dich in dem Haus aus. Du konntest in meine Wohnung gehen, nachdem du Julia besucht hattest. Du hast über die Hintertreppe schleichen können. Du mußt gewußt haben, daß ich beim Ankleiden ein Glas Sherry zu trinken pflege.«

»Davon weiß ich nichts.«

»Dienstboten klatschen gerne. Oder du hast angenommen, daß ich mich irgendwann aus der Karaffe bedienen würde. Meine liebe Lenore, niemand hatte ein eindeutigeres Motiv als du. Ich wollte dich und deinen Geliebten in Schwierigkeiten bringen. Das war ein plumper Anschlag, meine Liebe. Und was er sich über alles wünschte, war, Julia loszuwerden. Ich glaube, er wünschte sogar die Scheidung. Es hätte beinahe geklappt. Aber dann kam Julia in meine Wohnung und sah die Karaffe. Alkohol war etwas, dem sie nie widerstehen konnte. Du hättest raffinierter vorgehen müssen. Nimmst ein Gift, das sich sofort nachweisen läßt. Hast du etwa erwartet, damit davonzukommen?«

»Du redest, als ob …«

»Genauso werden sie mit dir reden, Lenore. Man wird dich verdächtigen, wenn die Ermittlung erst richtig in Gang kommt. Du wolltest mich los sein, stimmt's?«

»Du redest kompletten Unsinn.«

»Alles paßt zusammen. Wer wollte mich aus dem Weg haben? Du! Wer wollte Julia aus dem Weg haben? Drake und du. Ihr beide habt vermutlich die Zeit herbeigesehnt, wo es keine Notwendigkeit mehr für geheime Rendezvous in der Parsons Road geben würde. Ihr hättet dann unter dem Mantel der Ehrbarkeit zusammensein können, und vielleicht hätte nie jemand erfahren, was ihr tun mußtet, um diesen Glückszustand zu erreichen.«

»Wie kannst du es wagen, so etwas zu sagen!«

»Ich stelle nur fest, was auf der Hand liegt.«

»Charles, geh jetzt! Ich werde die Wahrheit sagen, wenn ich gefragt werde. Ich habe Julia besucht. Ich bin geradewegs über die Haupttreppe gekommen und gegangen. In deiner Wohnung war ich nie, und von Giften verstehe ich nichts.«

»Nein? Vielleicht bist du deswegen so plump vorgegangen. Wo hast du es hergehabt? Ein bißchen Arsen? Man sagt, man kann es von Fliegenfängern gewinnen. Und ich glaube, es gibt auch ein sehr wirksames Unkrautvernichtungsmittel.«

»Bitte geh.«

»Ich gehe, wann es mir paßt. Habt ihr euch deswegen in der Parsons Road Nummer 12 getroffen? Hat Nanny ihrem Liebling ein paar Tips gegeben? Vielleicht hat sie die Fliegenfänger zur Verfügung gestellt oder das Unkrautvernichtungsmittel? Nannys sind ja immer so unerwartet schlau.«

»Mach, daß du fortkommst! Verschwinde!« schrie ich.

»Jetzt bist du aber nicht so klug wie sonst. Bedenke, was ich weiß. Ich könnte dir einen Strick drehen, meine süße Lenore, und deinem Geliebten vielleicht eines Tages auch.«

»Ich will nichts mehr von diesem gemeinen Gerede hören.«

»Gut, sagen wir Lebewohl! Ich danke dir für den herzlichen Empfang und deine großzügige Gastfreundschaft. Ich komme wieder, Lenore. Wer weiß, vielleicht können wir uns zusammen etwas ausdenken.«

Zitternd vor Furcht, schloß ich die Tür hinter ihm. Ich setzte mich und schlug die Hände vors Gesicht. Ich wollte nicht mehr an ihn denken, wollte diese entsetzliche Tragödie vergessen, die Drake und mich bedrohte ... und alle, die uns nahestanden. Ich traute Charles nicht. Seine Augen bargen Geheimnisse. Ich wußte, er würde mich ohne Bedenken vernichten.

Am nächsten Morgen wachte ich mit einem Gefühl der Angst auf. Ich war so froh, daß Katie unterdessen in Paris weilte. Um sie brauchte ich mir wenigstens keine Sorgen zu machen.

Ich wußte, daß man mir Fragen stellen würde. Ich wußte auch, daß sehr viel geklatscht wurde. Die Dienstboten sahen mich beinahe verstohlen an, als schätzten sie die Situation ab und stellten fest, daß ich das Zentrum des Sturms war.

Es gibt wenig, was unsere Dienstboten nicht über uns wissen. Sie sind wie Privatdetektive, aufgeklärt über jede unserer Bewegungen, sie lauschen mit gespitzten Ohren auf enthüllende Gespräche, und zwischen befreundeten Häusern, deren Dienstboten sich kennen, findet ein reger Austausch statt. Es war allgemein bekannt, daß Drake und Julia nicht gut miteinander auskamen. So mancher Ausbruch wurde mitgehört, und seit dem musikalischen Abend wußten alle von meiner Freundschaft mit Drake.

Solche Angelegenheiten wurden auf die sensationellste Art interpretiert. Ich spürte, daß alle miteinander zu dem Schluß gekommen waren, Drake und ich seien ein Liebespaar, dessen Ziel es war, sich Julias zu entledigen. Und nun war Julia gestorben. Sicher, sie hatte etwas getrunken, das ihrem Bruder zugedacht war, aber sie war tot, und das war, wie sie glaubten, genau das, was Drake und ich gewollt hatten.

Ein Mann in einem dunkelgrauen Anzug kam mit einem anderen Mann zu uns. Es waren Polizeibeamte. Sie stellten mir eine Menge Fragen. Ich hatte Julia am Tage ihres Todes gesehen. Ich hatte sie unangemeldet besucht und war eine Weile bei ihr geblieben. Wie war sie? Ziemlich wie immer, antwortete ich. Hatte sie nicht getrunken? Nicht so viel, um betrunken zu sein. Wir hatten ganz vernünftig miteinander gesprochen. Worüber? Ich wußte, ich mußte die Wahrheit sagen. »Sie dachte daran, sich scheiden zu lassen. Ich habe ihr vorgeschlagen, sie solle versuchen, ihre Ehe zu retten.«

»Sie waren sowohl mit Mr. als auch mit Mrs. Aldringham gut befreundet?«

»Ja. Julia und ich sind miteinander aufgewachsen, und Mr. Aldringham kannten wir seit unserer Kindheit.«

»Ich verstehe«, sagte der Mann in dem grauen Anzug und lächelte verhalten. »Und Sie waren mit beiden gleich gut befreundet?«

»Ich war mit beiden befreundet.«

»Waren Sie irgendwann mit Mr. Aldringham verlobt?«

»Nein.«

»Haben Sie es vorgehabt?«

Ich zögerte.

»Also ja«, sagte der Mann. »Aber er hat die Dame geheiratet, die nun eines so frühzeitigen und unseligen Todes gestorben ist. Hat es Sie überrascht, als er sie heiratete?«

»Ich wußte, daß sie Freunde waren.«

Der Mann nickte. »Ich glaube, das ist für den Augenblick alles, Mrs. Sallonger. Aber wir kommen bestimmt wieder.«

Als sie fort waren, bestand Grandmère darauf, daß ich mich hinlegte. Sie gab mir ein Stärkungsmittel zu trinken und setzte sich an mein Bett. »Bloß bis du eingeschlafen bist«, sagte sie mit schmeichelnder Stimme.

Als ob ich hätte schlafen können!

Ich versuchte auszuruhen, als ich von unten erregte Stimmen hörte. Ich blieb einen Moment lauschend liegen, dann stand ich auf und ging zur Tür. Die Stimmen kamen aus dem Empfangsraum. Offenbar stand die Tür offen.

Ich eilte hinunter und ging hinein. Ich glaubte zu träumen. Da stand Grandmère, empört und trotzig, zwei rote Zornesflecken auf den Wangen, mit wütend glitzernden Augen. Aber nicht Grandmère war es, die mich erschreckte – ihr gegenüber stand der Comte.

Sie verstummten, als ich eintrat. Er kam auf mich zu, verbindlich lächelnd, als sei es die natürlichste Sache der Welt, daß er da war.

»Comte de Carsonne!« rief ich aus. »Was machen Sie in London?«

»Bitte nicht so förmlich, Lenore«, entgegnete er. »Ich bin in London, um Sie zu sehen.« Mit einem kurzen Blick auf Grandmère fügte er hinzu: »Dazu war ich fest entschlossen.« Er nahm meine Hände, und ich wurde schwach vor Erleichterung und lächerlich fröhlich. Einen köstlichen Augenblick lang schienen meine Ängste und Unsicherheiten zu verschwinden. Ich hatte nur einen Gedanken: Er ist hier, und er ist gekommen, um mich zu sehen.

»Geht es Ihnen gut?« fragte er. Er hielt meine Hand und blickte mir besorgt ins Gesicht.

»Wir hatten hier einige Unannehmlichkeiten.«

»Das habe ich ihm ja klargemacht«, sagte Grandmère schroff. »Und die wollen wir nicht vermehren.« Sie fuhr trotzig fort: »Ich habe Monsieur de Comte gesagt, daß du jetzt keine Zeit hast, um Bekannte zu empfangen.«

»Ja«, bestätigte der Comte traurig, »Madame hat mir gesagt, daß ich hier nicht willkommen bin.«

»Wir haben Ärger genug«, sagte Grandmère. »Meine Enkelin muß sich ausruhen.« Sie wandte sich an mich: »Du hast so viel am Hals. Deshalb habe ich Monsieur le Comte gesagt, daß du ihn nicht empfangen kannst.«

»Und da sind Sie heruntergekommen«, warf er leichthin ein, »gerade rechtzeitig, um zu verhindern, daß man mich hinauswarf.«

»Grandmère«, sagte ich, »ich möchte mit dem Comte sprechen.«

Sie schwieg. Es machte mich sehr traurig, daß ich mich ihren Wünschen widersetzte, die, wie ich so gut wußte, nur zu meinem Besten waren. Sie liebte mich und fürchtete, dieser Mann würde mir noch mehr Schaden zufügen. Aber ich mußte allein mit ihm sprechen. Ich hatte das Gefühl, daß er mir irgendwie helfen konnte. Wie, wußte ich nicht. Aber er strahlte Kraft aus, und das bloße Zusammensein mit ihm gab mir Trost.

»Bitte, Grandmère, das ist ganz in Ordnung, das verspreche ich dir.«

Sie sah mich hilflos an und zuckte mit den Achseln. Dann machte sie kehrt und warf dem Comte einen giftigen Blick zu. »Aber nicht lange«, bat sie.

»Bestimmt nicht«, sagte ich.

Der Comte verbeugte sich vor ihr, als sie ging. »Sie kann mich nicht leiden«, sagte er betrübt.

»Sie hat Geschichten über Sie gehört.«

»Über mich? Ich war noch ein Kind, als sie damals fortzog.«

»Sie hat Geschichten über Ihre Familie gehört und glaubt, Sie sind wie die.«

»Die Sünden der Väter«, murmelte er. »Aber hier bin ich, ich
habe den Drachen besiegt – vorerst – und Sie erreicht.«

»Wie lange sind Sie schon in London?«

»Seit einer Stunde.«

»Dann sind Sie gleich zu mir gekommen.« Es war absurd, so
glücklich zu sein. Nichts hatte sich geändert ... nur, daß *er* hier
war. Ich hatte bis zu diesem Augenblick nicht gewußt, wie tief
ich für ihn empfand.

»Ich habe Paris bald nach Ihnen verlassen. Ich mußte nach
Carsonne zurück. Raoul hatte einen Unfall. Er ist vom Pferd
gefallen.«

»Raoul! Und wie geht es ihm jetzt?«

»Es hätte tödlich ausgehen können, aber er ist auf dem Wege
der Besserung. Dann fuhr ich wieder nach Paris und besuchte
ihren Salon, und Mademoiselle Cassandra hatte mir viel zu
berichten.«

»Ich verstehe. Dann wissen Sie also ...«

»Ich habe es in der Zeitung gelesen. Diese Politikerfrau – ist sie
mit Ihnen verwandt?«

»Wir sind zusammen aufgewachsen. Sie kennen doch die Geschichte der Sallongers und der Saint Allengères.«

»Ich möchte vieles wissen. Ich werde Ihnen helfen.«

»Was können Sie tun?«

»Das wird sich finden. Was ist eigentlich genau geschehen?«

»Sie suchen Julias Mörder.«

»Und sie verdächtigen ...«

»Ich war eine der letzten, die sie lebend gesehen haben. Ihr
Bruder hat sie gefunden. Er kam in sein Zimmer, und da war
sie tot. Sie hatte den Sherry getrunken, der ihm zugedacht
war.«

»Und hatte er Feinde?«

»Anscheinend.«

»Und Sie gehörten zu ihnen?«

»Er hat mich beschuldigt, die Geliebte von Julias Mann zu sein.«

Er hob die Augenbrauen. »Und waren Sie es?«

»Natürlich nicht.«

»Das freut mich. Ich wäre sehr böse mit Ihnen, wenn es stimmte.«

»Bitte, keine Leichtfertigkeiten! Das ertrage ich nicht. Mir ist ganz und gar nicht danach zumute.«

»Dieser Charles«, sagte er, »ist er das, was man einen großen Frauenheld nennt?«

»Sie meinen, ob er viele Liebesaffären hat? Ich glaube, er steht in diesem Ruf. Er und seine Frau sehen sich ziemlich selten. Er hat sie ihres Geldes wegen geheiratet, und sie sind übereingekommen, getrennt zu leben.«

»Vielleicht war es ein *crime passionnel*. Kennen Sie irgendwelche von seinen Geliebten?«

»Ich weiß wenig von seinem Privatleben. Aber da war eine ...«

»Ah, eine kennen Sie.«

»Ich habe gehört, daß sie ihn besuchte. Ihr Name war Maddalena de Pucci. Ich habe ein Bild von ihr. Wir wurden auf einer Gesellschaft zusammen photographiert.«

»Ich würde es gern sehen. Vielleicht weiß sie etwas über die Sache. Es könnte sich lohnen, sie zu fragen.«

»Ich glaube nicht, daß wir sie finden werden. Sie war vor einiger Zeit hier. Vielleicht ist sie nach Italien zurückgekehrt.«

»Sie ist Italienerin? Ein sehr leidenschaftliches Volk. Wo ist das Bild? Können wir es uns mal ansehen?«

»Bleiben Sie hier! Ich hole es.«

Ich war erstaunt über die Wirkung, die das Bild auf ihn ausübte.

»Maddalena de Pucci!« sagte er. »Eine außergewöhnlich schöne Frau.«

Das ärgerte mich. Ich nahm ihm das Bild fort, aber er nahm es sich wieder und betrachtete es erneut.

»Sie sind sichtlich von ihr beeindruckt«, sagte ich kühl.

»Ja ... beeindruckt. Maddalena de Pucci. Ich glaube, ich bin ihr in Frankreich begegnet.«

»Sie ist bestimmt eine vielgereiste Frau. Sie war mit ihrem Bruder hier ... geschäftlich.«

»Haben Sie den Bruder gesehen?«

»Nein. Er war auf Reisen, in Mittelengland, glaube ich. Sie hat in London auf ihn gewartet.«

»Erzählen Sie mir mehr von Maddalena de Pucci!«

»Finden Sie sie wirklich so interessant?«

»Ungeheuer.«

»Zum erstenmal sah ich sie, als sie vor dem Haus der Seide einen Unfall hatte. Ihre Kutsche war umgeschlagen, und sie hat sich den Knöchel verstaucht. Sie kam ins Haus und blieb ein paar Tage.«

»Wann war das?«

»Kurz nach meiner Heirat.«

»Ihr Mann hat also damals noch gelebt?«

»Er ist kurz danach gestorben.«

»Sie sagen, sie hat bei Ihnen im Haus gewohnt?«

»Ja, ein paar Tage. Sie hat einen großen Eindruck auf Charles gemacht – wie offensichtlich auch auf Sie.«

»Sie ist eben beeindruckend. Fahren Sie fort!«

»Also, Charles war sehr von ihr eingenommen. Er und mein Mann mußten eines Tages geschäftlich nach London, und an diesem Tag ließ ihr Bruder sie mit der Kutsche abholen. Sie sollte nach London kommen, weil sie sofort nach Italien aufbrechen mußten.«

»Und kurz danach ist Ihr Mann gestorben?«

»Sehr bald darauf. Darüber habe ich Maddalena de Pucci ganz vergessen.«

»Natürlich. Und Ihr Mann wurde erschossen aufgefunden, sagen Sie?«

»Ja, im Wald.«

»Mit seinem eigenen Gewehr?«

»Mit einem Gewehr aus der Waffenkammer des Hauses der Seide.«

»Und sie ist kürzlich nach London zurückgekehrt.«

»Ja. Charles hat sie zufällig auf der Straße getroffen.«

»Ganz zufällig, wie?«

»Er war hoch erfreut.«

»Das kann ich verstehen, Sie nicht?«

»Er fand sie attraktiv, so wie Sie es offensichtlich tun.«

Er lächelte, als sei er sehr zufrieden. Er konnte die Augen nicht von dem Bild wenden. »Wie weit ist diese Affäre zwischen Charles und der schönen Dame gediehen?«

»Das weiß ich nicht. Julia erwähnte, daß sie ihn in seinen Räumen besucht hat. Die Wohnung ist über eine eigene Treppe zu erreichen ... eine Hintertreppe, die sonst nirgends hinführt.«

»Dann hat die Wohnung zwei Eingänge?«

»Richtig. Sie befindet sich am Ende des Flurs im ersten Stock. Eine Tür führt, glaube ich, von da ins Wohnzimmer, und die Hintertreppe endet vor der Tür des Ankleidezimmers. Ich bin nie auf der Treppe gewesen, aber Julia hat mir davon erzählt, als Charles dort einzog, nachdem sein Haus abgebrannt war. Sie sagte mir, er könne so ganz für sich sein.«

»Sein Haus ist abgebrannt?«

»Ja. Er entkam mit knapper Not. Er wäre ein Opfer der Flammen geworden, wenn sein Diener nicht unerwartet früh zurückgekommen wäre. Charles hatte schwer getrunken, glaube ich ... und vermutlich hat es ihn deswegen fast erwischt.«

»Wie dramatisch! Und dieser vergiftete Sherry war ihm zugedacht. Finden Sie es nicht seltsam, daß er zuerst beinahe verbrannt wäre und kurz danach ein Giftanschlag auf ihn verübt wurde?«

»Sie meinen, das Haus wurde absichtlich in Brand gesteckt?«

Er sah mich fest an und hob die Schultern.

Langsam sagte ich: »Es fügt sich wie ein Muster zusammen. Zuerst mein Mann. Ich habe nie daran geglaubt, daß er sich umgebracht hat. Er hatte keinen Grund dazu. Es war seltsam, denn da war ein Mann ... es war in Italien ...«

»Erzählen Sie!«

Ich berichtete ihm von Lorenzo, der im Abendmantel und Zylinder meines Mannes durch Florenz stolziert und erstochen worden war. »Und dann, als wir nach Hause kamen, starb Philip.«

Der Comte war nachdenklich. »Das ist interessant. Dieser Lorenzo hätte mit Ihrem Mann verwechselt werden können. Bald danach wird Ihr Mann erschossen. Dieser Charles kommt beinahe in den Flammen um und wird von seinem Diener gerettet. Dann wäre er fast vergiftet worden und wird gerettet, indem seine Schwester an seiner Stelle stirbt. Kommt Ihnen das nicht seltsam vor, Lenore?«

»Zumindest sehr mysteriös.«

»Jetzt möchte ich etwas über Ihren Politiker hören.«

Ich erzählte ihm, wie wir uns als Kinder kennengelernt hatten und später gute Freunde wurden.

»Wie gute Freunde?«

»Ganz besonders gute Freunde.«

»Und er hat Sie geliebt?«

Ich nickte.

»Und Sie?«

»Ich dachte damals, es wäre gut für mich und für Katie, nicht allein zu sein.«

»Meine arme Lenore! Sie waren also einsam?«

»Nein, nein. Ich hatte meine Großmutter. Und meine Tochter. Ich hatte gute Freunde, aber …«

»Und das blühende Geschäft. Ja, Sie hatten viel. Doch Sie dachten, dieser Drake würde Sie glücklicher machen. Aber er hat Julia geheiratet. Sie waren verletzt, und dann kamen Sie mit Ihrem Vater nach Frankreich … und ich habe Sie kennengelernt. Mir wird jetzt alles ganz klar. Ich bin ein bißchen eifersüchtig auf diesen Drake.«

»Bitte! Diese Angelegenheit ist zu ernst für galante Phrasen.«

»So sehen Sie mich? Als leichtfertigen Phrasendrescher?«

»Wo sind Sie abgestiegen?« fragte ich.

»Im ›Park Hotel‹.«

»Haben Sie es dort gemütlich?«

»Das weiß ich noch nicht. Ich habe mir ein Zimmer genommen, ließ mein Gepäck dort und kam gleich zu Ihnen.«

»Das war lieb von Ihnen.«

»Ich werde jetzt gehen. Ich komme bald wieder. Seien Sie unbesorgt! Das geht vorüber, die Wahrheit wird ans Licht kommen.«

»Ich bin Ihnen sehr verbunden, daß Sie gekommen sind«, sagte ich.

»Das war doch selbstverständlich.« Er küßte mir die Hand.

Als er fort war, merkte ich, daß er die Photographie mitgenommen hatte, und das verdarb mir die Freude über das Wiedersehen. Die Verzweiflung nahm wieder von mir Besitz.

Die Tage waren so lang! Mir war, als wandelte ich im Traum. Und mir war sehr bange zumute.

Ich bekam Besuch von Beamten mit stählernen Augen, die ihren Verdacht hinter kalter Höflichkeit verbargen. Die endlosen Fragen begannen von vorn. Ich sah, daß sie versuchten, mich in eine Falle zu locken, damit ich etwas verriet, das sie von meiner Schuld überzeugen konnte. Wie lange würde es wohl dauern, bis sie zu einem endgültigen Schluß kamen?

Ich glaubte, daß Drake auf die gleiche Weise befragt wurde. Die Zeitungen schrieben, die Polizei setze ihre Ermittlungen fort. Sie brachten einen Artikel über Drakes Karriere, seine Ehe mit Julia, einer geborenen Sallonger von der Seidenfabrikantenfamilie; Mr. Charles Sallonger sei es gewesen, der die Seidenherstellung revolutioniert hatte, indem er eine der feinsten bis dahin bekannten Seiden auf den Markt brachte. Es gab Berichte über meine Heirat mit Philip Sallonger, der sich kurz nach der Hochzeit erschossen hatte. Die Zeitungsberichte wiesen mir eine sehr dramatische Rolle zu – eine Frau, deren Mann sich fast unmittelbar nach der Hochzeit umgebracht hatte, mußte eine *femme fatale* sein.

Vorübergehende blieben stehen, um einen Blick auf den Salon zu werfen. Ich ging tagsüber nicht aus dem Haus, es war zu peinlich. Es war ein Trost zu wissen, daß Katie nicht hier war. Sie bekam nichts von den Vorgängen mit, und so wollte ich es haben.

Ich wußte nicht, was aus mir werden würde. Man hatte mir zu verstehen gegeben, daß ich unter Verdacht stehe. Ich dankte Gott wie schon so oft in meinem Leben für Grandmère. Wenn mir etwas zustoßen sollte, würde sie sich, so gut wie es unter den gegebenen Umständen möglich war, um Katie kümmern. Auch Cassie und die Gräfin würden sich Katies annehmen. Ich wünschte, die beiden wären jetzt bei Grandmère und mir gewesen, aber andererseits mußte ich froh sein, daß Katie in ihrer Obhut war. Zuweilen dachte ich an den Comte. Immer wieder ging mir der Moment durch den Kopf, als ich den Empfangssalon betrat. Welche Freude war das für mich gewesen! Ich hatte meine Gefühle für ihn zu weit gehen lassen. Ich hatte mir vorgemacht, es sei nicht so – aber das war natürlich falsch von mir. In diesen wenigen Augenblicken hatte ich mich mir selbst verraten.

Ich wünschte, ich wäre in Paris geblieben. Ich wünschte, ich hätte den Mut gehabt, mich weiterhin mit ihm zu treffen. Dann wäre ich nicht hier gewesen, als das Furchtbare geschah. Als ich ihn dann sah und erfuhr, daß er nach England gekommen war, um mich zu sehen, da hatte – trotz Grandmères Abneigung gegen ihn – ein wilder Jubel vorübergehend alles andere ausgelöscht und meine wahren Gefühle für ihn offenbart. Und es hatte keinen Sinn, sie zu leugnen.

Aber er hatte mich enttäuscht. Ich hätte es wissen müssen – er würde mich immer wieder enttäuschen. Er konnte nicht treu sein, nicht einmal für eine kleine Weile. Während er sagte, er sei gekommen, um mich zu sehen, war er so angetan von dem

Bild der schönen Italienerin, daß er mich und meine mißliche Lage vor lauter Bewunderung für diese Frau vergessen hatte: Er hatte das Bild mitgenommen.

Es war ein seltsames Zusammentreffen, daß er sie kannte, aber er war ja auch ein vielgereister Mann, der noch dazu an der italienischen Grenze lebte. Da war er zweifellos oft in Italien gewesen. Sie mußten sich auf irgendeiner Veranstaltung begegnet sein, denn er hatte sie sofort erkannt – und von dem Moment an schien er von dem Bild besessen.

So würde es immer bei ihm sein. Es war zu dumm von mir gewesen, Träume zu hegen, die jeder realen Grundlage entbehrten. Grandmère hatte recht. Was würde mich bei ihm erwarten? Ein paar glückliche Wochen, und dann würde er Ausreden erfinden – oh, sehr galant, natürlich, sehr höflich – und der nächsten den Hof machen.

Ich hatte ihn vier Tage nicht gesehen. Warum kam er nicht? Er hatte gesagt, er würde mich wieder besuchen – aber er kam nicht. Ich mußte ihn vergessen. Aber wie konnte ich das?

Ich war wie besessen. Ich mußte ihn sehen. Ich mußte ihm sagen, daß ich gekränkt war, weil er nicht zu mir gekommen war, wie versprochen. Es war erniedrigend, so etwas zu tun, aber ich konnte nicht anders. Ich mußte es wissen.

Es dunkelte. Ich zog ein Straßenkleid an und ging hinaus. Es war nicht weit bis zum »Park Hotel«. Ich trat durch die Drehtür und ging zum Empfangstresen.

»Ja bitte, Madam?« sagte der Angestellte.

»Ist der Comte de Carsonne im Haus?«

Der Mann sah mich verwundert an. »Madam, der Comte ist vor ein paar Tagen abgereist.«

»Oh«, sagte ich matt.

Er sah im Buch nach. »Ja, er ist am 14. nachmittags abgereist.«

Das war an dem Tag, nachdem er bei mir gewesen war. Er hatte das Bild mitgenommen und war abgereist, ohne mir etwas zu sagen. Er mußte, nachdem er sich von mir verabschiedet hatte, sofort ins Hotel gegangen sein und Vorkehrungen für die Abreise getroffen haben.

Ich war schrecklich unglücklich. Das ist typisch für ihn, sagte ich mir wütend. Aber Wut half mir nicht. Ich fühlte mich verlassen und verwirrt, und die Wolken der Bangnis, die so lange über mir gehangen hatten, schienen schwerer und dichter denn je. Noch nie im Leben war mir so elend zumute gewesen.

Die Spannung wuchs. Ich mußte neuerliche Besuche und Fragen über mich ergehen lassen. Ich hatte das Gefühl, daß sie mich einkreisten, und ich fragte mich, wie Drake zumute sein mochte. In der Presse tauchten Mutmaßungen auf. Man nahm an, daß die Polizei bald an die Öffentlichkeit treten würde. Das bedeutete wohl eine Verhaftung. Würde es Drake sein, der Ehemann? Ehemänner sind in solchen Fällen immer Verdächtige. Konnte es Lenore Sallonger sein, die »mysteriöse« Witwe, wie sie mich nannten, die berühmte Modesalonbesitzerin, deren Mann Selbstmord begangen hatte? Ich hatte genug davon … von allem.

Und so ging es weiter.

Grandmère und ich saßen abends beisammen. Wir machten uns nicht die Mühe, die Gaslampen anzuzünden. Wir saßen im Dunkeln, manchmal hielten wir uns an den Händen. Auch Grandmère war noch nie im Leben so furchtsam und elend gewesen. Wir sprachen nicht über die Mißhelligkeiten. Keine von uns hatte noch etwas dazu zu sagen. Sie sprach von früher und erzählte mir kleine Vorfälle aus meiner Kindheit, aber dann brach ihre Stimme plötzlich, und sie konnte nicht weitersprechen.

Ich ließ meine Gedanken zu den Tagen in Frankreich zurückschweifen. Ich dachte an das Château und fragte mich, was der Comte jetzt wohl machte. Ob seine Suche nach Maddalena erfolgreich war? Ich versuchte, mir einzureden, es sei nur gut gewesen, daß ich gemerkt hatte, wie er war, bevor ich mich vollends zum Narren hatte machen lassen. An ihn denken tat weh, deshalb versuchte ich, mich mit Drake zu beschäftigen.

Grandmère schien wie so oft meine Gedanken zu lesen. »Wenn alles vorbei ist«, sagte sie, »wird Drake frei sein. Mit der Zeit ...«

»Ich will nicht daran denken, Grandmère.«

»Wenn die Gegenwart schwer zu ertragen ist, ist es gut, vorauszuschauen. Schwierigkeiten dauern nicht ewig. Nächstes Jahr um diese Zeit ... Er ist ein guter Mensch, Lenore, und gute Menschen sind rar. Er liebt dich, ich weiß es. Er hat übereilt gehandelt. Er hätte von seinen Verdächtigungen im Hinblick auf deinen Vater sprechen sollen. Es war dumm von ihm, aber jeder macht ab und zu eine Dummheit. *Mon Dieu,* der Ärmste, er hat für seine Torheit bezahlt. Aber der Tag wird kommen, an dem er frei ist, und dann ...«

»Grandmère, bitte sprich nicht davon! Ich könnte Drake nicht heiraten.«

»Unsinn, Kind. Er liebt dich. Er wäre ein guter Ehemann. Du hast so viel gelitten. Philip war lieb, mit ihm hättest du so glücklich sein können. Du darfst nicht mehr an den Comte denken. Er ist nicht gut für dich – für keine Frau.«

»Ich bin so unschlüssig, Grandmère.«

»Natürlich. Es ist alles noch so frisch. Aber wenn es vorbei ist, dann wartet Drake ... und dies alles wird wie ein Alptraum scheinen.«

Ich entgegnete nichts. Es hatte keinen Sinn zu versuchen, Grandmère meine Gefühle zu erklären. Ich war mir ja meiner selbst nicht sicher.

Dann geschah das Wunder.

NEUE ENTWICKLUNGEN IM FALL ALDRINGHAM lauteten die Schlagzeilen. Die Polizei verspreche sich viel von den Aussagen einer Frau, die mehrmals im Haus Aldringham zu Besuch gewesen sei. Man glaube, sie könne bei den Ermittlungen weiterhelfen. Zwei Wochen vergingen, ohne daß der Fall erwähnt wurde. Ich wurde nicht mehr von Beamten belästigt, die Fragen beantwortet haben wollten. Es schien beinahe, als seien die Ermittlungen in den Hintergrund getreten.

Dann kam der wunderbare Tag, an dem der Comte nach London zurückkehrte. Er kam in den Salon und sagte, er wolle mich allein sprechen. Es war ihm gelungen, Grandmère zu umgehen, und als ich hörte, daß er im Empfangsraum wartete, hätte ich mich am liebsten geweigert, ihn zu sehen. Wie konnte er es wagen, so mir nichts, dir nichts wiederzukommen, nachdem er so plötzlich verschwunden war! Grandmère hatte recht. Ich sollte ihn besser nicht treffen. Aber ich ging natürlich hinunter.

Da war er, verbindlich wie immer, und küßte mir lächelnd die Hand auf diese ritterliche Art, die ich so bezaubernd fand. »Sie sind also wieder in London?« sagte ich.

»Es hat ganz den Anschein.« Seine Augen blickten spöttisch, genau wie bei unseren Begegnungen in Frankreich.

Niemand hätte meinen können, daß ich eine Frau war, der möglicherweise eine Anklage wegen Mordes drohte, als ich ganz konventionell sagte: »Ich nehme an, Sie hatten einen schönen Aufenthalt in Frankreich.«

»Sehr lohnend.«

»War Ihre Suche nach Maddalena de Pucci erfolgreich?«

»Sehr erfolgreich. Ich hatte nicht geahnt, wie befriedigend das sein würde.«

»Gratuliere!«

»Genug!« sagte er. »Ich habe Ihnen etwas mitzuteilen, das für Sie von größtem Interesse sein dürfte.«

»Betrifft es Sie und diese Dame?«

»Es betrifft die Dame in der Tat …«

Ich dachte: O nein! Wie grausam er ist. Er kennt meine Gefühle, ich habe sie verraten. Er versteht sehr viel von Frauen. Er will mich nur quälen. Zuerst Charles, und jetzt er.

»Es betrifft aber auch Sie, und zwar sehr stark«, fuhr er fort.

410

»Wollen wir ernst sein? Es ist nämlich eine sehr ernste Angelegenheit.«

»Was Sie und Maddalena de Pucci angeht, will ich nicht …«

»Es geht auch Sie an. Kommen Sie, setzen Sie sich, damit ich Sie ansehen kann! Ich habe angestrengt in Ihrer Sache nachgeforscht. Es machte mich traurig, Sie so zu sehen, wie Sie neulich waren … und heute sind Sie wieder so. Ich wollte unbedingt, daß Sie wieder werden, wie Sie vorher waren. So machte ich mich an die Arbeit. Wenden wir uns zuerst der schönen Italienerin zu! Ich sagte ihnen ja, daß ich ihr schon früher begegnet bin.«

»Ja, Sie erwähnten es. Sie haben ihre Photographie mitgenommen.«

»Sie waren auch auf dem Bild, oder? Jetzt hören Sie zu! Ich war sehr daran interessiert, die Dame zu finden, weil ich sie kannte … aber nicht als Maddalena de Pucci. Wie ich jetzt bewiesen habe, ist das nicht ihr richtiger Name.«

»Wer ist sie?«

»Sie ist gewissermaßen eine Verwandte von Ihnen. Ihr Name ist Adèle Saint Allengère.«

Ich starrte ihn erstaunt an.

»Wissen Sie, es war reiner Zufall. Die Leute sind nie vorsichtig genug. Die kleinen Schnitzer sind es, die den großen Plan schließlich zu Fall bringen. Sie haben ein wenig vom Leben in Villers-Mûre und Carsonne gesehen. Wir sind ein hitziges Volk. Sie kennen die alte Fehde zwischen meinem Haus und der Familie Saint Allengère. Aber es gibt auch eine Fehde zwischen den Saint Allengères und den Sallongers, die wie ein Fluch auf beiden Familien lastete. Wir lieben heftig und hassen heftig. Ich habe Ihnen so viel zu berichten. Ich begann, zwei und zwei zusammenzuzählen, nachdem Sie mir so viel mitgeteilt hatten, und weil ich Sie nicht unglücklich sehen wollte und Sie nicht womöglich Ihr Leben lang im Schatten des Verdachts bleiben sollten, beschloß ich, das Geheimnis zu enträtseln. Außerdem

411

hat es mich gereizt. Ich habe das Geständnis der französischen Polizei übergeben, die unterdessen Verbindung zu den hiesigen Behörden aufgenommen hat. Bald wird das Geheimnis enthüllt sein, aber ich wollte es Ihnen zuerst erzählen.«

»Sie spannen mich auf die Folter.«

»Das haben Sie verdient, weil Sie dachten, ich hätte Sie verlassen, um mich auf die Suche nach der schönen Italienerin zu begeben. Das haben Sie doch geglaubt, oder nicht? Und es stimmte ja auch. Aber nicht aus dem Grund, den Sie annahmen. Sie waren sehr ungehalten.«

»Bitte sagen Sie mir, was das alles zu bedeuten hat!«

»Es hat alles mit diesem Fluch, dieser Fehde zwischen den Sallongers und den Saint Allengères, zu tun und mit einem boshaften alten Mann, der nun beträchtlich geläutert ist. Sie hatten recht. Ich bin nach Frankreich zurückgekehrt, um Adèle Saint Allengère zu suchen. Ich war entschlossen, die ganze Geschichte von ihr zu erfahren. Das war nicht schwierig für mich. Ich habe eine Menge Leute, die für mich arbeiten. Ich sagte Ihnen schon, in unserer Welt sind wir feudal. Mein Wort ist Gesetz, und wenn ich sage: ›Findet Adèle Saint Allengère!‹, dann wird sie gefunden.«

»Ich verstehe immer noch nicht, was das alles zu bedeuten hat.«

»Ich erzähle schlecht. Ich werde jetzt beim Anfang anfangen. Zwei Brüder fuhren nach Frankreich, als ihr Vater noch lebte. Der ältere war Charles, der zweite war Philip, der später Ihr Mann wurde. Charles war dem Vergnügen zugetan. Philip interessierte sich ernsthaft für die Seidenproduktion. Sie besuchten Villers-Mûre, wo sie als entfernte Verwandte aufgenommen wurden ... der Hugenottenzweig der Familie. Dem alten Herrn – eisern bigott, wie er war – gefiel das nicht. Die Abneigung der katholischen Saint Allengères gegen die Hugenotten bestand seit dreihundert Jahren. Aber sie waren Mitglieder der Familie; überdies wollte er wissen, welche Fortschritte die Seidenindustrie in England machte. Deswegen wurden sie im Hause aufgenommen. Er sah, daß Philip derjenige war, der sich für das Geschäft interessierte. Charles lehnte er als Taugenichts ab.

Einige seiner Leute arbeiteten seit geraumer Zeit an einer besonderen Seidensorte, die anders sein sollte als alles, was bis dahin produziert worden war. Die Angelegenheit war sehr geheim. Heloïse, die Enkelin des alten Herrn, wurde von einem Mann umworben, der an diesem Projekt arbeitete, so daß sie von den Vorgängen wußte und Zugang zu der Spezialabteilung, wo die Forschungsarbeiten betrieben wurden, hatte. Das war aber verboten und durfte nicht herauskommen. Charles Sallonger war ein sehr einnehmender, offenbar auch gutaussehender junger Mann; er war anders als alle, die Heloïse bis dahin gekannt hatte. Sie verliebte sich in ihn. Sie muß mit ihm über die Arbeit gesprochen haben, die im geheimen vonstatten ging, und er bedrängte sie, ihm das Verfahren zu zeigen. Das tat das arme liebestolle Mädchen. Dann reisten die Brüder ab. Heloïse wurde klar, daß sie sich, wie man sagt, einem Schürzenjäger hingegeben hatte. Mehr noch, sie hatte ihm das Geheimnis ihrer Familie verraten. Als bekannt wurde, daß die Engländer diese besondere Seide auf den Markt gebracht hatten und behaupteten, das Produktionsverfahren erfunden zu haben, war bei den Saint Allengères die Hölle los. Heloïse konnte die Schande, das Geheimnis ihrer Familie einem falschen Geliebten verraten zu haben, nicht ertragen und ertränkte sich in dem Fluß, der sich durch das Anwesen wand. Sie hinterließ jedoch einen Brief, in dem sie schilderte, was sie getan hatte, ohne jedoch den Namen ihres Verführers zu nennen. Da Charles am Geschäft so wenig interessiert war, kam man natürlich zu dem Schluß, daß Philip der Dieb und falsche Geliebte gewesen sein muß. Sie wissen ja, wie der alte Herr ist. Er forderte Rache und setzte alles daran, sie zu bekommen.«

»Philip sollte ermordet werden ...«

»Ja. Der erste Versuch schlug fehl – es erwischte den Italiener Lorenzo. Die umgekippte Kutsche diente als Mittel, um ins Haus zu gelangen, und als sie drinnen waren, stahlen Adèle und ihre Zofe das Gewehr aus der Waffenkammer. Sie nahmen es mit, als sie abreisten. Dann erhielt ein gedungener Mörder den Auftrag, Philip im Wald aufzulauern und ihn zu erschießen. So geschah es, und es sah wie Selbstmord aus.«

»Jetzt wird mir alles entsetzlich klar.«

»Und kürzlich muß herausgekommen sein, daß Charles der Schuldige war.«

»Ich weiß«, rief ich, »ich habe es Vaters Bruder René auf dem Friedhof erzählt!«

»Daraufhin wurde beschlossen, daß Charles büßen müsse. Adèle wurde abermals nach England geschickt. Sie hatte Pech, denn der Brand, den sie legte, hatte aufgrund der vorzeitigen Rückkehr des Dieners nicht den gewünschten Effekt. Adèle mußte es noch einmal versuchen.«

»Dann hat sie den Sherry vergiftet. Woher wissen Sie das alles so genau?«

»Aus Adèles eigenem Munde.«

»Wieso hat sie es Ihnen erzählt?«

»Als ich das Bild sah, habe ich sie gleich erkannt. Ich vermutete, daß sie etwas Böses vorhatte. Die Geschichte von dem unglücklichen Lorenzo und der Umstand, daß ihr Mann kurz nach Adèles Besuch starb, gaben mir zu denken. Dann war Charles zweimal, nachdem sie hier war, in Lebensgefahr gewesen. Ich kenne die Vorgehensweise der Saint Allengères aus eigener Erfahrung. Ich wußte, daß Adèle nichts Gutes im Schilde führte.«

»Aber Sie haben keine Beweise.«

»Doch. Ich habe Adèles schriftliches Geständnis.«

»Sie meinen, sie hat es ihnen gegeben?«

»Ich bin sehr entschlossen, wenn ich mir etwas Bestimmtes vornehme. Ich war sicher, daß die Saint Allengères hier ihre Hand im Spiel hatten. Es sah ganz nach der Verfahrensweise des alten Herrn aus. Ich will nicht allzu bescheiden sein. Wir de la Tours beherrschen unsere Nachbarschaft seit Jahren. In alten Zeiten waren wir allmächtig. Die Zeiten haben sich geändert, aber Sitten und Gebräuche bleiben bestehen. Ich befahl, daß man Adèle zu mir brachte, und mein Befehl wurde ausgeführt.«

»Sie meinen, Sie hielten sie als Gefangene?«

»Ja. Ich wollte die Wahrheit wissen. Ich ließ sie annehmen, ich wüßte weit mehr, als ich tatsächlich wußte. Und während ich sie auf meinem Schloß festhielt, suchte ich den alten Herrn auf.« Seine Augen glitzerten. »Es war ein großes Ereignis für mich. Von Angesicht zu Angesicht mit dem alten Schurken persönlich. Wir waren zwei Titanen ... jetzt halten Sie mich zweifellos für unbescheiden, weil ich das sage. Ich stamme aus einer langen Ahnenreihe von herrschenden Comtes, und er ist das Oberhaupt der Saint Allengères, die eine nicht weniger absolute Gewalt über ihr kleines Reich ausüben. Villers-Mûre gleicht einem Kleinstaat inmitten des größeren Staates derer von Carsonne – wie einst Burgund und Frankreich. Das ist einer der Gründe, weswegen er meine Familie haßt. Wir waren immer entschlossen, ihn nicht weiter eindringen zu lassen.«

»Die Konfrontation hat Ihnen also Vergnügen gemacht.«

»O ja. Er war sprachlos vor Wut. Ich sagte ihm, er habe eins der zehn Gebote gebrochen, das wichtigste von allen. Er habe seine Seele dem Fluch geopfert. Ich erklärte die Unschuld Philips, den er ermordet hatte; denn er war letztlich dafür verantwortlich, und derjenige, welcher die Tat ausgeführt hat, handelte nur auf seinen Befehl. Er sei es, der dereinst vor das Angesicht seines Schöpfers treten müsse. Er schrie, diese Männer seien als Gäste in sein Haus gekommen und hätten ihm seine Gastfreundschaft mit dem Diebstahl eines wichtigen Verfahrens und der Schändung seiner Enkelin gelohnt. Der gerechte Gott werde sein Tun Gerechtigkeit nennen. Die Franzosen hätten die ganze Arbeit an einem wichtigen Projekt geleistet und die heimtückischen

Engländer hätten das Geheimnis kurz vor der Vollendung gestohlen und zu diesem Zweck eine Tochter des Hauses Saint Allengère verführt. Die Strafe sei verdient. Ich mußte ihm beipflichten. Die Comtes von Carsonne hätten genauso gehandelt. ›Aber‹, hielt ich ihm vor, ›Sie haben einen Unschuldigen getötet, und dafür werden Sie sich im Himmel verantworten müssen.‹ Er wollte es nicht glauben, bis ich ihm erzählte, daß Adèle mir alles gestanden hatte. Er schrie mich an, beschimpfte mich, beschuldigte mich, Adèle verführt zu haben. Merkwürdig, daß ein Mensch, der selbst unfähig ist zu lieben, hinter allem, was geschieht, Liebe vermutet. Er tobte und wütete, als ich ihn verließ, aber ich hatte ihm einen Schrecken eingejagt. Beim Gedanken an die Rache des Himmels war sein Gesicht aschfahl geworden. Er sieht sich schon in der Hölle schmoren, trotz seines vermeintlichen guten Lebens, und das alles, weil er die schwere Sünde des Tötens begangen hat.« Der Comte hielt inne, und ich merkte, wie er die Unterredung genossen haben mußte. »Am gleichen Abend«, fuhr er fort, »wurde er krank. Er hatte einen Schlaganfall. Nie im Leben war er so erschrocken gewesen. Er hatte nach seinen eigenen Gesetzen gelebt und nannte sich einen gerechten Mann. Sünden mußten gebüßt werden, und er war unser aller Richter, eine Art Stellvertreter Gottes. Er hatte sich ein Bild gemacht von seinem Rachegott mit dem himmlischen Chor, der Loblieder auf den tugendhaften Alphonse Saint Allengère singt, während der Rest von uns in der Hölle schmoren würde. Und nun hatte er eine Todsünde begangen. Er hatte die Ermordung eines unschuldigen Menschen verursacht. Der Himmel würde kein Entgegenkommen zeigen. Trotz eines Lebens in makelloser Tugend, das allerdings Tausenden Unglück gebracht hatte, war er selbst unter den Sündern. Das war zuviel für ihn. Er hätte mit dieser Sünde beladen sterben können. Jetzt kämpfte er verzweifelt darum, sein früheres Ansehen bei dem Allmächtigen wiederherzustellen. Ich habe ihm zu verstehen gegeben, daß wir von ihm Wiedergutmachung seiner

Sünde erwarten. Die Veränderung, die mit ihm vorgeht, ist ein Wunder.«

»Sie verhöhnen ihn.«

»Natürlich. Dies ist die Gerechtigkeit, an die er immer geglaubt hat. Wir werden seine Angst zu unserem Vorteil nutzen. Er muß die volle Verantwortung übernehmen: für den Tod Ihres Mannes und den Julia Aldringhams. Die das Verbrechen ausgeführt haben, sind nur seine Marionetten.«

»Wird sie das entlasten?«

»Nicht ganz. Aber man wird bestimmt Gnade walten lassen. Ich weiß nicht, was geschehen wird, ob Adèle in England vor Gericht gestellt wird oder nicht. Ob man darauf bestehen wird, daß der alte Herr den Namen desjenigen preisgibt, der Ihren Mann erschossen hat, kann ich nicht sagen. Im Augenblick weiß ich lediglich, daß dies die Hintergründe sind und daß Sie nicht mehr unter Verdacht stehen … ebensowenig Mr. Aldringham. Die Polizei ist informiert. Vielleicht wird sie die ganze Geschichte bekanntgeben, vielleicht auch nicht. Es kann sein, daß man es für richtig hält, nur bestimmte Einzelheiten an die Öffentlichkeit dringen zu lassen. Und was Monsieur Charles betrifft, ich glaube, es könnte unangenehm für ihn werden. Das Haus Saint Allengère könnte ihn durchaus wegen des Diebstahls des Seidenverfahrens belangen, was in finanzieller Hinsicht katastrophal für ihn werden könnte. Aber er hat es verdient, denn mit seinem Tun hat er die mörderische Kette der Ereignisse ausgelöst. Aber das soll nicht unsere Sorge sein. Habe ich Sie jetzt froh gemacht?«

»Im Moment bin ich verstört. Ich weiß nicht, was ich glauben soll.«

»Soll das heißen, Sie zweifeln an meinen Worten?«

»Natürlich nicht, aber es ist verwirrend, so viel in so kurzer Zeit zu erfahren.«

»Es erfordert kurze Zeit, es zu erzählen, aber eine lange Zeit, es auszuführen.«

»Ich weiß gar nicht, wie ich Ihnen für Ihre viele Mühe danken soll.«

»Das werde ich Ihnen sagen.«

Ich sah ihn fragend an.

»Sehr bald«, fuhr er fort, »werde ich es Ihnen zeigen.«

Ich dachte an Grandmère und wie sie mich vor diesem Mann gewarnt hatte. »Ich möchte meiner Großmutter erzählen, was Sie mir erzählt haben«, sagte ich. »Sie hat sich große Sorgen gemacht. Ich muß es ihr sofort erzählen.«

»Ja, Sie müssen dem guten Drachen berichten, was ich entdeckt habe. Ich weiß, sie speit jedesmal Feuer, wenn mein Name fällt. Es wäre schön, wenn sie mich nicht mit solcher Feindseligkeit betrachten würde. Bitte erzählen Sie ihr, was ich Ihnen erzählt habe. Teilen Sie ihr mit, daß die Unannehmlichkeiten vorbei sind.«

»Ich muß sofort zu ihr.«

»Wenn Sie das wünschen, bitte. Einiges von dem, was ich ihnen erzählt habe, wird morgen bestätigt werden, dann komme ich Sie wieder besuchen. Ich sehe die Schlagzeilen schon vor mir: FLUCH DER SEIDE … was für eine Geschichte für die Presse! *Au revoir,* Madame Sallonger, bis morgen!«

Grandmère war fassungslos. »Glaubst du das?« fragte sie.

»Er hat mir versichert, daß es stimmt. Er hat Adèles Geständnis. Damit klärt sich alles auf.«

»Vielleicht erzählt er die Geschichte nur, um dir etwas vorzumachen.«

»Warum sollte er?«

»Vergiß nicht, ich bin im Schatten seiner Familie groß geworden. Ich kenne die de la Tours. Früher befanden sie sich oft mit den Königen von Frankreich im Krieg. Sie herrschten so despotisch über ihr Land wie die Könige über ihres. Wenn sie etwas wollen, glauben sie, es sei ihr Recht, es sich zu nehmen. Und dein Großvater ist auch so einer. Unbarmherzig fordert er Rache und macht andere zu Mördern, um seine Ziele zu verfolgen. Wenn das wahr ist, was du mir erzählt hast ...«

»Grandmère, es muß wahr sein, ich fühle es.«

»Dann seid ihr frei, du und Drake. Er ... der Comte weiß das. Warum er das dann getan hat? Er weiß doch von dir und Drake, nicht wahr?«

»Er möchte, daß der Gerechtigkeit gedient wird.«

»Die de la Tours kannten von jeher nur ein Motiv: ihren eigenen Zwecken zu dienen. Er muß sehr an dir interessiert sein.«

»Ich glaube, er wurde neugierig, als er das Bild von Adèle sah. Da wollte er herausfinden, warum sie sich als eine andere ausgab.«

Sie sah mich scharf an. »Drake Aldringham ist der Richtige für dich«, sagte sie bestimmt.«

»Ich finde, nach alledem können wir nicht zusammensein. Vielleicht findet er das auch.«

»Nein, nein, er liebt dich. Er wird dir alles geben, um dich glücklich zu machen. Er ist ein guter Mensch – ein Mann, dem du vertrauen kannst. Du würdest dir seiner immer sicher sein. Das Beste im Leben ist Seelenfrieden. Den würde er dir geben.«

Wirklich? fragte ich mich. Wenn ich Drake heiratete, würde ich immer das Gefühl haben, daß ein Teil von mir in Carsonne wäre. Der Comte hatte mich in seinen Bann gezogen, und nichts war mehr wie ehedem.

»In gewisser Weise hast du recht«, sagte ich.

»Dann sei vernünftig.«

»Das wäre Drake gegenüber nicht fair.«

»Sag mir die Wahrheit. Du hast mit mir immer offen reden können. Gaston de la Tour hat dich verwirrt. Er erscheint dir als ein mächtiger, starker Mann, er bietet dir Aufregung ... und Romantik, nehme ich an. Ich kenne seinen Ruf. Er ist genau wie seine Vorfahren. Sie waren nie treue Ehemänner. Aber er würde dich gar nicht heiraten. Die de la Tours haben immer nur ihresgleichen geehelicht. Er würde dich bald satt haben. Das ist ihre Lebensart. Jahrhundertelang haben sie wie feudale Könige gelebt ... kleine Monarchen, als es in Frankreich schon keine Könige mehr gab. Du mußt aus deinem Tagtraum erwachen! Drake wartet auf dich. Ich erkenne einen guten Menschen auf den ersten Blick, und Drake Aldringham ist ein solcher.«

Ich gab keine Antwort. Mein gesunder Menschenverstand sagte mir, daß sie recht hatte.

Noch am selben Tag wurde die Neuigkeit veröffentlicht. Das Rätsel war gelöst. FLUCH DER SEIDE verkündeten die Schlagzeilen. »Die alte Fehde zwischen zwei Zweigen derselben Familie. Die Geschichte der Sallonseide, die eigentlich St.-Allengère-Seide heißen müßte.« Allenthalben wurden Mutmaßungen angestellt. Die Sallongers würden in Bedrängnis geraten, hieß es. Diese Geschichte würde sie ruinieren. Die französische Firma könne einen vernichtenden Schadenersatz fordern. Aber das Hauptinteresse galt der Aufklärung der Mordfälle.

Drake kam mich besuchen. Ich fürchtete die Begegnung. Er nahm meine Hände und sah mich ernst an. Er war wie ein Mensch, der plötzlich eine lähmende Last abgeworfen hat. »Ich bin frei, Lenore«, sagte er. »Ich kann mich noch gar nicht daran gewöhnen.« Aber ich war nicht frei. Ich war in einem Netz gefangen, dem ich nicht entkommen konnte, einem Netz, das Gaston de la Tour um mich gesponnen hatte. Ich wußte, daß ich töricht war, daß an der Seite von Drake ein friedliches, würdiges Leben vor mir lag – aber mit meinen Gedanken würde ich immer in Carsonne sein. Drake fuhr fort: »Das bedeutet so viel für uns, Lenore.« Ich schwieg. Ich konnte ihm nicht in die Augen sehen. »Sie wollen mich nicht heiraten, nicht wahr?« sagte er. »Ist es dieser Comte? Er hat sich so bemüht. Werden Sie ihn heiraten?«

»Ihn heiraten! Davon hat er nie gesprochen. Drake, es tut mir leid. Ich habe Sie sehr gern, aber ich habe das Gefühl, daß es nicht richtig wäre. Sie haben einen Fehler begangen. Sie dürfen keinen zweiten begehen.«

»Mit Ihnen, Lenore, könnte ich alles wagen. Es würde nach alledem nicht leicht sein. Selbst wenn erwiesen ist, daß man unschuldig ist, wird es nie ganz geglaubt. Vielleicht überlegen Sie es sich anders.«

»Drake, bitte, verstehen Sie doch!«

»Ich verstehe vollkommen. Ich weiß, wir würden ein schönes Leben zusammen haben.«

»Die Leute werden sich immer erinnern, daß wir zu Julias Lebzeiten verdächtigt wurden, ein Liebespaar zu sein. Sie werden es immer von uns glauben. Das schadet Ihrem Ruf und Ihrer Karriere.«

»Das würde sich mit der Zeit geben. Wir könnten gemeinsam kämpfen. Ich würde alles zurückbekommen, was ich verloren habe … wenn wir nur zusammen wären.«

Ich nickte. Vielleicht würde ich es ja tun.

Am nächsten Tag kam der Comte. Er küßte mir die Hand und sah mich mit diesem halb spöttischen Ausdruck an, den ich so gut kannte. »So«, sagte er, »die Neuigkeiten sind veröffentlicht. Eine aufregende Lektüre. Ganz London liest über den Fluch der Seide. Was ist das für ein Gefühl, eine Hauptfigur in so einer Geschichte zu sein?«

»Es ist mir peinlich.«

»Glauben Sie mir, in ein paar Wochen ist es vergessen. Etwas anderes passiert, und siehe! Wer sind diese Sallongers? Für Monsieur Charles wird es allerdings nicht vorbei sein. Er wird für seine Sünden schwer büßen müssen, fürchte ich. Aber warum sollen wir uns mit diesem Herrn befassen? Ich bin gekommen, um ihnen zu sagen, daß ich mich zur Heirat entschlossen habe. Ich dachte, Sie sollten es als erste erfahren.«

Ich hoffte, meine Gefühle nicht zu verraten. Mir war auf einmal ganz elend zumute. Ich hätte es mir natürlich denken können.

Sicher war die Auserwählte ein Mitglied der alten französischen Aristokratie … deren Familie der Vernichtung durch die Revolution entgangen war. »Ja«, fuhr er fort, »Raoul ist sehr krank gewesen. Er hätte sterben können. Das gab mir zu denken. Früher war ich stets der Ansicht, meine Pflicht getan zu haben, nachdem ich den Erben gezeugt hatte. Aber die Familie benötigt mehr als nur einen Erben, da das Leben so gefährlich ist.«

»Ich verstehe. Und daher haben Sie beschlossen, wieder zu heiraten?«

Er nickte. »In unserer Familie gab es immer Zweckehen. Sie galten als Pflicht. *Noblesse oblige* und dergleichen. Und nun ist für mich die Zeit gekommen, eine solche Ehe zu schließen. Ich muß mich aber zuallererst mit Ihnen beraten.«

»Warum?«

»Weil es Sie natürlich betrifft.« Er legte seinen Arm um mich und drückte mich ganz fest an sich. »Was meinem Zweck dient, ist immer meine Hauptsorge gewesen … und dies würde mir sehr gefallen. Was sagen Sie dazu? Könnten Sie Ihre geschäftlichen Interessen aufgeben, um die Comtesse de la Tour zu werden? Könnten Sie Ihren eleganten Lebensstil gegen eine eher feudale Umgebung eintauschen? Nein zu sagen hat keinen Sinn. Ich warne Sie im voraus. Ich habe Raoul versprochen, daß er die Gesellschaft der reizenden Mademoiselle Katie jeden Tag genießen wird. Was sagen Sie?«

»Sie fragen *mich* …«

»Wer sonst könnte meinen Zwecken dienen, wenn nicht die eine, die mich mit Gefühlen beseelt, die ich bisher nie gekannt habe? Vermutlich ist es Liebe.«

Eine große Freude schlug in Wellen über mir zusammen. Ich war so glücklich, und doch dachte ich: Das kann nicht wahr sein. »Meine Liebe«, sagte er, »du siehst nicht gerade überglücklich aus.«

»Ich bin so außer mir vor Glück, daß ich ganz erschüttert bin.«

»Dann habe ich dein Jawort?«

»Sie … du hast es dir in den Kopf gesetzt.«

»Wie gut du mich kennst! Ich hätte dir nicht erlaubt abzulehnen. Es ist gut, daß du über den Mann Bescheid weißt, den du heiraten wirst.«

Ich lehnte meinen Kopf an ihn und wurde von Glück durchflutet.

»Wir müssen es der guten Grandmère sagen«, fuhr er fort. »Das Château ist riesig. Dort ist Platz genug für sie. Sie muß bei dir bleiben, ich weiß, was sie dir bedeutet. Für sie bin ich ja nicht der Auserwählte. Aber ich freue mich auf die Scharmützel mit der furchterregenden Dame. Wir haben nur eins gemeinsam, sie und ich, aber das ist uns das Wichtigste auf der Welt: unsere süße Lenore. Sie wird alles daransetzen, dich umzustimmen.«

»Ich weiß.«

»Sie wird sagen, daß du einen großen Fehler machst. Du solltest den tugendhaften Drake nehmen. Du wirst in ein Leben treten, das anders ist als alles, was du bisher gekannt hast, mit einem Mann, der nicht ihre Wahl ist. Was wirst du ihr sagen, Lenore?«

»Ich werde sagen, daß es mein Wunsch ist … und daß ich dort etwas finden werde, das zu versäumen ich niemals ertragen würde.«

»Das hatte ich zu hören gehofft«, sagte er. »Und jetzt laß uns zusammen vor den Drachen treten!«

Romane von
Johannes Mario Simmel

(437)

(728)

Foto: Isolde Ohlbaum

(397)

(2957)

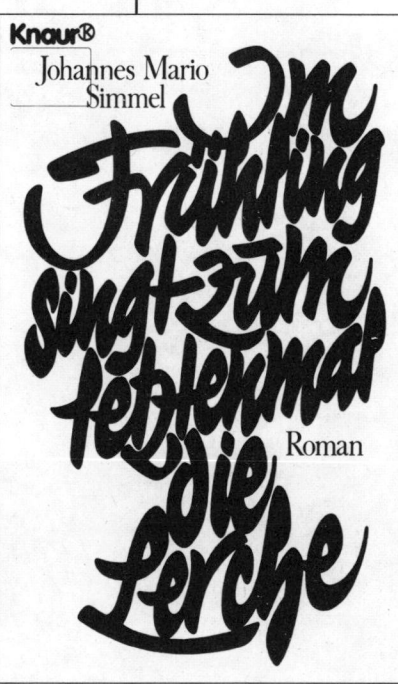